Captive du viking

*

L'épouse insoumise

MICHELLE STYLES

Captive du viking

Les Historiques

éditions Harlequin

Titre original : TAKEN BY THE VIKING

Traduction française de FRANÇOIS DELPEUCH

Photo de couverture
Sceau : © ROYALTY FREE/FOTOLIA

83-85, boulevard Vincent-Auriol 75646 PARIS CEDEX 13.
Service Lectrices — Tél. : 01 45 82 47 47
www.harlequin.fr
ISBN 978-2-2802-1952-5 — ISSN 1159-5981

A ma sœur, Kate, med elske

Chapitre 1

8 juin 793 — Lindisfarne, Northumbrie

Annis pinça les lèvres tandis qu'elle essayait de garder la tête immobile pendant que sa servante lui tressait les cheveux. Qu'avait-elle donc espéré ? Que son oncle, l'abbé du prieuré de Saint Cuthbert, lui donnerait les moyens financiers de tenir tête à son beau-père ? La seule solution qu'il lui avait proposée était d'entrer dans les ordres, où sa dot, affirmait-il, lui permettrait de mener une vie décente.

— Madame, cela prendra moins de temps si vous penchez légèrement la tête de ce côté.

Replongeant dans ses pensées, Annis se mit à fixer le mur de l'hôtellerie de Saint Cuthbert orné d'une fresque représentant Marie agenouillée au pied de la croix.

Venir ici avait été une erreur. La conversation de la veille au soir résonnait encore dans son esprit. Son oncle avait refusé d'écouter ses arguments. Comment avait-elle pu s'imaginer qu'il en irait autrement ?

Dès le lendemain, dès que la marée basse aurait dégagé le passage, elle quitterait le monastère et l'île. Elle n'avait d'autre choix que de retourner à Birdoswald, sur le fleuve Irthing, à l'ouest de la Northumbrie. Et d'affronter seule son destin.

— Cela vous convient-il, madame ?

Sa nouvelle chambrière, Mildreth, avait achevé de la coiffer et lui tendait maintenant un petit miroir. Annis jeta un bref regard à son reflet. La masse rebelle de ses boucles brunes avait été disciplinée en deux nattes de chaque côté de son visage. Elle considérait ses cheveux comme sa plus belle parure, — peut-être la seule qui fût digne d'intérêt. Pour elle, ses cheveux étaient le symbole de la révolte qui l'habitait.

Elle constata une fois de plus que Mildreth ne manquait pas de compétence. Elle continuait néanmoins à se méfier de la servante, persuadée qu'elle était du côté du père de son défunt mari. Dès son retour sur les terres familiales, à la mort de son époux, son beau-père avait en effet exigé le remplacement de tous les domestiques de la maison. Elle n'avait alors aucune raison de rester dans la famille de Selwyn. Elle n'avait pas d'enfants et sa belle-sœur ne l'avait jamais appréciée. Aussi était-elle rentrée chez elle dans l'espoir d'y trouver un foyer plus accueillant. C'était à ce moment-là qu'elle avait découvert que son beau-père régnait désormais en maître sur le domaine ancestral de sa famille.

— Nous allons bientôt préparer vos fiançailles.

— Si Dieu le veut..., repartit Annis en reposant le miroir sur la coiffeuse et en s'efforçant de garder un visage impassible.

En réalité, elle ne souhaitait pas plus épouser le fils de son beau-père, l'odieux Eadgar aux mains poisseuses et aux manières plus poisseuses encore, qu'elle n'avait l'intention de se retirer dans un couvent ainsi que le lui avait suggéré son oncle.

— Il faudra bien vous marier un jour, ajouta Mildreth. Et il est vrai qu'Eadgar est un bon parti...

La bonne s'interrompit soudain. L'air confus et désemparé, elle semblait en proie à un débat intérieur. Enfin, elle poursuivit :

— Maîtresse, je ne puis continuer à vous mentir. Avec le temps, j'ai fini par m'attacher à vous. Il faut que vous sachiez la vérité... Eadgar est en fait un horrible individu. Toutes les autres servantes ont peur de se retrouver seules avec lui. Mais, je vous en supplie, gardez cette confidence pour vous !

Annis serra la main de Mildreth. Une légère rougeur colorait ses joues, la rendant presque jolie. L'aveu de la domestique procurait à Annis un réconfort certain. Son voyage jusqu'à Lindisfarne n'avait pas été vain, finalement : elle venait de se découvrir une alliée.

— Je vois, murmura-t-elle, que nous avons la même opinion du personnage.

— Les autres m'ont prévenue que vous étiez bonne, madame, et elles avaient raison.

— De toute façon, reprit Annis en rajustant le col de sa robe, il est encore trop tôt pour parler de remariage. Je viens à peine d'enterrer mon époux et je n'ai toujours pas fini de porter son deuil. Je suis venue ici pour solliciter l'avis de mon oncle, et maintenant qu'il me l'a donné, je n'ai plus qu'à m'en retourner chez moi.

— Comme vous voudrez, madame.

Un carillon affolé retentit soudain dans la pièce, empêchant toute discussion. Annis se raidit de la tête aux pieds.

— C'est le tocsin ! s'écria Mildreth en se tordant les mains. C'est horrible ! Nous allons être violées, massacrées !

Annis s'obligea à respirer calmement. Paniquer ne servirait à rien. En dépit du vacarme, elle s'efforça donc de garder son sang-froid.

— Violées ? Massacrées ? répéta-t-elle à sa servante. Enfin, Mildreth, réfléchis un peu ! Qui oserait attaquer cet endroit ?

Cependant elle avait beau parler d'une voix posée, elle ne savait qui au juste, d'elle-même ou de sa domestique, elle essayait ainsi de rassurer.

— On sonne peut-être les cloches pour une autre raison, ajouta-t-elle. Il se peut qu'un pèlerin ait été surpris par la marée alors qu'il essayait de gagner l'île.

Mildreth esquissa un sourire tremblant avant de voûter les épaules, comme pour échapper au tintement persistant des cloches. Annis pria le ciel que son interprétation soit exacte. Elle ne pouvait croire que la raison de cette alerte soit plus grave que cela. Qui risquerait en effet la damnation éternelle en profanant l'un des sites les plus sacrés et les plus réputés de la Northumbrie, sinon de toute l'Europe ?

La sûreté du lieu était d'ailleurs la raison pour laquelle sa famille avait choisi de confier son trésor aux moines plutôt que de le garder enfermé dans les coffres du domaine, imitant en cela la grande majorité des propriétaires terriens de la Northumbrie. Pour eux, c'était là un moyen aussi simple qu'efficace d'assurer la protection de leurs fonds.

Brusquement, le tocsin cessa, laissant place à un silence inquiétant.

— Tu vois bien ! s'exclama Annis d'une voix qui résonna entre les parois de bois de la pièce. Ce n'était sans doute pas grand-chose. Un moine a dû paniquer en voyant un navire dériver vers l'île. Mon oncle m'a prévenue que certains novices s'excitaient parfois pour un rien. Si problème il y avait, il a dû être résolu.

— Puisque vous le dites, madame, concéda Mildreth en hochant la tête.

Elle n'en gardait pas moins un air si lugubre qu'Annis lui serra de nouveau la main.

— Tout va bien se passer, Mildreth. Nous sommes dans la maison de Dieu. Il veillera sur nous.

— Il y a eu des présages, madame, répliqua la servante dans un souffle. L'un des moines dit avoir aperçu des dragons qui volaient devant la lune. Des feux étranges se seraient allumés dans la nuit et des tornades seraient apparues dans le ciel. Il paraît que nous allons être punis pour nos péchés. On en parlait encore en cuisine, l'autre jour.

— Tout cela n'est que fariboles pour effrayer les jeunes servantes, rétorqua Annis en se forçant à rire. Je suis sûre que d'ici les moissons, plus personne ne s'en souviendra.

Sur ce, elle se leva et alla d'un pas vif se poster devant la petite fenêtre qui surplombait la mer. La veille elle y avait admiré le paysage de sable jaune d'or et d'eau étincelante qui entourait le prieuré. Sur l'onde ne voguaient alors que quelques bateaux de pêche. Il en allait tout autrement aujourd'hui.

— Il se peut que je me sois trompée, Mildreth. Nous allons finalement avoir de la compagnie, annonça Annis en s'efforçant de maîtriser le début de panique qui altérait sa voix.

Attention aux conclusions hâtives, se sermonna-t-elle. Son oncle le lui avait souvent répété depuis son arrivée ici : elle avait le caractère bien trop vif et l'imagination bien trop débridée.

Comme la veille, les vagues étincelaient sous les premiers rayons du soleil. La mer, cependant, n'était plus vide. Trois navires à la proue en forme de serpent, aux garde-corps soulignés de boucliers ronds et aux voiles rayées de rouge et de blanc oscillaient sur les flots. L'un d'entre eux avait accosté, suivi de près par les deux autres.

Des guerriers débarquèrent du premier drakkar et pataugèrent jusqu'au rivage. Ils portaient des pantalons et des cottes de mailles, des casques métalliques et des boucliers ronds. Ils avaient un air sauvage. Ils étaient tous habillés de manière différente. C'étaient des païens. Des barbares. Des pillards.

Elle se pencha pour mieux les regarder. Leur chef avait des cheveux sombres qui lui tombaient jusqu'aux épaules et une barbe de plusieurs jours. Un motif compliqué représentant un serpent aux prises avec un monstre décorait son bouclier. La troupe disparate qui l'escortait comportait aussi bien une sorte d'homme des bois à la barbe et aux cheveux fous qu'une réplique de lui-même en plus mince et en plus blond. Il leva la tête vers la fenêtre devant laquelle elle se tenait. Pendant une fraction de seconde, son regard d'un bleu intense se riva dans le sien et un bref sourire effleura ses lèvres avant qu'il ne ramène son attention sur le groupe qui se hâtait de sortir du monastère. Elle porta une main à sa gorge.

L'avait-il vue ?

Son oncle marchait en tête de la délégation, haute silhouette de blanc vêtue, plus petit que le chef des nouveaux venus mais respirant l'assurance et l'autorité. Elle eut un demi-sourire. Elle avait eu tort de s'inquiéter. Les capacités de diplomate de son oncle étaient renommées dans toute la Northumbrie et la Mercie. Elle était certaine qu'il saurait dompter ces sauvages en un instant.

Il leur présenta sa main pour qu'ils l'embrassent, ainsi que l'exigeait la tradition. Le seigneur de guerre païen l'ignora et, après une sèche inclinaison de la tête, lui tendit une tablette.

Son oncle blêmit et saisit les tablettes d'une main tremblante.

Que pouvaient donc vouloir ces barbares ?

Haakon Haroldson considéra avec incrédulité le mince prélat qui se dressait devant lui, impassible. Il lui avait pourtant donné la tablette dont le contenu était parfaitement clair. Il s'en était assuré en prenant la peine de la lire après que le scribe d'Oeric le Scot y avait retranscrit sa requête. Et c'était lui-même qui y avait apposé le sceau d'Oeric.

Leur felag était venu réclamer les pièces d'or qui leur revenaient de plein droit. Si, par la même occasion, ils pouvaient commercer ou négocier la protection du prieuré, tant mieux. Mais ils ne laisseraient personne les tromper.

Cette expédition maritime d'été s'était jusqu'à présent révélée plutôt profitable. La nouvelle ligne de leurs navires avait accru leur vitesse et les Scots semblaient apprécier les épaisses pelisses et les perles d'ambre du royaume de Viken.

Il ne leur restait plus que cette affaire-ci à conclure pour retourner chez eux avec les honneurs.

— Nous souhaitons toucher l'argent qu'Oeric le Scot nous doit.

L'abbé haussa un sourcil.

— Je suis étonné d'entendre un Nordique parler latin.

— Nous sommes des commerçants. Nous apprenons les langues qui nous sont nécessaires, répondit Haakon en gardant ses yeux fixés par-dessus l'épaule du prélat.

Il ne voyait pas l'intérêt de tergiverser, du moins pas pour le moment. Plus tard, peut-être, à l'issue de leurs tractations, quand ils goûteraient ensemble une coupe d'hydromel…

— Nous venons en paix, ajouta-t-il en présentant ses mains à son interlocuteur, paumes levées vers le ciel. Nous désirons seulement obtenir ce qui nous a été promis.

— Qu'est-ce qui me prouve que cette tablette est authentique ?

— Nous ne serions pas ici si elle ne l'était pas.

— J'ai eu vent de raids opérés par les vôtres contre des fermes sans défense.

— Il s'agissait d'autres commerçants. Nous sommes ici pour affaires, pas pour faire la guerre, précisa Haakon avant de se permettre un léger sourire. Cela dit, nous sommes aussi connus pour assurer la protection de ceux qui nous le demandent.

— Ce prieuré est la demeure de Dieu. Sa protection nous suffit.

Haakon se réjouit intérieurement que ni son demi-frère, Thrand, ni, plus important encore, son chef de nage, Bjorn, ne comprennent le latin. Il lui avait déjà été assez difficile de convaincre ce dernier d'entamer les négociations de manière pacifique.

Car, si la Northumbrie représentait un marché potentiel intéressant, elle n'était pas exempte de dangers. Ses habitants étaient des guerriers réputés. Haakon jeta un coup d'œil à l'imposant berserker qui se tenait près de lui. Beaucoup auraient pensé que Bjorn était plus à sa place sur le bateau mais, pour sa part, il tenait à l'avoir à ses côtés, en cas de problème.

Il vit Bjorn se raidir et l'entendit renifler. Qu'avait donc senti son vieil ami ? Y avait-il des Walkyries dans la brise matinale ? Il chassa aussitôt cette idée de son esprit.

— Nous venons en paix, répéta-t-il en gardant une voix posée.

L'aspect malingre des moines ne l'abusait pas. Il restait persuadé que le monastère était bien gardé. Le contraire aurait été invraisemblable. Le lieu était réputé autant comme centre culturel que comme forteresse renfermant de fabuleuses richesses. L'attaquer était tentant bien évidemment — sauf que leur felag ne comportait pas assez de guerriers pour cela. Tempêtes et maladies n'avaient déjà que trop réduit leur troupe, or il allait avoir besoin de chacun de ses hommes pour ramener tout le monde sain et sauf à la maison. Le différend qui l'opposait à l'abbé devait donc être réglé par la voie diplomatique.

— Puisque vous venez en paix, nous pourrions peut-être discuter tranquillement de tout ceci, repartit l'abbé en inclinant sa tête argentée. Nul doute qu'une fois pesés les arguments en votre faveur, je pourrai me faire une meilleure opinion de votre cas.

— Il n'y a que peu d'arguments à soupeser.

— Je crains, hélas ! que vous n'ayez été envoyés ici par erreur. Il ne me semble pas que nous détenions le moindre fonds d'Oeric le Scot.

— Le Scot m'a montré la tablette de récépissé, portant votre sceau, qui prouve le contraire.

Un moine au visage vérolé qui se tenait près de l'abbé tira sur la robe de ce dernier avant de lui murmurer quelque chose à l'oreille. Le prélat fonça les sourcils.

— Et cette tablette, vous l'avez sur vous ? s'enquit-il en tendant la main.

Au bout d'un moment, il laissa retomber celle-ci.

— Non, bien évidemment, reprit-il. Cela dit, je vais quand même mener une enquête. Entre-temps, vous et vos hommes pourrez vous réapprovisionner dans nos réserves.

— Cette tablette-ci n'en porte pas moins le sceau d'Oeric, répliqua Haakon en serrant les dents et en croisant les bras. Le Scot m'a certifié que cela suffirait. Nous n'avons pas l'intention de nous laisser spolier de l'or qui nous revient de plein droit.

— Misérable gredin ! Maudit pillard ! s'emporta soudain le moine à la face vérolée. Mon oncle Oeric n'a jamais trompé personne ! Cessez donc de polluer ce lieu saint avec vos mensonges empoisonnés de païens !

— Tu as raison, cousin ! s'écria un autre. Ce sont ces mêmes bandits qui ont détruit la ferme de mon père, l'année dernière.

— Jamais nous ne..., commença à répondre Haakon.

Avant qu'il ne puisse terminer sa phrase, le second moine se rua vers eux en brandissant une dague qu'il enfonça dans le ventre d'Erik. Une fleur pourpre s'épanouit au centre du justaucorps en cuir de ce dernier.

— A moi ! A moi ! s'exclama Haakon. Nous sommes attaqués !

Annis se pencha autant qu'elle le pouvait pour mieux entendre la conversation entre son oncle et le beau viking.

Comme l'abbé tournait les talons, la tête droite, pour s'éloigner, quelqu'un poussa un cri dans une langue étrangère. Le prélat s'arrêta. Un moine se précipita alors vers les barbares et frappa l'un d'eux à l'estomac. Annis se demanda comment son oncle allait punir cette insubordination. Les pillards tirant l'épée, les gardes du prieuré se précipitèrent vers le moine pour le protéger.

Toute la suite sembla se dérouler sous l'eau. Le temps était comme ralenti et chaque mouvement s'éternisait. L'assaut des gardes se heurta à la contre-attaque immédiate des vikings.

L'immense brute qui se tenait près du chef des barbares leva sa hache de combat avec un hurlement bestial. Ce dernier voulut le retenir, mais l'homme le repoussa pour marcher sur son oncle, le tranchant de sa hache étincelant au soleil.

L'abbé demeurait figé sur place. L'air perplexe, il leva les mains, en un geste de supplique ou de bénédiction. Le sauvage n'y prêta aucune attention. Il lui asséna un coup d'une violence inouïe.

Etouffant un cri, elle détourna les yeux de cet abominable spectacle — mais l'image de la hache s'abattant, du sang jaillissant de la plaie et de la tête de son oncle roulant sur le sable mordoré ne s'en imprima pas moins dans son esprit. Elle n'osait regarder de nouveau vers la plage dont s'élevait maintenant un tumulte de cris, de suppliques et de vociférations barbares.

Les cloches du monastère se remirent à sonner avec frénésie.

Elle sentit son corps s'engourdir et son estomac se nouer. Elle porta une main à sa bouche, refusant de croire à la réalité de ce qu'elle venait de voir. Ce devait être un cauchemar, se dit-elle. De telles horreurs ne pouvaient arriver en ce lieu.

Elle avait envie de s'effondrer par terre et de pleurer. Elle aurait surtout aimé se réveiller pour échapper à cet affreux cauchemar. Elle se mordit la lèvre. Le goût du sang lui fit comprendre que tout était réel — horriblement, terriblement réel. Il lui faillait fuir mais ses pieds restaient comme enracinés dans le plancher. Elle savait qu'il lui suffisait de regarder en arrière pour vérifier que le sable de la plage était bel et bien maculé de sang.

— Qu'y a-t-il, Madame ? Que s'est-il passé ? Vous êtes devenue toute pâle. Dites-moi donc, qu'avez-vous vu ?

La voix de Mildreth l'arracha à cet élan de faiblesse.

— Il faut nous cacher, et vite, répondit-elle en joignant les mains. Un événement terrible est survenu sur la plage. Nous ne sommes plus en sécurité. Personne n'est plus en sécurité.

Tout en essayant de recouvrer sa lucidité, elle rassembla dans un baluchon ce qui se trouvait sur la coiffeuse. Voilà plusieurs années qu'elle avait entendu parler de ces monstres qui attaquaient des fermes et extorquaient des tributs aux villes côtières. Elle n'aurait cependant jamais imaginé que ces barbares oseraient s'en prendre au monastère et elle avait toujours cru que son oncle exagérait quand il lui rapportait des histoires de pillages, de viols et d'exactions pires encore perpétrés par les Nordiques. En fait, elle s'en rendait compte maintenant, il avait plutôt édulcoré la réalité. Ces hordes de sauvages étaient capables de tout !

Mildreth et elle devaient donc fuir impérativement. Et rapidement ! Avant d'être découvertes.

— Nous cacher ? gémit sa servante, ses yeux s'arrondissant d'effroi dans son mince visage. Ici ? Dans l'église peut-être ? Saint Cuthbert dans sa tombe nous protégera !

— Non, repartit Annis, hantée par le souvenir de la tête de son oncle roulant sur le sable. Ces païens ne respectent pas les ministres de Dieu. Pourquoi épargneraient-ils ce lieu sacré ?

— Alors nous sommes condamnées ! conclut Mildreth en se signant avant de s'agenouiller sur le sol.

— Allons, du nerf ! rétorqua Annis en saisissant la bonne par le coude pour essayer de la redresser.

Mais Mildreth ne l'écoutait plus. Affalée sur le plancher, elle marmottait son rosaire. Annis se passa une main sur les yeux. Elle n'avait pour sa part aucune envie de baisser les bras. Elle voulait vivre. Or, pour cela, il lui fallait trouver une solution au plus vite.

— Nous devons nous dépêcher de franchir l'isthme, reprit-elle. Il n'y a pas une minute à perdre.

Pour seule réponse, Mildreth accéléra le débit de sa litanie.

Annis se risqua à jeter un nouveau coup d'œil par la fenêtre. La plage grouillait maintenant de guerriers qui marchaient sur le monastère en brandissant épées et haches. Un martèlement sourd envahit la pièce quand ces monstres se mirent à cogner leurs boucliers de leurs armes.

Puis il y eut un grand craquement. La porte qui défendait

l'entrée de la cour venait de s'effondrer. Les agresseurs envahissaient le prieuré.

L'hôtellerie n'était plus un endroit sûr. Les barbares allaient se répandre partout, en quête d'or et d'argent. Ils n'hésiteraient pas à prendre des captives. Elle eut un haut-le-corps en se rappelant les histoires racontées par son oncle à la table du dîner, l'avant-veille. Elle les avait considérées alors comme des contes destinés à effrayer les jeunes enfants. Elle s'apercevait maintenant qu'elles étaient très loin de décrire toute l'horreur de la situation.

Ayant fini son rosaire, Mildreth regardait droit devant elle, le visage blême et les yeux vides. Annis s'accroupit en face d'elle pour prendre ses doigts glacés entre ses mains.

— Nous allons nous faufiler jusqu'à la porcherie, murmura-t-elle. Aucun de ces sauvages n'ira jamais fouiller là-bas. Nous y serons tranquilles. Et une fois qu'ils seront repartis, nous pourrons quitter le monastère saines et sauves. Tu m'entends, Mildreth ?

La bonne hocha imperceptiblement la tête. Annis entreprit aussitôt de recueillir le reste de leurs affaires dans le baluchon : le miroir qui avait appartenu à sa grand-mère, la broche de sa tante, son propre crucifix d'argent. Cela ne lui prit qu'un instant. Elle s'efforçait de rester calme et de concevoir clairement chacune des étapes de leur fuite : elles allaient d'abord descendre l'escalier, puis franchir la porte de service avant de longer les cuisines et gagner enfin la porcherie. De là, elles auraient une vue dégagée sur l'isthme et pourraient attendre le moment opportun pour le traverser.

— Allons-y, dit-elle. Il ne faut plus tarder.

Mildreth se leva avant de chanceler et de s'effondrer de nouveau par terre. Annis se tordait les mains de frustration.

— Laissez-moi, maîtresse, se lamenta Mildreth, le visage ravagé par les larmes.

— Jamais de la vie ! Nous allons nous en sortir toutes les deux, toi et moi.

— Que le seigneur, la vierge Marie et tous les saints vous bénissent ! sanglota Mildreth en agrippant sa main.

Un craquement retentit dans tout l'étage supérieur. Le choc d'une hache contre une porte. Puis il y eut des cris et le bruit d'une cavalcade, comme si on cherchait à empêcher une intrusion. Mildreth poussa un gémissement sonore. Instinctivement, Annis porta la main au couteau à découper qui pendait à sa ceinture. C'était une bien piètre protection face à des épées, mais elle n'avait pas d'autre arme à sa disposition.

Elle adressa une prière silencieuse à Dieu.

Des gouttes de sueur commençaient à ruisseler sur son visage et dans son cou.

— Bloquons la porte ! lança-t-elle tout en se mettant à tirer le lit tandis que sa servante demeurait prostrée par terre. Aide-moi donc, Mildreth, si tu tiens à la vie !

Dans les profondeurs de l'édifice, des marches se mirent à grincer.

Haakon n'avait pas prévu que la journée se passerait ainsi. Ils étaient venus en paix, pour faire du commerce, pas pour mener une guerre.

Il considéra la bataille, ou plutôt le massacre, qui se déroulait autour de lui. Déjà des flammes léchaient nombre de bâtiments. Il savait que Lindisfarne était un centre culturel réputé, mais il n'avait pas le pouvoir de le sauver. L'abbé, pensa-t-il, aurait dû mieux tenir ses troupes. Il avait perdu à la fois un guerrier de valeur et un ami cher, et cela à cause d'un moine déchaîné. L'abbé s'attendait-il donc à ce qu'il reste passif devant un acte de violence aussi gratuit ?

— Bjorn avait raison, Haakon ! s'exclama Thrand depuis le seuil du monastère.

Il était échevelé mais paraissait indemne et tirait derrière lui un coffre débordant de calices étincelants et de crucifix ornés de joyaux.

— Le monastère croule sous l'or et les bijoux, annonça-t-il. Tu n'en croirais pas tes yeux. Tu as eu bien raison de nous amener jusqu'ici pour récupérer l'argent que nous devait le Scot.

— Brûle donc les bâtiments, répliqua Haakon. C'est un raid comme les autres, Thrand. Rassemble le maximum de butin. Nous aurons de quoi donner une belle fête à notre retour à la maison.

Il refusait d'éprouver la moindre compassion à l'égard de leurs victimes. Il n'y aurait pas de place pour eux au Walhalla que leur Dieu réservait aux guerriers. Eux, ils ne méritaient pas ce titre. Des enfants auraient mieux su manier l'épée. Avec de tels guerriers, le prieuré était sans défense.

— Attention, derrière toi ! le prévint son demi-frère.

Plusieurs gardes à la carrure massive s'avançaient vers lui. Thrand fut sur eux le premier. Les lames s'entrechoquèrent. Ces soldats-ci étaient visiblement plus aguerris, songea Haakon tout en rendant coup pour coup. Il envoya un de ses adversaires au sol tandis que Thrand terrassait les autres.

— Tu vaux presque un berserker en férocité, Thrand.

L'interpellé leva son épée.

— Tuer ne me procure aucun plaisir, Haakon. Tu le sais bien. C'est là toute la différence entre Bjorn et moi.

— A propos, l'as-tu vu ?

— Pas depuis le début du combat. Ces moines étaient vraiment stupides de croire qu'ils pourraient nous attaquer avec leurs canifs sans que nous défendions notre honneur.

— J'aurais préféré que Bjorn attende mes ordres.

— C'est toi qui as tenu à ce qu'il débarque avec nous, lui rappela Thrand avec un haussement d'épaules. Bjorn est un homme dangereux, aussi bien pour ses amis que pour ses ennemis, quand il est atteint de folie meurtrière.

— Jamais il ne s'en prendrait à un membre du felag. Nous sommes tous unis par un pacte de sang.

— Peut-être, mais il paraît qu'il aurait déjà commis un

parjure, il y a deux étés de cela. Maintenant, je n'ai jamais vraiment prêté foi à cette rumeur, ajouta Thrand avant de se remettre à tirer le coffre. De toute façon, c'est toi le chef de cette expédition et je n'ai aucune envie de te disputer ce titre. Bjorn est sous ta responsabilité.

Haakon se frotta la nuque, acquiesçant par son silence aux paroles de son demi-frère. Bjorn représentait effectivement une menace pour tout le monde, y compris pour lui-même. Il ne lui restait donc plus qu'à retrouver le berserker pour l'arracher au délire sanglant qui avait pris possession de lui. Car, bien qu'ils se soient mutuellement juré loyauté et fidélité, il savait de quoi Bjorn était capable lorsque la soif de sang l'obsédait.

— Bjorn ! s'écria-t-il. Bjorn, la victoire est à nous ! Il est temps de se partager le butin !

Annis était accroupie derrière la barricade improvisée que formaient le lit, le matelas, les coffres et la coiffeuse. Ses tresses s'étaient dénouées alors qu'elle entassait frénétiquement les meubles et ses cheveux cascadaient maintenant librement dans son dos.

L'oreille tendue, elle osait à peine respirer.

Le calme était retombé après le grincement qui avait retenti au bas de l'escalier. Elle ne savait qu'en déduire. Fallait-il interpréter ce silence comme le signe d'une nouvelle menace ? Ou bien les assaillants avait-il quitté l'édifice ?

Des volutes de fumée s'enroulaient dans les airs, rendant sa respiration difficile et lui brûlant les yeux. Ses muscles étaient ankylosés par l'effort déployé pour déplacer les meubles. Loin de l'aider à monter la barricade, Mildreth était restée assise sur le plancher, se balançant sans mot dire, l'air hagard et les bras serrés autour du baluchon qui contenait leurs maigres possessions.

Annis adressa une nouvelle prière au Seigneur — sans grande illusion. Elle craignait Dieu mais ne l'écoutait point.

Il s'était détourné d'eux et les avait abandonnés à un sort qui servirait de leçon aux autres pécheurs. C'était ce que son oncle aurait certainement dit s'il avait été encore de ce monde.

Elle ne voyait cependant toujours pas pourquoi Dieu aurait pu vouloir le décès de ce dernier et celui des autres moines. Son oncle était vénéré de tous. Sa piété était notoire et ses opinions respectées. Or, il était désormais mort et le sable doré de la plage buvait son sang.

Elle considéra un instant le couteau qu'elle tenait à la main.

— Je vais te protéger, murmura-t-elle à Mildreth qui ne parut point l'entendre. Je te le jure.

La porte de la chambre vibra soudain dans son encadrement.

Annis se figea, la respiration bloquée, souhaitant de toutes ses forces que l'intrus se lasse et parte à la recherche d'une proie plus facile.

Comme en réponse, le battant fut repoussé avec une violence inouïe. Le lit et tous les autres meubles volèrent dans la pièce comme s'ils n'étaient que fétus de paille.

Un immense barbare apparu sur le seuil, le fer de sa hache rougi par le sang. Son torse et ses bras étaient aspergés de taches sombres. Elle se figea en reconnaissant l'assassin de son oncle.

Les yeux du sauvage, derrière son casque, luisaient d'un éclat soufré. Un rictus lui découvrait les dents.

— Seigneur, ayez pitié ! s'écria-t-elle en se rencognant dans la pénombre.

Le guerrier au regard fauve scrutait la chambre. Le volet de la fenêtre, un instant repoussé par le vent, se referma brusquement, attirant aussitôt son attention.

Avec un peu de chance, il penserait qu'elles s'étaient échappées.

Avec un grognement étouffé, le barbare tourna les talons. Le cœur d'Annis manqua un battement. Etaient-elles sauvées ? Elle n'osait y croire.

Ce fut ce moment que Mildreth choisit pour recouvrer

l'usage de la parole et laisser échapper un gémissement. Le sauvage s'immobilisa et, le souffle lourd, pivota sur lui-même. Cette fois-ci, il ne manqua pas de repérer l'endroit où la domestique se cachait, recroquevillée sur elle-même.

Un sourire diabolique fendit son visage tandis que ses doigts enserraient amoureusement le manche de sa hache.

— Ah ! Bjorn, te voilà ! s'exclama Haakon en pénétrant à son tour dans la chambre exiguë de l'étage.

Le mobilier de la pièce était renversé. Un rude combat avait dû se tenir ici.

— Il n'y a rien dans cette pièce, dit-il. Ses occupants ont dû la quitter depuis longtemps.

Il s'arrêta soudain en remarquant que le berserker s'avançait lentement vers une femme accroupie. Une deuxième femme, aux yeux lumineux, se cachait dans la pénombre, de l'autre côté de la chambre. Elle posa un doigt sur ses lèvres en lui jetant un regard suppliant. Il serra les dents. Il n'y avait aucun mérite, estimait-il, à tuer des créatures sans défense.

— Nous avons obtenu tout ce que nous voulions et bien plus encore, reprit-il. Il est l'heure de repartir, Bjorn. Il ne faut pas laisser passer la marée.

Il s'efforçait de garder une voix calme afin de ramener Bjorn à la raison. Celui-ci, malheureusement, ne semblait même pas l'entendre et continuait à marcher sur sa proie. Haakon avait pensé que la femme profiterait de son intervention pour essayer d'échapper au berserker, or elle demeurait prostrée sur le plancher, tel un lapin terrorisé.

— Le butin a été embarqué, Bjorn Bjornson, insista Haakon. Il est temps de s'en aller.

A ces mots, Bjorn tourna vers son chef sa tête massive, le considérant avec une expression qu'il ne lui avait jamais vue. Son regard se riva sur l'épée que Haakon tenait à la main tandis qu'une lueur sinistre embrasait ses prunelles.

La bouche tachée de sang et de bave, il s'avança vers lui en agitant sa hache.

Haakon demeura immobile. Bjorn allait bien finir par le reconnaître. Ils avaient partagé tant d'épreuves ensemble ! Cependant, jamais il n'avait connu le berserker en proie à une folie meurtrière d'une telle intensité.

— Bjorn, c'est moi, Haakon, ton jaarl. N'oublie pas ton serment. Ressaisis-toi.

Une certaine hésitation envahit alors les yeux de Bjorn. Il contempla sa hache comme si l'arme lui était étrangère. Soulagé, Haakon opina de la tête pour l'inviter à approcher.

A cet instant, le regard du berserker se reposa sur son épée et une flamme diabolique se ralluma dans ses pupilles. Humectant ses lèvres, il leva sa hache pour l'abattre sur son chef.

Ce dernier esquiva sur la droite, le bouclier levé pour parer le coup. Le choc lui ébranla le bras jusqu'à l'épaule. Et déjà, le berserker se reculait pour reprendre son élan.

— C'est moi, ton compagnon d'expédition, Bjorn, lui rappela-t-il en levant les mains, sur le ton apaisant d'une mère en train de bercer son enfant. Nous nous sommes juré fidélité et loyauté devant Thor et Odin. Nous avons mêlé nos sangs. Tu es membre de notre felag.

Bjorn ne donnait cependant aucun signe de compréhension. L'odeur du sang l'avait plongé dans une fureur démente. Une seule idée l'obsédait : tuer, encore tuer, toujours tuer. Un énorme rugissement jaillit du tréfonds de ses entrailles.

Haakon leva de nouveau son bouclier qui craqua sous la violence du coup.

Annis, de son côté, regardait avec stupéfaction le nouveau venu se défendre des attaques du géant et riposter avec son épée. Elle peinait à saisir la raison de ce combat, mais n'y vit pas moins une occasion inespérée de s'échapper.

— Va-t'en, Mildreth, va-t'en vite ! Cours à la porcherie ! Je te rejoins là-bas.

La domestique n'eut pas besoin d'autres encouragements. Elle bondit vers la porte et passa derrière le beau guerrier.

Dans son mouvement, elle lui heurta le pied et le fit trébucher. Son bouclier tomba sur le plancher tandis que son épée lui échappait des mains. Il était sans défense.

Annis se rendait bien compte qu'elle devait fuir, elle aussi, mais ses jambes refusaient subitement de bouger. Elle devait partir, maintenant. Elle ne devait pas laisser passer cette chance de salut, la seule peut-être qui s'offrirait à elle. La nécessité de quitter la pièce sur-le-champ était évidente — mais la vue du guerrier allongé sur le sol, à la merci de son compagnon d'armes, la retenait sur place.

C'était ce même guerrier, se dit-elle, qui les avait sauvées, Mildreth et elle, d'une fin atroce. Et voici qu'il courait à son tour un danger mortel. En outre, dès qu'il serait trépassé, son adversaire ne manquerait pas de se retourner contre elle.

Ce dernier marchait justement sur lui avec une respiration pesante. Quand il le surplomba, il s'arrêta et un lent sourire lui fendit le visage. Il s'humecta une nouvelle fois les lèvres.

Elle retint sa respiration.

Alors que le barbare levait sa hache pour administrer le coup de grâce, elle vit les pièces de son armure de cuir bâiller au niveau de sa gorge, exposant la peau de son cou…

Chapitre 2

Annis bondit de sa cachette en brandissant son couteau. Elle savait qu'elle n'aurait pas d'autre occasion. Il lui fallait réussir ou périr.

Le sauvage eut à peine le temps de se tourner vers elle. La lame lui trancha proprement la gorge. Immédiatement, il se mit à cracher du sang, l'air hébété.

Ebranlée par le choc, elle lâcha le couteau et partit en arrière, tombant sur le guerrier allongé au sol. Aussitôt, il l'entoura de ses bras puis la fit glisser sous lui, pour la protéger. Il étouffa un juron contre son oreille tandis qu'elle s'efforçait de reprendre son souffle.

Quelques secondes plus tard, le barbare à la hache s'abattait sur le sol dans un fracas retentissant, les manquant de peu.

Toujours étendue sous le guerrier, elle sentait sur elle le poids de son sauveur dont l'haleine se mêlait à la sienne. Elle eut à peine le temps de distinguer la barbe naissante qui lui piquait les joues et l'éclat de ses yeux bleus que, déjà, il se redressait et lui saisissait les mains pour l'aider à se relever à son tour.

Alors que son regard d'azur la scrutait avec une expression préoccupée, elle considéra la forme étendue par terre que cernait l'orbe croissante d'une mare de sang.

Elle avait visé juste !

Elle détourna les yeux pour enfouir sa tête contre la cotte de mailles qui recouvrait la poitrine du guerrier, cherchant du réconfort dans sa force. Ses bras robustes la serrèrent contre lui. Elle percevait dans le lointain la rumeur de la bataille et les crépitements de l'incendie, mais ne prêtait attention qu'aux battements du cœur de son sauveur. Peu à peu, la réalité de son acte pénétrait sa conscience.

Elle avait tué. Le barbare était mort, mort de sa propre main !

Elle repoussa le guerrier avant de reculer en chancelant jusqu'à un seau retourné sur lequel elle se laissa choir. Le corps secoué de tremblements, elle s'efforça de reprendre le contrôle d'elle-même.

L'air chargé de fumée lui piquait les yeux et la gorge. Il lui fallait filer sans plus tarder pour essayer de franchir l'isthme, se rappela-t-elle en se remettant debout. Mais ses jambes peinaient à lui obéir, au point qu'elle craignait de tomber à genoux si elle se risquait à effectuer le moindre pas.

— Moi aussi, j'ai été malade la première fois, lui confia alors le guerrier d'une voix basse et grave dont les intonations résonnèrent dans la pièce.

Il avait une voix rassurante qui l'enveloppait comme un châle protecteur. Elle jeta un coup d'œil par-dessus son épaule, ne pouvant croire que ces mots en latin avaient été prononcés par le guerrier barbare. D'ordinaire, les pillards comme lui ignoraient tout de la langue sacerdotale. Elle devait souffrir d'hallucinations. Etait-ce là la rançon du meurtre ? Des voix imaginaires ? Elle plaqua ses paumes contre ses oreilles en secouant la tête pour s'éclaircir les idées.

Son sauveur retira alors son casque, révélant une chevelure sombre dont des mèches étaient plaquées contre son front. Il était grand et puissamment bâti. Il frotta d'une main le début de barbe qui lui piquetait les joues.

Annis sursauta à la vue de ce visage. L'homme qui l'avait défendue contre la brute sanguinaire n'était autre que le chef de guerre païen qu'elle avait aperçu plus tôt, celui qui s'était disputé avec son oncle, celui qui avait lancé ses hommes à l'assaut du prieuré. Elle en aurait sangloté de consternation : l'individu qui, grâce à elle, avait échappé à la mort était responsable du meurtre de son oncle. Si elle l'avait reconnu plus tôt, elle l'aurait abandonné à son sort pour courir après Mildreth. Elle baissa les yeux sur ses mains, se demandant ce qu'il allait faire maintenant et de quoi il était capable.

— Vous m'avez sauvé la vie, articula-t-il dans un latin à peine teinté d'un léger accent qui était loin d'être désagréable. Moi, Haakon Haroldson, jaarl de Viken, suis votre débiteur.

Elle cilla. Ses sens ne l'avaient point abusée. Ce pillard parlait latin aussi bien, voire mieux, qu'un noble de Northumbrie.

— Est-il mort ? demanda-t-elle dans cette même langue en considérant la silhouette allongée par terre.

— Je le crains, répondit Haakon avec tristesse.

Il s'agenouilla sur le plancher pour retourner son ancien compagnon d'armes et marmonna quelques mots avant de lui fermer les paupières.

— Bjorn était un fier combattant, ajouta-t-il. Il va nous manquer. Un grand banquet sera donné au Walhalla ce soir.

— Il a essayé de vous tuer et vous regrettez sa mort ? s'enquit-elle avec incrédulité.

Haakon la dévisagea. Sa chevelure sombre retombait dans son dos. Elle était vêtue d'une simple robe couleur pin, dénuée de tout ornement, et ne portait aucun de ces bijoux que chérissaient tant sa belle-mère ainsi que la reine Asa et les courtisanes de Viken. Dans ses grands yeux vert bronze palpitait encore une lueur terrorisée : c'était la toute première fois qu'elle tuait.

Etait-elle bien réelle ou était-ce une Walkyrie, une de ces guerrières qui écumaient les champs de bataille à la recherche de candidats au Walhalla ?

— C'était un valeureux compagnon d'armes, un berserker, repartit-il en contemplant la fidèle hache de Bjorn.

Combien d'hommes avait-il tué avec elle ? Combien d'hommes avait-il également sauvés d'un coup décisif de sa hache ?

Il lui paraissait inconcevable que Bjorn se soit comporté

aussi agressivement à son encontre, qu'il ait achevé sa vie en brisant son serment et en attaquant délibérément le chef désigné de son felag. Il secoua la tête. Bjorn s'était tout simplement laissé entraîner trop loin dans sa folie meurtrière. Il ne savait plus ce qu'il faisait.

— Un berserker ? répéta Annis.

— Il ne vivait que pour le combat, répondit-il sans parvenir à trouver de termes latins plus appropriés pour décrire le défunt. C'était un grand guerrier.

Elle hocha la tête mais une expression dubitative se peignit sur son visage.

Haakon reporta son attention sur le corps de Bjorn. Nombre de ses compatriotes exigeraient que la perte d'un combattant d'une si grande valeur soit punie de mort. Lui-même respectait d'ordinaire le code d'honneur des guerriers, mais il n'en restait pas moins que la jeune femme lui avait sauvé la vie et que cette dette-là, à ses yeux, l'emportait sur toute autre.

— Vous êtes désormais sous ma protection, Walkyrie, reprit-il avant de se frotter la nuque. Et si vous me disiez ce qui s'est passé ici ? Qu'avez-vous fait pour provoquer Bjorn ?

Elle secoua la tête tout en reculant. Elle finit par heurter du dos le rebord de la fenêtre et s'arrêta.

— Vous me devez la vie, rappela-t-elle, les yeux écarquillés de peur.

A la voir si effrayée, Haakon se sentit bouleversé. Il était clair qu'elle s'attendait à ce qu'il la tue ; or, il aurait été bien incapable de s'en prendre à une femme, même dans le feu de l'action.

— C'est bien pour ça que vous êtes dorénavant sous ma protection, rétorqua-t-il. Soyez assurée que vous ne courez plus aucun danger. De plus, aucun de mes compagnons n'ira jamais songer qu'une femme a pu tuer Bjorn. Déjà, la nouvelle de sa mort en surprendra plus d'un.

— Il allait vous achever, ce berserker, comme vous dites,

après que ma bonne vous a fait trébucher. Ce que j'ai fait pour vous, je l'aurais fait pour n'importe qui d'autre.

Tout en prononçant ces mots d'une voix altérée, elle piocha dans son baluchon une poignée de bijoux qu'elle lui tendit.

— Allez-vous-en maintenant. Laissez-moi ici. Prenez ceci et partez.

Il contempla la frêle créature avec incrédulité et repoussa les joyaux qu'elle lui tendait. N'avait-elle donc aucune conscience du danger ? Ne comprenait-t-elle pas ce qui se passait ici ?

Quand lui et les membres de son felag en auraient fini, il n'y aurait plus aucun bâtiment debout. Quoique dépourvus d'intentions belliqueuses à leur arrivée sur les lieux, ils n'étaient pas hommes à esquiver un défi. Et la prochaine fois, les habitants de cette île hésiteraient peut-être à s'opposer à une demande légitime d'un représentant de Viken.

On leur avait menti, on les avait trompés, on avait tenté d'abuser de leur bonne volonté. Ce n'était pas tolérable. La guerre, ce n'était pas eux qui l'avaient déclarée.

Reportant son attention sur la jeune femme, il remarqua qu'elle tremblait et que le pourtour de sa bouche était pâle. Elle lui évoquait un cheval ombrageux qu'il fallait amadouer et apprivoiser pour lui faire entendre raison.

— Où sont vos guerriers ? lui demanda-t-il.

— Mes guerriers ?

— Vos gardiens, si vous préférez. Un être aussi précieux que vous ne saurait être laissé sans protection.

— Tous les hommes présents dans le monastère sont pour l'instant occupés à se défendre contre vous et vos semblables.

Il lui indiqua la petite fenêtre qui donnait sur la plage.

— Là-bas, c'est une scène d'apocalypse. Mieux vaut que vous n'y mettiez pas les pieds.

— Ai-je le choix, de toute façon ? répliqua-t-elle, ses yeux verts brillant de défi. Ce ne sont pas les nôtres qui ont entamé les hostilités. Et maintenant, je vais vous laisser.

Comme elle passait devant lui, Haakon lui attrapa le bras, la contraignant à l'immobilité. Il pouvait voir son pouls battre à la base de son cou.

— Si je vous laisse partir, vous perdrez la vie. Il y a d'autres hommes comme mon ami, là dehors Dans les deux camps.

Elle se dégagea d'un geste rageur.

— Je prends le risque.

— Et si vous me faisiez plutôt confiance ?

— L'abbé a été taillé en pièces, décapité d'un seul coup par la hache de cet individu, répondit-elle en désignant le cadavre du berserker. Et vous n'avez même pas levé le petit doigt pour empêcher la mort de ce saint homme.

Elle s'était retenue à temps de dire « mon oncle », estimant préférable de ne pas divulguer son lien de parenté avec le supérieur du monastère.

— J'ai tout vu, poursuivit-elle. Vous êtes responsable du comportement de vos guerriers. L'abbé était venu vous saluer. C'est vous et vous seul qui avez apporté en ces lieux la mort et la destruction.

— Et où étiez-vous donc ? s'enquit-il. Je ne crois pas avoir remarqué aucune femme dans le comité de bienvenue. Et puis il semble que votre latin n'est pas aussi bon que vous le croyez. Nous étions venus en paix et nous avons été agressés. Comme je l'ai souligné à l'abbé, nous désirions seulement l'or qui nous revenait, qui nous avait été promis. C'est un des moines qui a fait couler le sang le premier.

— J'ai suivi la scène d'ici, repartit-elle en montrant la fenêtre. L'abbé était un homme de bien.

— Son décès est regrettable, admit Haakon. Mais comme vous avez tué celui qui l'a provoqué, sans doute peut-il être considéré comme vengé.

Il passa une main dans ses cheveux.

— Nous souhaitions uniquement toucher le prix de nos fourrures et de notre ambre, reprit-il, et aussi proposer aux religieux notre protection. Nul n'est à l'abri du malheur aujourd'hui, pas même les hommes de bien.

— En effet, murmura-t-elle, la gorge nouée.

Elle refusait de laisser libre cours à son chagrin en présence de ce barbare, même s'il l'avait sauvée. Elle pleurerait plus tard son oncle ainsi que tous ceux qui étaient morts à ses côtés. Pour l'heure, il lui fallait trouver un moyen d'échapper à Haakon et d'aller prévenir les seigneurs des domaines voisins du danger que représentaient ces pillards.

Déjà, l'odeur de la fumée était devenue plus forte, tandis que le plancher commençait à lui chauffer la plante des pieds. Elle percevait maintenant les crépitements de l'incendie.

— Nous devons évacuer cet endroit au plus vite, l'avertit Haakon. Mes hommes ont reçu l'ordre de mettre le feu à tous les bâtiments.

— Plutôt mourir que m'en aller d'ici avec vous, rétorqua-t-elle en posant les mains sur ses genoux, soudain épuisée.

— Vous allez bientôt être exaucée, si vous n'écoutez pas ce qu'on vous dit, répliqua-t-il avant d'esquisser un sourire ironique. Mais je pense que vous me suivrez.

— Ah oui ? s'exclama-t-elle en redressant la tête, indignée par l'impertinence de ce chef barbare.

— Vous venez de prouver la force de votre instinct de survie. Allons, venez. Je vais vous trouver un lieu sûr.

Elle déglutit péniblement. Elle avait commis une énorme erreur, aujourd'hui, songea-t-elle. Elle aurait dû laisser Haakon affronter seul son compagnon d'armes. Néanmoins, il avait raison : il leur fallait partir. Elle espérait seulement qu'elle parviendrait à lui fausser compagnie une fois à l'extérieur. Elle allait devoir guetter le moment approprié pour prendre ses jambes à son cou. Sa gorge se noua encore une fois. Elle haïssait cet homme de tout son cœur.

— Je vais vous obéir, articula-t-elle. Pour l'instant.

— Sage décision, approuva-t-il d'une voix plus dure. Filons maintenant. Nous n'avons déjà que trop tardé.

Elle se mit aussitôt à rassembler ses biens. Sa main s'arrêta un moment au-dessus de son miroir, désormais rayé.

— Que faites-vous donc ?

— Je récupère mes affaires.

— Vous n'en aurez pas besoin, rétorqua-t-il avant de se pencher pour récupérer le couteau de la jeune femme qu'il lui tendit après en avoir essuyé la lame. Mais ceci, en revanche, risque de vous être nécessaire.

Elle le dévisagea avec méfiance. Que pouvait-il avoir en tête ? Il l'avait vue utiliser cette même arme pour tuer un de ses guerriers et devait se douter qu'elle n'hésiterait pas à s'en servir de nouveau pour lui échapper. Elle s'empressa cependant de saisir la dague avant qu'il ne change d'avis et la rangea dans sa ceinture.

Il lui saisit le poignet.

— Je vous porte ou vous marchez ?

— Je marche.

Il la précéda dans l'escalier et la guida vers la sortie, l'épée au poing, s'arrêtant à chaque tournant pour vérifier que la voie était dégagée. Quand ils émergèrent dans la cour du monastère, le ciel était noir et l'air imprégné de fumée.

Le spectacle qui s'offrait à eux semblait tout droit sorti des enfers. Annis remarqua avec consternation les butins empilés un peu partout : tapisseries volées dans le solarium de son oncle, crucifix incrustés de joyaux, coffrets remplis d'or. Un amas de livres et de manuscrits brûlait au centre de la cour. A cette vue, elle sentit des larmes lui monter aux yeux. Elle les essuya du dos de la main, atterrée de voir tout ce savoir et toute cette connaissance partir ainsi en fumée. Comme elle se précipitait pour retirer au moins les bibles du feu, Haakon la retint fermement par le poignet.

Ce geste lui rappela sa captivité, achevant de la convaincre de la réalité de sa situation : elle n'était pas la proie de quelque cauchemar dont elle allait bientôt se réveiller pour retrouver le visage souriant de sa nourrice. Lindisfarne dans son intégralité avait été sciemment et sauvagement saccagé. Tout son univers avait changé. Irrévocablement.

Elle sursauta en s'apercevant que Haakon ne la conduisait pas en direction des bateaux ni vers les autres barbares, mais qu'il l'emmenait jusqu'à un petit tertre situé à l'écart.

Ici, nota-t-elle, l'air était plus clair, même si on distinguait à peine le soleil derrière le rideau de fumée. Quelques rochers procuraient un abri de fortune où les cris et le vacarme du pillage se fondaient en une rumeur lointaine. Au-dessus d'eux, une mouette volait en cercle, indifférente au chaos et à la confusion qui régnaient en contrebas.

Lorsque Haakon la relâcha, elle se frictionna le poignet, ne comprenant toujours pas pourquoi il l'avait entraînée jusqu'ici. Il fit le tour des rochers en silence, avant d'émettre un grognement satisfait.

— Vous serez en sécurité ici. Attendez notre départ avant de tenter de franchir le passage. Marchez ensuite aussi vite que vous le pourrez, sans vous retourner, et rentrez chez vous.

— Pourquoi ce traitement de faveur ? demanda-t-elle

— Je vous dois la vie, lui rappela-t-il avant de lui prendre le menton. C'est ici que nos chemins se séparent. Adieu, Walkyrie.

De nouvelles larmes brûlèrent soudain les paupières d'Annis qui les refoula en cillant. Le barbare lui rendait sa liberté. Elle s'était crue sa prisonnière et voilà qu'il la sauvait encore une fois. Elle savait qu'elle aurait dû s'écarter de lui, mais le contact léger de ses doigts sur son menton la figeait sur place.

— Au revoir, Haakon Haroldson, jaarl de Viken, chuchota-t-elle à deux doigts de ses lèvres.

— Vous pouvez faire mieux que ça, répliqua-t-il.

Sans avertissement, il pencha la tête vers elle et l'embrassa. Ce ne fut qu'un bref baiser, mais il était rassurant, presque tendre. Elle chancela et il l'enveloppa aussitôt de ses bras, la pressant contre son torse large et musclé. Leur baiser s'approfondissait, s'intensifiait, devenant aussi passionné et ardent que les flammes qui engloutissaient le monastère.

Les doigts crispés sur l'armure de cuir du guerrier, enivrée par le contact de sa bouche qui dévorait la sienne, elle s'abandonna totalement à ses sensations nouvelles. Mais cet instant ne dura pas et bientôt il la repoussa. Elle leva les yeux vers lui, troublée de le voir haleter comme s'il venait de produire un violent effort. Elle avait conscience de respirer elle-même avec difficulté. Et tout cela, pensa-t-elle, à cause d'un simple baiser. Elle s'efforça de reprendre son souffle, d'apaiser le bouillonnement de son sang.

— Si toutes les Walkyries sont comme vous, j'ai hâte de me retrouver au Walhalla, proféra-t-il avant de lui tourner le dos et de la quitter sans attendre sa réponse.

Haakon se força à s'éloigner d'un bon pas, refusant toute tergiversation. Il était inutile de s'attarder. Elle serait en sécurité ici. Dans quelques heures, ses hommes et lui seraient repartis. Elle pourrait alors reprendre sa vie et lui la sienne. Il avait remboursé sa dette envers elle. Ils étaient quittes.

Annis effleura rêveusement ses lèvres encore chaudes du baiser de Haakon, les yeux fixés sur sa haute et massive silhouette qui s'évanouissait dans les volutes de fumée noire. Il avait la démarche martiale des vainqueurs, des conquérants sûrs de leur force.

Pourquoi donc fallait-il qu'il soit si beau ? Son baiser lui avait été bien plus agréable que tous ceux que Selwyn avait jamais pu lui donner. Son défunt mari avait toujours essayé de la dominer, alors que Haakon s'était contenté d'exercer sur elle une douce persuasion. Et son corps n'avait pas manqué d'y répondre.

De plus il lui avait rendu sa liberté et, ce faisant, lui avait aussi sans doute sauvé la vie. Malheureusement, il n'en restait pas moins son ennemi et elle était navrée de l'avoir connu dans de pareilles circonstances.

Aurait-il mieux valu qu'elle continue à ignorer l'existence d'un tel homme ?

Elle se laissa tomber sur le tapis de salicornes qui garnissait le fond de sa cachette et ramena ses genoux contre sa poitrine. Elle était saine et sauve, se dit-elle. Libre de rentrer chez elle et de reprendre le cours de son existence. Après les épreuves qu'elle venait d'endurer, elle aspirait à la sécurité et à la tranquillité qu'offraient les murs de pierre de Birdoswald. La houle clapotait contre les flancs des navires aux voiles rayées de rouge et de blanc, signalant un changement de marée. Les envahisseurs qui embarquaient coffres et sacs à bord des drakkars paraissaient minuscules dans le lointain. Le vent apportait les échos de leurs rires. Elle avait hâte qu'ils partent pour qu'elle puisse franchir le passage.

Mais soudain, un hurlement déchira l'air.

Elle sentit les poils de sa nuque se hérisser. Sortant son couteau, elle contourna prudemment les rochers pour jeter un coup d'œil.

Il n'y avait personne, ce n'était qu'une sterne qui tournoyait dans le ciel en criant.

Elle retourna s'accroupir dans sa cachette, la dague brandie devant elle, aux aguets, ne cessant de songer à la promesse qu'elle avait faite à Mildreth. Elle espérait seulement que sa servante l'attendait toujours dans la porcherie.

Elle lui avait juré qu'elle la retrouverait là-bas. Elle devait s'y rendre sans plus tarder.

Bien sûr, il aurait été préférable d'attendre le départ des barbares pour retrouver la servante, mais Mildreth risquait de s'inquiéter. Et puis, en passant par l'arrière de la porcherie, elle était pratiquement certaine que personne ne la remarquerait. Elle pourrait ainsi aller secourir la pauvre servante à l'insu de tout le monde.

La main en visière, elle examina de nouveau les bateaux. Le chargement de ces derniers suivait son cours. D'ici peu, la majorité des guerriers aurait déserté le monastère pour remonter à bord des navires. En outre, la porcherie était située près des cuisines et il n'y avait là-bas ni or, ni bijoux ni livres à brûler — juste un tas de fumier.

L'estomac contracté, elle se répéta qu'il lui fallait agir, bouger. Elle avait des obligations à l'égard de Mildreth.

Les paroles de Haakon résonnaient encore dans ses oreilles. Elle était en sécurité ici, lui avait-il assuré. Elle ne courrait plus aucun danger tant qu'elle resterait cachée au milieu de ces rochers.

Et s'il changeait d'avis ? songea-t-elle. Et s'il revenait la chercher ? Pouvait-elle réellement se fier à un homme comme lui ? A un chef de guerre barbare ? N'était-il pas plus raisonnable de penser qu'elle ne serait jamais en sécurité tant qu'il saurait où la trouver ?

Sa résolution fut bientôt prise : il lui fallait quitter son abri pour porter secours à Mildreth. Jamais jusqu'alors elle n'avait failli à une promesse, et ce n'était pas maintenant qu'elle allait commencer.

Elle se contenterait de courir jusqu'à la porcherie sans aller plus loin. Mildreth s'était forcément réfugiée là-bas, et les Nordiques étaient bien trop occupés à piller les trésors d'un des monastères les plus riches de la chrétienté pour se soucier d'aller capturer des cochons dans leur souille. Sa servante et elle pourraient ainsi patienter en compagnie de ces braves bêtes sans crainte d'être découvertes.

Elle frémit en songeant au nombre de familles de la Northumbrie et de la Mercie qui allaient se retrouver ruinées à la suite de ce raid, alors qu'elles croyaient leurs biens en sécurité auprès des moines, en ce lieu sacré que nul croyant n'aurait osé profaner par crainte de la damnation éternelle.

Le ciel était maintenant noir de suie, donnant l'impression d'être plus proche de minuit que de midi. Elle entreprit de redescendre la colline en direction des bâtiments saccagés. L'église dédiée à Saint Cuthbert luisait d'un éclat orangé. Sous ses yeux, une énorme poutre de la toiture s'abattit dans l'allée centrale en propulsant vers les hauteurs un geyser d'étincelles.

Choquée, elle trébucha et tomba à genoux dans une flaque. Sa main se referma sur une petite croix d'argent qui gisait dans la boue. Elle la rangea dans sa ceinture, à côté de sa dague. C'était un cadeau de sa mère. Mildreth avait dû l'emporter en fuyant l'hôtellerie avant de l'égarer dans un moment de panique. C'était peut-être un signe : sa bonne était sûrement saine et sauve. Quand elle raconterait cela à sa mère, à Birdoswald, elles en riraient ensemble et conviendraient que c'était décidément la Providence qui lui avait rendu ce bijou.

Elle se pinça l'arête du nez, irritée par les relents acres de l'incendie, et refoula les larmes qui lui montaient aux yeux. A quoi bon songer à son retour au domaine ? Il lui fallait d'abord survivre à cette journée.

Elle inspira à trois reprises tout en inspectant les alentours. Les Nordiques avaient disparu et nul ne semblait lui prêter attention. En fait, elle était toute seule.

Elle rajusta sa toilette d'un geste machinal qui lui arracha un demi-sourire : la laine vert sombre était déjà bien trop tachée et déchirée pour que la robe puisse être sauvée. Il lui paraissait incroyable qu'elle ait même l'idée de songer à sa tenue vestimentaire en de pareilles circonstances. Cela prouvait en tout cas à quel point elle avait été imprégnée par les leçons de sa nourrice qui n'avait eu de cesse de lui apprendre à se comporter en vraie dame de Northumbrie.

Quoi qu'il en soit, elle devait continuer à aller de l'avant si elle ne voulait pas finir captive.

Se coulant dans la pénombre, elle reprit son chemin en progressant le long de la façade d'un des bâtiments. La fumée y était encore plus épaisse et les pierres du mur diffusaient une chaleur intolérable.

Par miracle, nul ne la remarqua, si bien qu'elle put atteindre les communs sans encombre. Elle vit alors que la barrière de la porcherie était brisée et que les cochons s'étaient échappés, ne laissant que les empreintes de leurs sabots dans la terre de l'enclos.

— Mildreth ? appela-t-elle doucement. C'est Annis, ta maîtresse. Je suis là, comme promis.

Seul le silence lui répondit — un silence lourd, étouffant, qui tranchait singulièrement avec le fracas et la confusion qui régnaient dans la cour.

Elle tendit désespérément l'oreille, à l'affût du moindre bruit. Mildreth devait forcément être ici, pensa-t-elle. Dieu n'avait pu qu'assurer sa fuite après les avoir délivrées toutes deux de la bête qui les avait menacées dans l'hôtellerie.

Elle nota soudain un détail qui lui avait échappé jusqu'alors : le toit de la porcherie s'était affaissé. La servante avait sans doute cherché refuge ailleurs. Mais où ? Près d'ici, très probablement. Malheureusement, elle n'avait plus le temps de fouiller les environs pour essayer de la localiser. Elle s'en voulait d'avoir à prendre cette décision, mais il ne lui restait plus qu'à prier le ciel pour que Mildreth arrive à s'en sortir toute seule et qu'elles se retrouvent de l'autre côté du passage.

Comme elle s'apprêtait à tourner les talons, son attention fut attirée par un bout de bure qui dépassait de l'angle de la toiture effondrée. Elle plaqua une main contre sa bouche pour étouffer le cri qui montait à ses lèvres, vacillant d'effroi.

C'était le corps de la pauvre Mildreth qui était coincé sous la charpente.

Elle se jeta sur elle pour lui porter secours. Elle palpa le cou de la domestique. Hélas ! sa peau était déjà froide et son regard éteint. Le souffle coupé, Annis croisa les bras sur sa poitrine tout en oscillant sur place pour tenter de recouvrer son sang-froid.

— Oh non ! gémit-elle malgré elle. Oh non…

Elle ne sut combien de temps elle demeura ainsi prostrée, mais elle finit par comprendre qu'elle était en danger.

L'incendie faisait désormais rage et ses flammes ardentes bondissaient tout autour d'elle. Il lui était cependant impossible d'abandonner Mildreth dans cette posture, le visage tourné vers un ciel qu'elle ne voyait plus.

Elle lui ferma donc les paupières et murmura la prière des morts. C'était peut-être une illusion, mais il lui sembla qu'ensuite le corps de la défunte avait un air plus serein. Puis elle déposa un baiser sur son front et se leva en s'époussetant les mains sur le devant de sa robe.

Plus tard, se jura-t-elle, elle reviendrait donner à sa servante une sépulture digne de ce nom. Elle irait aussi rendre visite à sa famille pour lui annoncer la triste nouvelle.

Pour l'instant, retourner à la cachette au milieu des rochers était encore la décision la plus avisée qu'elle pouvait prendre, malgré toute la méfiance que lui inspirait Haakon. De là, au moins, il lui serait possible de guetter le départ des drakkars.

Elle rebroussa chemin en se couvrant la bouche et le nez de sa manche pour se protéger à la fois des nuages de suie et de l'ardeur de l'incendie.

Avançant d'un pas mal assuré dans la demi-pénombre, elle se rendit compte au bout d'un moment qu'elle marchait dans la mauvaise direction et changea de cap au milieu des remous suffocants de la fumée.

Soudain, elle heurta un obstacle qui ressemblait à un mur. Elle s'apprêtait à repartir quand elle sentit qu'on lui attrapait le bras. C'était un des guerriers, qui se mit à lui adresser la parole dans son idiome barbare.

— Vous avez eu ce que vous vouliez, lui déclara-t-elle en s'efforçant d'adopter un ton ferme. Il n'y a plus rien pour vous ici. Quittez cet endroit sur-le-champ.

L'interpellé parut surpris car il desserra quelque peu son étreinte. Elle se risqua à relever la tête vers lui. Quoique plus jeune que Haakon, il lui ressemblait vaguement et la dévisageait avec incrédulité.

Dégageant son bras, elle se redressa de toute sa taille.

— Allons, laissez-nous ! ajouta-t-elle en lui montrant la direction approximative du rivage.

Il commença à obtempérer, l'air de plus en plus perplexe.

Elle poussa un soupir de soulagement, l'exhortant silencieusement à repartir sans se retourner.

Comme en réponse à sa prière muette, il pivota soudain sur lui-même et lui empoigna l'épaule d'une main possessive. Puis, le visage fendu d'un large sourire, il l'attira contre lui.

Chapitre 3

— Haakon Haroldson !

Le cri de détresse avait échappé à Annis alors qu'elle se débattait sous les doigts fureteurs du viking. Le chef des barbares l'avait pourtant prévenue de ce risque, mais elle avait préféré ne pas tenir compte de son avertissement. Elle s'en repentait maintenant et, si elle était en colère contre son agresseur, elle s'en voulait peut-être encore plus à elle-même. En croyant agir au mieux, elle s'était montrée inconséquente. Et il était désormais trop tard pour le regretter.

Le guerrier finit par lui empoigner les cheveux qu'il tordit d'un coup sec du poignet, lui infligeant une douleur qui la contraignit à l'immobilité. De l'autre main il brandissait une épée. A sa vue, elle sentit son cœur manquer un battement et le sang quitter ses membres.

Elle avait eu une occasion de s'échapper et l'avait bêtement gâchée. Un goût amer lui emplit la bouche.

Se sentant sur le point de défaillir, elle se força à redresser l'échine. Elle n'avait pas réussi à survivre jusqu'à présent pour périr sous la main de cet homme.

Elle lança son pied en avant et parvint à lui heurter le tibia. Etouffant un juron, il relâcha ses cheveux. Elle en profita pour reculer d'un bond. Aussitôt, le guerrier leva la main sur elle. Elle esquiva le coup tout en tordant le buste pour prendre la fuite.

Son jeune agresseur fut alors subitement tiré en arrière, laissant place à Haakon dont le visage était assombri par une fureur noire.

— Vous a-t-il blessée ? s'enquit-il en la prenant doucement par le coude.

— Non, non, ça va, répondit-elle en secouant la tête, alors même qu'elle commençait à frémir comme une feuille.

Elle s'enveloppa de ses bras, mais les tremblements ne voulaient point s'arrêter.

Les yeux de Haakon étincelaient de colère. Il avait revêtu son casque de combat. Ce n'était plus son sauveur qui lui faisait face, mais le chef de guerre qu'elle avait entraperçu sur la plage un peu plus tôt.

Elle déglutit avec peine, s'efforçant de retrouver son calme tandis qu'une vague de lassitude la submergeait. Elle aurait aimé pouvoir s'étendre sur le sol et ne plus jamais avoir à se relever. Ce mauvais rêve devait cesser. Il lui fallait impérativement se réveiller. Son existence n'était pas censée prendre un tour pareil. Sa vie, jusqu'alors, suivait un train réglé, planifié, et voilà qu'il ne lui en restait plus rien. Plus rien du tout.

Une nouvelle houle de fatigue douloureuse l'envahit, lui engourdissant les membres. Elle réfléchirait aux horreurs dont elle avait été témoin plus tard ; pour l'instant, elle ne désirait qu'une seule chose : que tout cela cesse. Ses paupières devinrent plus lourdes que du plomb ; ses yeux se fermaient malgré elle. Se laissant tomber à terre, elle ramena ses jambes contre sa poitrine, et s'adossa aux jambes de Haakon. Sa méfiance envers ce dernier s'était envolée. Elle s'en remettait à lui pour la sauver de nouveau.

Haakon réprima son envie de la secouer pour l'obliger à se redresser.

Il l'avait conduite jusqu'à un endroit sûr où il lui aurait suffi d'attendre sagement leur départ pour pouvoir ensuite aller retrouver les siens et ne garder qu'une belle frayeur de toute cette mésaventure. Mais non, il avait fallu qu'elle lui désobéisse et qu'elle revienne au monastère ! Odin l'avait mise sur son chemin de nouveau, juste à temps pour empêcher Thrand de commettre l'irréparable.

Il ne pouvait croire qu'elle soit à ce point inconsciente du danger. Ses hommes n'avaient que peu de respect pour les femmes de l'ennemi. Au pire, ils les tuaient, au mieux ils en faisaient leurs prisonnières.

— Cette dame est sous ma protection, Thrand, lança-t-il à son demi-frère tout en changeant de position pour que la concernée soit fermement calée contre ses jambes. Et je n'ai absolument pas le désir de t'expédier au Walhalla avant l'heure.

— Ta protection ? répéta Thrand avant de hausser les épaules. Je l'ai trouvée en train d'errer toute seule. Tu devrais garder un œil sur tes prises de guerre.

— Ivar m'a averti que tu avais des ennuis, reprit Haakon en feignant d'ignorer la pique. Il craignait que tu n'aies besoin d'assistance.

— Bah, ce n'était rien, répondit son demi-frère. Juste un moine de Northumbrie qui refusait de se laisser emmener.

Il se courba pour ramasser son arme.

— La prochaine fois, ajouta-t-il, surveille mieux tes captives. Il y a pas mal des nôtres qui traînent dans le coin avec la fièvre dans le sang.

— A propos, quelles sont nos pertes ? s'enquit Haakon en se passant une main dans les cheveux. Je veux dire : pas sur la plage, mais ici, au monastère.

Dans une bataille de ce genre, il s'attendait à voir beaucoup d'hommes rejoindre le Walhalla. Et la plus pénible des responsabilités qui lui incombaient était assurément d'informer de ces décès les épouses, fiancées et familles concernées à son retour à Viken, afin qu'elles puissent élever une pierre gravée à la mémoire de leurs chers disparus.

— La plupart d'entre nous n'ont reçu que quelques bleus et entailles. Seuls six sont gravement blessés, l'informa Thrand avant de s'interrompre brusquement en fronçant les sourcils. Et puis Bjorn manque à l'appel. Mais bon, tu sais comment il est quand la folie des berserkers le prend. Tu es le seul qu'il écoute dans ces moments-là. Il finira bien par revenir avant qu'on ait fini de charger l'or dans les bateaux, des trésors plein les bras et sa hache rouge de sang. Par tous les dieux, ce raid a été un franc succès !

— Bjorn est mort, lâcha alors Haakon en défiant Thrand du regard.

— Mort ? Mais comment ? Les soldats du monastère n'avaient rien de guerriers ! Un gamin avec une épée de bois se serait mieux défendu qu'eux ! s'exclama Thrand, ahuri. Bjorn ne craignait personne. D'ailleurs, as-tu oublié la prophétie de l'augure à son sujet — que nul homme ne le tuerait ?

— Elle a effectivement dû me sortir de l'esprit quand il s'est jeté sur moi, repartit Haakon avec un humour glacial. Sa rage meurtrière était telle qu'il ne m'a même pas reconnu. Nous nous sommes affrontés dans l'hôtellerie. Son corps y est toujours, s'il n'a pas été brûlé par l'incendie.

Thrand siffla entre ses dents.

— Et dire que c'est toi qui as insisté pour qu'il fasse partie de ce voyage... Il appartient à un clan puissant, tu le sais.

Haakon baissa les yeux sur la femme effondrée à ses pieds. Elle avait penché la tête et fronçait les sourcils comme si elle essayait de suivre leur conversation. Ses cheveux sombres frisaient au niveau de ses tempes et sa robe portait les traces du combat. Il se refusait néanmoins à confier la vérité à son demi-frère. Il avait donné sa parole. S'il ne tenait pas sa langue, beaucoup exigeraient sa mort en échange de celle du berserker. Or, il lui devait la vie. Et il avait la ferme intention de continuer à la protéger, qu'elle le veuille ou non.

— Qu'ils me défient donc si ça leur chante, rétorqua-t-il en empoignant le pommeau de son épée.

Thrand leva les mains en signe de conciliation.

— Tu es un guerrier légendaire, mon frère. Et Mord-Jambe, ta lame fidèle, ne l'est pas moins.

— Elle ne m'a jamais failli jusqu'à présent.

— Te rends-tu compte de l'ampleur que ta réputation va prendre, maintenant que tu as défait Bjorn en combat singulier ? Cela dit, cet exploit va aussi te coûter un wergild de taille.

Haakon considéra de nouveau la jeune femme assise contre lui, se demandant comment Thrand réagirait s'il apprenait que le vainqueur du berserker n'était autre que cette créature à l'apparence si fragile.

— J'étais trop occupé à parer ses coups pour songer à la compensation que me réclamerait sa famille. Ou au châtiment que voudraient m'infliger ses amis. Je doute que, de son côté, il ait accordé la moindre pensée au tribut qu'il vous devrait, à toi et à notre mère, au cas où il réussirait à m'occire.

— Sois persuadé que je lui aurais demandé une fortune, mon frère. Tu as tellement fait pour la famille, lui assura Thrand avant de hausser de nouveau les épaules. Maintenant, je dois t'avouer que je ne suis pas mécontent que tu aies tué Bjorn. Et si sa famille n'est pas satisfaite par ce que tu lui proposeras, elle n'aura qu'à s'en plaindre à Thorkell. Après tout, il faut bien qu'il justifie sa couronne et la portion de nos biens qu'elle lui rapporte.

Quoique prononcées avec désinvolture, ces paroles n'en causèrent pas moins un certain malaise à Haakon. Malaise qu'il mit aussitôt sur le compte de la fatigue, car il avait toute confiance en son demi-frère.

— Je ne manque jamais à aucune de mes obligations, se contenta-t-il de lui répondre en ployant le buste.

Thrand rougit.

— Et cette femme ? s'enquit-il. Que comptes-tu faire d'elle ? Certains risquent de te la disputer, surtout si elle est de nouveau surprise loin de toi. Tu as d'ailleurs de la chance que ce soit moi et non un autre membre du felag qui sois tombé sur elle.

Haakon se renfrogna et regarda encore une fois la jeune femme. Elle n'avait pas bougé depuis qu'il l'avait sauvée des mains de Thrand.

Il avait cru avoir assuré sa sécurité en la laissant au milieu des rochers, à l'abri de la curiosité de ses compagnons d'armes. Malheureusement, Thrand l'avait vue et l'avait entendue s'exprimer en latin. Il y avait fort à parier qu'il en tirerait la même conclusion que lui, à savoir qu'ils avaient affaire à une dame de haute naissance susceptible d'être échangée contre une substantielle rançon. En outre, dans l'état où elle se trouvait, elle serait une proie pour tous les guerriers.

Oui, se dit-il avec une grimace amère, leur victoire était totale. Et malheur aux femmes de ceux qui avaient tâté de leur épée. Elles allaient connaître un sort qu'il ne souhaiterait pas à son pire ennemi. En conséquence, et puisqu'il avait juré de protéger celle-ci, il n'avait d'autre choix que de la ramener avec lui et, une fois à Viken, de transmettre une demande de rançon à sa famille par l'intermédiaire de ses relations à la cour de Charlemagne.

— C'est à moi et à moi seul qu'il revient de décider de son sort, décréta-t-il. Elle est à moi, désormais.

— Je te prie une nouvelle fois de m'excuser, Haakon, murmura Thrand en s'inclinant. J'ignorais à qui elle appartenait.

— Eh bien, maintenant, tu le sais. Et, par le sang que nous partageons, je te somme de ne pas l'oublier. Ne convoite plus mon bien, mon frère.

— Je ne t'ai jamais jalousé, Haakon. Je n'ai pas l'ambition de ma mère. Ne m'accable pas de ses défauts.

Puis, s'étant redressé, Thrand repartit en direction des drakkars.

Haakon attendit qu'il se fût éloigné pour reporter son attention sur la jeune femme. Celle-ci n'avait toujours pas changé de position. Se penchant vers elle, il lui subtilisa son couteau.

— Confisqué. Et que cela vous serve de leçon.

Elle se releva aussitôt, le regard étincelant de fureur, et voulut lui reprendre l'arme. Il se contenta de la ranger dans sa propre ceinture.

— De quel droit me volez-vous cette dague ? s'emporta-t-elle. Rendez-la-moi !

— Je vous avais certifié que vous ne risquiez rien dans les rochers. Vous ne m'avez pas écouté.

— Il fallait que je cherche ma servante..., protesta-t-elle en écartant une mèche de cheveux bruns qui lui était retombée sur les yeux. Vous savez, la femme qui vous a fait trébucher.

— Et vous l'avez retrouvée ? demanda-t-il en veillant à garder un ton neutre. Où est-elle maintenant ? A-t-elle été enlevée par l'un de mes hommes ?

— Elle est morte, avoua-t-elle, le visage soudain ravagé par une immense tristesse. Le toit de la porcherie s'est effondré sur elle.

— J'en suis désolé.

— Je lui avais recommandé d'aller m'attendre là-bas. Je lui avais juré qu'elle y serait en sécurité... J'ai commis une erreur en venant ici, c'est vrai, mais je n'avais pas le choix.

Elle se couvrit le visage de ses mains.

— Me comprenez-vous ? Allez-vous me rendre ma liberté... comme tout à l'heure ?

Haakon refréna l'envie soudaine de la soulever dans ses bras.

— Vous êtes dorénavant ma prisonnière. Lindisfarne n'est plus un endroit sûr pour vous. Ni pour personne.

Elle ne bougea pas. Elle le dévisageait en silence avec une expression ravagée. En dépit de la chaleur dispensée par l'incendie, elle frissonnait légèrement, le corps secoué de convulsions. Ses lèvres avaient viré au bleu. Malgré tout, elle gardait la tête droite et ne semblait plus aussi abattue qu'auparavant.

Il lui couvrit les épaules de sa cape et l'agrafa sous son menton.

Annis eut l'impression d'être clouée au sol par le poids du vêtement. Elle aurait aimé s'enfuir ventre à terre, mais sa confrontation avec l'autre guerrier l'avait rendue prudente. Et puis la cape gardait encore un peu de la tiédeur du corps de son sauveur, lui rappelant le baiser qu'ils avaient partagé. Elle l'enveloppait aussi de son odeur, qui n'était pas déplaisante. Elle tirait de cet ensemble de sensations une impression d'intimité qu'elle n'avait jamais connue jusqu'alors. Ce n'était pas son défunt mari, en tout cas, qui aurait eu cette attention…

A cette pensée, elle voulut se débarrasser du vêtement. Elle n'avait aucun droit de la porter. L'épingle de l'agrafe lui piqua l'index qu'elle porta à ses lèvres avec un petit cri de douleur.

— Gardez-la donc, lui conseilla Haakon sur un ton sans appel.

Qu'était-elle au juste à ses yeux ? s'interrogea-t-elle. Un guerrier n'aurait jamais eu de tels égards envers une simple captive. Sans compter qu'il ne lui avait pas lié les poignets, alors que les moines que ses hommes avaient faits prisonniers et dont elle avait aperçu un groupe sur la plage étaient tous ligotés, sans exception.

Il ne cherchait pas non plus à l'humilier — du moins, pas encore.

Elle laissa retomber ses mains.

— Je vous trouve un air bien buté, Walkyrie, remarqua-t-il.

— Tout brûle autour de moi et je suis votre captive, lui rappela-t-elle tandis qu'une bande de Nordiques passaient devant eux en s'esclaffant, les bras chargés de calices, de morceaux de croix et de bouteilles d'hydromel. Ma vie et mon monde ne seront plus jamais les mêmes.

— Tout change, vous savez, repartit-il en la prenant par les épaules. Réjouissez-vous plutôt d'être indemne et de voir le soleil se lever demain matin.

Elle aurait dû s'écarter, mais son corps refusait de lui obéir. Dans cet univers totalement bouleversé où elle évoluait désormais, Haakon représentait son seul point d'ancrage. La chaleur qui émanait de ses mains se diffusait dans tout son être. Son visage était si proche du sien qu'il lui aurait suffi de lever la tête pour l'embrasser. Elle ferma les paupières pour mieux savourer la sentation. Elle aurait bien aimé, aussi, reposer sa tête sur son torse. Devait-elle en avoir honte ? S'en sentir coupable ?

Elle se força enfin à rouvrir les yeux et à reculer avant de se remettre à dégrafer la broche.

— J'ai assez chaud comme ça, déclara-t-elle en le toisant. Vous allez avoir plus besoin de ce manteau que moi.

— Gardez-le, vous dis-je. Il montrera aux autres membres du felag à qui vous appartenez et vous évitera d'être importunée, aussi bien ici que sur le bateau. Je ne souhaite nullement avoir à combattre encore une fois l'un de mes compagnons d'armes à cause de vous.

Un frisson la parcourut. Montrer à qui elle appartenait ? Elle avait jusqu'à présent évité de songer à la réalité de sa condition. Or, il venait de la formuler avec la plus parfaite clarté : elle était son esclave, son bien, sa chose. Pourquoi donc l'avait-il sauvée ? Elle aurait été mille fois plus inspirée de s'échapper alors qu'il luttait avec la bête à la hache. Comment pouvait-elle se montrer aussi égoïste ? se sermonna-t-elle. La pauvre Mildreth, elle, n'avait pas eu le choix. Son sort était-il à envier ?

Non, elle voulait vivre. Et elle était prête à tout pour cela.

— Je ne saisis pas bien certains des termes que vous employez, dit-elle, autant pour ne plus avoir à penser à sa situation que pour se donner le temps d'imaginer une solution. Felag, par exemple, ne signifie rien pour moi.

— Nombre de vos mots m'étaient également étrangers quand j'ai commencé à commercer avec vos compatriotes, répliqua-t-il avec un mince sourire. Au fait, vous ne m'avez toujours pas dit votre nom. Vais-je devoir vous en choisir un ? J'ai deviné que vous étiez de haute naissance dès les premiers mots que vous avez prononcés à l'hôtellerie. Quelle fille de serf saurait s'exprimer aussi aisément en latin ?

Elle baissa les yeux, la gorge serrée. Elle n'avait aucune envie de renier son nom.

— Annis, murmura-t-elle. Annis de Birdoswald, sur le fleuve Irthing. Mon père était le comte de Birdoswald.

— Dès que nous serons en sécurité, je rassurerai les vôtres sur votre sort, Annis de Birdoswald.

Elle serra les poings à en avoir mal. Elle savait ce que recouvraient ces termes : une demande de rançon.

— Quand les avertirez-vous ? s'enquit-elle, consciente de son impuissance.

Les rapts étaient courants en ces temps troublés. Selwyn lui-même avait dû être libéré par deux fois, la première d'une cave scot et la seconde d'une geôle en Mercie. On s'y attendait, on le prévoyait, on économisait en conséquence. Le problème, dans son cas, c'était que la majeure partie des biens de sa famille se trouvaient justement dans les coffres que les Nordiques étaient en train d'embarquer sur leurs navires.

Les siens accéderaient-ils aux exigences de ses ravisseurs ou se résigneraient-ils à sa disparition ? Après tout, cela affermirait la mainmise de son beau-père sur Birdoswald. Mais peut-être restait-il en lui quelques vestiges d'honneur et de sens du devoir…

— En temps utile et lorsque je serai en position de force, repartit Haakon, le visage fermé et le regard dur.

Elle hocha la tête, comprenant que les pillards n'allaient pas s'attarder sur l'île. Ils étaient trop peu nombreux pour la défendre contre un assaut des Northumbriens. D'autant que ce ne seraient pas seulement ces derniers qu'ils auraient sur le dos quand la nouvelle de leur raid serait connue, mais l'Angleterre tout entière. Non, se répéta-t-elle, leur intérêt était de repartir au plus vite. Et de l'emmener avec eux dans leurs contrées septentrionales pour y attendre une rançon qui n'arriverait probablement jamais.

— Qu'est-ce qu'un felag ? insista-t-elle, pour s'arracher à ses lugubres ruminations.

— Une confrérie de négociants. Mes compagnons et moi-même avons mêlé nos sangs avant d'embarquer pour ce voyage, en signe de loyauté inconditionnelle, et chacun de nous recevra une part des profits à proportion de sa contribution de départ.

En d'autres termes, songea-t-elle, vu le succès de leur raid sur Lindisfarne, leur fortune à tous était assurée. Elle s'abstint toutefois d'émettre tout haut cette remarque et pinça les lèvres pour réprimer sa colère.

— Une fois que nous serons revenus à Viken, quand les comptes auront été réglés, les vôtres seront prévenus de votre présence chez nous, déclara Haakon en posant une main sur son épaule.

— Les comptes ?

— Nous sommes venus ici pour vendre de l'ambre, des fourrures, de la stéatite et notre tournée se déroulait à merveille jusqu'à notre rencontre avec le Scot… Mais elle se révèle finalement des plus profitables, ajouta-t-il en souriant. Dorénavant, tous les Northumbriens sauront ce qu'il en coûte de vouloir nous tromper. Nous avons gagné leur respect.

— Vous vous apercevrez un jour que mes compatriotes sont des guerriers autrement plus coriaces que les moines que vous avez massacrés aujourd'hui, répliqua Annis. Lindisfarne était un lieu saint et un centre d'enseignement réputé. Les Northumbriens ont la mémoire longue, vous savez.

A ces mots, un bref éclair de contrariété passa dans le regard bleu du viking, mais ce fut là sa seule réaction notable.

— Votre religion n'est pas la nôtre. Nous, nous vénérons les Aesir, comme Odin et Thor.

— L'Europe entière vous condamnera. Vous ne trouverez plus personne pour acheter vos produits.

— Le commerce est roi, Annis, articula-t-il avec un sourire condescendant. Nos fourrures et notre ambre intéresseront toujours nos clients, demain comme hier. Ce raid aujourd'hui leur apprendra simplement à se montrer plus honnêtes dans leurs rapports avec les pays Nordiques.

Elle s'enveloppa de ses bras et, sans rien ajouter, contempla l'église mourante dont les dernières braises s'envolaient dans le ciel. Elle refusait de pleurer. Elle abhorrait ces barbares mécréants. Si seulement Haakon ne lui avait pas retiré son couteau, elle le lui aurait planté dans le dos. Et avec joie encore.

Elle détourna la tête et baissa les yeux sur sa robe tachée. En vérité, elle avait parfaitement conscience de se mentir à elle-même. Elle ne souhaitait pas la mort de ce guerrier-ci, malgré tout ce qu'elle pouvait lui reprocher. Ne l'avait-il pas sauvée ? Et par deux fois ?

Elle fut tirée de ses pensées par le son de sa voix rauque.

— Vous allez garder cette cape et me suivre si vous tenez à la vie.

— Où m'emmenez-vous ? l'interrogea-t-elle, irritée par le tremblement qui altérait sa voix.

— Auprès des autres prisonniers, puisque vous semblez si déterminée à les rejoindre.

— Qui d'autre avez-vous capturé ?

Elle repensa à la noble compagnie de moines qui peuplait naguère cet endroit. Ceux-ci passaient la majeure partie de leurs journées à enluminer des livres saints. Combien de temps allaient-ils résister aux affres de la captivité ?

— Les hommes valides et tous les responsables de la communauté encore vivants, répondit Haakon. Je les rendrai à leur pape en échange d'une rançon.

— Je prie le ciel qu'il la paie.

— Le vent commence à tourner, nota-t-il, indifférent à sa remarque. Nous avons ce que nous sommes venus chercher. Je dois aller m'occuper des bateaux.

Il se dirigea vers la plage.

— Et ne vous avisez pas de vous débarrasser de ce manteau, ajouta-t-il sans se retourner. C'est votre sauf-conduit pour Viken. Dites-vous bien que certains de mes frères d'armes pourraient trouver regrettable de ne pouvoir embarquer un ou deux coffres de butin supplémentaires à votre place. Et ne vous lamentez pas trop, Annis de Birdoswald. C'est à moi que vous appartenez désormais. Il est des sorts moins enviables.

— Oui, murmura-t-elle lui emboîtant le pas. Je sais.

— Thrand vient de m'apprendre que tu as trouvé une femme, déclara le *jaarl* Vikar, vieil ami et pair de Haakon, en rejoignant ce dernier à la proue du drakkar.

— En effet, admit sobrement Haakon en détournant les yeux des coffrets remplis de pièces d'argent et d'or qui s'entassaient à bord de leur bateau.

Le principal problème, songeait-il, serait de ramener toutes ces richesses à Viken sur *Le Serpent d'Or*. Même dans ses rêves les plus fous, il n'aurait jamais imaginé qu'un raid puisse être aussi profitable. D'autant qu'ils n'avaient nullement l'intention, au départ, de piller le monastère. Il allait falloir répartir soigneusement la charge sur le navire…

— Nous avions pourtant convenu de ne pas prendre de captives cette fois-ci, lui rappela Vikar. Elles ne rapportent pas assez.

Serrant les dents, Haakon se redressa de toute sa taille, irrité d'avoir à se justifier.

— Les circonstances ont changé.

— D'après Thrand, ce ne serait qu'une petite souillon qu'il aurait surprise derrière les cuisines du monastère.

— Mon demi-frère parle beaucoup et souvent avec pertinence, mais il lui arrive aussi de raconter n'importe quoi.

Pourquoi diable Thrand n'avait-il pas tenu sa langue ? Il n'avait aucune raison d'aller se plaindre à un autre jaarl. Ce voyage, même sans le raid sur Lindisfarne, avait déjà procuré à son demi-frère de quoi s'acheter un domaine en propre à son retour chez eux et donner ainsi à sa mère la possibilité de quitter enfin la maison de son beau-fils. Haakon s'en réjouissait d'ailleurs : il y avait trop longtemps à son goût que cette femme assoiffée de prestige et d'honneurs régentait la ferme qu'il avait héritée de son père, et cela sans jamais chercher à cacher le dépit que lui inspirait son statut d'aîné.

— Ma prisonnière, poursuivit-il, est la fille d'un seigneur de Northumbrie et, à ce titre, représente beaucoup d'argent.

— Tu n'as donc pas l'intention de la prendre dans ton lit ?

— Je n'y ai pas encore réfléchi, lâcha-t-il en mentant avec aplomb.

Il jeta un coup d'œil vers Annis qui se tenait en retrait sur le pont, le port altier et le regard fier. Une légère brise plaqua une mèche de cheveux sur ses lèvres, qu'elle repoussa d'un geste nerveux. Il frémissait encore au souvenir du contact de son corps souple contre le sien. Oui, se promit-il, un jour il la posséderait, mais ce serait de son plein gré qu'elle s'unirait alors à lui — et dans un cadre approprié, un endroit calme et confortable où il pourrait profiter d'elle à loisir.

— Sa famille paiera-t-elle au moins sa rançon ? s'enquit Vikar.

— Je le crois… Allons, fais-moi confiance, mon vieux compagnon.

Vikar le considérait en silence, le visage fermé et les bras croisés. Haakon soutint son regard, jusqu'à ce que les traits de son ami se détendent enfin et qu'il arbore un large sourire. Se penchant en avant, Vikar lui donna une vigoureuse tape sur l'épaule.

— Te faire confiance ? répéta-t-il. Mais je serais prêt à te suivre jusque dans l'antre du serpent Midgard, assuré d'en revenir avec une pleine cargaison d'or !

Haakon en éprouva un vif soulagement. L'appui de Vikar dissuaderait les autres de remettre ouvertement en cause sa décision d'emmener Annis avec eux au lieu de la violer et de l'abandonner sur place. Car s'il ne souhaitait pas de conflit ouvert avec ses frères d'armes, il n'avait pas non plus l'intention de manquer à son devoir et de cesser d'accorder à Annis la protection qu'elle avait méritée en le sauvant de la folie meurtrière de Bjorn.

Toujours préoccupé par la répartition de la cargaison sur le bateau, il s'était décidé à repositionner lui-même quelques coffres pour les ramener vers le centre du pont, quand il sentit que Vikar, qui n'avait pas bougé, l'observait avec une expression soucieuse. Il se redressa et dévisagea son ami et pair d'un air interrogateur.

— Une dernière chose, Haakon, finit par articuler ce dernier. Ce que claironne ton demi-frère depuis son retour du monastère est-il vrai ? As-tu réellement réussi à surpasser Bjorn en combat singulier ?

— Bjorn est mort et j'étais à ce moment-là le seul guerrier présent sur les lieux. Je paierai à sa famille une compensation appropriée. Mais ne te méprends pas, Vikar : c'est lui qui, le premier, a levé son épée sur moi. Je ne suis pas un parjure.

Vikar hocha la tête, apparemment satisfait.

— Thorkell n'en attendrait pas moins de toi.

— J'honore toujours mes obligations, Vikar…

Assise sur le pont, Annis posa sa tête contre le bastingage du long navire. Seulement une douzaine de moines avait embarqué sur les drakkars et elle redoutait d'apprendre qu'il n'y avait pas eu d'autres survivants. Mieux valait ne plus repenser à l'atmosphère à la fois recueillie et sereine qui régnait naguère à Lindisfarne ni au nombre d'hommes et de femmes qui avaient péri sous les coups de ces barbares. Tout son être se révulsait à cette idée.

Elle aurait sans doute dû se lever pour jeter un dernier coup d'œil à l'île, mais ses jambes refusaient de la porter. Peut-être était-ce mieux ainsi, songea-t-elle en se rappelant le spectacle désolant des ruines fumantes du monastère qu'elle avait contemplé avec ses compagnons de captivité tandis qu'ils marchaient sur la plage en direction des navires. Un des moines avait alors tenté de s'échapper avant d'être rattrapé et aussitôt passé par les armes, ce qui avait dissuadé tous les autres de l'imiter.

Une clameur s'éleva soudain du drakkar.

— Viken ! Viken ! Viken !

— Que crient-ils donc ? demanda l'un des moines dans un chuchotement étouffé.

— Viken — c'est le nom de leur pays, répondit-elle, heureuse de cette diversion.

— Bah, répliqua un deuxième religieux au visage vérolé, ces gredins impies n'ont pas de patrie. Ils ont profané la maison du Seigneur. Leur âme endurera la damnation éternelle.

Elle reconnut en ce dernier Aelfric, un des favoris de son oncle. Comment avait-il réussi à survivre au massacre sur la grève ? Il leva un poing vers le ciel enténébré pour appeler la malédiction divine sur les envahisseurs

— C'est à Dieu d'en décider, rétorqua un troisième avant d'émettre un hoquet de douleur.

Elle se redressa aussitôt pour s'agenouiller devant lui. Il était encore tout jeune.

— Je peux vous aider ?

Il lui agrippa les mains.

— Pardonnez-leur, car ils ne savent pas ce qu'ils font. N'oubliez jamais la Northumbrie.

Puis il ferma les yeux et une expression apaisée passa sur son visage.

Pendant ce temps, les vikings achevaient de rembarquer

en riant et en plaisantant, manifestement enchantés de leur journée. Annis, elle, ne pouvait s'empêcher de songer à toutes les vies qu'ils avaient détruites.

Elle avisa Haakon et son demi-frère assis sur un banc de nage non loin d'elle. Après quelques minutes, ils empoignèrent la rame qui se trouvait devant eux, bientôt imités par les autres, et le bateau commença à glisser sur l'eau, les éloignant de la côte de Northumbrie et de la vie qu'elle avait connue jusqu'alors.

Une larme coula sur sa joue sans qu'elle ne se soucie de l'essuyer.

« Un jour, je regagnerai ma liberté, se jura-t-elle en serrant les poings. Je ne resterai pas l'esclave des vikings jusqu'à la fin de mon existence. »

Chapitre 4

— Enfin de retour ! s'exlama Thrand tandis que *Le Serpent d'Or* touchait le sable du rivage. C'est fou comme le pays m'a manqué !

— Et à moi donc ! renchérit Haakon en inhalant profondément les odeurs familières de sa contrée natale.

Il se détendait pour la première fois depuis leur départ de Lindisfarne.

— Je t'envie, pourtant, reprit Thrand. J'ai toujours trouvé que tu avais de la chance de pouvoir ainsi visiter des régions exotiques, rencontrer de nouvelles têtes, amasser des trésors…

— Dis-toi bien que j'emportais toujours avec moi le souvenir de ce fjord et de notre domaine sur le cap, et que c'est ce souvenir qui m'a permis de tenir quand j'étais au loin.

Il respira de nouveau à pleins poumons, se sentant comme accueilli par le paysage alentour, par son parfum de pin. Là était son foyer ; il en connaissait par cœur la moindre parcelle. Souvent, au cours des longues années où il avait séjourné à la cour de Charlemagne, il avait revisité ces lieux en esprit pour bien se rappeler pourquoi il était un homme du Nord et non un sujet de l'empereur d'Occident.

— Si je le pouvais, ajouta-t-il, je resterais ici à cultiver mes terres. Malheureusement, rien n'est plus inconstant que les moissons et le bien-être de mon peuple passe avant tout. Il m'a donc fallu partir commercer jusqu'au-delà des mers.

— Je dirais plutôt : partir à l'aventure.

— Maintenant que tu as effectué ta première expédition,

Thrand, tu dois bien te rendre compte que ce genre d'« aventure » n'est pas toujours très sûr ni très plaisant.

— N'empêche que nous ramenons une véritable fortune et que nous n'avons rencontré aucun problème sur le chemin du retour, répliqua le jeune homme avant de lever les mains au ciel en souriant. Njordr, le dieu de la Mer, devait être de bonne humeur.

— La houle était modérée et les vents favorables, je te l'accorde. Nous n'avons pas à nous plaindre.

— Sauf que, maintenant, enchaîna Thrand en redevenant sérieux, nous allons avoir de nouveau ma mère sur le dos.

— Elle devait certainement s'attendre à ce que je ne revienne pas d'Angleterre, marmonna Haakon tout en scrutant le manoir de bois et ses dépendances. Je dois avouer que je ne regrette pas de la décevoir.

— Je ne me rappelle que trop bien les malédictions qu'elle a lancées à ton encontre en apprenant que tu m'emmenais finalement en expédition, renchérit son demi-frère sur le même ton. Quant à ce qu'elle a pu dire sur moi, j'ai préféré l'oublier.

Il soupira et tapota un des coffres de la pointe du pied.

— Je crois que je vais aller m'occuper du déchargement de la cargaison et te laisser les honneurs de la cérémonie de bienvenue. Après tout, c'est toi le jaarl de ce domaine.

— A ta guise, Thrand, mais il faudra bien que tu affrontes Guthrun tôt ou tard.

— Eh bien, quitte à choisir, j'aimerais mieux que ce soit plus tard, répliqua son frère en retrouvant soudain le sourire. Après qu'elle aura vu le butin, par exemple... Tu la connais.

— Oh oui ! acquiesça Haakon avant de désigner du menton le grand manoir à pignon ajouré. D'ailleurs, si tu tiens toujours à l'éviter, je te conseille de disparaître au plus vite. Voici justement le comité d'accueil.

— Merci, mon frère, répondit Thrand en lui donnant une tape sur le dos avant de s'éclipser dans la cale.

Haakon esquissa un sourire amer au spectacle de sa belle-mère marchant en tête de la procession de bienvenue, la rituelle corne d'hydromel à la main. Pas un seul de ses cheveux d'un blond grisonnant ne dépassait de sa coiffure et, pour l'occasion, elle avait revêtu sa plus belle tunique de lin fin. Le vêtement était fermé par une série de grosses broches ovales en or que lui avait offertes son défunt mari et qui brillaient de tous leurs feux. Comme il descendait du drakkar, les yeux de Guthrun s'écarquillèrent légèrement et sa main trembla au point de renverser un peu d'hydromel.

Il avait deviné juste : la mère de Thrand ne s'attendait réellement pas à le revoir. Elle n'était pas venue l'accueillir, elle avait simplement identifié les drakkars à leurs voilures rayées et préparé en conséquence la réception des arrivants.

— Nous voici de retour, Guthrun, lui lança-t-il en acceptant la corne remplie d'hydromel.

Au moment où il prenait une gorgée du breuvage, ses chiens accoururent en aboyant pour lui faire la fête. Agitant à toute allure sa queue recourbée, l'air plus canaille que jamais avec son œil cerclé de blanc, Floki menait la meute, visiblement déterminé à être le premier à saluer son maître. Haakon se pencha pour caresser son elkhound préféré qui se coucha aussitôt sur le dos pour lui présenter son ventre.

— Je pensais bien que tu reviendrais d'une manière ou d'une autre. Les dieux sont avec toi, Haakon Haroldson, repartit Guthrun avec un haussement d'épaules exagéré. Je ne t'attendais cependant pas si tôt. Avez-vous eu des avaries ? Auriez-vous cassé un mât ? Je t'avais pourtant prévenu que cette expédition était placée sous de mauvais auspices.

Il refréna son impatience, ne souhaitant pas provoquer d'esclandre avec sa belle-mère en présence de ses hommes.

— En fait, j'ai le plaisir de vous annoncer que je rentre avec mon honneur intact et les cales du bateau remplies d'or.

— Et ton demi-frère, l'as-tu aussi ramené indemne ?

s'enquit-elle d'une voix faussement calme tout en plissant les paupières.

— Thrand a non seulement survécu au voyage, mais il en revient plus riche, comme je l'avais prédit, répondit-il en lui rendant la corne.

Il s'essuya la bouche du dos de la main, se souvenant fort bien des hauts cris qu'elle avait poussés quand il lui avait appris que son fils les accompagnait.

— Il m'a été fort utile, reprit-il. Je suis certain que les scaldes chanteront un jour ses prouesses de guerrier.

Guthrun accueillit l'éloge d'un bref hochement de tête.

— Et les autres membres du felag ? Rentrent-ils également tous avec toi ?

— Nous avons perdu Bjorn, lâcha-t-il laconiquement, estimant superflu de narrer par le menu une histoire qu'elle apprendrait de toute façon bien assez tôt.

— Sa famille en sera très affectée, murmura-t-elle, une lueur fugace s'allumant dans ses yeux pâles.

Etait-ce du regret ? De la peur ? Haakon n'aurait su le déterminer tant l'expression fut brève.

— C'était pourtant un combattant réputé sans égal, reprit sa belle-mère. Comment donc a-t-il péri ?

— Il était en proie à un accès de folie meurtrière et ne m'a pas reconnu. Il s'est jeté sur moi, j'ai dû me défendre, précisa-t-il tout en jetant des coups d'œil vers le navire.

Annis venait de débarquer avec les autres captifs de Northumbrie.

— Continuer en ces circonstances à respecter un serment qu'il venait lui-même de briser aurait été absurde et suicidaire. Il était incapable d'entendre raison.

— Quelle pitié qu'il ait connu une fin pareille ! proféra Guthrun en courbant la tête, vivante image de la dignitaire Viking.

Haakon ne se laissait toutefois pas abuser par ses poses ni par ses manières. Il savait que sa belle-mère le détestait.

Elle n'avait jamais pardonné à son mari d'avoir eu un enfant d'un premier lit. Il n'aurait du reste pas hésité à la chasser de chez lui à la mort de son père, si seulement il avait eu les moyens de racheter la part du domaine qu'elle avait elle-même héritée du défunt.

— Il va falloir que tu paies aux siens une compensation, ajouta-t-elle. J'espère que tu auras de quoi la régler. Les récoltes ont été moins abondantes que l'année dernière.

— Notre séjour en Angleterre nous a fourni tout l'or et l'argent nécessaire.

Malgré les efforts de Guthrun pour ne pas trahir ses sentiments, il les devinait sans peine. Sa belle-mère n'était motivée que par le goût du luxe, la cupidité et l'ambition pour son fils.

— Combien doit toucher Thrand ? l'interrogea-t-elle en frottant l'un contre l'autre pouce et index. C'est ton frère, Haakon Haroldson ; il mérite à ce titre plus que le commun du felag.

— Nous avons réussi au-delà de nos espérances les plus folles. Thrand aura de quoi s'acheter un domaine en propre et y entretenir des domestiques.

— Tu vois que j'avais raison de te pousser à le prendre avec toi ! s'exclama Guthrun avec un grand sourire tout en désignant Thrand qui était toujours occupé à décharger le bateau. Nul doute qu'il doit être pour beaucoup dans le succès de cette expédition !

— Rendez-en plutôt grâces à Odin et à Thor, qui nous ont procuré or, argent et esclaves, rectifia Haakon en indiquant le groupe de moines démoralisés au milieu desquels se dressait Annis.

Jadis d'un blanc immaculé, les robes des religieux étaient maintenant toutes tachées. Seule parmi eux, Annis gardait la tête haute et le regard fier, persistant à opposer à l'adversité le silence altier qu'elle avait observé durant tout le voyage.

— Nous n'aurons pas terminé de débarquer et de partager

le butin avant plusieurs jours, reprit Haakon. Nous ferons ensuite des sacrifices aux Aesir avant de célébrer comme il se doit notre bonne fortune.

— Cette femme porte ta cape, remarqua soudain Guthrun.

— Oui, elle est sous ma protection, expliqua-t-il d'une voix sèche. C'est la fille d'un noble northumbrien.

Guthrun émit un claquement de langue irrité.

— Elle travaillera comme les autres. Il n'y a pas de place pour les paresseuses à la ferme, concubines ou pas.

— Ce n'est pas ma concubine.

La mère de Thrand afficha un mince sourire.

— Tant mieux. Car, jusqu'à ce que tu te maries, je compte bien continuer à diriger la maison, comme je l'ai toujours fait jusqu'à présent.

— Tant que nous n'aurons pas reçu de rançon pour chacun des captifs, tous sans exception seront obligés de rembourser hébergement et nourriture à la sueur de leur front, précisa Haakon tout en s'exhortant mentalement au calme.

— Tu ne crains donc pas le dieu des Anglais ? s'enquit sa belle-mère sur un ton doucereux, la tête penchée sur le côté. Il paraît qu'il possède de redoutables pouvoirs.

— Si leur dieu n'avait pas souhaité que je les emmène, il l'aurait empêché, rétorqua-t-il sobrement avant de se tourner vers les prisonniers pour leur parler en latin. Si vous êtes ici, c'est par la volonté de celui que vous adorez. Continuez à le prier si ça vous chante. Je n'en ai cure. Je compte demander à votre pape une rançon pour votre libération. D'ici là, vous obéirez à ma belle-mère ici présente, Guthrun, ainsi qu'à mes intendants, comme vous m'avez obéi durant la traversée.

Les moines furent conduits à l'écart. Annis demeura sur place, la brise de la mer lui soufflant dans les cheveux et plaquant sa robe contre sa silhouette, l'air plus digne que jamais. Elle défiait clairement Haakon du regard, comme si elle se faisait la porte-parole des autres captifs.

— Quelle impudence dans le regard ! observa Guthrun.

J'ai du mal à croire qu'elle ne soit pas ta concubine. En tout cas, elle a beau être noble, ce n'est pas elle qui fera la loi chez moi. Il n'est pas question qu'elle intimide mes servantes. Va savoir de quoi sont capables les gens comme elle…

Haakon la considéra avec perplexité. Jouait-elle la comédie ou redoutait-elle vraiment l'influence d'Annis sur leurs domestiques ? Lui, en tout cas, savait de quoi la jeune femme était capable. Il se rappelait nettement la première fois où il l'avait vue, ses longs cheveux cascadant sur ses épaules, ainsi que l'expression farouche avec laquelle, sans craindre pour sa propre vie, elle s'était portée à son secours alors qu'il était à la merci de Bjorn.

— Vous n'avez rien à craindre d'elle, mère, assura-t-il à Guthrun. Je vous en donne ma parole.

Puis, se tournant vers Annis :

— Ma belle-mère a peur que vous ne vous en preniez à elle…

— Que je m'en prenne à elle ? répéta-t-elle avec des yeux ronds en tendant ses mains ouvertes. Et pourquoi commettrais-je cette folie ? Je n'ai nulle part où aller, ma patrie est de l'autre côté de l'océan et je ne porte aucune arme sur moi.

— Vous acceptez donc de vous soumettre à son autorité ou cherchez-vous seulement à endormir notre méfiance ?

Il la fixa du regard jusqu'à ce qu'elle détourne les yeux, admettant implicitement sa défaite.

— Tant que je serai ici, je me conformerai à vos us et coutumes, répondit-elle d'une voix frémissante avant de s'interrompre

Elle ferma les yeux un instant puis ajouta :

— Ai-je le choix, de toute façon ? C'est vous le maître, ici. Aussi vrai que je suis Northumbrienne, je ne vous créerai aucun souci.

— Vous avez raison. Vous n'avez pas le choix, repartit Haakon avant de s'adresser de nouveau à Guthrun dont le sourire s'était de plus en plus figé au cours de cet échange.

Vous n'aurez pas de problème avec elle, mère. Elle m'en a donné sa parole de noble dame.

— Merci, Haakon, articula Guthrun en inclinant la tête. Je vais aller voir Thrand, maintenant. Il a besoin de sa mère et de ses conseils.

— Laissez-le donc finir de décharger la cargaison avec les autres. Il ira vous retrouver après. Prenez plutôt Annis pour l'installer chez nous. Je suis sûr que vous trouverez de quoi l'occuper.

— Soit. Mais j'exige de parler ensuite à mon fils.

Haakon observa la jeune femme. Elle fronçait les sourcils. Comprenait-elle quelques rudiments de leur langue ? Elle avançait sa lèvre inférieure, de la couleur d'une fraise mûre, et il ne put s'empêcher de repenser à la saveur de leur premier baiser. S'il l'embrassait maintenant, sa bouche aurait-elle le même goût ? Ses lèvres ne seraient-elles pas légèrement salées par les embruns ? Cette idée alluma un brusque désir dans le creux de son ventre.

Il réprima cette soudaine flambée de concupiscence avec agacement. Ce n'était pas le moment, se sermonna-t-il. Et puis il n'avait aucune intention de coucher avec elle. Cela compliquerait trop la situation. En plus, il avait pour règle de ne jamais introduire de maîtresse chez lui, se contentant des flirts qu'il pouvait glaner à la cour de Thorkell ou lors de ses déplacements à l'étranger — et dont une nuit ou deux d'étreintes passionnées suffisait généralement à épuiser l'attrait.

Il ignorait ce qu'il en serait avec Annis, mais il refusait de contrevenir à ses principes pour le découvrir.

— Vous serez sous les ordres de Guthrun, lui lança-t-il avec âpreté. Suivez-les scrupuleusement ou vous aurez affaire à moi.

— Je devrai donc lui obéir en tout ? demanda-t-elle, l'air inquiet.

— Oui. Jusqu'à ce que j'en décide autrement.

*
* *

Les dents serrées, Annis suivit la belle-mère de Haakon jusqu'au long bâtiment à la toiture basse qu'ils appelaient leur « manoir ». Il lui aurait été moins pénible d'être jetée dans une geôle et traitée comme une prisonnière que de se voir ainsi reléguée au rang d'esclave. Dans une prison, au moins, elle n'aurait pas eu constamment sous les yeux un environnement familier lui rappelant le foyer qu'elle avait perdu et qu'elle n'espérait guère retrouver un jour, tant il était peu probable que son beau-père envoie jamais la rançon demandée pour son affranchissement.

La rusticité de l'édifice de bois la choqua. A Birdoswald, sa famille vivait dans une demeure en pierre dont la construction, selon la légende, remontait au temps des Romains. Le feu y brûlait à une extrémité de la grand-salle, alors qu'ici il était allumé au beau milieu de la pièce. Chez elle, en outre, chacun avait sa chambre, tandis que les occupants du « manoir » de Haakon ne disposaient que de simples stalles surélevées le long du mur.

— Trop fin, décréta Guthrun en pinçant la laine de sa toilette. Bon, c'est ici que tu vas travailler pour commencer.

A sa grande surprise, elle comprenait assez bien les propos de la belle-mère de Haakon. Elle avait simplement l'impression d'entendre une de ses compatriotes s'exprimer avec un très fort accent.

— Travailler ne me fait pas peur, répliqua-t-elle. Après ce que j'ai enduré, je ne crains plus grand-chose.

Guthrun la toisa avec un haussement de sourcils avant de frapper dans ses mains pour appeler une grosse blonde aux formes plantureuses et au sourire servile affligée de petits yeux porcins.

— Occupe-toi d'elle, Tove, lui ordonna-t-elle. Mon fils m'attend.

Elle ajouta quelques remarques rapides qu'Annis ne comprit

point, mais auxquelles Tove répondit par une grimace obséquieuse et une révérence qui tenait presque de la reptation.

Après le départ de sa maîtresse, celle-ci se rendit jusqu'à un coffre qu'elle déverrouilla et dont elle sortit une chemise et une tunique de lin écru.

— Change-toi, dit-elle à la jeune femme en lui lançant les vêtements.

Celle-ci sentit sa gorge se serrer. On l'avait toujours aidée jusqu'alors à s'habiller et à se déshabiller. Ce ne serait plus le cas, désormais. Elle regarda autour d'elle à la recherche d'un paravent, mais il n'y en avait aucun. Comme sa main hésitait à dégrafer la broche qui retenait la cape de Haakon, Tove émit un claquement de langue irrité et vint défaire elle-même le bijou avant d'ôter le manteau d'un geste brusque de ses épaules.

— Allons, la suite, commanda-t-elle avec un claquement de doigts.

Annis se dépouilla de sa tunique. La croix d'argent tomba à terre. Tove se précipita dessus.

— Ceci n'est plus à toi, déclara-t-elle en plaçant le pendentif sur le manteau, à l'intérieur du coffre.

Elle allait tendre la main vers ce legs maternel, prête à protester, quand elle aperçut les animaux gravés sur les parois du meuble. Elle se rappela alors qu'elle n'était plus chez elle et, maudissant la malchance qui lui avait valu cet exil, se força à baisser le bras.

Tove referma le couvercle d'un claquement sec avant de le verrouiller et d'empocher la clé. La croix avait disparu. Annis resta là à contempler le coffre avec hébétude. Seuls ses souvenirs la reliaient désormais à son foyer perdu.

Elle frémit tout en endossant ses nouveaux habits dont le tissu rêche lui irrita la peau.

Tove la conduisit ensuite jusqu'à un petit coin-cuisine où un feu brûlant à même le sol chauffait une marmite remplie de bouillon. A côté, plusieurs servantes étaient occupées à pétrir le pain. Deux félins, les plus gros qu'elle ait jamais vus de sa vie, se prélassaient devant l'âtre. Elle trouvait qu'ils ressemblaient plus à des chiens ou à des fauves à demi apprivoisés qu'à des chats domestiques. Au lieu de les chasser, comme les siens en avaient l'habitude à Birdoswald, les domestiques de Haakon semblaient apprécier leur compagnie et s'arrêtaient parfois dans leur travail pour venir les caresser. Trois autres femmes cousaient et tissaient à l'écart. Tove les interpella ; plusieurs d'entre elles ricanèrent.

La grosse blonde la poussa dans le dos en lui montrant un sac d'orge puis une meule à main, avant de faire le geste de moudre des grains. Quelle consternation ! Jamais elle n'avait eu à accomplir une tâche pareille auparavant. Ce genre de corvée était d'ordinaire dévolu à la dernière des servantes. Serrant les dents, elle prit une pleine poignée de grain qu'elle plaça sur la pierre inférieure de l'appareil circulaire.

Après avoir tourné plusieurs fois la partie supérieure de la meule, elle vit l'orge se transformer en une farine grossière. Finalement, songea-t-elle, ce n'était pas aussi difficile qu'elle l'avait craint. Avec un sourire triomphant, elle ouvrit la meule pour récupérer le fruit de son labeur.

Tove lança une nouvelle remarque à la cantonade. Toute la salle éclata de rire. Elle lui désigna ensuite le sac. Bouche bée, Annis compris qu'elle allait devoir moudre tout le grain.

Mais elle ne faiblit pas et se remit à l'ouvrage. Elle reprit une poignée d'orge et, l'ayant déposé entre les deux pierres, recommença à tourner celle du dessus, mais plus vite cette fois-ci. Ses épaules ne tardèrent pas à protester contre cet effort inaccoutumé. Elle les ignora, bien déterminée à ne pas flancher et à accomplir jusqu'au bout la besogne exigée.

Elle accéléra le rythme, encore et encore, jusqu'à ce que, brusquement, la meule s'ouvre en deux, répandant de la farine partout, au grand amusement de Tove et de sa bande. Résistant à l'envie soudaine de s'effondrer par terre en pleurant, elle se força à s'accroupir pour ramasser la poudre grise sur le sol. Elle avait cependant du mal à retenir celle-ci entre ses doigts et bientôt, comme pour mettre un comble à son embarras, un des deux énormes chats vint s'asseoir au beau milieu du désastre pour se nettoyer placidement les moustaches, achevant de déclencher l'hilarité générale.

Une jeune domestique aux longues dents lâcha un commentaire rapide en scandinave en agitant les mains et en secouant la tête.

— Je vais me débrouiller, c'est à moi de nettoyer les dégâts que j'ai provoqués, repartit Annis en latin, puis en northumbrien.

La femme n'en vint pas moins chasser le chat avant de se munir d'un balai court avec lequel elle eut tôt fait de rassembler la farine en un petit tas qu'elle n'eut plus qu'à ramasser avec une écuelle. Se mordant la lèvre, Annis la remercia d'un hochement de tête.

— Vide plus souvent la meule, sinon…, expliqua la domestique en mimant ce qui venait de se passer. Cela m'est souvent arrivé, avant.

La gorge serrée, Annis posa sa main sur celle de la servante.

— Merci.

— Ingrid, repartit l'autre avant de lever un doigt et de débiter à toute allure une nouvelle tirade en norvégien.

Posant une main sur sa poitrine, Annis prit soin d'articuler lentement sa réponse.

— Annis, je m'appelle Annis. Parle moins vite si tu veux que je te comprenne.

— Moi, c'est Ingrid, répéta l'autre avant d'arborer un grand sourire qui enjoliva ses traits et lui donna moins l'air d'un lapin effarouché. Tove cherche toujours à rabaisser les autres. Elle voudrait bien que le jaarl couche avec elle et lui donne un enfant, comme ça elle serait tranquille jusqu'à la fin de ses jours.

— Quel rapport avec moi ?

— Tout le monde se demande si tu as partagé le lit du

seigneur Haakon en Angleterre et si ce n'est pas à cause de ça qu'il t'a ramenée ici. C'est la première fois que le jaarl revient avec une concubine.

Annis se sentit rougir.

— Je ne suis pas sa concubine, Ingrid, seulement son otage.

— N'empêche qu'on se pose des questions. Beaucoup aimeraient coucher avec lui, tu sais. Il a la réputation d'être un amant gentil et respectueux.

Annis s'empourpra de plus belle en se rappelant le baiser qu'ils avaient partagé. Elle aurait dû se douter, alors, qu'il était un expert en la matière et que, comme Selwyn, il devait changer de maîtresse comme de chemise.

— Tout ce qui l'intéresse chez moi, c'est la rançon que je peux lui rapporter.

— Si c'est vrai, Tove en sera très contente, lui assura Ingrid avant de se pencher vers elle. Mais tu m'avoueras quand même que c'est un homme hors du commun.

— Oui, sans doute.

La salle entière s'esclaffa de nouveau.

Se rapprochant d'Annis, Ingrid prit la meule pour lui montrer comment procéder à la mouture de l'orge.

— Comme ça, d'accord ? Tove met toujours les nouvelles à la meule sans jamais leur apprendre à s'en servir. Alors c'est moi qui les aide.

Une vague de soulagement envahit Annis tandis que des larmes lui piquaient les yeux. Elle ne s'attendait pas à ce qu'on lui témoigne autant de prévenance. Sa solitude s'en trouvait comme allégée. Elle s'était fait une amie, ce qui ne lui était pas arrivé depuis l'époque de son mariage.

— Une chose m'intrigue, Ingrid, reprit-elle. Pourquoi permettez-vous aux chats de rester dans la salle ?

— Vous n'en avez donc pas dans vos cuisines, en Angleterre ?

Elle secoua la tête.

Se penchant vers le félin blanc et noir, la domestique le prit tendrement dans ses bras.

— Voici Kisa, dit-elle. Et le gris là-bas est Fress. Ce sont les émissaires de la déesse Freya et ils nous aident à tenir les souris éloignées des réserves.

Tout en s'essayant à prononcer les noms exotiques des félins, Annis tendit une main hésitante vers celui qu'Ingrid cajolait. Kisa réagit immédiatement en fourrant sa tête contre sa paume avec un ronronnement sonore.

— Ce sont bien les plus gros chats que j'aie jamais vus !

— Kisa t'aime bien. Elle ne se laisse pourtant pas caresser par n'importe qui. C'est un signe. Les chats sentent les personnes, tu sais, déclara Ingrid avec conviction. Ça veut dire que je peux te faire confiance aussi.

Quand Annis se remit ensuite à moudre le grain sur les conseils de la servante, Kisa demeura auprès d'elle, pelotonnée à ses pieds.

Annis essuya son front couvert de sueur. Le sac, naguère plein, ne contenait plus qu'une poignée d'orge encore entier. Ces deux jours de mouture l'avaient éreintée, mais elle en voyait la fin. Le seul avantage de cette corvée était la lassitude qui la prenait le soir et l'assommait dès qu'elle s'allongeait sur la paillasse qu'elle partageait avec Ingrid, la plongeant dans un sommeil sans rêves que ne hantait aucune image de bâtiments en flammes ou de guerriers à l'imposante carrure.

Comme elle soulevait la pierre du dessus pour remplir la meule, une des ampoules de sa main droite se perça. Elle réprima le cri qui lui montait aux lèvres et se remit à la tâche en s'efforçant d'ignorer la douleur.

De toutes les avanies qu'elle avait dû subir depuis son enlèvement, c'était curieusement cette petite blessure qui lui était le plus pénible à supporter. Elle se trouvait stupide. Nul doute que les moines devaient endurer pires tourments qu'elle ; or, ce matin encore, elle les avait entendus partir aux champs en entonnant des cantiques. Du coin de sa tunique, elle essuya les larmes de souffrance qui lui montaient aux yeux.

— Qu'y a-t-il ? s'enquit Ingrid qui avait interrompu son pétrissage en la voyant sursauter devant la meule.

— Je n'arrive pas à bien tenir la pierre, avoua-t-elle.

— Montre-moi tes mains, lui ordonna la domestique en l'obligeant à se retourner.

Obéissant à contrecœur, elle exhiba une belle cloque vermillon.

— Ce n'est rien, bredouilla-t-elle.

Ingrid lui caressa la paume.

— Comme tes mains sont douces… On voit bien qu'elles ne sont pas habituées à ce genre de travail.

— Elles vont s'endurcir.

— Haakon a exigé une grosse rançon pour toi, n'est-ce pas ?

— Oui, admit Annis.

— Sait-il qu'on t'impose ce genre de corvée ?

— Je le suppose, répondit-elle, soudain prise d'une crampe à la base de la nuque qui se répercuta jusqu'au bas de son échine.

Elle était certaine que Haakon était au courant de son sort et qu'il en était même responsable, prenant un malin plaisir à l'humilier.

— Si j'avais mon liniment, ça pourrait me soulager.

— Et tu le trouves où, ce… liniment ? demanda Ingrid en butant sur le mot.

— Je le fabrique moi-même à partir d'herbes et de suif. Ce n'est pas une recette compliquée. Il suffit d'avoir les bons ingrédients.

— Tu en sais des choses ! s'exclama la servante, admirative. Tu t'y connais beaucoup, en remèdes ?

— Euh… oui, pas mal.

— Alors ta place n'est pas ici. C'est du gâchis de te garder en cuisine.

Annis voulut protester, mais Ingrid était déjà repartie. Elle haussa les épaules avant de pivoter vers la meule. Elle reposa la main dessus en serrant les dents, résolue à tenir bon, se refusant à imaginer ce que sa belle-sœur et sa mère pouvaient faire en ce moment même. Pour oublier sa peine et s'occuper l'esprit, elle entreprit de se réciter mentalement la liste des diverses préparations médicinales qu'elle connaissait.

Comme elle tournait la meule avec une sorte de rage aveugle, le bras à moitié tétanisé par la douleur, le galet circulaire recommença à basculer. Elle allait le stabiliser quand une main autrement plus puissante que la sienne saisit la lourde pierre au vol pour la repositionner sur son socle rainuré.

L'atmosphère de la salle s'était soudain emplie d'une tension presque palpable. Elle se retourna lentement.

Haakon se tenait derrière elle, un gros chien assis à ses pieds. Elle ne les avait pas entendus arriver tant elle était concentrée sur son labeur. Et voici qu'il se dressait devant elle, ressemblant moins que jamais au guerrier qui l'avait enlevée de Lindisfarne.

Il avait lavé ses cheveux qui luisaient encore d'un voile de gouttelettes. A la place de sa cotte de mailles, il avait revêtu une chemise de laine fine d'un bleu délavé qui retombait sur un pantalon étroitement ajusté. Ses pieds étaient chaussés de bottes en cuir clair. De toute sa personne rayonnait une vitalité qui semblait emplir la pièce entière.

— Que puis-je pour votre service, mon seigneur ? s'enquit-elle sur un ton volontairement distant et froid.

Elle ne doutait pas qu'il était l'auteur de ses tourments. Mais s'il croyait que cela allait la briser, se dit-elle, il se trompait lourdement.

— Ingrid vient de m'avertir que vous aviez des raisons de vous plaindre de la façon dont on vous traite.

— J'effectue le travail qui m'a été demandé : moudre de l'orge, répondit-elle en reportant son attention sur la meule. Je ne vais peut-être pas très vite, mais j'aurai bientôt fini tout le sac de grain.

— Vous ne manquez décidément pas de talents, repartit Haakon d'une voix basse et amusée qui eut le don de l'irriter. N'est-ce pas aussi ton avis, Floki ?

Le chien pencha la tête avant d'aboyer.

— Vous voyez : Floki est d'accord avec moi, ajouta-t-il en donnant à son fidèle compagnon un quignon de pain pris dans la huche.

— J'aurais eu du mal à diriger le domaine de mon époux si je n'avais su comment on moud de la farine, répliqua-t-elle avec humeur.

Il ne chercha pas à discuter.

— Ingrid m'a appris par ailleurs que vous compreniez notre langue.

— J'apprends vite, murmura-t-elle en haussant les épaules.

Elle se remit à moudre, espérant que cela inciterait Haakon à la laisser tranquille et qu'elle pourrait ainsi ne plus avoir à penser à son corps musclé, à ses longues cuisses puissantes que soulignait le tissu moulant de son pantalon.

— C'est un avantage certain dans la vie, convint-il avant de saisir de nouveau la pierre d'une main ferme pour l'arrêter. Je souhaiterais pouvoir m'entretenir avec vous en dehors de cette cuisine. Ce que j'ai à vous dire ne concerne pas les amateurs de potins qui hantent habituellement ces lieux.

Elle s'écarta de la table en essayant de ne pas prêter attention aux sourires entendus des autres servantes. Haakon la conduisit dehors, sous le porche du manoir, et l'invita du geste à prendre place sur un banc de bois disposé contre le mur, face au paysage du fjord. Il resta lui-même debout et la toisa d'un air sévère.

— Pourquoi les moines vous ont-ils permis de parler

en leur nom à votre arrivée ? l'interrogea-t-il au bout d'un instant. Ils ont tous une langue, non ?

— Aucun d'entre eux ne m'a demandé quoi que ce soit. J'ai décidé toute seule de m'isoler pour vous parler, rétorqua Annis avec hauteur. Il fallait bien que quelqu'un s'en charge.

— Et ils vous ont laissée faire. Pas un ne vous a reproché cet acte d'autorité. Pourquoi ?

— L'abbé était mon oncle, répondit-elle, une brise venant plaquer une mèche de cheveux sur ses lèvres.

Le vent était chargé d'une légère odeur de fumée. Elle contempla la baie où les vagues clapotaient contre les flancs des navires à la proue en forme de serpent.

— La règle du monastère exerce encore son emprise sur eux, précisa-t-elle. Ils sont habitués à tout subir en silence. Et puis ils avaient peur.

— Pas vous ?

— Quand les circonstances l'exigent…

Au vrai, elle avait l'estomac noué par la crainte. Mais peu lui importait la punition que son ravisseur allait lui infliger. Les moines comptaient sur elle. Elle ne pouvait rester indifférente à leurs souffrances.

— Ma belle-mère n'a pas apprécié votre intervention, lui apprit Haakon sur un ton neutre.

— Avez-vous envoyé les demandes de rançons ?

— Elles partiront par le prochain bateau à destination de l'empire d'Occident. J'ai des contacts à la cour de Charlemagne.

Elle hocha la tête, sûre qu'il allait en profiter pour augmenter la somme exigée pour sa libération. Elle aurait aimé pouvoir le prévenir que son beau-père ne la paierait probablement jamais, mais qu'il verrait au contraire dans le rapt de sa belle-fille une occasion inespérée d'affermir son emprise sur le domaine familial de Birdoswald. Cependant, elle n'avait pas le cœur de l'avouer à voix haute. Si elle s'y risquait, elle perdrait la dernière lueur d'espoir qui l'animait encore et devrait faire le deuil de son foyer.

— J'ai hâte que les miens vous répondent, déclara-t-elle en fourrant les mains dans les plis de sa tunique pour en cacher le tremblement.

— Vous semblez avoir toute confiance en eux.

— En effet.

C'était un mensonge éhonté, mais elle ne souhaitait pas que Haakon s'aperçoive trop tôt de sa méprise, car d'ici là elle pourrait continuer à aider les moines qui, elle en était certaine, finiraient par être rapatriés par leur hiérarchie. Elle avait déjà entendu parler de cas semblables. L'Eglise détestait savoir ses religieux esclaves chez les païens et hésitait rarement à payer les rançons réclamées pour leur affranchissement. Malheureusement, elle doutait qu'elle soit prête au même sacrifice pour une simple chrétienne, aussi noble soit-elle.

Peut-être aurait-elle dû prononcer ses vœux comme son oncle le lui avait suggéré. Sauf que cela aurait été une adhésion de pure forme, car elle ne se sentait pas de véritable vocation. Ce qu'elle voulait, c'était un foyer, des enfants et un mari l'aimant pour elle-même et non pour sa dot. Endosser l'habit de nonne aurait été dans ces conditions une imposture.

Sans rien dire, Haakon caressait d'une main distraite les reliefs d'un des poteaux sculptés qui soutenaient l'avant-toit et son pignon ajouré. Elle avait l'impression d'être aux prises avec lui dans un duel de volontés, chacun attendant de l'autre qu'il se démasque en parlant, qu'il commette le premier faux pas. Plus que jamais elle était consciente de la vigueur de son ravisseur, de la force qui émanait de lui.

— Annis ! Annis, où es-tu donc passée ? Il reste de l'orge à moudre ! s'écria soudain Tove de sa voix criarde, rompant le charme ambigu de cette confrontation. Annis ! Tu vas être punie.

— Il faut que je retourne en cuisine. Tove m'appelle, murmura-t-elle en redressant le menton et en rivant ses yeux dans ceux de Haakon. Je veillerai dorénavant à me montrer plus motivée dans mon travail.

— Guthrun sait-elle qu'on vous a imposé ce genre de besogne ? s'enquit-il en la scrutant d'un œil inquisiteur.

— Tove règne en maîtresse sur les servantes, repartit-elle avec un haussement d'épaules insouciant.

Il lui fallait néanmoins reconnaître qu'elle n'avait pas revu la belle-mère de Haakon depuis qu'elle l'avait présentée à Tove et qu'en conséquence Guthrun ignorait peut-être tout des agissements de cette dernière. Cependant, en dépit de la méchanceté profonde dont Tove faisait preuve à son égard, elle ne tenait pas à la dénoncer à Haakon et à lui faire subir elle ne savait quel genre de punition.

— Je fais ce qu'on me demande de faire, conclut-elle.

Il tendit subitement la main pour lui saisir le poignet et examiner sa paume.

— Vous n'êtes pas accoutumée à de telles corvées. Vous avez la peau pleine d'ampoules.

Elle lui retira vivement sa main. Son contact déclenchait de singulières sensations le long de son bras.

— Je n'ai pas non plus l'habitude d'être esclave, et les moines souffrent plus que moi.

Le regard bleu de Haakon prit un éclat aussi dur que le reflet du ciel dans un glacier. Il s'abstint toutefois de reprendre sa main.

— Les moines sont familiers des travaux des champs. Aucun d'eux n'est issu de l'aristocratie. Vous, vous êtes une dame. C'est différent, répliqua-t-il avant de se mettre à frotter ses lèvres d'un pouce songeur. Ingrid prétend que vous connaissez un remède pour guérir les ampoules.

— Je connais effectivement une recette de liniment qu'on peut utiliser à cette fin, répondit-elle avec circonspection, se demandant ce que la servante avait pu lui raconter exactement.

— Alors préparez-en.

— Je ne dispose pas des ingrédients nécessaires.

— Que vous faut-il ?

Annis réfléchit. Il lui fallait se montrer prudente, pensa-t-elle. Elle ne devait pas faire preuve de trop d'assurance, car l'efficacité du liniment n'était pas garantie. D'un autre côté, c'était là une chance qu'elle ne pouvait laisser passer. Tout valait mieux à ses yeux que continuer à moudre de l'orge. Elle récita donc rapidement la liste des herbes dont elle avait besoin, en terminant par la lavande.

Haakon hocha la tête, la considérant d'un regard à la fois pensif et impressionné. Elle s'efforça de contenir l'espoir qui montait en elle, n'osant croire qu'il allait l'autoriser à essayer sa recette.

— Curieux, tout de même, marmonna-t-il avant de s'essuyer les mains sur son pantalon. Vous pouvez disposer.

— Mais… mais… vous allez parler à Guthrun du liniment, n'est-ce pas ?

— Retournez au travail, Annis. Vous avez une besogne à terminer.

— Est-ce un ordre ? s'enquit-elle, profondément déçue.

Il prit de nouveau un air sévère.

— Ne mettez pas plus longtemps ma patience à l'épreuve.

— Car votre parole a force de loi ?

Une flamme de fureur s'alluma dans les prunelles du jaarl.

— Exactement. Et je vous conseille de ne jamais l'oublier.

Chapitre 5

— Le jaarl m'a demandé d'apporter ceci aux cuisines.

Annis sursauta en reconnaissant les douces inflexions de sa langue natale au lieu du parler rugueux des vikings. Lorsqu'elle se retourna, elle aperçut Aelfric sur le seuil de la pièce. Il était le seul des conseillers de son oncle à avoir survécu au raid de Lindisfarne. Il tenait à la main un assortiment d'herbes séchées qu'il déposa sur la table et ne manqua pas d'afficher une moue dégoûtée en voyant Kisa venir renifler celles-ci avec curiosité. Annis fit déguerpir la chatte.

— Vous a-t-il dit pourquoi ? s'enquit Ingrid en examinant les herbes. Que veut-il donc que nous en fassions ? Que nous nous en servions comme épices pour le dîner ?

— C'est pour dame Annis, précisa Aelfric en insistant lourdement sur le titre.

Annis considéra les herbes.

— Ce sont les simples qui entrent dans la composition de mon liniment pour guérir les ampoules, expliqua-t-elle à la domestique. J'en ai parlé à Haakon et je vois qu'il ne l'a pas oublié.

— Haakon n'oublie jamais rien, déclara Ingrid. Chaque fois qu'il rentre de voyage, il part inspecter le domaine et je peux te dire qu'il remarque tout. Malheur à celui qui n'a pas respecté ses consignes en son absence ! Il veille sur le bien-être de ses gens et cherche toujours des moyens d'améliorer leurs conditions de vie.

— Cela dit, il n'a pas réussi à trouver de lavande, précisa

Aelfric en latin. Ce pays de barbares est vraiment trop froid pour héberger ce genre de plantes.

— Merci de m'avoir apporté ces herbes aussi promptement, Aelfric, repartit Annis, soudain en proie à un accès de nostalgie. Comment vous portez-vous, vous et vos compagnons ?

— Nous allons bien, madame, murmura le moine en courbant la tête.

Sa tonsure commençait déjà à se regarnir. D'ici à quelques semaines, songea-t-elle, il ressemblerait à n'importe quel autre homme.

— Sans exception ? demanda-t-elle.

— Nous survivons et sommes correctement nourris, répondit Aelfric en continuant à s'exprimer en latin. Le labeur n'est pas plus dur que celui qui nous occupait au monastère — mis à part que le sol est bien plus pauvre ici.

Des milliers de questions lui venaient aux lèvres, mais elle nota que Tove suivait cet échange, les yeux plissés et les lèvres pincées.

— J'ai hâte que nous rentrions tous ensemble en Angleterre, ajouta-t-elle en northumbrien afin de persuader la sourcilleuse servante qu'ils devisaient de sujets sans importance.

Avec un dernier froncement de sourcils, celle-ci retourna à son propre travail.

— Moi aussi, madame, approuva le moine avant d'incliner une nouvelle fois la tête, de se signer et de repartir.

— Tu serais réellement capable de préparer un remède pour soigner les ampoules et les engelures avec ce tas de plantes séchées ? vint l'interroger Tove peu après en la toisant de haut.

— En les mélangeant avec un peu de graisse, oui, répondit-elle en rangeant les ingrédients.

Elle aurait bien aimé commencer immédiatement la préparation du liniment, mais elle soupçonnait Tove de lui avoir réservé une nouvelle besogne dégradante.

— Et c'est le jaarl qui t'a envoyé ces herbes ?

— En effet, acquiesça Annis en caressant les plantes qui diffusèrent aussitôt leur odeur.

— Eh bien, qu'est-ce que tu attends ? s'emporta Tove. Mets-t'y tout de suite. J'ai les mains toutes calleuses et je voudrais qu'elles soient douces comme une fesse de bébé !

Sur le seuil de la grande salle, Annis hésita. La pièce était bondée de vikings jouant aux dés ou buvant dans des cornes. Haakon était dos à la porte. Son rire planait sur l'assistance. Elle se mordit la lèvre en le voyant ainsi occupé, entouré de ses hommes, et songea un instant à repartir en cuisine. Puis elle carra les épaules, honteuse de sa propre lâcheté. Haakon méritait des remerciements.

A son approche, il pivota vers elle et haussa les sourcils.

— Oui ? dit-il. Y aurait-il encore un problème ?

— Je voulais simplement vous remercier, répondit-elle en tordant le devant de sa tunique.

Le remercier en présence de ses guerriers était assez embarrassant pour elle. Elle n'en redressa pas moins le menton pour soutenir son regard.

— Me remercier ? répéta-t-il en se levant et en la prenant par le coude pour la conduire à l'écart, dans un coin plus tranquille. Et pour quelle raison ?

— Dès que Tove a su, hier, que j'étais un peu versée dans l'art des remèdes, elle n'a cessé de me commander onguents et potions, expliqua-t-elle avec un bref sourire.

— Et vos mains ?

— Elles sont guéries, annonça-t-elle en lui présentant ses paumes que ne déparait plus aucune inflammation. Bientôt, on ne distinguera même plus les cicatrices des ampoules.

— Mais qu'est-ce que j'ai à voir là-dedans ? s'enquit Haakon en penchant la tête, les yeux fixés sur ses lèvres.

— Vous m'avez envoyé les herbes que je vous avais demandées, dit-elle. Vous m'avez donné ma chance.

— Si je vous ai envoyé ces herbes, c'est parce qu'une femme avec des ampoules aux mains ne me sert pas à grand-chose.

— Je vous en suis malgré tout reconnaissante, insista-t-elle, la gorge serrée.

— Bien, fit-il avant de retourner auprès de ses hommes.

Des rires fusèrent bientôt du groupe de guerriers. Elle tiqua, certaine qu'ils étaient en train de se moquer d'elle. Selwyn, jadis, ne se privait pas non plus d'émettre à son propos des plaisanteries parfois blessantes. Il n'y avait aucune raison pour que Haakon soit différent. Tous les mâles, au fond, se ressemblaient. Il lui suffirait, à l'avenir, d'ignorer son ravisseur. Et d'oublier le baiser qu'ils avaient échangé. Elle ne voulait plus jamais avoir affaire à lui.

— J'espère que vous avez choisi le guerrier que vous souhaitez servir, déclara Tove avec un petit sourire tout en ajustant sa tunique pour mieux mettre ses formes en valeur.

Au lieu d'aider à écosser les petits pois, elle passait son temps à se mirer dans les plats en argent pour corriger sa coiffure et rajuster le col de sa toilette. Avec ça, elle semblait avoir le don de flairer l'approche de sa maîtresse, car chaque fois que Guthrun passait la tête dans la cuisine, elle s'arrangeait pour paraître terriblement occupée, ce qui lui valait les éloges de la belle-mère de Haakon qui regardait ensuite les autres en soupirant avant de leur conseiller de s'inspirer de son exemple.

— Comment ça, Tove ? s'enquit Annis sans se soucier de masquer son scepticisme.

— Tous ces hommes doivent se sentir bien seuls sans compagnie féminine, expliqua Tove avant d'embrasser le vide et de se mettre à arpenter la pièce avec des déhanchements suggestifs.

— J'avoue n'y avoir pas songé, marmonna Annis en baissant les yeux.

Elle avait espéré s'arranger pour ne pas être remarquée le moment venu. Les jours passant, elle avait réussi à se persuader que son attirance pour Haakon était une aberration et qu'à force de s'adapter à sa nouvelle condition, elle finirait par devenir insensible à la singulière emprise qu'il exerçait sur elle. Elle ne voulait même pas commencer à songer à des étreintes furtives ou à des baisers volés.

Ses mains tremblaient cependant, si bien qu'elle dut les cacher sous sa tunique.

— Tout se résume à une question de choix mutuel, lança Tove, provoquant l'hilarité générale. Quant au déroulement des opérations, rien de plus simple : tu sers de l'hydromel ou de la bière au guerrier que tu convoites et tu restes à côté de lui jusqu'à ce qu'il te prenne par la taille.

Annis se doutait bien qu'elle allait devoir affronter ce genre de rituel. Ses compatriotes pratiquaient exactement le même. Sauf que, chez elle, elle était assise à la table des maîtres, à l'écart du chassé-croisé des amants. Selwyn, en revanche, ne manquait jamais d'y prendre part. Ainsi lui avait-il fallu endurer les inconstances de son mari tout au long de leur vie conjugale et le regarder choisir chaque soir une compagne de débauche différente, plus conforme à ses goûts que sa femme, qu'il n'avait à l'évidence épousée que par attrait pour sa dot et pour le prestige associé au nom de sa famille.

— Et on sait bien par qui tu aimerais te faire enlacer, hein, Tove ? s'exclama Ingrid.

Les rires repartirent de plus belle.

— Vraiment, Ingrid ? repartit l'interpellée en faisant la moue. Figure-toi que j'ai renoncé à Haakon depuis des mois. A mon avis, il a toujours le béguin pour Asa, notre reine. Il faut dire que tous les jaarls bourdonnent autour d'elle comme des abeilles autour d'un pot de miel.

— Allons, ce ne sont que des rumeurs, lui assura Ingrid. Comment peux-tu croire à de telles fariboles ?

— Mais il paraît qu'ils étaient très proches, jadis. Et puis ce serait aussi elle qui aurait manigancé le divorce de Vikar, rétorqua Tove sans cesser de se pomponner. En tout cas, il y a d'autres seigneurs que notre maître dans le royaume de Thorkell.

— Oui, mais aucun aussi beau, remarqua une de ses amies en soupirant.

— Je crois que je préfère encore Vikar. Il y a aussi Ivar, qui a perdu sa femme il y a six mois, mais sa cicatrice ne l'arrange vraiment pas, reprit Tove avant de tourner sur elle-même pour soulever le bas de sa toilette. Peu d'hommes savent résister à mes chevilles, voyez-vous. Les scaldes ont écrit des poésies sur elles.

— Un seul scalde — et il était bigleux, rectifia l'une des domestiques à la grande joie des autres.

Tove en devint cramoisie d'indignation et posa les mains sur ses larges hanches.

— Qui a dit ça ?

Un silence pesant retomba aussitôt sur la cuisine tandis que chacune se hâtait de reprendre son travail.

— Je suis sûre que c'est toi, Ingrid !

Annis reposa son bol de petits pois, et Kisa en profita aussitôt pour lui grimper sur les genoux. Si le différend entre les deux femmes devait dégénérer en altercation, elle savait laquelle elle défendrait, et ce sans aucune hésitation.

Comme Ingrid ne répondait pas, Tove la désigna avec un air supérieur.

— Tu es pourtant mal placée pour te moquer, ma petite !

— Allons bon, voilà autre chose, marmonna l'intéressée sans cesser de remplir son bol.

— C'est ça, repartit Tove. Fais donc l'innocente. Tout le monde sait bien que tu en pinces pour Thrand depuis ton premier jour ici.

Ingrid rougit à son tour.

— Il a un sourire et des manières agréables, admit-elle à mi-voix sans relever la tête.

— Oui, eh bien, tu n'as pas intérêt à ce que sa mère te surprenne en train de débiter ce genre de roucoulades. Elle a de grands projets pour lui — une fille de jaarl bien dotée, déclara Tove avant de lâcher un rire moqueur et de se courber vers Ingrid pour la regarder droit dans les yeux. Ça doit d'ailleurs être pour ça qu'elle t'a assignée dans la cuisine au lieu de te confier le service des tables. Tes jours ici sont comptés, ma petite.

Annis attendit que Tove ait été appelée par Guthrun pour se pencher vers son amie.

— Est-ce vrai, Ingrid ? s'enquit-elle.

— Thrand et moi avons lié amitié avant qu'il ne parte en expédition, avoua la servante en prenant Fress dans ses bras pour enfouir son visage dans son poil gris. Mais je ne sais pas ce qu'il éprouve vraiment pour moi. Il n'est toujours pas passé me saluer depuis son retour. Il n'est même pas venu voir comment se portaient Fress et Kisa, alors que c'est lui qui les a découverts quand ils n'étaient que des chatons.

— Thrand, c'est bien le frère de Haakon ?

— Oui. Il possède une part du domaine, mais il voudrait pouvoir s'acheter une ferme à lui. Haakon et lui ne s'entendent pas toujours très bien.

Ingrid marqua une pause et soupira.

— Il aimait bien se confier à moi, jadis. Ce n'est pas seulement un joli garçon, tu sais. Il est aussi très gentil. Il lui arrivait souvent de jouer avec Kisa et Fress… avant.

— Je ferai ton travail en cuisine, si tu veux, lui proposa Annis, émue, en lui serrant la main.

A son avis, Ingrid méritait mieux que le fils de Guthrun, mais si c'était lui l'élu de son cœur, alors elle était prête à l'aider à le conquérir.

— Vraiment ? s'enquit Ingrid dont le visage s'éclaira

aussitôt. Tu parles sérieusement ? Je pensais que tu voudrais servir l'hydromel.

— Je n'ai jamais eu de telles intentions, rétorqua Annis. Et je doute que quelqu'un s'aperçoive de l'échange. Ils seront tous trop occupés à manger et à boire pour prêter la moindre attention à l'identité des domestiques. Quant à Tove, elle n'a rien à dire tant que le travail commandé par sa maîtresse est effectué.

Ingrid semblait cependant hésiter encore.

— Tu es sûre ?

— Mais oui ! s'exclama Annis en l'invitant d'un geste à déguerpir. Allons, cours donc te préparer. Il ne faut pas que Thrand manque de te remarquer.

Avec un sourire lumineux, la servante se redressa et quitta la cuisine en sautillant.

Annis ferma les yeux et joignit les doigts. Elle serait en sécurité, ici, pensa-t-elle. Personne ne noterait son absence dans la grand-salle. Et peut-être que, lorsque la fête battrait son plein, elle pourrait même trouver un moyen de s'échapper avec les moines.

Annis puisa de l'eau dans un seau près de l'écurie pour se rafraîchir le visage. Elle préférait oublier le nombre d'heures qu'elle avait consacrées à la préparation du banquet. Tout ce qu'elle désirait désormais, c'était s'étendre et se reposer.

— Alors, on se fait belle pour la fête ? lui demanda Haakon à voix basse dans son dos. La réserve d'herbes semble avoir subi de lourdes ponctions. Pas toutes pour des produits de beauté, j'espère, même si je suis certain que mes hommes apprécieront le résultat de vos efforts.

Elle pivota sur elle-même. Il n'était qu'à un pas d'elle et la dévisageait d'un œil interrogateur. Son chien avança la tête pour réclamer son attention et elle lui octroya une rapide caresse tout en réfléchissant aux termes de sa réponse.

Haakon semblait laisser entendre qu'elle désirait séduire ses guerriers.

Il se rapprocha plus encore, au point qu'elle put distinguer chacun de ses cils.

— Il fait chaud et le travail en cuisine est exigeant, repartit-elle prudemment.

A le sentir si près d'elle, toutes les fibres de son être vibraient au souvenir du baiser qu'ils avaient échangé. Elle maudit Tove en silence pour avoir éveillé ce souvenir par ses clabaudages.

— Et c'est l'unique raison de ces… ablutions ?

— En voyez-vous d'autres ? répliqua-t-elle en soutenant le regard de ses yeux bleus.

Qu'il ose donc le dire tout haut ! pensa-t-elle. Qu'il ose l'accuser de jouer les aguicheuses ! Pour sa part, elle estimait avoir eu une conduite irréprochable.

— Après le défilé des figures de proue des navires victorieux et leur bénédiction par les prêtres d'Odin et de Thor, vous et vos compagnons de captivité serez exhibés avec le reste de nos prises.

— Je m'y attendais, murmura Annis.

La tension qui altérait sa voix la répugna elle-même. Elle paraissait sur le point de fondre en larmes. Or, elle s'y refusait de tout son être.

— Le grand scalde déclamera l'histoire de l'expédition du felag, poursuivit Haakon. Il racontera notamment mon combat avec Bjorn.

— Me mentionnera-t-il ?

— Non, il devra se contenter de ma version des faits, repartit-il, le regard dur. Ce qui s'est passé ce jour-là, à l'hôtellerie du monastère, ne concerne que nous deux.

Une migraine sourde la taraudait. Elle aurait voulu croire que son ravisseur ne prenait ces précautions que pour préserver sa propre réputation, mais son cœur lui soufflait qu'il cherchait avant tout à la protéger. Elle avait vu dans quelle estime était tenu Bjorn ainsi que le chagrin que beaucoup avaient manifesté à l'annonce de son trépas. Il était évident que la responsabilité de Haakon dans cette disparition n'avait été tolérée que parce qu'il était le chef de la communauté. Si jamais les siens apprenaient la vérité sur le décès du berserker, ils voudraient immédiatement le venger.

— Merci de m'avoir prévenue, dit-elle. Je m'efforcerai de ne pas me trahir par mes réactions.

Un bref sourire éclaira le visage de Haakon.

— Je savais que vous me comprendriez, Walkyrie.

— Cela me semble aller de soi, repartit Annis, qui chérissait malgré elle ce surnom. Et ensuite, que se passera-t-il ?

— Ça dépend, répondit-il d'une voix rauque.

Elle se sentit aussitôt attirée par ses prunelles d'un bleu profond.

Ses cils étaient d'un brun légèrement plus clair que ses cheveux et il avait une bouche d'un dessin décidément très ferme. Sans en avoir bien conscience, elle entrouvrit les lèvres en se penchant vers lui.

Floki choisit ce moment pour lui fourrer sa truffe dans le creux de la paume. Elle cilla et se ressaisit, mettant un terme brusque à cet instant d'égarement. Que Tove et ses cancans aillent au diable ! songea-t-elle en secouant la tête.

— Je ne suis pas sûre de bien saisir, articula-t-elle d'une voix qui lui parut affreusement pâteuse.

Elle se mit à gratter les oreilles de l'elkhound pour dissimuler son trouble.

— Vous allez avoir tout le temps d'y réfléchir, répliqua-t-il. La fête va durer toute la nuit et se prolongera encore demain.

Sur ce, il lui tourna le dos et s'éloigna avant de siffler Floki. Le chien s'empressa de rejoindre son maître.

Le vacarme de la fête emplissait tout le manoir jusqu'à la cuisine. Le bruit des rires et des pieds frappés sur le sol de terre battue paraissait à Annis presque aussi effrayant que les cris de guerre qui hantaient encore ses rêves.

Elle avait vu juste : Guthrun et Tove étaient trop occupées pour remarquer son absence dans la grand-salle. Elle avait donc pu demeurer à l'office pour remplir les cruches d'hydromel et les plateaux de nourriture.

— Annis ! la héla Ingrid. Annis, j'ai besoin de toi.

Elle sursauta et porta une main à son front avant de prendre une profonde inspiration.

— Qu'y a-t-il, Ingrid ?

— Je suis gênée de te demander ça, mais quelqu'un désire me parler en particulier et les guerriers ne cessent de réclamer à boire. Peux-tu être un amour et aller porter d'autres cruches dans la salle ? Je n'en ai pas pour longtemps.

Elle fut tentée de refuser, mais ne put s'y résoudre en voyant les joues rouges et le regard excité de la jeune domestique qui, à n'en pas douter, allait retrouver Thrand dehors.

— D'accord, Ingrid, lui répondit-elle. Je m'en occupe. Prends donc ton temps.

La servante lui pressa la main.

— Tu es une vraie amie, lui murmura-t-elle avant de s'éclipser.

Annis s'empara donc des cruches qu'elle venait de remplir pour les porter dans la grand-salle. Celle-ci avait été réaménagée pour accueillir la foule des convives. De longues planches sur tréteaux et des bancs garnis de pelisses avaient été disposés contre les parois de bois auxquelles avaient été pendues des tapisseries et accrochés des flambeaux. Un feu couvait au centre de la pièce, cependant qu'à l'autre extrémité, se dressait la table seigneuriale.

Curieuse, Annis y jeta un coup d'œil. Le spectacle qui s'offrit à elle lui coupa le souffle. Haakon était encore plus magnifique que d'habitude à la lueur des torches qui accentuait le brun de ses cheveux et accrochait des reflets aux ornements d'or massif qu'il portait au cou ainsi que sur les avant-bras. Il avait revêtu pour l'occasion une tunique rouge richement brodée et une cape assortie. Pour exotique que ce costume lui parût, elle ne l'en trouvait pas moins admirable que les tenues de cérémonie des dignitaires de son pays.

A ce spectacle, sa bouche s'assécha et son pouls s'emballa. Elle aurait voulu détester son ravisseur mais elle ne parvenait pas à détacher les yeux de ses longs doigts qui enserraient la corne à laquelle il buvait son hydromel. Elle crut elle-même avoir abusé du breuvage tant la tête lui tournait. Déglutissant avec peine, elle se concentra sur le trajet à parcourir, prenant garde à ne pas trébucher sur les aspérités du sol inégal.

De place en place, elle s'arrêtait pour remplir les cornes des uns et des autres. Quand elle fut devant la haute table, Guthrun l'y accueillit avec un haussement de sourcils, mais ne lui tendit pas moins sa corne ainsi que celle de Thrand.

Annis réprima un sursaut d'étonnement. Pourquoi Thrand était-il ici ? Ce n'était donc pas avec lui qu'Ingrid avait rendez-vous ? Le regard un peu trouble, le fils de Guthrun était en train de régaler la tablée d'une histoire relative au raid.

— Ah, enfin, Annis, vous voilà, grommela Haakon. Je commençais à m'inquiéter. Vous avez disparu après le défilé des otages. Pour vous échapper, peut-être ? Vous avez dû constater que les bateaux étaient bien gardés. Est-ce donc pour cela que vous vous êtes finalement résignée à nous faire l'honneur de votre présence ?

— J'avais du travail en cuisine, rétorqua-t-elle laconiquement tout en se mettant à remplir les cornes.

Elle avait beau s'efforcer de ne penser qu'à sa tâche, elle ne cessait de songer malgré elle aux mains de Haakon.

— Espèce d'idiote ! s'écria soudain Guthrun. Tu vas renverser de l'hydromel partout !

Surprise, Annis redressa aussitôt la cruche, mais pas assez vite pour empêcher quelques gouttes de déborder de la corne.

— Ce n'est pas bien grave. Sans doute est-ce la première fois que la northumbrienne a la chance de voir de beaux guerriers vikings d'aussi près ! intervint l'un des hommes de Haakon en ponctuant sa saillie d'un rire gras.

— Tu tiens donc à aggraver ton cas ? vint lui chuchoter Tove à l'oreille en la repoussant. C'est moi qui sers les maîtres. Va-t'en plus loin.

Elle hocha docilement la tête et, les yeux baissés, alla remplir les cornes des autres convives.

— Voilà un bien joli petit lot, déclara Vikar en se penchant vers Haakon tandis que la jeune femme s'éloignait. Je comprends mieux, maintenant, pourquoi tu as tant insisté pour la ramener.

— C'est aussi une noble et, par là même, un otage de valeur, rétorqua Haakon tout en s'efforçant de détacher ses yeux des hanches d'Annis qui, la cruche au côté, contournait prestement les chiens couchés aux pieds des guerriers.

Le souvenir du contact de son corps contre le sien lui revint subitement à la mémoire. Il y avait de la passion derrière son apparence froide, il en était sûr. Elle attendait seulement d'être libérée.

— Et depuis quand est-ce un empêchement ? répliqua Ivar en vidant sa corne qu'il demanda à Tove de remplir. Ma cousine Sigrid a été emmenée en captivité pour en revenir avec deux bébés. Cela arrive. Au mari ensuite de prendre ses responsabilités. S'il avait mieux surveillé sa femme, elle n'aurait pas été enlevée.

— C'est un argument qui se défend, admit Haakon en se frottant le menton.

De fait, songea-t-il, si Annis avait bénéficié d'une escorte digne de ce nom, il n'aurait sans doute jamais pu l'embarquer sur *Le Serpent d'Or*.

— Et ses charmes ne te laissent pas de marbre, mon ami, reprit Vikar. J'en connais d'autres qui seraient en mesure — et même ravis — de t'avancer sa rançon. Moi, par exemple.

— Elle n'est pas à vendre ! rugit Haakon en tapant du poing sur la table. J'ai des principes, tout de même.

— Ce n'était qu'une suggestion. Maintenant, à ta place, je m'assurerais que tout le monde a saisi le message. D'énormes quantités de bière et d'hydromel ont été ingurgitées ce soir, vois-tu, et les hommes ne manqueront pas de se rechercher des compagnes pour la nuit.

— Grand bien leur fasse. Qu'ils se gardent simplement de toucher à ma captive.

— Entendu… A propos, mon vieux, tu vois cette petite blonde, là-bas ? Je serais heureux que tu me la présentes, sa poitrine me paraît l'endroit idéal pour reposer ma tête.

Annis se débarrassa des cruches vides sur la table de la cuisine, effarée par la capacité des estomacs vikings. Les convives avaient déjà vidé dix barriques d'hydromel et de bière et elle les entendait qui en réclamaient encore. Et Ingrid qui n'était toujours pas revenue…

Avec un lourd soupir, elle remplit l'une des cruches avec ce qui restait au fond de la barrique en perce et retourna dans la grand-salle. Les guerriers s'étaient disposés en cercle autour du feu pour entamer une danse à base de tapements de pieds.

Sur le seuil de la pièce éclairée aux flambeaux, plusieurs vikings lui barrèrent le passage. Leur barbe empestait le miel fermenté et deux d'entre eux semblaient avoir de sérieux problèmes d'équilibre.

— Alors, toujours de service, la Northumbrienne ? s'enquit l'un d'eux en lui caressant le bras. Tu n'aimerais pas mieux danser ? Je parie que tu sais remuer ce joli petit corps comme une diablesse.

Elle se raidit à ce contact. Elle aurait dû le prévoir, pensa-t-elle. Naïvement, elle avait cru que la présence, ce soir-là, de tant d'autres femmes consentantes dans le manoir lui épargnerait ce genre de désagrément. Elle avait manifestement eu tort.

Elle sourit et, secouant la tête, tenta de poursuivre son chemin.

— Si j'ai besoin d'aide, je vous le demanderai.

Sans prêter la moindre attention à ses réticences, le guerrier la prit par la taille.

— Moi, je peux te donner toute l'aide dont tu as besoin.

— J'en doute, répliqua-t-elle en se libérant d'une pirouette.

Les amis de l'impudent crièrent à ce dernier de ne pas la laisser partir et formèrent un cercle autour d'eux. Elle était piégée. Comment allait-elle pouvoir se sortir de cette situation ?

Encouragé par ses compagnons, le guerrier l'enlaça de nouveau pour la presser contre lui. Elle réussit à détourner la tête juste au moment où il allait l'embrasser, si bien que son baiser atterrit dans ses cheveux.

— Laissez-moi tranquille ! hurla-t-elle en frappant sa main avec la cruche.

— Ah, tu as du caractère, toi, grommela-t-il. J'aime ça !

Il avait saisi son visage pour lui administrer un baiser, quand une voix empreinte d'un calme mortel le figea net.

— Si la dame te dit non, c'est que c'est non, Godfred, articula Haakon.

Pivotant sur elle-même, elle vit le maître des lieux qui s'avançait vers eux. Tous ses hommes reculèrent aussitôt, les mains levées en signe de conciliation.

— Que faites-vous donc ici ? lui demanda-t-il ensuite, le regard brillant d'une lueur menaçante.

Il ne voyait donc pas sa cruche ?

— Je ramène des réserves pour les buveurs, expliqua-t-elle.

— Et vous avez cru bon de les servir ici au lieu d'aller jusqu'à leur table ?

— Pas du tout ! s'emporta-t-elle. Je ne suis pour rien dans ce qui est arrivé !

— Ah oui ? Il vous a donc suffi d'apparaître pour déclencher la concupiscence de ces mâles ? repartit Haakon d'une voix lourde de sarcasme en haussant un sourcil.

Comment osait-il insinuer qu'elle avait essayé de les

aguicher ? Ces guerriers étaient soûls ! Elle n'était pas une traînée, tout de même !

— Je ne comprends vraiment pas comment cela a pu se produire, répliqua-t-elle tout en repoussant une mèche de cheveux derrière son oreille avant de rajuster le devant froissé de sa tunique.

— En êtes-vous sûre ?

— Ecoutez, imaginez ce que vous voulez. Moi, je sais ce qui s'est passé. Maintenant, si vous voulez bien m'excuser...

Sur ce, elle se retourna pour repartir en cuisine. Tous les muscles de ses jambes tremblaient. Elle n'avait plus qu'une envie : s'asseoir dans un coin tranquille pour souffler un peu.

— Vous n'êtes même pas consciente de l'effet que vous produisez, gronda la voix de Haakon à son oreille.

Elle n'eut que le temps de prendre une brève inspiration avant qu'il ne la rattrape par le bras pour la faire pivoter et la presser contre lui avant de plaquer ses lèvres contre les siennes. Cette fois, son baiser fut beaucoup moins tendre qu'impérieux. C'était un acte d'autorité, destiné à prouver son ascendant sur elle. Or, son corps n'en répondait pas moins à cette caresse aussi rude qu'intrusive, frémissant au contact des doigts de Haakon plongés dans ses cheveux. Une douce chaleur l'emplit peu à peu, s'insinuant jusque dans les moindres replis de son être.

Peu lui importait de se donner ainsi en spectacle. Elle aurait dû le repousser, bien sûr, mais le désir de prolonger cette étreinte l'emportait en elle sur toute autre considération. Le goût de ses lèvres, voilà tout ce qui comptait pour elle en cet instant.

Enfin, il recula et la relâcha. Le pas mal assuré, elle vacilla en arrière et tomba sur le sol de terre battue. Des rires s'élevèrent dans la salle. Avec quelques mots brefs, Haakon réduisit les moqueurs au silence.

— Que leur avez-vous dit ? s'enquit-elle en ignorant la main qu'il lui tendait pour se relever toute seule.

Elle sentait encore les picotements de leur baiser sur ses lèvres.

— Je croyais que notre langue ressemblait au Northumbrien ?

— Pas entièrement.

— Je leur ai rappelé que vous étiez ma captive, répondit-il en adoptant une posture arrogante. Et qu'ils feraient mieux de ne pas oublier qui est leur chef.

— Votre captive ? Jamais de la vie ! rétorqua-t-elle avec tout le mépris que lui inspiraient aussi bien les airs supérieurs de son prétendu maître que les petits frissons de volupté qui ne cessaient de parcourir son corps.

— Préféreriez-vous être celle d'un autre guerrier ? l'interrogea-t-il. Il me semblait pourtant avoir compris que vous n'aimiez pas attirer l'attention.

— Vous avez bien compris, repartit-elle.

Elle aurait dû mieux se maîtriser, se sermonna-t-elle, ne jamais perdre de vue qui il était ni à qui elle devait sa condition présente. Elle ne pouvait se permettre de se laisser aller ainsi aux élans d'une chair rebelle.

— Et je vous serai reconnaissante de me donner mon congé, ajouta-t-elle. Le devoir m'appelle… mon seigneur.

Il fit courir une main légère sur son épaule. Elle dut résister à l'envie de s'abandonner à lui. S'écartant d'un pas, elle croisa résolument les bras pour ne plus avoir à sentir l'afflux de sensations qu'il faisait naître en elle.

— Ne craignez donc rien, Annis. Je ne suis pas un violeur et aucune de mes partenaires ne s'est plainte jusqu'à présent de ma brutalité au lit.

— Ce n'est pas de ça que j'ai peur, répliqua-t-elle en relevant le menton.

Selwyn ne l'avait jamais particulièrement séduite avec ses manières rudes et son rire gras et elle avait été presque soulagée de le voir chercher une autre compagnie que la sienne — mais elle ne l'avait jamais craint. Elle savait la valeur qu'elle avait à ses yeux. Or, les baisers de Haakon lui donnaient à songer qu'elle avait peut-être manqué quelque chose. Pour preuve les pulsions de son corps indiscipliné qui en réclamait toujours plus…

— De quoi avez-vous peur, alors ?

— Vous êtes mon ennemi. Vous m'avez enlevée.

Il fronça les sourcils.

— Je vous avais recommandé de rester à l'abri des rochers jusqu'à notre départ de Lindisfarne, et vous avez décidé de retourner au monastère. Vous m'avez désobéi.

— Je vous ai expliqué pourquoi.

Il esquissa un sourire.

— Nous voilà donc dans une impasse… Cela dit, si vous souhaitez approfondir nos relations, je reste à votre disposition.

— Je crois que, pour le moment, votre présence est requise à la table seigneuriale. Votre belle-mère essaie frénétiquement d'attirer votre attention depuis tout à l'heure.

Haakon suivit son regard et plissa les yeux.

— Contrarier Guthrun ce soir serait une erreur, marmonna-t-il. Nous n'aurions pas dû nous attarder ici. Peut-être aurais-je mieux fait de vous jeter sur mon épaule pour vous emmener directement dans ma chambre et répondre à l'invitation de vos lèvres.

— A l'invitation de mes lèvres ? Ce n'est pas moi qui vous ai embrassé !

— Certes, mais nous savons tous les deux comment vous avez répondu à mon baiser — n'est-ce pas, Annis ?

Elle eut la sensation détestable que ses joues la brûlaient. Cependant, avant qu'elle ait pu concevoir une repartie appropriée, Haakon s'était éclipsé.

Chapitre 6

Avec un dernier crachotement, les torches finirent par s'éteindre. Des rires bas traversaient la pénombre, ainsi que le bruissement des draps que l'on froissait un peu partout dans la grand-salle. Annis gagna la paillasse qu'elle partageait avec Ingrid depuis plusieurs nuits. La jeune domestique n'étant toujours pas revenue, pas plus que Tove, elle put s'étendre de tout son long sur la couche, les mains croisées sous la nuque.

Chaque fois qu'elle fermait les yeux, le souvenir du baiser ravageur de Haakon jaillissait dans sa mémoire. Là, dans l'obscurité, l'envie de sentir de nouveau ses lèvres contre les siennes et ses mains sur sa peau s'imposait à elle. Elle contracta les paupières en s'efforçant de concentrer son esprit sur son foyer perdu et son ancienne vie, se demandant avec effarement comment elle pouvait autant désirer un homme qui avait détruit son existence.

Quand enfin apparut la lumière grise de l'aube, Annis traversa la salle sans se soucier de remettre sa tunique. Un rire masculin s'éleva de l'alcôve de Haakon, puis un autre, féminin cette fois-ci et ressemblant beaucoup à celui de Tove. Elle se figea sur place, le cœur serré, avant de reprendre son chemin. Cela ne la regardait pas, se dit-elle. De toute façon, Haakon ne l'intéressait pas.

A son passage, deux des elkhounds levèrent la tête, sans toutefois bouger de leur place auprès des braises du foyer.

Elle se hâta d'aller soulever le loquet de la porte et de sortir avant que ses nerfs ne la lâchent. Une fois dehors, elle inspira une longue goulée d'air frais qui la rasséréna. Pour la première fois depuis son enlèvement, elle se sentait libre.

Libre de respirer. Libre de penser.

Le paysage était calme. Vaches, chèvres et moutons tranquillement. Les vagues léchaient les coques des bateaux tirés sur le rivage.

Un frisson la traversa à la vue des drakkars. Même dépouillés de leur féroce figure de proue en forme de serpent, ils lui semblaient comme une menace et un mauvais présage. En ce lendemain de fête, ils avaient été laissés sans surveillance.

Elle détourna son regard des navires. Tout le monde dormait, elle était donc libre, au moins pour quelque temps, d'aller où bon lui semblait. Sauf, se reprit-elle avec une grimace lugubre, là où elle aurait désiré le plus aller : chez elle, vers ce foyer dont la séparait désormais toute une mer qu'elle n'avait guère espoir de jamais retraverser.

Et s'échapper par bateau n'était pas envisageable. Quant aux bois de pins et de mélèzes qui, sur trois côtés, enserraient le manoir de leurs falaises noires et branchues, ils ne lui inspiraient que méfiance et crainte.

Comme Haakon l'avait fort bien deviné, elle n'avait aucune envie de risquer sa vie. Elle voulait vivre — mais selon ses propres termes et affranchie de toute tutelle. Un jour, se promit-elle, elle recouvrerait sa liberté.

Laissant les navires, elle contourna le manoir pour descendre la pente menant au lac qui fournissait la maisonnée en eau potable. Sa surface miroitante réfléchissait le gris rosé du ciel. Un filet de fumée s'échappait d'une hutte nichée sur sa rive.

Elle foula la prairie d'herbe tendre qui tapissait les parois de la pente. Elle n'était qu'à deux cents pas de l'eau quand elle s'aperçut que le cercle argenté du lac était ridé par les mouvements de l'eau. Quelqu'un était en train de nager…

S'étant dissimulée à l'ombre d'un bouleau, elle vit un homme émerger de l'eau. Des gouttes scintillaient dans ses cheveux, sur ses épaules et son torse nus.

Haakon. C'était Haakon en personne. Il n'occupait donc pas son alcôve au manoir, en déduisit-elle avec soulagement.

Son torse était encore plus musclé qu'elle ne l'avait imaginé, ses hanches étroites et ses jambes sculpturales. Son corps, recouvert d'un film humide, luisait sous le soleil matinal.

Une chaleur torride se coula dans les membres d'Annis. Surtout, elle ne devait pas se montrer, pensa-t-elle, sinon il saurait qu'elle l'avait vu. Elle se recula donc encore un peu plus dans l'ombre du bouleau, sans néanmoins parvenir à détacher ses yeux de la silhouette de Haakon, de ses muscles qui roulaient sous sa peau pendant qu'il se rhabillait.

Elle pria le ciel pour qu'il ne l'ait pas remarquée.

Comme en réponse à sa supplique muette, Haakon remonta vers le manoir sans jamais tourner la tête dans sa direction. Laissant échapper un soupir, Annis posa sa joue contre l'écorce soyeuse du bouleau.

Elle avait voulu échapper à la touffeur de la grand-salle et voilà qu'elle avait l'impression de se consumer sur place. L'idée de rentrer au manoir lui répugnait. Il lui faudrait y subir, allongée seule dans son lit, les gémissements de plaisir des couples réveillés, alors que ses doigts la brûleraient encore de l'envie de caresser la peau humide de Haakon.

Elle plaqua ses paumes contre ses cuisses et s'efforça de réprimer ce flot de sensations lascives.

Qu'est-ce qui lui prenait, à la fin ? Avant le raid, jamais un homme ne lui aurait inspiré de pareilles fantaisies. Or, il avait suffi à Haakon de l'embrasser pour qu'elle ne songe plus qu'à lui. Pourtant, elle avait toutes les raisons de le détester, lui et tout ce qu'il représentait.

Elle attendit que le silence soit retombé sur la campagne avant de remonter à son tour vers le corps de logis.

Les abords du bâtiment n'étaient plus déserts ni tranquilles.

Plusieurs guerriers déambulaient devant le porche d'entrée de la démarche pesante et maladroite des lendemains de beuverie, au milieu de poules qui picoraient entre les pavés à la recherche de graines égarées.

Elle avait presque atteint la grand-salle quand elle tomba sur Aelfric. Le moine rougit, puis pâlit à son approche, tout en tentant de cacher une miche de pain et une cruche de vin dans les plis de sa robe. Il la toisa ensuite avec un air supérieur.

— Que se passe-t-il ? Pourquoi êtes-vous ici ? s'enquit-elle avec inquiétude, redoutant qu'un des moines soit malade.

— Je, euh… voulais vérifier que vous n'aviez pas besoin d'autres herbes pour vos préparations, commença Aelfric. Mais apparemment, vous aviez d'autres obligations ce matin…

— J'ai déjà tout ce qu'il me faut, répondit Annis tout en dévisageant le moine et en essayant de se rappeler ce qu'elle savait de lui.

Il était jeune, issu d'une bonne famille. Son oncle fondait de grands espoirs sur lui. Elle se mordit la lèvre, s'exhortant à ne pas tirer de conclusions hâtives. Après tout, se dit-elle, sa visite aux cuisines n'avait peut-être pas d'autre raison que celle qu'il avait avancée.

— Puis-je vous être utile en quelque chose ?

— On m'a rapporté le baiser que vous avez échangé avec le jaarl hier soir, lâcha Aelfric avec une moue dégoûtée en plissant les paupières. Frayer ainsi avec un barbare ! Et de la pire espèce, qui plus est !

— Vous a-t-on également rapporté qu'en l'occurrence je n'avais pas eu le choix ? répliqua-t-elle en croisant les bras et en s'efforçant de garder une voix égale.

— Une vraie chrétienne…, commença à proférer le moine, d'une voix onctueuse mais le regard malveillant.

— Vous n'êtes pas mon confesseur, Aelfric, veillez à ne pas l'oublier.

Comme elle tournait les talons, la tête haute, le moine la saisit par le bras.

— Femme arrogante et orgueilleuse, vous êtes aveugle !

— Si mon oncle était encore de ce monde, vous n'oseriez pas me parler ainsi ! s'écria-t-elle en se libérant de son étreinte.

— Il faut bien que quelqu'un s'en charge ! rétorqua-t-il avant de poursuivre sur un ton plus accommodant. Annis, en tant qu'homme de Dieu préoccupé par le salut de votre âme, j'estime qu'il est de mon devoir de vous mettre en garde. Toute cette mésaventure prendra bien fin un jour et vous serez alors ramenée en Northumbrie. Je sais qu'Eadgar vous a proposé le mariage. Votre oncle m'a confié qu'il approuvait ce projet. Le fils de votre beau-père est un bon parti, Annis.

— Ma patrie et mon foyer occupent tout mon esprit.

Elle ferma les yeux. Elle avait presque oublié Eadgar. Celui-ci n'était plus dans ses souvenirs que l'ombre d'un cauchemar. C'était au moins un des avantages de sa captivité : Eadgar se serait très certainement dégoté une autre épouse quand elle reviendrait en Northumbrie. Et puis, sa condition actuelle présentait également un autre attrait — et non des moindres… Elle chassa aussitôt cette pensée de son esprit.

— Vous paraissez souffrante, madame. Nous rediscuterons de tout cela une autre fois. Entre-temps, je prierai pour vous.

Annis rouvrit les paupières pour apercevoir la silhouette du moine qui s'éloignait en silence vers les dépendances. Elle serra ses bras autour de sa taille, résolue à se concentrer désormais sur l'essentiel : rentrer chez elle et y retrouver son ancienne vie.

— Annis, la héla Haakon de sa voix profonde.

Elle sursauta. Il se tenait devant la porte de l'écurie, le torse moulé par le tissu fin de sa chemise de lin blanc et les cheveux encore mouillés de sa baignade. Elle déglutit avec peine, essayant de refouler le souvenir de son corps nu émergeant du lac.

— Vous désirez quelque chose ? demanda-t-elle d'une voix qui sonnait faux.

Elle s'interrompit, en s'exhortant au calme.

— Ravie de vous voir, Haakon, reprit-elle sur un ton plus naturel.

Ses yeux bleus, froids, la scrutaient.

— De quoi parliez-vous donc avec ce religieux ?.

— Il est venu me demander si j'avais besoin d'autres plantes médicinales.

Au vrai, elle était sûre qu'Aelfric lui avait menti, mais elle refusait de trahir l'un de ses compatriotes. Et puis, à tout prendre, le moine n'avait fait qu'exprimer de l'inquiétude pour le sort de son âme.

— Si tôt dans la matinée ? s'étonna Haakon avec un haussement de sourcils.

— En fait, il semblerait que tout le monde soit tombé de son lit aujourd'hui, repartit-elle avec un rire faussement désinvolte, tout en se retenant à grand-peine de lui demander où il avait passé la nuit.

— C'est assurément votre cas.

L'avait-il aperçue au lac ? Elle écarta aussitôt cette éventualité. Il n'avait pas une seule fois tourné la tête dans sa direction.

— Je n'avais plus sommeil, alors je suis allée me promener un peu vers le fjord. Est-ce répréhensible ?

— Pas le moins du monde, admit-il avant de pencher la tête pour la détailler du regard. Je constatais simplement une évidence.

Gênée, elle croisa ses bras sur sa poitrine. Quelle idiote ! Pourquoi n'avait-elle pas pris le temps d'enfiler sa tunique avant de sortir ? Le tissu était décidément bien trop fin.

— Vous avez eu du mal à dormir, vous aussi ? articula-t-elle, les joues en feu. La grand-salle était bondée.

— J'ai prêté mon alcôve à Vikar. Il en avait plus besoin que moi. J'ai passé la nuit dans la cabane près du lac.

Vikar ! C'était donc un autre des jaarls qui se trouvait dans le lit de Haakon. Et ce n'était donc pas lui qu'elle avait entendu rire tout à l'heure, avec Tove. Un immense soulagement l'envahit. La nouvelle aurait pourtant dû la laisser indifférente.

— Cette hutte est donc si confortable que ça ?

— Vous la connaissez ?

— Euh…, de loin, concéda-t-elle en maîtrisant sa voix, soucieuse de ne pas lui révéler qu'elle l'avait espionnée. A vrai dire, je m'interrogeais sur son utilité et pensais m'en enquérir auprès d'Ingrid.

— C'est une étuve. Mon étuve personnelle. Aimez-vous les bains de chaleur, Annis ?

Elle baissa les yeux sur le sol en terre battue de la cour.

— Je ne sais pas, avoua-t-elle. Nous n'avons pas d'étuves en Northumbrie.

— Vous devriez essayer. C'est une expérience très agréable.

Elle releva la tête et fut aussitôt captivée par le regard de Haakon. Ce ne fut qu'avec la plus grande peine qu'elle parvint à en détacher les yeux. Il valait mieux qu'elle contrôle ses pulsions ou elle allait devenir pire que Tove.

— Il faut que je retourne au travail, dit-elle. Ingrid doit être en train de me chercher.

Sa respiration s'accéléra tandis que les remontrances d'Aelfric résonnaient de nouveau à ses oreilles. Elle se sentit coupable d'avoir de telles pensées, d'avoir envie de se baigner avec cet homme qu'elle avait vu nu.

— Comme vous voulez, répondit-il sans toutefois bouger d'un pouce, se contentant de la regarder.

Elle força ses jambes à l'éloigner de lui et de la tentation qu'il exerçait sur elle. Une fois de retour dans la grand-salle, elle s'empressa d'aller récupérer sa tunique avant de se rendre en cuisine. Elle y trouva Ingrid qui touillait une marmite de porridge. A son entrée, la servante porta une main à sa bouche et se mit à bâiller à gorge déployée.

— Où étais-tu passée ? s'enquit-elle. Un moine est venu me demander des nouvelles de ta santé.

— Je suis sortie me promener. Je n'avais plus sommeil. Trop de monde dans la grand-salle, mentit Annis avec une aisance qui la rassura elle-même. Enfin elle s'était ressaisie !

— C'est toujours comme ça pendant les fêtes : on se marche littéralement les uns sur les autres, dans cette maison, acquiesça Ingrid avant d'afficher un sourire canaille. Et moi qui espérais que tu t'étais dégoté un joli guerrier pour réchauffer ta paillasse…

Annis se sentit rougir, priant le ciel pour que son amie croie que c'était à cause de la chaleur du foyer.

— A propos, reprit-elle pour désamorcer la curiosité d'Ingrid, avec qui es-tu sortie toi-même ? J'ai aperçu Thrand à la table des maîtres, hier soir.

— Oh, j'ai renoncé à lui. C'est un balourd sans aucune éducation. Je fréquente quelqu'un d'autre, maintenant. Un homme qui, lui, a parcouru le monde et sait se montrer prévenant avec les femmes. Il m'écoute et se soucie de moi.

Un grand cri retentit soudain à l'extérieur, suivi par un long et bruyant coup de trompe qui résonna dans toute la cuisine. Annis pencha la tête, surprise.

— Qu'est-ce que c'est ? demanda-t-elle.

— Le signal indiquant l'approche d'un navire.

— Ennemi ? interrogea-t-elle tout en s'appuyant à la table pour empêcher ses genoux de trembler.

Elle ne se rappelait que trop bien la dernière fois où des navires avaient ainsi accosté sur les côtes de Lindisfarne.

— Nous le saurons quand ses passagers auront débarqué, repartit Ingrid avant de poser sa main sur la sienne pour la rassurer. A ta place, tu sais, je ne m'inquiéterais pas trop. Le jaarl est ici avec ses hommes et il faudrait être plus fou qu'un berserker pour oser attaquer cette place forte.

*
* *

Haakon mit sa main en visière pour protéger ses yeux de l'éclat du soleil. Aussi loin que se trouvait le navire inconnu qui remontait le fjord, il ne tarda pas à distinguer sa figure de proue : un ours dressé, symbole des Bjornson, la famille de Bjorn.

Il fronça les sourcils tout en tapotant distraitement la tête de Floki. L'arrivée de ce drakkar l'intriguait. Les Bjornson ne pouvaient avoir déjà appris le décès du berserker ni même le retour du felag. Certes, il leur avait envoyé un message par bateau pour les en informer, mais il faudrait encore plusieurs jours à ce dernier pour atteindre leur domaine.

— Des ennuis ? demanda Thrand en venant se poster près de lui et en achevant de boucler le ceinturon de son épée.

— Peut-être. Ce navire porte la figure de proue des Bjornson, répondit Haakon avant de passer une main dans ses cheveux tout en réfléchissant à la situation.

Quelles que soient les intentions des Bjornson, tout le felag se tiendrait prêt à les recevoir. Quel prétexte allaient-ils avancer pour justifier cette visite ? Les routes de commerce qu'ils suivaient habituellement passaient beaucoup plus à l'est.

— J'aurais préféré présenter mes condoléances à la famille de Bjorn sur un terrain plus neutre, ajouta-t-il. A la cour de Thorkell, par exemple, mais on dirait que les dieux en ont décidé autrement.

Thrand siffla tout bas.

— Penses-tu qu'ils se contenteront du wergild ? Ils ont mauvaise réputation, paraît-il.

— Je sais qu'ils ont déjà été impliqués dans trois vendettas. Je leur ferai cependant valoir que je n'avais pas provoqué le défunt et que c'est lui qui m'a entraîné dans un duel à mort. Crois-moi, frère, je n'ai nullement le désir de prendre place à la table d'Odin avant un bon bout de temps.

Tout en proférant ces mots, Haakon avait posé la main sur la garde de son épée. Au cours des deux dernières années, plusieurs jaarls de moindre importance que lui avaient subi la vengeance des Bjornson lorsque ces derniers, venus récupérer chez eux l'un des leurs au retour d'une expédition, avaient découvert qu'il était mort.

— Je ne crains pas ce clan, poursuivit-il. Je compte bien lui verser une compensation équitable, mais pas ici. C'est à Thorkell et à Thorkell seul, éventuellement assisté par l'assemblée des nobles, qu'il revient d'examiner les faits et d'évaluer ensuite la somme d'or et d'argent que je devrai verser aux Bjornson. C'est pour cela qu'il est notre souverain à tous. Il souhaite mettre un terme à ces représailles sanglantes et je l'approuve. Ces luttes fratricides sont préjudiciables à notre nation. Elles nous affaiblissent et nous rendent vulnérables.

— Jamais tu ne réussiras à supprimer cette tradition, Haakon. C'est notre honneur qu'elle met en jeu.

— Il existe d'autres façons de défendre son honneur, Thrand, ne l'oublie jamais.

— Je vais battre le rappel du felag, annonça le jeune homme avant de saisir Haakon par le coude et de reprendre la parole sur un ton farouche, les yeux étincelant de hargne. La confrérie n'est pas encore formellement dissoute. Sigfrid et le reste de son clan vont devoir comprendre que s'attaquer à l'un d'entre nous, c'est s'en prendre à tous les autres.

— Je crois que je peux m'occuper tout seul du frère de Bjorn, répliqua Haakon qui, tout en approuvant l'initiative de Thrand, refusait qu'on puisse l'accuser de dépendre de ses pairs.

En plus, il était pratiquement sûr de pouvoir l'emporter sur chacun des frères de Bjorn en combat singulier. Il doutait cependant d'être obligé d'en arriver là. Sigfrid était un homme prudent qui ne s'engageait jamais dans des entreprises trop risquées.

— J'ai le bras ferme et la vue perçante.

— Certes, admit Thrand, mais nous n'avons pas envie de te perdre. Tu trompes la mort et grâce à toi nous sommes riches. Tes hommes ne t'abandonneront jamais. Tu n'as qu'un mot à dire pour nous avoir tous à tes côtés. Nous savons dans quelles circonstances Bjorn est mort.

Haakon étreignit le bras de son demi-frère avant de reporter son attention sur la houle écumeuse qui battait contre les flancs du bateau à l'approche. Tromper la mort…, se répéta-t-il. L'expression était encore plus juste que Thrand ne l'imaginait. Il s'agissait maintenant de faire en sorte que la faucheuse ne se rabatte pas sur celle qui l'avait bernée et de veiller à ce que les Bjornson n'aient même pas l'idée de soupçonner Annis.

— Les voici qui accostent, reprit-il. Reste près de moi, Thrand. Accueillons-les ensemble, en guerriers.

— A la vie, à la mort, mon frère.

L'aîné des Bjorn sauta dans le ressac avant de patauger jusqu'à eux. Une fois sur la grève, il retira son casque qu'il attacha à son ceinturon et s'avança, l'épée au fourreau, en montrant les paumes de ses énormes mains.

— Je viens en paix, Haakon Haroldson.

— C'est en paix que je te reçois, repartit ce dernier en agrippant le bras de Sigfrid avec assurance et fermeté. Quels souffles fabuleux ont donc pu te pousser jusqu'ici aussi vite ? Mon message n'est parti qu'hier et nous n'avons même pas encore terminé de célébrer notre retour. Le felag n'est toujours pas dissous ni notre serment rompu.

Sigfrid était campé devant lui, les pieds écartés. La masse hirsute de ses cheveux blonds, soulevée par la brise, lui donnait une apparence aussi animale que celle de son frère. Des légendes prétendaient que le clan des Bjornson avait été fondé par un géant. Haakon n'y accordait guère de crédit, mais restait conscient de la réputation querelleuse de la famille.

— Il y a six nuits de cela, des signes nous sont apparus dans le ciel, déclara Sigfrid en désignant le nord. D'étranges lumières qui se sont révélées être des navires voguant sur la mer assombrie. Puis Thor a surgi sur son char tonnant, des éclairs au poing. Les femmes du clan ont vu avec effroi leurs ragoûts brûler et le lait de ma meilleure vache tourner. Notre augure nous a annoncé que c'étaient des présages et qu'il fallait nous rendre de toute urgence chez toi.

— Le même augure qui avait prédit qu'aucun homme ne tuerait Bjorn, je suppose, murmura Thrand à l'oreille de Haakon.

— Et en quoi ces signes justifiaient-ils une telle hâte ? s'enquit ce dernier tout en dénombrant pas moins de vingt combattants aguerris sur le pont du drakkar.

Il en déduisit que Sigfrid n'était décidément pas venu leur rendre une simple visite de courtoisie. Ce dernier s'agita sur place, visiblement mal à l'aise.

— Il y a eu des lumières dans le ciel, expliqua-t-il. L'augure y a vu les éclats d'une immense bataille au cours de laquelle un puissant guerrier aurait succombé. Comme elle nous avait jadis affirmé que Bjorn n'était pas destiné à périr de main d'homme, nous avons tout de suite pensé à toi. Tu as dû essuyer quelque revers, non ? Je ne vois pas d'autre interprétation. C'est pour cela que nous sommes là.

— Je te remercie de t'inquiéter pour moi et le renom de ton augure t'a précédé jusqu'ici, répondit Haakon en inclinant poliment la tête, soucieux de pouvoir certifier à Thorkell, au cas où la confrontation dégénérerait en bain de sang, qu'il n'y avait eu aucune provocation de sa part. Mais, comme tu peux le constater par toi-même, je vais bien et suis revenu indemne de l'expédition.

— Il y a tout de même une chose qu'il faut tu saches, Sigfrid, intervint Thrand en se balançant sur ses talons. Les augures ne sont plus vraiment ce qu'ils étaient. Au bout d'un moment, comme la viande crue, ils finissent par se gâter et par intoxiquer leur entourage.

Haakon s'abstint soigneusement de renchérir en ce sens. Certains clans s'étaient déjà servis de prétendues prédictions par le passé pour attaquer et occuper des domaines voisins.

Or, comme Sigfrid n'était pas arrivé sur un drakkar bardé de boucliers, il ne pouvait lui faire ce reproche… pas encore, du moins.

— Comme l'a rappelé ton demi-frère avec justesse, Thrand, notre augure est réputée, articula Sigfrid en feignant de ramasser un cheveu sur son manteau. Toutes les femmes de mon clan m'ont supplié de l'écouter. Malheur à moi si je n'avais pas suivi son conseil.

— Mais pourquoi avoir songé à moi en premier lieu ? questionna Haakon. Le felag comporte bien d'autres guerriers de valeur.

— Parce que tu es le plus fameux après mon frère dans tout Viken, rétorqua Sigfrid avant d'incliner le buste à son tour. Ton domaine est également l'un des plus étendus et des plus riches. Si jamais tu venais à disparaître… Il faudrait bien le protéger contre le pillage. Tu avais laissé ta belle-mère toute seule ici, sans personne pour veiller sur elle. Elle a besoin d'un bras fort pour défendre toutes ces terres contre les maraudeurs.

Haakon se permit d'accueillir avec un sourire dubitatif cette enfilade de semi-vérités, sachant fort bien que Sigfrid désirait en fait s'approprier le domaine des Haroldson et qu'il avait sans doute prévu d'y parvenir en épousant Guthrun. D'après la loi viking, en effet, c'était cette dernière qui était censée hériter des biens de son défunt mari si son fils et son beau-fils disparaissaient sans descendance. Haakon n'était pas loin de penser que cette femme hypocrite méritait bien ce lâche — sauf qu'il n'était pas près d'abandonner son patrimoine à qui que ce soit. Il se félicitait en tout cas d'être rentré chez lui à temps pour déjouer les manœuvres du frère de Bjorn, car ce dernier n'aurait probablement pas hésité à utiliser les prophéties de son augure pour pousser Guthrun à une union qui lui aurait permis ensuite de confisquer le domaine.

Il jeta un coup d'œil à Thrand et, à la pâleur soudaine de

ce dernier, comprit que son demi-frère avait lui aussi percé à jour les manigances de Sigfrid.

— Ton augure a mal interprété les présages, dit-il. Je suis en pleine forme et n'ai aucunement l'intention de me laisser dépérir. L'heure n'a pas encore sonné pour moi de rejoindre mes prédécesseurs à la table d'Odin.

— Et en dépit des prédictions de ma mère, je suis également rentré sain et sauf d'expédition, ajouta Thrand d'une voix tendue. Les dieux étaient avec nous durant ce voyage.

— Votre retour est en effet… précoce, admit Sigfrid en serrant si fort la bride de son casque que ses phalanges blanchirent. Et je dois reconnaître que notre augure est peut-être moins clairvoyante que je le pensais. Elle paraissait pourtant si sûre d'elle… Enfin, je suis certain que vous comprendrez mon inquiétude.

— Ton inquiétude était injustifiée, repartit Haakon en posant une main sur son ceinturon. Mon peuple est parfaitement capable de se défendre tout seul. Et je me permettrai d'ajouter que, pour honorable que soit la raison de ta visite, elle aurait pu, elle aussi, être fort mal interprétée par les miens. De semblables malentendus, au dénouement tragique, se sont déjà vus par le passé.

— Je me proposais simplement de protéger votre domaine et ceux qui l'occupent. Je serais prêt à le jurer devant Odin et Thor, repartit Sigfrid avant de parcourir du regard le groupe de guerriers qui s'étaient rassemblés peu à peu derrière Haakon et Thrand. Mais où se trouve donc mon frère ? Car il vous accompagnait, n'est-ce pas ? Lui non plus ne croyait pas aux présages.

Haakon sentit retomber sur ses épaules tout le poids de ses responsabilités de chef. Il lui fallait trouver un moyen d'apprendre à Sigfrid la mort de son cadet sans provoquer en retour une réaction sanglante qui anéantirait toute alliance entre les deux familles. Trop d'hommes avaient péri au cours de l'expédition. Si cette rencontre avait eu lieu à la cour de

Thorkell, comme il l'avait espéré, un nombre approprié d'anneaux d'or aurait pu être offert d'emblée aux Bjornson pour apaiser les tensions.

Prenant Sigfrid par l'épaule, il l'entraîna à l'écart. Thrand leur emboîta le pas tout en désignant du menton, à son demi-frère, sa main qui étreignait la garde de son épée. Haakon lui répondit par un discret hochement de tête, heureux de constater que Thrand était devenu un solide guerrier. Il n'allait pas le déshonorer maintenant en le priant de s'éloigner. En outre, les paroles qui allaient être prononcées risquaient également d'affecter l'avenir de son frère.

— Ton augure ne s'est pas trompée de beaucoup, commença-t-il à expliquer, le regard perdu sur les profondeurs du fjord. Elle a seulement dû mal lire les runes. Il y a bel et bien eu une grande bataille et nous avons à déplorer la perte d'un fameux guerrier.

Les épaules de Sigfrid s'affaissèrent tandis que le chagrin crispait son visage. Haakon se rapprocha de lui ; l'aîné de Bjorn leva une main pour l'arrêter.

— Dis-moi que mon frère est tombé en affrontant l'ennemi.

— Bjorn a succombé l'épée au poing. Mais en m'affrontant, moi. Dans un duel à mort.

— En t'affrontant ? Comment ça ? Jamais Bjorn n'aurait défié le chef de son propre felag. Il ne briguait pas cet honneur. Il adorait se battre, pas commander. Tu ne veux quand même pas insinuer que mon frère serait un parjure ?

— Bjorn était aveuglé par sa folie de berserker, intervint Thrand en s'interposant entre eux. Pardonne-moi, Sigfrid, mais j'estime nécessaire que tu saches la vérité ; or, mon frère pourrait être tenté d'édulcorer les faits pour ménager ta peine. Il se trouve que Haakon était parti chercher Bjorn. Nous étions alors en train de brûler les bâtiments du monastère de Lindisfarne en représailles d'une agression des moines et Haakon a voulu s'assurer que Bjorn était en sécurité. Tu sais comme moi qu'une autre prédiction avait annoncé que ton frère périrait dans les flammes…

Sigfrid opina du chef et se mit à caresser sa barbe.

— Continue, Thrand.

— Eh bien, la suite tient en peu de mots. Bjorn n'a pas reconnu Haakon. Ils se sont battus et mon frère a eu le dessus. Voilà la triste réalité.

L'aîné des Bjornson parut prendre plusieurs années d'un coup.

— Mais, protesta-t-il en secouant la tête, l'augure avait pourtant dit…

— L'augure s'est trompée, Sigfrid, le coupa Haakon avec un geste tranchant de la main. Bjorn s'est révélé n'être finalement qu'un simple mortel, comme toi et moi. Mais crois bien que les Walkyries ont pris soin de lui et qu'il siège désormais à la droite d'Odin au Walhalla.

— C'est une nouvelle difficile à accepter, bien que je ne remette pas en cause vos paroles, marmonna Sigfrid en essuyant une larme avant de se tourner vers la mer.

Une mouette cria dans le silence. Les épaules de Sigfrid tremblaient. Haakon s'abstint de le déranger, imaginant combien la perte d'un frère pouvait être rude. Il savait aussi que Bjorn et son aîné étaient très proches l'un de l'autre. Juste avant d'embarquer pour l'Angleterre, du reste, le berserker avait envoyé un bâton de message à Sigfrid.

— Bjorn était un frère modèle, déclara enfin ce dernier. Honnête, loyal, sans l'ombre d'un défaut. Nous attendions tant de cette expédition… Voilà trois ans que nos récoltes sont décevantes.

— Nous avons brûlé son corps, mais avons gardé son bouclier et son cercle de bras, comme l'exige la tradition.

— Et la compensation ?

— Il est encore trop tôt pour en parler, répliqua Haakon avant de le prendre de nouveau par les épaules. Thorkell en déterminera lui-même le montant. En attendant, viens rompre le pain avec moi. Tiens, regarde, voilà Guthrun qui a tenu à t'accueillir comme il se doit.

Il désigna sa belle-mère qui approchait en tenant à la main une corne remplie d'hydromel. Les autres femmes de la maisonnée la suivaient, chacune porteuse aussi d'une corne à boire. Annis fermait la procession. Elle avançait la tête droite et, à la différence de ses compagnes, ne portait pas de fichu, si bien que ses cheveux flottaient librement sur ses épaules. Les paumes de Haakon le picotèrent au souvenir de leur contact soyeux sous ses doigts. Il sursauta, surpris de constater que la simple vision de cette femme lui procurait une réaction aussi intense. Il se sentait comme un jeune garçon en proie à ses premiers élans amoureux.

— Mais qui est donc cette femme qui marche en arrière ? s'enquit Sigfrid. Elle n'a pas l'air d'une viking.

— C'est une noble de Northumbrie que Haakon a capturée, répondit Thrand. On attend une grosse rançon pour sa libération ainsi que pour celle des moines que nous avons ramenés avec nous.

— Et combien en détenez-vous comme elle ? demanda Sigfrid en passant la langue sur ses lèvres et en se frottant les mains, comme s'il admirait une volaille dodue ou quelque grosse vache laitière. Il n'y a pas à dire, ils ont de jolies femmes, en Northumbrie. Combien avez-vous réclamé pour celle-là ? M'a l'air parfaite pour réchauffer un lit !

— Il n'y avait pas d'autres dames de bonne famille sur Lindisfarne, repartit Haakon d'une voix égale, alors même que la colère couvait en lui. Et celle-ci n'est pas à vendre.

— Il serait pourtant plus sûr de la vendre que d'attendre une rançon qui ne viendra peut-être jamais, rétorqua Sigfrid avec un regard en coin.

— Elle n'est pas à vendre, répéta Haakon. Par ailleurs, madame est sous ma protection et je te serai reconnaissant de le signaler à tes hommes

— Ta parole a ici force de loi, déclara Sigfrid avec une

révérence moqueuse. N'empêche que c'est un beau petit lot. Si jamais tu changes d'avis…

— Ma maison t'est ouverte, l'interrompit Haakon tout en s'obligeant à desserrer sa prise sur la garde de son épée. Mais si tu désires pleurer ton frère, nul ne s'offensera de ton départ. Je puis te certifier que Bjorn a été traité avec tous les égards dus à un membre du felag.

Sigfrid prit la corne que lui tendait Guthrun, laquelle le gratifia d'un sourire pincé.

— Nous devons de toute façon rester un moment pour nous réapprovisionner en eau, dit-il. Et, sans vouloir abuser de ton hospitalité, j'aimerais bien entendre le récit de tes exploits.

— Ce sera un honneur pour nous de t'accueillir dans notre demeure et de t'inviter à notre fête.

Sur ce, Haakon tourna les talons, entraînant Thrand avec lui.

— Pas de geste ni de propos inconsidérés, ordonna-t-il à son frère. Passe le mot aux autres. Je veux qu'on n'ait rien à nous reprocher.

— Compris, acquiesça Thrand. Mais méfie-toi : Sigfrid a une idée derrière la tête. Je n'ai pas cru une seule seconde à son histoire de présages. Il est clair qu'il ne s'attendait pas à te trouver ici. Je le connais depuis longtemps. Si son frère ne rêvait que de batailles, lui ne pense qu'à son profit.

— Eh bien, dis-toi que j'ai la plus ferme intention de le voir repartir les mains aussi vides qu'à son arrivée.

Le vent plaquait la tunique d'Annis contre ses mollets. Elle rechignait toujours à suivre les autres dans la grand-salle. Le chef des invités ressemblait un peu trop à la brute à la hache qui avait menacé Haakon — sauf que, au lieu d'une hache, il possédait des mains d'une grosseur hallucinante, capables, elle en était sûre, de broyer des crânes. Elle avait jusqu'à présent réussi à dissimuler l'effroi qu'il lui inspirait, mais le suivre jusqu'à l'intérieur du manoir lui paraissait au-dessus de ses forces.

— Annis.

Des doigts vigoureux lui étreignirent le coude. Elle pivota aussitôt. Haakon, les cheveux ébouriffés par la brise, la dévisageait avec un air soucieux.

Elle se força à reprendre son souffle.

— Haakon, murmura-t-elle.

— Les arrivants appartiennent au clan de Bjorn.

— Je m'en doutais, avoua-t-elle, sans oser toutefois préciser que c'était avec des mains tremblantes qu'elle avait offert sa corne d'hydromel à l'un des guerriers étrangers.

Le souvenir du berserker avait alors envahi sa mémoire et, au bord de la panique, elle avait été brusquement persuadée que les nouveaux venus allaient pouvoir deviner son crime à la seule expression de ses yeux.

— J'ai appris à Sigfrid la mort de son frère, ainsi que les circonstances dans lesquelles elle est survenue, ajouta Haakon. Je lui ai servi la même version qu'au scalde.

— Mais..., commença-t-elle à protester.

— Gardez le silence si vous tenez à la vie, Annis. Et sachez que vous êtes toujours sous ma protection.

— Votre captive, rectifia-t-elle.

— Il est de pires sorts qu'être ma prisonnière.

Un frisson traversa la jeune femme. Haakon la relâcha. Elle recula en se massant le coude.

— Je dois partir, murmura-t-elle en reprenant sa marche.

— Un dernier détail, l'interrompit-il : une chemise blanche se détache nettement sur l'ombre des arbres.

Elle déglutit avec peine, figée dans son mouvement. Il l'avait donc vue, pensa-t-elle. Il savait qu'elle l'avait espionné à sa sortie du bain, mais ne lui en avait rien dit plus tard, devant l'écurie. Comment aurait-elle réagi s'il avait de nouveau cherché à l'embrasser à ce moment-là ? Aurait-elle fondu dans ses bras ?

— Je crois que je ferais vraiment mieux de rentrer. On risque d'avoir besoin de moi en cuisine.

— Il serait sans doute préférable que vous restiez avec les autres femmes jusqu'au départ de nos invités, Annis.

— C'était mon intention.

— Heureux de constater que vous savez retenir certaines leçons.

Annis essayait de se concentrer sur son fuseau. Elle avait rejoint les autres femmes dans la grand-salle sitôt après sa conversation avec Haakon. Les avertissements voilés de ce dernier avaient achevé de la persuader que les nouveaux venus étaient dangereux. Plusieurs d'entre eux s'étaient rassemblés non loin d'elle pour jouer avec Thrand à un jeu de dés qui lui disait vaguement quelque chose et, chaque fois qu'ils lui lançaient un coup d'œil, aussi indifférent fût-il, elle ne pouvait réprimer un frisson.

Comme elle s'efforçait de ne penser qu'au fil soyeux qui sortait d'entre ses doigts, un cri s'éleva du groupe de joueurs.

— Tu as triché ! vociférait Thrand qui s'était redressé d'un bond. C'était mon tour ! Tu as triché !

L'interpellé, un guerrier Bjornson, se leva à son tour et bientôt tous deux en vinrent aux mains. Ils frôlèrent le feu dans leur lutte. Effrayée, elle aurait voulu les prévenir de prendre garde, mais tous ses muscles étaient comme tétanisés.

Il y eut soudain un bruit de grésillement, accompagné d'un remugle écœurant de viande grillée.

— Il a plaqué Thrand sur les braises ! hurla Guthrun. Vite ! Arrêtez-le !

Un troisième guerrier vint séparer les deux joueurs.

— J'apporte le beurre ! lança Ingrid en se ruant vers la cuisine.

— Non, mon onguent est préférable, repartit Annis en rattrapant son amie par la manche. Je m'en suis souvent servie… à la maison.

Ingrid se balançait maintenant d'un pied sur l'autre

tandis que les piaillements alarmés de Tove et de Guthrun remplissaient la salle.

— Ce sont les cicatrices que je redoute, avoua Ingrid avant de porter une main à sa bouche, le visage défait. Oh ! quelle odeur épouvantable ! Va vite prendre ton remède !

— Il va avoir besoin d'un médicament autrement plus puissant que le beurre s'il veut que son corps ne garde pas trop de souvenirs de ses brûlures, approuva Annis avant d'aller fouiller dans ses affaires pour en revenir avec l'onguent.

La salle résonnait toujours de cris et de vociférations et l'un des bancs avait été renversé. Tove et Guthrun se couvraient le visage avec le bas de leur tunique. Plusieurs hommes immobilisaient le guerrier Bjornson, tandis qu'un autre groupe entourait Thrand, prostré à terre.

Annis se dirigea droit vers lui. La moitié de son visage était rouge vif et l'un de ses yeux était clos. Elle joua des coudes pour écarter les curieux avant de se pencher vers le blessé.

— Laissez-moi l'examiner. Je peux peut-être l'aider.

— Que se passe-t-il ici ? s'enquit alors Haakon en fendant la foule. Que signifie toute cette agitation dans mon manoir ? J'ai entendu vos hurlements depuis le fjord où je souhaitais bon voyage à Vikar et Ivar.

— Thrand a eu un différend avec l'un des membres du clan de Bjorn au sujet d'une partie de tafl, expliqua un de ses guerriers tandis que le demi-frère de Haakon essayait de se redresser en position assise. Thrand s'est emporté, mais l'autre avait triché.

Haakon tiqua en avisant la figure de ce dernier. Son demi-frère avait de la chance d'être encore conscient, estima-t-il. Il avait déjà vu des hommes mourir à la suite de telles brûlures. Tout ce qu'il restait à espérer, désormais, c'était qu'il récupère au moins l'usage de son œil. Quant à sa carrière de combattant, elle était fort probablement terminée.

La coïncidence était tout de même troublante, songea-t-il.

Ce devait être Sigfrid qui avait provoqué cette échauffourée. Mais dans quel but ?

Le guerrier Bjornson se débattait entre les mains de ceux qui le retenaient, tout en traitant Thrand de menteur et de voleur et en maudissant ce manoir ainsi que la « vermine » qui y logeaient.

— Suffit ! s'emporta finalement Haakon d'une voix de stentor.

Le silence retomba aussitôt sur l'assemblée, seulement troublé par les sanglots de Guthrun.

— Ramenez-le à Sigfrid, ordonna Haakon à ses hommes en désignant le guerrier étranger. A lui de s'occuper de son cas. Cette dispute était puérile, mais il a fallu qu'elle dégénère en accident. C'est inadmissible et si Thrand ne guérit pas, cela ne restera pas sans conséquences.

L'homme fut expulsé de la salle, jurant dans sa barbe.

Haakon se retourna vers son demi-frère.

— Je croyais t'avoir recommandé de rester calme.

— C'est… c'est vrai, bafouilla Thrand en parlant du coin de la bouche, mais je ne voyais pas le mal qu'il… qu'il y avait à jouer avec eux une petite partie de tafl… surtout après tout ce que nous avions enduré.

Il esquissa un sourire qui se transforma en grimace. L'un de ses yeux était fermé et ses cheveux étaient roussis de ce coté-là.

— Apparemment, c'était mal avisé, murmura Haakon en posant une main sur son épaule encore valide. La prochaine fois, suis mes conseils à la lettre. Je n'ai pas pour habitude de les dispenser à la légère.

— Tu m'en reparleras plus tard, d'accord ? repartit Thrand en se rallongeant sur le sol de terre battue avant de porter ses doigts à son visage, comme s'il voulait empêcher la peau de s'en détacher. Pour l'instant, je voudrais que l'on fasse cesser cette douleur.

— Je crois que j'ai de quoi l'aider, intervint Annis. J'ai

souvent eu l'occasion de constater les effets de ce remède à Birdoswald.

Baissant les yeux, Haakon vit Annis, accroupie près de son demi-frère, un petit pot à la main. Il fut d'abord ému par sa sollicitude, puis il se rendit compte que plusieurs des hommes de Sigfrid s'étaient attardés dans la salle et s'empressa aussitôt de refouler ce sentiment, jugeant inutilement dangereux de leur révéler son attachement pour la captive.

— Que faites-vous ici, Annis ? l'interrogea-t-il. Manquez-vous donc de travail en cuisine ?

— J'ai quelque expérience dans le domaine des brûlures. Ma grand-mère m'a appris des recettes d'onguents qu'elle tenait elle-même de sa propre grand-mère, qui était celte, répondit Annis tout en écartant la main de Thrand de son visage pour étudier ses blessures.

Elles étaient graves, mais elle en avait vu de pires, l'année dernière, quand leur cuisine de Birdoswald avait pris feu et que le cuisinier de Selwyn s'était gravement brûlé en tentant de sauver sa précieuse réserve de sel.

Mieux valait ne pas songer au ton sur lequel Haakon venait de s'adresser à elle et se concentrer sur sa tâche afin d'épargner à Thrand des séquelles permanentes. Elle se savait capable d'y parvenir. Grâce à ses soins, le cuisinier de Birdoswald n'avait gardé de son intrépide initiative que quelques minuscules cicatrices au niveau des mains.

— Cet onguent-ci, reprit-elle, peut opérer des miracles. J'en ai été témoin par le passé et il n'y aucune raison pour qu'il ne s'avère pas aussi efficace sur Thrand.

Elle se tut et se mordit la lèvre dans l'attente de la réaction de Haakon, priant le ciel pour qu'il se fie à elle. Certes, elle n'appréciait pas trop Thrand, mais elle ne voulait pas non plus qu'il continue à souffrir de la sorte. Surtout, elle tenait à mettre en œuvre ses dons de guérisseuse même si, en l'occurrence, son patient était un Viking.

— Aura-t-il besoin d'autre chose ? s'enquit enfin Haakon.

— Oui : du repos et du calme pendant quelques jours, jusqu'à ce que sa peau commence à se reformer. L'onguent y contribuera. Après quoi je lui appliquerai un cataplasme de miel protégé par un carré de lin. Il est tout à fait possible qu'il ne lui reste ensuite que deux ou trois cicatrices à peine visibles.

Tout en énumérant ces différents points sur le bout de ses doigts, Annis avait la désagréable impression d'oublier quelque chose. Elle s'exhorta à réfléchir posément et méticuleusement, sachant combien la panique pouvait être cause d'erreur, et fouilla dans sa mémoire pour se rappeler les enseignements de son aïeule.

— L'hydromel devrait également l'aider à surmonter sa douleur, marmonna-t-elle.

Thrand se mit brusquement à gémir.

— Oh ! mon visage ! Mon pauvre visage ! Je vais être défiguré !

— Allons, l'apaisa Haakon, tu sais bien que toutes les femmes adorent les guerriers blessés au combat. Les balafres sont réputées pour accroître le charisme d'un homme. N'est-ce pas, Annis ?

— Absolument, approuva-t-elle avec vivacité, sans pouvoir néanmoins s'empêcher de repenser au réseau de cicatrices qui sillonnait le dos de ce dernier. Je vous en prie, permettez que j'étale d'abord cet onguent sur ses brûlures. Cela risque de le piquer un peu, mais ça le soulagera ensuite.

— Et on se passera de tes plaisanteries, mon frère, ajouta Thrand. Je te rappelle que je souffre.

— Dommage, Thrand, car il serait peut-être temps que tu commences à écouter un peu les autres, repartit Haakon avant de donner son assentiment à Annis d'un hochement de tête. Bon, très bien, Annis, je vous fais confiance. Mais sachez que je vous tiendrai pour personnellement responsable de son bien-être.

Ses mains tremblaient un peu lorsqu'elle recueillit sur ses doigts la première noisette d'onguent.

— Qu'entendez-vous par là ? répliqua-t-elle.

— Si vous êtes certaine d'être en mesure de le soigner avec ce remède, je tiens à ce que vous veilliez sur lui jusqu'à sa guérison. Pour cela, vous pourrez vous installer dans l'arrière-cuisine. Ce sera plus tranquille qu'ici. Je tiens à ce que mon frère se remette au mieux de ce regrettable incident.

— Mon onguent le guérira, vous verrez, lui certifia-t-elle tout en étalant la pommade avec une infinie douceur sur le visage du blessé. C'est beaucoup plus efficace que le beurre.

Haakon demeura silencieux tandis que Thrand se laissait faire, l'air presque apaisé. Seuls quelques petits cris lui échappaient de temps à autre.

Les pieds écartés, Haakon observait Annis. Ses cheveux frisottaient au niveau de sa nuque, soulignant la finesse de son cou. Il ne laissait pas d'admirer la détermination et le courage de sa captive. Elle avait conscience des risques qu'elle prenait ainsi, c'était clair, mais en même temps elle n'hésitait pas à se compromettre pour aider autrui. Elle ne ressemblait décidément à aucune des femmes qu'il avait connues auparavant. Et il ignorait s'il devait s'en réjouir ou s'en inquiéter.

— Mais, Haakon, qu'est-ce qui te prend ? l'interpella soudain Guthrun avec sècheresse avant de lui agripper le coude et de poursuivre dans un chuchotement rauque et tendu. Je suis parfaitement capable de m'occuper de mon fils toute seule. Je vais convoquer l'oracle pour qu'elle interprète les présages et nous dise comment nous concilier la bienveillance des dieux.

— Pourquoi pas ? concéda Haakon. En attendant, autant laisser agir la Northumbrienne.

Il s'interrompit pour soupirer et se pincer l'arête du nez.

— Ses recommandations semblent inspirées par le bon sens et je crains que ce soit justement le bon sens qui ait le plus manqué à tout le monde dans cette affligeante mésaventure. Par ailleurs, je vous signale que nous n'avons pas d'autre guérisseuse à portée de main.

— Je savais que tu étais une brute sans cœur, repartit Guthrun tout en s'essuyant les yeux du coin de sa tunique. N'as-tu donc aucun respect pour la peine d'une mère ? Comment pouvais-je deviner qu'on en arriverait là quand j'ai suggéré une partie de tafl ? Enfin quoi, ce n'est qu'un jeu ! Je pensais justement désamorcer les hostilités, pas les susciter.

Haakon lui désigna du menton les hommes de Sigfrid et ceux du felag qui traînaient à l'autre bout de la grand-salle. L'ambiance festive qui régnait jusqu'alors dans le manoir avait pris un tour sinistre. S'il n'y prenait garde, se dit-il, la situation allait dégénérer en guerre ouverte. Il était d'ailleurs bien embarrassé que le guerrier de Sigfrid ait choisi son demi-frère comme victime pour susciter un esclandre. On pouvait difficilement ne pas considérer cela comme un affront délibéré.

Combien de temps encore pourrait-il ignorer ces provocations ? Combien de temps faudrait-il à Sigfrid avant de s'en prendre directement à lui ? Ou de le blesser plus cruellement encore en visant quelque autre cible ? s'interrogea-t-il avec angoisse, ses yeux retombant malgré lui sur les cheveux bouclés d'Annis. Il aurait dû prévoir que le Bjornson chercherait à le pousser à la faute pour pouvoir proclamer ensuite qu'il avait abusé de sa force et de son autorité à l'encontre de ses invités. Il avait sous-estimé sa fourberie.

— Vous allez continuer à veiller sur nos hôtes, ordonna-t-il à sa belle-mère. Je ne veux pas qu'on aille prétendre que je manque aux règles élémentaires de l'hospitalité.

Guthrun pâlit sous la semonce. Haakon dut reconnaître en lui-même qu'elle avait l'air réellement éprouvée par l'accident de son fils. Il ne parvenait toutefois à se défaire de l'idée qu'elle était pour quelque chose dans l'arrivée inopinée du frère de Bjorn — même s'il ne doutait pas de sa dévotion envers sa progéniture et qu'il était persuadé qu'elle ne mettrait jamais volontairement Thrand en danger.

— Vous n'êtes pas d'une grande utilité ici, Guthrun, ajouta-t-il sur un ton plus doux. Pleurer et vous tordre ainsi les mains ne soigneront pas votre fils. S'il y a le moindre changement dans son état, je vous le ferai immédiatement savoir.

Le regard de sa belle-mère alla du groupe de guerriers se morfondant à l'autre bout de la salle à son fils. Il comprit qu'elle était partagée entre ses élans de mère aimante et ses devoirs d'hôtesse.

— Allons, mère, cessez de vous lamenter ainsi, intervint Thrand. Ce n'est qu'une brûlure. Et puis je sens que la potion de la Northumbrienne me soulage déjà.

Haakon remarqua qu'Annis avait relevé la tête vers lui pour le supplier du regard de lui donner l'autorisation de continuer à soigner son demi-frère.

— Peut-être, grommela Guthrun à contrecœur, mais si jamais quelque chose t'arrive, mon fils…

Laissant sa phrase en suspens, elle replanta ses ongles dans le bras de Haakon et murmura à son oreille.

—… J'exigerai le droit de punir la prisonnière, acheva-t-elle dans un souffle.

— Il ne lui arrivera rien de fâcheux, je vous en donne ma parole, répliqua Haakon avant de se redresser et de détacher ses doigts un à un.

— Tu m'as ramené mon enfant sain et sauf, les bras chargés de trésors et tu es le maître ici, reprit-elle tout en tirant sur sa tunique pour la lisser. Comment la faible femme que je suis pourrait-elle s'opposer à toi ? Il faut bien que je te fasse confiance.

— Exactement, approuva-t-il sur un ton amer.

Les curieux se dispersèrent peu à peu et, bientôt, la salle résonnait du brouhaha des conversations et du cliquetis des osselets comme si rien ne s'était passé. Annis se remit à déposer l'onguent sur le visage de Thrand en prenant soin de bien le faire pénétrer dans la peau… et d'éviter le regard de Haakon.

— Connaissez-vous le motif du différend ? demanda-t-elle à la fin pour rompre le silence.

— J'ai cru comprendre que tout s'était passé très vite, articula Haakon avec circonspection. Je crois que mon demi-frère devrait surtout apprendre à mieux se contrôler.

Ayant fini d'appliquer la pommade, Annis s'assit sur ses talons en soupirant.

— Cela aurait pu être pire, déclara-t-elle. Si les flammes l'avaient atteint un tout petit peu plus sur la droite, il aurait perdu son œil. Mais là, je pense qu'il devrait pouvoir recouvrer la vue.

— J'aimerais que vous ne quittiez pas son chevet, ajouta Haakon en posant une main sur son épaule. Comme ça, vous serez tous les deux plus en sécurité.

— Tous les deux ? répéta-t-elle en sursautant. Mais personne ne m'a menacée, moi !

— Je ne suis pas entièrement certain que ce qui est arrivé à Thrand soit un simple accident, Annis, et je tiens en conséquence à ce que vous ne le quittiez pas des yeux. Par ailleurs, mieux vaut que vous sachiez que vous plaisez beaucoup à Sigfrid et qu'il m'a déjà proposé par deux fois de vous acheter.

Annis porta une main à sa gorge. Elle n'allait pas pleurer, se dit-elle. Il était hors de question qu'elle pleure.

Haakon la dévisageait avec un haussement de sourcils, attendant manifestement sa réponse.

Que croyait-il donc ? se demanda-t-elle avec humeur. Qu'elle était disposée à devenir la concubine du briseur de crânes ? A moins qu'il ne souhaite l'entendre avouer qu'elle le désirait, lui et lui seul, et que, contre toute raison, elle brûlait d'envie de sentir encore une fois ses lèvres contre les siennes… Or c'était exclu. Jamais elle ne pourrait admettre tout haut une chose pareille.

Elle s'essuya les mains avec un coin de sa tunique et se redressa.

— N'avez-vous pas envoyé un message me concernant à Charlemagne ? lui rappela-t-elle d'une voix qu'elle s'efforça de rendre calme et posée.

— Si, en effet, reconnut-il en s'inclinant. J'en ai du reste informé Sigfrid, afin qu'il comprenne bien qu'il m'était impossible de prendre son offre en considération avant de savoir combien les vôtres étaient prêts à verser pour votre libération.

Naturellement, cette réponse ne dissipa guère le malaise d'Annis qui déglutit avec peine, se sentant seule au monde, abandonnée de tous.

Chapitre 7

— Un de tes guerriers a agressé mon frère, déclara sans préambule Haakon à Sigfrid sitôt que ce dernier l'eut rejoint au bord du lac.

Floki et les deux autres elkhounds assis aux pieds de leur maître redressèrent la tête. Floki émit un grognement sourd. Haakon lui fit signe de se taire. Le chien obéit et glissa sa truffe sous ses pattes. Une légère brise d'été soufflait sur les eaux, troublant à peine le reflet des cieux qui dessinait comme un masque sur les profondeurs traîtresses du lac.

S'il avait préféré convoquer son hôte ici plutôt que dans la grand-salle du manoir, c'était pour éviter que les hommes se sentent obligés de prendre parti et que cette confrontation se solde de nouveau par des coups et des blessures. Le risque d'une vendetta entre leurs clans était plus grand que jamais, et ce genre de rivalité sanglante ne menait jamais à rien.

— On m'en a parlé, reconnut Sigfrid en se campant près de lui, les pieds écartés.

Tout en parlant, il ne cessait de serrer et desserrer ses énormes poings, comme s'il avait envie d'étrangler quelqu'un.

— Triste affaire, conclut-il.

— Il a abusé de mon hospitalité.

— Que voulais-tu que je fasse ? répliqua Sigfrid avant de lever les mains au ciel en signe d'impuissance, le visage cramoisi. J'étais à ce moment-là avec toi, en train de souhaiter bon voyage à Vikar et Ivar. J'ignorais tout de ce qui se passait dans le manoir. Et puis, tu avoueras qu'il est assez normal de prendre la mouche quand on se fait traiter de tricheur.

Thrand est en partie responsable de ce qui lui est arrivé. Il aurait dû s'exprimer autrement. Enfin, il est jeune et la sagesse, hélas, ne vient qu'avec les années.

— Ton guerrier a plaqué la tête de mon frère dans le feu, délibérément. Thrand est gravement brûlé, repartit Haakon tout en s'exhortant au calme.

— Un emportement bien compréhensible, non ? La mort de Bjorn demeure entre nous comme une plaie ouverte. Mettons qu'il y a eu faute des deux côtés et appelons cela un accident.

Sigfrid avait prononcé ces mots sur un ton désinvolte, le dos bien droit, tel un coq de combat jaugeant son adversaire. Haakon n'avait cependant pas l'intention de répondre à la provocation. Il n'était plus un gamin de vingt ans ayant tout à prouver. Il avait appris les vertus de la patience.

— Facile à dire, mais il n'en demeure pas moins que ton homme a blessé le frère d'un jaarl. Thrand aurait pu devenir aveugle. Une compensation me semble de rigueur, répliqua Haakon avant de ramasser un galet et de le faire ricocher à la surface du lac.

— J'ai cru comprendre que ta concubine s'occupait de lui en ce moment-même et qu'elle le dorlotait comme un bébé. Tu n'as qu'à t'en prendre à elle s'il meurt.

— Laisse-la donc. Le sort de cette femme ne concerne que moi. Et je te rappelle que c'est un otage de grande valeur, pas une concubine.

— Tu m'en diras tant, marmonna Sigfrid avec un sourire en coin.

Haakon ne put s'empêcher de tiquer. Voyant que la pique avait atteint son but, le frère de Bjorn sourit de plus belle. Haakon se reprocha de n'avoir su mieux se contrôler, car maintenant Sigfrid connaissait sa faiblesse. Or, après l'incident survenu au manoir, il était clair que les intentions du barbare n'avaient rien d'honorable.

— Revenons au motif de la dispute, veux-tu ?

— A ta guise, convint Sigfrid en inclinant la tête. Comme je te le rappelais à l'instant, Thrand a insulté mon guerrier et, à travers lui, notre clan tout entier. C'est là, il me semble, un point à ne pas négliger.

— Et moi, j'ai plutôt l'impression que le chagrin t'obnubile au point que tu en as perdu ta légendaire circonspection, Sigfrid, trancha Haakon en se tournant résolument vers lui, décidé à crever l'abcès et à pousser le frère de Bjorn à le défier ouvertement où à repartir en paix. N'oublie pas que vous êtes ici en très nette infériorité numérique. Vikar et Ivar ne sont peut-être plus là pour me prêter main-forte, mais je dispose toujours de mes propres guerriers. Et ils me sont plus loyaux que jamais après le succès de cette expédition. En plus, Sigfrid, franchement, tiens-tu tant que ça à endeuiller plus encore ta famille ? Sans compter que la femme de Bjorn et ses concubines apprécieront certainement de connaître de ta propre bouche les circonstances de sa disparition. Et que ton frère laisse derrière lui un jeune héritier qui va avoir besoin de ton soutien et de tes conseils.

Haakon n'en rajouta pas plus. Ce n'était pas nécessaire. Il avait dit l'essentiel. De l'autre côté du lac, un oiseau lança un long cri plein de tristesse. Sigfrid gardait le silence. Qu'allait-il donc décider ? s'interrogea Haakon. Allait-il prendre conscience qu'il serait suicidaire de sa part de s'en prendre aux habitants du manoir ? Ou tenterait-il sa chance quand même ?

Le frère de Bjorn cilla, comme s'il se réveillait d'un mauvais rêve, et, ramassant une pierre à son tour, la jeta dans le lac.

— Tu as raison, lâcha-t-il enfin. Hilde a le droit de connaître la vérité et des dispositions doivent être prises pour honorer la mémoire de Bjorn. Le vent est favorable. Je regrette de ne pouvoir participer à la fête de ce soir. Tu m'en excuseras auprès de ta charmante et aimable belle-mère.

— Thorkell réglera cette affaire pour nous.

— J'écouterai son avis avec attention et déterminerai

ensuite ma ligne de conduite, mais il serait avisé de consulter l'assemblée des nobles avant qu'il ne rende son jugement, repartit Sigfrid en cognant ses poings l'un contre l'autre et en relevant agressivement le menton.

— Tu vas lui demander de réunir les jaarls ?

— Je ne me l'interdis pas. Mais d'abord je dois rendre les derniers hommages à la dépouille de mon frère.

— A toi d'en décider. Je suis certain qu'au final tu opteras pour la solution la plus sage, comme tu l'as toujours fait par le passé, repartit Haakon tout en posant la main sur la garde de son épée, afin de persuader Sigfrid qu'il était prêt à user de la force pour défendre ce qui lui appartenait de plein droit.

— Mes hommes et moi allons repartir en paix, déclara ce dernier en crochant ses pouces sous sa ceinture. Mais ne considère pas que nous sommes quittes pour autant, Haakon Haroldson.

L'interpellé hocha la tête.

— J'espère simplement que notre prochaine rencontre sera également placée sous le signe de la paix.

— Alors, comment se porte votre patient ? Suit-il bien vos prescriptions ?

Annis s'immobilisa avant de reposer le couteau dont elle se servait pour hacher les herbes. Un frémissement d'excitation la parcourut à l'idée que Haakon soit ainsi venu lui rendre visite. Mais elle se ressaisit bientôt et sourit intérieurement de sa naïveté. Quand allait-elle donc cesser de rêver à l'impossible ? Haakon passait s'enquérir de la santé de son frère, voilà tout.

— Le sommeil a finalement eu raison de la douleur. C'est un traitement imparable, répondit-elle sans redresser la tête. Avec un peu de chance, il n'aura pas une nuit trop agitée.

— Et guérira-t-il ? Je veux dire : complètement ? Thrand est un homme énergique qui aime dévorer la vie à pleines dents, un fier guerrier.

— Ce genre de chose prend du temps, murmura-t-elle en relevant timidement les yeux.

De nouveau, elle fut captivée par le regard de Haakon. Comme la veille, le chef du clan portait une tunique et une cape richement brodées. Cette tenue soulignait sa carrure, éveillant en elle le souvenir de son corps puissant qu'elle avait pu admirer dans sa glorieuse nudité le matin même. Troublée, elle se hâta de reporter son attention sur sa tâche. Elle s'était pourtant juré de ne plus jamais nourrir de pareilles pensées. Or, à son grand désarroi, elle sentait bien que le désir que lui inspirait Haakon était loin, très loin de décroître.

— Vous m'aviez soutenu que la cicatrice de sa brûlure ne serait pas aussi vilaine que Guthrun le redoute, reprit-il.

— Je pense en effet qu'il a échappé au pire, confirma-t-elle en forçant son esprit à revenir sur l'état de Thrand et à se détacher des pensées sensuelles qui l'assaillaient. Pourtant, d'après Ingrid, son adversaire lui a volontairement enfoncé le visage dans les braises. Mais bon, elle a été très impressionnée par cette scène, sans doute son imagination a-t-elle pris le pas sur son discernement

— Je vois.

Elle pensait qu'il allait ajouter quelque platitude polie avant de la quitter, mais il demeurait campé de l'autre côté de la table, la dévisageant en silence. Elle remarqua alors qu'il tenait entre ses mains un plateau de jeu sur lequel étaient disposées des pièces en pierre finement sculptées. Et qu'il la regardait d'un air interrogateur, comme s'il attendait une invitation de sa part. Son cœur s'emballa aussitôt.

Elle pressa ses mains contre la surface solide de la table. Un contact ferme et réel, sans rapport avec les songes dans lesquels il lui était arrivé de se complaire. Elle décida qu'il lui fallait reprendre le contrôle de la situation plutôt que de continuer à se perdre ainsi dans le bleu abyssal des prunelles de Haakon. Elle devait au moins préserver sa dignité. Aelfric avait raison. Elle n'avait que trop facilement cédé à l'appel de la volupté quand Haakon l'avait embrassée pendant le banquet. Elle s'en rendait bien compte, à présent.

— N'a-t-on pas besoin de vous dans la grand-salle ? s'enquit-elle en lui désignant la porte du menton.

— Les scaldes sont en train de déclamer l'histoire du vol du marteau de Thor, répliqua-t-il sans paraître comprendre l'allusion. Je l'ai déjà entendue à plusieurs reprises, mais Guthrun l'a réclamée encore une fois. Je suppose que cela lui fait une sorte de musique pour pleurer sur Thrand. En tout cas, elle semble prête à aller arracher le cœur de Sigfrid à mains nues. Heureusement que nos invités ont préféré ne pas s'attarder chez nous.

— Et vous avez pu quitter la salle, comme ça ? s'étonna-t-elle en penchant la tête.

— Nous avons porté les toasts qui s'imposaient et échangé les anneaux de paix, repartit Haakon avant de hausser les épaules. Je n'ai plus d'obligations. Et mes hommes n'ont pas besoin de m'avoir constamment sur le dos pour se rappeler que cette maison est la mienne et qu'ils doivent la respecter. Et puis j'avais envie d'un peu d'intimité.

— Comme la nuit dernière ? suggéra-t-elle avant de le regretter aussitôt en sentant le désir déployer ses ailes ardentes dans tout son corps.

A l'entendre, songea-t-elle avec consternation, on pourrait croire qu'elle avait envie de revivre ces moments-là. Pourtant, ce n'était pas le cas. Pas du tout…

Le regard de Haakon s'éclaira.

— Pour tout vous avouer, je pensais plutôt à une partie ou deux de tafl. Cela m'aide à me concentrer ; or, j'ai besoin de démêler les causes de la visite de Sigfrid.

— Pourquoi est-il venu jusqu'ici ? Est-ce qu'il avait l'intention de piller le domaine ? énonça Annis en se tapotant les lèvres de l'index. C'est bien ce genre de questions qui vous travaillent ?

Elle crut voir s'allumer dans ses yeux comme une lueur de respect.

— Nos drakkars ne servent pas uniquement aux raids, repartit-il avec un rire moqueur. C'est sur mer aussi que nous traçons nos routes de commerce et nos voies de communication. Notre région est pourvue de larges fjords ainsi que d'une longue façade maritime.

— Il m'a cependant semblé apercevoir des chevaux sur vos terres, des montures à la crinière paille.

— Je m'en sers uniquement pour la chasse et les courts trajets. Non, voyez-vous, c'est sur les mers que nous voyageons surtout. Les bois environnant la ferme sont quasi impénétrables et sont entourés de surcroît par de hautes montagnes désolées habitées, selon les légendes, par des trolls. Ceux qui se sont aventurés là-haut n'en sont jamais revenus.

— Vous devriez être scalde. Vous avez l'art de narrer les fantaisies les plus inconcevables avec le plus parfait sérieux. Des trolls, voyons…

Elle ponctua sa repartie d'un rire léger, sans pouvoir toutefois réprimer un frisson. Ce n'étaient pas tant les trolls qui l'effrayaient, mais plutôt les ours et les loups. Son père avait jadis été blessé par un loup et la plaie avait mis très longtemps à guérir. C'était d'ailleurs en le soignant qu'elle avait découvert pour la première fois ses talents de guérisseuse.

— Je vous remercie, repartit Haakon, je prends cette remarque comme un compliment même si ce n'était pas forcément son but. Enfant, j'avais l'habitude de me raconter des histoires le soir. Cela m'a souvent aidé à me sentir moins seul à la cour de Charlemagne.

Il s'inclina.

— Mes responsabilités m'ont guidé vers une autre voie, conclut-il.

Annis s'efforçait de ne penser qu'à l'onguent qu'elle était en train de préparer. Haakon, cependant, persistait à la regarder sans bouger. Elle ne savait trop comment réagir à sa présence.

Elle avait été capable de le haïr quand il était un guerrier, mais il suffisait de moments pareils, où il la traitait d'égale à égal, pour qu'elle se trouve dangereusement attirée par lui. Elle désirait qu'il reste avec elle. Elle voulait en apprendre plus sur lui et son passé. Un étrange sentiment d'exaltation pétillait en elle, comme si elle avait avalé plusieurs gobelets d'hydromel à la file.

Il esquissa un léger hochement de tête, sans toutefois se départir de son immobilité. Il ne paraissait ni tendu ni déçu. Simplement calme et attentif. Il déposa finalement le plateau de jeu sur la table.

— Peut-être devrais-je me trouver un autre partenaire, puisque Thrand est endormi.

Annis sentit son pouls s'emballer et, au lieu de s'apaiser, la curieuse ivresse qui lui gonflait le cœur lui parut gagner en intensité. Elle se demanda vaguement si le tafl viking différait du jeu northumbrien portant le même nom. Chez elle, il consistait à capturer le roi de l'adversaire. Son père l'appelait le jeu du Renard et des Oies… Elle se força à prendre une profonde inspiration.

— Je n'ai jamais joué au tafl, mais du vivant de mon père, je faisais parfois avec lui des parties d'un jeu qui y ressemblait beaucoup. J'aimais aussi le défier au Moulin.

— Je vais vous montrer la position de départ.

Haakon entreprit de lui expliquer brièvement le déroulement du tafl et, tandis que ses longs doigts manipulaient les pièces bleues et blanches sur le plateau, Annis ne tarda pas à s'apercevoir qu'elle avait vu juste : ce jeu était en effet très similaire à celui que son père auquel elle était devenue experte.

Ils jouèrent la première partie en silence. Elle s'efforça de focaliser son esprit sur le mouvement de ses jetons et la protection de son roi plutôt que sur les gestes souples et prompts des doigts de Haakon. Il ne lui était que trop facile d'imaginer ses mains la caressant, l'étreignant… Elle secoua la tête pour chasser ces idées. Il lui fallait demeurer vigilante. Rapidement, elle rafla plusieurs pions. Avec un léger sourire, il la considéra, l'air étonné.

— Vous êtes une adversaire bien plus coriace que je l'avais imaginé, remarqua-t-il en parvenant enfin à lui ravir son roi.

— Comme je vous l'ai dit, je ne suis pas vraiment une débutante à ce jeu. Dans notre tafl comme dans le vôtre, le roi occupe le carré central et ses gardes sont alignés autour de lui.

— Cela confirme, en tout cas, que j'ai intérêt à être au mieux de ma forme quand nous nous affrontons, Walkyrie.

— Moi aussi, avoua-t-elle en gardant les yeux résolument fixés sur les pièces en pierre taillée.

Un chaud picotement la parcourait. Haakon ne parlait que du jeu, la prévint son bon sens. Il ne pouvait en être autrement.

Pendant toute la suite du match, les parties se succédant sans qu'aucun des deux ne parvienne vraiment à distancer l'autre, Annis put se croire libre et du même rang que son opposant. A un tel point qu'elle en vint à se demander si, en d'autres circonstances et en un autre lieu… Mais elle s'empressa de refouler cette pensée. Leur proximité présente, se dit-elle, n'était qu'un leurre. Haakon ne voyait en elle qu'un otage susceptible de lui rapporter une grosse rançon, et quand il s'apercevrait de son erreur, il la revendrait comme esclave. Dans la nouvelle existence où elle avait été jetée, rêveries et vagues à l'âme n'avaient pas leur place.

Elle se mordit la lèvre.

— A quoi pensez-vous donc avec cet air soucieux ? la questionna Haakon. Voilà trois fois que vous soulevez cette pièce sans vous décider à la bouger.

— A certaines choses…

Elle s'empressa de jouer. Son adversaire répliqua aussitôt. Après un bref coup d'œil au plateau, elle se permit un mince sourire : Haakon lui avait laissé un début d'ouverture. Elle bougea une autre pièce et, comme elle l'avait espéré, celui-ci tomba gentiment dans son piège.

— Votre roi est mien, Haakon Haroldson !

— Comment… Comment avez-vous réussi ce coup-là ? marmonna ce dernier en étudiant le plateau.

Puis il redressa la tête vers elle, un grand sourire aux lèvres et une lueur malicieuse dans le regard.

— Ça m'apprendra, dit-il.

— Ça vous apprendra quoi ? repartit-elle d'une voix qui lui parut singulièrement cotonneuse et grave.

— A me concentrer sur le jeu plutôt que sur vos jolies lèvres roses et sur votre petite moue pensive.

Annis en fit tomber le roi par terre. Comme elle se baissait pour le ramasser, ses doigts rencontrèrent ceux de Haakon. Elle les retira aussitôt, comme si elle s'était brûlée à leur contact.

— Qui essaie de détourner l'attention de l'autre, maintenant ? murmura-t-elle.

— Croyez-moi, rétorqua-t-il sur le même ton, vous êtes une sacrée distraction — et des plus charmantes, qui plus est.

Tout en prononçant ces mots il s'était levé pour venir se placer derrière elle. Il était maintenant si proche qu'elle percevait la tiédeur de son corps qui l'enveloppait, achevant de la griser. Seigneur, comme elle aurait aimé pencher la tête en arrière pour la poser sur son torse… Mais elle se contraignit à rester immobile. Elle avait déjà trahi une fois sa patrie en répondant au baiser de son ravisseur. Elle n'avait pas l'intention de recommencer.

— Ne vous inquiétez pas, rétorqua-t-elle. Bientôt, je ne serai plus là pour vous distraire.

Elle pivota pour lui lancer un coup d'œil par-dessus son épaule.

La mâchoire de Haakon était crispée. Il se recula d'un pas, ses prunelles jetant des éclairs bleus, et tendit le bras pour faire glisser une des bretelles de sa tunique.

— Cela ne me quitte pas l'esprit, répondit-t-il. Au vrai, rien de ce qui vous concerne ne quitte mon esprit. Quel dommage, tout de même, que nous n'ayons pas parié !

— Parce que les prisonniers ont le droit de parier ?

Elle essayait de refréner l'excitation qui altérait sa voix. Le souffle court, elle se demanda si elle ne pourrait pas proposer son corps contre sa liberté. Et si elle perdait ? pensa-t-elle soudain. Mieux valait laisser Haakon formuler lui-même les termes d'un éventuel pari.

— Cela dépend, articula-t-il tout en effleurant ses cheveux.

Ce geste, aussi délicat fût-il, la troubla profondément. Ses lèvres la brulaient. Toutes ses résolutions s'effritaient. Elle avait envie de Haakon. Elle voulait goûter sa bouche.

Un gémissement s'éleva soudain de la paillasse où gisait Thrand. Annis l'entendit gratter le pansement de lin dont elle avait entouré son visage. Elle s'accroupit aussitôt près de lui pour regarder sous le bandage.

— Votre frère est agité, dit-elle à Haakon en s'asseyant sur ses talons. Il va falloir que je remette un peu d'onguent sur sa blessure si je ne veux pas qu'il se griffe le visage et m'oblige à tout recommencer.

— Il a plus besoin de vous que moi, approuva Haakon en posant une main sur son épaule. Nous continuerons plus tard. Et — pourquoi pas ? — selon les conditions que vous avez suggérées.

— Je ne rappelle pas avoir suggéré quoi que ce soit.

Il se remit à sourire, son visage prenant d'un coup une expression de douceur enfantine.

— Disons alors que ce sont les dieux qui me l'ont soufflé. Allons, occupez-vous donc de votre patient. J'ai trouvé cette partie de tafl très instructive, Annis. Et la prochaine fois que nous nous affronterons, je suis sûr que nous saurons comment intéresser la partie.

Gênée, elle pivota sur elle-même tandis qu'il sortait de la cuisine sans un regard en arrière. Demeurant un instant immobile, elle se laissa aller à savourer le souvenir de ses caresses. Puis elle secoua la tête avec humeur, se maudissant d'être incapable de réprimer les sentiments que lui inspirait le chef viking.

Avec un claquement agacé de la langue, elle revint au chevet de Thrand et entreprit de lui ôter ses bandages avec des mouvements précautionneux.

— Je viens d'apprendre la nouvelle, Annis, l'interpella Aelfric en latin en pénétrant dans la cuisine le lendemain matin, alors que la maisonnée n'avait même pas encore commencé à se réveiller.

Kisa et Fress vinrent aussitôt se frotter contre les jambes du moine qui se mit à éternuer violemment.

— Alors comme ça, reprit-il après s'être mouché dans la manche crasseuse de son habit, vous vous êtes mis en tête de soigner un de ces vikings ? Je me permets de vous rappeler que ce sont des païens, ma fille. Ils invitent même ces bêtes à poil dans leur demeure, alors qu'elles sont notoirement des créatures du malin. Regardez donc comme elles sont grosses ! Ce n'est pas naturel…

Il souligna son propos avec un tremblement exagéré.

— Ce garçon souffrait terriblement, Aelfric, répondit Annis en prenant les chats dans ses bras pour les éloigner du moine.

La nuit avait été longue. Elle avait eu du mal à endormir Thrand et, quand elle y était enfin arrivée, elle avait préféré rester près de lui et somnoler près du feu plutôt qu'aller s'étendre sur sa paillasse. A son réveil, elle avait décidé de ne pas s'aventurer près du lac, partagée entre la crainte et l'excitation que susciterait la vue du corps nu de Haakon. Elle avait donc préféré s'occuper de menues tâches domestiques.

— J'aurais cru que vous, plus que tout autre, seriez en

mesure de comprendre que notre devoir est d'aider notre prochain s'il est dans la douleur, quelle que soit sa religion.

Aelfric se redressa de toute sa taille en prenant un air froid et sévère. Son arrogance coutumière se lisait de nouveau sur son visage. Levant une main, il se mit à énumérer ses objections.

— Premièrement, il n'en demeure pas moins un viking. Deuxièmement, lui et ses congénères ont mis à sac Lindisfarne sans aucun égard pour ses occupants. Et troisièmement, ce sont des bêtes sans foi ni loi.

— Leur foi et leurs lois sont différentes des nôtres, repartit Annis avec une certaine acrimonie, hérissée par la description du moine.

Elle ne pouvait considérer Haakon comme une bête. A ses yeux, il était bien plus que ça.

— Veillez-vous toujours à réciter votre chapelet au moins ?

— Tove m'a confisqué ma croix à mon arrivée ici. C'était un bien trop précieux pour le laisser aux mains d'un otage.

— Si vous cherchiez mieux, cet inconvénient n'en serait plus un, répliqua Aelfric avec un sourire énigmatique.

Annis soupira.

— Je n'ai pas de temps à perdre avec des devinettes, Aelfric, lança-t-elle au moine tout en chassant Kisa de la table. Du travail m'attend. Et puis à force de nous exprimer latin, nous risquons de donner l'impression que nous cherchons à cacher quelque chose. Passez donc au northumbrien, je vous prie.

Aelfric posa ses mains moites sur ses épaules.

— Tout ce qui m'importe, reprit-il en s'obstinant à parler la langue de l'Eglise, c'est que vous n'oubliiez pas qui vous êtes ni pourquoi nous sommes là.

— Seriez-vous en train d'insinuer que ça ait pu me sortir de l'esprit ? rétorqua Annis en se redressant à son tour et en plaquant ses mains sur la table.

Elle savait que Haakon était différent des autres barbares. Et elle le croyait sur parole lorsqu'il affirmait que lui et ses compagnons n'avaient pas au départ l'intention de piller le monastère. Elle avait suffisamment repassé dans sa tête les événements survenus sur la plage ce jour-là pour finir par s'en convaincre.

— Il n'est pas un instant où je ne revois la mort de mon oncle, Aelfric. J'étais là. Et cette tragédie est pour toujours gravée dans ma mémoire.

Aelfric rougit et se mit à se dandiner d'un pied sur l'autre tout en tirant sur sa tunique.

— Vous ne paraissiez pourtant vraiment pas…

— Les apparences sont parfois trompeuses, Aelfric, l'interrompit-elle en croisant les bras. Tout comme vous, j'ai la nostalgie de mon pays natal. Ça ne me quitte jamais. Moi aussi, j'aspire à rentrer chez moi, à être libre, à renouer avec ma vie d'antan. Je ne me complais pas dans ma condition de prisonnière.

Une étrange lueur s'alluma dans la prunelle du moine qui se pencha vers elle avec une mine de conspirateur.

— J'ai un plan, chuchota-t-il.

— Un plan pour quoi ?

Il lui fit signe de baisser la voix et regarda par-dessus son épaule pour vérifier que Thrand dormait toujours.

— J'ai surpris une conversation entre deux des vikings hier. Leur roi ignorait qu'ils avaient projeté de s'en prendre à Lindisfarne. Peut-être compatira-t-il à notre sort. C'est pour ça que le chef de ces bandits préfère s'adresser directement à Charlemagne.

— Je ne pense pas que le raid sur le monastère ait été prévu à l'avance, murmura Annis, la bouche soudain sèche.

Ce n'était pas possible, se dit-elle. Haakon avait agi sous le coup de la colère, parce que les moines l'avaient provoqué. Il ne pouvait en être autrement.

Aelfric devint cramoisi, ses yeux lançant des éclairs.

— Parce que vous vous figurez que ces barbares cupides ne nous considéraient pas comme un fruit mûr, prêt à être cueilli ? s'emporta-t-il, sa voix se brisant sous le coup de l'émotion. Non, toute cette histoire de dette et de paiement n'était qu'un prétexte. Mon oncle a toujours honoré ses engagements, il n'aurait jamais traité avec ces barbares.

Les mains d'Annis se mirent à trembler tandis que lui revenait à la mémoire l'attaque du moine contre un des hommes de Haakon. Il lui semblait incroyable qu'Aelfric ait pu survivre dans la mêlée générale qui avait suivi. Il avait dû courir se cacher quelque part, en couard qu'il était.

— C'est votre famille qui a provoqué tout ça ?

— Non ! Ce sont Haakon et ses guerriers. Ce sont eux qui portent la responsabilité de ce massacre. Vous n'étiez pas sur la plage. Moi si ! Un frère m'est tombé dessus en succombant et je suis resté sous lui en feignant la mort. Malheureusement, un des Vikings a trébuché sur moi et j'ai bougé. J'ai aussitôt été fait prisonnier.

Annis se tourna vers le feu et s'entoura de ses bras pour essayer de se réchauffer. Elle se sentait à deux doigts de se jeter sur le moine. Lui et son arrogance étaient autant à blâmer que les Vikings dans cette tragédie. Peut-être avait-il raison de les accuser d'avoir planifié leur raid sur le monastère, mais elle n'en persistait pas moins à croire, comme Haakon le lui avait assuré, qu'ils désiraient uniquement récupérer l'or qui leur était dû. Seulement voilà : ce n'étaient pas, comme Aelfric l'avait du reste souligné, de « vrais chrétiens ». Et c'était cette morgue et cette étroitesse d'esprit qui étaient la cause profonde du drame — des défauts dont le moine ne s'était toujours pas départi et dont il paraissait même s'enorgueillir.

Elle s'efforça de se remémorer le déroulement des événements. Un frère, neveu lui aussi d'Oeric le Scot, avait d'abord apostrophé Haakon. Puis un autre cousin d'Aelfric s'était rué sur les Vikings.

Si ces moines avaient mieux su contrôler leur ressentiment, songea-t-elle, est-ce que son oncle, Mildreth ainsi que tous ceux tombés sous les coups du felag seraient encore de ce monde ? Ou bien Haakon et ses hommes auraient-ils quand même mis à sac le monastère ? Elle ne savait plus quelle version devait avoir sa faveur.

Elle parvint toutefois à se ressaisir et à trouver la force de se retourner vers Aelfric.

— Je vois, fit-elle.

— Vous voyez quoi ? lâcha le moine d'une voix rauque de rage, les narines palpitantes. Il n'y a rien à voir. Ces païens n'ont rien à attendre de nous. Nous ne leur devons rien. Ce sont des barbares, des…

— Oui, eh bien, ce n'est pas en discutant des torts des uns et des autres que nous arriverons à sortir d'ici, n'est-ce pas ? le coupa-t-elle en serrant les poings autour de la ceinture de sa tunique pour se retenir de l'étrangler.

Oeric le Scot, elle en était désormais certaine, avait bel et bien tenté de tromper le felag. Et cela, sans doute avec la complicité d'Aelfric et de ses autres neveux hébergés à Lindisfarne.

— Bah, repartit ce dernier avec une moue dédaigneuse, de toute façon vous n'êtes qu'une femme. Comment pourriez-vous comprendre ce genre de choses ? Vous avez besoin qu'un homme vous éclaire.

Serrant les dents, elle dut faire appel à toute son énergie pour se maîtriser et ne pas jeter une cruche à la tête de l'impudent. Après tout, c'était un homme de Dieu.

— En ce cas, articula-t-elle calmement, peut-être pourriez-vous éclairer ma lanterne et m'expliquer en termes simples en quoi consiste votre fameux « plan ».

— Nous pouvons peut-être rallier le roi des vikings à notre cause, déclara Aelfric. Il ne voudra pas s'aliéner Charlemagne. Si nous nous présentons à lui, il nous libérera aussitôt pour ne pas s'attirer l'hostilité de toute la chrétienté.

— Et comment comptez-vous donc vous rendre auprès de lui, Aelfric ? s'enquit Annis avec humeur, sentant le peu de respect qu'elle éprouvait pour le moine s'évanouir. Auriez-vous oublié qu'aucun de nous ne sait manœuvrer un drakkar ?

Aelfric jeta un nouveau coup d'œil par-dessus son épaule avant de baisser la voix.

— Nous n'aurons pas besoin de bateau. Tout ça, c'est du vent. En vérité, la cour de leur roi n'est qu'à quelques jours d'ici, vers le sud. J'ai prévu de partir dès aujourd'hui, quand les Vikings seront occupés à boire et à jouer.

— Vous aurez à affronter les bêtes des bois alentour et la rigueur du climat dans la montagne. C'est d'ailleurs pour cela que nos hôtes préfèrent voyager par la mer. Vous n'y arriverez pas, Aelfric, et vous mettrez en danger tous ceux qui auront eu la folie de vous accompagner.

— Qui vous a raconté ces fariboles ? Un Viking ? rétorqua le moine avec un sourire méprisant. N'avez-vous pas encore compris qu'on ne peut pas faire confiance à ces gens-là ? J'ai repéré une passe au sud. Une route y conduit. Une route que j'ai vue de mes propres yeux.

— Et jusqu'où va-t-elle, cette route, à votre avis ? Ne craignez-vous pas qu'elle s'arrête dans quelque cour de ferme ? Ou qu'elle se réduise à un simple sentier se perdant dans les fourrés ?

— C'est possible, mais cela représente quand même une échappatoire. Vous pouvez vous joindre à moi, si vous voulez.

— Votre entreprise est vouée à l'échec, Aelfric. En avez-vous informé vos frères en religion ?

— Ce sont tous des couards. Ils s'attendant à ce que Dieu et le pape les sortent d'ici sans qu'ils aient à lever le petit doigt, répondit Aelfric en roulant les yeux. Ils me dégoûtent.

— Pas au point de les exposer aux représailles de nos

geôliers, tout de même ? objecta-t-elle. Tout en comprenant son désir d'évasion, elle ne pouvait se résoudre à l'abandonner à une mort certaine.

— Le Seigneur les protègera. Ils le prient assez pour ça, repartit le moine avant de la saisir par le coude. Alors, vous venez avec moi, oui ou non ?

— Je pense que vous commettez une erreur, Aelfric. Vous n'avez pas le droit d'abandonner ainsi vos compagnons d'infortune, répliqua-t-elle en libérant son bras qu'elle se mit à masser. Je reste ici. Mais vous pouvez compter sur ma discrétion.

— Je savais bien que je n'aurais pas dû me confier à vous, pesta-t-il avant de la considérer avec un regard soupçonneux. De toute façon, si vous parlez, je dirai que c'était votre idée et que c'est vous qui m'avez poussé à partir.

Elle en eut le souffle coupé.

— Vous seriez prêt à aller jusqu'au mensonge — vous, un moine ?

— Le mensonge n'est pas péché s'il est proféré devant des impies, objecta Aelfric avec hauteur.

— Vous vous êtes cru autorisé, tantôt, à me donner des leçons de morale et vous voilà prêt à sacrifier vos frères ? s'insurgea-t-elle, lasse d'écouter les folies du moine. Cela suffit, Aelfric. Allez donc vous égarer dans la montagne, si ça vous chante. Je ne vous y suivrai pas.

— Une fois rendu à la civilisation, je prierai pour vous, ma sœur. J'étais venu ici dans l'espoir d'avoir de quoi me sustenter et la seule chose que vous avez daigné m'accorder ce sont des paroles de reproche, déclara le moine.

Sur ce, il tourna les talons et se dirigea vers la sortie, le dos voûté.

Annis en éprouva quelque remords. Tout comme elle, Aelfric se trouvait jeté dans un pays inconnu, loin de ses parents et de ses amis. Elle comprenait son désir de retrouver son ancienne vie. Elle ne doutait cependant pas que la folie de son projet lui apparaisse sitôt qu'il aurait dépassé le dernier champ cultivé.

— Aelfric, le héla-t-elle avant de courir ouvrir un placard dont elle retira une miche de pain. Tenez, prenez ceci. Cela pourra vous êtres utile… pour votre voyage.

Chapitre 8

Annis se pencha pour plonger ses doigts dans l'onde fraîche du lac. Aelfric l'avait mise en colère. Et, malgré son aversion pour le comportement du moine, elle ne pouvait s'empêcher de s'inquiéter pour lui. Aussi, quand Ingrid était finalement venue la rejoindre en cuisine et, lui trouvant une petite mine, lui avait suggéré d'aller prendre l'air, avait-elle saisi cette occasion pour venir se promener au bord de l'eau.

Elle inspira profondément et avisa un tortillon de fumée qui s'échappait de la hutte édifiée sur la rive. Qui donc avait besoin d'une suée à cette heure ? s'interrogea-t-elle. Elle mit sa main en visière mais ne distingua aucun nageur dans le lac. Elle en fut quelque peu déçue. Elle ôta ses chaussures pour tremper ses orteils.

— Je me demandais quand vous reviendriez.

Elle pivota sur elle-même. Haakon se tenait juste derrière elle. Sa chemise de lin fin collait par endroits à son torse, moulant des pectoraux qu'elle avait déjà pu admirer auparavant, comme s'il venait juste de se rhabiller après un bain.

— Je dois admettre que le lac mérite le détour.

Haakon rejeta la tête en arrière et s'esclaffa d'un rire sonore qui se répercuta dans le bassin formé par le lac.

— Rien n'est-il donc capable de vous décontenancer, Annis ?

— Si, certaines choses, avoua-t-elle tout en regardant deux canards passer au milieu de l'étendue liquide, apparemment insoucieux de leur présence.

Bien qu'elle semblât sereine, voire froide extérieurement, elle était agitée et bouillonnante à l'intérieur.

— Et ces choses, seriez-vous disposée à m'en parler ? Ou aurai-je à les découvrir par moi-même ?

— Il vous faudra les deviner.

— Vraiment ?

Haakon posa les mains sur ses épaules. Elle eut aussitôt l'impression de se noyer dans le bleu de ses yeux.

— Pourquoi êtes-vous ici, Annis ?

Gagnée par l'affolement, elle resta muette, captivée par les gouttelettes qui coulaient sur le cou du Viking, fascinée par le dessin décidément parfait de ses lèvres.

— Il… Il faisait trop chaud dans la cuisine, finit-elle par articuler. Et puis Ingrid était en train de s'occuper de Thrand. J'ai eu peur de les déranger.

— Tiens donc ? Je ne m'étais pas aperçu qu'Ingrid et mon frère étaient si proches l'un de l'autre.

Annis haussa les épaules, troublée malgré elle par la vapeur qui s'échappait du corps de Haakon.

— Pour quelle autre raison aurais-je pu venir ici ?

— Oh ! je serais capable de vous en citer plusieurs ! repartit-il, son regard se perdant sur le lac. J'ai appris qu'il était dangereux de vous sous-estimer.

— Mais je ne vous dis que la stricte vérité. J'étouffais dans la cuisine.

— Et vous avez encore chaud ?

Détournant le regard, elle se passa une main dans les cheveux, ne sachant trop comment répondre à cette question sans mentir. Au vrai, la tiédeur qui émanait de Haakon lui paraissait encore plus torride que l'atmosphère de la cuisine.

— J'arrive à respirer.

— Mais vous n'êtes pas encore tout à fait à votre aise.

Sans lui laisser le temps de réfléchir, il la souleva dans les airs pour la porter jusqu'au bord de l'eau.

— Haakon ! Qu'est-ce qui vous prend ? s'écria-t-elle en battant des pieds et des mains.

Le Viking poursuivait sa progression imperturbablement. Sa puissance était confirmée, en tout cas. Elle sentait ses muscles onduler contre sa peau, attisant le désir qui brulait en elle. Elle était si proche de lui qu'il lui aurait suffi de tendre légèrement la tête pour poser ses lèvres sur les gouttes d'eau qui recouvraient son cou.

— Restez donc tranquille si vous ne voulez pas rameuter tout le monde, grommela-t-il.

Il était désormais immergé jusqu'aux genoux et le bas de la chemise d'Annis touchait la surface du lac. Mais qu'avait-il donc en tête ?

— Reposez-moi immédiatement ! lui ordonna-t-elle.

— A vos ordres, madame.

Et il la lâcha. Elle fut un instant engloutie par les eaux avant d'émerger en écartant ses cheveux de ses yeux.

— Vous l'avez fait exprès !

— Vous m'avez dit que vous aviez chaud, que vous manquiez d'air. J'ai pensé que ça vous rafraîchirait, expliqua-t-il avec un sourire effronté.

— Je nage très mal.

— Je ne vous aurais pas permis de vous noyer, répliqua-t-il en redevenant sérieux. Et puis ce n'est pas si profond que ça, ici. Regardez : vous avez le buste hors du lac… Alors, vous vous sentez mieux, maintenant ?

— Il y a tout de même une différence entre se rafraîchir et se mouiller, lui fit remarquer Annis. Vous me semblez un peu congestionné, vous aussi.

Et elle le poussa de toutes ses forces. Il tomba en arrière et heurta la surface du lac avec un bruit sec. L'instant d'après, il s'était remis debout avec une grâce féline. L'eau plaquait désormais sa chemise contre son torse, dessinant chacun de ses muscles avec précision. La scène de la veille envahit l'esprit d'Annis. Les yeux de Haakon s'étaient assombris et elle sursauta brusquement en comprenant que sa propre chemise devait être aussi transparente que la sienne.

— Ça, grommela-t-il, vous allez me le payer.

Il lui lança une giclée d'eau qui la recouvrit entièrement. Elle laissa échapper un petit rire avant de l'arroser à son tour. Elle qui avait voulu se rafraîchir…

— Je ne vous en demandais pas autant ! s'exclama-t-elle. Oh ! je suis trempée ! gémit-elle en levant les bras. J'ai l'air d'une souris mouillée.

— Non. Vous avez l'air…, murmura-t-il en se rapprochant.

— De quoi ? questionna-t-elle d'une toute petite voix qu'elle ne reconnut pas.

Elle était comme figée sur place. Les prunelles de Haakon avaient changé de couleur, prenant une nuance grise qui reflétait celle du lac et leur donnait une profondeur vertigineuse.

Il la prit dans ses bras et déposa des baisers dans son cou. Ses lèvres étaient fraîche comme l'eau, sa langue chaude de passion. De la pointe, il suivit les contours de sa bouche, doucement, tendrement, lui donnant à goûter un baiser différent encore que ceux qu'ils avaient échangé jusqu'alors. Au banquet il avait voulu lui signifier son emprise et la revendiquer aux yeux de tous comme sienne ; maintenant elle le sentait en position de demandeur. Avec délicatesse, il posa ses mains sur ses joues et, comme elle demeurait immobile, attendant la suite, il s'enhardit à plaquer ses lèvres sur les siennes.

Le baiser devint une lente et longue exploration mutuelle. Profonde. Intense. Tantôt fiévreuse, tantôt plus apaisée.

Stimulée par cette sensualité, Annis en voulu plus. Elle émit un sourd gémissement et tendit les bras vers Haakon, caressant sa tête, ses épaules, l'immobilisant enfin pour mieux presser son ventre et ses seins contre son torse dur et puissant.

Comme encouragé par ce geste, il glissa ses mains vers

le bas de son dos et, lui saisissant les fesses, la colla plus étroitement encore contre lui. Percevant son excitation à travers le tissu fin de son pantalon, elle frémit légèrement.

Haakon releva la tête et, tendant la main vers elle, repoussa une mèche de cheveux de son visage. Son torse se soulevait par à-coups, moulant sa chemise sur ses muscles ; il respirait laborieusement, comme s'il venait de traverser le lac à la nage.

— Nous devrions nous trouver un endroit plus chaud.

— Pas au manoir, répliqua Annis en se remettant à couvrir ses lèvres de baisers.

Elle ne voulait pas revenir dans la grand-salle pour exhiber leur intimité devant tout le monde. Ce que Haakon et elle étaient en train de partager ne regardait personne d'autre qu'eux-mêmes. Cependant, il avait raison : ils ne pouvaient demeurer ici plus longtemps, à s'étreindre de la sorte dans les eaux du lac.

Il secoua la tête.

— Je connais un autre endroit. Vous pourrez vous y sécher.

Dans un sursaut, elle pensa qu'il aurait été préférable de protester, de fuir loin de lui, mais elle avait trop envie de ses caresses, de ses baisers pour se risquer à gâcher ce moment. Elle se contenta d'acquiescer silencieusement.

Il la souleva de nouveau pour lui faire traverser le lac. Cette fois-ci, elle resta immobile, savourant la puissance des bras qui la transportaient.

Ayant ouvert d'un coup de pied la porte de la petite hutte, il y entra avec elle et la déposa à terre, la laissant glisser tout le long de son corps.

— Il n'y a que moi qui viens ici, lui expliqua-t-il. Je chauffe moi-même les pierres au feu avant d'aller me baigner. C'est pour mon seul usage. Personne ne nous dérangera.

L'air chaud de la cabane s'abattit sur les épaules d'Annis. La pièce sentait la fumée et la vapeur. Elle posa une main sur la paroi de bois et perçut la chaleur emmagasinée dans le matériau. Des bancs aux pieds trapus s'alignaient le long du mur, encerclant un tas de pierres.

La bouche sèche, elle prit soudain conscience de l'énormité de l'acte qu'elle s'apprêtait à commettre. Elle allait prendre une suée avec un païen. Les bonnes chrétiennes ne fréquentaient même pas ce genre d'individus. A fortiori, elles ne leur prodiguaient pas non plus de baisers passionnés.

Elle déglutit avec peine, avec l'impression d'avoir reçu un seau d'eau glacée. Elle avait déjà accompli tant de choses qu'une femme de bien n'était pas censée faire ! songea-t-elle. D'ailleurs une femme de bien serait d'ores et déjà morte. Elle était mauvaise, voilà tout. Mauvaise.

Elle se recula en serrant contre son torse les pans entrouverts de sa chemise en lin. Elle avait beau chercher un motif valable pour justifier sa conduite, elle n'en trouvait aucun.

Haakon devina ses réticences. Alors que l'instant d'avant il percevait en elle une fièvre égale à la sienne, il la voyait maintenant hésiter, le regard trouble et soucieux.

De quoi pouvait-elle donc s'inquiéter ?

En tout cas, il n'était pas près de la laisser repartir. Tout son corps la réclamait avec une intensité presque douloureuse. Il avait passé presque toute la nuit à repenser à leur partie de tafl. Il la désirait aussi consentante et détendue qu'elle l'avait été ce soir-là.

— Restez, lui souffla-t-il en lui effleurant l'épaule.

— Il faut… Je dois… Du travail m'attend, bredouilla-t-elle. Les blessures de Thrand…

Sans achever sa phrase, elle voulut le contourner. Il lui bloqua le passage, s'interposant entre elle et la porte.

— Est-ce votre manière de jouer la coquette ?

— Non… Non, pas du tout, protesta-t-elle à mi-voix en baissant les yeux sur ses mains.

Elle avait l'air si fragile. Si vulnérable. Si désirable.

Il était résolu à satisfaire sans plus tarder les élans de sa chair. Il ne la forcerait pas, mais lui montrerait tout le plaisir qu'elle pouvait partager avec lui. Il avait bien senti sa réaction dans le lac. Et il l'aurait volontiers prise sur place s'il n'avait craint les cancans de la domesticité. Or, ses liaisons ne concernaient personne d'autre que lui.

Il devinait qu'un désir semblable au sien couvait au fond d'Annis, minant ses réticences. Il lui fallait simplement l'empêcher de réfléchir.

Se penchant vers elle, il fit courir ses lèvres sur la peau blanche de son cou. Elle laissa échapper un mince soupir.

— Vous allez adorer ça, Annis.

— Ai-je le choix ? s'enquit-elle en le regardant avec ses grands yeux sombres, les lèvres gonflées de désir.

— Non, répondit-il laconiquement avant de la serrer de nouveau dans ses bras pour l'embrasser.

Elle s'offrit sans résister à son baiser. Il savoura sa bouche, sa saveur obscure et moite, sa douceur qui semblait secrètement promettre d'autres plaisirs plus violents et plus âpres.

Il prolongea ce préliminaire avec une lenteur patiente, jusqu'à ce qu'elle fonde encore une fois contre lui, écrasant ses seins contre son torse, et qu'avec un nouveau soupir frémissant elle noue ses mains sur sa nuque.

Désormais, elle était à lui…

Il lui caressa l'épaule, plaquant le tissu humide de sa chemise contre sa peau.

— Mieux vaut vous sécher, non ? Je ne veux pas que vous attrapiez froid.

— Vous aviez raison, murmura-t-elle d'une voix rauque. C'est différent. Cela ne ressemble à rien de ce que j'ai connu… avec mon mari.

Il prit sa chemise par l'ourlet et la fit passer par-dessus sa tête, tout en la tenant fermement par la taille.

— Nous n'allons pas nous presser, Annis. C'est vous qui donnerez le rythme. Concentrez-vous sur vos sensations, sur celles que vous me procurez.

Il posa ses mains sur son corps nu et la saisit de nouveau par les fesses. Elle ne le repoussa pas.

— Vous aussi, vous êtes trempé, lui fit-elle remarquer.

— Chaque chose en son temps.

Il pencha la tête pour déposer d'ardents baisers sur son cou et la naissance de ses seins.

— Que… Que faites-vous ? hoqueta-t-elle au contact voluptueux de sa bouche grande ouverte.

— Eh bien, je vous sèche, repartit-il calmement. Saviez-vous que vous avez le goût du miel et des fleurs des champs ?

Elle gémit légèrement tandis qu'il léchait le bout de ses seins. Sous les assauts de sa langue, ses mamelons durcirent promptement. Ses caresses lui prodiguaient de langoureuses sensations, allumant bientôt comme un feu au creux de son ventre. De nouveau, elle eut l'impression d'être ivre. Ce brasier s'étendait peu à peu à tous ses membres, éveillant en elle une excitation qui lui était inconnue. Elle tendit les bras pour plonger ses mains dans la chevelure de Haakon dont les lèvres avaient quitté sa poitrine pour descendre plus bas encore, ses mains accompagnant le mouvement dans son dos. Lorsque sa langue toucha son nombril, elle gémit encore une fois, convaincue que ses jambes allaient la lâcher.

Saisie par un désir d'une force impitoyable, elle s'accrocha à la chemise humide de son partenaire. Celui-ci l'étendit alors sur le sol pavé de galets plats. La chaleur de l'étuve l'enveloppa, recouvrant sa peau d'une soyeuse moiteur.

La dominant, Haakon commença à se déshabiller lentement, révélant peu à peu les muscles luisants de son torse. Puis il se débarrassa de son pantalon qu'il déposa sur le tas de pierres brûlantes. De près, il semblait encore plus magnifique que lorsqu'elle l'avait surpris à sa sortie du lac. Le peu de jour qui filtrait par les interstices de la porte jetait un camaïeu de reflets et d'ombres sur les reliefs et les méplats de ses membres puissants.

Annis posa une main sur sa chair tiède. Quelques gouttelettes d'eau la parsemaient encore. Elle les cueillit du bout des doigts pour les porter à ses lèvres. Elles avaient une saveur fraîche, rehaussée par un indéfinissable parfum qu'elle savait n'appartenir qu'à lui.

Ce qu'elle vivait là, avec Haakon, ne ressemblait à rien de ce qu'elle avait connu auparavant. Du temps de son mariage, son mari se contentait de prendre son plaisir en grognant avant de tomber de sommeil et de la laisser insatisfaite. A cette époque-là, déjà, elle se disait que l'amour ne devait pas se résumer qu'à cela, car autrement pourquoi ses servantes auraient-elles tant aimé se confier les exploits de leurs amants avec des sourires et des mines comblées, alors qu'elle-même ne retirait que souffrance et frustration de ces trop brefs moments d'intimité ? Elle savait désormais qu'elle avait deviné juste. Et se rendait compte que si elle n'était pas heureuse au lit, jadis, ce n'était pas sa faute, mais bel et bien celle de sa brute de mari.

Attrapant le visage de Haakon entre ses mains, elle l'attira vers elle. Elle sentit tout son corps entrer en contact avec le sien, sa chair tendre accueillant la rudesse de ses membres virils. Elle avait maintenant envie de parfaire cette initiation jusqu'au bout, de rattraper le temps perdu.

Elle fit courir ses paumes sur son dos, percevant tour à tour le grain serré de sa peau et le réseau de cicatrices qui la striait.

— Haakon…

Il posa un doigt sur ses lèvres.

— Chut ! Laisse-moi juste te montrer tout ce qu'un homme et une femme peuvent partager.

Et sa bouche reprit sa descente vers son ventre, jusqu'à atteindre les boucles soyeuses de son intimité. Annis avait besoin de tout savoir, de tout expérimenter. D'elle-même, elle arqua ses reins pour s'ouvrir plus largement encore à ses caresses, aux baisers frais de ses lèvres contre la moiteur incandescente de son désir.

Bientôt, plus rien n'exista autour d'elle que le contact de la langue de Haakon dans les replis de sa féminité.

Mais cela ne lui suffisait toujours pas. Un brasier vorace la consumait. Elle voulait s'unir à lui. Aussi, plantant ses doigts dans ses épaules, le força-t-elle à remonter vers elle.

— Du calme, du calme, murmura-t-il en se positionnant au-dessus d'elle.

Il la pénétra lentement. Il entra en elle, puis se retira. Pantelante, elle cambrait le dos pour mieux l'accueillir.

Puis, avec une assurance soudaine, elle se mit à aller et venir contre lui. Prudemment d'abord, de plus en plus vite ensuite. Il s'accorda à son rythme tandis qu'elle s'accrochait à lui. Elle désirait le percevoir au plus profond de son corps et se donna à lui sans plus aucune retenue jusqu'à ce qu'enfin un tremblement interne la soulève, lui arrachant un cri qui provenait du plus profond de son être.

Haussé sur un coude, Haakon contemplait Annis, allongée sous lui, la pâleur de son visage ressortant sur sa chevelure sombre étalée autour d'elle.

Il avait imaginé que la posséder une bonne fois pour toutes le rassasierait. Or, il savait désormais qu'une centaine, voire un millier d'étreintes partagées ne pourraient apaiser son envie d'elle.

Son contact seul suffisait du reste à réveiller son désir. Cependant il percevait aussi la rumeur des activités alentour. Les habitants des fermes environnantes n'allaient pas tarder à venir saluer leur chef revenu d'expédition et quérir son aide ou son jugement.

Il ne pouvait s'attarder avec Annis, du moins pas aussi longtemps qu'il l'aurait souhaité. Il avait des responsabilités. Cette terre et ce peuple étaient siens. Ces gens étaient la raison même qui l'avait poussé à braver l'océan. Pas question de les abandonner.

Il aurait plus de temps ensuite à consacrer à sa propre vie.

Il déposa un baiser sur le front d'Annis et se détacha d'elle avant de rouler sur le côté pour récupérer son pantalon maintenant sec.

— Il faut y aller, lui dit-il.

Elle rouvrit les yeux en cillant, ses prunelles paraissaient immenses dans la pénombre. Elle sembla un moment désorientée, puis parut se rappeler où elle se trouvait. Elle se redressa et serra ses genoux contre son torse.

— Y aller ? Mais où ça ?

— La matinée est avancée, répliqua-t-il tout en se rhabillant en lui tournant le dos, sachant que s'il se risquait à lui lancer le moindre coup d'œil, il ne pourrait que céder au désir qui l'assaillait. Du travail nous attend.

Annis s'obligea à se relever à son tour et renfila sa chemise de lin. Le vêtement était encore mouillé par endroits et pendait sur elle comme un sac. La réalité de sa situation lui sauta alors brusquement au visage : elle s'était totalement donnée à Haakon et celui-ci lui tournait le dos. C'était comme avec Selwyn jadis. Sauf que, cette fois-ci, elle avait enfin connu le plaisir.

Haakon était toujours occupé à se rhabiller et achevait de boucler le ceinturon de son épée. A sa connaissance, songea-t-elle en fronçant les sourcils, personne ne les avait vus entrer dans la hutte. Il lui était donc possible de continuer comme avant — de glisser à la surface de sa nouvelle existence comme si rien ne s'était passé.

— Que va-t-il m'arriver ? s'enquit-elle sans chercher à masquer la crainte qui altérait sa voix.

Haakon, qui s'apprêtait à ressortir, s'arrêta sur le seuil de la cabane.

— Je ne suis pas sûr de bien te comprendre, avoua-t-il. Rentres-tu avec moi au manoir ?

— Je ne crois pas que ce soit une bonne idée, rétorqua-t-elle en redressant le menton. Je ne veux pas qu'il soit dit que tu favorises un de tes captifs.

Les yeux du guerrier se transformèrent en deux saphirs étincelants et ses lèvres se pincèrent, mais elle soutint quand même son regard. Elle ne souhaitait pas prêter inutilement le flanc à la rancœur de Guthrun ou de Tove. Elle préférait enfouir au plus profond d'elle-même ce qui s'était passé dans cette cabane. Et se promettait de tout mettre en œuvre pour que cela ne se reproduise plus jamais.

— Tu vas me suivre ou je vais envoyer des hommes te chercher, répliqua Haakon sur un ton sans appel avant de quitter la hutte sans un regard en arrière.

Elle s'accorda quelques instants pour tresser ses cheveux en une natte lâche et rajuster sa chemise. Puis elle sortit à son tour de la cabane dont elle referma la porte derrière elle.

Ce qui venait d'arriver ne changerait rien à sa vie, se répétait-elle, espérant pouvoir en convaincre son corps.

Mais son cœur, lui, ne cessait de lui répondre qu'au contraire, Haakon avait tout changé.

Chapitre 9

— Je ne le vois nulle part ! s'exclama Guthrun d'une voix suraiguë, faisant sursauter les deux chats qui se prélassaient dans la cuisine. Envolé sans laisser de trace !

Annis se figea, la main sur la poignée de la porte. Elle s'était trouvé une nouvelle chemise qu'elle avait enfilée avant de revenir dans la cuisine. Tove et Ingrid la dévisageaient comme si elles devinaient ce qu'elle venait de vivre avec Haakon.

« Que se passe-t-il ? » articula-t-elle silencieusement à l'adresse d'Ingrid tandis que Guthrun ne cessait d'arpenter la pièce en tous sens.

— Un pain a disparu, lui répondit la servante dans un murmure. Son pain spécial au froment.

Un pain, se répéta Annis. La miche qu'elle avait dû donner plus tôt à Aelfric. Elle avait cru qu'il s'agissait d'un simple pain d'orge. Elle déglutit avec peine. Non, se dit-elle, ce n'était pas possible. Elle savait tout de même faire la différence. La miche qu'elle avait offerte au moine était fabriquée avec de l'orge, elle en était certaine.

Tove et Ingrid se regardèrent l'une l'autre et posèrent leur rouet avec une expression apeurée.

— Nous ne sommes pas au courant, dirent-elles en chœur, imitées par les autres domestiques.

— Et toi ? s'enquit Guthrun en avançant vers Annis. Ce ne serait pas toi qui l'aurais volé, ce pain, pour le mettre dans tes médicaments ?

— Je ne sais absolument pas où il a pu passer, rétorqua

Annis en soutenant le regard de la belle-mère de Haakon. Je n'utilise pas ce genre d'ingrédient dans mes remèdes. Et vous ?

S'empourprant, Guthrun prit un air plus pincé encore, comme si elle venait d'avaler une prune aigre.

— Je ne confectionne pas de potions ni d'onguents. Je laisse ça aux oracles et aux guérisseuses.

— Quel dommage ! marmonna Annis en se forçant à sourire gentiment à l'intraitable mégère.

Celle-ci se remit à fouiller la cuisine, ouvrant chaque tiroir l'un après l'autre. Enfin, elle découvrit la miche manquante qui se cachait sous un torchon de lin blanc.

— Hmm, je vais quand même aller voir dans la grand-salle s'il ne manque rien, maugréa-t-elle, ses yeux noirs soudain animés d'une lueur mauvaise. Si ça se trouve, nous avons un voleur dans la maison.

— Avec tous ces guerriers dans les parages ? Ça m'étonnerait, chuchota Ingrid tout en cassant le fil qu'elle avait tiré de son fuseau. Qui oserait marauder par ici ? Guthrun se cherche un souffre-douleur, voilà tout. Méfie-toi, Annis. Quand notre maîtresse est agitée comme ça, c'est qu'elle a envie de passer ses nerfs sur quelqu'un. Même Haakon ne pourra pas te protéger si elle s'en prend à toi.

— Pourquoi s'en prendrait-elle à moi ? demanda Annis. Je n'ai rien fait de mal.

Elle s'enveloppa de ses bras en essayant de se persuader que Guthrun ne pouvait déjà être au fait de son aventure avec Haakon. Celle-ci était bien trop récente.

— Elle a peur de toi et de tes talents de guérisseuse.

— Qu'est-ce que vous manigancez, toutes les deux ? rugit alors Guthrun en se plantant devant elles, les poings sur les hanches.

— Mais rien, lui assura Annis en s'essuyant les mains sur sa tunique. Nous serions simplement heureuses de vous aider. Que faut-il chercher, au juste ?

Comme frappée d'une illumination, Guthrun écarquilla les yeux et, avec un grognement sourd, se dirigea vers un grand coffre qui trônait contre un des murs de la pièce. Sortant une clé de sa tunique, elle s'en servit pour ouvrir le meuble dont elle bascula le couvercle. Son contenu était en désordre. La belle-mère de Haakon le jeta sur la table. Il y avait là la robe d'Annis et le manteau de Haakon. La croix, en revanche, manquait. Annis ravala sa salive, se retenant d'aller arracher son ancienne toilette des mains de Guthrun.

— C'est bien ce que je craignais. Ils ne sont plus là ! vociféra cette dernière quand elle eut atteint le fond du coffre.

— Qu'est-ce qui n'est plus là ? voulut savoir Annis en se penchant sur le meuble avec Tove et Ingrid.

Le visage de celle-ci se décomposa.

— Notre compte est bon ; on va avoir droit au fouet, marmonna alors Tove. Qui a pu être assez stupide pour ne pas replier ces vêtements ?

Ingrid laissa échapper un sanglot et se fourra une main dans la bouche en réponse au regard courroucé que lui lançait Tove. Un frisson de peur parcourut le dos d'Annis. Guthrun devaient infliger des punitions d'une cruauté sans égale pour inspirer une telle frayeur à son amie.

— Mes broches ovales, mes plus belles après celles de cérémonie, les perles d'ambre que Thrand m'a offertes à la dernière moisson et… la croix d'argent, énuméra la maîtresse de maison avant d'enfouir son visage dans ses mains. Mais qui a pu voler tout ça ?

— Il faut vous calmer, Guthrun, intervint Tove d'une voix apaisante. Il ne sert à rien de vous mettre dans un état pareil. Je suis sûre que cette disparition peut facilement s'expliquer. Peut-être ces objets se trouvent-ils dans un autre coffre.

— Non, c'est toujours là que je les mets ! rétorqua Guthrun en se remettant à brailler. Vous le savez toutes aussi bien que moi. Quelqu'un est venu les prendre, il n'y a pas d'autre explication.

Atterrée, Annis se retenait à grand-peine de pleurer. La croix d'argent était le dernier souvenir qui lui restait de son foyer. Elle avait vaguement espéré qu'elle lui serait rendue à l'arrivée de sa rançon — même si celle-ci avait peu de chances d'être jamais versée. La savoir dans le coffre, en tout cas, l'avait quelque peu consolée de sa perte. Un jour, s'était-elle promis, quand elle ne serait plus une prisonnière, elle trouverait bien un moyen de la récupérer. Et voilà qu'elle avait disparu pour de bon, celui qui l'avait dérobée projetant sans doute de la fondre pour la revendre au poids de l'argent.

— Qu'est-ce qui se passe ici ? On vous entend hurler depuis l'écurie, déclara Haakon en pénétrant dans la cuisine.

Il s'arrêta net en avisant la pile de linge sur la table.

— Mais à quoi rime tout ce chahut, à la fin ?

— Mon plus bel ambre et plusieurs autres biens m'appartenant ont disparu du coffre à linge, expliqua sa belle-mère en se tamponnant les yeux avec un coin de sa tunique. Mais dans quel monde vivons-nous ! Plus rien n'est en sécurité nulle part…

Haakon alla fouiller méthodiquement le meuble en question. Il s'assit ensuite sur ses talons et secoua la tête.

— Il n'y a effectivement plus rien de valeur là-dedans, concéda-t-il. Qui avait accès à ce coffre ?

— Je le ferme toujours à clé, repartit Guthrun. Je sais de quoi sont capables certains membres du felag. Ils n'hésiteraient pas à voler leur propre mère s'ils ne craignaient d'être pris.

— La serrure n'a pas été forcée, rétorqua Haakon en se redressant, les poings sur les hanches et les yeux lançant des éclairs sombres. A qui avez-vous confié cette clé, Guthrun ?

— Tout le personnel de cuisine sait où je range mon trousseau. Ingrid l'a utilisé il y a peu afin de prendre des bandages pour Thrand, énonça Guthrun, provoquant une mimique horrifiée de l'intéressée. Annis me l'a également réclamé dans le but d'obtenir des ingrédients pour ses remèdes. J'avoue ne pas les avoir surveillées quand elles s'en sont servies. Allons voir dans leurs affaires, veux-tu ?

— Si vous y tenez, mais je doute que cela nous avance beaucoup, répliqua-t-il en levant les yeux au ciel. N'auriez-vous pas plutôt caché vos perles ailleurs ? Comme vos cornes à boire, jadis, celles que vous m'aviez accusé de vous avoir dérobées ?

— Cela n'a rien à voir avec l'affaire qui nous préoccupe en ce moment, répondit-elle avec hauteur. J'exige une fouille en règle, Haakon Haroldson. J'y ai parfaitement droit en tant que maîtresse de ce manoir.

— Comme vous voudrez, Guthrun, mais je vois mal un maraudeur dissimuler son butin là où tout le monde peut le retrouver.

Les literies furent donc retournées une à une. Annis éprouvait un soulagement secret chaque fois qu'une des servantes se voyait ainsi innocentée. Quand Guthrun eut secoué sans succès la couverture en fourrure d'Ingrid, Annis pressa la main glacée de son amie qui lui adressa un petit hochement de tête en retour.

D'une main experte, la belle-mère de Haakon s'attaqua ensuite à la literie d'Annis et retroussa sa propre fourrure. Un objet brillant tomba alors sur la terre battue avec un tintement sonore. C'était la croix d'argent. Annis la considéra avec stupéfaction tandis que Guthrun se précipitait dessus et la brandissait dans ses doigts crochus, un grand sourire aux lèvres.

— Tu vois, Haakon, je t'avais bien dit de te méfier d'elle ! clama-t-elle avant de plisser les paupières et de menacer Annis du poing. Où as-tu caché le reste, captive ? Où as-tu mis mes affaires ?

— Comment... Comment est-ce arrivé là ?

Annis présenta ses paumes ouvertes à Haakon et le supplia du regard d'intercéder en sa faveur. Il se contenta de la fixer d'un air dur, ses prunelles ressemblant plus que jamais à deux billes de glace. Il avait carré les épaules et croisé les mains dans le dos. Elle laissa donc retomber les siennes contre ses flancs, se retenant de tordre le devant de son tablier. Déjà les autres femmes s'étaient rangées derrière la maîtresse des lieux en chuchotant derrière leur main et en lui lançant des regards lourds de reproche. Haakon était son ultime espoir.

Il fallait qu'il comprenne qu'elle n'était pas une voleuse. Ce n'était pas elle qui avait chapardé ces objets. Comment l'aurait-elle pu ? Elle ne savait même pas où Guthrun gardait son trousseau.

Haakon prit la croix d'argent des mains de sa belle-mère pour la serrer dans sa ceinture.

— Ce n'était pas là quand j'ai fait mon lit hier matin, reprit Annis en s'efforçant de garder une voix posée et en guettant la moindre lueur de compréhension dans le regard de Haakon. J'ai passé la nuit dans la cuisine à veiller Thrand, assise près du four à pain, au cas où il aurait besoin que je remette de l'onguent sur ses plaies.

Un silence assourdissant accueillit sa déclaration. Il fallait que Haakon la croie, se répéta-t-elle. Les instants qu'ils avaient partagés dans l'étuve devaient tout de même compter un peu pour lui, non ?

Elle pressa ses doigts contres ses yeux, le suppliant silencieusement de prendre sa défense — mais il demeura coi, les sourcils froncés et les bras croisés, ressemblant bien moins à l'amant qui lui avait donné tant de plaisir dans la hutte qu'au formidable guerrier qui avait naguère dévasté Lindisfarne.

— Quand avez-vous vu vos broches pour la dernière fois, Guthrun ? demanda-t-il enfin avec calme. Ma journée s'annonce chargée et j'aimerais pouvoir élucider rapidement ce petit mystère. J'apprécierais également qu'aucune personne de cette maisonnée ne soit châtiée simplement parce que la mémoire vous a fait encore une fois défaut.

— Annis ment ! Regarde donc comme elle rougit, s'emporta

sa belle-mère en lui désignant Annis d'un doigt accusateur. Elle a forcément dissimulé le reste ailleurs. Peut-être avec l'aide d'un complice — un des moines, par exemple.

— J'ai entendu Annis parler latin ce matin, intervint alors Thrand depuis sa paillasse.

Il s'était redressé sur un coude, présentant sa face dont le bandage masquait le côté rougi par les flammes.

— J'ai cru sur le coup que je rêvais, mais j'ai fini par me rendre compte que ce que j'entendais, c'était une discussion en latin entre un homme et une femme, or Annis est la seule femme à parler cette langue ici.

— As-tu pu comprendre ce qu'ils se racontaient, mon fils ? demanda Guthrun avec empressement. Complotaient-ils, par hasard ?

Annis sentit sa bouche s'assécher. C'était un véritable cauchemar. Elle essaya de se rappeler la teneur de sa conversation avec Aelfric. Elle n'avait pas particulièrement surveillé ses paroles, mais n'en avait pas moins tenté de dissuader le moine de prendre la fuite.

Prenant une profonde inspiration, elle s'efforça de réprimer la panique qui menaçait de l'envahir. Après tout, rien de ce qu'il pourrait lui arriver ne serait pire que ce qu'elle endurait déjà — en tant que captive sans presque aucun espoir de libération.

— Hélas, non, répondit Thrand en tendant une main que sa mère se hâta de venir serrer contre sa poitrine. Moi, je suis restée avec toi quand mon frère, lui, est parti pour la cour de Charlemagne. Comme tu le sais bien, mère, je ne parle que le Nordique. J'ai vu cependant Annis donner quelque chose à son interlocuteur.

Annis se décida à prendre la parole. Il était indispensable qu'elle réagisse pour prévenir toute conclusion erronée.

— Le moine Aelfric est venu me rendre visite, je le reconnais. Et, comme il semblait avoir faim, je lui ai donné du pain — la miche de mon petit déjeuner, pour être plus précise. Après quoi, il est reparti. Il voulait savoir si j'avais besoin d'autres herbes. Et il s'exprime plus... plus aisément en latin.

Sa voix avait trébuché sur ces derniers mots. Ce n'était là qu'une bien piètre explication, elle en avait conscience, mais elle refusait de trahir Aelfric, car elle redoutait que toute tentative de fuite de la part d'un prisonnier soit aussi durement châtiée ici qu'en Northumbrie, voire plus sévèrement encore. Or elle n'avait vraiment pas envie de voir un des moines puni à cause d'elle.

Haakon la considéra avec un haussement de sourcils dubitatif, l'air plus austère que jamais, avant de lui tourner carrément le dos pour s'adresser à Guthrun.

— Allons-nous devoir convoquer tous les moines et les interroger un à un ? lui demanda-t-il sur un ton las.

— Absolument, approuva sa belle-mère en hochant la tête avec vigueur. Cette affaire doit être réglée et l'ordre restauré.

Elle ponctua sa repartie en croisant les bras avec une expression déterminée.

— Je m'en doutais, marmonna Haakon avant d'aboyer une série d'ordres.

Peu après les moines étaient amenés dans la salle, traînant les pieds et la tête basse, comme s'ils étaient en train de prier. Annis les compta, une fois puis deux, et crut sentir la grand-salle vaciller.

Aelfric n'était plus là.

Il était déjà parti.

Il avait mis à exécution son projet d'évasion. Depuis combien de temps ? Elle n'aurait su le dire. Mais il s'était bel et bien échappé et sa fuite allait être découverte. Ceux qu'il avait laissés derrière lui seraient châtiés à sa place. Et vu l'humeur massacrante de Guthrun, ils n'auraient droit à aucune indulgence. A cette pensée, son sang gela dans ses veines. Elle n'osait imaginer ce qui arriverait à Aelfric lui-même quand il serait rattrapé.

Et elle, qu'allait-on lui faire ? Haakon allait-il enfin comprendre qu'elle n'avait rien à voir dans tout ça ?

— Lequel de vous est Aelfric ? interrogea ce dernier.

Les moines remuèrent les pieds tout en murmurant des paroles indistinctes en latin. Tous finirent par tourner leur regard vers Annis, comme s'ils s'en remettaient à elle pour répondre à leur place.

— Aelfric n'est pas ici, mon seigneur, déclara-t-elle enfin. Tous les autres moines sont là, sauf lui.

Haakon porta la main à la garde de son épée. Ainsi, il semblait plus grand encore, sa stature était soudain effrayante.

— Pas ici ? s'exclama-t-il d'une voix tonnante. Et où est-il alors ?

— Je n'en ai aucune idée, repartit Annis sans parvenir à soutenir son regard, au bord de l'affolement. La dernière fois que je l'ai vu…

— Oui, oui, je sais, la coupa Haakon en levant une main. Vous pouvez aussi bien cesser de jouer les innocentes, Annis. Je suis sûr que vous avez votre part de responsabilité là-dedans. Vous avez bien discuté avec cet homme ce matin, n'est-ce pas ? Et en latin, qui plus est ? Quel besoin aviez-vous de lui parler dans cette langue que peu ici comprennent ?

Les yeux baissés, elle murmura une réponse que nul n'entendit.

— Annis ? insista Haakon, les dents serrées.

Il soupira, exaspéré. Il n'avait pas de temps à perdre à ces petits jeux. Annis en savait bien plus qu'elle ne le prétendait, il en était persuadé. Cela se voyait à sa posture crispée. Elle s'était servie de lui. Si elle s'était rendue au lac ce matin, c'était dans le seul but de le séduire pour s'attirer ses bonnes grâces et protéger ainsi ce maudit moine. Elle l'avait sciemment utilisé et lui, comme un idiot, était tombé dans son piège.

Mais on ne l'y reprendrait pas.

— J'ai déjà expliqué pourquoi ! s'écria-t-elle en serrant les poings.

— L'un de tes prisonniers se serait échappé ? demanda alors Guthrun avec une sollicitude venimeuse. Es-tu sûr d'avoir regardé dans tous les coffres ?

— Ce moine finira bien par réapparaître sous une forme ou une autre, rétorqua Haakon avant de se tourner vers les hommes affectés à la garde des captifs. Y a-t-il une raison susceptible d'expliquer son absence ?

— Non, mon seigneur, répondit l'un deux en secouant la tête. Ils étaient tous là tantôt. Moi et les autres avons commencé un concours de lutte. C'est à ce moment qu'il a dû partir, je suppose.

— Vous supposez ?

— Euh… oui, mon seigneur.

— Et qui donc a eu l'idée de ce… concours ?

— Je ne me le rappelle pas vraiment.

Haakon serra les poings tout en s'exhortant au calme. Et pendant ce temps-là, Annis ne cessait de lui jeter des regards désespérés avec ses grands yeux qui le suppliaient de la croire. Elle l'avait trahi, bon sang ! Elle s'était servie de lui ! Quelle menteuse ! Quelle comédienne !

— Je veux qu'on le retrouve ! Maintenant !

Il leva ensuite le bras pour qu'on sonne l'alarme. Un long coup de corne retentit au-dessus du manoir et de la ferme. Un appel aux armes. Un tumulte de vociférations et de cris emplit l'air. Des guerriers se mirent à courir dans tous les sens en appelant les chiens, des chevaux furent sortis des écuries et sellés tandis que Haakon donnaient des ordres à ses hommes et leur indiquait la direction à prendre.

Une rage froide l'étreignait. Il avait prévenu les otages du sort qui les attendait en cas de désobéissance. Il les avait traités correctement et ils avaient décidé d'en abuser. Le moine n'avait pas agi seul, songea-t-il. C'était impossible. Quelqu'un avait dû l'aider.

Il veillerait à ce que cette personne soit également punie.

Annis pressa ses mains l'une contre l'autre tout en suivant les préparatifs de la poursuite. Ceux-ci furent réglés en un clin d'œil et bientôt ne restèrent plus dans la grand-salle que les moines, Haakon, Guthrun et les servantes, tandis que s'éloignaient peu à peu les cris des traqueurs et les aboiements de la meute.

Aelfric s'était-il réellement enfui ? se demanda-t-elle. Arpentait-il en ce moment même la route qui devait le conduire à la liberté ? Combien de temps allait durer son escapade ? Serait-il finalement ramené les poings liés, traîné derrière un cheval au galop — si un sort pire encore ne lui était pas réservé ? A cette pensée, elle porta ses mains à ses joues. Elle savait combien les Vikings pouvaient se montrer cruels. Le raid de Lindisfarne hantait encore ses nuits.

Elle avait eu beau déconseiller à Aelfric de s'échapper, elle ne lui souhaitait vraiment pas d'être rattrapé. Et puis il lui était impossible de le trahir. Ce devait être lui qui avait volé les broches ainsi que l'ambre de Guthrun. Restait à savoir comment il avait pu avoir accès au coffre.

Elle tendit ses mains vers Haakon pour implorer son soutien. Le visage du chef des Haroldson s'était figé en un masque dénué de toute tendresse, de toute commisération. Un frisson glacé la parcourut.

Tout le monde s'était écarté d'elle. Les bruits de la poursuite n'étaient déjà plus qu'une rumeur à peine audible.

Haakon ne la quittait pas des yeux, l'air plus inquisiteur que jamais. Ses doigts battaient la mesure sur sa cuisse. Sa cape retombait sur sa silhouette marmoréenne. Il était la vivante incarnation du chef, du guerrier. Du danger.

— Tu dois la punir ! s'écria Guthrun. Elle s'est moquée de moi ! De toi ! Elle a aidé un de ses compagnons de captivité à s'échapper et toi, tu te contentes de rester là à lui faire les gros yeux !

— Me punir ? répéta Annis.

Un goût amer envahit sa bouche et ses bras se mirent à trembler. Elle faillit reprocher à Haakon de s'être servi d'elle pour son seul plaisir mais s'en retint à temps.

— De quoi m'accuse-t-on ? Je n'ai rien à voir avec ce vol et Aelfric s'est enfui tout seul. Je suis innocente.

Haakon pinça ses lèvres pour lutter contre la colère qui l'étreignait. Les larmes qui brillaient dans les yeux d'Annis ne faisaient qu'ajouter à sa fureur. Si elle escomptait pouvoir ainsi l'attendrir, elle se trompait lourdement. Il avait vu, jadis, son père céder face à de telles armes et il s'était promis de ne jamais y être sensible.

La trahison d'Annis lui nouait l'estomac. Il lui avait accordé sa confiance et elle, pour le remercier, avait permis à un de ses compatriotes de s'échapper.

Il avait cru qu'une amitié naissait entre eux. Une amitié dont elle essayait encore d'user pour le persuader de son innocence. Or, elle venait d'admettre s'être entretenue avec le moine ce matin même. Et avoir discuté avec lui en latin plutôt qu'en northumbrien. Comment ne pas en déduire que c'était parce qu'ils avaient quelque chose à cacher à leur entourage ? Ensuite de quoi elle était descendue jusqu'au lac pour le séduire. Elle l'avait pris pour un naïf, avait joué de son désir pour elle… Croyait-elle vraiment pouvoir s'en tirer impunément ?

Elle le regardait toujours avec ses grands yeux, ses lèvres roses tremblant légèrement. Ne comprenait-elle donc pas qu'elle avait eu droit à un traitement de faveur ? Apparemment non. Guthrun avait raison, hélas ! Il lui fallait la châtier s'il ne voulait pas perdre toute autorité sur son domaine et ses hommes. Il n'avait pas le choix.

— A votre arrivée ici, déclara-t-il, je vous ai traitée comme un otage de qualité et non comme une simple prisonnière. Je m'attendais en retour à un comportement plus docile de votre part.

— Mais j'ai été docile ! répliqua-t-elle. J'ai suivi tous vos ordres.

Elle s'interrompit, secouée par un tremblement incoercible.

— Je vous en supplie, reprit-elle d'une voix apeurée. Croyez-moi.

— Je n'ai pas à croire ou à ne pas croire. Il me suffit de constater l'évidence, rétorqua-t-il en posant les mains sur son ceinturon et en s'efforçant de réprimer la fureur qui montait en lui.

A ces mots, Annis releva la tête, carra les épaules et se redressa de toute sa taille, ses prunelles vertes lançant des éclairs.

— Je n'ai rien à me reprocher. Jamais je ne me suis approchée de ce coffre. Demandez donc à Ingrid. Elle vous le confirmera, articula-t-elle tout en désignant la domestique. Hier soir encore, j'ai dû lui demander d'aller chercher des bandes de lin pour Thrand. Je ne savais même pas où on les rangeait.

Haakon reporta son attention sur la servante qui ne pipait mot et se tenait immobile dans son coin, le visage blanc comme un linge. Elle secoua vaguement la tête et parut sur le point de défaillir. Tove et deux autres femmes durent la soutenir par les bras pour l'empêcher de s'effondrer.

— Voilà plus de deux ans que nous hébergeons Ingrid, énonça-t-il, et jamais elle ne nous a volés quoi que ce soit. Elle nous a au contraire toujours montré un dévouement sans faille. Vous devriez avoir honte de l'accuser ainsi. Avez-vous la moindre preuve de ce que vous avancez ?

— Je n'avance rien. Je sais seulement que je suis innocente, repartit Annis d'une voix étonnamment calme. Dieu m'en soit témoin, je ne suis pour rien dans cette affaire.

— Et vous niez également avoir aidé le moine Aelfric à nous fausser compagnie ?

— Je lui ai seulement donné une miche de pain. Voilà à quoi se résume ma prétendue complicité avec lui.

Haakon se tourna vers le doyen des frères.

— Est-ce vrai ? s'enquit-il.

L'interpellé se contenta d'incliner le buste sans répondre.

— Parlez ! leur ordonna Haakon. Qui a aidé Aelfric à s'enfuir ? Je doute qu'il y soit parvenu tout seul.

Les moines échangèrent des regards effrayés avant de dévisager Annis. Ils ne parvenaient pas à rester en place. L'un d'eux leva les mains au ciel pour prier.

— Soit vous me dites la vérité, soit vous serez punis vous aussi.

— Nous n'avons pas aidé notre frère, commença alors à expliquer le doyen en northumbrien. Nous désapprouvions sa tentative. Il nous avait confié qu'il avait trouvé un soutien dans la cuisine du manoir, une femme. Je n'ai aucune idée de son identité. Je n'ai pas souhaité la connaître. Aelfric a contrevenu à la règle de notre ordre telle qu'elle fut jadis édictée par saint Benoît.

— Cette femme n'était pas moi ! protesta Annis.

Elle avait l'air si indignée et si sûre d'elle-même que Haakon l'aurait volontiers crue… s'il n'avait été persuadé qu'elle mentait. Car il n'était pas aveugle. Il comprenait mieux, maintenant, ce qui avait dû se passer : Annis avait fouillé dans le coffre pour donner au moine tous les objets de valeur qui s'y trouvaient, sans toutefois pouvoir s'empêcher de garder la petite croix d'argent pour elle.

Une question, cependant, se posait encore : pourquoi n'avait-elle pas suivi Aelfric dans sa fuite ?

C'était peut-être son intention au départ, et le moine l'avait trahie en saisissant l'occasion du concours de lutte pour s'échapper tout seul. Peut-être ensuite avait-elle parié sur l'attrait qu'elle exerçait sur le chef du clan pour échapper à toutes représailles. Eh bien, cette présomption allait lui coûter cher.

Il refusait de se laisser influencer par ses émotions. Il était le jaarl. C'était à lui qu'il revenait de décider ce qui était bon ou mauvais pour son peuple. Tel était son devoir premier.

— Puisque vous persistez à nous abreuver de contes à dormir debout, vous recevrez la marque des captifs afin que nul n'ignore votre condition.

Il fit signe à deux de ses hommes qui plaquèrent les bras d'Annis contre ses flancs. Elle se débattit avec rage.

— Qu'est-ce que ça signifie ? hurla-t-elle, paniquée.

Haakon serra les dents. Pensait-elle donc qu'elle aurait droit à son indulgence simplement parce qu'ils avaient couché ensemble ?

— Coupez-lui les cheveux. Mettez-lui un collier. Et jetez-la dans la porcherie afin qu'elle réfléchisse à la portée de ses actes, décréta-t-il en la contemplant d'un regard haineux.

Elle l'avait pris pour un imbécile, avait abusé de sa crédulité, de sa confiance. Il lui avait exprimé son affection, son admiration pour son corps, sa beauté. Il avait même imaginé qu'ils étaient devenus amis, en plus d'être amants. Or, tout cela n'était qu'illusion et tromperie.

Jamais il n'aurait dû oublier les leçons de sa jeunesse : les femmes n'étaient que tromperie et artifices.

— Elle aura ainsi l'occasion de voir si elle préfère cette sorte d'hospitalité viking, ajouta-t-il.

Il s'était attendu qu'à l'énoncé de cette sentence, Annis fonde en larmes et le supplie de l'épargner. Mais non : elle gardait la tête droite et se tenait coite.

— Et les autres ? s'enquit un des guerriers.

— Mettez-leur aussi un collier. Comme ça, s'ils tentent également de s'enfuir, tout le monde les reconnaîtra pour ce qu'ils sont — ma propriété, répondit-il avant de se tourner vers sa belle-mère. Cette décision est exécutable sur-le-champ.

Guthrun s'empara aussitôt d'une paire de ciseaux et marcha résolument vers Annis, les lames de l'ustensile brillant sinistrement dans son poing. Annis ne put demeurer stoïque en voyant la première mèche de cheveux tomber à terre.

— Ecoutez-moi ! s'exclama-t-elle. Je suis innocente. Je n'ai rien fait de mal. Par pitié, croyez-moi. Il faut que vous me croyiez !

Elle voulut reculer la tête et se libérer, mais les hommes de Haakon la tenaient fermement. Et ses cheveux continuaient à choir sur le sol de terre battue, le recouvrant peu à peu d'un tapis soyeux. Haakon eut le cœur serré au souvenir de leur contact sous ses doigts. Repoussant cette pensée, il fit un effort surhumain pour garder un visage impassible.

Quand la dernière mèche eut été coupée et le collier attaché au cou d'Annis, celle-ci, de nouveau silencieuse, se remit à le toiser avec un regard brûlant de reproche.

Il lui tourna alors le dos et s'éloigna, poursuivi par le regard angoissé de sa captive.

Chapitre 10

Annis frissonna. Etendue sur la paille, elle était entourée par l'obscurité, à peine dissipée par la faible clarté qui filtrait par les fissures des parois de bois. Elle avait entendu les traqueurs rentrer avec les chiens quelques instants auparavant. Ils parlaient bas et les bêtes semblaient calmes : ils n'avaient pas dû retrouver Aelfric.

Et personne n'était venu la libérer.

Comment en était-elle arrivée là ? Elle avait le cou enserré dans un collier qui la grattait et les mains liées dans le dos par une corde grossière dont le frottement lui enflammait la peau. On ne pouvait guère choir plus bas, songea-t-elle, sinon dans la tombe. Jamais elle n'aurait imaginé, elle, la fière héritière, être un jour retenue prisonnière dans une pareille bauge ! Epouser Eadgar lui paraissait presque préférable en cet instant.

Elle eut un rire amer. Elle avait fait confiance à un Viking. Elle avait couché avec lui, de son plein gré. Elle avait jugé Haakon différent des autres, parce qu'il parlait latin et elle avait été témoin de sa gentillesse et de son humanité.

Un sanglot étouffé s'échappa de ses lèvres.

Elle avait fini par ne plus se soucier de la rançon exigée par le Viking, espérant envers et contre tout qu'elle arriverait à le persuader de lui rendre sa liberté. Après tout, elle lui avait sauvé la vie, non ? Et voilà comment il la remerciait !

Elle se rendait bien compte, maintenant, qu'elle s'était trompée du tout au tout et qu'il lui fallait définitivement renoncer à son ancienne vie. Elle avait été marquée comme esclave et le resterait sans doute jusqu'à la fin de ses jours.

A moins, bien évidemment, qu'elle ne trouve un moyen de s'échapper à son tour… Cette idée lui fit battre le cœur un peu plus vite. Au fond, se dit-elle, Aelfric avait raison, même si elle répugnait à l'admettre. La fuite était la seule issue qu'il leur restait.

Mais comment procéder ? Et, une fois loin du manoir, comment retourner en Northumbrie ?

Elle donna un coup de pied rageur dans la paille. Désormais, ses geôliers surveilleraient chacun de ses faits et gestes affaiblissant d'autant plus ses chances de s'échapper.

Ce qui l'accablait le plus, dans toute cette histoire, c'était la froide indifférence avait laquelle Haakon l'avait jugée et condamnée, l'expression impassible de son visage quand Guthrun lui avait coupé les cheveux et la rudesse avec laquelle il l'avait poussée dans cette cabane de planches. Elle avait même cru lire une sorte de reproche dans ses yeux — comme si c'était elle qui l'avait trahi !

Elle remua les bras et roula sur le côté pour désengourdir ses muscles. Dans son mouvement, sa main droite heurta un objet pointu et rugueux. La tête d'un clou qui dépassait du mur ! Elle s'immobilisa aussitôt pour tâter l'objet. Il n'était pas très grand mais n'en représentait pas moins une chance inespérée de se débarrasser de ses liens. Elle se mit immédiatement à l'ouvrage, frottant la corde sur la protubérance métallique.

Bientôt ses muscles la lancèrent de nouveau. L'air, autour d'elle, était lourd et moite. De petites mouches, attirées par sa sueur, ne cessaient de voleter devant son nez et sa bouche. Faute de mieux, elle se frottait régulièrement le visage contre son épaule pour les chasser, désespérant de parvenir à user ses liens sur le clou qui lui semblait maintenant être plus une malédiction qu'une aubaine.

Malgré tout, elle redoubla d'efforts et, soudain, à sa grande surprise, la corde lâcha d'un coup. Elle ramena devant elles ses poignets endoloris pour les masser et faire circuler le sang dans ses doigts ankylosés.

Elle porta ensuite une main au collier qui lui encerclait toujours le cou et tenta de l'arracher. Les cheveux courts ne la gênaient pas ; au contraire, ça lui rafraîchissait la nuque. Mais ce symbole d'une condition infâmante, jamais elle ne le tolérerait ! Elle était née libre et noble. Rien ne justifiait à ses yeux un pareil traitement.

Elle décida de partir dans la même direction qu'Aelfric, en espérant que le moine avait vu juste. De toute façon, elle n'avait pas trop le choix.

Elle se précipita vers la porte de la cahute. Comme elle le craignait, Haakon avait pris soin de la verrouiller. Elle étouffa un juron. On ne pouvait nier au Viking son efficacité, pensa-t-elle avec aigreur.

Son cou et ses bras la faisaient atrocement souffrir, mais ce n'était rien en comparaison de la douleur que lui avait infligée Haakon en refusant d'écouter ses explications. Il lui semblait pourtant évident que, si elle avait été coupable du larcin, elle n'aurait eu aucun intérêt à dissimuler la croix dans son lit. Mais non : le Viking avait préféré rester sourd à ces arguments de bon sens.

— Annis ? l'appela soudain Ingrid à voix basse derrière la porte. Tu es réveillée ?

Annis s'empressa de regagner l'endroit où elle gisait un peu plus tôt et de ramener les poings dans son dos. Que voulait donc la servante ? Annis avait cru que celle-ci était son amie, mais elle n'avait même pas levé le petit doigt pour l'aider. Elle savait pourtant qu'elle ne s'était jamais approchée du coffre à linge.

— Je suis là, Ingrid, dans le fond, répondit-elle. Que veux-tu ?

— Je t'ai apporté de la nourriture. Désolée d'avoir mis

si longtemps à venir mais, tu comprends, j'ai dû attendre que les autres aient commencé à manger.

Ingrid apparut sur le seuil de la porcherie, tenant à la main une écuelle garnie d'une tranche de pain et d'un morceau de fromage.

— Comme tu disais que tu avais donné ton petit déjeuner à… Aelfric, j'ai pensé que tu risquais d'avoir faim.

Elle avait prononcé le nom du moine avec un léger tremblement dans la voix qui intrigua Annis. Celle-ci n'avait pas songé, sur le coup, à interroger le moine sur la raison de sa présence au manoir, ce matin-là, mais elle commençait à se demander si la domestique n'était pas justement la femme qui avait soutenu Aelfric, comme celui-ci s'en était vanté auprès de ses frères.

Cela lui donna une idée : Ingrid pouvait également lui être utile. Si seulement elle parvenait à l'attirer un peu plus près… Jadis, c'était avec la plus parfaite répugnance qu'elle avait suivi les leçons de lutte que lui prodiguait son père afin de la préparer à se défendre elle-même, se hérissant à l'idée de devoir un jour effectuer une prise sur un adversaire ou lui rendre coup pour coup. Or, il lui fallait désormais rameuter le peu de souvenirs qui pouvaient lui rester de ces séances d'entraînement. Et les mettre en pratique.

— Et comment veux-tu que je mange avec les mains liées dans le dos ? fit-elle remarquer à la servante sur un ton las et résigné.

Ingrid s'avança vers elle avant de déposer l'écuelle par terre. Malheureusement, elle n'était pas encore assez près. Annis pouvait à peine distinguer l'expression de son visage.

— Je suis navrée, Annis. Je sais que tu dois souffrir, mais je ne peux pas te détacher, murmura la domestique en secouant la tête. Haakon serait furieux. Je crois bien ne l'avoir jamais vu aussi en colère depuis que je suis ici. Il crie après tout le monde. Il a même effrayé les chats qui ont renversé la baratte en voulant se cacher derrière.

— Bien fait, grommela Annis.

— Il fait ça pour protéger le domaine. Il est notre chef, tu comprends ? Il est obligé de punir ceux qui commettent des fautes, expliqua Ingrid en écarquillant les yeux. Ça doit être pareil chez toi, non ?

— Sauf que moi, je suis innocente. Tu sais d'ailleurs mieux que personne que je n'ai jamais ouvert ni encore moins fouillé le coffre à linge, puisque tu ne m'en as jamais donné la clé et que Guthrun ne l'a confiée qu'à toi et à Tove, rétorqua Annis avec humeur en se retenant à grand-peine de bondir sur Ingrid.

Elle s'efforça de calmer son irritation. Le moment n'était pas encore venu d'user de la force.

— Allons, reprit-elle d'une voix plus douce, tu vois bien que je ne peux pas prendre la nourriture. Elle est trop loin.

La servante la considéra en se mordant la lèvre.

— J'ai déjà pris beaucoup de risques en venant te l'apporter, dit-elle.

— Je ne te demande pas de me délier les mains, mais juste de me rapprocher l'écuelle. Je ne mords pas, tu sais, ajouta Annis avec un petit rire destiné à achever d'endormir la méfiance de la domestique.

Celle-ci s'avança de nouveau.

Annis attendit le moment favorable, les muscles relâchés et le souffle régulier, comme le lui avait appris son père. Plus près, un peu plus près…

Finalement Ingrid ne fut plus qu'à un pas d'elle. Elle reposa l'écuelle, presque sous son nez et se mit aussitôt à reculer. Juste à l'instant où elle soulevait son pied pour faire un pas en arrière, déséquilibrée, Annis lui sauta dessus et la fit choir dans la paille.

La servante couina de surprise avant d'essayer de lui griffer le visage. Cette férocité inattendue dissipa les dernières hésitations d'Annis qui lui attrapa un poignet puis l'autre. Malheureusement, la domestique était robuste et, d'une détente des reins, l'envoya rouler sur le côté. Elle allait se redresser quand Annis, prenant appui sur le mur pour rebondir, lui donna un violent coup de tête dans l'estomac. Ingrid tomba à genoux en se tenant le ventre, bouche bée d'étonnement et de suffocation. Annis en profita pour la renverser en arrière et s'asseoir sur sa poitrine en lui immobilisant les épaules sous ses genoux. Elle plaqua ensuite une main sur sa bouche pour l'empêcher de donner l'alerte et marqua un temps pour reprendre son souffle.

— J'ai des questions à te poser, articula-t-elle enfin. Tu vas y répondre par des signes de tête. Tu m'as bien comprise ?

Aucune réponse ne venant, elle secoua la servante de sa main libre. Celle-ci se hâta d'opiner du chef.

— Je ne te veux aucun mal, ajouta Annis, mais je ne partirai pas d'ici sans savoir la vérité.

Elle rapprocha son visage de celui de la domestique.

— C'est toi qui as ouvert le coffre, n'est-ce pas ? Et cela pour permettre à Aelfric de fouiller dedans. La femme qui l'aidait au manoir, c'était toi, hein ?

Ingrid cilla. Une larme roula sur sa joue. Annis s'empêcha de ressentir la moindre pitié. La servante était responsable de son malheur. Alors qu'elle avait la possibilité de la disculper, elle avait gardé le silence et laissé Haakon la punir.

Elle la secoua encore une fois, plus rudement.

— Allons, réponds-moi !

Ingrid hocha de nouveau la tête avant de marmonner quelque chose contre la paume d'Annis. Celle-ci crut comprendre qu'elle rejetait tous les torts sur le moine, lui reprochant de l'avoir séduite. Annis eut une moue dégoûtée. Et dire qu'elle avait fait confiance à cette femme…

— Voilà qui t'apprendra à te fier à des inconnus, lui lança-t-elle avec un rire amer. J'imagine toutefois que tu ne t'attendais pas à ce qu'il dérobe le collier de Guthrun…

Ingrid secoua la tête avec véhémence. Une idée traversa alors l'esprit d'Annis.

— Mais, dis-moi, murmura-t-elle, il avait besoin d'être seul avec toi pour commettre son forfait. N'est-ce pas lui, par hasard, qui t'aurait suggéré de me conseiller de sortir me promener ?

La domestique détourna les yeux en se remettant à pleurer. Annis n'eut pas besoin d'autre réponse.

Elle n'avait plus désormais qu'une envie : quitter au plus vite ces lieux où l'on ne respectait ni l'amour ni l'amitié. Elle força Ingrid à la regarder dans les yeux.

— Est-ce que la porcherie est gardée ? la questionna-t-elle.

Nouvelle dénégation. Annis n'avait plus aucune raison de la croire, mais comme la servante l'avait appelée de l'extérieur, elle supposait que nulle sentinelle n'avait été postée à proximité.

Elle jeta un coup d'œil par-dessus son épaule vers la porte qu'Ingrid avait laissée ouverte. Le soleil brillait encore et il était difficile de savoir l'heure qu'il était, mais à entendre le tintement des écuelles en provenance du manoir, il était facile de deviner que la maisonnée s'était d'ores et déjà attablée pour le dîner. En d'autres termes, il ne devait plus y avoir grand-monde dans la cour. Et puis son intuition lui soufflait que Haakon avait jugé ses liens suffisants pour la retenir et qu'il n'avait pas estimé nécessaire de se priver d'un de ses guerriers pour lui confier sa surveillance.

Ingrid interrompit ses réflexions en se remettant à geindre.

— Désolée, lui dit-elle, mais je dois prendre quelques précautions avant de te quitter.

Avec des gestes prestes et sûrs, elle arracha le fichu de la domestique pour le lui fourrer dans la bouche, puis se servit du reste de la corde pour lui ligoter les poignets dans le dos. Après quoi, elle donna un coup de pied dans le clou qui s'arracha du mur et ramassa ce dernier pour le jeter plus tard dans la cour, loin d'Ingrid.

Elle s'écarta enfin de la servante et s'approcha de l'entrée de la porcherie afin d'inspecter les environs. N'apercevant âme qui vive, elle ferma les yeux pour réciter une courte prière et, après avoir pris une profonde inspiration, elle sortit au soleil et courut se réfugier dans l'écurie.

Les chevaux l'accueillirent en hennissant doucement. Annis préféra ne pas se risquer à en seller un, de peur qu'il ne s'effarouche et n'alerte ses maîtres. Elle ne pouvait compter que sur ses pieds pour la porter. Et sur le mince espoir qui la soutenait encore.

Un rire bas lui parvint. C'était la voix de Tove. Un grognement mâle lui répondit. Annis se figea en avisant, dans le fond de l'écurie, le couple qui s'étreignait sur la paille. Elle recula lentement. Le sang battait si fort à ses oreilles qu'elle craignait que les autres l'entendent.

Par chance, elle ne fit aucune autre rencontre jusqu'au bord du lac. Elle s'arrêta près de l'étuve pour reprendre sa respiration. Elle avait réussi, se dit-elle en posant une main sur les parois désormais froides de la hutte.

Elle ne tarda pas à repartir et atteignit bientôt l'embouchure du ruisseau qui alimentait le lac, en bordure de la forêt de pins. Elle s'engagea dans l'eau pour tromper le flair des chiens et, une fois à l'intérieur des bois, revint plusieurs fois sur ses traces pour achever de brouiller sa piste.

Elle prit ensuite résolument la direction du sud et finit par découvrir un chemin de terre qui se dirigeait vers les montagnes. Son cœur se mit à battre plus fort. Elle était presque sûre d'avoir trouvé la route dont lui avait parlé Aelfric, celle qui menait tout droit à la cour de Thorkell.

Elle s'y engagea en prenant soin de rester près des arbres, afin de pouvoir se réfugier dans le sous-bois au moindre danger.

Après quelques tournants, le chemin se fit moins sinueux. Devant elle, la route se perdait dans des lointains vaporeux dont jaillissaient des cimes aux pics enneigés. Elle exulta : elle avait gagné ! Elle était parvenue à s'échapper.

Une nouvelle vie s'offrait à elle.

*
* *

— Concentre-toi donc, Haakon ! C'est à toi de jouer et ton roi n'est pas loin d'être cerné.

Haakon releva la tête vers son frère. Thrand était assis contre tout un tas de fourrures et d'oreillers. Fress et Kisa ronronnaient béatement au pied de son lit. Son demi-frère avait beau avoir la tête à moitié bandée, il semblait y voir plus clair que jamais, son œil valide brillant même d'une lueur malicieuse.

Loin de distraire ses pensées d'Annis, comme Haakon l'avait espéré, cette partie de tafl avait au contraire alimenté sa gêne et sa confusion en lui rappelant à quel point la jeune femme s'était montrée habile à ce jeu. Tant et si bien qu'une question le travaillait maintenant : comment quelqu'un d'aussi manifestement intelligent avait-il pu commettre la grossière erreur de dissimuler le fruit d'un de ses larcins dans son propre lit ?

— Cela ne tient pas debout, énonça-t-il tout en effectuant sur le plateau un mouvement qui ruina l'offensive de Thrand.

— Ah bon ? repartit ce dernier, dépité. Tu viens pourtant de réussir à sauver ton roi.

— Je ne te parle pas de ça… Annis n'est pas bête, quand même. Pourquoi irait-elle cacher sa croix là où elle pouvait être sûre qu'on fouillerait en premier ?

— Bah, si je comprenais les femmes, je serais un homme riche, répliqua Thrand. Prends Ingrid, par exemple. Avant notre départ, je la sentais prête à s'offrir à moi au moindre signe de ma part et voilà qu'à notre retour, alors qu'on rentre pourtant avec la soute pleine d'or et d'argent, elle me bat froid ! Et tout ça parce que j'ai lancé quelques œillades à Tove. Et puis voilà que, tantôt, elle se met à pleurer comme une fontaine en me changeant mes pansements, émue sans doute par mes blessures. Bon, que je me dis, elle ne va pas tarder à revenir me dorloter comme jadis — mais non ! Disparue, envolée !

— Elle pleurait ? répéta Haakon avec un haussement de sourcils. Pourquoi donc ? Tes plaies ne sont presque déjà plus qu'un mauvais souvenir. Annis est une guérisseuse de talent. Son onguent est un vrai remède miracle. Je doute même qu'il te reste la moindre cicatrice… Non, décidément, la réaction d'Ingrid ne se justifie pas. A mon avis, mon frère, ce n'est pas sur toi qu'elle pleurait.

— Avec un physique comme le mien ? répliqua Thrand, un sourire moqueur aux lèvres en croisant les mains sous sa nuque. C'est toi qui te trompes, mon frère.

— Pourquoi te délaisserait-elle, alors ?

Un sombre pressentiment agita subitement Haakon. Avait-il commis une erreur ? Avait-il accusé — et condamné — la mauvaise femme ? Avait-il donc sauté sur le premier prétexte venu pour se défier d'Annis ?

Elle ne cessait de hanter son esprit et ses rêves. Il savait qu'il avait envie d'elle et que cette envie était loin, très loin d'avoir été comblée par leurs étreintes au bord du lac. Or, l'intensité même de ce sentiment l'effrayait. Il lui donnait l'impression d'être vulnérable. Comme son père…

Il ne se rappelait que trop bien le chagrin de ce dernier à la mort de sa mère et la terrible facilité avec laquelle sa cruelle belle-mère avait soumis son fier géniteur à sa volonté. Il s'était alors juré de ne jamais tomber dans ce piège à son tour.

Mais cela lui était arrivé quand même. Il s'était épris d'une femme à en perdre la raison et, quand l'heure était venue de la défendre, ses vieilles peurs avaient repris le dessus, troublant son jugement sans même qu'il en ait conscience.

Il avait pensé, sur le coup, avoir une vision claire de la situation : Annis était venue au lac le séduire et lui offrir son corps dans le seul but de couvrir la fuite du moine défroqué. Or, cette interprétation, il s'en rendait compte maintenant, ne reposait sur rien de solide — sinon sur son refus farouche d'être le jouet du sexe faible. Le refus, songea-t-il en se raidissant soudain, le cœur battant la chamade, de ressembler à son père.

— Sais-tu où Ingrid a pu partir ? s'enquit-il.

— Aucune idée, repartit Thrand avec un geste désinvolte de la main. Guthrun a dû lui donner du travail dehors, je suppose.

Haakon émit un grognement avant de reporter son attention sur le plateau de tafl. Il était certain qu'il lui manquait une clé pour connaître le fin mot de cette histoire… Il se mit à tapoter sa bouche de ses doigts en fronçant furieusement les sourcils, plus perplexe que jamais.

— Tu sais, reprit son demi-frère tout en jouant, une chose m'étonne, quand même. Pourquoi le moine n'a-t-il pas emmené Annis avec lui ? Enfin quoi, ce n'est pas un laideron, cette fille, et puis on n'est pas trop de deux pour se risquer à travers un pays qu'on ne connaît pas — surtout un pays comme le nôtre.

— Les autres moines sont restés aussi, objecta Haakon tout en s'efforçant de ne plus songer au regard vert, plein d'amertume, que lui avait lancé Annis.

— N'empêche qu'Annis a parlé à Aelfric…

Thrand s'interrompit soudain et parut réfléchir.

— Maintenant que j'y songe, remarque, ils n'avaient pas trop l'air de s'entendre, tous les deux. Si ça se trouve, peut-être même qu'elle essayait de le dissuader de s'enfuir.

Haakon se redressa lentement pour le foudroyer du regard.

— Aurais-tu l'obligeance d'être un peu plus précis ? articula-t-il d'une voix d'un calme mortel.

Thrand ne parut même pas remarquer ce brusque changement de ton.

— Tu sais, je ne connais pas le latin et je ne suis pas certain…

— Rapporte-moi simplement ce que tu as entendu.

Thrand soupira.

— Eh bien, reprit-il sur un ton ennuyé, il me semble qu'il

lui a crié dessus et qu'elle l'a envoyé sur les roses. Après quoi il est sorti et je crois m'être un peu assoupi. Je me suis réveillé juste au moment où Ingrid conseillait à Annis d'aller prendre l'air et lui promettait de changer mes bandages à sa place.

— Et pourquoi ne pas m'avoir raconté ça plus tôt ?

— Tu connais ma mère. Elle cherchait juste un prétexte pour punir Annis. Je n'ai pas voulu me mêler de tout ça.

Tenté d'étrangler son demi-frère, Haakon changea de position sur son tabouret.

— Et le coffre à linge ? Et la croix qu'on a retrouvée dans la fourrure d'Annis ?

Thrand s'effondra contre les oreillers et, joignant les mains, leva les yeux vers le plafond.

— Je dois reconnaître, admit-il, que cela m'a chagriné aussi. En fait, chaque fois qu'Annis changeait mes bandages, elle devait attendre qu'Ingrid aille lui chercher la clé du coffre. Je suis pratiquement certain qu'elle n'y a jamais touché elle-même.

C'en fut assez pour Haakon, déjà taraudé par les remords. L'air de la cuisine lui parut d'un coup étouffant, irrespirable. Il lui fallait des réponses, et vite. Il se leva d'un bond et se dirigea vers la porte.

— Mais où vas-tu comme ça ? s'étonna son demi-frère. Nous n'avons pas fini la partie !

— Je vais faire le tour de la cour pour vérifier que tout va bien.

— Haakon ? le héla Thrand alors qu'il franchissait le seuil. Transmets mes salutations à Annis, veux-tu ? Son onguent est un véritable cadeau des dieux.

Haakon étouffa un juron et claqua le battant avec une rage à peine contrôlée.

Annis avait mal aux pieds. Ses bottes trempées lui pinçaient les orteils. Depuis combien de temps boitillait-elle ainsi sur ce chemin, elle n'aurait su le dire. Elle avait cessé depuis un bon moment de compter les arbres du bas-côté, les virages ou encore les endroits où la route, traversée par un ruisseau, devenait boueuse. A un moment, elle avait dû effectuer un détour pour éviter une ferme dont s'échappaient les aboiements d'un chien solitaire et les vagissements d'un bébé.

A cette époque de l'année, le soleil bougeait relativement peu dans le ciel et le même jeu d'ombre et de lumière régnait sur le paysage en fin de soirée qu'en milieu de journée.

Le hurlement d'un loup déchira soudain le silence, la faisant frémir de peur. Elle pressa le pas, se mettant presque à courir, et jeta un regard par-dessus son épaule. Mais il n'y avait rien derrière elle, à part l'immensité des bois.

Pourtant, elle avait parfois l'impression de surprendre une ombre furtive se déplaçant dans l'obscurité des sous-bois. Il lui semblait que quelqu'un, ou quelque chose, progressait avec elle, à l'abri des fourrés, la dépassant et s'arrêtant tour à tour.

Cette impression devint bientôt une certitude.

Elle était suivie. Traquée.

Un nouveau hurlement retentit, suivi d'un craquement de branche brisée. Les bruits se rapprochaient. Annis se figea sur place, le cœur battant à tout rompre.

Mais elle se força bientôt à repartir. S'arrêter, pensa-t-elle, c'était renoncer. S'arrêter, c'était mourir.

Désormais, elle n'avait plus qu'un seul but : survivre.

Haakon fronça les sourcils. La cour avait un aspect inhabituel, songea-t-il, comme si elle avait changé. Ou comme s'il lui manquait quelque chose. Chassant cette idée de son esprit, il reprit son inspection et contourna la porcherie.

Il s'aperçut alors que le loquet de la porte avait été mal remis et que la prisonnière aurait pu l'ouvrir depuis l'intérieur d'un coup d'épaule. Il se renfrogna de plus belle. Qui avait touché à cette porte ? se demanda-t-il. Et quand ? Il avait vérifié par deux fois qu'elle était bien close après avoir enfermé lui-même Annis dans la bâtisse.

Floki, qui ne le quittait pas d'une semelle, se mit à geindre et à tapoter le battant du bout de sa patte.

— Annis ? Tu es là ?

Il tira la porte à lui et jeta un œil dans la pénombre de la porcherie. Une femme était étendue devant lui, sur la paille qui recouvrait le sol, émettant des sons étouffés et donnant des coups de pied. Ce n'était pas la silhouette d'Annis. Cette femme-ci avait les cheveux longs et blonds. Après avoir grondé de surprise, Floki se mit à lécher le visage de l'entravée.

Haakon se pencha alors sur elle, écartant son chien au passage. C'était Ingrid ! Annis avait disparu !

Mais comment diable Ingrid était-elle arrivée ici ? Etait-elle la complice de l'évadée ou une victime supplémentaire de sa duplicité ?

Il débarrassa la servante du fichu qui la bâillonnait. Elle cracha et hoqueta avant de lever vers lui un regard misérable. Une larme coulait sur sa joue. Haakon leva les yeux au ciel, lassé par toute ces pleurnicheries. Que n'aurait-il donné pour se trouver face à une femme combative, sachant rendre coup pour coup, au lieu d'avoir affaire à ce genre de poupée de son qui n'avait même pas l'idée de cracher son bâillon pour appeler à l'aide !

— J'attends une explication, déclara-t-il en posant les poings sur ses hanches, ne sachant toujours pas si Ingrid avait de son plein gré pris la place de la captive ou si, au contraire, cette dernière avait réussi à lui jouer un mauvais tour.

— C'est cette maudite sorcière qui m'a ligotée. J'étais venue lui apporter à manger et elle m'a sauté dessus sans crier gare, répondit la domestique d'une voix blanche en posant sa tête sur ses genoux. On ne m'y reprendra pas à essayer d'être gentille avec les autres Je croyais qu'elle était mon amie, et voilà comment elle me remercie.

— Ah, oui ? repartit Haakon avec incrédulité tout en se penchant vers Ingrid pour la libérer.

Il ne pouvait s'empêcher d'admirer Annis, qui avait dû

montrer autant de courage que d'ingéniosité pour parvenir à s'échapper ainsi.

— Je lui avais pourtant lié les poignets moi-même après l'avoir amenée ici, précisa-t-il en s'attaquant au nœud qui retenait la servante. Comment diable a-t-elle réussi à ôter cette corde pour te la mettre ?

— Peut-être l'aviez-vous moins bien ligotée que vous ne le pensiez. Quand elle m'a bondi dessus, en tout cas, elle avait les mains libres… Dépêchez-vous donc, je ne sens déjà plus mes doigts !

Refrénant la colère qui montait en lui, Haakon se contenta de hausser un sourcil.

— Et qui t'a donné la permission d'apporter de la nourriture à la prisonnière ? s'enquit-il. T'es-tu donc cru autorisée à prendre cette initiative toute seule, Ingrid ?

— Je vous en supplie, détachez-moi !

— Raconte-moi donc ce qui s'est passé, répliqua-t-il tout en constatant que le nœud n'était pas si serré ni si compliqué que la domestique n'aurait pu, moyennant un brin de détermination, s'en défaire elle-même.

— Je ne sais vraiment pas, répondit-elle. Je vous le jure ! J'étais simplement désolée de ce qui lui arrivait. Après tout, comme je vous le disais tout à l'heure, c'était mon amie. Et puis elle avait sauvé Thrand.

— Et ensuite ? T'a-t-elle demandé de l'aider ? la questionna Haakon sur un ton doucereux tout en réprimant à grand-peine son envie de secouer la geignarde par les épaules pour lui arracher la vérité.

Ingrid se massa les poignets avec une moue vexée.

— Tout ce que je sais, c'est que ma tête cogne comme si Thor frappait dessus avec son marteau…

Haakon ferma les yeux pour s'exhorter au calme, préférant éviter d'effrayer la domestique.

D'une manière ou d'une autre Annis était parvenue à se procurer une arme qu'elle n'avait pas hésité à utiliser. En revanche, le récit d'Ingrid ne lui paraissait pas cohérent. Il n'expliquait pas pourquoi la servante pleurait quand elle avait changé les pansements de Thrand ni pourquoi elle avait soudain éprouvé le besoin pressant de venir rendre visite à la captive. Ingrid s'était toujours montrée obéissante à son égard. Et Annis n'était enfermée que depuis quelques heures, elle ne devait pas mourir de faim…

— Je peux partir, maintenant ? l'interrogea Ingrid d'une voix quelque peu anxieuse, sans cesser de se frotter les mains. Il faut que je nourrisse les chats et, en plus, j'ai promis à Thrand…

— Tu en sais plus sur toute cette affaire que tu ne le prétends, n'est-ce pas ? la coupa Haakon en la saisissant par le bras pour l'obliger à le regarder.

Il savait que la servante avait bon cœur, mais il la voyait mal prendre volontairement la place d'Annis. Elle n'ignorait pas les peines encourues par ceux qui aidaient les prisonniers à s'échapper.

Elle voulut détourner la tête. Il lui prit le menton. Elle se débattit. Il la lâcha brusquement.

— Dis-moi tout ! lui ordonna-t-il tandis qu'elle trébuchait en arrière.

— Je ne vois vraiment pas de quoi vous voulez parler. Je vous répète que j'ai seulement eu pitié d'Annis et qu'elle a profité de ce que je lui apportais à manger pour me sauter dessus. C'est tout, rétorqua la domestique en s'essuyant la figure sur la manche de sa chemise. J'ai pourtant toujours été gentille avec elle, vous savez. Tenez, sans moi, elle n'aurait même pas pu soigner votre frère. Elle craignait de demander la clé du coffre à Guthrun alors c'était moi qui allais chercher les bandes dans le coffre à linge. Comme une idiote ! J'aurais dû la laisser voir…

Elle s'interrompit brusquement en portant une main à sa bouche, consciente de s'être trahie.

Haakon serra les poings et, faute de mieux, décocha un

coup terrible à l'encadrement de la porte. Le battant oscilla sur ses gonds. Ingrid sursauta comme si c'était elle qu'il avait frappée.

— Je vous en prie, murmura-t-elle, il faut que vous compreniez que je ne lui voulais aucun mal…

Elle se tut et, se roulant en boule par terre, se mit à pousser des sanglots déchirants.

Haakon la considéra un moment en silence. Il aurait bien éprouvé de la pitié pour elle si, d'un coup, il n'avait eu une vision claire de toute la situation. Il avait été stupide, pensa-t-il, stupide et lâche. Il s'était empressé de prêter crédit aux accusations calomnieuses de Guthrun — et maintenant Annis n'était plus là.

— Annis ne s'est jamais approchée du coffre à linge, n'est-ce pas ? articula-t-il tandis qu'un souvenir lui traversait subitement l'esprit. D'ailleurs, si je me rappelle bien, à la différence d'elle, tu n'as pas du tout paru étonnée de voir la croix d'argent tomber de sa literie… C'est toi, la voleuse, hein ?

— Comment osez-vous… ? commença à articuler Ingrid avant de déglutir, l'air soudain abattu. Oui… Enfin, non. Je vous jure que je n'ai rien pris dans le coffre.

— Qui était-ce, alors ? Réponds vite ou tu t'en repentiras !

— Aelfric, marmonna-t-elle avant de se remettre à pleurer.

Puis ses sanglots devinrent de petits cris de douleur angoissés, des cris certainement destinés à émouvoir le mâle qu'elle avait en face d'elle et à désarmer son courroux. Excédé, Haakon crut qu'il allait perdre le peu de contrôle qu'il parvenait encore à exercer sur lui-même.

— C'est lui qui caché la croix dans sa fourrure, ajouta-t-elle. C'était, disait-il, pour lui laisser un souvenir. Il m'a promis en partant qu'il s'arrangerait pour que je le rejoigne plus tard, qu'il m'emmènerait chez lui, que là-bas, je deviendrais une grande dame avec une ribambelle de serviteurs, qu'il était le fils d'un noble de haute naissance alors que, si je restais ici, tout ce que je pouvais espérer, c'était d'épouser un guerrier de basse extraction.

— Aelfric est un moine, lui signala Haakon, sidéré par son ignorance. Un religieux tonsuré ! Il obéit à la loi romaine !

— Je ne comprends pas.

— Les moines n'ont pas le droit de se marier, Ingrid. Ils ont voué leur vie au Christ. C'est pour cela qu'ils se rasent le crâne, pour montrer qu'ils ne font qu'un avec leur Dieu mort sur la croix. Aelfric t'a menti.

Haakon ne pouvait malgré tout s'empêcher de ressentir de la pitié pour cette nigaude. Ce n'était qu'une innocente, dans tous les sens du terme — mais une innocente qui avait causé beaucoup de torts, et des torts sans doute bien plus terribles que ce qu'elle pourrait jamais imaginer.

Car s'il était déjà ennuyeux qu'Annis se soit évadée, il était bien plus inquiétant encore de la savoir seule dans les bois alentour où ses chances de survie étaient plus que réduites.

— Il m'a menti ? répéta Ingrid en se frottant les yeux du dos de la main. Mais c'est impossible ! Il était si bon et si doux avec moi. Il était gentil aussi avec les chats. Il les prenait toujours sur ses genoux pour les caresser, alors même que Fress le faisait éternuer. Et puis il m'embrassait sur le front au lieu de me donner des tapes sur le derrière comme les autres hommes du felag. Il ne peut m'avoir menti.

— Tu sais bien que si, Ingrid, et tu as laissé une autre personne que toi être punie de cette erreur de jugement, repartit Haakon au comble de l'agacement. Elle a été calomniée, humiliée, jetée ici avec les cochons et tu n'as rien dit. As-tu au moins une idée de la direction qu'elle a prise en partant ?

— Comment le saurais-je ? Cette sorcière m'avait ligotée et assommée, répliqua la servante en haussant les épaules avec dédain avant de se relever pour sortir dans la cour où elle inspira profondément. Ah ! ce que ça peut empester, là-dedans !

Haakon se retint de la gifler. Mais outre qu'il craignait de mal dominer sa hargne et de lui arracher la tête, il n'avait de temps à perdre avec elle. Il lui fallait retrouver Annis au plus vite.

Ingrid ne lui était plus d'aucune utilité. Son hypocrisie et son égoïsme aussi cruel que naïf la rendaient dangereuse. Il était d'ailleurs persuadé qu'elle lui mentait encore pour protéger son moinillon défroqué.

— Quand je reviendrai, lui lança-t-il en calant ses pouces dans son ceinturon pour ne pas être tenté de la frapper, je veux que tu aies récupéré tes affaires et fichu le camp d'ici.

Elle blêmit et vacilla sur place. Haakon en retira une sombre satisfaction. Elle ne s'attendait visiblement pas à cette réaction de sa part. Sans doute s'était-elle imaginé qu'on passerait l'éponge sur ses fautes par égard pour son père, un important fermier du royaume. Comme Guthrun n'avait pas manqué de le souligner à plusieurs reprises, l'avoir chez eux en pension était un honneur. Haakon avait même songé naguère qu'elle pouvait représenter un bon parti pour Thrand. Mais tout cela n'était plus de mise, désormais.

— Mais… Et mes parents ? bredouilla-t-elle. Je ne vais quand même pas rentrer à la maison sous le coup d'une disgrâce ! Ils ont des projets pour moi. J'étais censée me trouver ici un mari et apprendre à tenir une maison. Vous ne pouvez pas me renvoyer comme ça !

— Tu aurais dû y songer avant de te laisser berner par un otage !

— La cour de Thorkell… vers le sud, lâcha-t-elle en baissant les yeux. Aelfric compte solliciter l'aide du roi. Il prétend que Thorkell ignorait tout du raid sur Lindisfarne et que tous ceux qui y ont participé s'en repentiront.

— Aelfric ne connaît manifestement pas notre estimé souverain. Il n'est pas réputé pour apprécier les moines.

Sur ce, Haakon tourna le dos à la servante et se dirigea vers l'écurie. Il aurait voulu se lancer sans plus tarder à la poursuite d'Annis, mais il s'obligea à temporiser pour réfléchir.

Floki sur ses talons, il prit le temps de seller un des chevaux tout en s'efforçant de déterminer la route qu'avait dû prendre la jeune femme. Ayant décidé du trajet qui lui donnerait le plus de chances de la retrouver, il sortit en trombe de l'écurie.

Il allait dépasser le manoir, quand il s'arrêta soudain pour aller récupérer la robe d'Annis dans le coffre à linge. Il revint ensuite montrer la toilette à son chien qui la renifla.

— Cherche, Floki, cherche ! lui lança-t-il.

L'elkhound s'immobilisa un instant, puis il lança un bref aboiement avant de se lancer sur la route du sud. Haakon remonta en selle pour le suivre.

Il gardait les yeux obstinément fixés sur Floki pour ne pas avoir à penser aux ours et aux loups qui hantaient les bois alentour. Il retrouverait Annis, se promit-il. Il la retrouverait, il la ramènerait et il réparerait les torts qu'il lui avait causés.

Mais pour cela, il fallait d'abord qu'elle survive aux dangers de la forêt.

Chapitre 11

A la nuit tombée, Annis abandonna la piste qui se perdait dans les bois pour s'enfoncer dans un bosquet de bouleaux et de mélèzes, à la recherche d'un abri pour la nuit. Ses jambes étaient engourdies par la marche forcée qu'elle s'était imposée et ses poignets tuméfiés portaient encore les traces douloureuses de la corde qui l'avait retenue prisonnière.

Il lui tardait de pouvoir s'étendre pour se reposer. Elle espérait dormir d'un sommeil sans rêves, sans être hantée par le souvenir d'un ténébreux Viking aux larges épaules et à la chevelure sombre aussi prodigue de baisers et de caresses qu'indigne de confiance.

Les hurlements persistants des loups lui tapaient sur les nerfs. Le mieux aurait été de trouver un refuge en hauteur ou, encore mieux, d'allumer un feu. Mais elle ne transportait ni silex, ni pierre à feu ni amadou.

Elle pressa ses doigts sur ses yeux en s'exhortant au calme. Paniquer ne servirait qu'à aggraver la situation, ainsi qu'elle avait eu l'occasion de l'apprendre à Lindisfarne.

Elle s'en voulait maintenant de s'être s'échappée sans couteau ni vivres. Elle n'avait même pas pris la peine de s'interroger sur la durée probable du trajet. A présent, son estomac criait famine et, malgré la tiédeur du soleil, elle était secouée de frissons. Elle redoutait la fraîcheur qui allait bientôt régner dans la forêt.

Malheureusement, elle n'avait pas vraiment eu le choix.

Si elle était restée au manoir, elle aurait fini par y dépérir aussi — d'humiliation. Au moins, elle avait retrouvé sa fierté.

Et puis, si Haakon lui infligeait une pareille punition pour un forfait qu'elle n'avait pas commis, elle préférait ne pas envisager sa réaction lorsqu'il s'apercevrait que la famille de son otage n'était pas près de payer sa rançon.

De toute façon, songea-t-elle, il avait tort : rien n'était pire que la captivité.

Ses genoux se remirent à trembler. Elle s'obligea à marcher encore, pour mettre toujours plus de distance entre elle et la prétendue protection que son ravisseur se targuait de lui offrir.

Elle palpa ses cheveux bouclés. Cette nouvelle coupe ne lui déplaisait pas, finalement, et elle se sentait la tête plus légère ainsi. Pourtant, elle avait été si fière de sa longue chevelure. Son oncle s'était renfrogné lorsqu'elle lui avait lancé par plaisanterie que la nécessité de la couper la dissuaderait sans doute à jamais d'entrer dans un couvent. Il lui avait alors reproché sa coquetterie. Que dirait-il en la voyant maintenant ? Qu'elle avait mérité ce châtiment pour n'avoir su jadis contenter son mari ? Car il n'avait pas manqué de lui imputer la responsabilité des incartades de Selwyn — même si, au fond, ce qu'il lui reprochait surtout, c'était de n'avoir su persuader ce dernier de donner plus à l'Eglise.

Bah, songea-t-elle, ses cheveux finiraient bien par repousser. Ce n'était pas si cher payé pour avoir découvert la vérité : Haakon était taillé dans la même étoffe que Selwyn. Comme lui, il était intraitable et incapable d'écouter les autres.

Une tige de mûrier lui érafla le mollet avant de se prendre dans l'ourlet de sa chemise. Elle tomba à genoux au milieu d'un parterre de digitales et entreprit de se libérer de la ronce. Même la végétation essayait de la retenir prisonnière… Soudain, un bruissement perça le silence. Annis s'immobilisa, aux aguets.

Dans la pénombre qui envahissait peu à peu les bois, elle aperçut une paire d'yeux jaunes, des crocs luisant de salive et une truffe noire. Elle recula lentement, la bouche sèche. Elle percevait maintenant, tout autour d'elle, le tapotement de pattes griffues sur le sol. Elle cilla. La vision disparut et les bruits cessèrent.

Son imagination lui jouait-elle donc des tours ?

Elle se redressa en s'essuyant les mains sur le devant de sa tunique. Oui, pensa-t-elle, elle avait dû avoir une hallucination. Les loups avaient peur des hommes, normalement. Dès qu'ils en voyaient un, ils couraient se cacher.

Elle décida de chanter pour lutter contre la fatigue et se donner du courage. Sa voix lui parut faible, comme perdue dans l'immensité sauvage qui l'environnait. Ce qui ne l'empêcha pas, une fois sa chanson terminée, d'en entamer une autre — une chanson que son mari et ses copains aimaient brailler aux petites heures de la nuit lorsqu'ils étaient soûls. Tout en beuglant à son tour les couplets égrillards, elle reprit son chemin en écrasant plantes et herbes sous ses pieds.

Un nouveau craquement la fit taire. Fourrés et buissons alentour lui parurent frémir, comme s'ils dissimulaient des bêtes. Il fallait à tout prix qu'elle trouve un abri pour la nuit… et vite.

Elle frôla une branche dont les aiguilles lui chatouillèrent l'épaule. Relevant la tête, elle avisa un mélèze qui semblait accessible et suffisamment solide pour supporter son poids.

Elle hésita un instant. Comment pourrait-elle trouver le sommeil en équilibre dans un arbre ? Une ombre traversa alors son champ de vision et, balayant ses craintes, elle s'empressa de grimper sur le tronc à l'écorce glissante.

Bien lui en prit : elle venait à peine d'accéder à l'une des branches que déjà, un loup se précipitait vers elle en grondant, les babines retroussées et les yeux injectés de sang. Elle eut à peine le temps de retirer ses pieds. Les mâchoires de l'animal claquèrent dans le vide. Affolée, elle poursuivit sa progression à toute allure et ne s'arrêta que lorsque la densité des épines l'empêcha de monter plus haut.

Elle jeta alors un coup d'œil en bas et fut prise de vertige. Elle ferma les yeux pour se reprendre, non sans apercevoir auparavant le loup assis au pied de l'arbre, la tête rejetée en arrière, qui poussait un long gémissement de frustration.

— Allons, lui cria-t-elle, va-t'en, maintenant ! Tu n'arriveras pas à me rejoindre ici, de toute façon. Alors pars te chercher une autre proie, d'accord ?

Elle rouvrit les paupières. A sa grande surprise, l'animal s'était redressé et semblait vouloir s'éloigner. Elle poussa un soupir de soulagement et posa sa tête contre le tronc du mélèze.

Mais la bête, loin de renoncer, s'était simplement mise à tourner autour de l'arbre. Les jambes tremblant d'épuisement, Annis comprit qu'elle n'allait pouvoir demeurer perchée ici indéfiniment. Elle n'était pas un oiseau ni un écureuil. Elle devrait se chercher un abri plus confortable et plus sûr.

Ce fut alors qu'elle prit conscience que deux autres loups avaient rejoint le premier, comme en réponse à son appel.

Ils s'assirent tous les trois par terre, se préparant visiblement à un long siège au pied de l'arbre. De temps à autre, l'un d'eux levait un regard jaune vers elle cependant qu'au-dessus du mélèze, déjà, tournait une bande de corbeaux qui croassaient bruyamment.

Annis étreignit plus étroitement le tronc de l'arbre, au bord du désespoir, tandis que les loups, en bas, entonnaient un nouveau concert de hurlements affamés.

En entendant les cris des loups, Haakon se raidit sur son cheval. Ces plaintes étaient capables de donner le frisson au guerrier le plus aguerri, car c'était le cri de ralliement de toute une meute en chasse.

Dressant les oreilles, Floki renifla l'air un instant avant d'émettre un grondement sourd.

— Oui, je sais, murmura Haakon. La meute entière court les bois. C'est l'époque où il lui faut nourrir ses petits. Malheur à qui croisera son chemin.

Il inspira profondément, plus soucieux que jamais, se demandant jusqu'où, au juste, Annis avait pu s'éloigner.

Après être parti à sa recherche, il ne doutait plus de l'habileté et de la détermination de la jeune femme.

Il l'avait gravement sous-estimée. En fait, se corrigea-t-il avec un grognement dégoûté, son orgueil et sa peur de s'engager l'avaient rendu complètement aveugle et sourd aux qualités réelles d'Annis.

Hélas ! il doutait fort qu'elle ait eu conscience du danger auquel elle s'exposait en fuyant ainsi l'abri du manoir. Avait-elle au moins emporté de quoi se couvrir, de quoi manger ou faire du feu ?

Après avoir perdu sa trace un moment, Floki parut la retrouver au-delà du lac, sur le chemin de terre qui s'ouvrait en amont du ruisseau alimentant l'étendue d'eau. Par chance, songea Haakon, la fugitive était tombée sur une route digne de ce nom, au lieu de partir à l'aventure dans les sous-bois. D'ordinaire, ours et loups, même affamés, évitaient les voies de communication tracées par l'homme. Mis à part un ou deux endroits où mélèzes et pins formaient comme une voûte obscure au-dessus du chemin, Annis serait en sécurité tant qu'elle resterait sur ce sentier. Toutefois, il n'était sûr de rien : une meute de loups chassant pour sa progéniture devenait une horde de bêtes affamées sans peur ni scrupule.

Comme pour confirmer ses craintes, les loups hurlèrent de plus belle — à croire qu'ils étaient tombés sur une proie de choix et appelaient leurs congénères à la curée.

Floki pressa encore l'allure et cessa de zigzaguer d'un bord du chemin à l'autre pour filer comme une flèche. Haakon talonna les flancs de sa monture qui partit au galop.

Le chien avait-il repéré la trace d'Annis ? Et si c'était elle, arriveraient-ils à temps ?

Annis changea de position pour reporter le poids de son corps sur la droite et se dégourdir un peu les jambes. En bas, les loups encerclaient toujours le mélèze et, par moments, celui qui l'avait débusquée, un animal aux pattes argentées, sans doute le chef de la meute, levait la gueule pour pousser un long cri vibrant qui lui vrillait les oreilles et lui glaçait le sang.

Cela lui coûtait de le reconnaître, mais Haakon avait eu raison de la prévenir contre les dangers des bois entourant son domaine. Elle avait été idiote de supposer qu'il affabulait. Tout comme quelques mois auparavant, il avait eu raison de lui dire de ne pas revenir vers le monastère en flammes… Il connaissait bien sa région natale et elle aurait dû l'écouter. C'était un pays à part, plein de menaces, où il était insensé de se risquer sans armes ni escorte. Elle regrettait maintenant de ne pas l'avoir pris au sérieux. Pis encore : elle priait pour avoir l'occasion de le revoir… et de s'excuser.

Elle plaqua son visage contre l'écorce de l'arbre.

Ce qu'elle souhaitait surtout, et ce malgré toutes les épreuves qu'il lui avait infligées, c'était retrouver la sécurité de ses bras vigoureux, être rassurée par le timbre grave et viril de sa voix.

Mais elle savait que c'était un rêve impossible à réaliser et qu'elle s'était trompée du tout au tout sur la nature de son ravisseur.

Dès que sa fuite serait découverte, il enverrait hommes et chiens à sa poursuite tout en restant lui-même à l'abri dans son manoir, ne se souciant de son sort que parce qu'elle représentait à ses yeux une certaine somme d'argent.

Elle ferma les yeux pour retenir ses larmes. A quoi bon gaspiller son énergie à pleurer ? Elle avait la bouche terriblement sèche. Et puis elle avait faim. Les gargouillements de son estomac couvraient presque les hurlements des loups. Mais il lui fallait d'abord survivre. La question de la nourriture se poserait ensuite. Si elle sortait indemne de ce mauvais pas, elle trouverait bien un cours d'eau pour se désaltérer et des baies pour se rassasier. Elle mit une main en visière pour fouiller des yeux le sous-bois à la recherche de quelque éclat indiquant la présence d'une eau courante.

Elle ne vit rien.

Elle pivota avec précaution pour regarder de l'autre côté, en direction des montagnes.

Il y eut alors un craquement et la branche sur laquelle elle était réfugiée parut s'affaisser. Elle sursauta et, se tordant le cou, remarqua une fissure de la couleur du bois frais juste à côté de son pied droit.

— Oh non ! gémit-elle. Pas ça, Seigneur, par pitié !

Subitement, les loups s'étaient tus et, dans un bel ensemble, avaient tous levé la tête vers elle. L'un d'entre eux sortit une langue rose pour se lécher les babines. Comme elle se collait avec désespoir contre le tronc, la branche gémit et grinça en baissant encore d'un cran.

Son refuge devenait de plus en plus précaire. Elle devait trouver une solution, et vite. En dépit de la chaleur qui pesait dans l'air, elle se mit à claquer des dents et à frissonner de tous ses membres.

Elle se tordit la nuque pour examiner le haut du mélèze.

Sur quelle branche se hisser ? Elles semblaient toutes moins robustes que celle qui pliait sous son poids. Pourtant, il lui fallait bouger sans plus tarder.

Elle tendit ses muscles, se préparant à sauter. Il n'y avait pas d'autre solution. Restait simplement à déterminer son point de chute et le moment où elle bondirait de son perchoir. Elle avisa alors une étendue de mousse un peu au-delà des loups et, l'estimant accessible, s'écarta aussitôt du tronc.

Juste à l'instant où elle s'envolait de la branche, celle-ci acheva de se rompre et tomba au milieu de la meute qui s'égailla dans le sous-bois. Souplement, Annis atterrit sur le sol et roula sur elle-même avant de se redresser aussitôt. Déjà les loups revenaient vers elle, leurs yeux jaunes brillant dans les fourrés alentour.

Elle se saisit d'un gourdin tout en en cherchant des yeux

un autre arbre. Mais elle s'aperçut bientôt qu'elle était cernée de pupilles couleur d'or sale… Piégée.

Elle recula jusqu'à sentir le tronc rugueux d'un pin dans son dos. Elle n'aurait pu y grimper, mais il protégeait au moins ses arrières.

— A l'aide ! s'écria-t-elle. Par pitié, au secours !

Les silhouettes grises et noires des prédateurs se rapprochaient de plus en plus. Elle leva son gourdin, essayant de prévoir d'où jaillirait la première attaque.

Et voilà, se dit-elle, c'était la fin. Elle n'avait échappé aux Vikings que pour mourir sous les crocs des loups. Le plus hardi d'entre eux sortait déjà de son buisson pour se précipiter vers elle.

Elle hurla, son arme levée, quand un éclair blanc et cendre percuta le loup avec une violence inouïe pour l'entraîner dans un roulé-boulé sauvage sur la mousse.

Etait-ce un de ses compagnons de meute ? s'interrogea Annis. Un chien errant ? Qu'importait ? On avait entendu sa prière et c'était l'essentiel. Elle avait droit à un répit.

Le chien — car c'en était bien un — avait saisi son adversaire par le cou et, après l'avoir secoué, le projeta d'un coup de gueule contre un rocher. Le loup glissa par terre, inanimé. Le chien vint ensuite se camper devant Annis, face à la meute, les dents découvertes, le corps frémissant d'un grondement sourd. Annis remarqua alors son œil cerclé de blanc et sa queue en trompette.

Le chien de Haakon ! Floki !

Mais, s'il était là, où se trouvait donc son maître ?

Un regain d'espoir naquit en elle. Elle avait désormais une chance de s'en tirer. Si seulement elle pouvait tenir encore un peu, elle allait être sauvée.

— Par ici, Haakon, vite !

Seul lui répondit le grognement des loups qui la laissèrent frémissante. Etait-elle donc seule avec le chien pour unique renfort ?

L'odeur du sang avait enhardi les fauves qui se rapprochaient de nouveau en grognant et en claquant des mâchoires. Face à eux, le chien de Haakon restait fermement campé sur sa position.

Deux loups chargèrent en même temps. Floki réceptionna le premier et lui infligea le même sort qu'au précédent. Le second, cependant, avait réussi à contourner le chien aux prises avec son compagnon et se ruait sur Annis. Celle-ci lui assena un coup de gourdin. La bête marqua une pause. Elle le frappa encore une fois, de toutes ses forces. Le loup chancela. Floki vint alors à sa rescousse et mordit le fauve au cou. Ce dernier s'affala par terre en battant des pattes avant de se raidir, la nuque brisée.

Devant les cadavres de trois de ses membres, le reste de la meute parut hésiter. Annis en profita pour caresser Floki d'une main tremblante. Ce dernier tordit un peu la tête pour lui lécher les doigts, les yeux toujours rivés sur leurs ennemis.

— Haakon ! se remit-elle à crier. Haakon, par ici !

Il fallait que Haakon leur vienne en aide. Elle le voulait près d'elle. Elle avait besoin de lui.

— Attrape ma main, Annis ! Maintenant !

C'était lui ! Arrivé au galop sur son cheval, il lui tendait la main.

Annis ne se posa aucune question. Elle leva le bras et des doigts puissants lui entourèrent le poignet pour la soulever dans les airs.

Elle était de nouveau en sécurité. De nouveau captive.

Mais elle préférait ne pas y songer pour le moment. Tout ce qui importait, c'était que cet homme l'avait sauvée d'une mort certaine. Elle avait envie d'enfouir son visage contre la poitrine de Haakon, de s'enivrer de son odeur virile. Il était bel et bien là, et son épreuve était terminée.

Haakon siffla son chien mais déjà, un loup découvrait ses dents avant de bondir sur le flanc de leur monture. Effrayé, leur cheval se cabra aussitôt, les envoyant au sol avant de partir au galop.

Haakon encaissa le plus gros du choc, amortissant la chute d'Annis qui put se relever presque aussitôt.

Incrédule, horrifiée, elle prit conscience que Haakon ne bougeait plus. Immobile, il gisait face contre terre.

— Debout, Haakon. Debout ! hurla-t-elle en tirant sur sa tunique en cuir.

Il gémit et commença à se redresser, se servant de son épée comme béquille, avant de retomber comme une masse.

Les loups s'étaient remis à progresser vers eux.

Annis examina les alentours à la recherche d'une arme. Son gourdin était trop loin pour qu'elle songe à le récupérer.

Fort heureusement, Floki les avait rejoints. Le poil hérissé, il vint en grondant s'interposer de nouveau entre elle et la meute. Annis nota avec angoisse que du sang coulait de sa patte arrière.

Un des fauves bondit sur le chien. Ce dernier réagit aussitôt. Les deux animaux roulèrent sur le sol de la forêt. Cette fois-ci, hélas ! ce fut Floki qui ne se releva pas.

Annis cria et allait tenter de se précipiter vers son gourdin en dépit du danger, quand Haakon apparut à côté d'elle son épée au poing.

— Place-toi derrière moi Annis. Et ne bouge plus. Si tu t'enfuis, ils te courront après.

Il s'avança en balayant l'air du tranchant de sa lame, l'air résolu.

— Mais que fais-tu ? lui demanda-t-elle.

— Ce pour quoi je suis doué : me battre.

Le fil de son arme luisant aux feux du couchant, il se fraya un chemin à travers la meute en abattant son arme de tous côtés et finit par atteindre son chien.

Un premier loup tomba sous ses coups. Puis un second. Ce fut le signal de la débandade. Après cinq morts, la meute se dispersait enfin.

Un silence si profond retomba dans le sous-bois qu'Annis crut être devenue sourde. Il n'y avait plus ni hurlements ni bruissements dans les fourrées, mais seulement le chuintement du vent caressant les ramures.

Dans un gémissement sourd, elle s'effondra contre Haakon qui la prit dans ses bras.

— Chut, tout va bien, murmura-t-il contre sa tempe. Ils sont tous partis. Tu es en sécurité, maintenant. Je suis là.

— Tu es venu me chercher, chuchota-t-elle tout en palpant son torse et ses bras pour s'assurer qu'il était réel et indemne.

— Croyais-tu vraiment que j'allais te permettre de me quitter comme ça ?

— Je ne savais plus quoi penser.

Elle leva la tête pour l'embrasser. Il la serra contre lui. Elle plaqua son visage contre sa tunique de cuir tandis qu'il caressait doucement ses cheveux courts. Ils n'avaient pas besoin de se parler. Annis percevait les battements de son cœur contre sa joue et cela lui suffisait.

Quand elle eut cessé de trembler, elle s'écarta. Haakon laissa retomber ses bras et elle recula légèrement.

Cinq cadavres de loups les entouraient. Floki geignait par terre. Annis s'agenouilla près de lui sur le sol moussu. Le chien aboya faiblement. Il avait les flancs couverts de marques de morsures. En voulant sauver Annis, il avait été à deux doigts de perdre lui-même la vie. Cette dernière avait parfaitement conscience de tout ce qu'elle lui devait et refusait de le voir mourir après qu'il l'avait si vaillamment protégée.

— Il pourra s'en remettre si on lui administre les soins appropriés, annonça-t-elle tout en se mettant à déchirer des pans de sa chemise en lin. Je vais bander sa jambe. Il faudra ensuite qu'il reste tranquille pendant quelques jours.

— Cette clairière est beaucoup trop dégagée, déclara Haakon d'une voix tendue. Notre position sera intenable si la meute revient à l'attaque. Nous devons nous éloigner. Tout de suite.

Annis releva les yeux vers lui. Il la considérait avec un visage fermé. Elle crut même lire comme une expression de reproche dans son regard. Elle en fut blessée. Ce n'était tout de même pas sa faute si son chien était blessé ! Or, ils avaient maintenant un devoir envers lui.

— On ne peut pas abandonner Floki ici, dit-elle. Il m'a sauvé la vie. Il nous a défendus tous deux quand tu étais inconscient. Il faut qu'on l'aide... Je t'en prie, Haakon !

Ce dernier émit un grognement irrité tout en essuyant la lame de son épée sur la mousse qui verte qui devint vite rouge.

— Les loups vont se regrouper et revenir à la charge. Il leur faut de la viande, et Floki n'est plus en état de marcher. Et même si nous l'emmenons, l'odeur de son sang risque d'attirer la meute jusqu'à nous.

— Alors je préfère rester près de lui, décréta-t-elle tout en appliquant un morceau de sa chemise sur la plaie du chien qui émit un bref jappement de douleur.

— Es-tu folle ? s'emporta Haakon en lui étreignant le bras. Je ne suis pas venu jusqu'ici pour te voir dévorée par les bêtes sauvages ! Si tu restes à côté de Floki, tu mourras aussi et son sacrifice aura été vain.

Annis se dégagea d'une secousse et posa ses paumes sur ses cuisses pour recouvrer la maîtrise d'elle-même, estimant qu'une chamaillerie n'arrangerait en rien leur situation. Elle prit une profonde inspiration et s'exhorta au calme.

— Aide-moi à sauver Floki, Haakon, reprit-elle. Emportons-le. C'est un bon chien. Il ne mérite pas de finir ainsi.

— J'en suis convaincu aussi, Annis, repartit-il sur un ton plus posé en s'agenouillant à son tour près de l'elkhound pour le caresser. Quand je l'ai eu, ce n'était qu'un chiot et c'est moi qui l'ai dressé. Malheureusement, sa blessure est trop grave.

— Je peux le sauver, Haakon. J'en suis certaine.

Le guerrier viking baissa la tête en soupirant. Puis il souleva Floki et, l'ayant placé en travers de ses épaules, quitta la clairière d'un pas décidé. Annis constata avec surprise qu'il ne revenait pas vers le chemin, mais s'enfonçait encore plus profondément dans le sous-bois, dans le territoire des loups. Elle s'empressa de le suivre et dut presque courir pour soutenir son allure.

— Mais où vas-tu ? La route est de l'autre côté ! s'exclama-t-elle en lui indiquant la direction du bras.

Le combat l'avait-il donc désorienté ?

— Tu comptes le porter comme ça jusqu'au manoir ? ajouta-t-elle.

— Ne t'inquiète pas. Je sais très bien où nous sommes, lui répondit-il sans ralentir. Il y a une ancienne cabane de bûcheron, non loin d'ici.

— Et alors ? s'enquit-elle tout en regardant par-dessus son épaule, persuadée qu'elle allait voir les buissons frémir derrière eux et plusieurs paires d'yeux jaunes transpercer la pénombre.

— Nous pourrons nous y abriter et il te sera ainsi possible de soigner Floki, lui expliqua-t-il. Je suis d'accord avec toi : son heure n'est sans doute pas encore venue de monter au Walhalla.

Sa voix se brisa légèrement.

— Car si un chien a jamais mérité rejoindre le paradis des braves, murmura-t-il, c'est bien Floki.

— Et comment sais-tu qu'il y a une cabane dans cette direction ?

Il pivota vers elle, ses prunelles bleues scintillant dans le demi-jour.

— Cette terre est la mienne, Annis. J'en connais la moindre parcelle, le moindre arbre et le moindre rocher.

Elle s'arrêta net, saisie : en dépit de tous ses efforts, elle n'était même pas parvenue à quitter le domaine de son ravisseur. Comme sa tentative de fuite devait paraître dérisoire à Haakon ! Elle porta une main au collier qui lui enserrait toujours le cou.

— Pas à ce point-là, quand même, maugréa-t-elle.

Il lui sourit et repositionna le chien sur sa nuque.

— Non, peut-être pas, convint-il, mais je connais bien cette hutte pour m'y être réfugié, étant enfant, quand on m'a appris que j'allais être envoyé en pension à l'étranger. Le bûcheron qui l'occupait alors était un ami, un ancien compagnon d'expédition de mon père. C'est lui qui m'a appris les bois, qui m'a montré comment y survivre.

— Et tu as pu échapper à l'exil ?

— Non. Mon père a fini par me retrouver, repartit-il avant de prendre un regard distant et d'esquisser un mince sourire. En fait, Gorm a refusé de me cacher. Il m'a dénoncé à ma famille et j'ai accepté la punition que m'a infligée mon père. J'ai ensuite quitté le domaine sans un regard en arrière, mais en me jurant bien que j'y reviendrais un jour et que toutes ces terres m'appartiendraient alors. Il m'a fallu attendre dix ans pour cela.

— Quel âge avais-tu en partant ?

— Sept ans.

Annis se mordit la lèvre, se demandant quelle leçon il avait pu tirer de cette expatriation. Ne pouvait-il comprendre, grâce à cette expérience, son propre désir de retrouver son foyer ?

— Et le domaine était toujours le même à ton retour ? demanda-t-elle.

Il secoua brièvement la tête.

— Non. Mon père était malade. Il avait négligé ses terres. Beaucoup de travail m'attendait. Et je n'ai toujours pas fini. Mon peuple mérite mieux que ça.

— Mais, objecta-t-elle, curieuse d'en savoir plus, le domaine m'a l'air prospère, aujourd'hui. Tes greniers sont remplis et tes bêtes nombreuses et en bonne santé.

— Allons, viens, répliqua-t-il en reprenant sa marche. Nous avons encore du chemin à faire avant d'être à l'abri d'une porte bien close. Tu me rappelleras de te raconter la suite de cette histoire à la veillée, cet hiver.

Annis voulut obtempérer, mais ses jambes refusèrent brusquement de la porter.

— Attends, s'il te plaît. Il faut que je me repose un peu.

— Tu te reposeras dans la cabane, répliqua-t-il. Nous devons continuer.

— Mais j'ai mal partout, protesta-t-elle tout en détestant le ton geignard de sa voix ainsi que les larmes qui lui montaient aux yeux.

Il se figea aussitôt.

— Tu as été mordue ?

— Non, grâce au ciel. Je me suis juste un peu tordu la cheville en sautant de l'arbre. Mais je n'ai plus de souffle et j'ai l'impression d'avoir tous les muscles en coton.

Elle s'appuya contre un bouleau dont l'écorce lisse lui rafraîchit la paume.

— Si tu n'es pas blessée, rétorqua Haakon, alors tu peux marcher. Nous sommes en danger, ici. Et puis tu as déjà causé assez de tort comme ça aujourd'hui.

Indignée, Annis allait tout lui révéler sur Ingrid et Aelfric, mais préféra finalement s'en abstenir. A quoi bon ? pensa-t-elle. Haakon semblait de toute façon lui en vouloir. Et puis elle souhaitait oublier tout ça. Elle avait tenté de s'échapper et elle avait échoué, voilà tout.

— Qui d'autre as-tu envoyé à ma recherche ?

— Je suis parti tout seul, répondit-il tout en déplaçant encore une fois le poids de l'elkhound sur ses épaules. Allons, avance. La cabane est juste de l'autre côté de cette butte. Tu ne veux pas que je te porte aussi, quand même ?

— Je ne t'ai rien demandé, grommela-t-elle en se détachant de l'arbre.

Elle pouvait bien arriver sans aide jusqu'à l'abri, se dit-elle. Après, il serait toujours temps d'aviser.

Chapitre 12

Comme Haakon l'avait promis, la hutte de bûcheron apparut bientôt devant eux. L'épreuve était bel et bien terminée, songea Annis en se traînant jusqu'à la porte de l'abri dont elle essaya de manœuvrer le verrou.

— C'est fermé, gémit-elle, près de s'effondrer par terre en sanglotant de frustration.

Il y avait bien un refuge, comme il le lui avait assuré, mais l'intérieur était interdit aux intrus. Après tout ce qu'ils avaient enduré, allaient-ils mourir à cause d'un simple battant de bois qui refusait de s'ouvrir ?

— Laisse-moi faire, intervint Haakon. Il y a une technique pour l'ouvrir.

Il avait à peine posé la main sur la poignée que la porte, comme par magie, pivotait sur ses gonds.

Quoique petite et basse de plafond, la cahute était douillette et sèche. Un tas de feuilles mortes avait été amassé dans le foyer central. Une chouette d'une blancheur de neige, perchée dans la charpente, accueillit les visiteurs en hululant avant de disparaître d'un coup d'ailes par le conduit de cheminée.

Annis s'affala sur le sol, les jambes coupées, soudainement terrassée par la conscience du sort abominable auquel elle venait d'échapper. Chaque fois qu'elle fermait les paupières, elle revoyait les crocs luisants et les prunelles soufrées de la meute. Elle ramena ses genoux contre son torse pour y appuyer sa tête.

Ayant déposé Floki à terre, Haakon referma le battant

qu'il verrouilla aussitôt. Le loquet s'enclencha dans la gâche avec un bruit mat et rassurant.

— Nous pouvons nous reposer, maintenant, déclara-t-il. La porte est en bouleau massif. Elle suffira largement à nous protéger des loups et des autres prédateurs. Tu n'as plus rien à craindre.

— J'ai… j'ai froid, bredouilla-t-elle en se mettant à trembler, tellement froid.

— C'est le choc, affirma-t-il platement. Heureusement, j'ai toujours mon nécessaire à feu sur moi.

Il sortit des poches de son ceinturon un silex, une pierre à feu et une boule d'amadou enveloppée dans une pochette de cuir.

— Tu vas bientôt pouvoir te réchauffer. J'ai aussi pris la précaution d'emmener avec moi un morceau de pain et du fromage.

Ces paroles éveillèrent son estomac affamé. Ses mésaventures l'avaient vidée de son énergie. Elle mourait de faim.

— Plus tard, répondit-elle néanmoins. Après que j'aurai regardé la blessure de Floki.

— Il faut d'abord que tu reprennes des forces. Floki ne saigne plus. Mange et repose-toi. Tu t'occuperas mieux de lui quand le choc sera passé.

— Mais…

— Ce n'est pas négociable, Annis.

Elle allait protester quand elle s'aperçut que ses mains tremblaient. Haakon avait raison, pensa-t-elle. Elle n'était pas en état d'examiner l'animal.

— Merci, murmura-t-elle en lui touchant le bras. Merci, pour tout.

Il haussa les épaules sous sa tunique de cuir.

— Crois-tu encore que j'exagérais quand je te prévenais que ces bois étaient dangereux ? Je te déconseille de fuir de nouveau : tu as plus de chances de survivre si tu restes avec moi.

— Vas-tu encore me ligoter ? s'enquit-elle en penchant la tête de côté.

Un moment, elle eut envie de lui demander pour quelle raison au juste il était parti à sa recherche — parce qu'il avait peur pour elle ou parce qu'il ne pouvait tolérer l'idée de perdre un otage de valeur ? Mais elle s'en abstint, se rappelant avec un sourire crispé que, s'il n'était venu lui porter secours, elle serait morte maintenant, déchiquetée par les loups, une possibilité dont la seule évocation lui était à peine supportable.

— Si je te ligote, tu ne pourras pas soigner Floki, répliqua-t-il avant de se passer une main dans les cheveux. Et puis où irais-tu en sortant d'ici ? Périr sous les dents et les griffes des loups n'est guère un sort enviable. Nous avons d'ailleurs eu beaucoup de chance de leur échapper sans trop d'égratignures.

Annis porta une main à son front pour essayer de réfléchir. Le contrôle de la situation lui échappait de nouveau totalement. Elle aurait dû se lamenter d'avoir échoué dans sa tentative de fuir ; or, elle ne pouvait s'empêcher d'en éprouver du soulagement. Elle ne disposait pas des ressources nécessaires pour survivre dans un environnement aussi hostile. D'un autre côté, elle ne méritait pas non plus d'être traitée comme elle l'avait été au domaine. En vérité, tout ce qu'elle souhaitait pour le moment, c'était poser sa tête contre la poitrine de Haakon et tout oublier…

— J'ai cru que ma dernière heure était arrivée, reconnut-elle. Surtout quand le cheval nous a désarçonnés.

— Oui, mais nous avons survécu et c'est tout ce qui compte, rétorqua-t-il en lui serrant brièvement l'épaule avant d'aller chercher des branchages sur le tas de bois accumulé dans un des angles de la pièce.

— Grâce à Floki.

Elle se pencha vers le chien pour le caresser. Il lui lécha la main.

— Comment t'es-tu aperçu de ma fuite ?

— J'ai découvert Ingrid dans la porcherie. Elle n'était franchement pas ravie que tu l'aies troussée comme une volaille.

— Elle était venue m'apporter à manger. Je n'ai peut-être pas été très gentille avec elle.

Elle se mordit la lèvre, hésitant encore à rapporter à Haakon les aveux de la servante et ne sachant, après ce qu'ils venaient de vivre ensemble, s'il importait toujours qu'il sache qui était le vrai coupable du vol des bijoux de Guthrun.

— Il m'a semblé, sur le coup, ne pas avoir le choix, ajouta-t-elle. Je devais m'en aller, c'est tout.

— Et comment t'y es-tu prise ?

— Mon père m'a appris quelques prises. Il estimait qu'il fallait se préparer à tout… En fait, c'est bien la première fois que j'ai eu l'occasion de mettre son enseignement en pratique — et j'espère ne jamais avoir à recommencer, précisa-t-elle avec un sourire crispé.

— Savoir se défendre est toujours utile. Ton père avait raison.

— Ma vie a complètement changé après sa mort et le remariage de ma mère, poursuivit Annis avec un soupir. Il tenait beaucoup à moi. J'étais son seul enfant à avoir survécu jusqu'à l'âge adulte.

— J'ai renvoyé Ingrid, lâcha Haakon.

Sa voix se répercuta sur les parois de la cabane. Il était en train de positionner du bois de chauffage sur la dalle du foyer, le dos tourné à elle. Comment devait-elle interpréter cette nouvelle ? Avait-il voulu punir la domestique parce qu'il pensait qu'elle l'avait aidée à s'échapper ?

— Renvoyée ? Pourquoi ? ne put-elle s'empêcher de l'interroger.

— C'est elle qu'Aelfric avait séduite, c'est elle qui lui a donné la clé du coffre à linge, expliqua Haakon en se retournant soudain, les lèvres blanches et le regard anxieux. Tu as clamé ton innocence et je n'ai pas su te faire confiance. Cela me ronge depuis. Je te demande pardon, Annis.

Elle sentit sa gorge se serrer et ne put que hocher la tête. Elle n'éprouvait aucun sentiment de triomphe, juste une douloureuse lassitude.

— Continue, dit-elle.

Haakon lui rapporta alors tout ce que lui avait raconté Ingrid. Annis avait du mal à éprouver pour elle la moindre pitié. La servante avait fait son propre malheur en se fiant au moine.

— Je suppose qu'il a mis ma croix dans ma literie pour me rappeler à mes devoirs religieux, murmura-t-elle sur un ton amer. C'est tout juste s'il ne m'a pas dit que j'étais une mauvaise femme avant de partir.

— Mauvaise ? repartit Haakon avec un haussement de sourcils. Voilà bien le dernier terme qui me viendrait à l'esprit pour te qualifier. Pourquoi t'a-t-il insultée de la sorte ?

— Parce que, d'après lui, j'aurais commis des actes répréhensibles au regard de la religion chrétienne, répondit Annis avant de pincer les lèvres et de croiser les bras sur sa poitrine. Et dire que, pendant ce temps, il était en train de flirter avec Ingrid et de lui débiter des mensonges pour l'amadouer…

— Et à quel sujet vous êtes-vous disputés ce matin ?

Ce matin ? songea-t-elle, prise de vertige. La scène lui paraissait remonter à des siècles… En tout cas, estimait-elle, Haakon avait bien le droit de savoir la vérité. C'était au moins la troisième fois qu'il lui sauvait la vie.

— Il voulait s'échapper et me proposait de le suivre. J'ai refusé et lui ai conseillé de penser un peu à ses compagnons d'infortune. Manifestement, il ne m'a pas écoutée. Peu après, Ingrid est venue me dire que j'avais l'air congestionné et m'a suggéré d'aller me promener autour du lac. Je ne savais pas que tu t'y trouvais toi-même et me doutais encore moins qu'Aelfric en profiterait pour fuir avec les bijoux de ta belle-mère… Je doute que ça lui serve beaucoup si la meute lui tombe dessus.

— S'il se fait attraper par les loups, il l'aura bien cherché. C'est un être retors et égoïste.

— Mon oncle avait pourtant la plus grande considération pour lui. Il le disait prédestiné à une brillante carrière et pensait l'envoyer à Rome. Il est vrai qu'Aelfric paraissait si pieux… Après qu'il m'a parlé, ce matin, j'ai eu l'impression d'être sale.

Annis se pinça le haut du nez pour chasser la migraine qui menaçait de l'accabler. Elle tenait à tout prix à se justifier, à ce que Haakon comprenne les raisons de sa tentative d'évasion.

— A l'entendre, ajouta-t-elle d'une voix frémissante, j'aurais été mieux inspirée de mourir…

— Cet homme était l'hypocrisie incarnée, Annis, la coupa Haakon.

Son regard s'était adouci. Il gardait néanmoins les mains le long du corps. Au premier signe de sa part, elle se serait précipitée dans ses bras, mais comme rien n'indiquait qu'il en ait envie, elle s'agenouilla près de Floki.

— Tu n'as pas à avoir honte de ce que tu as fait, reprit-il. Nul ne peut te reprocher d'avoir voulu survivre.

— Mais… mais…, bafouilla-t-elle, essayant de trouver un argument susceptible d'étayer les reproches d'Aelfric.

Cependant, rien ne lui venait à l'esprit. Elle avait tellement envie de croire Haakon, aussi, tellement besoin de se persuader que le simple désir de prolonger son existence n'était effectivement pas un péché.

— Si tu mourais, ajouta-t-il, ce serait une grande perte pour nous tous. Tu es une guérisseuse très talentueuse. Tu as évité à Thrand d'être défiguré.

Il s'accroupit à son tour devant son chien et le caressa.

— Qui mieux que toi serait capable de s'occuper de Floki ? Et puis ne vaut-il pas mieux tenter de mettre à profit les années que nous accordent les dieux que de passer son temps à regretter de les vivre ?

Annis reporta son attention sur le chien. La griffure sur sa patte arrière était profonde. Comme elle palpait le pansement, celui-ci glissa et la plaie se remit à saigner abondamment. Elle s'empressa de déchirer une nouvelle bande de lin au bas de sa chemise pour l'appliquer contre la blessure, mais ne parvint pas à arrêter l'hémorragie.

Alarmée, elle regarda autour d'elle sans rien voir qui puisse l'aider à étancher la plaie. Elle avisa alors Haakon qui s'était relevé et s'évertuait maintenant à projeter des étincelles sur de l'amadou carbonisé.

— Pourrais-tu me donner un peu d'amadou avant de le ranger, s'il te plaît ? lui demanda-t-elle. J'en ai besoin pour Floki.

— Bien sûr, répondit-il, mais à quoi cela va-t-il te servir ?

Il rompit un morceau du champignon spongieux et noir qu'elle prit dans sa paume en veillant à ne pas toucher les doigts de Haakon. Elle en perçut néanmoins la tiédeur contre les siens et cette sensation fugace suffit à déclencher en elle un long frisson.

— C'est excellent pour allumer des feux, ajouta-t-il, mais son utilité s'arrête là.

Annis écrasa l'amadou dans le creux de sa main avant d'en répandre la poudre dans la blessure de Floki. Le saignement cessa presque aussitôt. Elle entreprit ensuite de bander le membre atteint, se concentrant sur ces petits gestes simples pour distraire son attention de l'homme accroupi près d'elle.

— Cela devrait juguler l'hémorragie, expliqua-t-elle. J'ai déjà eu l'occasion de constater l'efficacité de ce remède.

Haakon hocha la tête tout en se remettant à frotter le silex contre la pierre à feu, provoquant une pluie d'étincelles qui ne tardèrent pas à faire fumer l'amadou. Il plaça ce dernier contre les feuilles mortes qui se consumèrent à leur tour, puis se mit à souffler doucement sur ces premières braises qui enflammèrent bientôt les brindilles. Satisfait, il remit son nécessaire à feu dans une des poches de son ceinturon tandis que lumière et chaleur commençaient à se répandre dans la cabane.

Ayant elle-même terminé de panser Floki, Annis s'assit sur ses talons et tendit ses mains vers le foyer.

— C'est drôle, murmura-t-elle. En partant ce matin, j'avais chaud, mais maintenant j'ai l'impression d'être glacée jusqu'aux os.

Haakon hocha la tête en silence. Il devait se retenir pour ne pas enfouir son visage dans les cheveux coupés d'Annis, pour ne pas la supplier de nouveau de lui pardonner. Il avait désormais conscience que seules la jalousie et la peur l'avaient poussé à la châtier. Mais comment pourrait-il jamais lui expliquer la terreur qui l'avait saisi lorsqu'il l'avait vue entourée d'une meute de loups affamés, puis l'émotion qui lui avait serré la gorge face à son inquiétude pour son vaillant elkhound ?

— C'est fini, maintenant, lui assura-t-il en lui tendant pain et fromage, telles des offrandes de paix.

Elle prit le bout de miche et y planta les dents avec appétit. Il crut qu'elle allait tout dévorer, mais elle prit soin de lui réserver la moitié de la nourriture.

— J'ai survécu jusqu'à présent, admit-elle. Reste à savoir ce qui va m'arriver ensuite.

— En tout cas, je te promets que tu n'as plus rien à craindre de moi.

Comme elle tournait vers lui un regard angoissé, il la prit dans ses bras pour l'embrasser. Il eut une grimace en la serrant contre lui et laissa échapper un hoquet de douleur. Elle redressa aussitôt la tête pour le dévisager.

— Mais tu es blessé, toi aussi ! s'exclama-t-elle. Tu aurais dû m'en avertir. Il faut qu'on te soigne.

Baissant les yeux, il nota quelques taches sombres sur sa tunique.

— Bah, ce n'est rien. J'ai juste reçu un ou deux coups de griffes ainsi qu'une petite morsure au bras, répliqua-t-il. Pas besoin d'amadou pour moi.

— Retire donc ta tunique que j'en juge par moi-même, rétorqua-t-elle. Je te rappelle que c'est moi la guérisseuse.

Il obéit donc et se mit torse nu pour qu'elle puisse l'examiner à loisir.

— Tu as raison, ce ne sont que des égratignures superficielles. Ça va te gratter pendant une bonne semaine, mais rien de plus.

Comme sa main s'attardait sur les traces sanglantes, il la saisit pour l'empêcher de descendre plus bas. Certes, il avait envie d'elle, mais il savait qu'il devait procéder avec lenteur. Or, si elle continuait à le toucher, il craignait que son désir ne les consume tous deux sans qu'il ne puisse plus le contrôler.

Son visage portait encore les traces de l'épreuve qu'elle venait de subir. Il devait se montrer patient avec elle.

Il ne souhaitait surtout pas qu'elle puisse lui reprocher d'avoir abusé de son état de faiblesse. Il voulait au contraire qu'elle s'offre à lui pleinement, en assumant la passion qu'il devinait en elle. Il refusait de lui donner le moindre motif de ressentir une honte semblable à celle que lui avait inspirée Aelfric pour leurs étreintes passées. Il fallait qu'elle apprenne à écouter et à respecter les élans de sa chair. Mais pour l'aider à y parvenir, il devait de son côté procéder avec tact et délicatesse, afin de restaurer la confiance entre eux.

— Je te disais bien que ce n'était rien, acquiesça-t-il. Ma tunique en cuir m'a bien protégé.

Annis laissa retomber ses mains.

— Quand même, porter le chien sur ton dos n'a pas dû être facile.

— Quoi ? Un petit elkhound comme Floki ? s'écria-t-il en désignant du menton l'animal de taille plutôt respectable qui souleva la tête et remua la queue en l'entendant prononcer son nom.

Le porter n'avait vraiment pas été un problème. Il avait même failli prendre Annis dans ses bras également. Seul son regard déterminé l'en avait alors dissuadé.

— J'aurais pu le porter deux fois plus loin encore. Tu veux que je te le prouve ?

— Allons, ne plaisante pas.

— Mais je ne plaisante pas. Je tiens autant que toi à sauver ce chien, figure-toi. Simplement, il était nécessaire que nous trouvions au plus vite un abri, repartit Haakon avant de se passer une main dans les cheveux. Nous attendrons qu'il aille mieux pour repartir.

— Et si moi, je désire m'en aller avant ? s'enquit-elle, ses prunelles brillant à la lueur du feu.

— Je ne crois pas que tu aies envie de mourir. Or, continuer toute seule vers les montagnes te conduira vers une fin certaine. Et atroce.

Il tendit le bras pour lui toucher la main.

— Et puis ta rançon ne devrait plus tarder, ajouta-t-il.

Tout en prononçant ces paroles de réconfort, il avait involontairement pressé les lèvres. La perspective de devoir renoncer un jour à Annis lui était presque intolérable.

— Ah, oui, fit-elle tout en rajustant les bandages de Floki, la rançon…

— Elle va arriver plus tôt que tu ne le crois, lui affirma-t-il en posant la main sur son épaule.

Il n'osait lui avouer qu'il redoutait le moment où il devrait se séparer d'elle. Plus tard la rançon arriverait, mieux il se porterait ! Mais il devait faire preuve de la plus grande prudence à son égard. Il avait été trop près de la perdre aujourd'hui pour risquer de l'effaroucher.

— En es-tu bien sûr ? répliqua-t-elle en étouffant un bâillement.

— Fais-moi confiance… Allons, il faut que tu te reposes, maintenant. Allonge-toi près de moi. Tu auras plus chaud.

Elle joignit les mains sous son menton, les paupières lourdes.

— Je vais dormir ici, près de Floki, au cas où il se remettrait à saigner.

— Que crains-tu au juste, Annis ? Moi… ou tes propres sentiments ?

Comme elle ne répondait pas, il releva les yeux pour constater qu'elle était déjà endormie. Roulant sa tunique de cuir en boule, il la plaça sous sa tête en guise d'oreiller, lui caressa les cheveux et déposa un baiser sur son front.

Il aurait aimé pouvoir approfondir cette discussion, mais se résigna à attendre un moment plus favorable.

Quand Annis rouvrit les yeux, un rayon de soleil descendu par le conduit de fumée éclairait l'intérieur de la hutte. Elle s'étira et sursauta en s'apercevant que la cabane était vide. Mis à part Floki qui sommeillait encore, elle était seule. Elle ramena ses genoux contre sa poitrine et enserra ses jambes.

C'était Haakon en personne qui était venu la sauver, pensa-t-elle. Non pas ses hommes, mais lui et lui seul. Cela devait quand même signifier qu'il éprouvait quelque chose pour elle. Cependant, il ne l'avait toujours pas embrassée… alors qu'elle mourait d'envie de sentir de nouveau ses lèvres contre les siennes.

Haakon apparut bientôt sur le seuil de la pièce et referma la porte derrière lui. Sa tunique de lin moulait sa poitrine, soulignant la vigueur de ses muscles dont elle ne se souvenait que trop bien. Ses gestes étaient lents et circonspects, comme s'il était ankylosé. Elle ne pouvait le quitter des yeux ; elle avait beau vouloir le détester, elle se prenait constamment à admirer ses mains, ses doigts, le jeu précis de ses muscles puissants. C'était plus fort qu'elle. Son corps le réclamait.

Elle se rendit alors compte que sa fuite n'avait pas été motivée par son désir d'échapper à une punition injuste ni même à la servitude qu'on lui avait imposée, mais bel et bien au désir qu'il éveillait en elle. Un désir qui la dérangeait, certes, mais auquel elle allait devoir s'accoutumer, elle le comprenait maintenant. Elle n'avait pas le choix : tant qu'elle vivrait, elle ne pourrait nier l'attirance qu'elle ressentait pour Haakon — et elle voulait vivre. Elle espérait seulement que, après les événements de la veille, il ne l'avait pas reléguée au rang de simple captive.

— Je suis sorti nous chercher notre petit déjeuner, annonça-t-il, une lueur malicieuse dans les yeux. Tu dormais en ronflant si fort que je n'ai pas eu le courage de te réveiller.

— Je ne ronfle pas.

— Ce devait être Floki, alors, repartit-il avec un petit rire.

S'entendant appeler, le chien redressa aussitôt la tête et se mit à remuer la queue.

— Oui, très certainement, approuva-t-elle en s'esclaffant à son tour avant de se pencher sur la patte arrière de l'elkhound.

Cette fois-ci, constata-t-elle avec satisfaction, le bandage avait tenu.

— Floki a l'air d'aller mieux, reprit-elle. Au moins, il ne saigne plus.

— Grâce à toi.

— Et à l'amadou.

— Et à l'amadou, répéta Haakon, conciliant. Alors, tu veux des fraises, oui ou non ? Vas-tu me laisser les manger seul ?

— Des fraises ?

— Comme je te le dis, répondit-il en ouvrant la main pour lui montrer les minuscules baies rouges qui luisaient dans le creux de sa paume. Plus tard dans la saison, les plaquebières donnent leurs fruits et c'est un régal digne des dieux. Ça ressemble un peu à des framboises, en orange, et ça a une saveur assez particulière mais délicieuse.

— Je n'en ai jamais goûté.

— Nous irons en cueillir quand elles seront mûres, dans deux ou trois semaines.

Haakon semblait différent aujourd'hui. Il avait l'air plus

jeune, plus insouciant. Il ne ressemblait guère au guerrier de la veille, mais bien plus à l'homme qu'elle avait aimé dans l'étuve, près du lac. Qui était-il au juste ? Allait-elle oser se fier à lui ? Il s'était excusé, après tout, ce que Selwyn n'aurait jamais fait à sa place.

— Quand rentrons-nous ? demanda-t-elle. Tu n'as pas l'intention de rester ici jusqu'à ce que les plaquebières mûrissent, j'imagine.

— Eh bien, mettons dans un jour ou deux, le temps que Floki reprenne suffisamment de forces pour nous accompagner sur le chemin du retour. Le manoir est tout de même trop loin pour que je porte jusque-là-bas, précisa Haakon en souriant.

Il redevint soudain sérieux.

— Le cheval a disparu, poursuivit-il. Peut-être est-il rentré à l'écurie, mais mieux vaut ne pas trop y compter. De toute façon, mes hommes ont déjà dû partir à notre recherche.

— Tu pourrais retourner seul là-bas. Je t'attendrais ici avec Floki.

Haakon la considéra en plissant les yeux.

— Je préfère que nous revenions ensemble.

— Ne t'inquiète pas, je n'ai plus envie de m'enfuir, précisa-t-elle. Ma mésaventure d'hier m'a suffi. J'aime mieux patienter jusqu'au versement de la rançon.

Voyant que Haakon allait de nouveau protester, elle posa une main sur son ventre et changea de sujet.

— Mon estomac a déjà oublié le pain d'hier et ces fraises sentent délicieusement bon.

— Il faudra que j'ajoute ça à mes autres techniques de séduction, répliqua-t-il en déposant les baies sur ses genoux.

« Séduction… », se répéta Annis en frémissant. Voulait-il lui signifier par là que, malgré leurs querelles passées, il la désirait toujours ? Un abîme tiède s'ouvrit en elle. Elle hésitait cependant encore à s'y laisser glisser. Quant à poser franchement la question à Haakon, c'était s'exposer à une éventuelle dénégation. Aussi, craignant d'avoir mal interprété son propos, concentra-t-elle toute son attention sur la dégustation des fraises.

— Excellent ! décréta-t-elle en se léchant les doigts.

— Tu as du jus sur le menton, murmura-t-il en avançant sa main vers elle pour lui essuyer la bouche.

Annis frissonna, ses lèvres frémirent. Elle leva la tête en guise d'invite, mais Haakon n'y répondit point, se contentant de scruter ses traits avec intensité.

— Et si on faisait un jeu ? lui proposa-t-il en s'animant soudain. Histoire de passer le temps ?

— Quel genre de jeu ? Tu n'as quand même pas emporté ton tafl, si ? rétorqua-t-elle en se forçant à rire pour dissiper la tension qui lui mettait le cœur en émoi.

— Gorm a gravé un plateau, juste là, répondit-il en lui indiquant l'endroit. Nous n'aurons qu'à prendre des pierres pour jetons. Je jouais souvent avec lui quand je venais lui rendre visite.

— Si tu y tiens…

Dès qu'elle vit le plateau en question, elle reconnut le jeu du moulin. Pour gagner, il fallait enlever les pièces de son adversaire en alignant des rangées de trois de ses propres pions. Il serait aussi bien de jouer : comme ça, au moins, elle ne serait pas tentée de supplier Haakon de l'embrasser. Car cette envie grandissait en elle de manière plus qu'inquiétante et, comme jusqu'à présent le Viking avait montré une certaine réserve à son égard, elle commençait à se demander si elle ne devrait pas tenter de le séduire.

— Tu as peur ? s'enquit-il.

— Je viens d'affronter une meute entière de loups et j'aurais peur d'un simple jeu ?

Elle ponctua sa repartie d'un rire badin. Au fond d'elle, cependant, elle était loin d'éprouver cette assurance. Il lui fallait impérativement découvrir s'il la désirait aussi. Et cela, même s'il devait finalement lui avouer qu'elle n'était pour lui qu'un otage de valeur.

Il avait eu envie d'elle une fois. C'était un fait acquis. Depuis qu'ils s'étaient réfugiés ici, néanmoins, il semblait vouloir maintenir comme une distance entre eux. Or, elle avait besoin de connaître la vérité, besoin d'être fixée sur la nature de ses sentiments. Il fallait qu'elle sache si elle n'espérait pas en vain…

— Et si on pariait ? suggéra-t-elle d'une voix légèrement tendue.

Haakon garda le silence un instant comme s'il réfléchissait.

— Je t'écoute, lâcha-t-il enfin. Que proposes-tu ?

Elle s'humecta les lèvres.

— Si je gagne, tu me devras une faveur.

— C'est-à-dire ?

— Tu le sauras quand j'aurai gagné, riposta-t-elle.

— Je te préviens qu'il n'est plus question de me fausser compagnie.

— Pas ce genre de faveur-là, répondit-elle avant d'avaler sa salive. Je te parle d'une autre sorte de… récompense.

— Tu m'intrigues, avoua-t-il. Et si tu perds ?

— Alors je t'obéirai et c'est moi qui te devrai une faveur.

— D'accord, marché conclu, dit-il avant de se pencher vers elle. Mais sache bien que je n'ai pas du tout l'intention de perdre.

— Moi non plus.

Il ramassa des cailloux par terre, en distribua à Annis et l'invita d'un geste à commencer la partie. Elle plaça le premier pion sur le plateau d'une main légèrement tremblante. Elle se forçait à rester concentrée sur le jeu et à ne pas prêter attention au torse viril de son adversaire qu'elle apercevait par l'échancrure de sa tunique au moindre de ses mouvements.

Au bout d'un moment, il n'y eut plus que six jetons sur

le plateau. Le premier à aligner trois de ses pions serait en mesure de prendre le dernier jeton.

Annis étudia le plateau. La position des jetons était d'une simplicité presque trompeuse. Elle bougea une de ses pièces. Haakon déplaça une des siennes, lui permettant du même coup de procéder à l'alignement recherché.

— J'ai gagné ! s'écria-t-elle. C'est moi qui ai fait le dernier moulin.

Haakon considéra le plateau et se mit à compter sur ses doigts.

— Voyons, c'est impossible, marmonna-t-il. Je n'ai pas perdu au moulin depuis la cour de Charlemagne.

— Mettrais-tu en doute ma victoire ? le questionna-t-elle en penchant la tête sur le côté.

Elle levait les yeux sur lui, battant des cils innocemment, savourant son triomphe.

— Non, repartit-il en inclinant le buste. Bon, qu'attends-tu de moi ? Je suis à tes ordres.

— Je veux que tu me fasses l'amour.

Elle avait parlé d'une traite, soucieuse de découvrir la réaction de Haakon au plus vite. Scrutant ses traits, à l'affût du moindre signe, elle fut déçue de n'y lire aucune expression. Seule sa respiration s'était faite plus rapide. Aussitôt, elle baissa les yeux sur le plateau de jeu. Il ne lui restait plus qu'à le persuader qu'elle plaisantait et qu'elle désirait seulement le taquiner. Elle aurait pourtant juré... Mais non, pensa-t-elle, la gorge un peu serrée, elle s'était méprise.

— Il n'était pas nécessaire de jouer pour en arriver là, Annis, lui dit alors Haakon en lui caressant la joue avant de lui relever le menton pour qu'elle voie la flamme qui brûlait dans ses yeux. J'en ai envie depuis hier soir mais, hélas ! je ne peux pas trop forcer sur mes côtes...

— Je comprends, fit-elle en redressant les épaules.

Elle aurait dû se douter qu'il trouverait une excuse simple et acceptable à sa réserve. Elle regrettait de n'avoir su mieux le séduire. Elle manquait cruellement d'expérience. C'était sa manière de la repousser sans la blesser. Elle s'obligea à sourire pour dissimuler sa déception.

— Enfin, précisa-t-elle, ce n'était qu'une suggestion. Laisse-moi le temps de réfléchir un peu à un autre gage…

— Pourquoi ? répliqua-t-il en croisant les mains derrière la nuque. Si tu m'as demandé de te faire l'amour, c'est que tu en avais envie, non ? Va donc jusqu'au bout de tes désirs

Elle se pencha vers lui pour déposer un petit bécot sur ses lèvres avant de se rasseoir à croupetons.

— Voilà. Satisfait ?

— Loin de là, repartit-il, le regard soudain sérieux. Annis, tu m'as avoué avoir eu honte de ce que nous avions vécu ensemble dans mon étuve. Peu m'importe que ça ait été à cause d'Aelfric. Moi, en tout cas, je ne souhaite vraiment pas t'inspirer ce sentiment. Alors, comme il est exclu que je te force, c'est à toi de m'entraîner là où tu veux que nous allions désormais — si du moins tu le veux effectivement.

— Bien sûr que je le veux !

Elle plaqua ses mains contre ses joues brûlantes, se rendant compte qu'en fait, dans sa maladresse, elle s'était mal expliquée.

— Je n'éprouve ni honte ni regret quand je suis avec toi.

— Alors prouve-le-moi. Fais-moi l'amour, rétorqua-t-il dans un chuchotement rauque. Donne-moi tout le plaisir que tu aimerais toi-même recevoir.

C'était un test, comprit-elle. Une mise à l'épreuve. Mais aussi une occasion unique qui ne se représenterait peut-être jamais plus.

Elle plaqua ses paumes sur ses cuisses et inspira profondément tout en se préparant mentalement à ce qui allait suivre.

— Allonge-toi, ordonna-t-elle enfin.

Haakon accueillit cet ordre avec un haussement de sourcils mais n'en obéit pas moins.

— Comme ça ?

— Exactement.

— Et après ?

— Tu vas bien voir. Tu ne m'as pas lancé ce défi en vain, Haakon Haroldson, et je le relève de mon plein gré.

Elle se mit à caresser sa poitrine en surveillant attentivement ses changements d'expression, remarquant que son regard se voilait de volupté quand, du bout des doigts, elle se mettait à tracer de petits cercles autour de ses mamelons.

A la fin, n'y tenant plus, elle plaqua un baiser torride sur ses lèvres. Il accueillit sa bouche avec une ferveur au moins égale à la sienne.

— Est-ce ce genre de choses que tu avais en tête ? chuchota-t-elle contre ses lèvres.

— Hmm, c'est possible, dit-il en prenant son visage entre ses mains. Mais je n'en suis pas encore certain. Vérifions encore, veux-tu ?

Une douce chaleur l'envahit quand elle sentit ses paumes glisser le long de son dos et la plaquer contre lui. Elle sentait la puissance de son excitation contre son ventre. Il était plus que prêt à prendre le contrôle de la situation.

— Et c'est tout ce que tu sais faire ? lui demanda-t-il sans cesser de l'embrasser. Comment comptais-tu t'y prendre au juste pour me séduire ?

Elle se haussa en prenant appui sur sa poitrine.

— Je croyais que tu étais d'accord pour me laisser la direction des opérations.

— Je le suis toujours, confirma-t-il en laissant retomber ses mains. Que veux-tu que je fasse maintenant ?

— Que tu te détendes et me fasses confiance, répliqua-t-elle.

Elle prenait soudain conscience de ce que Haakon attendait réellement. Il le lui avait du reste suggéré : qu'elle lui montre qu'elle était autant capable de donner du plaisir que d'en recevoir. Son défunt mari, lui, l'utilisait pour se procurer des spasmes aussi brefs que superficiels, exigeant peu d'elle et ne lui apportant pratiquement rien en retour. Or, elle était sûre d'avoir en elle plus de générosité, plus d'allant que ça. Elle était certaine de pouvoir procurer à Haakon une volupté aussi intense que celle qu'elle avait connue naguère dans ses bras.

A cette pensée, un indicible sentiment de puissance l'étreignit. Il lui suffisait de se laisser guider par les élans de son corps pour s'affirmer comme femme, au plein sens du terme.

Se soulevant légèrement, elle saisit le bas de la tunique de Haakon pour la retrousser par-dessus son torse. Les traces de son combat contre les loups, quoique s'effaçant déjà, étaient encore nettement visibles. Annis plaqua sa bouche contre le creux de son cou pour goûter à sa peau. Puis, sans se presser, elle fit descendre ses lèvres jusqu'à sa poitrine, lui arrachant de sourds grognements de plaisir.

Parvenue au niveau de son pantalon, elle se redressa pour en défaire les boutons et tira sur le vêtement, lentement, se repaissant de la moindre parcelle de sa chair ainsi exposée, jusqu'à ce qu'enfin il apparaisse dans toute la gloire de sa virilité.

Cette vision lui coupa le souffle. L'ancienne Annis en aurait été apeurée, mais la nouvelle femme qu'elle était devenue en voulait plus encore. Elle posa un doigt hésitant sur sa masculinité, sa raideur chaude et veloutée. Elle eut l'impression de tâter une épée brûlante, gainée de soie. Elle referma la main dessus, émue de la sentir battre jusque dans le creux de sa paume.

— Annis…

Elle porta un doigt à ses lèvres pour lui intimer le silence ; il tendit les mains pour lui caresser les seins. Le feu qui couvait en elle se diffusa dans tous ses membres. Elle avait envie de lui, envie qu'il la pénètre — mais pas tout de suite.

— L'un de nous est trop habillé, murmura-t-il en pouffant.

— Je sais, lui répondit-elle sur le même ton, sans toutefois esquisser le moindre geste pour enlever sa chemise.

Elle se remit à embrasser ses lèvres, ses joues recouvertes

d'une barbe naissante, son cou, sa poitrine, le sillon de poils follets qui séparait son ventre en deux et, enfin, la masse de boucles sombres entre ses jambes.

Il enfouit ses doigts dans ses cheveux, lui maintenant la tête en place, sa chair irradiant d'une chaleur qui enveloppait Annis, l'enivrait, achevait de la consumer de désir.

Puis elle le goûta avec vertige, le sentant durcir encore et encore.

— Je t'en prie, l'entendit-elle gémir tandis qu'il tiraillait sur sa chemise. Prends-moi en toi.

Elle redressa alors le buste et, se déployant, ôta enfin son vêtement. Lui saisissant aussitôt les hanches, il la positionna sur lui, l'installant fermement sur son bas-ventre. Elle le reçut en elle tout entier, de plus en plus profondément.

Soudain, elle s'immobilisa, grisée par l'afflux de sensations.

— A toi de jouer, lâcha-t-il dans un murmure. C'est toi qui commandes.

A ces mots, une vague ardente la souleva. Elle baissa les yeux sur leurs corps réunis. Ils étaient homme et femme, mais à ses yeux ils ne formaient désormais plus qu'un.

Elle se laissa doucement retomber sur Haakon, prenant le temps de bien le sentir en elle. Et recommença à se soulever avant de redescendre encore une fois tandis qu'il lui étreignait les fesses, accompagnant son mouvement.

Elle bougea ainsi, de plus en plus vite, et finit par se pencher sur son amant, la pointe de ses seins effleurant le torse dur du Viking. Un raz-de-marée de volupté la soulevait, la hissant toujours plus haut, vers un espace rare, sublime auquel, mystérieusement elle avait l'impression d'appartenir depuis toujours.

Enfin, une gigantesque flamme blanche les engloutit l'un et l'autre dans sa lumière. Il lui sembla qu'elle criait, mais loin, très loin, et que Haakon lui répondait.

Elle posa sa tête sur sa poitrine, heureuse, éreintée, et se fondit dans l'étreinte de ses bras.

*
* *

Plus tard, beaucoup plus tard, Annis s'éveilla sous le regard de Haakon qui la contemplait. Ils étaient toujours liés l'un à l'autre et son amant la considérait avec une expression singulière tout en caressant tendrement les boucles de cheveux qui lui encadraient le front.

Elle prononça son nom et le prit par la nuque. Cela suffit à réveiller l'ardeur de Haakon. Il la désirait pour elle-même, comprit-elle alors, et non pour ce qu'elle pouvait apporter à leur relation.

Arquant les reins, elle noua ses jambes autour de sa taille pour mieux l'accueillir en elle et ferma les yeux sous l'afflux du plaisir.

— Dès notre retour au manoir, tu deviendras officiellement ma concubine, lui annonça-t-il dans le creux de l'oreille.

Elle rouvrit aussitôt les paupières et le dévisagea avec des yeux ronds avant de se soulever et de se rasseoir.

— Quoi ? Qu'est-ce que tu dis ?

— Annis ? Comprends-tu au moins ce que je te propose ? repartit Haakon sans chercher à la retenir contre lui. Je veux que tu sois ma compagne en titre. Tu dormiras dans mon lit.

— Oui, je comprends, articula-t-elle dans un soupir frémissant, mais tout cela est si rapide, si… si soudain.

— Croyais-tu que j'allais me contenter de te posséder et t'abandonner ensuite à ton sort ?

— Comme la dernière fois ? s'enquit-elle avec un rire tremblant.

— Annis, je ne veux plus que tu subisses ce que tu as vécu. Il y va de ta dignité et c'est pour cela que je tiens à te reconnaître formellement comme membre de mon entourage.

— En d'autres termes, mon honorabilité sera garantie par mon statut de maîtresse et de concubine. C'est pour le moins… inattendu.

— C'est toi qui as commencé à me séduire, lui rappela-t-il.

— C'est vrai, mais…

— Où est le problème ? s'enquit-il enfin. Tu n'as pourtant pas l'air de détester mes caresses.

Lui saisissant le mollet, il fit remonter sa main le long de sa cuisse, ce qui déclencha immédiatement un nouvel incendie dans son ventre.

— J'ai déposé ma semence en toi, Annis, continua-t-il. Et par deux fois. Les enfants sont une responsabilité, et je n'ai pas pour habitude de faillir à mes obligations.

Elle en resta bouche bée. Des enfants… Elle n'y avait même pas songé !

Elle se leva et s'écarta de lui, les yeux fixés sur l'une des parois de la hutte. Jusqu'à présent, il ne lui était même pas venu à l'esprit d'envisager un avenir commun avec Haakon. Leurs rapports se déroulaient pour elle dans le seul moment présent.

— J'ai bien conscience qu'il s'agit d'un privilège que tu m'accordes, reprit-elle. Tove et les autres m'ont expliqué la différence existant entre une concubine en titre et une simple compagne de lit. Je partagerai ta couche et tu donneras ton nom à tous les enfants que nous aurons ensemble.

— Et ils bénéficieront ensuite de l'éducation réservée aux fils et filles de jaarl. Car il ne sera pas dit que je me serai soustrait à mes devoirs envers toi.

Annis porta les mains à ses joues en s'efforçant d'ignorer le froid glacial qui l'avait soudain envahie.

— Quand ma rançon arrivera, je veux être libre de nouveau et pouvoir prendre mes enfants avec moi.

Haakon laissa retomber sa main et se recula à son tour. Ses prunelles bleues lançaient des éclairs.

— Nous en reparlerons le moment venu.

Non. Il fallait mettre tout ça au clair une bonne fois pour toutes. Elle se rendait bien compte que son avenir en dépendait et elle tenait à ne plus se sentir menacée par Guthrun à son retour au manoir.

Quant aux enfants, comme Haakon venait de le suggérer, ils pourraient toujours en rediscuter plus tard.

Si son ventre n'avait jamais porté les fruits de ses étreintes avec Selwyn, elle connaissait au village de Birdoswald au moins trois garçons et une fille qui avaient les yeux et le nez de son défunt mari — ce qui était sa faute et non la sienne, ainsi qu'il le lui avait maintes fois répété avant de mourir.

Elle repoussa ces tristes souvenirs dans le fond de sa mémoire, préférant ne pas penser à d'éventuels enfants pour l'instant. Des enfants qui, elle le pressentait, seraient un obstacle à son départ autrement plus insurmontable que son ancien statut d'otage.

— Annis ? Tu as l'air songeur. Et tu ne m'as toujours pas donné ta réponse.

— Je ne sais pas…, fit-elle en s'efforçant de sourire.

Jamais cela ne lui coûta autant. Et de fait, avait-elle vraiment de quoi se réjouir, elle la fille de bonne famille, après avoir eu le malheur d'épouser un incorrigible coureur de jupons, de se voir octroyer le statut de concubine ? Elle se rappelait la méchanceté que lui avait adressée la dernière maîtresse de Selwyn : nul homme, lui avait-elle lancé, n'accepterait de coucher avec elle pour rien. Son seul attrait résidait dans sa dot. Annis savait bien qu'elle cherchait seulement à la blesser, mais la pique n'en comportait pas moins une parcelle de vérité et elle ne pouvait s'empêcher de se demander combien de temps durerait l'affection de Haakon à son égard.

Mieux valait ne pas y songer, se dit-elle. Selwyn était mort et Haakon n'était pas Selwyn. Le passé était le passé et le futur demeurait fondamentalement imprévisible. Seul comptait le présent.

Elle ferma les yeux, les oreilles bourdonnantes et l'estomac nauséeux, regrettant que tout ceci ne soit pas un rêve.

— Annis ? répéta Haakon.

Elle rouvrit d'un coup les paupières. Son amant et seigneur exigeait une réponse. Sur-le-champ.

Elle doutait que sa décision, quelle qu'elle soit, lui procure une position plus confortable au manoir que celle qu'elle avait endurée lorsqu'elle était enfermée dans la porcherie. Mais avait-elle le choix ?

Elle déglutit avec peine, consciente d'avoir donné à Haakon toutes les raisons de croire qu'elle briguait cet honneur. Elle l'avait séduit. Elle devait maintenant en assumer les conséquences.

Les murs de la cabane lui parurent se resserrer sur elle. Haakon la dominait de toute sa taille.

— Ta réponse, Annis.

Elle se pencha vers lui et, prenant son visage entre ses mains, refoula crânement ses dernières hésitations.

— Oui, j'accepte d'être ta concubine.

Chapitre 13

— Nous avons de la compagnie annonça Annis le lendemain matin en revenant de son bain qu'elle avait pris dans le ruisseau qui longeait la cabane.

Elle mit sa main en visière.

— Six cavaliers approchent.

Haakon vint se placer à côté d'elle, la main sur la garde de son épée, prêt à toute éventualité. Il plissa les yeux sous l'éclat du soleil et se détendit bientôt.

— Notre idylle s'achève ici, Walkyrie. Il est temps de retourner au manoir. Thrand nous a retrouvés.

Annis crut discerner comme une nuance de déception dans sa voix. Mais peut-être était-ce un effet de son imagination qui l'amenait à interpréter les sentiments de son amant à la lumière des siens — car, à vrai dire, son visage fermé n'exprimait en cet instant pas grand-chose.

Subitement, tout avait de nouveau basculé entre eux. Ils avaient conclu en ce lieu une trêve tacite. Il ne lui restait plus qu'à espérer qu'elle durerait et que sa proposition d'être sa concubine jusqu'au versement de sa rançon n'avait pas été proférée sous le coup de la seule passion. Elle était bien placée pour savoir que ce genre de tocade ne durait pas.

Tous les doutes qu'elle avait chassés de son esprit depuis la veille vinrent aussitôt l'assaillir.

— Est-ce un bien ou un mal ? ne put-elle s'empêcher de demander.

— C'est dans l'ordre des choses.

Elle le regarda se porter à la rencontre de son demi-frère

et des autres cavaliers du clan d'une démarche ample et fière. Pas une fois il ne se retourna vers elle. Elle sentit sa gorge se serrer. Comme il serait facile, songea-t-elle, de tomber amoureuse de cet homme.

Sauf que l'amour n'avait pas sa part dans leur marché. Ce n'était qu'après avoir joui de son corps qu'il lui avait offert le titre de concubine, elle ne l'oubliait pas — et cela, même si elle désirait bien plus que ses caresses, même si, dans le secret de son cœur, elle aspirait à ce qu'il éprouve au moins quelque sentiment pour elle.

Elle priait seulement le ciel que son envie d'elle perdure. Selwyn, lui, changeait de maîtresse presque chaque semaine. Tout ce qu'elle savait de Haakon, c'était qu'il n'avait personne d'autre qu'elle dans sa vie… pour l'instant.

Les six chevaux couvrirent au petit trot la distance les séparant de la cabane et bientôt Thrand démontait pour venir saluer Haakon avec force tapes dans le dos. Ce dernier écarta un moment Annis de ses pensées pour mieux se concentrer sur son demi-frère. Les cicatrices sur son visage, constata-t-il, s'étaient grandement atténuées depuis qu'il l'avait laissé au manoir. Tout ce qui restait de sa brûlure était un plissement rosâtre de sa peau au milieu d'une de ses joues.

— Enfin nous te retrouvons, Haakon, déclara-t-il. Ton cheval est rentré à l'écurie hier soir, taché de sang et boitant d'une jambe. Guthrun craignait le pire.

— Aurait-elle par hasard déjà allumé mon bûcher funéraire ? répliqua Haakon avec un rire moqueur.

Il voyait la scène d'ici : Guthrun se tordant les mains en déplorant l'horrible tragédie tout en en se réjouissant intérieurement des avantages que son fils et elle allaient en retirer.

Thrand leva les mains au ciel.

— Tu connais ma mère, répondit-il. Des fois je me dis qu'elle n'aura de cesse avant d'avoir pris le contrôle du manoir et de tout le domaine.

— Je crois, moi, qu'elle a assez porté le deuil de mon père et qu'il est temps de lui dégoter un nouveau mari, répliqua Haakon en indiquant la direction de la mer. Qu'elle aille donc semer la zizanie ailleurs.

— Entièrement d'accord avec toi, approuva son demi-frère en se tâtant la joue. Je n'ai d'ailleurs aucune envie de l'héberger dans mon futur manoir. J'ai l'intention de prendre femme et je ne souhaite à personne d'avoir à subir ma mère.

Il ponctua sa repartie d'une nouvelle bourrade dans le dos de Haakon qui s'esclaffa de nouveau.

— Je vois que tu la connais effectivement bien.

— Et toi, on dirait que tu as finalement déniché ce que tu cherchais, répliqua Thrand en lui désignant du menton Annis qui se tenait en retrait, juste devant la hutte.

— Oui, acquiesça laconiquement Haakon en suivant le regard de son demi-frère.

La jeune femme avait adopté une pose effacée, les mains croisées devant elle et les yeux pudiquement baissés vers le sol. Ses cheveux étaient encore un peu mouillés par l'eau du ruisseau et Haakon ne se rappelait que trop bien le goût qu'avaient eu ses lèvres, ce matin-là, quand il l'avait embrassée sous la cascade.

Oui, se répéta-t-il, il l'avait trouvée. En vie. Il n'osait imaginer ce qui se serait passé s'il n'avait été aussi prompt à remonter sa piste. Plus d'une fois au cours de la nuit il avait été réveillé par ses gémissements angoissés et l'avait bercée dans ses bras jusqu'à ce que ses cauchemars la laissent en paix et que ses traits se détendent de nouveau.

— Elle paraît indemne, nota Thrand.

— C'est Floki qui l'a repérée le premier. Elle était encerclée par les loups, lui apprit Haakon en désignant l'elkhound qui se rapprochait d'eux en clopinant. Thor et Odin étaient avec moi hier. Je ne sais pas comment elle aurait pu échapper seule à la meute.

— Ah, c'était donc ça les carcasses de ces bêtes que nous

avons aperçues en venant ici ! s'exclama son demi-frère avant de se pencher vers le chien pour lui caresser les oreilles. J'ai hâte de connaître toute l'histoire.

— Si tu n'y vois pas d'inconvénient, je te la raconterai plus tard, Thrand, répliqua Haakon en s'étirant de la tête aux pieds.

— Comptes-tu en faire ta concubine ? s'enquit son demi-frère en le considérant d'un air soudain grave. Tu sais comme moi ce qu'on en pensera si elle ne devient pas ta compagne en titre.

Une légère brise agitait les cheveux d'Annis. Haakon comprenait sans peine l'allusion de Thrand. Or si, dans son esprit, la jeune femme était toujours sous sa protection, il se souvenait également de sa réaction effarouchée quand il lui avait évoqué la possibilité d'une grossesse.

— C'est bien mon intention, répondit-il. Elle est au courant.

— Et elle est d'accord ? s'enquit son demi-frère en haussant les sourcils.

— Oui. Elle a compris la logique de cette décision.

Thrand passa un bras autour de ses épaules.

— Les femmes aiment être courtisées, tu sais, et si tu veux un conseil…

— J'ai vu comment tu courtisais tes conquêtes et les conséquences qui en ont suivi, rétorqua Haakon en écartant son bras.

Il n'avait aucune envie de lui ouvrir son cœur. Ses liens avec lui avaient beau s'être resserrés au cours de ces dernières semaines, ses sentiments pour Annis étaient encore trop récents et le sujet de ses rapports avec elle trop sensible pour qu'il expose les uns ou les autres à la curiosité d'autrui.

— Si je dois la courtiser, poursuivit-il, ce sera à ma façon. En attendant, Annis sera ma concubine et tout le monde lui témoignera au manoir le respect qui lui est dû.

— Beaucoup seront heureux de l'apprendre.

— As-tu découvert la piste du moine ? demanda Haakon pour changer de sujet.

Il préférait ne pas trop imaginer Annis en maîtresse de sa maison. C'était là une perspective exerçant sur lui un attrait qui l'effrayait presque. Il avait tellement besoin d'elle, de sa présence constante à ses côtés… Voilà dix minutes à peine qu'ils n'étaient plus ensemble et son rire lui manquait déjà !

— Non, et ce n'est pas faute d'avoir cherché, mais le gredin a réussi à nous échapper jusqu'à présent, avoua Thrand avant se renfrogner. Peut-être est-il mort, d'ailleurs. Hier, nous avons aperçu des corbeaux qui volaient en cercle, loin vers le sud, et tu sais comme moi que, lorsqu'ils se regroupent ainsi, c'est en général pour curer la carcasse d'un gros animal.

Haakon dévisagea son demi-frère en songeant qu'il avait sans doute raison. Maintenant, il n'était pas non plus exclu qu'Aelfric ait malgré tout réussi à survivre aux dangers de la forêt et qu'il parvienne à gagner la cour de Thorkell.

Et là, qu'arriverait-il ? Quelles seraient les réactions à son témoignage ? Haakon ne doutait pas d'avoir des ennemis à la cour comme au sein du Storting — l'assemblée des jaarls. En outre, les succès de son felag allaient certainement lui valoir des jalousies. L'hiver dernier, déjà, Bose, le chambellan du roi, avait répandu des rumeurs calomnieuses sur ses prétendues relations avec Asa, l'épouse de Thorkell.

— Je ne sais pas pourquoi, murmura-t-il, mais j'ai le pressentiment que nous n'avons pas fini d'entendre parler de ce maudit moine. A en croire Annis, le bonhomme a de la ressource.

— Que veux-tu que je fasse, alors ? Que je continue les recherches ?

Haakon scruta l'horizon. Aelfric — ou son cadavre — pouvait être dissimulé n'importe où. Et les bois étaient vastes.

— Non, mais garde l'œil ouvert et envoie des hommes prévenir nos fermiers qu'un des religieux que nous gardions en otage s'est échappé. Il faudra bien que nous remettions la main sur Aelfric un jour ou l'autre. Je suppose que ta mère ne renoncera pas aussi facilement à ses broches.

Haakon s'attendait à voir son demi-frère accueillir cette dernière phrase d'un bref sourire, au lieu de quoi Thrand se mordilla la lèvre supérieure tout en serrant légèrement les poings.

— Allons, raconte-moi tout, l'encouragea-t-il. Qu'est-ce qui te tracasse, mon frère ?

Thrand soupira.

— Ce n'est peut-être rien, lâcha-t-il enfin, mais un des nôtres a repéré tantôt un navire le long de la côte sud du fjord. Le bateau avait pris le vent, comme s'il voulait s'éloigner au plus vite du domaine, mais notre homme a eu le temps de reconnaître la couleur de ses voiles : un damier rouge et blanc, le symbole des Bjornson. Il est formel là-dessus. C'était peu de temps après que nous avions aperçu le vol des corbeaux. J'aurais bien envoyé des cavaliers vérifier ça, mais ton cheval est arrivé à ce moment-là, couvert de sang et te retrouver est devenu prioritaire.

— Tu devrais pourtant savoir que je finis toujours par m'en tirer, repartit Haakon avec un geste négligent de la main. Quant à ce navire, je ne vois rien d'étrange à la route qu'il suivait. Beaucoup de nos voisins s'en vont dans le sud une fois l'été venu sans éprouver l'obligation de venir nous saluer au passage. Quant à la couleur de ses voiles, ton éclaireur l'a peut-être mal distinguée. Après tout, il avait le soleil dans les yeux et de loin, rien ne ressemble plus à un drakkar qu'un autre drakkar.

— Tu penses bien que ces objections me sont déjà venues à l'esprit, rétorqua Thrand, un brin agacé, mais Harold m'a juré que c'était bien le bateau de Sigfrid et qu'il avait accosté sur nos terres.

Haakon se mit à tapoter ses cuisses du bout des doigts. Un frisson glacé lui parcourut l'échine.

— Sigfrid devrait être à des milles au nord d'ici, réfléchit-il tout haut. A moins que…

— A moins que quoi ? s'enquit son demi-frère en paraissant se désintéresser subitement de la question. Tu as peut-être raison, après tout. Nous avons beaucoup bu, ces derniers temps, et Harold n'est jamais le dernier à lever le coude.

Haakon se tut, le regard perdu dans les profondeurs du sous-bois. Tout semblait paisible alentour. Rien n'indiquait que cette forêt était un repère de prédateurs rusés et impitoyables. La société viking lui ressemblait, se dit-il. Et seule la forte personnalité de Thorkell ainsi que la puissance de son armée avaient jusqu'à présent empêché les jaarls de s'entretuer.

— Je crois que nous devrions nous préparer à recevoir avant peu une convocation de Thorkell, énonça-t-il enfin. S'il s'agissait bien de Sigfrid, alors il faut en déduire que le frère de Bjorn est parti sur-le-champ réclamer une réunion du Storting.

— Comment ça ? s'étonna Thrand, l'air scandalisé. Tu veux dire que Sigfrid n'est pas retourné auprès des siens pour rendre les derniers hommages à la dépouille de Bjorn ? Ils étaient pourtant très proches l'un de l'autre et sa veuve a besoin de son soutien.

— Sigfrid est un opportuniste, un politicien-né. Il a dû se rendre compte qu'il avait tout intérêt à ce que le Storting examine en premier lieu sa propre version de la mort de son frère.

— Une vendetta avec ce clan risque de nous coûter très cher, marmonna Thrand avec inquiétude. Nous l'emporterons, bien évidemment — mais à quel prix ? Dans combien de temps crois-tu que nous serons fixés ?

Haakon serra les dents, regrettant de n'avoir su deviner les intentions du frère de Bjorn. Il aurait dû se douter que ce dernier n'hésiterait pas à enfreindre la règle instaurée par Thorkell et voulant que les jaarls ne se rendent auprès de leur roi que sur convocation de ce dernier.

— Dans une semaine, dix jours tout au plus, répondit-il. Tu sais aussi bien que moi combien de temps il faut à un de nos drakkars pour atteindre Kaupang, même avec vent arrière.

Il reporta son attention sur la cabane. Déjà les moments qu'il y avait passés avec Annis lui semblaient appartenir à un rêve, à ce calme qui précède les tempêtes.

— Nous devons nous tenir prêts à partir, conclut-il.

— Equiper un bateau va nous prendre au moins une semaine.

— Eh bien, mettons-nous-y tout de suite. Notre seul espoir est de réussir à joindre le roi avant que Sigfrid ne lui ait pollué l'esprit avec tous ses mensonges.

— Mais comment Thorkell pourrait-il mettre ta bonne foi en doute ? Le message que tu lui as envoyé contenait une proposition de compensation plus que décente pour la mort de Bjorn.

— Nous ne savons toujours pas pourquoi Sigfrid est venu nous rendre visite, rappela alors Haakon à son demi-frère. Or, je suis désormais pratiquement persuadé qu'il cherchait — et cherche encore — un prétexte pour nous déclarer la guerre et nous ravir le domaine. Il tient seulement à se gagner l'appui du roi et du Storting auparavant...

— Haakon ? demanda soudain Annis en se rapprochant d'eux. Que se passe-t-il ? Il y a un problème ?

Elle serra doucement le biceps de Haakon qui lui tapota les doigts et serra sa main contre son bras.

— Tu as une mine bien sombre, remarqua-t-elle. Aurait-on retrouvé le corps d'Aelfric ?

— Non. Ne t'inquiète pas. C'est une histoire qui ne te concerne pas, lui assura-t-il, plus soucieux que jamais de la protéger.

Si Sigfrid venait un jour à découvrir qui avait véritablement tué son frère, pensa-t-il, la vie d'Annis serait en danger. Or, elle avait déjà traversé assez d'épreuves comme ça, sans avoir en plus à s'alarmer d'une menace qui ne se concrétiserait peut-être jamais.

— Nous devons cependant retourner au manoir sans plus tarder, précisa-t-il avant d'ordonner aux autres cavaliers de préparer une civière pour Floki et d'aller dépouiller les loups tués. Mieux vaut quitter cet endroit tant que le soleil est haut dans le ciel. Nous avons une longue route devant nous.

La voyant porter machinalement une main au collier qui lui serrait toujours le cou, Haakon ne put réprimer une grimace et se promit une fois de plus qu'Annis n'aurait plus jamais à regretter de lui avoir fait confiance.

— Il n'y a pas assez de chevaux pour nous transporter tous, remarqua-t-elle.

— Non. Toi, tu montes avec moi, répliqua-t-il avant de se hisser sur Baldur, un étalon brun à la crinière blonde.

Se penchant ensuite vers elle, il l'attrapa par la taille pour l'installer à califourchon derrière lui.

Au lieu de se plaquer contre son dos, cependant, elle garda le buste droit, veillant à ne pas le toucher. Il fut peiné de percevoir en elle un regain de méfiance. Il aurait tellement voulu que les instants d'intimité qu'ils avaient partagés durent éternellement.

— Accroche-toi à moi si tu ne veux pas tomber, lui ordonna-t-il avec un rien de brusquerie.

Elle obtempéra ; il talonna leur monture qui s'élança en avant. Secouée, Annis finit par resserrer son étreinte autour de son torse pour ne pas être jetée à terre, pressant ses seins contre son dos.

— C'est mieux ainsi, approuva-t-il dans le tonnerre des sabots du cheval heurtant le sol de la forêt

— J'aurais préféré avoir une monture pour moi toute seule, grommela-t-elle contre son oreille. Que va-t-on penser en nous voyant ensemble sur la même selle ?

— La vérité — à savoir que tu es devenue ma concubine,

comme du reste je l'annoncerai à tout le monde dès notre retour. Tu sais, quand je te l'ai suggéré hier soir, ce n'était pas des paroles en l'air inspirées par la seule passion. Je tiens toujours mes promesses, Annis.

Sa concubine… Sa concubine… Annis frissonna. Le mot ne cessait de résonner dans son esprit. Elle devait se résigner à son nouveau statut, se dit-elle. C'était elle qui avait séduit Haakon, non l'inverse. Personne ne l'y avait contrainte sous la menace d'une arme.

Elle aurait certes dû envisager les conséquences de sa conduite, mais d'abord elle n'y connaissait pratiquement rien en matière de séduction et, surtout, elle n'avait pas grand-chose d'autre à proposer en échange de sa liberté que son corps. Ensuite… Eh bien, ensuite, la passion les avait engloutis tous deux.

Mais après, s'interrogea-t-elle, de nouveau taraudée par le doute, quand cette passion se serait éteinte, que se passerait-il ? Haakon changerait-il de compagne et elle-même continuerait-elle sur cette pente glissante où elle avait imprudemment risqué le pied, jusqu'à se retrouver dans la peau de ces femmes perdues qu'elle avait aperçues à la fête, prêtes à tout pour rompre leur solitude ?

A chaque mouvement du cheval, le corps de Haakon se plaquait contre le sien, réveillant en elle un flot de sensations aussi intenses que diffuses. Elle avait beau essayer de focaliser son attention sur le chemin de terre qui se déroulait devant eux, une douleur exquise se creusait en elle, un manque que seul Haakon, elle le savait, était en mesure de combler.

Qu'arriverait-il donc à leur retour au manoir ? se demanda-t-elle. Oserait-elle se fier de nouveau au maître des lieux alors qu'il l'avait déjà trahie une fois ? Oserait-elle s'attacher à lui alors que, de son côté, elle n'avait rien pour le lier à elle ?

Comme elle en était rapidement venue à avoir besoin de lui, à avoir soif de son sourire, à ne pouvoir se passer du spectacle de ses yeux dans lesquels se reflétaient si limpidement ses humeurs du moment ! Elle avait éprouvé une véritable bouffée de haine à l'encontre de Thrand en voyant ce dernier venir rompre leur idylle dans les bois.

Elle avait envie de Haakon. Pas seulement de sa chair, mais bien de toute sa personne, corps et âme. Il était beau, intelligent et d'un commerce agréable. Etait-ce suffisant, toutefois ? Selwyn était volage. Pourquoi Haakon serait-il différent ? Mais le pire, c'était qu'elle espérait qu'il soit différent. Elle aspirait à son affection exclusive, pleine et entière.

Malheureusement, elle ne pouvait le lui avouer. Il n'avait déjà que trop de pouvoir sur elle. L'imposante silhouette du manoir apparut de l'autre côté du lac. Annis avait bien cru ne jamais la revoir. Sa gorge se serra.

Sitôt que Guthrun l'aperçut assise derrière Haakon, elle plissa les yeux et émit un claquement de langue irrité.

— J'ai récupéré notre captive, annonça son beau-fils qui laissa glisser cette dernière du cheval sans même lui accorder un regard.

Annis s'empressa de tirer sur le bas déchiré de sa chemise pour cacher ses jambes. Puis, craignant que ce geste n'attire au contraire l'attention sur ses mollets nus, elle laissa retomber ses mains et toisa Guthrun avec un air de défi.

— En d'autres termes, son complice court toujours, rétorqua aigrement cette dernière. Et, comme de bien entendu, je suppose que c'est lui qui détient mes bijoux.

— Ce n'était pas son complice, Guthrun, riposta Haakon. Et je ne suis pas loin de penser que vous le saviez depuis le début. Alors, si vous cherchez encore à faire lever le grain de la discorde dans ma demeure, méfiez-vous : je ne m'y laisserai pas prendre une deuxième fois.

— Mais de quoi parles-tu ? s'indigna l'interpellée d'une voix suraiguë. Imagines-tu au moins la frayeur que nous avons tous eue à voir ton cheval revenir sans toi — et taché de sang, qui plus est ? Tout ça à cause de cette femme. Et voilà que par-dessus le marché, Ingrid me dit en pleurant être obligée de nous quitter !

— Suffit, Guthrun, lui ordonna Haakon.

— Pas question. Je n'ai pas fini, répliqua sa belle-mère en se mettant à débiter une litanie de plaintes et de reproches dont la plupart étaient manifestement inventés.

Haakon la laissa vider son sac. Puis, dans le silence revenu, il s'éclaircit la gorge et reprit la parole sur le ton calme et posé qu'on prend pour s'adresser à un enfant ou à un vieillard particulièrement dur d'oreille.

— Annis est ma concubine, Guthrun, et à l'avenir tu la traiteras comme telle, en lui témoignant tout le respect qui lui est dû. Est-ce clair ?

Sa belle-mère eut un infime hochement de tête.

Il se tourna ensuite vers Thrand et l'entretint de questions agricoles comme si Guthrun n'était qu'un détail dans l'ordre général de l'univers. Cette dernière blêmit légèrement tandis que résonnaient derrière elle les murmures excités des domestiques. Annis nota, non sans surprise, que Tove semblait accueillir favorablement ce retournement de situation.

— Félicitations, Annis, vint lui dire Guthrun avec un sourire torve. On dirait que tu as su offrir à mon beau-fils quelque chose que les femmes vikings n'ont pas. Un parfum d'exotisme, peut-être. En tout cas, aucune de mes autres servantes n'a jamais songé à jouer les esclaves en fuite pour séduire leur maître. Tu as gagné cette première manche, c'est un fait. Mais souvent homme varie…

Annis se crispa comme si on venait de la frapper, mais n'en soutint pas moins le regard venimeux de la belle-mère de Haakon, refusant de lui révéler combien sa pique l'avait touchée. Elle jeta un coup d'œil à ce dernier dans l'espoir qu'il impose un prompt démenti aux insinuations de Guthrun, mais il était toujours plongé dans sa conversation avec Thrand.

Elle serra les dents et s'exhorta au calme, comprenant

que Guthrun cherchait uniquement à provoquer un conflit dont cette vieille retorse était sûre de sortir gagnante. Mieux valait donc imiter Haakon et feindre de l'ignorer.

— Je souhaiterais voir les moines, lança-t-elle à celui-ci en tirant sur sa tunique. Il faut qu'ils sachent qu'Aelfric n'a toujours pas été retrouvé et qu'il a dû périr dans les bois.

— A ta guise, acquiesça-t-il avant de lui saisir le coude. Mais, tu sais, nous n'en sommes pas encore sûrs. Loin de là.

— J'ai pourtant entendu Thrand te parler des corbeaux, répliqua-t-elle en joignant les mains pour les empêcher de trembler.

Ce qu'elle désirait surtout, c'était apprendre elle-même aux frères son nouveau statut. Et leur montrer qu'elle n'en éprouvait aucune honte.

— Tu n'es pas obligée de t'en occuper, objecta-t-il. Je peux très bien leur transmettre la nouvelle par leurs gardiens.

— Après avoir affronté une meute de loups, ce ne sont pas des moines qui vont me faire peur.

— Bon, soit, concéda-t-il. Mais fais vite. Je désire te montrer ensuite tes nouveaux quartiers.

Ses nouveaux quartiers ? se répéta-t-elle en pinçant les lèvres. Elle n'y avait pas songé. Sa vie conjugale avec Haakon risquait de ne plus avoir grand-chose de privé ni d'intime. Tout un chacun au manoir allait pouvoir épier leurs faits et gestes, leurs disputes, leurs étreintes… et les rapporter aux moines. Qu'en penseraient-ils ? La condamneraient-ils, à l'instar d'Aelfric ? Ou, au contraire, la comprendraient-ils ?

Elle attendit devant le bâtiment qu'on lui amène les religieux. Le vent lui ébouriffait les cheveux, lui rafraîchissant la tête. Elle était presque contente, maintenant, de sa nouvelle coupe de cheveux.

Les moines arrivèrent enfin. Ils portaient eux aussi le collier mais n'en paraissaient guère affectés. Ils avançaient d'un pas ferme, le buste droit et la tête haute.

— Vous voilà de retour, constata leur doyen.

— Haakon Haroldson m'a sauvée d'une meute de loups.

— Nous sommes heureux de vous revoir. Nous n'avons cessé de prier pour vous ainsi que pour notre frère égaré.

— Je n'ai, hélas ! aucune nouvelle d'Aelfric.

Les moines s'inclinèrent.

— Nous comptons toujours sur la Providence divine pour l'éclairer, mais on dirait qu'il a malheureusement choisi de tourner le dos à Notre Seigneur. Il fait désormais partie des âmes perdues.

— Haakon m'a accordé le titre de concubine, annonça-t-elle sans transition.

Elle s'attendait à des reproches, des hoquets de stupeur, des grimaces offusquées, mais les religieux se contentèrent de la contempler sans mot dire, l'air à peine affligé.

— Nous allons prier pour vous, déclara enfin le doyen avant de lever la main vers le ciel. C'est à Dieu qu'il revient de vous juger, ma sœur, pas à nous. Vous détenez dorénavant le pouvoir. Usez-en avec sagesse.

Annis hocha la tête, la gorge nouée. Elle n'avait vraiment pas prévu ça. Il semblait même que les moines comptaient sur elle pour améliorer leur condition. Elle ne voyait cependant franchement pas comment elle allait pouvoir y parvenir.

Elle détenait le pouvoir, vraiment ?

Mais les religieux étaient déjà remmenés à leurs tâches.

— J'espère que l'imprudence de leur frère leur servira de leçon, déclara Haakon qui était resté debout près d'elle. Et que cela les incitera à montrer encore plus d'ardeur au travail dans l'attente de leur rançon.

Annis joignit les mains. Elle avait supposé que les moines réagiraient comme Aelfric, mais il n'en avait rien été. Le doyen avait même poussé l'humilité jusqu'à quémander son intercession.

— Est-il vraiment nécessaire de leur imposer le collier ? demanda-t-elle à Haakon.

— J'en ai déjà perdu un, répondit-il, la mâchoire crispée.

Ce sont des otages de valeur. Si cet attribut leur répugne, ils n'ont qu'à s'en prendre à Aelfric.

— A compter d'aujourd'hui, c'est ici que tu dormiras, déclara Haakon en lui désignant l'estrade qui se dressait derrière la table seigneuriale. Avec moi.

Annis s'avança vers l'alcôve en traînant un peu les pieds et s'arrêta sur le seuil du renfoncement. Jusqu'alors, Tove lui en avait toujours interdit l'accès. Ce serait dorénavant son foyer, du moins tant que Haakon ne serait pas lassé d'elle. Elle aurait voulu détester ce refuge, mais elle le trouva en fait charmant et d'un raffinement inattendu.

A la différence de son ancienne alcôve qu'elle avait partagée avec Ingrid et Tove, celle-ci était vaste et somptueusement meublée. Des tapisseries représentant des légendes vikings étaient pendues aux murs et un lit au cadre sculpté trônait au milieu de la pièce, recouvert d'un amoncellement de fourrures et d'oreillers. Comme il lui était facile de s'imaginer allongée sur cette couche douillette, Haakon penché sur elle… Elle rougit aussitôt, effarée de constater que même ses pensées prenaient un tour licencieux. L'ancienne Annis, la fille de bonne famille northumbrienne, n'aurait jamais osé concevoir des idées pareilles. Elle s'était pourtant juré, jadis, de ne jamais ressembler à l'une des nombreuses maîtresses de Selwyn, ces courtisanes à l'œil câlin et aux poses suggestives, mais son corps semblait avoir une tout autre opinion sur la question.

Sur un petit coffre au chevet du lit se trouvait le plateau de tafl de Haakon. Au pied de la couche fumait un baquet d'eau chaude. Des rideaux avaient même été accrochés au-dessus de la porte pour pouvoir isoler l'alcôve et garantir au jaarl un minimum d'intimité.

De l'intimité, pensa-t-elle avec nostalgie. Avant la mise à sac de Lindisfarne, elle n'aurait guère imaginé combien cette simple commodité pouvait être précieuse.

Elle avança jusqu'au centre de la pièce et inspira avec lenteur, secrètement réjouie par le luxe à la fois discret et rustique de l'endroit.

— Ça te plaît ? s'enquit Haakon en venant l'enlacer, visiblement aussi ravi de lui présenter sa chambre qu'un petit garçon exhibant son plus beau jouet.

— Oui, beaucoup, acquiesça-t-elle en lui rendant son sourire et en espérant qu'un sort cruel ne viendrait pas la priver brusquement de tous ces avantages. Et je constate que tu disposes même d'un bain personnel.

— C'est pour alterner un peu avec l'étuve, repartit-il plaisamment.

Il alla allumer une torche avant de tirer le rideau de séparation. Annis demeurait immobile, indécise. Elle savait qu'elle aurait dû prendre quelque initiative, mais se sentait gauche et maladroite.

Après avoir fouillé dans le coffre, Haakon en retira la petite croix d'argent suspendue à sa chaînette.

— Avec ta permission…, murmura-t-il en accrochant à son cou le collier dont le pendentif vint se nicher entre ses seins. J'ai pensé que tu aimerais le porter. En tout cas, c'est mieux que de le garder enfermé dans un meuble.

Elle referma les doigts sur le crucifix, osant à peine respirer. Haakon le lui avait rendu de son propre chef. Sans même qu'elle ait eu besoin de le lui demander.

— Merci, murmura-t-elle. C'est un cadeau de ma mère.

— Je me doutais que tu y étais attachée, répliqua-t-il d'une voix douce et grave dont les intonations grisèrent Annis faisant naître des frissons sur sa peau.

Elle plongea une main dans le baquet et laissa l'eau chaude couler le long de ses doigts. Elle savait ce qu'on attendait d'elle. Elle l'avait lu dans le regard des autres. Or, si donner libre cours à ses désirs avait été possible dans la cabane de bûcheron, ici la curiosité de la maisonnée l'intimidait.

Et puis l'enjeu était de taille. Il ne s'agissait pas seulement d'elle. Si elle arrivait à mériter les faveurs de Haakon, elle pourrait contribuer au bien-être des moines.

Restait à savoir comment elle allait parvenir à le contenter, elle qui n'avait su retenir son mari dans son lit que quelques jours à peine…

— Nous avons eu une longue chevauchée, reprit-il en se versant un gobelet d'hydromel, sans la quitter des yeux. Tu es couverte de poussière.

— Toi aussi, remarqua-t-elle.

Elle s'humecta les lèvres. Haakon lui paraissait curieusement tendu, comme s'ils s'étaient engagés dans une partie délicate. Elle devinait que la balle était dans son camp mais ignorait pratiquement tout des règles de ce jeu.

— Tove et les autres servantes ont préparé un bain, ajouta-t-il.

— Le baquet n'est pas assez grand pour nous deux.

Il esquissa un sourire.

— Bien vu.

— Tu n'as qu'à te baigner le premier, suggéra-t-elle tout en lissant sa chemise. Veux-tu que je te laisse ? On trouvera certainement du travail à me donner en cuisine.

— Bon, soit, articula Haakon avant de se déshabiller sans plus de façon.

Annis eut le souffle coupé de revoir soudain son corps dans sa splendide nudité. Il se dirigea vers le baquet et se coula dans l'eau sans la moindre gêne apparente.

— Le seul travail qui t'attend désormais est de t'occuper de moi, précisa-t-il.

— Co… comment ça ? bredouilla-t-elle, la bouche aussi sèche qu'un parchemin.

— Et si tu commençais par me laver le dos ? lui proposa-t-il en ramenant ses genoux contre son torse. Tu trouveras des serviettes dans le coin là-bas.

Annis demeurait figée sur place, fascinée par les ombres

mordorées que la lueur de la torche projetait sur les muscles du Viking.

— Annis ? la héla-t-il à voix basse. Que se passe-t-il ?

— Euh… rien, répondit-elle en se hâtant de le rejoindre.

Désireuse d'en finir au plus vite, elle plongea les bras dans le liquide tiède et aspergea Haakon à la hâte.

Il lui attrapa les mains.

— Mais qu'est-ce qui te rend si nerveuse, à la fin ?

— Je ne suis pas nerveuse, mentit-elle.

— J'ai senti un changement en toi dès l'instant où ce vieux moine t'a parlé. Que t'a-t-il dit au juste ?

— Pas grand-chose. Il m'a seulement… approuvée, en quelque sorte.

Elle trempa une serviette dans le baquet et l'essora avant de la passer sur la peau de Haakon.

— Il t'a approuvée ? répéta ce dernier avec une certaine incrédulité.

— Je crois qu'ils s'attendent à ce que je contribue à améliorer leur sort.

Il la saisit par la taille et la fit basculer dans le baquet.

— Ma chemise est toute mouillée ! protesta-t-elle.

Elle voulut le repousser. Sa bouche était si proche de la sienne qu'elle en avait des picotements dans les lèvres. Il prit sa tête dans le creux de sa paume.

— De toute façon, répliqua-t-il dans un souffle, ce n'est pas une tenue digne de toi. Il ne sera pas dit que ma compagne porte des haillons.

— Comment veux-tu que je m'habille, alors ? rétorqua-t-elle en redressant le menton. Je ne suis pas une viking, moi.

— Non, en effet, concéda-t-il tout en la pressant plus étroitement encore contre lui.

Puis il s'immobilisa d'un coup et se mit à la dévisager avec avidité.

— Qu'est-ce qui t'arrive ?

— Je me fabrique des souvenirs, Walkyrie, pour quand

nous aurons des cheveux blancs. Je veux être capable à ce moment-là, rien qu'en fermant les yeux, de te revoir comme tu es là, aujourd'hui, devant moi, répondit-il sur un ton presque douloureux qui fit chavirer son cœur.

— Comme je suis là ? Tu veux dire : un peu trempée sur les bords ? voulut-elle plaisanter malgré les frissons qui parcouraient tout son corps.

Elle ne voulait pas songer à l'avenir qu'évoquaient les paroles de Haakon. Le présent, seul le présent devait et pouvait compter à ses yeux. Quant aux souvenirs, se dit-elle, il serait toujours temps d'en avoir plus tard.

— Bah ! tu es juste un peu humide par-ci par-là, repartit-il sur le même ton en effleurant ses seins.

— Haakon ! Haakon ! retentit la voix de Thrand dans la grand-salle. Navire en vue ! Navire en vue !

Haakon laissa retomber ses bras en soupirant tandis qu'Annis s'accrochait au bord du baquet pour garder son équilibre. Il s'empressa ensuite de sortir du bain, de se sécher et d'enfiler pantalon et tunique.

— Hélas ! mon adorée, lui susurra-t-il en quittant l'alcôve, le devoir m'appelle.

— Thorkell a convoqué le Storting, annonça Vikar sans préambule sitôt qu'il eut mis le pied à terre.

Haakon constata que les traits du jaarl s'étaient durcis depuis leur séparation. La nouvelle qu'il lui apportait n'était pas bonne, il en avait bien conscience, se doutant que le roi n'avait pas proclamé le rassemblement de ses vassaux dans le seul but de fêter le succès du felag des Haroldson.

— Je m'attendais un peu à ce qu'il prenne cette décision après avoir reçu mon bâton de message, repartit-il tout en serrant l'avant-bras de son ami. Mais, dis-moi, depuis quand un jaarl de Viken est-il chargé de transmettre les ordres de notre souverain ?

— Depuis qu'Asa me l'a demandé. Elle te conseille

d'arriver avant que le Storting ne se réunisse. Elle affirme qu'il en va de ton intérêt.

Haakon reporta son regard sur le fjord.

— Je suis content d'apprendre qu'elle se souvient encore de moi. Voilà des années que nous sommes revenus ensemble du Danemark, moi pour rejoindre ma famille et elle pour se marier.

— Elle m'a même parlé de toi avec chaleur, renchérit Vikar en posant une main sur son bras. Tu sais, elle n'a pas oublié l'amitié que tu lui as prodiguée alors qu'elle ne pouvait compter sur rien ni sur personne. Et Thorkell l'écoute.

— Et pourquoi donc Asa estime-t-elle ma présence nécessaire à la cour ? Mon domaine a autant besoin de moi, sinon plus, que ma reine. Et puis je n'ai aucune envie de me mettre en position de quémandeur en arrivant là-bas trop tôt.

— Sigfrid est reparti vers le sud après t'avoir quitté. Il a accosté les quais de Kaupang un jour seulement après moi.

— C'est ce que j'ai cru comprendre, grommela Haakon. A croire que régler ses comptes avec moi est plus urgent à ses yeux qu'accaparer la dot de sa belle-sœur.

— Peut-être n'est-il pas si pressé que ça d'épouser la veuve de Bjorn, tu sais. Il s'est toujours choisi des femmes menues pour concubines et Hilde ne correspond pas vraiment à cette description. Et puis elle loge au manoir familial et n'a nulle part d'autre où aller, répliqua Vikar avant de redevenir sérieux. En tout cas, c'est peu après l'arrivée de Sigfrid que Thorkell a exigé la réunion du Storting, alors que jusque-là, il semblait se satisfaire pleinement de la part du butin que nous lui avions réservée ainsi que de ta version du combat contre Bjorn. Il sait comme tout le monde jusqu'où le frère de Sigfrid pouvait aller sous l'emprise de sa rage de berserker.

— Et il n'a pas voulu m'entendre auparavant ? C'est seulement Asa qui t'a prié de venir me chercher ? demanda Haakon en s'efforçant de garder une voix neutre.

Ce qui s'était passé entre Asa et lui des années auparavant

n'était plus qu'un souvenir qui s'était transformé en une amitié aussi chaste que sincère. Mais il n'ignorait pas que des rumeurs couraient toujours sur leur compte.

— Si, bien sûr que Thorkell souhaite recueillir ton témoignage en personne. Seulement il préférait ne pas t'envoyer un confrère du felag. Asa a insisté pour que ce soit moi quand même qui t'annonce officiellement la nouvelle. Je suis parti aussitôt. Et, grâce à Odin, les vents avaient tourné et n'ont cessé de nous pousser jusqu'ici.

— Merci, repartit simplement Haakon en se remettant à contempler les vagues frangées d'écume qui ridaient la surface du fjord.

Il ne put s'empêcher de songer qu'il avait eu raison, ce matin-là, de penser que son intermède avec la belle Annis ne saurait durer et que la réalité allait sous peu reprendre ses droits.

— Quels guerriers vas-tu emmener avec toi ? voulut savoir Vikar.

— Serais-tu en train d'insinuer que certains pourraient m'être moins loyaux que je le crois ?

— Je te recommande seulement de choisir avec soin tes compagnons de voyage. Tu auras besoin d'être entouré d'hommes discrets, avec la tête sur les épaules. J'ai appris l'accident de Thrand. Il est hors de question que ça se répète à la cour.

— Je n'emmènerai qu'une garde rapprochée. La saison des raids n'est pas terminée. La visite de Sigfrid a suffi à me le rappeler.

Vikar plissa les lèvres.

— Et combien de temps te faudra-t-il pour préparer un drakkar ?

— Une semaine, deux tout au plus, repartit Haakon qui souhaitait malgré tout profiter encore un peu d'Annis.

— C'est trop long, décréta Vikar en frappant dans sa paume. On raconte déjà à Kaupang que tu serais un parjure et que tu aurais agressé Bjorn de sang-froid. On parle de la dispute qui t'aurait opposé à lui la veille du débarquement à Lindisfarne. On te reproche à mots couverts d'être cupide et ambitieux.

— Bjorn a formulé une opinion que je ne partageais pas. Je lui ai exprimé mon désaccord. Il a préféré ne pas me contester ma place de chef et la controverse s'est arrêtée là, répliqua Haakon en serrant les mâchoires. Bjorn était tout simplement aveuglé par sa folie meurtrière. C'est le prix qu'ont parfois à payer les berserkers pour leur incroyable courage.

— Bose et Sigfrid ont été vus ensemble, Haakon. A eux deux, ils peuvent faire beaucoup de mal et Asa partage mon opinion. Je te rappelle en outre que je connais très bien Bose pour avoir été jadis marié à sa fille. Je sais ce dont le bonhomme est capable. Si malheur devait arriver à Thorkell, le fils d'Asa n'est pas encore en âge de lui succéder. J'ai des ordres, Haakon. La reine exige ta présence dans les plus brefs délais pour contrer les menées de ses ennemis.

Haakon dévisagea son ami, atterré par cette avalanche de mauvaises nouvelles. Sigfrid était donc déterminé à causer sa ruine, se dit-il. Si le moindre crédit était accordé aux accusations de parjure qu'il proférait à son encontre, les Haroldson risquaient tout simplement de perdre leur domaine. Car un parjure n'avait droit à rien. Un parjure n'était rien.

— Bon, lâcha-t-il. Dans ce cas, nous partirons dès demain.

Vikar garda le silence un instant tout en remuant de la pointe de sa botte le sable de la grève.

— Un dernier détail, ajouta-t-il finalement. Je dois t'avertir que Sigfrid a également parlé de ta captive à Thorkell.

Haakon eut l'impression qu'un glaçon lui était appliqué sur la nuque. Il avait finalement décidé d'emmener Annis avec lui — mais ne risquait-il pas ainsi de la mettre en danger ? Mieux valait sans doute qu'elle reste ici, même s'il lui en coûtait affreusement de se séparer d'elle.

— C'est effectivement bon à savoir, reconnut-il.

Chapitre 14

— Sais-tu que Haakon va se rendre à la cour de Thorkell ? s'exclama Tove en déboulant dans la chambre, fichu et tablier de travers. Il partira demain sur le bateau de Vikar, dès que les vents auront tourné.

Annis termina de boucler la petite broche ovale qui retenait le col de sa tunique. La chemise de lin fin ainsi que la tunique richement brodée que lui avait données Haakon étaient magnifiques. Toutefois, entre ses cheveux raccourcis et ces nouveaux habits, elle avait du mal à se reconnaître dans le petit miroir de l'alcôve.

— Cela ne me surprend pas. Il est jaarl et a des devoirs envers son roi, repartit-elle en s'efforçant de garder une voix calme.

Une douloureuse impression de vide venait toutefois de se creuser en son ventre. Haakon n'avait apparemment pas jugé utile de la prévenir de son départ. Elle l'avait pourtant entendu ce matin-là parler dans la grand-salle et crier des ordres à ses hommes, mais il n'était pas rentré dans la chambre pour l'informer de ses intentions.

Et voilà, se dit-elle, ça recommençait. Tout comme Selwyn après leur nuit de noces, Haakon se désintéressait d'elle, ses pensées d'ores et déjà tournées vers la cour et ses intrigues. Et quand il reviendrait de Kaupang, se souviendrait-il au moins de ce qu'ils avaient partagé ?

— Oui, c'est vrai, et je t'admire de prendre aussi dignement cette nouvelle, déclara Tove tout en faisant la moue.

— Pourquoi la prendrais-je autrement ?

— Moi, ça m'aurait rendue folle qu'il me laisse tomber comme ça juste après m'avoir choisie officiellement pour concubine, rétorqua la servante en secouant la tête. Honnêtement, je ne le comprends pas.

— Peut-être est-ce toute la différence entre toi et moi, suggéra Annis sans se départir de sa posture rigide, les yeux rivés dans ceux de Tove.

— Oui, peut-être.

Annis aurait préféré que la domestique s'en aille, mais celle-ci restait à traîner dans la chambre, ouvrant par-ci un pot de senteur, jetant par-là un œil dans un coffre ouvert.

— Allons, vide ton sac, Tove, l'enjoignit-t-elle enfin. Que voulais-tu me dire au juste ?

— La plupart des jaarls emmènent avec eux leur épouse ou leur concubine quand ils vont à la cour, énonça l'interpellée en battant des cils, l'air innocent.

— Et… ? la pressa Annis en tapant du pied et en sentant un début de migraine la lancer.

— Pourquoi n'est-ce pas le cas de Haakon ? Je l'ai entendu demander à Thrand de veiller sur toi et d'empêcher Guthrun de te chercher des noises. C'est donc qu'il compte partir sans toi, expliqua Tove avec une mine réellement soucieuse. Je t'aime bien, Annis, tu sais. C'est vrai que nous ne sommes pas pareilles, toutes les deux, mais j'ai beaucoup de respect pour toi. Tout ce que tu me confieras restera entre nous.

— Je suppose que Haakon a ses raisons pour agir ainsi, articula Annis sans laisser transparaître aucune émotion sur son visage, se doutant bien que, malgré ses protestations d'amitié et sa promesse de rester discrète, Tove s'empresserait de divulguer la moindre de ses confidences et que la rumeur s'en répandrait dans tout le domaine à une vitesse affolante.

— C'est bizarre, quand même, reprit la servante sur un ton pensif. Je veux dire, pourquoi avoir attendu aussi longtemps pour te présenter comme sa concubine en titre ? Peut-être songe-t-il à la reine et ne veut-il pas l'offenser… Il paraît qu'ils étaient très proches l'un de l'autre, jadis.

— Du travail m'attend, Tove, repartit Annis en tournant délibérément le dos à la curieuse. J'ai promis à Haakon de fabriquer plusieurs doses de mon onguent pour les brûlures.

— Oh, mais moi, je désire seulement t'aider, tu comprends ? Et si c'était moi, la concubine du jaarl, je m'arrangerais pour qu'il m'emmène, tu peux me croire ! Les fêtes à la cour sont légendaires. Tu devrais le travailler un peu au corps au lieu de te soumettre à ses décisions. En tout cas, moi, c'est ce que je ferais.

— Mais tu n'es pas la concubine de Haakon et tu n'es pas près de le devenir, rétorqua Annis en croisant les bras.

La suggestion de Tove ne la laissait néanmoins pas insensible. Elle se rappelait les propos que lui avait tenus Aelfric juste avant de s'enfuir : d'après lui, il y avait une chance pour que le roi Thorkell s'émeuve de leur sort d'otages. Il était également possible que Charlemagne ait un représentant à Kaupang et qu'elle puisse ainsi lui transmettre un appel de détresse à destination du souverain de la Northumbrie.

Tove accusa la rebuffade en rougissant.

— Guthrun dit que tu ressembles à une esclave et qu'elle est bien contente pour sa part que tu n'ailles pas là-bas, lâcha-t-elle en redressant la tête.

— Si mon apparence lui déplaît, elle n'a qu'à s'en prendre à elle-même. C'est elle qui m'a coupé les cheveux, rappela Annis sur un ton plus léger, soucieuse malgré tout de se garder Tove comme alliée.

La domestique avait effectivement d'autres ambitions que les siennes, mais elle n'en était pas moins une gouvernante accomplie et Annis avait besoin d'amis face à une Guthrun qui devait guetter ses moindres faux pas.

— Elle ne m'aime pas et je ne l'aime pas, ajouta-t-elle, mais Haakon m'a nommée sa concubine et je te promets que je ne la laisserai plus tyranniser la maisonnée comme avant.

Tove s'esclaffa.

— Je n'y pensais pas en ces termes-là, avoua-t-elle, mais après tout, il n'est effectivement pas plus mal que tu sois là pour contrebalancer un peu son autorité.

Annis se força à sourire. Il lui fallait songer à l'avenir, se dit-elle. Haakon ne serait peut-être pas toujours épris d'elle. Elle se rappelait encore le nombre de fois où Selwyn avait changé de maîtresse au cours de leurs cinq années de mariage et ne voyait pas pourquoi le chef des Haroldson serait différent de son défunt mari.

Cette éventualité suffisait néanmoins à lui donner envie de se rouler en boule par terre pour pleurer. Elle s'était pourtant promis, à Lindisfarne, de ne plus jamais se montrer aussi vulnérable. Mais voilà : il lui fallait bien admettre que son bonheur dépendait désormais de cet homme et qu'au fond d'elle, ce qu'elle désirait le plus au monde, c'était qu'il s'attache à elle autant qu'elle commençait à s'attacher à lui.

— Tu pars demain, déclara Annis à Haakon qui était alors en train de faire la fête à Floki.

— Exact, admit-il en se redressant, mais sans paraître vouloir la serrer dans ses bras. Guthrun va également rester ici. Elle n'aime pas prendre le bateau. Tu n'as pas à avoir peur d'elle. Pendant que je ne serai pas là, ce sera Thrand qui dirigera le domaine. Je lui ai donné l'ordre formel d'empêcher sa mère de te nuire. J'aimerais par ailleurs que tu en profites pour établir l'inventaire de l'apothicairerie et que tu me dresses une liste des simples qui pourraient nous manquer au manoir. Je tiens à ce qu'aucun membre de ma maisonnée ne manque jamais de ton onguent.

— Combien de temps penses-tu être absent ? s'enquit-elle en s'obligeant à garder les bras le long du corps, alors même qu'elle mourait d'envie de nouer ses mains autour de son cou pour le supplier, les yeux dans les yeux, de l'emmener avec lui parce qu'elle ne pouvait vivre loin de lui un seul instant.

Il eut un vague haussement d'épaules.

— Cela dépend du roi.

— Alors pourquoi ne puis-je t'accompagner ? demanda-t-elle malgré elle, incapable se retenir plus longtemps.

Cela n'avait pas de sens, songea-t-elle. Avant l'arrivée de Vikar, Haakon semblait incapable de se passer de sa présence et voilà qu'il était sur le point de l'abandonner ! Il n'avait même pas eu la courtoisie de venir l'avertir de son départ. Elle se sentait glacée de la tête aux pieds et avait le plus grand mal à réprimer les larmes qui lui serraient la gorge.

— J'ai été convoqué. Il faut que je me rende à Kaupang immédiatement. De grandes manœuvres ont lieu en ce moment même à la cour et c'est pure chance que Vikar ait eu vent de ces intrigues, répondit-il avant de tendre enfin la main vers elle pour l'attirer contre lui.

Annis fut plaquée contre son torse musclé. Il se mit à lui caresser le dos avant de lui embrasser la tempe.

— Tu vas me manquer, mais tu seras plus en sécurité ici.

— Tu as donc pensé à m'emmener, comprit-elle avec un soupir frémissant tandis que le monde autour d'elle, qui lui semblait si sombre l'instant d'avant, retrouvait d'un coup ses couleurs

— Thorkell a parlé de toi. Il voulait savoir qui tu étais et pourquoi je n'avais ramenée que toi comme captive, lui expliqua Haakon tout en lissant ses cheveux bouclés, geste simple mais tendre qui embrasa aussitôt les sens d'Annis. Je préfère rester prudent, tu comprends ?

— Me laisser ici alors que tu vas te jeter dans la gueule du loup, moi, je n'appelle pas ça de la prudence, rétorqua-t-elle tout en s'écartant de lui pour mieux réfléchir.

Elle savait pertinemment que si elle restait collée contre lui, elle acquiescerait à tout ce qu'il dirait rien que pour garder ses lèvres près des siennes.

— Ne t'inquiète donc pas pour moi, lui lança-t-il, les yeux brillant d'une flamme d'un bleu intense. Il n'est pas encore né, l'homme qui arrivera à me vaincre en combat singulier ! Je ne cours aucun danger.

— S'il n'y aucun danger, pourquoi alors ne pas m'emmener avec toi ? repartit-elle en ponctuant sa question d'un petit rire.

— Je ne t'abandonne pas de gaieté de cœur, crois-moi, mais suffisamment de rumeurs calomnieuses courent déjà sur mon compte, répondit-il avant de lui apprendre la réunion du Storting décidée par Thorkell pour que les nobles du royaume l'aident à juger du cas posé par la mort de Bjorn.

— Et ton roi a également demandé à me voir ? l'interrogea Annis en penchant la tête, le cœur battant la chamade. Dans ce cas, je ferais mieux de t'accompagner, non ?

— Ce n'est pas si simple que ça, marmonna-t-il en se passant une main dans les cheveux avant de lui empoigner les épaules de ses doigts rudes de guerrier. Si jamais les événements survenus à l'hôtellerie de Lindisfarne s'ébruitaient, ta vie ne tiendrait plus qu'à un fil. Thorkell peut éventuellement m'accorder son pardon, mais toi, tu n'es pas une Viking.

Elle ferma les yeux. Elle ne se souvenait que trop bien de l'irruption de la bête hirsute dans sa chambre du monastère. Un violent frisson la secoua. Même après toutes ces semaines loin de la Northumbrie, les images et les sons de ce tragique épisode de son existence demeuraient profondément gravés dans son esprit.

— Chercherais-tu à me protéger contre mon gré ?

— S'il le faut, oui, admit-il sans ambages. Je répéterai au roi et à mes pairs notre version de la mort de Bjorn sans que ton témoignage risque de contredire le mien

Annis se rapprocha de lui et posa une main sur la sienne.

— D'abord, je peux très bien me protéger toute seule et ensuite je pense que, puisque ton roi a entendu parler de moi, mon absence à tes côtés risquerait de paraître suspecte à ses yeux. Le Storting pourrait se poser des questions à mon sujet.

Haakon retira sa main.

— Des questions auxquelles je puis aisément répondre.

Tu es ici dans un endroit sûr. Thrand pourra veiller sur toi. Et Guthrun aussi, à sa façon. Je serai de retour avant peu, ajouta-t-il en prenant délicatement son menton dans le creux de sa paume. Allons, souris-moi, que j'emporte un beau souvenir qui me tienne chaud au cœur.

Ses prunelles avaient pris un bleu si profond qu'Annis sentit ses jambes flageoler, et ses protestations se dissoudre dans son esprit en déroute.

— Haakon, insista-t-elle malgré tout, je veux partir avec toi. Je refuse de te quitter.

— Et pourquoi ? rétorqua-t-il en laissant retomber son bras et en fronçant les sourcils. Les raisons que je viens de te donner auraient dû te suffire, il me semble.

Comment lui avouer qu'elle redoutait qu'il ne s'éloigne d'elle, qu'elle ne supportait pas l'idée de le voir partir ? Qu'elle craignait que sa passion pour elle ne s'étiole avec la distance ? Qu'il allait lui manquer ? Les mots refusaient de franchir ses lèvres. Les proférer l'aurait rendue trop vulnérable. Sa réserve était non seulement sa fierté, mais aussi le garant de sa dignité.

Croisant les bras sur sa poitrine, elle adopta un ton résolu et jugea préférable de se concentrer sur des arguments de bon sens.

— Parce qu'en persistant à me cacher, tu risques de froisser la susceptibilité de ton roi qui, comme le mien en Northumbrie, ne doit guère supporter la moindre dissimulation chez ses sujets. Je ne voudrais pas provoquer ta disgrâce, même indirectement.

— C'est un risque que je suis prêt à prendre, répliqua-t-il en crochant ses doigts dans son ceinturon, les pieds solidement campés sur le sol.

Elle laissa échapper un faible soupir et courba légèrement la tête, accablée par son échec.

Le regard de Haakon se fit alors plus doux.

— Moi aussi j'aimerais bien que tu m'accompagnes,

admit-il, mais tu es plus en sécurité ici. Je sais d'expérience que la cour de Thorkell est parfois plus dangereuse qu'une fosse à serpents ; or, j'ai juré de te protéger.

— J'ai survécu moi-même aux intrigues de la cour du roi de Northumbrie à York, alors je ne crains pas celles de Kaupang, prétendit Annis en redressant la tête et en se forçant à sourire. Je veux venir avec toi. Je t'en prie, Haakon, emmène-moi.

— Tu y tiens donc tant que ça ?

— Oui.

Annis sentait bien qu'à cet instant, un peu de séduction l'aurait certainement aidée à achever de le convaincre, mais elle voulait que Haakon l'emmène avec lui de son plein gré, sans céder à aucune pression ni contrainte.

— Cela dit, ajouta-t-elle, je ne veux pas te faire honte non plus.

— Me faire honte ? répéta-t-il en plissant les paupières. Et comment pourrais-tu me faire honte ?

— J'ai les cheveux courts. Et je porte toujours ce collier, répondit-elle en touchant le symbole de son appartenance au clan des Haroldson.

— Ce collier est aussi ta meilleure protection sur le domaine, lui rappela-t-il. Tout ce qui porte ma marque est ici respecté.

— Guthrun trouve que cela me donne l'air d'une esclave et, d'après elle, une esclave ne saurait être une concubine digne de ce nom pour un jaarl.

Les prunelles de Haakon étincelèrent et un muscle se mit à jouer sur sa mâchoire. Annis recula d'un pas, craignant d'en avoir trop dit, puis elle s'immobilisa et releva fièrement la tête. Elle n'avait rien à se reprocher, se dit-elle. Après tout, captivité ou pas, elle restait la fille du comte de Birdoswald.

Elle soutint sans ciller le regard courroucé de son amant.

— Ne bouge pas, grommela-t-il en dégainant son couteau.

Avant qu'elle ait pu esquisser le moindre geste, il attrapa

le bandeau de cuir qui lui cerclait la gorge et le trancha d'un coup sec.

— Voilà, dit-il. Quant à tes cheveux, ils finiront bien par repousser.

Elle tâta son cou.

— Pourquoi as-tu fait ça ?

— Parce que Guthrun a raison : si tu venais comme ça avec moi, tu serais considérée comme un déshonneur pour moi et ma maison. Et puis je devrais quand même être capable de m'attacher ma concubine autrement qu'en lui infligeant le port du collier.

Sur la fin de sa repartie, sa voix s'était fondue en un chuchotement rauque qui lui donna des frissons tant elle semblait recéler de promesses sensuelles.

Elle savait pour sa part ce qui l'attachait à lui : des liens qui n'étaient ni de cuir ni d'acier, mais tressés de sollicitude et de délicatesse

Haakon ouvrit ensuite le coffre au chevet de leur lit pour en retirer un torque en argent massif gravé de serpents très stylisés.

— Cela étant, reprit-il, il en est pour s'attendre à ce que je t'affirme comme mienne, à ce que j'indique clairement que tu n'appartiens qu'à moi.

Il fit passer le torque autour de son cou et en boucla la fermeture. Le métal parut d'abord froid à Annis, mais il se réchauffa bien vite au contact de sa peau. Elle glissa les doigts dessous et constata qu'il pesait encore plus lourd que le collier de cuir.

— Et si tu mets ton ancienne robe, personne ne prêtera attention à tes cheveux courts. Tout le monde pensera que ce genre de coiffure est à la mode chez les barbares, ajouta-t-il en souriant. Tu ne me feras pas honte, ni à moi ni à ma maison.

Annis se figea sur place, comprenant soudain : il acceptait qu'elle vienne avec lui ! Il voulait qu'elle demeure à ses côtés ! Elle joignit les mains, craignant d'avoir mal entendu.

— Serais-tu en train de me laisser entendre que je peux me joindre à toi pour ce voyage ?

— Tu parais tellement déterminée à voir à quoi ressemble la cour du royaume de Viken, répondit-il en la prenant dans ses bras. Et puis, au fond, je crois que je dormirai mieux en te sentant près de moi, dans mon lit, qu'en me demandant si tu ne profites pas de mon absence ici pour tenter une nouvelle fois de t'échapper.

— Je n'ai plus envie de fuir, lui confia-t-elle en appuyant la tête contre son torse, enfin libre d'exprimer ses sentiments.

Il lui caressa les cheveux un instant avant de lui redresser le menton et de plonger dans ses yeux son regard d'un bleu profond.

— Promets-moi de rester discrète, Annis. Et promets-moi surtout de garder à tout prix le secret sur la mort de Bjorn.

— Je te le promets, dit-elle en se haussant sur la pointe des pieds pour jouir du contact de ses lèvres chaudes.

— Très bien, fit-il en la relâchant si inopinément qu'elle manqua en tomber à la renverse. Nous partirons dès que provisions et bagages auront été chargés sur le bateau.

— Haakon Haroldson, viens donc me saluer ! s'exclama Thorkell d'une voix de stentor, assis sur son tabouret d'audience où il recevait les doléances de ses sujets. Je ne pensais pas te voir arriver aussi tôt.

— J'ai appris que vous aviez convoqué une réunion du Storting, déclara Haakon tout en se frayant un chemin à travers l'assemblée des courtisans pour venir s'agenouiller devant le couple royal.

Il dévisagea soigneusement Thorkell, à la recherche du moindre signe indiquant qu'il avait toujours la faveur de son souverain. Depuis leur dernière rencontre, des traits gris étaient apparus dans la chevelure blonde de ce dernier. Haakon remercia silencieusement les dieux de leur avoir octroyé un vent favorable et de leur avoir ainsi permis de débarquer à Kaupang avant la plupart des autres jaarls.

Le roi se leva de son tabouret pour venir l'embrasser sur la joue, tel un père souhaitant la bienvenue à son fils. Haakon se détendit quelque peu, songeant que la situation n'était peut-être pas aussi mauvaise que le redoutait Vikar et que le jugement de son ami, d'ordinaire fiable, devait parfois être faussé par le souvenir exécrable qu'il avait gardé de Bose, son ex-beau-père.

De la pénombre régnant derrière Thorkell se détachèrent justement Sigfrid et Bose qui, avisant Haakon, cessèrent aussitôt leur conversation pour le considérer avec stupeur. Portant une main à sa bouche, le frère de Bjorn se pencha vers son interlocuteur pour lui chuchoter quelque chose à l'oreille. Ce dernier opina en silence.

Haakon en éprouva une sombre satisfaction. Il avait interrompu leurs manigances. Il était arrivé plus tôt que Sigfrid l'avait prévu. Il adressa un hochement de tête à Asa qui laissa se dessiner un bref sourire sur ses traits sculpturaux. Jadis, Haakon la considérait comme la plus belle femme du monde, mais il avait désormais conscience que ses charmes physiques ne pouvaient rivaliser avec le rayonnement intérieur d'Annis et qu'entre elles deux régnait la même différence qu'entre la pierre et la chair vivante.

— Tes exploits nous ont été rapportés, continuait Thorkell comme s'il était indifférent aux murmures fiévreux qui s'échangeaient derrière lui. J'aurais toutefois préféré les entendre de ta propre bouche

— Je vous ai envoyé des messagers dès notre retour, lui rappela Haakon en rivant ses yeux dans les prunelles de son souverain.

— C'est vrai, c'est vrai, admit ce dernier, mais ce n'est pas la même chose.

Le ton querelleur du roi surprit Haakon. Ils s'étaient pourtant séparés en bons termes, pensa-t-il. Thorkell devait tout de même comprendre que, s'il avait tardé à lui rendre visite au retour d'une expédition aussi fructueuse et qu'il lui avait délégué les autres membres de son felag, c'était précisément pour le rassurer sur ses intentions et ne pas lui donner l'impression qu'il comptait arguer de sa bonne fortune pour lui contester sa couronne.

Il jeta un bref coup d'œil à Asa qui secoua discrètement la tête, lui suggérant ainsi de refréner tout éventuel mouvement de mauvaise humeur.

— J'attendais votre convocation, proféra-t-il avec prudence tout en observant à la dérobée Sigfrid qui, paré de ses plus beaux atours, suivait l'entretien avec un air renfrogné.

Il se demanda quel mauvais tour le frère de Bjorn pouvait lui avoir concocté.

— Je vous ai dépêché Vikar et Ivar avec le tribut que je vous devais. Et puis, pour tout vous avouer, voilà des mois que je n'avais revu mon domaine ni les miens.

Thorkell s'esclaffa. Enfin il redevenait le souverain agréable que Haakon connaissait.

— Mais je comprends, Haakon, je comprends bien. Et tes cadeaux ont été appréciés à leur juste valeur, crois-moi. Quant à la convocation du Storting, c'était pour vous honorer, toi et le reste de ton felag. Tu es trop modeste, mon bon. Vikar et Ivar m'ont appris le succès de votre expédition. Il nous faut fêter ça dignement. Thor et Odin nous ont accordé, par votre entremise, une splendide victoire dont nous avons tout lieu de nous réjouir.

— Mieux vaut laisser autrui faire votre propre éloge, repartit Haakon. C'est là une leçon que je tiens de vous.

Thorkell se rembrunit aussitôt et tiqua. Haakon serra les dents, comprenant que ses ennemis avaient déjà réussi à semer le doute dans l'esprit du roi. Il n'osait cependant imaginer que ce dernier puisse sérieusement le considérer comme un parjure — pas après toutes les épreuves qu'ils avaient traversées ensemble.

— Le sujet est clos alors, conclut Thorkell avant de croiser les bras. Parlons d'autre chose, veux-tu ? Il paraît que Bjorn aurait péri au cours du raid sur Lindisfarne. Comment cela est-il possible ? Les moines anglais passent beaucoup trop de temps à prier leur dieu pour seulement songer à s'entraîner au maniement des armes.

Haakon se retint de ne pas regarder Annis par-dessus son épaule, souhaitant moins que jamais attirer l'attention sur elle. Thorkell n'avait manifestement accordé aucun crédit à sa version des faits.

— Il a été tué à l'issue d'un combat singulier entre lui et moi. Il était trop aveuglé par sa rage meurtrière de berserker pour me reconnaître comme un de ses confrères du felag. Je m'en remets à Votre Majesté pour déterminer la compensation censée revenir à sa famille.

— J'ai l'intention d'y réfléchir soigneusement. On m'a informé, cependant, que tu te serais querellé avec lui la veille.

— C'est exact, mais notre différend était déjà réglé quand nous avons débarqué sur la presqu'île.

Annis observait Haakon, admirant l'aisance avec laquelle il s'expliquait, alors qu'elle-même en frémissait intérieurement d'angoisse. A quoi exactement allait-il devoir renoncer ? C'était elle qui aurait dû être à sa place. Elle sentait toutefois la menace qui planait sur eux et les cernait d'une atmosphère de suspicion presque palpable. Elle comprenait mieux, maintenant, pourquoi Haakon s'inquiétait pour sa sécurité. Mais elle ne s'en félicitait pas moins de l'avoir accompagné, car de la sorte, au moins, il ne se retrouvait pas seul face à ses ennemis.

— Tu as amené ta captive avec toi ?

A ces mots, Haakon passa un bras derrière Annis pour la pousser dans le dos, si bien qu'elle put contempler Thorkell pour la première fois à loisir. Le souverain du royaume de Viken était un grand blond à la silhouette élancée. Sa peau, cependant, présentait une teinte malsaine. Annis nota également que la main qu'il leva pour la saluer tremblotait un peu.

— C'est ma concubine, précisa Haakon.

Thorkell eut un haussement de sourcils.

— Elle doit être particulièrement remarquable, car je ne me rappelle pas que tu aies jamais accordé cette distinction à aucune autre femme auparavant.

— Les circonstances ont guidé mon choix, répondit Haakon en se gardant d'être plus explicite.

— Ah oui ? fit Thorkell en se caressant la barbe.

Annis se rappela alors les rumeurs qui couraient sur Haakon et la reine et se demanda quelle part de vérité elles pouvaient comporter. Elle jeta un coup d'œil à la femme assise tranquillement près de Thorkell. Elle avait la tête couverte d'un fichu brodé de motifs compliqués et portait des bijoux en or au cou ainsi qu'aux doigts. Sa toilette scintillait. Son visage était calme, serein et beau. Annis fit abstraction de cette façade pour se concentrer sur les yeux d'Asa et y lut de la résolution mêlée d'appréhension.

Détournant la tête, elle dirigea son attention sur les courtisans qui entouraient le roi.

L'expression avec laquelle Sigfrid toisait Haakon quand ce dernier regardait ailleurs lui donna le frisson. Le frère de Bjorn chuchotait de nouveau à l'oreille de l'homme au visage en lame de couteau qui se tenait à côté de lui.

Elle avala sa salive, estimant nécessaire de réagir, ne fût-ce que pour prévenir le souverain à mots couverts, mais les mots lui manquaient.

Entre-temps Thorkell s'était rassis, les traits pincés, et dodelinait de la tête, comme en proie à une brusque somnolence. Puis il redressa le chef en sursaut et considéra son entourage avec un air égaré. L'homme au visage en lame de couteau vint alors lui murmurer quelques mots auquel il répondit par un bref hochement de tête.

— Place au noble suivant, lâcha-t-il en désignant la personne derrière Haakon. J'ai encore bien du monde à voir, beaucoup de gens à entendre. Des gens qui, eux, respectent leur parole.

Un hoquet de stupeur s'éleva de l'assemblée.

— Le roi est las, Haakon Haroldson, s'empressa de préciser la reine dont la voix basse mais vibrante résonna d'un bout à l'autre de la salle. Les festivités de la nuit dernière se sont achevées fort tard.

— Loin de moi le désir de le fatiguer plus longtemps, acquiesça Haakon. Nous rediscuterons une autre fois.

— Je t'écouterai juste avant le Storting et nous déciderons ensuite de ta loyauté, intervint Thorkell d'une voix éteinte de vieillard. Tu peux te retirer, maintenant. Tu recevras ma convocation le moment venu.

De nouveau une rumeur effarée parcourut l'assistance. Annis vit Sigfrid contempler avec un sourire sardonique un Haakon visiblement stupéfait d'avoir été congédié par son souverain comme un garnement, sans aucun égard pour son rang.

Finalement, il saisit Annis par le coude pour l'entraîner hors de la salle. De retour à l'air libre, cette dernière inspira profondément. L'attitude de Thorkell lui semblait incohérente et totalement inexplicable.

Une idée lui traversa subitement l'esprit.

— Ton roi est malade, déclara-t-elle à Haakon.

— Simplement épuisé, d'après Asa.

— Il a un teint morbide et le front couvert de sueur, riposta Annis. Il faudrait qu'il soit très rapidement examiné.

— Et que veux-tu que j'y fasse ? Je viens d'être renvoyé comme un malpropre. Bose et Sigfrid ont désormais l'oreille du roi. Je vais en parler à Ivar et à Vikar, mais je ne suis pas un rebelle, repartit Haakon en la saisissant par la taille pour l'inciter à presser le pas. Tu ne sais pas comment ça ce passe, ici. Ce n'est pas la Northumbrie.

— Je ne l'oublie jamais.

*
* *

— Mais je ne comprends pas, insista de nouveau Annis quand Haakon fut revenu de sa réunion, la mine plus lugubre que jamais. Ton roi est en mauvaise santé. Il faut l'aider.

Haakon pressa ses paumes contre ses yeux.

— Je ne peux m'opposer à la volonté de Thorkell. Si je contrevenais à ses ordres, je me mettrais moi-même hors-la-loi.

— Même si c'est pour essayer de lui sauver la vie ?

— Silence, Annis, j'entends des pas ! l'interrompit-il en levant la main, le corps tendu.

On tapota à la porte et une forme encapuchonnée fut introduite dans les appartements alloués au jaarl et à sa suite.

C'était une femme. Après avoir regardé autour d'elle et constaté qu'elle était seule dans la pièce en compagnie de Haakon et Annis, elle rabattit son capuchon, révélant des cheveux argentés et un visage sans rides — le visage d'Asa, la souveraine de Viken. S'approchant de la Northumbrienne, elle prit ses mains entre les siennes.

— Vous êtes une guérisseuse, lui dit-elle tout à trac d'une voix basse et chantante.

— J'ai quelques compétences en ce domaine, acquiesça Annis.

— Vous êtes trop modeste, si je dois me fier aux témoignages qui me sont parvenus, repartit Asa en relâchant ses mains avant de froncer légèrement ses sourcils parfaits. J'irai droit au but : j'ai besoin d'assistance, Haakon. Notre médecin est parti en mission à Trondeheim sur la requête de Bose. Il n'y a que ta concubine au palais pour le remplacer.

— Quand je saurai ce qu'on attend d'elle, je verrai si je puis te la confier ou non, répliqua Haakon avec un mince sourire tout en tendant un gobelet d'hydromel à la reine qui y trempa délicatement les lèvres. En vérité, Asa, je t'attendais.

Annis posa ses mains sur la table devant elle et s'efforça de réprimer la bouffée de jalousie qui venait de l'envahir.

Voir Haakon parler ainsi à cette femme la blessait bien plus qu'elle ne l'aurait cru.

— Ne serait-il pas plus avisé de me laisser en décider par moi-même ? intervint-elle. Après toi, c'est à moi que Sa Majesté est venue rendre visite.

— Tu m'as fait une promesse, Annis.

— Je t'en prie, Haakon, au nom de notre vieille amitié, permets-lui au moins de m'écouter jusqu'au bout. Ce n'est pas pour moi que je sollicite son assistance, mais pour mon époux et mon petit garçon, expliqua Asa en écarquillant ses yeux bleu pâle, l'air effrayé et les mains tremblantes. Jamais je n'ai vu Thorkell aussi mal en point. Son état n'a cessé d'empirer depuis ce matin et l'oracle semble incapable d'identifier la nature de son mal. Aidez-moi, je vous en supplie. Autrement, c'est à moi, la reine étrangère, qu'on imputera la responsabilité de cette maladie. Vous êtes mon dernier espoir.

Annis foudroya Haakon du regard. Mais à quoi pensait-il donc, avec son visage fermé et ses lèvres pincées ?

— Thorkell n'a besoin ni de moi ni d'aucun autre membre de ma maisonnée. Il me l'a clairement signifié tantôt.

— Tu as bien dû te rendre compte qu'il n'avait pas toutes ses facultés, répondit la reine en tendant vers lui ses doigts ornés de bijoux. Tu as été blessé dans ton orgueil, et je le comprends. Mais efforce-toi de voir au-delà de cette contrariété, Haakon. Je te le demande instamment.

— S'il est vraiment malade…, commença à articuler Annis, frappée par la peur et l'angoisse qui se lisaient sur les traits d'Asa.

L'humiliation injustement infligée par Thorkell à Haakon ne lui avait évidemment pas échappé, mais si elle était en mesure de guérir le souverain, il aurait été inhumain de l'en empêcher. Et puis elle était certaine d'avoir déjà vu les symptômes que montrait ce dernier. Malheureusement, elle ne parvenait toujours pas à se rappeler où ni quand.

Haakon leva une main pour lui intimer le silence.

— Annis, avant de parler, tu dois connaître les us et coutumes de mon peuple. Garde-toi d'être aveuglée par les paroles et les manières mielleuses de notre souveraine. Si jamais Thorkell venait à mourir alors que tu t'occupes de lui, tu ne lui survivrais pas.

Mais Annis ne l'écoutait déjà presque plus. Elle s'était mise à arpenter fébrilement le plancher. Elle était persuadée, tout au fond d'elle-même, d'avoir les capacités de guérir le roi. Et puis, songea-t-elle, même si le roi avait perdu de sa lucidité, il représentait tout de même un élément modérateur dans le différend qui opposait les Haroldson aux Bjornson. Si elle laissait Thorkell périr, Haakon se retrouverait seul face à Sigfrid et aux complices que ce dernier avait su se rallier à la cour.

— Je ne puis rester passive quand un homme est à l'agonie, décréta-t-elle enfin en frappant dans ses mains, déterminée à se fier à son intuition. C'est contre ma nature.

— Pour une fois, Annis, peux-tu m'écouter et me faire confiance ? C'est ta propre sécurité que tu compromets en agissant ainsi ! s'écria Haakon.

La reine tiqua à cette remarque et détourna les yeux. Impavide, Annis redressa le menton pour soutenir sans ciller le regard de Haakon.

— C'est aussi ta sécurité que je garantis.

— Sachez seulement que la récompense qui vous sera due sera à la hauteur des espérances que je place en vous, déclara Asa dans le silence qui s'ensuivit. Et que ma gratitude et celle de mon fils ne seront rien comparées à celle de mon mari.

— La faveur des rois est chose variable, rétorqua Haakon avec un petit sourire amer qui amena de nouveau Annis à se demander quel avait été jadis son degré d'intimité avec Thorkell.

A moins, pensa-t-elle soudain, qu'il ne fasse allusion à son séjour à la cour de Charlemagne.

— J'ai, pour ma part, toujours été constante dans mes affections, murmura Asa avant de se retourner.

La voyant courber le dos, Annis vint passer un bras autour de ses épaules graciles. Elle comprenait la démarche de la souveraine, car elle aurait agi exactement de la même façon pour Haakon. Et son intuition lui soufflait que la mort de Thorkell ne pouvait être que néfaste pour son amant, pour les moines et pour elle-même — pour tout le monde en fait. Car elle avait vu de quoi Bjorn était capable et savait son frère aussi dangereux que lui, voire plus nuisible encore. Elle devait porter secours au roi. Il y allait de l'intérêt général.

— Permettez que je mette un manteau, Majesté, et je vous suis dans l'instant, lança-t-elle à Asa qui lui sourit derrière ses larmes.

Haakon lui saisit alors le bras de sa grosse main pour l'immobiliser.

— Je te l'interdis, Annis. Tu es toujours ma captive et tu me dois l'obéissance.

Elle se dégagea d'une secousse ; il ne chercha pas à la retenir une nouvelle fois, mais il ne s'écarta pas non plus de son chemin. Quand il était en colère comme ça, néanmoins, il était aisément manipulable. Annis savait qu'il lui suffirait de formuler sa requête avec douceur pour qu'il y accède aussitôt.

— Haakon, je ne prendrai aucune mesure radicale. Je vais juste l'examiner et déterminer comment je peux le soulager. Ainsi que je te l'ai déjà dit, ses symptômes ne me sont pas inconnus. Il faut seulement que je puisse les étudier de près.

Puis elle lui tendit les bras pour qu'il l'embrasse et lui souhaite bonne chance, mais il se contenta de la dévisager avant de reporter son attention sur la reine.

— Nous reparlerons de tout ça en privé, Annis, la prévint-il, les poings serrés.

— Comme tu voudras, acquiesça-t-elle en déposant un rapide baiser sur ses joues froides. Tu te plaignais tantôt que Thorkell n'était pas lui-même. Une fois sa santé recouvrée, il sera en mesure de prendre les décisions qui s'imposent et ne pourra que prendre ton parti dans ton combat contre Sigfrid.

— Annis…, murmura-t-il dans un soupir étranglé.

— Fie-toi à mes capacités, Haakon. J'ai déjà sauvé Thrand et Floki. Et, pour le moment, je désire seulement examiner ton roi.

Elle aurait bien aimé aussi qu'il l'accompagne, mais cela aurait été trop demander. Cette épreuve-ci, il lui faudrait l'affronter seule, afin que son amant ne pâtisse pas de ses erreurs si jamais Thorkell mourait entre ses mains.

— Laisse-la au moins tenter sa chance, Haakon, plaida la reine. Au nom de notre amitié de toujours, permets à ta concubine de nous aider. Je mettrai tout en œuvre pour assurer sa protection.

— Asa, tu connais mal Annis. La protéger est une occupation à plein temps, rétorqua Haakon avec un bref sourire.

— Merci, Haakon. Je veillerai à ce qu'elle te revienne saine et sauve.

Comme les deux femmes s'apprêtaient à quitter la pièce, il barra de nouveau le passage à Annis et la toisa de ses prunelles bleues à la profondeur insondable.

— Pas si vite. Je viens avec vous. Retourne auprès de ton mari, Asa. Nous te rejoindrons dans tes appartements avant de nous rendre ensemble dans ceux du roi. Comme ça, je pourrai t'aider à assurer sa protection.

Asa entrouvrit les lèvres pour lui répondre, ses yeux allant de son ami à sa concubine, puis parut se raviser et hocha brièvement la tête.

— Rendez-vous à la porte sud, dit-elle.

Chapitre 15

Après le départ d'Asa, qui avait laissé derrière elle un sillage de fragrances coûteuses, Haakon referma la porte et se tourna vers Annis, résolu à tenter une dernière fois de la sauver malgré elle.

— Tu n'es pas obligée de te rendre auprès de Thorkell. Nos intrigues de cour ne te concernent pas. Dès que ta rançon m'aura été remise, tu seras libre de rentrer chez toi.

— Je vais quand même aller examiner ton roi. J'ai donné ma parole, Haakon, lui rappela-t-elle avant de se pencher en avant, les mains jointes sous le menton, le regard intense et brûlant. Asa est malade d'inquiétude. Assez désespérée, en tout cas, pour quémander l'aide d'une inconnue.

— Voilà longtemps que je la connais, repartit Haakon, les yeux fixés sur le feu. C'est une femme de caractère qui adore son mari, mais également une politicienne de haut vol qui ne pense qu'à elle seule. C'est pour sa vie qu'elle a des craintes, non pour la mienne ni encore moins pour la tienne. Il n'est pas un de ses actes ni une seule de ses paroles qui ne soient destinés à servir ses propres intérêts.

— Depuis combien de temps êtes-vous amis ?

— Depuis que je l'ai accompagnée jusqu'ici à mon retour de la cour de Charlemagne. Elle n'était alors qu'une jeune princesse danoise envoyée avec sa suite chez ses voisins du nord pour garantir paix et stabilité à la frontière de son pays et du royaume de Viken.

Haakon ne put s'empêcher de sourire au souvenir de cette époque lointaine où il était encore un jeune homme sourcilleux et bagarreur. C'était d'abord sous l'influence d'Asa et ensuite sous celle de Thorkell qu'il avait fini par apprendre, non sans mal, les vertus de la diplomatie et du tact.

— Comme toi, c'est une gagneuse, Annis. Sauf qu'elle est nettement plus impitoyable que tu ne pourras jamais l'être.

— L'aimes-tu ? osa-t-elle alors demander.

La question demeura un instant en suspens. Annis se retint de la retirer, sachant qu'au fond elle voulait en connaître la réponse et que celle-ci risquait de conditionner tout son avenir.

— Elle m'est apparue telle une étoile au milieu d'une nuit sans lumière, admit Haakon en nouant ses doigts aux siens, les traits soudain détendus et le regard pensif. J'ai beaucoup envié Thorkell, jadis.

— Et maintenant ? insista Annis.

Elle devait en avoir le cœur net, elle devait s'assurer qu'il tenait au moins un peu à elle.

Elle attendit le verdict sans plus respirer, le sang battant furieusement à ses tempes.

— J'étais très jeune et cela remonte à loin, articula-t-il. Asa était une sorte de rêve pour le gamin que j'étais alors — mais rien de plus.

Il tapota sa main et se rapprocha de la cheminée.

— Nous sommes amis désormais ou, plutôt, alliés : nous souhaitons tous deux que la paix continue à régner dans le royaume.

Annis se mit à contempler à son tour les braises qui rougeoyaient dans l'âtre. Une petite bulle d'allégresse gonflait en elle. Ils étaient amis, se répéta-t-elle, seulement amis. Peu importait ce que Haakon avait ressenti pour la reine par le passé. Tout ce qui comptait, c'était ce qu'il éprouvait pour elle, sa captive et concubine en titre, aujourd'hui.

Ils partageaient pour l'heure une même passion. Sauraient-ils devenir un jour amis, eux aussi ? Elle se rendait bien compte, en tout cas, qu'à force de fréquenter le Viking, son ancienne vie en Northumbrie devenait toujours plus floue et semblait comme s'évaporer dans les limbes du songe.

— Qu'arrivera-t-il si Thorkell meurt ? voulut-elle savoir.

— A ton avis ? répliqua-t-il. Les politiciens du monde entier sont tous les mêmes. Que se passe-t-il d'ordinaire quand décède un roi puissant qui laisse derrière lui un enfant trop jeune pour prendre sa succession ?

Elle baissa les yeux.

— Chaos, larmes et sang, murmura-t-elle.

Il hocha lentement la tête.

— Exactement. Et mon pays n'a vraiment pas besoin de ça. Ses habitants ont déjà assez de mal à survivre. Si nous n'étions pas si démunis, nous ne partirions pas si fréquemment en expédition au risque de finir par mécontenter Njordr, le dieu de la Mer.

— Et pour toi, quelles seraient la conséquence de la disparition de Thorkell ? s'enquit Annis, désireuse de connaître précisément les dangers qui le menaçaient.

— Eh bien, il est fort probable que je me verrais impliqué dans une vendetta. Mais cette perspective ne m'effraie pas, s'empressa-t-il de préciser en plissant les yeux. Je suis un guerrier. Mon épée est solide et mon bras sûr. Ne t'inquiète pas pour moi.

Annis détourna les yeux, craignant de révéler les sentiments qu'elle éprouvait pour lui.

— Et moi, je suis une guérisseuse, repartit-elle.

Un silence tendu retomba dans la pièce, jusqu'à ce qu'enfin Haakon soupire avant de la prendre dans ses bras.

— Tu es donc décidée à te rendre auprès du roi, n'est-ce pas ? lui demanda-t-il en l'embrassant sur le front. Et moi qui croyais pouvoir t'en dissuader une fois Asa partie…

— Rester ici serait me trahir moi-même.

Il la dévisagea un moment sans mot dire.

— C'est sans doute vrai, admit-il. Et je dois t'avouer

que je me rends de plus en plus compte que je t'apprécie telle que tu es.

Il se pencha vers elle et leurs lèvres se touchèrent, s'unirent. Annis s'accrocha au tissu de sa tunique écarlate, lui exprimant par ses mains tout ce que sa bouche ne pouvait lui dire. Puis elle se recula lentement, en s'efforçant de reprendre le contrôle de sa respiration, et se revêtit de sa cape dont elle ferma la broche d'une main tremblante.

— Je suis prête, murmura-t-elle.

— Allons-y, alors, repartit Haakon en bouclant le ceinturon de son épée. Et malheur à celui qui osera s'en prendre à toi ce soir !

Annis rabattit son capuchon pour s'éponger le front. Après lui avoir fait traverser la grand-salle, Haakon l'avait rapidement emmenée jusqu'à la chambre de la reine, une main constamment posée sur la garde son épée, le regard en perpétuel mouvement.

— Tu es prête, Walkyrie ? s'enquit-il quand ils parvinrent à la porte des appartements d'Asa.

— Autant que je puis l'être, répondit-elle, quelque peu réconfortée, malgré tout, d'entendre Haakon l'appeler par son surnom.

Ce n'était qu'un détail, mais il lui confirmait qu'il croyait en elle et qu'il lui offrait un soutien sans faille. Elle espérait seulement ne pas décevoir ses attentes et être capable de sauver la vie de Thorkell.

— Et je te promets de rien tenter de hasardeux, ajouta-t-elle.

— Tant mieux.

— Mais cela n'exclut pas que je prenne des risques quand même, si je le juge utile.

— C'est à toi de voir, répondit-il laconiquement.

Il avait prononcé ces derniers mots avec le plus parfait sérieux, sans les ponctuer d'un sourire ni même d'un regard à son adresse. Annis comprit qu'il devait penser aux conséquences d'un éventuel décès du souverain. Elle-même ne l'envisageait pas sans frémir.

Haakon posa alors une main sur son épaule, comme pour raffermir sa détermination. Elle leva la tête vers lui pour lui adresser un sourire tremblant qu'il lui rendit en serrant ses doigts sur son épaule.

— Bien, reprit-il. Ne t'éloigne jamais de moi ni de la reine. Et remonte ton capuchon. Tu ne te découvriras qu'à l'intérieur de la chambre d'Asa.

Elle hocha la tête, émerveillée que le simple contact de la main de son amant ait suffi à la calmer : le frisson qui la secouait un peu plus tôt s'était réduit à une trémulation sourde dans le creux de son estomac.

Asa les attendait dans sa chambre, entourée de ses servantes et de porteurs de flambeaux. Elle tendit les mains à Annis qui s'en saisit.

— Je savais que vous finiriez par venir.

— Il faut d'abord que j'examine Thorkell avant de me prononcer, lui rappela Annis. Je ne peux vous faire aucune promesse.

— Je sais, acquiesça la souveraine avant de désigner Haakon du menton. Vous et votre garde du corps, suivez-moi tous les deux.

Elle les guida jusqu'à la porte des appartements royaux que gardaient deux sentinelles. La reine leur intima le silence d'un regard impérieux avant de se glisser avec Annis et Haakon dans la chambre de Thorkell.

Arrivée au chevet du roi, Annis constata qu'une chaleur suffocante régnait dans la pièce et que son atmosphère était saturée d'odeurs étranges qui lui piquaient les narines et les yeux. Tout autour du lit encombré de fourrures crachotaient six torches à la flamme orangée.

Plusieurs oracles étaient assises dans un coin où elles marmonnaient de vagues conjurations, leurs couvre-chefs cornus accrochant par moments la lueur du feu. Thorkell gisait au milieu de cette ambiance étouffante, le teint encore plus verdâtre que durant l'audience et le souffle laborieux. A chaque inspiration, il semblait disputer sa ration d'air à la mort elle-même.

— Où sont les autres jaarls ? s'enquit Annis à mi-voix, surprise de ne distinguer nulle part la silhouette de Sigfrid ni celle de son comparse au visage en lame de couteau.

— Pas loin, j'imagine, lui répondit Haakon sur un ton sinistre. Les Bjornson et leurs affidés ont préféré se retirer dans l'ombre pour mieux guetter nos faux pas. Quant aux autres, ils préfèrent retarder encore leur arrivée à Kaupang, de peur, sans doute, qu'on les accuse de vouloir hâter la mort du roi.

Thorkell se mit soudain à cracher et tousser. Puis il se tétanisa, les yeux renversés dans leurs orbites, et fut secoué de terribles frissons qui, quoique brefs, parurent à l'assistance durer une éternité.

Avec un cri sourd, Asa se précipita auprès de son époux. Il leva une main et lui tapota vaguement la tête avant de retomber sur ses oreillers. La reine lança un regard angoissé à Annis.

« Sauvez-le, par pitié », articula-t-elle en silence avant d'enfouir son visage contre la poitrine de Thorkell et de chuchoter son nom à plusieurs reprises.

Annis se sentit prise de vertige. Asa ne cherchait pas à se donner en spectacle, elle éprouvait une réelle affection pour son mari. Elle comprenait l'élan qui avait poussé l'altière souveraine à venir réclamer son aide. Si Haakon avait été en danger, elle n'aurait pas hésité elle-même à supplier à genoux quiconque aurait été susceptible de lui porter secours. Et c'était cette pensée, surtout, qui l'ébranlait.

Une des oracles l'arracha à ses réflexions en venant lui agiter des osselets sous le nez. Elle voulut l'écarter de son chemin, mais la devineresse s'obstina à lui barrer le passage, grommelant des incantations et jetant dans le feu des bâtonnets qui émettaient en se consumant une fumée à l'odeur méphitique.

Asa avait commencé à se battre la poitrine et à se lamenter de concert avec l'oracle. Annis se frotta les yeux, abrutie par les vapeurs d'encens et le bruit environnant, ne sachant comment obtenir le calme et le silence nécessaires à un examen un peu sérieux du malade.

— Haakon…, chuchota-t-elle en désespoir de cause.

Celui-ci dut la comprendre à demi-mot, car il alla aussitôt prendre Asa par les épaules pour la confier à l'une de ses chambrières. La reine émit un sanglot, des larmes brillèrent comme des diamants sur l'azur de ses yeux. Puis elle déposa un dernier baiser sur le front de Thorkell avant d'aller s'asseoir dans un coin de la pièce. Haakon claqua ensuite des doigts pour exiger l'évacuation de la salle. Les oracles se dévisagèrent sans bouger. Le Viking dégaina à moitié son épée. Il n'en fallut pas plus pour que les devineresses se bousculent pour sortir de la chambre.

Les sentinelles passèrent une tête étonnée dans la pièce. Asa leur fit signe de continuer à monter la garde.

— Plus personne ne viendra nous déranger, maintenant, dit-elle.

Annis alla tisonner le feu pour qu'il cesse de charbonner et brûle haut et clair. Après quoi, elle aéra la pièce pour en chasser miasmes et fumée.

Cela fait, elle se rapprocha du roi pour l'examiner, à la recherche du moindre signe susceptible de la renseigner sur les causes de son mal.

Un film de sueur couvrait la peau blême du souverain. Des remugles de vomi, nettement perceptibles dans l'atmosphère désormais purifiée de la chambre, émanaient de sa couche. Il ouvrit brusquement les yeux et, rivant son regard à celui d'Annis, lui agrippa la main pour la forcer à se pencher vers lui. Elle s'agenouilla à son chevet.

— Vous avez un halo jaune autour de vous, murmura-t-il. Chacun de vous a un halo jaune autour de lui.

Annis le considéra en fronçant les sourcils. Elle avait déjà entendu ça, se dit-elle, mais où ?

— Restez calme, répondit-elle tout en essayant de rameuter ses souvenirs. Et respirez profondément.

Thorkell se plia brusquement en deux, les doigts crispés sur son ventre.

— Oh, que j'ai mal ! Que j'ai mal !

— Tu as une solution, Annis ? demanda Haakon en la prenant par la taille. Il a l'air encore plus mal en point que cet après-midi. La camarde rôde par ici, je le sens.

Les mains tremblantes et le crâne taraudé par un début de migraine, Annis se releva et s'éloigna du lit pour mieux réfléchir.

— Ah, je l'ai sur le bout de la langue ! marmonna-t-elle. Cela me rappelle quelque chose… quelque chose que mon oncle m'a dit au sujet de… le dernier soir à Lindisfarne.

Elle s'interrompit soudain et regarda Haakon. Ça venait de lui revenir d'un coup : du poison.

— Des champignons. Ou une variété de simple séchée. De la digitale, peut-être. Administrée à petites doses, elle affaiblit petit à petit, jusqu'à ce que la mort soit accueillie comme une délivrance. On a empoisonné Thorkell.

— Mais que racontes-tu là, Annis ? s'enquit Haakon en fronçant les sourcils. La seule personne qui s'y connaît ici en herbes médicinales, c'est toi.

— Alors ce sont sûrement des champignons qui ont causé son mal. De toute façon, le traitement est le même.

— Des champignons ? répéta Asa en relevant aussitôt la tête.

Elle se libéra de sa suite pour se rapprocher d'eux, sans manifester plus aucun signe de chagrin ou d'hystérie, les yeux brillant d'une lueur menaçante.

— Qu'est-ce qui vous prend de parler de champignons ?

Mon mari est à l'agonie et vous discutez de nourriture ? Ou alors seriez-vous en train de m'accuser, moi, d'avoir attenté à sa vie ?

— A-t-il à un moment donné ou à un autre ingéré des champignons ? repartit Annis en s'efforçant de garder une voix calme. Il est en tout cas très possible qu'il ait avalé une substance nocive par mégarde.

— Ce n'est pas la saison des champignons, lui rappela alors Haakon. Nous sommes en été. Il faudra attendre jusqu'à l'automne prochain pour en retrouver dans nos bois.

— Mais il vous arrive d'en sécher, non ? insista-t-elle. Ton amadou, par exemple.

— En effet, mais je ne vois pas le rapport, rétorqua-t-il en secouant la tête. Jamais Thorkell n'aurait mangé de l'amadou. Il sait quand même ce qui risque de lui faire du mal.

Annis se tourna vers Asa.

— Qu'est-ce que votre époux a avalé récemment ?

— Pas grand-chose, à vrai dire, répondit la reine en soupirant. Il a considérablement perdu l'appétit ces derniers jours. Il s'inquiétait des attentions de Haakon. Je lui ai pourtant répété qu'il se tourmentait pour rien, mais il ne voulait pas en démordre. Je l'ai obligé à prendre un peu de ragoût cet après-midi. Je le lui ai donné moi-même à la cuillère. Oseriez-vous insinuer… ?

Asa s'interrompit pour porter un poing à sa bouche, des larmes au bord des cils.

— C'est une suggestion injurieuse. Jamais je n'ai voulu nuire à mon mari. Sans lui, mon enfant n'atteindra jamais l'âge adulte.

— Nous te croyons, lui assura Haakon d'une voix ferme et paisible.

Elle opina du chef en frémissant.

— Annis ne cherchait d'ailleurs pas à t'accuser. N'est-ce pas, Annis ?

Annis secoua la tête. Elle était toute disposée à croire que la reine n'était pour rien dans la maladie de son époux — mais elle n'en était pas moins certaine que ce dernier avait bel et bien été intoxiqué.

— Ne serait-il pas envisageable qu'on ait eu accès au plat que lui avez servi ? Qu'on l'ait changé, peut-être, ou qu'on l'ait aspergé de poison ? Vos ragoûts sont plutôt lourds et forts en goût.

Asa se renfrogna.

— Ce n'est pas à exclure, naturellement, mais qui prendrait ce risque ? Et, surtout, qui possède ici le genre de connaissances nécessaires à la préparation d'une telle substance ? Comme je vous l'ai annoncé tantôt, notre apothicaire est absent.

— Quand Thorkell a-t-il commencé à être malade ? questionna Annis.

— Peu après l'arrivée de Sigfrid, c'est-à-dire trois jours après le départ de notre guérisseur, articula Asa avant de pincer les lèvres. Ils étaient allés à la chasse, et c'est en revenant que Thorkell s'est plaint pour la première fois de douleurs à l'estomac. Je m'en souviens très bien, car je lui ai conseillé de ne pas assister à la fête et de garder plutôt la chambre pour se reposer. Mais, bon, comme tous les hommes, il n'a rien voulu écouter.

— Il faut que nous le fassions rendre jusqu'à ce qu'il ait évacué tout le poison contenu dans ses entrailles. Je lui administrerai ensuite du charbon de terre qui absorbera le reste du produit, détailla Annis en plaçant les poings sur ses hanches. Qu'on m'amène une plume pour le forcer à vomir.

Aussi bien Haakon que la souveraine la dévisagèrent avec un air incrédule.

— Une plume ? Du charbon ? l'interrogea Haakon. Tu es sûre, Annis ?

— Que c'est nécessaire pour sauver ton roi ? Oui.

— Je m'en occupe tout de suite, déclara Asa en sortant précipitamment de la pièce.

— Rappelle-toi que j'ai déjà soigné Floki avec de l'amadou alors que tu n'y croyais pas, reprit Annis en se passant une main dans les cheveux. Je peux également guérir Thorkell, mais j'ai besoin pour cela des éléments que je viens d'énumérer. Et j'en ai besoin sur-le-champ.

Haakon la considérait toujours sans bouger.

— Attention, Annis, murmura-t-il. Si tu te trompes, tu seras tenue pour responsable de son trépas et condamnée pour meurtre.

— Si je me trompe, il mourra, Bose et Sigfrid accapareront le pouvoir, les Bjornson déclareront la guerre à ton clan et s'arrangeront pour se rallier d'autre jaarls ambitieux ou jaloux de toi, répliqua-t-elle en le toisant avec humeur. Plus aucun membre de la maisonnée ne sera à l'abri de cette vendetta. Sigfrid ne m'épargnera pas sous prétexte que je ne suis qu'une captive. Il n'attend qu'une occasion pour déclencher les hostilités contre toi.

— Es-tu certaine au moins que ce sont bien des champignons qui ont mis Thorkell dans cet état ? s'enquit Haakon à mi-voix.

Annis secoua lentement la tête. Bien des substances auraient pu provoquer des symptômes identiques, pensa-t-elle, mais elle n'avait ni le temps ni les moyens de déterminer précisément celle qui avait causé les souffrances du roi.

— Je suis raisonnablement sûre qu'il a été intoxiqué. Quant à savoir par quoi, je l'ignore.

— Tu ne peux donc affirmer qu'il s'agit d'une tentative d'assassinat.

— Non, lâcha-t-elle dans un souffle.

Elle avait bien conscience que reprocher à l'un des membres de la suite du roi de l'avoir sciemment empoisonné reviendrait à l'accuser ouvertement de haute trahison. Or, elle n'avait aucune preuve pour étayer une éventuelle dénonciation et Asa, qui avait pour sa part toutes les raisons du monde de protéger son mari, avait par ailleurs indiqué l'avoir nourri elle-même à la cuillère.

— Non, répéta-t-elle, je ne peux pas l'affirmer, mais il n'en a pas moins été intoxiqué.

— Je me fie à ton jugement, Annis. Tu as effectivement su ce qui était bon pour Thrand et pour Floki. Je vais aller te chercher ton charbon et monter la garde devant la porte jusqu'à ce que Thorkell se soit rétabli.

Ces paroles murmurées la rassurèrent considérablement et elle se promit de ne pas trahir la confiance de son amant.

Asa revint dans la chambre alors que ce dernier reconduisait ses servantes à la porte. Elle brandissait une longue plume blanche.

— Je ne vois vraiment pas en quoi un objet aussi banal pourra vous être utile, dit-elle. Allez-vous vous en servir pour tracer des charmes sur le corps de mon époux ?

Annis lui prit sans répondre la plume des mains et s'avança vers le lit. Thorkell avait les yeux ouverts, mais elle savait qu'il ne la voyait pas car il continuait à débiter des propos sans suite d'une voix mourante.

Elle chuchota une brève prière et se mit au travail.

Une fois qu'elle eut fait tout ce qu'elle pouvait, elle se recula et essuya la sueur qui lui couvrait le front. Il lui avait fallu toute sa dextérité et son obstination pour forcer le roi à avaler le charbon. Maintenant celui-ci respirait plus calmement et présentait un teint moins cireux.

— Comment va-t-il ? demanda Asa en se penchant vers lui.

Bien que Haakon lui ait instamment conseillé de sortir, elle avait tenu à rester pour assister Annis, obéissant à ses ordres sans broncher et lui apportant cuvettes et linges avec empressement.

— Il se repose, lui répondit-elle en joignant les mains. La crise est passée, je pense. Il ne reste plus désormais qu'à attendre. Il va dormir pendant longtemps, du moins je l'espère. En tout cas, s'il survit à cette nuit-ci, il sera définitivement tiré d'affaire.

— Il s'en sortira. C'est un battant.

— Je vois ça.

A ces mots, Thorkell ouvrit les yeux et posa un regard franc sur Asa.

— C'est toi, ma mie. La lumière autour de toi est partie, articula-t-il d'une voix lasse mais ferme.

Avec un cri de soulagement, la reine enfouit son visage contre sa poitrine. Au bout d'un moment, Annis la prit doucement par les épaules.

— Laissez-le sommeiller. Il n'a plus rien à craindre, dorénavant.

La reine prit les mains d'Annis entre ses doigts glacés.

— Merci, Annis, mais je crois pouvoir m'occuper de lui moi-même. Nous sommes sauvés, tous les deux.

Annis se sentit soudain accablée par une immense fatigue. Tout ce qu'elle désirait, désormais, c'était retourner dans les appartements de Haakon pour y sombrer dans les bras de Morphée. Elle n'osait cependant quitter tout de suite son patient. Elle regarda autour d'elle, mais n'aperçut Haakon nulle part. Le Viking était parti sans même lui dire au revoir. Elle soupira, se reprochant sa naïveté. Haakon avait d'autres problèmes à résoudre de son côté.

— C'est Haakon que tu cherches ainsi des yeux ? Tu l'aimes, n'est-ce pas ?

Annis sentit son estomac se contracter. Elle crut pendant un instant que cette voix sortait de son propre esprit. Portant une main à son front, elle chercha une réponse acceptable. Elle aurait aimé pouvoir tout nier en bloc, mais se sentait incapable de lui mentir.

Elle se tourna vers Asa et sursauta. La reine la dévisageait avec un air entendu.

— Est-ce donc si évident que cela ? lui demanda-t-elle enfin. Je croyais pourtant bien le cacher.

— Ce n'est pas difficile à deviner pour qui sait lire les signes, repartit Asa en lui tendant la main. Soyons amies, veux-tu ? Tu as sauvé mon mari. Nous te devons la vie tous les deux. Reste donc me parler un peu. Voilà longtemps que je n'ai eu l'occasion d'ouvrir mon cœur à personne. Et, rassure-toi, Haakon ne sait rien. Les hommes sont singulièrement aveugles en ce domaine.

Annis hocha brièvement la tête, désemparée. Si Asa avait découvert son penchant pour Haakon, se dit-elle, ce dernier ne tarderait pas non plus à la percer à jour et leurs rapports en seraient aussitôt altérés — car ils n'étaient pas censés s'attacher de la sorte l'un à l'autre.

— Je serai heureuse de discuter avec vous… avec toi, repartit-elle en retirant ses mains pour s'asseoir à côté de la reine, sur le banc qui faisait face aux braises luisantes du foyer.

— Je sais que tu as sauvé mon mari pour protéger Haakon.

— Je l'ai fait parce que je déteste voir mon prochain souffrir.

— Peu importe : tu as accepté de le soigner alors que tu avais conscience de prendre toi-même d'énormes risques. Tu aurais pu arguer de ton statut d'otage pour refuser de m'aider, et je doute que tu aurais répondu à mon appel si tu n'avais estimé que la vie de Haakon était en danger. Mon sort à moi t'indifférait.

Annis eut un petit haussement d'épaules.

— Je n'avais pas le choix de toute façon. Et l'amour ne m'a pas privée de cervelle. Je ne suis pas une oie blanche.

— Je n'ai jamais rien prétendu de tel, répliqua Asa en la fixant avec dureté avant de se mettre à tapoter ses lèvres du bout de l'index. Je suis même certaine que tu es une personne très réfléchie et que, de ce point de vue-là, tu n'es pas loin de me ressembler.

Annis avait du mal à soutenir le regard intense de la souveraine. Elle se leva pour ranger un peu la chambre et s'occuper les mains, ramassant une cuvette par-ci, un bol par-là, qu'elle déposait aussitôt ailleurs. La reine ne la quittait pas des yeux.

Elle était consternée d'apprendre qu'elle était aussi transparente. Certes, Haakon n'avait pas encore su sonder son cœur, mais combien d'autres y étaient déjà parvenus ? Elle s'enorgueillissait jusqu'à présent de son habileté à dissimuler ses émotions ; or, voici qu'en quelques heures à peine cette femme avait réussi à deviner ses sentiments les plus secrets.

— Les jaarls n'épousent jamais leurs captives, ajouta Asa dans un murmure qui se perdit dans les profondeurs de la chambre mais qui retentit dans l'esprit d'Annis tel un tocsin. Ce sont des hommes importants qui se marient pour d'autres raisons que le plaisir.

Annis reposa d'une main tremblante le broc qu'elle tenait à la main.

— Aucun de nous deux n'a jamais parlé de mariage, protesta-t-elle. Pas plus moi-même que Haakon.

— Mais tu dois comprendre, j'imagine, la nécessité pour lui de se trouver un parti, énonça Asa en se levant d'un mouvement souple et fluide pour se rapprocher d'elle. Thorkell n'aura de cesse de le voir uni à une compagne digne de lui. C'est désormais le jaarl le plus riche de tout le royaume et s'il survit au Storting, ce qui est désormais fort probable, il sera dans son intérêt d'écouter son roi. Il serait bon que tu m'aides à l'en persuader.

— Je ne vois pas comment je pourrais influer sur son choix d'une épouse, répliqua Annis en s'obligeant à garder une voix posée, alors qu'en vérité elle était tendue comme la corde d'un arc et n'avait qu'une seule envie : fuir cette conversation, quitter cette pièce — ou bien alors hurler de rage et de frustration.

Elle serra les poings, s'exhortant au calme. Comment Asa, toute reine qu'elle fût, osait-elle la prier d'aider Haakon à prendre femme ?

— Vraiment ? riposta cette dernière avec froideur en se redressant de toute sa taille. Tu ne saurais pourtant le retenir indéfiniment près de toi.

— Je sais, admit Annis d'une toute petite voix qui lui fit horreur. Vous… Tu ne m'apprends rien.

— Alors tu es en mesure de concevoir aussi que Haakon ne puisse se permettre de défier Thorkell et qu'il doit écouter la voix de la raison.

— Sauf le respect que je te dois, Asa, je doute fort qu'il ait jamais l'intention de se rebeller contre ton mari. Et je me permets de te rappeler que je ne suis qu'une prisonnière.

— Penses-tu que ta rançon va bientôt arriver ?

Annis haussa les épaules en essayant d'adopter une expression détachée. Elle ne comprenait plus trop où la reine voulait en venir. Allait-elle donc être forcée d'avouer aussi les craintes qu'elle pouvait nourrir à ce sujet ?

— Cela dépend du temps que prennent les nouvelles pour atteindre la Northumbrie. Sache cependant que je ne suis pas sans fortune personnelle.

— Et la personne qui gère en ton nom cette fortune, questionna Asa en inclinant la tête, crois-tu qu'elle sera disposée à en distraire une part pour payer ton retour chez les tiens ?

Annis sursauta, estomaquée par la perspicacité de la souveraine.

— Serais-tu donc une voyante ?

Asa lâcha un petit rire argentin.

— Mettons que j'ai réussi à survivre jusqu'à aujourd'hui et que cela exige autant de sang-froid que de discernement, surtout de la part d'une femme. Mais revenons à toi, poursuivit-elle en se penchant vers elle. Pourquoi donc te trouvais-tu à Lindisfarne ? Tu n'es pourtant pas une nonne.

— J'étais venue voir mon oncle, qui était l'abbé du prieuré, pour quérir son opinion à propos… à propos de fiançailles.

— Et que t'a-t-il dit ?

— D'entrer dans un couvent, répondit Annis avec mépris.

— Idée qui n'a pas eu l'air de te plaire, constata Asa avec un sourire. Pas plus que tu n'avais l'intention, je suppose, d'épouser l'homme que t'avait choisi ta famille.

Annis baissa les yeux sur ses mains.

— Je ne sais vraiment pas ce que je vais faire à mon retour chez moi… Si jamais je rentre chez moi.

— Ce serait la meilleure solution pour toi, repartit Asa avant de glisser un doigt sous son menton pour lui redresser la tête. Tu ne trouveras ici que déception et peine de cœur. Crois-moi. Je connais Haakon depuis longtemps.

Annis opina en silence, abattue, en proie à un soudain accès de nostalgie. Rester auprès du Viking serait en effet malavisé, songea-t-elle. Elle ne pourrait supporter de voir ce dernier se lasser d'elle et, quand bien même il lui demeurerait attaché, elle refusait de le disputer à sa future épouse. Elle savait combien les incartades d'un mari pouvaient être pénibles. Elle ne souhaitait à personne ce genre d'humiliation, pas même à celle qui lui ravirait Haakon.

— Que dois-je faire ? s'enquit-elle en désespoir de cause.

— Laisse-moi y réfléchir, répondit Asa en posant une main fraîche sur sa manche. D'ici là, cette conversation restera entre nous, d'accord ? Et n'oublie pas : le roi et moi te devons la vie. Et les souverains de Viken honorent toujours leurs dettes.

Annis hocha de nouveau la tête. De toute manière, elle n'avait nullement le désir de rapporter cet entretien à Haakon. Les paroles de la souveraine l'avaient démoralisée et, même si elle comprenait bien que cette dernière cherchait à la protéger à son tour, elle n'en éprouvait pas moins un cuisant sentiment d'échec.

— Thorkell est sur la voie de la guérison, déclara Haakon alors que les premières lueurs de l'aube apparaissaient dans le ciel. Asa va être soulagée d'apprendre que tu as réussi à sauver sa jolie petite tête.

Annis détourna les yeux de la mer. Elle était venue se réfugier dans cette galerie attenante à la chambre du roi après sa conversation avec la reine, pour méditer et décider de son avenir. Cette dernière lui avait promis de ne pas trahir son secret, mais Annis craignait dorénavant que ses sentiments pour Haakon ne soient que trop visibles sur son visage et se demandait avec anxiété comment elle allait pouvoir continuer à dissimuler les élans de son cœur.

— Il a bien meilleure mine, en effet, acquiesça-t-elle sur un ton soigneusement neutre, et sa respiration est redevenue régulière.

— Toi, en revanche, tu as l'air éreinté. Tu tiens à peine debout, répliqua Haakon en venant se camper derrière elle pour lui masser la nuque.

Annis eut le plus grand mal à ne pas s'adosser contre son torse. Elle aurait tant aimé pouvoir puiser dans sa force !

— Que la reine et sa cohorte de servantes s'occupent donc de notre roi, ajouta-t-il. Je te ramène dans nos appartements.

— Pour dormir ? s'enquit-elle en se retournant vers lui, ses paupières se fermant malgré elle.

— Pour dormir, oui, et rien d'autre, lui promit-il en fixant ses traits tirés avec une expression soucieuse, conscient de tout ce qu'il lui devait. Après, évidemment, quand tu te seras reposée, nous pourrons toujours envisager la question de la détente sous un autre angle…

Elle lui adressa un sourire triste. Il fronça les sourcils, étonné par son manque d'enthousiasme.

— Qu'y a-t-il, Annis ?

— Oh, rien ! Je suis fatiguée, c'est tout. Et quand je suis dans cet état-là, je ne maîtrise plus l'expression de mon visage.

Elle posa une main sur sa joue.

— Mais je serai ravie de m'allonger à côté de toi, même si je crains de ne pas être très… active.

— J'aimerais aussi que nous parlions un peu, tous les deux, ajouta-t-il en se retenant de plaquer sa main contre sa joue pour prolonger ce contact tendre.

Il avait besoin d'elle, il en prenait de plus en plus conscience. Elle n'avait pas hésité à risquer sa propre vie pour sauver Thorkell et le protéger ainsi lui-même. Elle lui devenait aussi indispensable que l'air qu'il respirait. Il refusait de la voir quitter un jour sa vie et espérait de tout son être que, lorsque sa rançon arriverait, il saurait la persuader de demeurer malgré tout au manoir, près de lui.

— Oui, oui, si tu veux, acquiesça-t-elle d'une voix ensommeillée avant d'enfouir enfin son visage contre son épaule.

Elle jouissait sans vergogne de la tiédeur du corps de Haakon, craignant au fond d'elle-même de vivre leurs derniers instants d'intimité. Elle ne savait au juste combien de temps il lui faudrait pour se lasser d'elle ou pour se dégoter une épouse digne de son rang, mais elle trouvait d'ores et déjà ce délai beaucoup trop court.

— Fais-moi l'amour comme si c'était la fin du monde, murmura-t-elle alors.

— Je doute que tu sois assez en forme pour ça, répliqua-t-il avec un petit rire.

Il frémit néanmoins, les sens embrasés, incapable de contenir la violente réaction de son corps à l'appel d'Annis.

La prenant par la taille, il la guida par des couloirs latéraux jusque dans leurs appartements.

Le feu dans leur chambre n'était plus que cendres, mais sa chair à lui brûlait d'une flamme éclatante. Néanmoins, il hésitait encore à assouvir son envie d'Annis, estimant que celle-ci avait vraiment besoin de se reposer.

Il la coucha sur les fourrures du lit. Elle tendit ses bras vers lui.

— Haakon…, murmura-t-elle.

Mais déjà ses yeux se fermaient et elle s'assoupit doucement.

Il sourit et, s'allongeant près d'elle, la serra précautionneusement contre lui pour la bercer.

— Dors bien, ma Walkyrie.

Chapitre 16

Annis ne garda que peu de souvenirs de la journée et de la nuit suivantes qu'elle passa à dormir, emmitouflée dans les fourrures. Elle se rappelait vaguement que Haakon l'avait déshabillée, mais après c'était le trou noir. Elle se réveilla à un moment pour découvrir qu'il était parti en ne lui laissant, en guise de consolation, que son odeur et la trace tiède de son corps à côté d'elle. Quand elle rouvrit une nouvelle fois les yeux, cependant, il était là, devant elle, debout au pied du lit.

— Tu devrais t'habiller, lui dit-il en lui tendant sa robe.

— Comment va Thorkell ? s'enquit-elle en se redressant sur les coudes.

Remarquant les chaînes d'or et d'argent qui pendaient au cou du Viking, elle ne put s'empêcher de penser qu'un tel étalage de bijoux aurait paru bizarre sur un Northumbrien — même si Haakon le portait pour sa part avec prestance et naturel.

— Il n'a pas eu de rechute, n'est-ce pas ?

— Non, il se remet à vue d'œil, et cela grâce à toi et à tes remèdes insolites. Personne n'aurait jamais osé lui prescrire du charbon, répondit-il en la couvant d'un regard tendre et admiratif à la fois. Déjà il recommence à donner des ordres et parle du moment où il pourra reprendre l'entraînement au combat et à la lutte. Je doute qu'il accepte de rester au lit bien longtemps.

— Puis-je aller le voir ? demanda Annis en s'efforçant de calmer les battements affolés de son cœur.

Elle avait cru que les paroles d'Asa s'effaceraient vite de

sa mémoire, mais elles ne cessaient de la hanter. Haakon, lui avait affirmé la reine, devrait se marier avant peu. Il lui fallait femme et enfants. Et, surtout, il ne pouvait épouser une captive — interdiction qui, à son avis, provenait certainement de Thorkell lui-même. Oh ! certes, elle comprenait les nécessités de la politique, mais elle n'avait aucun désir de renoncer à Haakon pour autant !

Elle espérait seulement qu'un miracle, à défaut de lui permettre de prolonger ses rapports avec ce dernier, lui éviterait au moins d'assister à son mariage. La perspective de le voir au bras d'une autre lui était intolérable.

— J'avais justement l'intention de t'emmener auprès de lui, répondit Haakon. Autant que tu constates par toi-même l'efficacité de ton traitement. Le roi aurait voulu te remercier tout de suite, mais j'ai tenu à ce que tu reprennes des forces auparavant.

Il vint poser une main sur son épaule nue. Elle frémit sous cette caresse.

— Mieux vaut ne pas faire attendre Sa Majesté, répliqua-t-elle en se retenant de faire glisser ses doigts vers sa poitrine.

Il soupira lourdement.

— Tu as raison, hélas ! Si nous nous attardons ici ne serait-ce que quelques minutes de plus, je crains que nous ne finissions par contrarier le roi, ce qui serait d'autant plus malavisé qu'il n'a pas encore déterminé le montant du vergild.

Annis s'empressa donc de quitter sa couche et d'enfiler sa robe. Dans son mouvement, sa main accrocha la chaîne qu'elle portait au cou. Elle la sentit se tendre et casser. Elle rattrapa de justesse le crucifix qu'elle alla déposer sur le coffre au chevet du lit.

— Je ferais mieux de laisser ce collier ici, murmura-t-elle en caressant la petite croix d'argent. Je n'ai pas envie de le perdre.

— Je peux demander à l'orfèvre du palais de ressouder la chaîne.

— Non, ce n'est pas grave. L'essentiel est que je sache où il est, repartit-elle.

La vérité de ces paroles la surprit elle-même : le bijou avait cessé de symboliser à ses yeux tout ce qu'elle avait perdu. Elle pouvait s'en défaire un instant pour le retrouver plus tard. Il était devenu pour elle un simple souvenir parmi d'autres.

— Comme tu veux, articula Haakon en lui embrassant les cheveux. Mais je crois que je vais quand même donner la chaîne à réparer.

— Haakon, Annis, enfin ! les salua Asa en sortant de la chambre de Thorkell peu après leur arrivée dans les appartements royaux.

Elle portait une coiffure sophistiquée et son maquillage était parfait, mais ce fut surtout l'énergie qui émanait de son regard qui frappa Annis. Elle leur tendit ses mains. Haakon en porta une à ses lèvres.

— Thorkell est réveillé et désire vous parler à tous deux, leur annonça-t-elle. J'étais à deux doigts d'envoyer des gardes vous chercher par la peau du cou !

— Je doute aussi fortement de l'efficacité de cette méthode que de sa nécessité, rétorqua le Viking en effleurant la garde son épée.

— Moi aussi, à vrai dire ! s'esclaffa Asa avec un rire de jeune fille.

Elle passa un bras sous celui de Haakon pour l'entraîner vers la chambre, laissant Annis leur emboîter le pas.

— Enfin, tu es là et c'est tout ce qui compte.

— N'empêche, intervint Annis en se hâtant de les rejoindre, il aurait dû me réveiller depuis longtemps. Je tiens à être informée sur-le-champ du moindre changement dans l'état de mes patients.

— Même les guérisseuses ont besoin de se reposer, riposta Haakon tout en se libérant délicatement de l'étreinte de la souveraine. Et c'est à moi, et à moi seul, qu'il revient de veiller sur ta santé.

Annis vit la reine se renfrogner quelque peu avant d'afficher un éclatant sourire.

— Thorkell se remet à une vitesse stupéfiante. Il s'est conformé à vos prescriptions et ne mange que des plats simples, comme des œufs bouillis et du pain blanc.

— Parfait, approuva Annis.

Quand ils pénétrèrent dans la chambre, le roi était assis dans son lit, une étole de fourrure sur les épaules. Il avait nettement repris des couleurs et ses yeux étaient vifs et brillants.

— Haakon Haroldson, il me semble que tu as droit à ma gratitude, s'exclama-t-il tandis qu'Annis s'approchait de lui.

L'interpellé inclina la tête.

— C'est plutôt ma concubine qui mérite tes remerciements.

Thorkell reporta son attention sur elle.

— Mon épouse et reine m'a dit beaucoup de bien de vous, Annis de Northumbrie. Nous avons eu une chance exceptionnelle de vous avoir près de nous ; vos connaissances dans l'art de la médecine m'ont sauvé la vie.

— Je suis heureuse d'avoir pu utiliser mes compétences pour le bien de mon prochain, énonça Annis tout en examinant discrètement son patient pour vérifier qu'il ne lui restait pas de séquelles de son empoisonnement.

Asa vint alors se pencher vers son mari pour lui murmurer quelque chose à l'oreille. Il hocha la tête, le visage grave.

— Haakon n'a visiblement pas choisi n'importe qui pour compagne, poursuivit-il sur un ton solennel. Mon épouse m'apprend à l'instant que vous seriez issue de la haute noblesse de votre pays, et que vous attendez votre rançon.

— C'est tout à fait exact, admit l'intéressée, non sans remarquer la tension soudaine dans les muscles du cou de Haakon.

Elle crut subitement comprendre que les propos du roi

contenaient un sens caché et sentit son pouls s'accélérer. Elle s'assura de la rectitude et de la dignité de sa posture. Elle se rappelait encore des paroles d'Asa qui la prétendait indigne d'épouser Haakon. Eh bien, elle allait leur montrer qu'elle n'était pas une concubine ordinaire n'ayant aucun répondant de son côté !

— Mon oncle, précisa-t-elle, était le père abbé de Lindisfarne. Mon père et mon défunt mari étaient comtes — titre équivalent, je crois, à celui de jaarl chez vous.

Thorkell opina lentement du chef.

— Votre sommeil m'a donné le temps de réfléchir à la récompense que je vous devais. Et, après avoir longuement médité sur la question, il m'est apparu qu'en échange de la vie que vous m'avez rendue, je ne pouvais moins vous offrir que votre liberté.

— Ma liberté ? répéta-t-elle en le fixant avec perplexité.

Qu'allait-elle donc en faire, de cette liberté-là ? Dans quel but ? Et pour aller où ? Elle n'avait ni argent ni moyens de transport à sa disposition.

— Vous n'êtes plus une captive, précisa Asa avec fermeté.

Sur un geste du roi, l'un des membres de sa garde rapprochée vint ôter du cou d'Annis le torque d'argent. Elle s'était tellement habituée à sa présence et à son poids qu'elle eut subitement l'impression de se retrouver nue, exposée. Plus rien, désormais, ne la désignait comme la prisonnière de Haakon.

Ce dernier arborait un air menaçant, les sourcils froncés et les lèvres pincées. Annis prit alors conscience qu'il était aussi pris de court qu'elle-même par le décret du souverain de Viken.

— Cesse donc de me foudroyer du regard, Haakon, lâcha Thorkell. Tu recevras une compensation. Le trésor royal est plein à ras bord — en partie grâce à toi, du reste.

— Vous auriez quand même pu m'en avertir.

— Au risque que tu l'enlèves avant que je puisse l'affranchir ? rétorqua le roi en secouant la tête. Mets-toi un peu à sa place, veux-tu ? Moi, en tout cas, j'ai essayé de m'imaginer ce que voudrait Asa si elle se trouvait dans des circonstances similaires… Non, crois-moi, c'est la décision qui s'impose. Asa et moi avons examiné le cas sous toutes les coutures et il nous a semblé évident que la Northumbrienne devait être rendue à son pays, aux siens.

— Réjouissez-vous d'être mon roi, repartit Haakon d'une voix vibrante de colère contenue.

— Va-t-il falloir que je te rappelle à l'obéissance que tu m'as jurée ?

Haakon courba aussitôt le buste en signe d'allégeance.

— Je ne suis pas un parjure, dit-il sur un ton sec. Jamais je n'ai manqué à ma parole et ce n'est pas maintenant que je vais commencer.

— Content de te l'entendre dire.

— Et que… que va-t-il m'arriver ? s'enquit alors Annis sans oser regarder Haakon.

Mieux valait rompre tout de suite avec lui, pensa-t-elle. Plus ils passaient de temps ensemble et plus ils s'attachaient l'un à l'autre, de sorte que, lorsque le moment viendrait pour lui de renoncer à elle, comme il y serait de toute façon obligé, ce serait un véritable déchirement.

Maintenant, se dit-elle, au premier pas de Haakon vers elle, au premier signe indiquant qu'il avait envie d'elle, elle était prête à se précipiter dans ses bras.

— Vous êtes toujours sous ma protection, Annis, répondit Asa d'une voix forte et assurée. Vous serez, si vous le désirez, une de mes suivantes et vous aurez droit à une place sur le prochain bateau qui partira pour la cour de Charlemagne ainsi qu'à un viatique suffisant pour payer ensuite votre passage en Northumbrie.

Annis dévisagea la reine avec incrédulité. Elle aurait voulu hurler qu'elle ne désirait nullement ces faveurs, que ce n'était pas là une récompense à ses yeux, mais une condamnation.

— Et les moines ? s'entendit-elle demander à la place. Ils ont été capturés en même temps que moi.

— Le pape ne devrait plus tarder à nous remettre leur rançon, repartit Thorkell. Le représentant de Charlemagne est parti la chercher.

— Apparemment, je n'ai même plus mon mot à dire sur mes propres affaires, constata Haakon.

Une chape glacée s'était abattue sur ses traits, lui donnant l'air sévère et distant. Il n'avait plus rien, en tout cas, de l'amant attentionné du matin.

Un frisson parcourut Annis. Il lui en voulait de lui échapper, comprit-elle. Il lui en voulait d'avoir trouvé un moyen de lui fausser compagnie avant qu'il ne la quitte lui-même.

— Que se passe-t-il, Annis ? demanda Asa. Vous ne souhaitez pas être libre ?

Annis dévisagea Haakon, songeant de nouveau qu'au premier geste, au premier signe de sa part, elle ne pourrait se retenir d'aller se jeter dans ses bras. Mais il ne bougea pas ni ne trahit la moindre émotion. Il restait comme figé sur place, tétanisé par la rancœur et la colère.

Elle hocha lentement la tête. Il lui fallait garder les pieds sur terre, se dit-elle. Leur liaison ne pouvait durer éternellement. L'occasion lui était donnée d'y mettre fin avec dignité. Pouvait-elle la laisser passer ?

— Bien sûr que je souhaite être libre, répliqua-t-elle. Retourner chez moi est mon désir le plus cher.

C'était un mensonge, évidemment. Mais un mensonge nécessaire. Mieux valait souffrir maintenant qu'agoniser plus tard à petit feu.

Mais comme elle avait mal ! Tout son être n'était plus que douleur.

Thorkell prononça ensuite des paroles qu'elle fut incapable de saisir. Puis il lui tendit un anneau qu'Asa, d'un signe de tête, l'encouragea à prendre.

— Si jamais vous avez besoin de moi, expliqua-t-il, cet

anneau vous permettra de me joindre en tout lieu et à tout moment.

Annis referma ses doigts sur l'anneau, se promettant de le chérir jusqu'à la fin de ses jours comme le symbole même de l'amour auquel elle avait dû renoncer.

— C'est un grand honneur que vous me faites, Votre Majesté.

Le roi agita sa main pour la congédier. Asa la raccompagna à la porte. Elle marqua une pause sur le seuil de la chambre pour jeter un dernier regard à Haakon, mais celui-ci lui avait déjà tourné le dos.

— Un navire doit partir à la prochaine marée, vint lui annoncer Asa le lendemain matin en entrant dans la chambre où elle avait passé la nuit.

Annis détourna les yeux de l'entrebâillement des volets par lequel elle n'avait cessé jusqu'alors de surveiller la cour. Elle avait espéré que Haakon finirait par venir lui demander de rester, mais il n'en avait rien fait. Il n'avait même pas eu la courtoisie de la saluer avant de partir. Elle avait su par un domestique qu'il avait quitté le palais sans que nul ne sache où il comptait ainsi se rendre. La dernière image qu'elle avait gardée de lui, celle de son dos rigide, ne cessait de la hanter. Et voilà maintenant que la reine lui parlait déjà de s'en aller à son tour…

— Quelle est sa destination ? s'enquit-elle en essayant de mettre un peu d'entrain dans sa voix.

— La cour de Charlemagne. C'est un bateau affrété par Bose pour envoyer au roi des chrétiens une délégation commerciale. J'ai eu l'occasion de m'entretenir avec Bose et il a accepté de prier le capitaine de ce bateau de vous prendre à son bord. Tenez, voici une bourse contenant de l'argent ainsi qu'une lettre d'introduction.

— Merci, Asa. Mais je ne comprends toujours pas pourquoi vous faites tout ça pour moi.

— Vous avez sauvé la vie de mon mari et je sais que moi, à votre place, je ne souhaiterais rien tant que retrouver mon ancienne vie.

Retrouver son ancienne vie ? se répéta Annis. Alors que certains aspects de sa nouvelle existence lui manquaient déjà tellement ? Elle se mordit la lèvre, regrettant de n'avoir plus de temps devant elle.

— Quand partira le prochain bateau ?

— Dans plusieurs semaines, voire plusieurs mois. Cela dépend des projets des jaarls. Ne vous avisez pas de vous attarder, Annis. Je ne vous proposerai plus mon aide.

Elle baissa les yeux sur l'anneau d'or qu'elle avait glissé à sa main droite. « Plusieurs semaines… » Et durant tout ce temps, elle risquait de croiser Haakon dans les couloirs, de revoir son visage hostile ou, pis encore, de le surprendre en compagnie d'une autre femme. Non, pensa-t-elle, mieux valait tout quitter maintenant, avant que cette situation fausse ne lui pèse réellement, recommencer sa vie ailleurs, le plus tôt possible. Elle n'avait du reste aucune excuse pour rester. Son avenir était devant elle, pas ici.

— Bon, c'est entendu, je pars, dit-elle.

Elle repensa fugitivement à la petite croix d'argent qu'elle avait laissée dans la chambre de Haakon, mais ne se sentit pas le courage d'aller la récupérer.

— C'est bien mieux ainsi, Annis, croyez-moi, l'approuva gravement Asa tout en lissant ses cheveux argentés de ses doigts couverts de bagues. Une rupture franche, et toute cette histoire ne sera bientôt plus pour vous qu'un lointain souvenir.

Annis hocha sèchement la tête.

— De toute façon, je ne désire garder aucun souvenir de mon séjour ici.

Alors même qu'elle proférait cette affirmation, cependant, elle se rendait bien compte qu'elle n'oublierait jamais Haakon et que, sa vie durant, elle risquait de regretter son amant viking. Pour l'instant, cependant, elle était comme anesthésiée. Elle songeait même à se plier à la volonté de son beau-père et à épouser finalement Eadgar. Plus rien n'avait d'importance à ses yeux. Sa vie, elle l'abandonnait derrière elle. Dorénavant, elle se contenterait d'exister.

— Comme Thorkell vous l'a expliqué hier, reprit la reine, si jamais vous avez besoin de notre soutien, envoyez-nous cet anneau et nous ferons tout notre possible pour vous aider.

— Je m'en souviendrai, repartit Annis tout en sachant que jamais elle ne se séparerait de ce dernier vestige de son séjour au royaume de Viken.

— Où sont vos bagages ? demanda Asa en rabattant le capuchon de son manteau sur sa tête.

— Je n'en ai pas.

La reine fit signe aux gardes ainsi qu'aux servantes qui l'escortaient.

— Nous allons vous accompagner au bateau, comme il sied à l'invitée de marque que vous êtes désormais à nos yeux.

Quand ils traversèrent la grand-salle, Annis constata qu'une certaine excitation y régnait. Plusieurs serfs étaient occupés à y dresser des tables et à pendre aux murs des tapisseries richement brodées.

— C'est aujourd'hui que se réunit le Storting, expliqua Asa en réponse à sa question muette. Les jaarls se retrouveront ensuite ici pour festoyer et se jurer une amitié renouvelée. Thorkell a toutefois jugé utile de les prier de ne pas venir armés.

— N'est-ce pas un peu inhabituel ?

— Si, reconnut la souveraine avant de sourire, mais mon mari est un homme prudent. Il sait à quels excès pourraient être tentés de se laisser aller les nobles du royaume, surtout quand leur roi vient tout juste de se remettre d'une grave maladie. On a trop souvent vu des querelles bénignes dégénérer en vendetta généralisée… Allons, pressons-nous. Bose m'a prévenue que le navire appareillerait dès les premières heures de la marée.

Annis jeta malgré tout un dernier coup d'œil à la grand-salle par-dessus son épaule, se demandant où allait s'asseoir Haakon. A la droite de Thorkell ou un plus loin ? Elle ne croyait pas un instant à la fin de son différend avec Sigfrid.

Elle se força à penser à autre chose. Les problèmes du Viking ne la concernaient plus, se dit-elle. Elle était désormais une femme libre.

Elle ne put toutefois, durant le trajet jusqu'au port, s'empêcher de guetter la silhouette de Haakon. Elle aurait bien aimé lui dire au revoir, même de loin, mais ni lui ni aucun membre de son clan ne vint la saluer. Un léger soupir s'échappa de ses lèvres quand ils arrivèrent enfin devant le navire à quai.

— C'est mieux ainsi, Annis, lui répéta la reine en l'embrassant sur la joue. Un jour vous aurez un enfant de votre mari et Haakon la compagne que Thorkell veut lui voir épouser, une dame digne de sa position de jaarl le plus fortuné du royaume. Demeurer ici serait cruel pour cette femme.

— Dites à Haakon…, commença à murmurer Annis, la gorge nouée.

Elle dut s'interrompre pour déglutir.

— Dites-lui adieu de ma part, parvint-elle enfin à articuler d'une voix cotonneuse.

— Je n'y manquerai pas, promit la reine en lui serrant la main. Vous avez pris la bonne décision, Annis, soyez-en convaincue.

— Je n'avais pas le choix.

Sur ces mots, elle monta sur la planche d'embarquement en s'efforçant de garder la tête droite, les yeux fixés sur le damier rouge et blanc de la voilure du drakkar. Ses pieds semblaient de plomb.

Après avoir salué le capitaine, vieux loup de mer à la mine revêche, elle se dirigea vers la proue pour ne plus avoir à contempler le pays de Haakon. Elle n'avait plus qu'une envie : se réfugier dans un coin sombre, à l'abri des regards et laisser ses larmes couler sans retenue.

Une jambe placée en travers de son chemin la fit trébucher. Elle tendit une main pour se rattraper au plat-bord et se redressa.

— Bonjour, Annis. Drôle d'endroit pour une rencontre, n'est-ce pas ?

Ces paroles vaguement menaçantes, prononcées en latin, donnèrent le frisson à la jeune femme. S'obligeant à garder une expression neutre, elle se tourna lentement vers la silhouette nonchalamment accoudée au bastingage.

— Aelfric... Que faites-vous sur ce bateau ?

Haakon contempla la croix d'argent. C'était tout ce qui lui restait d'Annis. Il l'avait retrouvée à son retour dans ses appartements, sur le coffre même où elle l'avait abandonnée.

Qu'elle ne se soit même pas donné la peine de venir la récupérer l'intriguait. Annis semblait pourtant y tenir. A moins, bien évidemment, qu'elle ne l'ait aussi berné sur ce point-là...

Jamais il n'aurait cru que la journée d'hier allait se terminer sur une note aussi amère. Annis n'avait pas laissé passer l'occasion qui lui était offerte de recouvrer sa liberté. Et le pire, c'était qu'il ne pouvait lui en vouloir.

En fait, il ne savait contre qui il était le plus en colère : contre elle pour avoir accepté d'emblée la proposition d'affranchissement de Thorkell, ou contre lui-même pour n'avoir su la retenir.

Il serra la croix dans son poing jusqu'à en sentir les branches lui écorcher la paume.

Malheureusement, songea-t-il, comment aurait-il pu ouvrir son cœur à Annis alors qu'elle semblait avoir tant hâte de le quitter, alors qu'elle paraissait si peu se soucier de lui ?

D'un autre côté, force lui était de reconnaître que la vie sans elle lui paraissait affreusement morne et terne.

Bref, il était coincé et ne savait toujours pas comment se sortir de ce dilemme.

— Haakon ? le héla Vikar en pénétrant dans la chambre. Le Storting est en train de se réunir. J'ai un peu sondé les uns et les autres, et je crois que nous devrions pouvoir convaincre nos pairs que tu n'es pas le parjure qu'on prétend. Il faut cependant que tu saches que certains membres du felag témoigneront que toi et Bjorn ne vous êtes pas vraiment réconciliés après votre dispute la veille du raid.

— Vas-y donc. Je te suis.

Vikar se mit à se dandiner sur place tout en se frottant la nuque.

— Les armes ne sont pas autorisées pendant la réunion, lâcha-t-il enfin.

Haakon hocha la tête.

— Je m'y attendais. Les débats risquent d'être houleux et Thorkell est la prudence incarnée. C'est d'ailleurs pour ça qu'il est notre roi depuis dix bonnes années.

Cependant, Vikar semblait toujours aussi mal à l'aise.

— Allons, Vikar, dis-moi ce qui te préoccupe sans détour ! Quelle est donc cette nouvelle si affreuse que tu oses à peine m'en parler ? finit par lui demander Haakon. Nous sommes amis depuis assez longtemps pour que tu m'épargnes ce genre de coquetteries !

— Bose a affrété un des drakkars de Sigfrid pour envoyer une délégation commerciale à Charlemagne. C'est sur ce bateau que ton ex-concubine a choisi de s'en aller.

Haakon eut l'impression qu'un abîme se creusait en lui. Un effroyable sentiment de trahison l'accabla. Avait-il donc entièrement rêvé les moments de bonheur qu'il avait partagés avec Annis ? L'avait-elle trompé à ce point-là ? Non, se dit-il, c'était impossible, Vikar devait s'être mépris.

— Quand est-elle partie ?

— Ce matin même. Je viens juste de l'apprendre. J'ai pensé que tu aimerais le savoir, répondit Vikar avant de se renfrogner soudain et de claquer de la langue. Tout de même, ce projet de délégation tombe un peu trop à pic, si tu veux mon avis. Depuis quand Bose négocie-t-il avec Charlemagne ? Jusqu'alors, il a toujours commercé avec les pays de l'est, se désintéressant complètement du sud… Non, vois-tu, je crois que cette histoire cache quelque chose. Je connais trop bien mon ex-beau-père.

Haakon hocha la tête. Vikar avait raison, pensa-t-il. Quelque chose clochait. Et puis il ne pouvait croire qu'Annis l'ait quitté sans même un au revoir. On l'y avait forcément poussée d'une manière ou d'une autre.

En tout cas, il lui fallait en avoir le cœur net.

— Elle a laissé sa croix, murmura-t-il.

— Pour ce que ça vaut…, repartit Vikar en haussant les épaules.

Et pourtant, ce bijou valait bien plus que ce que ce crétin imaginait, pensa Haakon en se retenant d'exprimer tout haut sa pensée.

Il aimait et respectait profondément son ami. Mais Vikar ne comprendrait jamais la mentalité du sexe faible. Pour lui, les femmes n'étaient qu'un passe-temps, certes plus agréable qu'une épine dans le pied, mais nettement moins passionnant qu'une bonne bagarre.

— Il faut que j'y aille, Vikar, annonça Haakon en rangeant la croix dans la poche de son ceinturon, juste à côté de son nécessaire à feu. Nous ne nous sommes pas dit au revoir.

— Et lui dire au revoir est important à ce point-là ?

— Pour moi, oui.

— Et tu veux partir à sa poursuite maintenant ? s'enquit Vikar. Quitte à abandonner le felag ? Cela donnerait raison à tes ennemis, tu sais. Et puis il va quand même te falloir un peu de temps pour préparer un drakkar. Tu rattraperas Annis à la cour de Charlemagne.

Haakon serra les dents, obligé d'admettre le bien-fondé de ces arguments. Il avait des obligations envers ses compagnons d'expédition. Et il ne pouvait laisser Sigfrid le calomnier impunément. Du reste, il n'était pas loin de soupçonner le frère de Bjorn d'avoir lui-même organisé en sous-main ce départ d'Annis pour le pousser à la faute.

— Bon, soit, fit-il, je partirai après le Storting. Allons vite rejoindre les autres, maintenant. Nous avons un compte à régler avec les Bjornson.

Chapitre 17

Annis prit le temps de détailler Aelfric du regard. Le moine était habillé à la mode viking et semblait en pleine forme. Il paraissait même avoir pris du poids depuis son évasion de chez Haakon.

Ce qui n'avait pas changé chez lui, en revanche, c'était l'air condescendant avec lequel il persistait à la dévisager.

— Avez-vous au moins versé une larme quand les barbares qui nous retenaient captifs m'ont cru mort, Annis ?

— Comment êtes-vous arrivé jusqu'ici ? s'enquit-elle en portant une main à son cou, ébahie malgré elle de le retrouver si bien portant.

— J'ai des relations, figurez-vous, répondit-il en se rengorgeant de plus belle. Je voyage sur ce bateau en tant qu'invité de Sigfrid.

— De Sigfrid ? répéta-t-elle sans plus se soucier de cacher sa stupeur, ne comprenant vraiment pas pourquoi le chef des Bjornson aurait payé à un fugitif un voyage jusqu'à la cour de Charlemagne.

— Ce bateau m'a découvert alors que j'étais à moitié mort. J'avais dégringolé dans plusieurs ravines que cette garce d'Ingrid avait omis de me signaler. Finalement, les marins de Sigfrid m'ont repéré alors que je gisais dans une crique creusée dans la paroi du fjord. Ce barbare a bien failli m'achever séance tenante et, plus d'une fois au cours de la traversée jusqu'ici, j'ai bien vu qu'il était à deux doigts de m'occire.

Il marqua une pause et glissa ses doigts dans la ceinture de son pantalon viking, l'air plus satisfait que jamais.

— Mais ma connaissance des simples lui a finalement rendu un fier service et il m'a permis de rentrer chez moi.

Annis le considéra un moment, l'esprit en déroute, adossée contre la rambarde du drakkar. Puis elle comprit tout. Ce gredin devait parler de la maladie du roi — une maladie provoquée, comme elle en avait eu l'intuition.

— De la digitale… Vous avez versé de l'extrait de digitale sur la nourriture de Thorkell. Vous dîniez ce soir là avec mon oncle et moi et ce qu'il a dit n'est pas tombé ans l'oreille d'un sourd, n'est-ce pas ? D'où les symptômes du roi : suées, vomissements, accélération du pouls…

— Je me suis contenté de me servir des instruments que Dieu nous a fournis, repartit Aelfric en joignant pieusement les mains. Je veux mettre à bas Ses ennemis. Et votre amant sera puni. Pensez-y, Annis. Pleurez et repentez-vous. Un repentir sincère peut encore vous sauver.

— Vous êtes fou !

Le moine défroqué se renfrogna.

— Evidemment, continua-t-il sans relever sa remarque, Sigfrid a été irrité de l'échec de ma tentative d'éliminer le roi mais, sur ma suggestion, il a conçu un nouveau plan. Dès demain, il aura tout ce qu'il désire et votre précieux Haakon sera détruit.

— Que lui avez-vous donc dit ?

— Que Haakon était un parjure. Il suffit d'ailleurs de le regarder dans les yeux pour comprendre que sa version de son combat contre Bjorn est mensongère.

— Seigneur, qu'avez-vous fait ?

— J'ai simplement rétabli la vérité — à savoir que Haakon avait attaqué Bjorn. Je n'avais pas plus tôt prononcé ces mots que Sigfrid m'écoutait avec la plus grande attention.

— Mais vous n'étiez pas sur place. Moi, si !

— Je sais. Pourquoi croyez-vous être là ?

Annis se figea, saisissant d'un coup le destin funeste qui les attendait. Haakon était sur le point de tout perdre parce que, comme une nigaude, elle était tombée dans le piège que lui avait tendu Sigfrid.

Elle seule pouvait arrêter cette machination. Le roi serait bien forcé de la croire. Elle avait toujours son anneau… Mais si elle lui avouait tout, songea-t-elle soudain en tremblant, elle risquait de le payer de sa vie. Certes, elle avait tué le berserker en état de légitime défense. Serait-ce néanmoins suffisant pour lui épargner la peine capitale ?

D'un autre côté, si Haakon était ruiné et déchu, aurait-elle encore le moindre goût à l'existence, sachant qu'elle aurait pu prévenir sa disgrâce ?

Elle prit une profonde inspiration. Elle aurait aimé réfléchir plus longtemps aux données du problème. Malheureusement, le temps lui était compté.

Le plus important était de ramener Aelfric avec elle à la cour pour dénoncer le complot. Sans lui, elle n'aurait que sa seule parole d'étrangère à opposer aux calomnies de Sigfrid.

Mais comment parvenir à revenir là-bas avec lui ? se demanda-t-elle tout en se tapotant les lèvres.

— Si vous pensez que Sigfrid rendra ce monde meilleur, vous vous trompez lourdement, Aelfric. Par votre faute, il y aura encore plus de raids vikings sur la Northumbrie.

— Bah ! Vous n'êtes qu'une pauvre femme qui ne comprend rien à ces sujets. Bientôt vous serez de retour chez vous, saine et sauve. Vous devriez plutôt me remercier.

Annis pinça les lèvres tout en regardant autour d'elle. Ils étaient seuls sur le gaillard d'avant. En outre le moine n'était guère plus épais qu'Ingrid. Si elle avait réussi à dominer la servante, elle saurait bien soumettre Aelfric à sa volonté. Sans plus tergiverser, elle se jeta sur lui et l'envoya rouler sur le pont. Il leva les mains pour se défendre. Profitant de son élan, elle le plaqua sur le plancher, à plat ventre, avant de lui planter ses genoux dans les reins pour l'empêcher de se relever. Elle lui saisit ensuite les bras pour les lui remonter dans le dos et le prédisposer ainsi à se montrer un tantinet plus disert.

— Voilà ce dont est capable une pauvre femme sans défense, Aelfric !

— Lâchez-moi ! Vous me faites mal ! couina le moine. Vous savez pourtant combien je déteste la violence.

— Espèce d'âne bâté ! Dieu abhorre les pleutres de votre espèce, lui chuchota Annis dans le creux de l'oreille. Ecoutez-moi bien, maintenant, misérable imbécile. Sigfrid n'est pas près de vous permettre de repartir d'ici vivant. Vous m'entendez ? Vos jours sont comptés. Allons, venez avec moi.

— Comment ça ? protesta Aelfric d'une voix encore plus geignarde. Mais il m'a promis…

— Vous en savez trop, l'interrompit-elle. Vous représentez une menace à ses yeux.

Elle ne cherchait plus à cacher son exaspération. Le temps filait. Les cris des marins à la poupe laissaient deviner que le bateau allait bientôt quitter ses amarres. Dans un instant, elle allait être emmenée loin de Kaupang, loin de Haakon — à jamais.

— Quoi de plus simple à organiser qu'une petite disparition en mer ? reprit-elle. Pensez-vous qu'un homme prêt à assassiner son propre roi aurait scrupule à se débarrasser d'un étranger comme vous ?

Aelfric cessa aussitôt de se débattre, apparemment touché par l'argument.

— Ce que vous avancez là, je dois l'admettre, ne manque pas de vraisemblance.

— Alors filons d'ici tant que nous en avons la possibilité. Ce navire pue la mort.

— Je… Je viens avec vous, n'est-ce pas ?

— Vous êtes un lâche, un manipulateur, un voleur et un tricheur, Aelfric. Je tiens à ce que vous le sachiez. Mais il se trouve que j'ai besoin de vous, répliqua Annis en desserrant son étreinte. Oui, vous pouvez venir avec moi et je m'efforcerai de vous protéger — à condition toutefois que vous m'obéissiez au doigt et à l'œil. Est-ce compris ?

— Me protéger ? répéta le moine d'une voix qui dérapa dans l'aigu. Mais vous n'êtes qu'une femme !

— Une femme qui vous a terrassé, lui rappela-t-elle. Une femme qui a affronté une meute de loups affamés et qui est encore là pour vous le raconter. Plus rien n'est capable de m'effrayer, Aelfric.

Ce n'était pas la vérité : le risque de perdre Haakon la terrorisait jusqu'au tréfonds de son être. Elle se refusait cependant à l'envisager, préférant se persuader qu'elle était au contraire en mesure de le sauver.

— Allons, il faut partir.

— Bon, je vous suis. Je n'ai pas vraiment le choix, n'est-ce pas ?

Comme le moine se relevait, il sentit qu'Annis lui tenait toujours un bras tordu dans le dos.

— Mais que faites-vous ? protesta-t-il.

— Avancez, répondit-elle en lui enfonçant un genou dans les reins pour le pousser.

— Vous ne me faites pas confiance ? s'enquit-il sur un ton presque scandalisé.

— On ne peut rien vous cacher… Maintenant, taisez-vous, si vous tenez à quitter ce bateau indemne.

Ils se dirigèrent vers l'arrière du drakkar. Les marins, qui ne se doutaient pas de leurs intentions, avaient laissé en place la planche d'embarquement. Annis jeta un coup d'œil par-dessus son épaule, surprise de ne pas être l'objet d'une surveillance plus attentive. Elle vit dans un coin un homme enrouler un bout de cordage et deux autres assujettir un coffre au bastingage. Ils pouvaient y arriver, se dit-elle. Elle força Aelfric à descendre du bateau à une telle allure qu'elle faillit tomber sur lui.

— C'est là que nos chemins se séparent, déclara le moine

sitôt qu'ils eurent débarqué. Vous pouvez me relâcher, désormais, je ne crains plus rien.

— Vous avez dû mal me comprendre, Aelfric. Vous venez avec moi. Pour une fois, vous allez devoir assumer les conséquences de votre vilenie, répliqua-t-elle en lui remontant le bras dans le dos avant de le pousser dans la direction du palais de Thorkell.

Alors qu'ils approchaient de l'immense manoir, le moine voulut se dégager d'une torsion du buste, mais Annis contrecarra avec dextérité son mouvement, achevant de lui prouver qu'elle était au moins aussi forte que lui. Elle n'en serra pas moins les dents en regrettant de n'avoir pas de dague sur elle.

— Vous êtes un irresponsable, Aelfric, grommela-t-elle. Avez-vous au moins songé à vos frères en religion quand vous étiez occupé à prêter la main au complot de Sigfrid ?

— J'ignorais tout de ses intentions ! mentit le moine en s'arrêtant au milieu de la rue pour lui jeter un coup d'œil implorant par-dessus l'épaule. C'est la vérité, je vous le jure !

Annis eut une moue dégoûtée.

— Vous venez d'avouer le contraire, sur le bateau, répliqua-t-elle en le forçant à repartir. Allons, avancez !

Tous ses muscles protestaient sous l'effort qu'elle leur imposait, mais elle ignora la douleur, l'esprit focalisé sur la nécessité de prévenir Haakon et Thorkell.

Sur le seuil du palais, deux sentinelles leur barrèrent le chemin. Annis leur montra son index droit autour duquel brillait l'anneau royal.

— Cet homme est un fugitif que je dois remettre à Sa Majesté. Amenez-moi auprès de lui sur-le-champ !

Elle retint son souffle tandis qu'ils conféraient à voix basse.

— Vous pouvez passer, lui annonça finalement un des gardes.

Annis pressa le pas pour gagner la salle où s'était réuni le Storting.

— Halte ! lui cria une autre sentinelle postée devant la

porte. La présence d'une femme est interdite à la réunion des jaarls.

Annis exhiba de nouveau l'anneau de Thorkell.

— Sa Majesté m'a promis son aide en tout temps et en tout lieu. Je la demande ici et maintenant ! Oseriez-vous faire mentir votre souverain ?

— Non, je… Mais le Storting a commencé et tous les nobles du royaume sont rassemblés dans cette salle.

— Annis, qu'est-ce qui vous prend ? s'affola Aelfric. Vous n'allez quand même pas créer un incident diplomatique ?

Annis lui tordit le bras de plus belle. Le moine piailla de douleur.

— Je serais ravie de vous trancher la gorge si seulement j'avais une lame sur moi. Votre seul espoir de vous en tirer vivant est de vous jeter aux pieds de Thorkell pour solliciter son indulgence.

Après avoir haussé les épaules, le garde alla discuter avec son collègue. S'ensuivit un échange à voix basse trop rapide pour qu'elle puisse le suivre. De la sueur commençait à lui couler du front, lui picotant les yeux. Arrivait-elle trop tard ? s'interrogea-t-elle avec angoisse.

Elle essaya de réprimer la panique qui menaçait de la submerger. Jamais elle n'avait réussi à se faire aimer de Haakon, elle en avait bien conscience, mais elle tenait au moins à ce qu'il conserve son titre et ses terres.

— Il nous est impossible de vous introduire dans la salle actuellement, vint la prévenir la sentinelle. Mais nous pouvons vous conduire auprès de Bose, le conseiller de Sa Majesté.

— Où se trouve-t-il ? demanda-t-elle tout en essayant de se rappeler qui était cet homme.

Elle avisa alors la mine réjouie d'Aelfric et en déduisit que ledit Bose n'était peut-être pas la personne indiquée pour écouter son histoire.

— Au Storting, répondit le garde. Il va vous falloir patienter.

— Ce que j'ai à dire concerne la vie du roi ! protesta-t-elle. Désirez-vous être tenu pour responsable si par hasard il lui arrivait malheur ?

Elle avait changé ses plans et voulait dorénavant dénoncer devant l'assemblée des nobles le complot ourdi contre Thorkell et avouer aussi la part qu'elle avait prise dans la mort de Bjorn.

Les deux sentinelles se dévisagèrent avec embarras.

— Emmenez-moi auprès de la reine Asa.

— Elle siège avec le roi.

— Alors introduisez-moi dans la salle, bon sang ! Le message que je dois délivrer est de la plus haute importance. Allez-vous donc contraindre votre roi à ne pas respecter la promesse qu'il m'a faite ?

Les gardes se dandinèrent sur place, les yeux fixés sur l'anneau qu'elle leur brandissait sous le nez.

Elle retint son souffle.

— Bon, d'accord, lâcha un des gardes. Venez avec nous. Mais si vous mentez, il vous en coûtera cher. Très cher.

— Je comprends, acquiesça Annis d'une voix distraite tout en rassemblant le peu de forces qui lui restaient pour continuer à pousser Aelfric devant elle.

La salle du conseil était bondée d'hommes qui semblaient tous parler en même temps. Leur foule se divisa pour livrer passage aux sentinelles suivies d'Annis et de son prisonnier. Le silence retombait peu à peu dans leur sillage, jusqu'à ce qu'Annis se trouve enfin en présence du couple royal. Haakon se tenait légèrement en retrait des souverains. Il écarquilla les yeux en avisant les arrivants. Elle se contraignit à ne lui accorder qu'un bref coup d'œil avant de concentrer toute son attention sur Thorkell.

Le roi devait l'écouter, se dit-elle, il devait saisir le danger qui le menaçait. Elle osait à peine regarder Asa qui avait accueilli son intrusion en fronçant les sourcils et en pinçant les lèvres.

— Cet homme, entonna Annis d'une voix forte qui se

répercuta dans la salle, est un captif en fuite, un des moines de Lindisfarne. Je l'ai découvert sur le drakkar de Sigfrid qui lui avait promis de l'emmener jusqu'à la cour de Charlemagne.

— Sigfrid ? s'enquit Thorkell en se tournant vers le jaarl qui avait pâli avant de s'empourprer et de serrer ses poings massif, les yeux à moitié sortis de la tête.

Puis il parut brusquement se ressaisir et son teint redevint normal.

— Je ne vois vraiment pas de quoi parle cette femme. Comment aurait-elle pu être admise sur un des mes bateaux ? C'est la concubine d'un parjure notoire, rétorqua-t-il avec un rictus méprisant.

— Laissez-moi parler avant de me juger ! contra Annis en levant une main, plus déterminée que jamais à se faire entendre. Majesté, comme le prouve cet anneau qui m'a permis de venir troubler vos débats, vous avez daigné m'accorder votre confiance. Au nom de cette confiance, je vous prie aujourd'hui de m'écouter jusqu'au bout.

Thorkell se pencha en avant, les yeux brillants.

— Continuez donc. Je suis tout ouïe.

— Quand vous étiez malade, vous manifestiez des symptômes qui étaient ceux d'un empoisonnement à l'extrait de digitale. Aucun de vos proches, cependant, n'avait les connaissances nécessaires pour fabriquer cette substance toxique.

— Le guérisseur du palais s'était en effet absenté depuis un certain temps, confirma Thorkell. Mais, vous savez, ce qui m'est arrivé s'explique assez bien : mon oracle m'a certifié ce matin même que c'était un message envoyé par les dieux pour m'inciter à encore plus de prudence.

— Cet homme disposait du savoir requis ! révéla alors Annis en poussant devant elle Aelfric qui en tomba à genoux devant le souverain de Viken.

— Et d'où le tiendrait-il ?

— C'est un moine. Il était l'un des proches conseillers

de mon oncle. Et la médecine des simples est une tradition solidement ancrée dans notre famille. Aelfric était là quand nous discutions des remèdes à la mélancolie ; or, l'extrait de digitale fait partie des médications prescrites dans ce cas-là. Mais, a tenu alors à me préciser mon oncle, c'est aussi un produit d'une puissance telle qu'administré à trop fortes doses il peut provoquer un emballement cardiaque qui se traduit par des suées, des vomissements, des spasmes et des troubles visuels.

— Intéressant, marmonna Thorkell en se caressant la barbe. Et comment cet individu aurait-il pu m'administrer ce poison ? Ma nourriture est systématiquement goûtée avant de m'être donnée. S'était-il donc pendu aux poutres de ma chambre ?

Le Storting accueillit la saillie par un éclat de rire général.

— Il me semble, Votre Majesté, que nous perdons notre temps à prêter l'oreille à ces racontars, intervint le chambellan au visage en lame de couteau. Revenons plutôt à l'ordre du jour : la détermination du vergild dû à Sigfrid par le parjure Haakon.

— Préjugé ! Préjugé ! s'indignèrent des nobles dans la salle.

Le chambellan leva la main en signe d'apaisement.

— Le prétendu parjure, corrigea-t-il.

Annis, consternée, vit les gardes se rapprocher d'elle pour la reconduire dehors. Personne ne la croyait, pensa-t-elle avec abattement. Elle jeta un coup d'œil désespéré à Haakon, mais ce dernier n'avait pas bougé et demeurait assis à sa place, les traits figés.

— Que crient-ils donc ? demanda Aelfric, affolé. Mon Dieu, Annis, j'ai été fou de vous suivre !

— Dites-leur qui vous a commandé ce poison, l'adjura-t-elle à mi-voix. Dites-le-leur tout de suite en northumbrien ou tout sera perdu !

Aelfric esquiva la sentinelle qui voulait lui saisir le bras pour aller se jeter aux pieds de Thorkell.

— C'est Sigfrid et votre chambellan, Bose, l'homme qui se tient en ce moment même près de vous, qui m'ont demandé de leur fabriquer l'extrait de digitale ! hurla-t-il dans sa langue natale. Ils m'y ont contraint par la force. Et c'est Bose encore qui versait la préparation dans vos plats juste après que le goûteur en avait avalé une portion !

Il plongea la main dans sa poche pour en retirer une fiole opaque.

— Voici la preuve de ce que j'avance : le reste du poison !

Le roi se raidit sur son siège. Annis adressa une prière silencieuse à son Dieu.

— Ce moine n'a visiblement plus toute sa tête, énonça Bose sur un ton calme que démentait la panique qui se lisait dans son regard.

— Je puis au moins confirmer les accointances d'Aelfric avec Sigfrid, repartit Annis avant de rapporter en termes succincts l'histoire de l'évasion du moine et de son sauvetage par le frère de Bjorn.

— Thorkell, s'exclama ce dernier d'une voix tonnante, c'est à l'évidence un coup monté par Haakon pour détourner l'attention de son forfait. Il se sert de sa concubine pour semer la zizanie entre nous et jeter le trouble dans nos esprits. Quand vous ai-je jamais manqué de loyauté ?

— Laissons plutôt parler Annis, recommanda alors Haakon sans se départir de son expression fermée et austère. Sa Majesté sait bien que je n'ai plus eu aucun contact avec elle depuis son affranchissement et que je ne puis en conséquence exercer sur elle la moindre influence.

— Par égard pour votre rang et parce que vous m'avez sauvé la vie, je ne vous tiendrai pas rigueur de cette interruption, Annis de Birdoswald, trancha Thorkell. Mais accuser Bose, franchement… Il préférerait empoisonner sa propre mère !

— Il n'en reste pas moins qu'Aelfric a été recueilli et amené jusqu'ici par Sigfrid, insista vaillamment Annis. Et que c'est sur son bateau que je l'ai retrouvé. Personne ne s'est-il donc demandé pourquoi Bose a éprouvé le besoin subit d'envoyer une mission commerciale à la cour de Charlemagne ? Et pourquoi le guérisseur du palais s'est absenté juste avant que Sa Majesté tombe malade ?

— L'un de mes hommes a aperçu une voilure quadrillée dans un havre au sud de mes terres, révéla alors Haakon. J'ai dû en conclure, Sigfrid, que tu avais fait route dans cette direction au lieu de rentrer chez toi, au nord, après la visite que tu m'avais rendue au domaine, visite dont tu ne m'as d'ailleurs jamais clairement expliqué la raison.

— Mais ce moine ment, voilà tout ! vociféra le frère de Bjorn, défiguré par la rage, en marchant sur Aelfric et Annis, ses énormes mains tendues vers le cou frêle du défroqué.

— Sigfrid, n'oublie pas ton serment ! l'avertit le roi. Pas de violence dans cette salle !

Mais l'interpellé ne l'écoutait plus et continuait à menacer Annis et son compatriote. Un murmure effaré s'éleva de l'assistance.

Et voilà, songea Annis. C'était vraiment la fin, cette fois-ci. Après toutes les épreuves qu'elle avait dû endurer, il lui fallait périr de la main du frère de Bjorn.

— Vous… vous m'avez promis de l'or pour vous débarrasser de votre roi ! Un… un tas d'or au… aussi haut que moi ! bredouilla Aelfric en tentant de se relever.

Sigfrid le saisit par la nuque et serra ses poings. Il y eut un craquement écœurant et le moine tomba raide mort à ses pieds. Il se tourna ensuite vers Annis, les narines dilatées, les yeux exorbités. Le berserker s'était réveillé en lui ; la rage de tuer le possédait comme elle avait jadis possédé son frère.

Elle voulut s'enfuir mais il lui attrapa le bras et tendit l'autre main vers son cou. Annis se sentit défaillir. Déjà, les bords de son champ de vision s'obscurcissaient. Elle voulut hurler mais aucun air ne sortait plus de ses poumons.

— Le parjure, c'est toi et tous ceux de ta race maudite !

rugit soudain Haakon en venant assener un formidable coup de poing sur la tempe de Sigfrid.

Celui-ci recula en chancelant. Annis s'empressa de reprendre sa respiration, la gorge douloureuse.

Alors que Haakon la soutenait par la taille, elle vit le frère de Bjorn afficher brusquement une expression de surprise presque enfantine. Puis il s'abattit en avant, un poignard planté dans le dos.

Derrière lui se dressait Bose, les traits livides. Il désigna le guerrier étendu à terre.

— Cet homme était un traître… Un parjure… Il fallait protéger le roi.

— Thorkell a interdit à chacun de nous de se présenter ici armé. Cet ordre était aussi valable pour toi, remarqua Haakon d'une voix froide.

— J'ai eu comme une prémonition, se défendit Bose. J'ai deviné qu'on allait s'en prendre à Sa Majesté. Je…

Il se tut en avisant l'expression de son souverain.

— Gardes ! s'écria ce dernier. Emparez-vous de ce félon !

— Bose était effectivement le seul à avoir accès à votre nourriture après qu'elle était goûtée, proféra Haakon par-dessus le brouhaha général.

— Allez-vous croire cet individu qui a attaqué et massacré de sang-froid un membre de son propre felag ? Ne le laissez pas vous détourner de la raison de notre présence ici aujourd'hui, énonça Bose sur un ton comminatoire, apparemment indifférent à la présence des sentinelles qui lui avaient empoigné les bras. Bjorn représentait un rival particulièrement dangereux pour Haakon qui a profité du raid sur Lindisfarne pour l'éliminer. C'est un parjure qui n'a plus le droit au titre ni au domaine d'un jaarl.

— Ce n'est pas lui qui a tué Bjorn Bjornson, mais moi, déclara alors Annis. L'oracle de son clan avait raison : ce n'est pas l'épée de Haakon Haroldson qui a mis fin à ses jours. C'est ma propre dague.

— Annis !

Annis ignora l'avertissement furieux de Haakon. Elle s'écarta de lui pour faire face à l'assemblée des nobles de Viken.

— Je ne suis plus sous la protection du seigneur que vous deviez juger aujourd'hui. C'est donc en toute liberté et en mon seul nom que je m'exprime devant vous. Et ce que je viens de vous dire est la stricte vérité.

— Vous ne cesserez de m'étonner Annis de Birdoswald, marmonna Thorkell avant de chuchoter quelque chose à l'oreille d'Asa qui lui répondit par un bref haussement d'épaules. Et comment vous y êtes-vous prise au juste pour vaincre l'un des plus redoutables guerriers du royaume ?

— En fait, Bjorn allait m'attaquer quand Haakon est intervenu et a tenté de lui faire entendre raison, expliqua Annis en parlant lentement et distinctement. Le frère de Sigfrid s'est à ce moment-là retourné contre lui. Ma servante a voulu en profiter pour s'enfuir de la pièce où celui-ci nous avait surprises et a bousculé au passage Haakon qui est tombé par terre, à la merci de Bjorn, lequel me tournait alors le dos…

— Vous prétendez que le frère de Sigfrid a agressé sans raison aucune le chef de son felag ? la coupa Thorkell, ahuri. Je le conçois difficilement, même de la part d'un berserker au comble de la rage.

— Je puis vous renseigner à ce sujet, affirma soudain Bose. Il me semble, en effet, que je saisis mieux, désormais, les tenants et les aboutissants de cette triste affaire.

— Eh bien, vas-y, parle donc, l'encouragea le roi. J'ai vraiment hâte qu'on éclaire ma lanterne ! Et puis cela te permettra peut-être de sauver ta tête.

— Je confesse, Votre Majesté, commença à articuler Bose d'une voix moins assurée, vous avoir conseillé la réunion du Storting sur la suggestion de Sigfrid. Je connaissais comme tout le monde la prédiction de son oracle au sujet de Bjorn et, de plus, je ne comprenais vraiment pas pourquoi Haakon l'aurait attaqué… Vous comprenez, je souhaitais seulement que nous puissions éclaircir pacifiquement ce mystère et éviter ainsi une de ces guerres de clan qui ont toujours été dommageables au royaume.

— Hum ! fit Thorkell, dubitatif. Continue toujours.

— J'ai pu en apprendre plus au cours du banquet que vous avez donné à l'arrivée du frère de Bjorn pour fêter le succès de l'expédition conduite par Haakon. La bière et aussi, peut-être, le chagrin aidant, Sigfrid a fini par me confier que Guthrun en voulait à son beau-fils d'avoir emmené Thrand avec lui. Vous n'ignorez pas non plus que la belle-mère de Haakon convoite depuis longtemps le domaine de son défunt mari…

Thorkell lui adressa un signe impatient pour l'inviter à poursuivre.

— Eh bien, Sigfrid m'a appris, sous le sceau du secret le plus absolu, bien évidemment, que Guthrun avait demandé à Bjorn, la veille du départ du felag, de tuer Haakon si jamais ils se retrouvaient seuls ensemble au cours d'une bataille. Bjorn a accepté, voyant là une occasion de satisfaire les ambitions de son clan, et a aussitôt envoyé un bâton de message à son frère pour le prévenir de sa décision.

— C'est tout à fait vraisemblable, acquiesça Haakon. Cela explique en tout cas pourquoi Sigfrid a débarqué ensuite au domaine. Il avait l'intention de forcer Guthrun à l'épouser, puis de tuer Thrand dès notre retour afin de devenir le seul seigneur en titre de la terre de mes ancêtres.

L'assistance accueillit ces derniers mots dans un silence de monastère.

— L'histoire se tient, en effet, décréta enfin Thorkell. Mais il reste à savoir pourquoi tu ne m'as pas rapporté immédiatement les confidences de Sigfrid, Bose.

Il parut se recueillir un instant.

— Non, décidément, quand bien même je n'aurais pas été empoisonné comme le prétend Annis et comme le soutenait aussi ce pauvre moine, ton rôle dans cette affaire me semble encore des plus obscurs, Bose. Mais nous réglerons cela plus tard. Garde, emmenez-le !

— La northumbrienne aura-t-elle à payer un vergild aux Bjornson ? s'enquit alors Haakon, sa voix de basse résonnant tout contre les oreilles d'Annis qui releva la tête et quitta le refuge de ses bras.

— Comme c'est Bjorn qui t'a agressé le premier et que je vous dois énormément à tous deux, je dispense Annis de toute compensation pour le décès du frère de Sigfrid.

— C'est fini, Annis, lui murmura alors Haakon en posant une main sur son épaule. Il est temps de te ramener à la maison.

La maison, se répéta Annis. Un simple petit mot qui avait tant représenté à ses yeux, naguère, et dont le sens avait tellement changé depuis…

— Je ne retournerai pas en Northumbrie, Haakon, déclara-t-elle en rivant ses yeux dans son regard d'un bleu insondable.

Il lui fallait se jeter à l'eau. Si elle devait retenir une leçon de cette journée, c'était bien que la vie était un bien fragile et précieux qui ne méritait pas d'être gâché. Elle tenait désormais à être fixée une bonne fois pour toutes sur les intentions de Haakon. Il était exclu qu'elle traîne des regrets jusqu'à la fin de ses jours.

— Comment ça, Annis ? lui demanda-t-il dans un souffle.

— Je souhaite rester ici, près de toi. Comme concubine.

Il lui sembla que les prunelles du Viking prenaient un bleu encore plus intense.

— Non, répondit-il, tu ne seras pas ma concubine.

Elle eut tout à coup l'impression que le monde s'écroulait autour d'elle. Haakon la rejetait. Ses espoirs étaient vains. Elle eut un petit hochement de tête, la gorge nouée, et dut se faire violence pour réprimer les larmes qui lui montaient aux yeux.

Haakon lui saisit brusquement les mains pour les appuyer contre son cœur.

— Tu seras, si tu le veux bien, ma femme.

— Ta femme ? répéta-t-elle, éberluée. Mais… Mais…

Elle n'osait en croire ses oreilles.

— Mais quoi ? chuchota Haakon en nouant ses doigts aux siens. N'est-ce pas le seul moyen dont je dispose pour m'assurer que tu ne me quitteras plus jamais, ma belle et fière Walkyrie ?

— D'après Asa…, commença-t-elle à objecter.

Il posa un doigt sur ses lèvres.

— Ce que les autres peuvent penser de nous deux importe peu. Tout ce qui compte, ce sont les sentiments qui nous unissent. Tu as conquis mon cœur dès Lindisfarne. Je veux que tu continues à partager ma vie, que tu m'assistes en toutes circonstances et que, surtout, il ne se passe plus un matin où je n'aie le bonheur de me réveiller à côté de toi… Alors, c'est oui ?

— Oh, Haakon ! Oui ! s'écria-t-elle en se pendant à son cou pour l'embrasser.

Quand il put enfin détacher ses lèvres des siennes — ce qu'il fit avec le plus grand regret —, il plongea la main dans la poche de sa tunique.

— Je comptais, à l'issue du Storting, aller te voir pour te remettre ceci.

Il lui plaqua la croix d'argent dans le creux de la paume. Annis considéra le bijou avec émotion avant de relever la tête vers lui.

— Tu voulais donc me dire au revoir ?

— Mieux que ça : je voulais te persuader de revenir sur ta décision de partir.

Elle se pelotonna contre son torse massif.

— Eh bien, c'est fait, dit-elle. Rentrons à la maison, maintenant, veux-tu ?

Épilogue

Dix mois plus tard

— Je viens de recevoir une réponse de ton beau-père, annonça Haakon en pénétrant dans la chambre où Annis se reposait avec leur nouveau-né.

Floki leva la tête à l'arrivée de son maître, mais ne cessa pas pour autant de monter la garde sur le seuil de la pièce.

— Chut ! Tu vas réveiller Harold, murmura Annis en désignant du menton le poupon qu'elle berçait dans ses bras. Il m'a fallu une éternité pour l'endormir.

— Ma nourrice disait tout le temps que je n'aimais pas non plus faire la sieste, repartit Haakon sur le même ton tout en posant un doigt sur la tête de son fils. C'est le sang des Haroldson qui le travaille.

— Et que nous écrit mon beau-père ? voulut savoir Annis.

— Eh bien, crois-le ou non, mais il te demande pardon d'avoir autant tardé à envoyer ta rançon. Les moines se sont empressés d'aller dénoncer sa négligence à votre roi dès leur retour en Northumbrie.

— Je te remercie vraiment de les avoir libérés sans attendre la réponse du pape. Et plus encore de leur avoir alloué une escorte pour assurer leur protection.

— Guthrun aurait sans doute été furieuse de savoir que j'ai gâché autant d'argent, énonça Haakon avec un sourire triste.

Ils gardèrent le silence un instant, repensant l'un et l'autre à la terrible nouvelle qui les attendait au manoir quand ils étaient rentrés de Kaupang : en apprenant la mort de Sigfrid et la découverte du complot, la mère de Thrand avait eu une attaque qui lui avait été fatale.

Bose, quant à lui, avait été banni de la cour et assigné à résidence sur ses terres.

— Elle chérissait son fils, reprit Haakon. C'était pour lui et pour lui seul qu'elle avait de l'ambition. Si Sigfrid l'avait tué, elle ne l'aurait pas supporté non plus.

— Si Thorkell n'avait tenu à nous retenir à la cour, nous aurions pu lui annoncer la nouvelle nous-mêmes. Peut-être en aurait-elle été moins affectée.

— Rien ne sert de ressasser le passé, Annis. Nous avons tout l'avenir devant nous.

Elle changea doucement le bébé de position.

— Quand même, je suis contente que Thrand n'ait pas trempé dans le complot.

Haakon lui serra la main.

— N'as-tu pas envie de lire la lettre de ton beau-père ? s'enquit-il en lui tendant le carré de vélin.

Elle parcourut rapidement la missive.

— Il a vendu mes terres dotales à Eadgar ! s'exclama-t-elle. Et me propose de m'envoyer l'argent pour payer ma rançon ! Il est désolé d'avoir mis si longtemps à rassembler les fonds, mais, dit-il, l'or est devenu bien rare en Northumbrie après le raid sur Lindisfarne !

Elle éclata de rire, stupéfaite de constater avec quelle rouerie son beau-père avait réussi à se servir de cet acte de contrition — et de son propre fils — pour s'assurer quand même la mainmise sur le domaine familial.

— Ça ne te dérange donc pas ? demanda Haakon, intrigué par sa réaction.

Annis sourit à son mari. Naguère encore, cette manœuvre l'aurait très certainement enragée, mais aujourd'hui ces terres ne représentaient plus grand-chose à ses yeux.

— Jamais je ne pourrais retourner en Northumbrie, lui

expliqua-t-elle. Mon foyer est dorénavant ici, avec toi et avec notre enfant. Je garderai toujours de ma patrie un souvenir ému, parce que c'est le lieu où j'ai passé mon enfance. Mais c'est ici que je suis enfin devenue femme. Grâce à toi.

— Merci, ma Walkyrie.

— Ta Walkyrie apprivoisée.

— Lumière de mon foyer et mère de mon fils, ajouta Haakon en la prenant par les épaules pour regarder avec elle leur enfant dormir.

Tous les trois, ils formaient désormais une seule et même famille.

JULIET LANDON

L'épouse insoumise

LES HISTORIQUES

éditions Harlequin

Titre original : THE GOLDSMITH'S JEWEL

Traduction française de FLORENCE MOREAU

Ce roman à déjà été publié en novembre 2000

83-85, boulevard Vincent-Auriol 75646 PARIS CEDEX 13.
Service Lectrices — Tél. : 01 45 82 47 47
www.harlequin.fr

Chapitre 1

— De grâce, n'en fais rien, Oriane, je t'en conjure, articula Leo d'une voix plaintive. Après tout, le mal n'est pas si grand. On ne peut bouleverser l'ordre établi.

— Pourquoi les petites gens devraient-elles toujours plier devant lui ? se récria Oriane, indignée.

— Telle est la volonté de Dieu. Mettre en cause un seigneur est un acte d'hérésie qui pourrait bien te valoir les flammes du bûcher.

— Ce n'est pas moi en l'occurrence qui mérite la potence, mais les soudards qui nous ont attaqués. Ton beau-père se meurt dans la pièce attenante, et toi-même souffres d'une mauvaise blessure à l'épaule !

— Allons, reprit Leo, mon père est résistant, il s'en remettra. D'ailleurs, je ne suis pas réellement certain d'avoir reconnu ces hommes…

— Tu as pourtant bien affirmé avoir vu leurs armoiries bleu et or.

— Il se peut que mes yeux m'aient abusé, rétorqua Leo avec humeur.

— Qu'à cela ne tienne ! Je tirerai au clair cette affaire. S'il s'avère que j'ai tort, il saura me le faire entendre. Mais, si je suis dans le vrai, alors j'entends obtenir réparation.

— Tu oublies qu'il appartient aux puissants de cette contrée, Oriane, objecta Leo avant de se laisser choir, épuisé, sur son oreiller recouvert d'une toile de lin. En fait, je regrette de t'en avoir parlé.

Tout comme il s'en voulait à présent d'avoir évoqué les

écussons de la seigneurie de Monk Bywater. Mais comment aurait-il pu deviner qu'Oriane aurait l'audace de leur demander des comptes ? Car tous craignaient les Fitzhardinge, et lui le premier. En outre, il était bien trop faible pour dissuader sa cousine d'agir, tant sa blessure le faisait souffrir.

Soucieuse de ne pas fatiguer inutilement son cousin, Oriane se dirigea vers le grand hall, où gisait, inconscient, l'oncle Matthew. Elle observa un instant son oncle : le corps raide, le visage livide et la tempe enflée et bleue ne présageaient rien de bon.

De toute évidence, Leo n'avait pas pris la mesure de la gravité de l'état de son beau-père qui était fort alarmant. Ce dernier avait combattu avec vaillance leurs assaillants : il avait déployé toute son énergie pour la protéger, elle, Oriane, et à présent, le coup qu'il avait reçu sur la tête pouvait malheureusement lui être fatal.

Croisant les bras, elle se ressentit des courbatures que lui avait values l'attaque.

Pourtant, le voyage de la veille avait commencé sous des cieux propices, le paysage alentour resplendissant sous un soleil bienfaiteur qui asséchait les chemins et les rendait praticables. Des tapis de campanules et d'anémones des bois s'étendaient à perte de vue, et les arbres en fleurs s'élevaient, telle une haie d'honneur pour saluer le retour du printemps.

Oriane d'York, son cousin Leo et son oncle Matthew revenaient d'un mariage à Bridlington, sur la côte, où ils avaient pu apprécier l'air sain et vif de la mer.

Ils se trouvaient ce jour-là dans les meilleures dispositions, se rappelant les agapes de la fête et les joyeux jongleurs et ménestrels qui avaient animé les noces, tout en se réjouissant de regagner enfin leur logis. C'était en effet leur deuxième jour de voyage, et ils avaient laissé derrière eux sans encombre les terres marécageuses de la veille.

Ils avaient passé la nuit dans une petite auberge, puis, au matin, avaient pris congé de leurs compagnons de route. Ils se retrouvaient donc seuls avec leurs domestiques et leurs apprentis.

Alors que les créneaux des remparts blancs d'York se profilaient à l'horizon et que le ciel rosissait à l'ouest sous l'effet du soleil couchant, le petit groupe, se sentant en terre familière, avait baissé la garde que tout voyageur se devait d'observer sur les chemins en ces temps-ci.

Inopinément, les ruffians, favorisés par le souffle de la brise et le martèlement des sabots des chevaux, avaient surgi des fourrés et les avaient encerclés avant de les assaillir brutalement. Bizarrement, au lieu de rechercher de l'or, ils s'en étaient pris aux femmes, et en particulier à Oriane. Et c'était en s'interposant entre cette dernière et les malandrins que l'oncle Matthew avait reçu un violent coup de gourdin sur la tête.

— Mon père, espèce de sauvages, mon père est à terre ! avait hurlé Leo. Déguerpissez, et vite !

A ces mots, les marauds avaient pris la fuite, au plus grand étonnement d'Oriane qui n'aurait jamais prêté autant d'autorité à son cousin.

En silence, la petite assemblée avait alors franchi l'imposante porte de Monk Bar et ramené Matthew le Seler à Silver Street, où se trouvaient son atelier d'orfèvrerie et son logis.

Là, Oriane avait enveloppé la tête de son oncle dans un linge imbibé de vinaigre puis, comme il ne reprenait pas connaissance, elle avait envoyé une servante quérir un praticien — qui tardait à venir.

La jeune femme avait ensuite pansé la blessure de son cousin. Le saignement s'était progressivement arrêté, mais le jeune homme n'avait cessé de gémir et de réclamer l'attention de sa cousine.

Faisant irruption dans le grand hall, Maddie, la fidèle servante d'Oriane, arracha cette dernière à ses pensées : elle apportait un cataplasme d'hamamélis.

— Aucune nouvelle du praticien ?

Comme la servante secouait négativement la tête avant de se pencher sur le blessé, Oriane la laissa et revint sur la pointe des pieds dans la pièce où reposait Leo : il avait fini par s'endormir.

Ignorant tout des remords qui tourmentaient son cousin, elle était bien résolue à ne pas se laisser faire.

Oriane d'York, qui aidait son oncle à diriger l'échoppe d'orfèvrerie, avait déjà rencontré une fois lady Fitzhardinge qui était cliente et qu'elle considérait comme une honnête femme. Aussi la pensait-elle capable de lui rendre justice, contre les hommes portant l'écusson de son fief mais contrevenant aux préceptes de la loi.

De nouveau, Oriane jeta sur son cousin un long regard dubitatif. Pendant les fêtes du mariage, elle avait eu tout le loisir de profiter de sa compagnie : sans l'influence néfaste de ses amis, il s'était montré charmant envers elle — ce qui, depuis son retour d'Oxford il y a six mois, ne s'était pas encore produit.

Certes, elle comprenait que Leo puisse nourrir envers elle quelque jalousie, de par la place qu'elle occupait dans le cœur de Matthew le Seler et dans sa boutique. Pourtant, elle avait fait de son mieux pour rassurer son cousin et tentait toujours d'intercéder en faveur de ce dernier auprès de l'orfèvre.

Pour sa part, Matthew le Seler ne montrait guère d'indulgence envers son beau-fils qui venait en effet de se faire renvoyer pour mauvaise conduite de l'université de théologie d'Oxford où il étudiait depuis deux ans. Or, Matthew était un orfèvre influent dans sa confrérie ; il comptait autant de clients séculiers qu'ecclésiastiques et n'entendait pas que les inconséquences de Leo rejaillissent sur son commerce. C'était pourquoi il l'avait enjoint de reprendre le droit chemin.

Un scandale était si vite arrivé, avait-il plaidé, il suffisait d'une rencontre de hasard pour entamer durablement la réputation d'une famille. Lui-même était depuis deux ans un veuf fort respectable, et son mariage s'était déroulé sans que rien ne vienne l'entacher.

Matthew le Seler n'avait pas conscience que son insistance à diriger Leo vers une voie pour laquelle il n'avait aucune vocation, en l'occurrence le clergé, était de nature à affecter l'équilibre de son beau-fils.

Or, Oriane, qui percevait parfaitement la situation mais préférait réserver son opinion, avait remarqué que des pièces d'or manquaient dans la caisse et que des pierres précieuses avaient également disparu. A contrecœur, la jeune femme en avait conclu que seul Leo pouvait en être le responsable, puisqu'il avait libre accès à tous les endroits de la maison.

Dans les livres de comptabilité dont elle avait la charge et qu'elle tenait méticuleusement, on avait falsifié les chiffres pour que rien ne parût suspect. La jeune femme n'en avait soufflé mot à personne, se refusant de juger son cousin pour ses forfaits et espérant que ceux-ci cesseraient bientôt et que tout rentrerait dans l'ordre.

Que pouvait-elle faire d'autre ? S'en ouvrir à Leo ? Forcément, son cousin nierait, et les faits risqueraient même de se retourner contre elle : elle passerait alors pour une hystérique. Pour l'heure, elle escomptait que l'attaque dont ils avaient été victimes rendrait à Leo sa raison.

Soudain, entendant les gonds de la grande porte de bois grincer au rez-de-chaussée, Oriane s'avisa que le praticien de l'hospice de Saint-Leonard était enfin là.

Immédiatement, Maître Johannes prescrivit une saignée pour, selon ses dires, éclaircir à la fois les pensées et les artères du patient. Oriane regarda le sang de son oncle s'écouler dans la bassine d'étain qu'elle tenait au-dessous du bras traité, tout en écoutant, sceptique, les consignes de Maître Johannes. Les méthodes qu'il préconisait semblaient en effet fort peu crédibles : son point de vue était de ranimer à tout prix Matthew et, pour ce faire, de lui chatouiller sans ménagement la plante des pieds, de lui introduire une paille dans les narines, une plume dans la gorge — et de lui hurler dans les oreilles !

Pour Leo, il prescrivit en revanche un traitement inverse : il remit à Oriane une potion soporifique, afin que le jeune homme passât une nuit tranquille. Enfin, il recommanda de lui faire boire au réveil une décoction d'armoise pour lutter contre la fièvre qui surviendrait à coup sûr. Il précisa que la potion risquait également de le faire somnoler une bonne partie du jour.

Ces prescriptions servaient finalement les projets d'Oriane qui, comptant bien aller à l'encontre de la volonté exprimée par son cousin, avait tout intérêt à ce qu'il soit assoupi et ne remarque pas son absence…

L'aube à peine levée, Oriane se faufila dans les ruelles du bourg déjà envahies par les apprentis, les domestiques et les étudiants qui se rendaient au cloître de Clementhorpe, de l'autre côté de la rive.

La jeune femme n'emboîta pas le pas à cette foule pressée, mais mit le cap vers un autre lieu : Monk Bywater, le domaine des Fitzhardinge.

Sur le promontoire qui surplombait la rivière, de l'autre côté du pont, se dressait un immense cloître, cédé au siècle dernier aux moines de l'abbaye de Sainte-Marie par la famille Fitzhardinge, qui, en retour, percevait une rente annuelle. Non loin, les châtelains avaient fait ériger un imposant château avec pont-levis et fossés pour se protéger des envahisseurs écossais qui poussaient parfois leurs incursions jusqu'en ces terres.

Oriane tenait ces informations de son oncle qui les tenait lui-même de lady Fitzhardinge qui lui avait fait ces confidences lorsque, se rendant à l'échoppe, elle avait commandé à Matthew une paire de candélabres pour la chapelle du manoir.

Le chemin était escarpé, mais rien n'aurait pu entamer la détermination d'Oriane ; insensible à la beauté du paysage, elle ne prêta pas la moindre attention aux moulins à eau qui tournaient doucement, pas plus qu'aux hérons et aux martins-pêcheurs qui croisèrent sa route. Ce matin-là, une seule obsession la tenaillait.

Jamais la jeune fille n'aurait songé mettre un jour les pieds en ces lieux. Non loin du portail, elle rencontra deux servantes à la bouche édentée qui la hélèrent.

— Dieu vous garde, damoiselle, vous vous rendez à l'audience publique du manoir ?

— Que me contez-vous là ? questionna Oriane. Est-ce aujourd'hui que se tient le tribunal mensuel du fief ?

— Mais bien sûr, damoiselle, répondirent en chœur les braves femmes. Si vous n'avez aucune plainte ou demande à formuler, r'venez un aut'jour.

— Maîtresse, intervint alors Maddie qui accompagnait Oriane, rebroussons chemin, nous ne faisons pas partie de leurs gens. Ils règlent ce matin des différends propres à leur seigneurie. Il serait inconvenant que l'on fasse publicité devant tous leurs métayers des méfaits de certains des leurs.

— Inconvenant ? se récria Oriane en serrant les dents. Et était-il séant que les leurs nous attaquent ? Non, il ne sera pas dit que nous aurons renoncé si près du but !

Impuissante, Maddie suivit en soupirant son intraitable maîtresse.

En cette matinée ensoleillée de mai, l'audience publique se tenait dans la cour du château, et non, comme il était de coutume, dans le grand hall.

Dès qu'Oriane et Maddie franchirent le portail, la quarantaine de villageois rassemblés dans la cour tournèrent leurs regards surpris vers les deux arrivantes et, bouche bée, les dévisagèrent longuement, dans un silence pesant.

Il faut dire que le tableau était saisissant. Juchée sur sa jument pommelée, ses longs cheveux d'or retombant sur ses épaules, Oriane d'York semblait une apparition céleste. Les pans de sa longue chape de velours grenat, retenue par un superbe fermail, se trouvaient rejetés dans son dos, découvrant son surcot de satin jaune vif bien ajusté et révélant tant la finesse de sa taille que la rondeur de son buste. Sa pose était gracieuse, et d'elle se dégageait l'aura des êtres qui n'ont pas conscience du charme qui émane de leur personne.

Sous ses fins sourcils légèrement arqués, ses grands yeux gris balayèrent la cour. Elle n'avait pas vraiment prévu de se retrouver sans préambule devant un tel auditoire ! Enfin, derrière une longue plaque de bois reposant sur des tréteaux, Oriane aperçut les sommités de l'assemblée, au nombre de trois.

— Tudieu, est-ce là une de tes connaissances, Arnulf ? plaisanta à mi-voix l'un des trois hommes sans quitter Oriane des yeux.

— Inconnue au bataillon, rétorqua l'interpellé, l'air égrillard, mais, ma foi, je ne dédaignerais pas de l'afficher à mon tableau de chasse !

Nonobstant les murmures qui commençaient à s'élever de la foule assemblée, Oriane cherchait du regard la personne susceptible de correspondre à lord Fitzhardinge, qu'elle ne connaissait pas de visu mais qu'elle se représentait, en seigneur respectable, affublé d'une crinière blanche et arborant un bliaut de la meilleure étoffe.

Aucun des dignitaires assis derrière la table ne s'accordait avec cette image, pas plus que les cavaliers qui se tenaient debout derrière eux, tous vêtus d'une courte tunique bleue et or et prêts à enfourcher leurs chevaux sellés.

Soudain, son regard accrocha parmi eux celui d'un jeune homme qui la jaugeait avec grand dédain. De hautes cuissardes recouvraient jusqu'à mi-cuisses ses pantalons moulants en peau de chamois. Entre ses mains, il tenait un splendide autour.

— Eh bien, damoiselle, s'enquit insidieusement le bailli assis dernière la table, êtes-vous l'une des nôtres ?

— Non, messire, répliqua Oriane, comme vous n'êtes d'ailleurs pas sans le savoir. Sans quoi, je n'aurais point été attaquée par des hommes portant les écussons des Fitzhardinge.

Impassible, son interlocuteur lui enjoignit :

— Présentez-vous, damoiselle.

Mettant pied à terre, elle s'avança d'un pas souple vers l'homme et, se campant devant lui, déclina son identité.

— Je suis Oriane d'York, nièce de Matthew le Seler, l'orfèvre qui suite à cette attaque gît entre la vie et la mort.

Soudain, un silence de plomb s'abattit sur la cour du château.

— Je crains, damoiselle, que cette cour ne soit pas en mesure de traiter votre cas, puisque aujourd'hui nous consacrons cette séance aux problèmes inhérents au manoir.

— Par Dieu, mon oncle est à l'agonie ! Son fils est également blessé. Il en va de l'honneur de ma famille. Aussi dois-je demander compensation immédiate.

Brusquement, le bailli sembla désarçonné : question amendes, dîmes, taxes ou autres autorisations, il s'y entendait, mais traiter d'un sujet aussi délicat avec une jouvencelle à la volonté de fer sortait de sa compétence.

Ce fut alors que l'homme à l'autour, qui se tenait jusque-là appuyé nonchalamment contre le mur, s'avança vers la table. Avec un mouvement d'impatience, il remit le majestueux oiseau au fauconnier, retira ses gants de cuir et les jeta sur les parchemins qui recouvraient la table. Plaquant ses deux paumes sur le plateau de bois, il toisa Oriane et demanda, belliqueux :

— Comment savez-vous qu'il s'agit de mes hommes ?

— J'étais présente, rétorqua-t-elle sur le même ton, tout en se demandant à qui elle avait affaire.

Etait-ce un intendant ? Dans ce cas, pourquoi n'était-il pas assis à la table ? Il semblait plutôt un soldat si l'on se fiait à sa haute stature et à sa large carrure. D'ailleurs, il portait la même tunique bicolore que les chevaliers.

De ses yeux mi-clos, il fixait insolemment la jeune femme.

Ses cheveux d'un noir de jais lui retombaient jusqu'aux sourcils, et sa barbichette était parfaitement soignée. De toute évidence, il cherchait à l'intimider.

— Et avez-vous vous-même vu les écussons des Fitzhardinge ?

— Personnellement, non, mais mon cousin oui.

— A quelle heure est survenu… l'incident ?

— Au coucher du soleil.

— Et dans quelle direction alliez-vous ? Vers le soleil couchant ou le laissiez-vous derrière vous ?

Immédiatement, Oriane saisit l'habileté de la question à laquelle elle dut néanmoins répondre :

— Nous allions vers l'ouest.

— Par conséquent, le soleil vous aveuglait. De plus, vous affirmez n'avoir pas vu personnellement l'écusson, mais vous rapportez les dires d'un homme blessé. Comme il est facile d'accuser autrui ! Et pourquoi pas les Fitzhardinge ? Ainsi, votre cousin, ne voulant lui-même nous affronter, nous envoie-t-il, pour nous apitoyer, une faible…

— Je ne suis le messager de personne, l'interrompit brutalement Oriane. D'ailleurs, mon cousin m'a interdit de venir. Mais je ne l'ai point écouté : il y va de l'honneur de mon oncle qui est aux portes de sa dernière demeure.

— Un homme de sciences l'a-t-il vu ?

— Oui, Maître Johannes.

— Par tous les saints, si votre oncle survit aux remèdes de ce charlatan, il survivra à tout, croyez-moi. Allez, damoiselle, rentrez chez vous. Votre place est au chevet de votre oncle.

— Messire, riposta la jeune femme, je n'ai pas d'ordre à recevoir de vous ! Je suis venue m'entretenir avec lord Fitzhardinge de Monk Bywater, et non avec l'un de ses soldats.

— Si ses hommes sont coupables, ils seront pendus, comme il se doit. Je vais faire diligenter une enquête. Et maintenant, il suffit !

A ces mots, le jeune homme tourna les talons. Puis,

enfourchant son cheval, il s'élança vers la porte du château, sitôt suivi par d'autres cavaliers.

Alors qu'elle regardait les vantaux se refermer derrière eux, Oriane se sentit chanceler. Depuis le traumatisme de la veille et ses commotions, elle n'avait rien avalé : l'incident de cette matinée portait un point d'orgue à ses émotions. Incapable de se ressaisir, elle sentit deux mains la retenir et la faire asseoir.

Comme on lui tendait un gobelet rempli d'eau fraîche, elle sombra dans l'inconscience avant que de pouvoir le saisir.

Chapitre 2

Revenant peu à peu à elle, Oriane se reprocha amèrement sa faiblesse : elle qui réservait son plus grand mépris aux femmes qui s'évanouissaient venait à présent de goûter le prix de l'humiliation ! Perdre le contrôle d'une situation était le pis qu'il pût advenir, surtout devant toute une assemblée. En outre, elle enrageait d'avoir été si cavalièrement éconduite par ce… butor à l'œil insolent. Elle avait escompté un accueil bien plus courtois.

Oriane frissonna, puis fut bientôt assaillie par une bouffée de chaleur.

— Je dois impérativement rencontrer lord Fitzhardinge, décréta-t-elle en tentant de se remettre sur pied.

— Bien sûr, ma chère, dès que vous aurez repris quelques forces, repartit lady Faythe Fitzhardinge, impressionnée par la volonté d'acier de la jeune femme.

Puis, l'aidant à se relever, elle la conduisit, par une allée semée de graviers blancs et bordée de rosiers rouges, vers une courette ensoleillée attenante aux cuisines du château et qui offrait une vue imprenable sur le verger en fleurs et la rivière écumante.

— Elle n'a pas dormi de la nuit, milady, intervint Maddie, soucieuse d'excuser le comportement de sa maîtresse auprès de lady Faythe.

Après avoir offert à Oriane une timbale remplie de bière pétillante et fraîche, lady Faythe écouta avec bienveillance le récit circonstancié de Maddie sur la raison de leur présence au château. Elle n'avait en effet été témoin que des derniers échanges hostiles, dans la cour du manoir.

Agée de cinquante ans, lady Faythe affichait un visage aussi doux et lisse que la peau d'un abricot. Fort élégante, elle rayonnait d'une beauté intemporelle et inspirait confiance et respect. Quelques mèches grises parsemaient sa splendide chevelure noire et ajoutaient à son charme.

— Eh bien, ma chère, reprit-elle lorsque Maddie eut terminé, avez-vous réellement reconnu nos armoiries ?

— Mon cousin a d'abord affirmé les avoir identifiées, puis s'est rétracté — par peur, je suppose.

Posant une main réconfortante sur celle de la jeune femme, lady Faythe formula la conclusion suivante :

— Je crois qu'il est peu vraisemblable que nos hommes soient responsables de cette attaque, car aucun malfaiteur ne porterait un blason qui l'identifierait immédiatement — à moins de vouloir à dessein jeter un blâme sur le détenteur des armoiries. En outre, mon fils et ses chevaliers sont revenus de France il y a trois jours, et je doute qu'ils aient eu encore suffisamment d'énergie pour attaquer des villageois d'York. Ils n'ont d'ailleurs pas pour habitude de jouer aux vilains. Il n'empêche que mon fils a eu tort de vous traiter si rudement.

— Votre… fils ? Il s'agissait de votre fils ? articula Oriane, interloquée.

— Oui, acquiesça lady Faythe non sans prendre une expression ambiguë, où se mêlaient à la fois fierté et tristesse. C'est un guerrier qui a du tempérament. Pourtant, il réserve en général son agressivité pour le champ de bataille.

— Pourquoi ne s'est-il donc pas présenté ? Il savait que je souhaitais rencontrer lord Fitzhardinge ! s'indigna Oriane.

— Ah, ma mie, mon époux est alité et, si mon fils Euan est revenu de France, c'est en partie pour remplir les tâches que mon pauvre mari ne peut plus assumer. Bien qu'il ne jouisse pas encore du titre, c'est aujourd'hui Euan qui est le véritable lord de Monk Bywater.

— Je doute de n'obtenir alors jamais gain de cause, déplora Oriane dont l'optimisme naturel fondit comme neige au soleil en se remémorant le fils de la châtelaine.

De toute évidence, se disait-elle, son apparition impromptue l'avait indisposé. Mais de son côté, n'aurait-il donc pas pu la prendre à l'écart et l'entretenir en privé ?

— Euan a déclaré qu'il mènerait une enquête et il tiendra parole, d'autant que c'est la troisième plainte qui met en cause ses hommes depuis une semaine. Or, la première doléance l'attendait alors qu'il était encore sur le chemin du retour. Vous comprenez aisément pourquoi il doute que ses chevaliers soient les auteurs de ces méfaits. D'où son ire devant cette imposture. Mais, j'intercéderai en votre faveur auprès de mon fils, car votre courage est remarquable, et vous avez déjà beaucoup souffert !

— Ah, je regrette de m'être présentée aujourd'hui…

— Votre oncle appartient à n'en pas douter à la guilde des orfèvres. Ne lui viendront-ils pas en aide ?

— Certainement, mais ils n'arrêteront pas les ruffians qui courent toujours…

Lady Faythe garda le silence un instant : on entendit alors des applaudissements et des rires étouffés résonner dans la cour principale du manoir. Le tribunal populaire venait certainement d'accorder sa permission pour un mariage ou bien de concéder une parcelle de terre.

— N'avez-vous pas de parents, Oriane ? questionna gentiment lady Faythe.

— Mon père, Mark de Scepeton, et Matthew le Seler sont frères. Mon père est le plus âgé des deux ; il travaille dans la vallée comme marchand d'étoffes. Ma mère est morte il y a cinq ans, alors que j'avais treize ans, et mon père m'a envoyée vivre ici, auprès de mon oncle et de sa femme, pour que j'apprenne un métier. Et c'est ce que j'ai fait, effectivement, milady, bien que mon père et mes frères me manquent cruellement.

— Quel âge ont vos frères ?

— Quinze ans. Ce sont des jumeaux qui se ressemblent comme deux gouttes de rosée du matin.

— Et votre tante ?

— Elle est morte, il y a deux ans. Depuis, c'est moi qui gère la boutique avec mon oncle. Léo, le fils qu'elle a eu d'un premier mariage, a étudié à Oxford mais n'a pas voulu y rester…

Oriane s'interrompit brutalement.

— Je comprends, reprit doucement lady Faythe. Au moins a-t-il découvert son absence de vocation avant que son choix ne l'engage irrémédiablement.

L'espace d'un instant, Oriane fut tentée d'en révéler davantage encore à lady Faythe, notamment les tourments que lui causaient les comptes falsifiés. Car elle trouvait en cette femme généreuse une confidente féminine qui lui faisait cruellement défaut depuis le décès de sa mère, puis celui de sa tante.

Certes, elle chérissait son oncle Matthew, mais elle ne pouvait s'ouvrir à lui des pensées qui hantaient son cœur de jeune femme. A l'âge de dix-huit ans, elle songeait tout naturellement à prendre mari. Or, aucun jeune damoiseau ne pouvait mettre les pieds dans l'échoppe sans que son oncle ne levât un sourcil sévère et ne surveillât le moindre propos échangé ! En réalité, Matthew avait besoin d'elle pour l'assister dans la gestion de la boutique, sachant qu'il ne pouvait compter sur Leo. Quant aux amis de ce dernier, s'ils venaient régulièrement au logis, ils étaient bien trop peu policés pour éveiller chez Oriane la moindre inclination.

En fait, se disait-elle, seule une mère aimante aurait pu la conseiller !

En outre, depuis quelques mois, elle nourrissait secrètement le projet de revenir auprès des siens, car le retour au logis de Leo avait tendu l'ambiance familiale. En tout état de cause, si Matthew le Seler ne se remettait pas de l'attaque, la situation se dénouerait d'elle-même pour elle.

Ayant recouvré ses forces, et soucieuse de partir avant le retour du fils de lady Faythe, Oriane remercia de tout cœur la châtelaine pour sa générosité et sa gentillesse, avant de reprendre, confiante, le chemin du retour avec Maddie.

Rapidement, elle comprit qu'elle avait présumé de ses forces. Le soleil, haut dans le ciel, dardait de tous ses rayons, et la route était fort accidentée. Soudain, des étoiles dansèrent devant les yeux d'Oriane, et tout son corps se mit à trembler : en vain, elle tenta de se maintenir droite sur sa selle, mais finit par s'affaisser sur sa jument.

— Mon Dieu, elle va tomber de cheval ! s'écria une voix grave et profonde.

Si ce timbre était familier à Oriane, elle ne parvint pas pour autant à l'identifier.

— Continuez votre route, ordonna cette même voix. Je me charge de cette jouvencelle. Je vous rejoindrai quand je l'aurai reconduite chez elle. Allez, je ne serai pas long.

Mais c'était la voix de Fitzhardinge ! songea Oriane qui se sentit soulevée de sa jument, avant de sombrer de nouveau dans l'inconscience.

Avant la porte d'York, elle revint à elle et sentit une douleur térébrante lui traverser les entrailles.

— Oh ! je ne me sens pas bien ! murmura-t-elle.

— Que dites-vous ? s'enquit Fitzhardinge.

Maddie eut à peine répété les propos de sa maîtresse qu'Euan Fitzhardinge, qui avait placé Oriane devant lui sur son étalon, pencha la jeune femme sur le côté, tout en lui maintenant fermement les jambes — pour lui permettre de se soulager. Il se livra à cette manœuvre sans brider son cheval.

Puis, la relevant sans ménagement, il décréta :

— Ce n'est que de la bière. Tâchez de vous tenir jusqu'à notre arrivée à York !

Quel impudent ! songea Oriane, au supplice. Jamais elle n'avait été si mal en point. Quel péché avait-elle donc commis pour être ainsi mortifiée ? A croire qu'elle allait rendre l'âme dans les bras de cet homme qu'elle méprisait…

Mais il n'en fut rien et, quand elle s'éveilla une ou deux heures plus tard, il lui revint immédiatement à l'esprit, comme un mauvais rêve, la façon dont, en dépit de ses protestations, Fitzhardinge l'avait portée jusqu'à sa couche — et ce devant toute la clientèle de la boutique et les domestiques ahuris.

Quel affront, se disait-elle, quand elle aurait pu marcher jusqu'à sa chambre, au bras de Maddie !

Elle avait ensuite entendu le jeune seigneur donner l'ordre à Maddie de faire quérir le père Petrus de l'abbaye de Sainte Marie et d'interdire à « cet idiot de Saint Leonard » — c'est-à-dire Maître Johannes — de reparaître en ces lieux.

Seul le désir d'imposer sa volonté dans une maison qui n'était pas sienne guidait la conduite de ce tyran, conclut Oriane.

— Maîtresse ! Réveillez-vous ! Le maître…

— Eh bien quoi, le maître ?

— Il est au plus mal.

Rejetant sa couverture de fourrure, Oriane bondit hors de sa couche, au mépris des vertiges qui la saisissaient.

Elle se précipita dans le grand hall, qui était également la chambre d'oncle Matthew. C'était la pièce la plus spacieuse à l'étage, au-dessus de l'échoppe : elle ouvrait sur la Silver Street, rue commerçante toujours bondée de monde et retentissante de cris et de rires. Double, comme tous les grands halls, elle était peu meublée : elle comportait une cathèdre, réservée au maître du logis, un grand coffre renforcé par des barres métalliques, deux autres d'une taille moindre ainsi que deux tabourets et une petite table.

En revanche, deux magnifiques tapisseries tendues sur

les murs en vis-à-vis, et représentant des scènes de chasse et de fauconnerie, apportaient une note grandiose au décor.

Derrière les voiles du lit à baldaquin gisait toujours inconscient l'oncle Matthew dont la respiration saccadée entrecoupée de gémissements venait d'alarmer Maddie. Il ne faisait aucun doute que l'heure du trépas allait bientôt sonner.

— Jamais je n'aurais dû le laisser seul, se reprocha amèrement Oriane.

— Allons prévenir le père Petrus, conseilla Maddie.

— Soit, concéda Oriane. Il est vrai que mon oncle et le père Petrus sont très proches. Envoie Bec mais nul besoin de faire mention du nom de Fitzhardinge. Simon remplacera Bec durant son absence !

Oncle Matthew employait trois commis : Simon, Brian et Ephraïm ; il les traitait comme des membres de la famille. En outre, deux autres apprentis, Bec et Davy, travaillaient pour l'orfèvre qu'ils considéraient comme un second père. Enfin, il y avait Gérard, l'assistant et l'homme de confiance de Matthew, qui ce matin avait remplacé Oriane derrière le comptoir. A n'en pas douter, chacun pleurerait à chaudes larmes Matthew le Seler.

Alors que d'ordinaire l'abbaye envoyait des subalternes au chevet des malades, ce fut le père Petrus qui en l'occurrence se déplaça en personne, eu égard aux liens d'amitié qui l'unissaient à Matthew le Seler.

Le pauvre Bec, avec son pied-bot, eut grand mal à suivre la vive allure de l'abbé et se trouva bien incapable de répondre à ce dernier qui n'entendait point pourquoi Oriane avait tardé à l'appeler.

Arrivé chez le joaillier, le père Petrus, fort attristé, prit le pouls de Matthew et lui souleva doucement une paupière. En silence, il observa le visage livide avant de s'enquérir de la cause de la blessure.

Oriane lui relata brièvement les faits, en omettant l'accusation contre les Fitzhardinge. Puis, le père la pria de s'asseoir avant de lui annoncer son diagnostic.

— Ma fille, commença-t-il, il faut te préparer à l'idée de sa perte. Même s'il revenait à lui, il serait incapable de parler et de se mouvoir. Ce coup lui a été fatal. Il faut accepter la volonté du seigneur. Sa mort surviendra dans les prochaines heures. Nous allons dire une prière pour lui.

Et, agenouillés près du grand lit, ils prièrent en latin tandis que dans la pièce voisine Leo veillait.

Avant de partir, le père Petrus s'inquiéta de la santé d'Oriane qu'il trouvait fort pâle et lui promit de repasser le soir.

Dans la boutique, le labeur quotidien avait repris, et il était difficile d'amortir le bruit des marteaux et des matoirs, le ronflement des fours et le claquement incessant de la porte de l'échoppe. Néanmoins, Simon et Brian avaient recouvert de paille la rue pavée afin d'assourdir le bruit des carrioles et de signaler aux passants qu'il était séant de murmurer à cet endroit, où agonisait l'orfèvre.

Leo garda pour sa part le lit toute la journée. Il était encore fiévreux et somnola la plus grande partie du jour, se nourrissant uniquement de brouet et d'eau fraîche. Il était fort agité et ne cessait de se plaindre.

Oriane passait de sa chambre à celle de son oncle ; de temps à autre, elle humectait les lèvres de ce dernier d'un linge imbibé de bière fraîche.

Le soir venu, la jeune femme s'acquitta du rituel qui consistait à placer les objets les plus précieux dans le grand coffre du hall : les pièces en or qu'ils fondaient pour la confection des bijoux, les souverains d'argent qui servaient de monnaie d'échange au magasin, les pierres précieuses à tailler et les bijoux terminés, destinés à la vente.

D'ordinaire, le maître conservait par-devers lui la clé du coffre. En accord avec Gérard, il fut décidé ce soir-là qu'Oriane en aurait la garde.

Outre les objets énumérés ci-dessus, le coffre contenait

également une imposante châsse en or incrustée de pierres précieuses, à laquelle Matthew le Seler travaillait depuis deux ans. Elle était destinée à contenir une relique d'un des grands saints nordiques morts au VIIe siècle, Benedict Biscop. Matthew devait faire don de ce reliquaire à l'abbaye de Sainte-Marie : il était maintenant quasiment achevé. C'était un coffret aussi merveilleux que précieux, certainement très cher au cœur de Matthew, en dépit de son silence sur ce sujet.

Comme promis, le père Petrus repassa avant la nuit et, malheureusement convaincu que son ami de longue date ne survivrait pas à la nuit, lui administra l'extrême-onction.

Puis il prit congé, et Oriane, tenant absolument à veiller son oncle, alla déposer la clé du coffre sous son oreiller, puis revint prendre place près du grand lit à baldaquin, non sans avoir auparavant coulé un œil dans la chambre de Leo que le sommeil soustrayait aux tourments présents, et partagé un gobelet de bière avec Maddie pour reprendre quelque force.

S'enveloppant dans un châle de laine, elle passa en revue sa journée et se surprit à repenser au fils Fitzhardinge, à ses arrogantes façons, à l'intolérable proximité de leurs corps sur le cheval, à la manière dont il l'avait ramenée sans ménagement à la maison…

Finalement, épuisée par toutes ces émotions, elle finit par s'assoupir sur sa chaise.

Ce fut le bruit des pas des apprentis descendant quatre à quatre l'échelle du grenier qui la réveilla à l'aube. D'abord désorientée de ne pas se trouver dans son lit, elle se rappela alors les événements de la veille. Touchant instinctivement la main du mourant, elle comprit à sa froideur qu'il avait rendu l'âme. Saisie d'un douloureux pincement au cœur, elle baisa longuement cette main inerte avant de la reposer doucement sur le drap.

Immédiatement, elle alla prévenir Leo. Celui-ci fut fort mécontent qu'on ne l'ait pas averti sitôt le décès survenu.

Oriane déplora de s'être endormie, mais trouva tout de même cavalière et fort ingrate la réaction de son cousin.

— Leo, tu es la première personne que je préviens. Que pouvais-je faire de plus ? Le père Petrus nous avait avertis et…

— Ah ! le père Petrus ! Quelle idée ! Pourquoi Maître Johannes n'est-il donc pas revenu ? Pourquoi faut-il que tu régentes tout ici ? Dire que je n'ai même pas accompagné mon père lors de son passage vers l'autre monde…

— Mais, Leo, le somnifère que t'avait prescrit Maître Johannes t'avait plongé dans un sommeil de plomb…

Puis, levant les yeux au ciel, elle préféra mettre un terme à cette vaine conversation et envoya Maddie chercher un baquet et de l'eau chaude, ainsi qu'un peu de savon, pour procéder à ses ablutions matinales, laissant de la sorte le temps à Leo de descendre à l'échoppe et d'annoncer lui-même aux employés la mort de son beau-père.

Ce jour, et jusqu'aux funérailles de Matthew le Seler, la boutique resterait close. Confiant Leo pour la journée aux soins de Gérard, Oriane s'affaira à organiser les obsèques : il convenait de draper les fenêtres du logis de grandes étoffes noires, de transférer le corps à l'abbaye, d'aviser la guilde des orfèvres et les amis de Matthew le Seler. Elle dépêcha également un messager à Scepeton, chez son père.

Les pères Petrus et William dirent une brève messe dans le grand hall avant de transporter le corps, en vue de l'enterrement qui aurait lieu le lendemain. L'abbaye acceptait que le corps repose en son sein, parmi ses amis.

Un domestique arborant une livrée aux couleurs des Fitzhardinge vint prendre des nouvelles de Matthew.

— Dis à ta maîtresse que mon oncle a trépassé durant la nuit, répondit tristement Oriane.

— Et vous, maîtresse, comment allez-vous ? Je suis également chargé de m'enquérir de votre santé.

— Tout à fait bien, merci.

*
* *

Sur la suggestion d'un des trois apprentis, on exposa dans le grand hall la pièce maîtresse de Matthew le Seler, le reliquaire, qui allait bientôt revenir à l'abbaye.

Gérard l'extirpa donc du coffre et la plaça près de la fenêtre. Sous les rayons du soleil qui inondait le grand hall, la châsse brillait de tous ses feux : or, surfaces émaillées, rubis, améthystes, grenats, tout concourait à sa splendeur.

Le dessus représentait un toit en tuiles d'or piquées de gemmes, retenu par un faîtage d'opales et de pierres de lune. Il reposait sur des arcades en or ciselées qui abritaient, renfermée dans un coffret également ouvragé, une des phalanges du saint.

Un socle d'or soutenait le tout : ses rebords étaient incrustés de grenats, et le nom du saint y était gravé.

Soudain, dans le silence du grand hall, la voix de Gérard arracha Oriane à la contemplation de cette œuvre d'art.

— Maîtresse, aviez-vous besoin d'argent pour régler une course ?

Prise de court, la jeune femme se retourna brusquement. La veille, ils avaient tous deux déposé dans le coffre cinq sacs remplis de pièces d'or. Se penchant au-dessus du meuble, elle constata avec terreur leur disparition. Or, c'était elle qui était censée avoir conservé la clé durant la nuit !

Chapitre 3

— Maîtresse ? répéta Gérard.

Au ton plus pressant et au visage sévère de son interlocuteur, Oriane comprit de suite les conclusions qu'il venait de tirer : puisque c'était elle qui détenait la clé, c'était forcément elle qui avait subtilisé les sacs d'or, d'autant qu'elle avait passé la nuit seule dans la pièce où se trouvait le grand coffre. Que dire pour sa défense ?

— Je… je ne sais vraiment pas ce qui s'est passé, articula-t-elle, interdite.

— Maîtresse, reprit Gérard sur le même ton déterminé, si vous aviez besoin d'argent, vous…

— Assez ! se récria Oriane, comment aurais-je pu me servir dans ce coffre quand je veillais sur les derniers souffles de mon oncle ?

— Le fait est que vous déteniez la clé du coffre et que l'or que nous y avions déposé a disparu.

— Je ne le sais que trop, soupira-t-elle avec humeur.

Mais ce qu'elle savait aussi, c'était que depuis six semaines, des petites quantités d'or disparaissaient régulièrement, dans l'échoppe et dans l'atelier : elle seule, qui tenait les registres, pesait et repesait l'or, pouvait s'en rendre compte.

Il était évident qu'on cherchait à l'accuser, et à n'en pas douter, cette machination était l'œuvre de Leo. Pourtant, comment son cousin avait-il bien pu s'arracher aux pouvoirs sédatifs de la potion qu'elle lui avait administrée ce soir-là pour venir dérober la clé sous son oreiller ? Quoi qu'il en soit, ses agissements passés ne pouvaient qu'éveiller des soupçons en elle. Mais, comme elle avait pris par le passé le parti de se taire, elle ne pouvait aujourd'hui mettre Leo en cause. Nul ne comprendrait son silence d'alors, et ses propres allégations se retourneraient forcément contre elle.

— Gérard, je vais vous prier de ne souffler mot à personne de ce larcin. Je vais retrouver l'or, je vous l'assure. Mais, quoi que vous puissiez penser, je ne suis pas l'auteur de ce méfait. Je vous demande de me croire.

L'intéressé tourna alors ses regards vers le reliquaire, et Oriane comprit que la confiance entre eux était rompue.

— Votre oncle avait-il fait un testament ? demanda incidemment le domestique.

Cette question impromptue révélait clairement l'état d'esprit de Gérard : il faisait désormais bon marché de leur relation de maître à domestique.

« Ah, songea Oriane, quand j'aurais précisément eu besoin de son soutien, lui aussi m'abandonne. Eh bien, s'il faut se battre, je saurai bien relever le défi. »

Et la pensée que son père et ses frères seraient le lendemain auprès d'elle brilla soudain comme une promesse d'apaisement à l'horizon.

La jeune femme savait que, du vivant de son oncle, les chapardages de Leo n'auraient jamais pu rejaillir sur elle. Puisque Matthew lui faisait une confiance absolue, il l'aurait crue d'emblée si elle lui avait tout rapporté. Mais aujourd'hui, les données du problème étaient bien différentes.

« Allons, s'encouragea-t-elle, je confierai tout cela à mon père et repartirai vivre avec lui à Scepeton, en priant le Seigneur pour que Gérard garde ses soupçons par-devers lui. »

Ce fut alors qu'elle s'avisa que ce dernier n'avait fait nul serment de rester muet. Puis elle se rappela la question à propos du testament : que signifiait-elle ?

La coutume voulait que le père léguât la plus grande partie de sa fortune à son fils aîné, tout en assurant une rente suffisante à sa femme. Mais cette pratique ne revêtait aucun caractère obligatoire : si le père préférait laisser son héritage à quelqu'un d'autre, un fils plus jeune, un rejeton illégitime ou bien une nièce, il en avait toute licence.

A la tombée du jour, une fois les maîtres de la corporation et les divers amis repartis, l'on prépara le repas et l'on passa à table. Un plateau avait été prévu pour Leo, mais avant que l'on ait eu le temps de le lui porter, il fit une apparition intempestive dans la cuisine, où Oriane et les domestiques partageaient un souper composé de poulets rôtis farcis aux herbes et de pommes au four cuites dans du miel.

Leo tenait à la main deux grands livres de comptes. Il se campa devant Oriane et, nonobstant la présence de toute la valetaille autour de la table, il lui demanda sur un ton tranchant :

— Où est le testament de mon père ?

— Je n'en ai aucune idée, Leo, répondit calmement la jeune femme sans se laisser désarçonner. Je ne sais même pas s'il en a rédigé un, et ce n'est d'ailleurs pas mon affaire. J'imagine que tu as déjà fouillé le grand hall de fond en comble ?

— Effectivement, mais je n'ai rien trouvé.

— Eh bien, poursuis des investigations dans l'atelier.

— C'est déjà fait.

— Dans ces conditions, je ne peux rien pour toi.

— Et moi, je suis persuadé du contraire, répliqua Leo en élevant le ton.

A la table, tous — à l'exception de Gérard — cessèrent de mâcher et retinrent leur souffle.

Le visage blême, Oriane s'insurgea :

— Insinuerais-tu que je mens ? Tout comme toi, je souhaite que la volonté de maître Matthew soit respectée et quelle qu'elle soit je m'en réjouirai.

— Cela, je n'en doute pas une seconde ! s'écria Leo. Tu seras bien trop heureuse, cousine, de reprendre son échoppe florissante et de me jeter à la rue.

— Toutes tes clabauderies sont parfaitement infondées, se défendit Oriane. Tu es persuadé que ton beau-père a établi un testament en ma faveur et dans le même temps tu m'accuses de le cacher. Quel intérêt aurais-je donc à subtiliser un tel document ? Je devrais au contraire, si je saisis bien ton raisonnement et tes dispositions d'esprit, te le brandir sous le nez d'un air victorieux. Allons, Leo, ressaisis-toi, et puisque tu as enfin quitté ta couche, viens plutôt partager cet humble souper avec nous. Ton regretté père n'aurait jamais toléré que l'on exposât ainsi des affaires privées devant les domestiques.

Mais Leo ne l'entendait pas de cette oreille. Rageusement, il lança les livres de comptes sur la table et reprit durement :

— Ne crois pas t'en tirer à si bon compte, cousine. Sache que je ne suis pas sans savoir la façon dont tu as tenu les comptes l'an passé.

A ces mots, Oriane se raidit imperceptiblement : son silence d'alors se retournait contre elle aujourd'hui. Les livres de comptes contenaient toutes les transactions, les achats et les ventes de métaux, de bijoux, de matériaux, d'outils et de charbon, les commissions et les dettes, et bien évidemment les falsifications réalisées par Leo en imitant son écriture à elle.

Jamais elle n'aurait imaginé que son cousin en viendrait à de telles extrémités. Elle eut encore la générosité de mettre une telle attitude sur le compte de sa blessure et celui de l'alcool dont il semblait avoir abusé.

Néanmoins soucieuse qu'il ne s'exprimât plus devant les domestiques, elle se leva de table et, d'autorité, prit le bras de Leo pour le conduire dans l'atelier.

— Il est préférable que nous poursuivions cette conversation en privé, décréta-t-elle fermement.

Faisant claquer la porte de l'atelier derrière elle, elle eut conscience de la colère croissante de Leo.

— Pardieu, s'insurgea ce dernier, tu n'es pas sans savoir

que les livres de comptes montrent clairement que le poids des métaux réceptionnés par l'atelier était inférieur à la quantité commandée et que les factures présentées aux clients étaient plus élevées que le montant convenu initialement.

— Oui, Leo. Je suis au courant de tout cela.

— Et comment pourrais-tu ne pas l'être ? Mon beau-père vérifiait-il les comptes ? Non, bien sûr que non, il te faisait entière confiance.

Le jeune homme feignait à la perfection la colère et l'indignation, mais sans pouvoir l'impressionner par son courroux. Certes, cette mystification la peinait, mais elle ne l'ébranlait pas.

— C'en est assez, Leo, le gronda-t-elle comme si elle se fût adressée à un enfant. Comment aurais-tu pu découvrir tout cela aussi rapidement si tu n'étais pas toi-même le responsable de tout cet imbroglio ? Allons, ne me prends pas pour une simple d'esprit. Tu sais parfaitement que j'ai couvert tes odieux chapardages et tu profites aujourd'hui de ma complicité passive. Ah, j'aurais dû m'en ouvrir à ton père plutôt que de te protéger par amitié !

Leo tenta de protester, mais Oriane, hors de ses gonds, ne lui en laissa pas le temps.

— Comment oses-tu suggérer que je suis malhonnête ? Regarde bien ces livres de comptes. Ils ne sont falsifiés que depuis ton retour à York. Comment expliques-tu cela ?

— J'en déduis que tu es une femme rusée et que, de la sorte, il t'est aisé de m'accuser. Quoi qu'il en soit, je ne veux pas t'accabler et, si tu me rends l'argent, je ne te poursuivrai pas devant un tribunal populaire.

A ces mots, Oriane pensa que la situation se transformait en réel cauchemar. Avec l'énergie du désespoir, elle tenta de ramener Leo à la raison :

— Allons, Leo, la souffrance de ta blessure et la perte cruelle de ton père t'égarent. Nous reparlerons de tout cela quand nous serons tous deux calmés. Mon père sera là dès demain, et nous lui demanderons conseil.

— Pourquoi tiens-tu à faire partager à ton père la honte de ton humiliation ? Réfléchis à ma proposition. J'espère que la nuit te portera conseil. Et fais un effort pour te rappeler l'endroit où mon père a caché le testament.

Là-dessus, Leo quitta l'atelier, laissant Oriane perplexe et désemparée. Son cousin avait-il perdu la raison ? Elle avait l'impression qu'il croyait lui-même à ses propres infamies ! Comment pouvait-il attirer l'attention sur des vols qu'il avait lui-même commis ? Certes, ces derniers temps, ils avaient eu des relations difficiles, mais jamais elle n'eût soupçonné qu'il nourrissait envers elle une telle animosité.

En outre, pourquoi ne l'accusait-il pas d'avoir subtilisé les sacs d'or ? Enfin, dans quel dessein s'entêtait-il à mettre la main sur un testament qui le défavoriserait à coup sûr, si tant est qu'il existât ?

Désireuse néanmoins de faire bonne figure et de ne pas laisser le logis aller à vau-l'eau, elle retourna dans la cuisine auprès des domestiques, pour leur expliquer que la fièvre qui tenait Leo le privait momentanément de raison, qu'il avait besoin de repos et que tout rentrerait bientôt dans l'ordre.

De son côté, elle passa une nuit affreuse, incapable de trouver le sommeil, comptant chaque heure les coups de cloche et tentant d'oublier par la prière les tristes événements de la journée. De sa couche, elle pouvait voir la lune rousse et se surprit même à invoquer ses pouvoirs.

A l'aube, la jeune femme, espérant un miracle, se précipita vers le grand coffre. Hélas ! les sacs d'or n'étaient pas revenus, aucun enchantement ne s'était produit !

Entendant une certaine agitation s'élever de la cour, elle se précipita au rez-de-chaussée, afin d'accueillir ses hôtes, persuadée qu'il s'agissait de sa famille. Arborant son plus beau sourire, elle se heurta alors de manière inattendue à un homme robuste qui l'empoigna par la taille et la bâillonna d'un baiser qui empestait la bière. Reconnaissant immédiatement là la goujaterie des amis de Leo, elle se débattit comme un beau diable pour se dérober à son agresseur.

— Comment osez-vous ? Alors que je porte le deuil de mon oncle et que…

Mais le brutal individu ne la laissa pas finir et l'embrassa de nouveau à pleine bouche. A peine eut-il assouvi son vil désir qu'Oriane sentit derrière elle deux bras la tirer par la taille. Se penchant furieusement en avant, elle tenta de mordre la main droite de son deuxième agresseur. Insensible à la douleur, il ne lâcha pas prise et l'obligea d'une secousse à lui faire face.

Tandis qu'il lui soufflait son haleine avinée au visage et cherchait à l'embrasser, elle le vit virer au rouge, comme s'il s'étouffait. Au même instant, il la relâcha, et Oriane s'avisa d'un bras qui étranglait son assaillant au niveau du cou. Levant les yeux, elle découvrit alors le visage de son sauveur : Euan Fitzhardinge !

— Maîtresse, s'écria Maddie en accourant, alarmée par le tumulte, que s'est-il passé ? Tout va bien ?

Fort irritée d'avoir été une seconde fois secourue par le fils de lord Fitzhardinge que deux hommes de sa suite accompagnaient, Oriane, haletante, repartit sur un ton agacé :

— Oui. Ce n'est rien. Va plutôt préparer de quoi accueillir nos respectables visiteurs.

Et se passant une main sur la joue, elle essuya alors une trace de sang.

— C'est le vôtre, chère damoiselle, pas le leur, constata tranquillement Euan Fitzhardinge. Ah, il ne s'agit que d'une petite égratignure !

S'efforçant de reprendre son calme, la jeune femme bredouilla :

— Je vous suis reconnaissante de…

— Vous m'êtes reconnaissante de vous avoir sauvée ?

— De m'avoir débarrassée de ces scélérats !

— Vous étiez pourtant venue les accueillir en personne ! remarqua avec cynisme son interlocuteur.

— J'attends mon père d'un instant à l'autre et comme j'ai oui du bruit dans la cour, je me suis effectivement précipitée vers la porte, loin de penser que j'allais me retrouver nez à nez avec ces soudards, expliqua-t-elle avec humeur.

— Puisque vous attendez votre père, je ne vais pas m'attarder. J'étais simplement venu, sur l'instance de ma mère, vous proposer les éventuels services des Fitzhardinge.

Son ton était détaché et doublement indifférent : il remplissait une formalité en tant que fils et que seigneur du fief de Monk Bywater. D'ailleurs, il ne s'en cachait pas et ne simulait aucune sollicitude.

— De nouveau, je vous remercie, messire, mais vous êtes par deux fois déjà intervenu pour me secourir, et il serait malséant d'abuser plus avant de vos services : qu'allez-vous penser de moi ? Que je suis…

— Peu importe ce que je puis penser, l'interrompit-il avec rudesse. Avez-vous l'intention de vous mettre encore dans des situations périlleuses ?

— Je ne pouvais pas prévoir ces malheureux incidents…

— Soit, mais je préfère vous prévenir, car, comme l'on dit, jamais deux sans trois.

La jeune femme eut alors l'impression qu'Euan Fitzhardinge se retenait de rire, car ses lèvres tremblèrent légèrement, et une lueur moqueuse brilla dans ses yeux.

Comme, pour sa part, elle n'avait pas le cœur à plaisanter, elle préféra couper court :

— Je prends note de votre mise en garde et vous acquitte de tous devoirs futurs envers moi. En outre, je vous prie de remercier chaleureusement votre mère pour son obligeance et de lui rapporter que vous avez mené à bien votre mission.

Soudain, des sabots de chevaux retentirent dans la rue, et le lourd portail de la cour s'ouvrit.

— Père… Dieu soit loué ! murmura Oriane.

Dans son soulagement autant que dans sa précipitation à s'élancer vers les arrivants, elle manqua de trébucher. Euan la retint à temps, sans même qu'elle ne s'en rende compte.

Déjà, le pavé grouillait de chevaux et de mulets, de domestiques et de grooms, de chiens et de bagages. Impossible pour Fitzhardinge de quitter les lieux sans saluer les arrivants.

Il eut ainsi tout le loisir d'observer Oriane dans un contexte normal, c'est-à-dire sans qu'elle ne demande des comptes et regimbe, s'évanouisse ou ne soit agressée. Et il dut convenir que sa mère bien-aimée avait raison d'affirmer que la jouvencelle était dotée d'un courage remarquable. En dépit de l'agression dont elle venait d'être victime, elle affichait devant les siens un visage radieux, aussi frais que les pétales d'une rose sous la rosée du matin.

Puis, s'avisant qu'elle avait dû être profondément ébranlée par les vauriens qui lui avaient manqué de respect, il se demanda avec colère combien de fois ces malotrus s'étaient permis de telles audaces !

Il n'eut aucune difficulté à identifier le père de la jeune femme, un homme de haute stature, à la chevelure blanche et au visage avenant en dépit du triste événement qui l'amenait à York.

Quand Oriane se jeta avec effusion dans les bras de cet homme, pas un instant Euan ne mit en doute la joie sincère de la jeune femme à retrouver son père. Elle se serrait contre lui, dans les plis de sa longue chape d'un violet soutenu, tandis qu'il lui caressait les cheveux, lui souriait et échangeait avec elle des propos intimes.

Elle se précipita ensuite vers ses frères, des jumeaux aux cheveux blonds comme les blés, les félicitant pour leur grâce et leur haute stature. Une complicité évidente l'unissait à eux.

Ce fut alors que Fitzhardinge remarqua la présence d'une femme à la mise peu discrète aux côtés du père.

« Diantre, ma mère n'a pourtant pas évoqué la présence d'une belle-mère ! » se dit le jeune homme.

Pourtant, tout portait à croire que, s'ils n'avaient pas encore convolé, ils n'allaient tarder à le faire, car le regard que Mark de Scepeton avait lancé à la belle était fort révélateur des sentiments qu'il nourrissait pour elle.

De taille moyenne, la femme affichait des rondeurs généreuses que son accoutrement soulignait avantageusement. Son surcot de soie damassée, d'un rouge éclatant, était largement fendu sur les côtés, et une étroite ceinture en fourrure lui cintrait la taille, dessinant des hanches charnues. On apercevait au-dessous sa cotte d'un coloris pourpre, qui lui prenait étroitement la poitrine, dont les proportions étaient à l'image du reste.

S'efforçant de dissimuler sa déconvenue, Oriane attendait d'être présentée à la nouvelle venue. Certes, elle n'était pas sans savoir que son père vivait fort mal son statut de veuf ; pour autant, jamais elle n'aurait songé qu'il eût l'inconséquence de la lui présenter pour la première fois en public et, qui plus est, en de si tristes circonstances.

— Ma mie, voici ma chère enfant, Oriane, déclara alors son père.

Puis se tournant vers cette dernière, il poursuivit :

— Trésor, je te présente dame Katherine Cherry.

Oriane s'inclina.

— Et voici la fille de dame Katherine, Jane, ajouta son père.

Ce fut alors qu'une jeune fille rondelette, à l'allure disgracieuse, s'avança vers Oriane et exécuta une courbette assez gauche.

Les lévriers de Mark de Scepeton qui s'approchèrent d'elle firent à ce moment diversion, suivis du chat de l'oncle Matthew qu'Oriane prit dans ses bras pour le remettre à Jane, dans le but manifeste de mettre celle-ci à l'aise et de l'intégrer à la maisonnée.

Puis, tentant de faire contre mauvaise fortune bon cœur et de ne point juger trop hâtivement dame Katherine et sa fille, Oriane guida ses hôtes vers le hall où des rafraîchissements les attendaient.

Alors, seulement, elle s'avisa que, loin d'être parti, Euan Fitzhardinge avait observé toute la scène. Il la fixait maintenant de ce regard arrogant et avec cette nonchalance qui le caractérisaient, et sa présence renforça encore le malaise qui la taraudait.

— Un de tes amis, ma chérie ? s'enquit son père, intrigué par l'identité de l'homme que sa fille adorée fixait depuis une bonne minute.

Ce fut alors qu'avec beaucoup d'assurance, Fitzhardinge s'avança vers Mark de Scepeton.

— Père, je te présente sire Euan Fitzhardinge de Monk Bywater, articula la jeune femme d'une voix blanche, agacée de ne pouvoir, sans se montrer impolie, le démentir sur le lien d'amitié qu'il présumait.

— Tiens donc, un Fitzhardinge. J'ai bien connu votre père, jeune homme, et nous avons fait ensemble les quatre cents coups, du temps de notre ardente jeunesse !

D'emblée, un climat de confiance et d'amitié s'installa entre les deux hommes. Sans plus de préambule, Fitzhardinge présenta ses deux amis, sire Tomas Vittorini et sire Geffrey d'Azure. Dame Katherine se hâta alors de se joindre au joyeux petit groupe, et Oriane en profita pour s'éclipser et retrouver ses frères.

— Qui est cette dame Cherry ? Notre future belle-mère ? s'enquit-elle, l'air préoccupé.

— On dirait bien, répondit Paul sur un ton désinvolte et mystérieux.

— Père ne veut plus la quitter d'une semelle, poursuivit Patrick, c'est pourquoi…

— Il l'a amenée avec nous, finit son frère. C'est vrai, Orrie, il va l'épouser. Il paraît qu'elle roule sur l'or !

— Et qu'elle connaît les puissants de ce monde, précisa son jumeau.

— Père, de son côté, essaie lui aussi de l'impressionner, pour ne pas être en reste, d'abord avec l'échoppe de son frère le joaillier et puis…

Il coula subrepticement un regard entendu du côté du petit groupe.

— Que veux-tu dire ?

— Regarde son empressement à montrer qu'il connaît les Fitzhardinge. Ça ne pouvait mieux tomber.

— Et vous allez aussi vous marier, tous les deux ? questionna innocemment Patrick.

Contrariée, Oriane se mordit la lèvre.

— Cessez ces enfantillages. Je le connais à peine, et le mariage est bien aujourd'hui le moindre de mes soucis !

En cela, elle disait vrai, car ses préoccupations étaient pour l'heure d'une tout autre nature. Elle venait de se rendre compte qu'elle ne pourrait pas se confier à son père et lui rapporter les méfaits de Leo !

Comment aurait-elle pu en effet mêler son père à un scandale potentiel quand il recherchait avant tout à se vanter auprès de sa future femme et à afficher des relations qui le valorisaient ? Comment réagirait cette dernière si elle savait que sa future belle-fille devait se disculper d'un vol ?

Non, décida-t-elle, elle ne pouvait se permettre de faire subir cet affront à son père et de remettre en question le bonheur de cet être qu'elle chérissait par-dessus tout. Ah, pourquoi n'était-il donc pas venu seul ?…

Alors que son unique planche de salut s'éloignait dans le torrent tumultueux des événements, et qu'elle assistait impuissante à la scène, elle vit Leo apparaître et eut l'impression que le sort s'acharnait contre elle…

Chapitre 4

Une bonne lunaison s'écoulerait avant que Leo n'apprenne l'agression que ses compères avaient infligée à Oriane… Pour l'heure, il ne s'expliquait pas pourquoi, ce matin-là, on les avait chassés si rudement, sans qu'il ait pu même les rencontrer. En conséquence, il était fort indisposé envers ce membre de la famille Fitzhardinge, si fier de sa personne, qui avait assisté aux côtés de sa mère aux funérailles de Matthew le Seler.

Il n'en laissa cependant rien paraître, et répondit avec courtoisie à Euan Fitzhardinge, lorsque celui-ci l'interrogea sur sa blessure et lui assura qu'il avait tout mis en œuvre pour retrouver les coupables, ne fût-ce que pour faire taire la rumeur qui associait son nom à ce crime.

Mark de Scepeton n'escomptait pas non plus en rester là : les membres de la guilde des orfèvres avaient promis de pourchasser les détrousseurs, comme il le précisa à Fitzhardinge.

Les jumeaux Patrick et Paul jetèrent alors des coups d'œil impressionnés à l'homme qui s'entretenait avec leur père.

Ils avaient entendu parler des exploits au combat de ce chevalier à la lignée prestigieuse, de sa vaillance et de son adresse tactique. Et la personne de sire Fitzhardinge concordait parfaitement avec cette réputation ! Elle ne démentait pas non plus son succès auprès des femmes.

Cependant, une chose contrariait les jumeaux : leur sœur bien-aimée semblait vouer à ce valeureux guerrier une aversion ostensible et être fort peu sensible aux prouesses qu'on lui connaissait.

— Qu'y a-t-il d'extraordinaire à rester sur son cheval et à donner des ordres ? fit-elle remarquer, dédaigneuse. Quant à sa réputation auprès des femmes, il doit sûrement les rétribuer coquettement pour obtenir leurs faveurs.

En fait, Oriane d'York n'appréciait guère le fils des Fitzhardinge, et son acrimonie à l'endroit de ce dernier grandissait à mesure que son admiration pour lady Faythe s'affirmait. Cette dernière avait été présente à chaque instant de cette longue journée épuisante : à l'office funèbre, à la mise en terre, au sermon puis au buffet qui se tenait actuellement dans le grand hall du logis de Matthew le Seler, comme le voulait la coutume.

— N'hésitez pas à faire appel à moi si quoi que ce soit vous tourmente, Oriane, avait déclaré lady Faythe. Envoyez-moi un messager, et je prendrai immédiatement des mesures. Sachez que vous pouvez compter sur mon indéfectible protection.

Touchée par cette sollicitude, Oriane l'avait remerciée sincèrement, tout en déplorant que les mêmes affinités ne la lient pas à dame Katherine.

Le décès de son oncle et les accusations de son cousin avaient émoussé la clairvoyance d'ordinaire si fine de la jeune femme : il ne lui vint pas à l'esprit que sa future belle-mère n'était peut-être pas aussi à l'aise qu'elle voulait bien le montrer et que, désireuse d'impressionner sa nouvelle famille, elle outrait la note. Du même coup, elle inhibait sa fille qui, gênée par l'extravagance de sa mère, avait opté pour une attitude radicalement contraire !

Mais si Oriane ne devait s'apercevoir que bien plus tard de son erreur d'appréciation, pour l'heure, elle ne souffrait guère cette future belle-mère envahissante, qui montrait envers elle une attention maternelle qu'elle jugeait déplacée !

— Si elle me redit une fois de plus que le rouge doit

davantage seoir à mon teint que le grenat, je crains d'être discourtoise, souffla la jeune fille à Maddie.

Un rire fusa dans son dos.

— Pourtant, je ne puis qu'approuver les propos de la personne qui les a prononcés.

Interloquée, Oriane se retourna, pour se retrouver nez à nez avec sire Tomas Vittorini, le fidèle ami d'Euan Fitzhardinge.

— De quoi vous mêlez-vous ?

Pour couper court au courroux de la belle, le jeune homme afficha incontinent son plus beau sourire, persuadé que sa séduction méditerranéenne ne manquerait pas d'opérer sur Oriane : il faut dire qu'il était difficile de résister à sa belle chevelure bouclée et à l'incandescence de ses yeux charbon.

— Si je vous ai offensée, veuillez m'en excuser, reprit-il en s'inclinant.

D'abord sur ses gardes, la jeune femme dut bien finir par admettre que les manières de sire Vittorini n'avaient rien de commun avec la rudesse de Fitzhardinge.

— Il est rare de rencontrer un homme galant, surtout parmi les soldats du fief de Monk Bywater, remarqua Oriane.

Comprenant l'insinuation — puisqu'il était présent le jour de l'intrusion d'Oriane au château —, le chevalier italien défendit immédiatement son seigneur.

— Ne prenez pas ombrage de ses façons. La fortune ne lui a guère été favorable ces derniers temps. Songez qu'il a dû abandonner le champ de bataille pour courir au chevet de son père. C'est un dur renoncement pour un guerrier, vous ne pouvez pas même soupçonner combien cela le déchire.

— Effectivement, en tant que simple femme, je n'en ai aucune idée, confirma Oriane avec une pointe d'ironie dans la voix. Tout comme aucun homme ne peut savoir ce que ressent une femme de vivre dans un monde où elle est considérée comme un être de seconde catégorie. Vous comprendrez pourquoi ma compassion pour la gent masculine est limitée, aussi ne cherchez pas à me convaincre ou je laisserai là notre conversation.

— Loin de moi l'idée de vous être désagréable, ma damoiselle, reprit alors sire Tomas d'une voix suave, je ne pourrais me le pardonner. Abordons tout simplement un autre sujet. Vos frères, par exemple. Ils ont l'air de braves gaillards.

Tout en admirant l'habileté de sire Tomas à désamorcer les conflits, Oriane lui confia alors que les jumeaux aspiraient à devenir des soldats mais que son père craignait de ne jamais trouver pour eux seigneur digne de confiance.

Le tour que prit la conversation apaisa les nerfs mis à rude épreuve de la jeune femme. Aussi, lorsque lady Faythe la rejoignit pour aborder avec elle un sujet délicat — à savoir si elle comptait retourner vivre auprès de son père —, la jeune femme fut en mesure de lui répondre avec sang-froid que ce dernier préférait qu'elle restât à York jusqu'à ce que toutes les questions relatives à la succession de son oncle fussent réglées.

Oriane savait parfaitement que son père avait pris cette décision en accord avec dame Katherine qui ne pouvait voir d'un bon œil le retour à la maison d'une belle-fille à l'esprit si indépendant.

Vers la fin de la journée, alors que la lumière rouge du soleil couchant incendiait la cuisine où Oriane était venue chercher un hanap supplémentaire, Leo aborda de nouveau le sujet du testament.

— Avec ton père, nous avons passé la maison au crible, mais nous n'avons toujours pas mis la main sur le testament. Tu dois bien avoir une petite idée, Oriane.

Excédée, la jeune femme leva pour toute réponse les yeux au ciel.

Ce fut alors que Leo lui présenta la paume de sa main droite, dans laquelle reposait une petite clé en or, dont l'anneau avait la forme d'un trèfle à quatre feuilles.

Tout en regardant le métal étinceler sous le soleil, Oriane se demanda s'il s'agissait de sa propre clé, laquelle avait été rangée dans la bourse accrochée à sa ceinture.

— J'ai trouvé cette clé dans le grand hall, dans un petit coffret, précisa-t-il. Sais-tu ce qu'elle ouvre ?

L'examinant plus précisément, Oriane répondit prudemment :

— Il se pourrait que ce soit la clé de la châsse.

— Effectivement, je n'y avais pas pensé, remarqua son cousin.

— Leo, qu'as-tu décidé à propos des vols ?

— Je comptais remettre la discussion avec ton père à demain — à moins que tu ne veuilles toi-même l'éclairer ? Certes, il sera contrarié, mais il doit savoir. Sais-tu que Fitzhardinge l'a invité demain avec les jumeaux à Monk Bywater ?

A cette nouvelle, Oriane fronça les sourcils.

— Dans quel dessein ?

— Tout porte à croire que tes nouveaux amis aimeraient prendre tes frères sous leur coupe, comme soldats. En somme, ta visite au château n'aura pas été vaine.

— Ce ne sont pas mes nouveaux amis ! riposta Oriane. Certes, j'ai beaucoup d'amitié pour lady Faythe, mais sans en éprouver pour le fils. Enfin, si l'affaire est conclue, mon père pourra parader aux yeux de dame Cherry.

— Ah, cette femme n'a eu de cesse de se vanter de ses relations dès les premières paroles que nous avons échangées.

Profitant de ce regain inattendu de complicité avec son cousin, Oriane le supplia :

— Je t'en prie, Leo, ne dis rien à mon père au sujet des vols. Nous parviendrons tous deux à démêler les fils de cet écheveau.

Il la considéra un instant, puis son regard se porta sur la clé et, sans plus mot dire, il quitta la pièce, laissant la jeune femme dans la plus grande perplexité.

Leo avait donc trouvé une réplique de la clé que son oncle

lui avait remise, se dit-elle. Jamais elle n'aurait pensé que le testament se trouvait dans la châsse. Quoi qu'il en soit, Leo pourrait difficilement ce soir accéder au reliquaire qui se trouvait encore exposé dans le grand hall à la vue de tous les invités, lesquels ne repartiraient que le lendemain.

Quant à ses frères, Oriane devait en toute objectivité reconnaître que leur placement chez les Fitzhardinge représentait pour eux une aubaine — même si cette nouvelle donnée accroissait d'autant l'angoisse de la jeune femme.

Car à n'en pas douter, se disait-elle, Fitzhardinge recherchait des soldats intègres. Alors que se passerait-il s'il apprenait que leur sœur était accusée de vol ? Il les renverrait à coup sûr, et les espoirs des jumeaux d'être sacrés chevaliers dans sept ans s'envoleraient comme les feuilles mortes et desséchées de l'automne.

Le lendemain, une fois les hôtes partis pour Monk Bywater, Leo eut tout loisir d'essayer la clé.

Oriane, qui avait décliné l'invitation de se joindre à sa famille, s'affairait à mettre de l'ordre dans sa chambre qui, après le passage de dame Cherry et de sa fille Jane, ressemblait à un véritable champ de bataille. Soudain, elle entendit un grand bruit en provenance de la chambre de Matthew.

Le chat qui dormait dans le lit à baldaquin venait en effet de bondir de sa couche et avait poussé la porte avec sa patte pour sortir de la pièce — où Leo venait d'entrer.

Par l'huis entrouvert, Oriane épia les moindres gestes de son cousin. Il venait de découvrir un minuscule trou de serrure à la base de la châsse, dissimulé en partie par des gemmes. Le panneton de la clé entra et lui permit ainsi d'ouvrir un tiroir — qui contenait une liasse de papiers, entourée d'un ruban.

Oriane retint son souffle et observa attentivement le visage de Leo tandis qu'il lisait chaque page du document : mais il ne laissa transparaître aucune émotion. Sa lecture terminée, il replaça la liasse dans le tiroir, qu'il referma soigneusement à double tour.

Ce document correspondait-il au testament ? se demanda Oriane, avant de se dire que, si tel était le cas, la volonté de l'oncle Matthew ne devait pas s'accorder avec celle de Leo puisqu'il remettait le parchemin dans sa cachette initiale.

Elle se promit d'user elle aussi de sa clé pour lire le testament, dès que sa famille serait repartie.

Il avait été convenu que les jumeaux entreraient au service des Fitzhardinge le lendemain même et que leur père les laisserait à la seigneurie en repartant.

Après le souper, Mark de Scepeton s'entretint en privé avec sa fille, soucieux de connaître ses sentiments envers dame Katherine.

En fille aimante et respectueuse, Oriane lui confia ce qu'il avait envie d'entendre et non ce qu'elle pensait réellement. Elle ravala son amertume en songeant qu'en accord avec cette femme, il l'avait évincée du foyer familial.

Et ce fut finalement avec un certain soulagement qu'elle les vit tous partir. Enfin, elle allait pouvoir résoudre l'énigme de l'or volé.

Le lendemain, le travail reprit dans l'atelier, et la boutique rouvrit. L'on sortit tous les matériaux nécessaires à l'ouvrage qui se trouvaient dans le grand coffre. Ce fut alors que Gérard apprit à Leo que cinq sacs d'or avaient disparu. Avec cynisme, il précisa qu'Oriane détenait la clé du coffre durant la nuit du vol.

Sans mot dire, Leo lança alors à sa cousine un regard dur et glaçant et, jetant son long manteau sur ses épaules, quitta le grand hall.

Le jardin qui jouxtait la cour était long et étroit, sans charme particulier. Oriane et Maddie y cultivaient des herbes aromatiques pour la cuisine, qu'elles utilisaient également pour préparer des potions médicinales, des onguents et des savons, ainsi que des préparations destinées à repousser les moustiques. Il était rare qu'Oriane vînt s'y reposer. Ce jour-là, elle y trouva refuge.

Ce fut dans ce havre de paix ensoleillé que lady Faythe découvrit la jeune femme, assise à même le sol, le chat dans son giron.

D'ordinaire, les hôtes n'étaient pas reçus dans le jardin mais dans le grand hall, où on leur servait des biscuits et des friandises, ainsi que du vin sucré et épicé.

Aussi, lady Faythe, après s'être imposée, s'empressa-t-elle de disculper Maddie.

— Ne réprimandez pas votre servante, ma chère, déclara-t-elle tout en soulevant les pans de ses jupes de soie argentée pour ne pas écraser les soucis orangés qui proliféraient sur le sol. C'est moi qui ai insisté pour vous voir. Que se passe-t-il ? Hier, vous n'êtes pas venue à Monk Bywater, aujourd'hui vous ne tenez pas la boutique. Essaie-t-on de vous bannir et d'intriguer contre vous ?

— Oui, milady, répondit simplement Oriane. On m'a interdit l'entrée du magasin.

— Expliquez-moi en toute confiance ce qui se passe, demanda lady Faythe, alarmée. Votre cousin est-il à l'origine de vos tourments ?

Oriane acquiesça de la tête.

— C'est la peur qui le motive, expliqua la jeune femme. Il croit que son père m'aimait plus que lui. En outre, de l'or a disparu du coffre, et il pense que c'est moi qui l'ai volé.

— Vous l'a-t-il dit clairement ?

— Oui, d'autant que les sacs d'or ont été retrouvés dans mon coffre à vêtements. Il m'accuse également d'avoir falsifié les comptes de l'échoppe, alors que c'est lui qui est l'auteur de ces manigances. Toutes ces allégations sont ridicules.

— Vous êtes-vous confiée à votre père ?

— Je n'ai pas eu le courage de briser son bonheur. Voyez-vous, il va bientôt se remarier…

— Mais il devra être mis au courant pour payer votre procès. Et je suis convaincue qu'il ne demande qu'à vous apporter son soutien.

— J'ai cru jusqu'à présent pouvoir régler ces différends en privé avec Leo, mais rien ne semble le ramener à la raison. Il a à cœur que l'on m'inculpe pour vol et que je sois jugée. Je serai forcément condamnée, faute d'avoir pu me défendre.

— Il est évident qu'il cherche à se débarrasser de vous. Et que dit le testament ?

Oriane rapporta alors à lady Faythe l'endroit où il se trouvait et lui confia sa clé.

Se faufilant subrepticement dans le grand hall, lady Faythe se dirigea immédiatement vers le reliquaire mais, en dépit de tous ses efforts, ne parvint pas à faire entrer le panneton dans la serrure !

En femme avisée, elle songea alors qu'il convenait de parer au plus pressé, à savoir de soustraire Oriane à l'effroyable climat qui régnait désormais au logis, afin que les noires prédictions de la jeune femme ne deviennent pas réalité.

De retour au jardin, elle décréta :

— Ce n'est pas la bonne clé ! Ecoutez, Oriane, nous n'avons plus de temps à perdre. Il faut fuir ce lieu. Commandez à Maddie de rassembler vos affaires et partons au plus vite. Je vous emmène avec moi à Monk Bywater.

Incapable de penser par elle-même, la jeune femme ne trouva pas en elle l'énergie de protester et se laissa conduire hors d'York dans un état de prostration.

Entourée par son escorte, lady Faythe organisa la retraite, préférant les ruelles étroites où se pressaient colporteurs, moines et pèlerins, afin d'éviter toute éventuelle rencontre avec Leo.

Chemin faisant, lady Faythe ne laissait de s'étonner de l'attitude de ce dernier. Pourquoi n'avait-il pas fait arrêter sa cousine sur-le-champ, au moment où l'or qu'il avait lui-même placé dans son coffre à vêtements avait été découvert ? Dans quel dessein lui avait-il donné la chance de s'échapper ? Peut-être que les liens du sang étaient finalement le motif qui l'avait conduit à épargner la jeune femme. Ou bien n'avait-il aucune envie que la justice s'intéressât de près ou de loin à ses propres affaires, comme c'eût été le cas s'il y avait eu procès ?

Perplexe, lady Faythe était déterminée à tirer au clair cette situation.

Au château, elle installa Oriane dans une splendide pièce, inondée de soleil, avec vue sur les jardins et la rivière. Puis, elle fit dire à son fils de la rejoindre dans le grand hall, où elle lui exposa ses plans.

— Mère, je crains que vos idées ne soient totalement irréalistes, soupira le jeune homme après avoir écouté patiemment les projets de sa mère. Oriane d'York ne peut me souffrir.

— Allons, tu es un soldat. Un peu de persuasion et de tactique… Il est temps que nous ayons des petits-enfants, et ton père est fatigué de devoir chaque jour recevoir des mères empressées de marier leur fille.

— Drôle de raison pour me pousser au mariage avec Oriane d'York ! remarqua cyniquement Euan.

— C'est une raison comme une autre, rétorqua sa mère.

Si lady Faythe était une femme de tête, elle n'en était pas moins humaine et n'aurait jamais imposé au château une femme qui n'aurait pas été dans les goûts de son fils.

Quant à ce dernier, les projets de sa mère ne lui déplaisaient pas autant qu'il voulait bien le laisser croire. Aussi s'y soumettait-il bien volontiers.

Ce fut avec stupéfaction qu'Oriane vit Euan Fitzhardinge pénétrer sans préambule dans la pièce qu'on lui avait attribuée.

— Tudieu, que me vaut cette mine déconfite ? J'habite

ici ! déclara-t-il avec insolence. N'en aviez-vous pas souvenance ? Je dois vous entretenir.

— Euh… oui, bien sûr.

— Asseyez-vous, ma mie. Je suis venu vous proposer un moyen de vous en sortir.

Oriane comprit alors que lady Faythe l'avait mis au fait de la situation.

— Si vous voulez m'offrir une escorte pour revenir chez mon père, je vous en remercie, mais c'est inutile. J'ai très peu de bagages.

— Asseyez-vous, vous dis-je, reprit-il sur un ton bourru. Ce que j'ai à vous conter prendra du temps.

Désarçonnée, elle s'exécuta, tandis qu'il apportait un autre tabouret pour prendre place en face d'elle.

Recroquevillée dans une alcôve, Maddie s'affairait à ses travaux d'aiguille, en tentant de passer inaperçue.

— Ecoutez, reprit Oriane, je sais qu'il n'était pas sage de la part de votre mère de m'amener ici, mais…

— Voulez-vous bien me laisser vous exposer ma proposition ?

— A votre guise ! fit-elle, non sans cacher son irritation.

— Ma mère m'a rapporté les accusations de Leo le Seler contre vous et votre désir de ne pas importuner votre père avec vos ennuis alors qu'il projette de se remarier. Je suis prêt à rembourser à votre cousin la somme dérobée et à vous accorder ma protection et celle de ma famille, ici à Monk Bywater.

— Messire, je vous remercie de votre proposition, mais je ne veux pas que la réputation du chevalier que vous êtes soit…

— En quoi un mariage peut-il affecter la réputation d'un chevalier ? s'exclama-t-il, visiblement exaspéré.

— Un… un mariage ? bredouilla-t-elle.

De ses yeux mi-clos, il l'observa avec délectation tandis qu'elle accusait le coup.

— Pardieu, que croyiez-vous que je vous proposais ?

— Et pourquoi moi entre toutes ? s'insurgea Oriane. N'êtes-vous donc plus en mesure de rétribuer suffisamment vos conquêtes ?

Ses propos firent mouche au-delà de ses espérances : les yeux de Fitzhardinge lancèrent des éclairs.

D'un bond, il se dirigea vers la porte, l'ouvrit en grand et donna l'ordre à Maddie de vider les lieux.

— Reste, Maddie ! s'écria Oriane, alarmée.

Pour loyale qu'elle fût, Maddie n'en était pas moins un être doué de bon sens. Aussi estima-t-elle qu'il valait mieux obéir au maître de céans.

Après avoir claqué la porte derrière la pauvre Maddie, l'outragé se rapprocha d'Oriane.

— Sachez que je n'ai pas besoin de dédommager les donzelles pour qu'elles partagent ma couche. Vous êtes une impudente qui n'a pas été assez corrigée par son père. Mais vous allez écouter mon marché, que vous le vouliez ou non.

Et sur ce, sa poigne se referma sur le bras droit d'Oriane.

— Je suis tout ouïe, déclara cette dernière en relevant le menton d'un air de défi.

— Je veux me marier pour assurer ma descendance et avec vous plus précisément pour tirer profit des relations de la future femme de votre père, qui fraient avec certains hommes d'armée que je désire approcher également. Bien sûr, si vous refusez le mariage, dans le même temps, vous détruisez celui de votre père avec dame Katherine, car le scandale que vous feriez rejaillir sur sa réputation serait alors intolérable.

Malheureusement, il n'avait que trop raison, songea Oriane qui voyait ainsi le piège se refermer sur elle.

— Je vous répète qu'en contrepartie, je suis prêt à acheter le silence de votre cousin.

— Et… s'il n'est pas d'accord ?

— Il le sera, trop heureux que je lui aie épargné la vie !

Il n'osera plus s'en prendre à vous qui porterez mon nom et mes fils !

— Pourquoi me traitez-vous comme une vulgaire ribaude ?

Il ne releva pas.

— Réfléchissez à ma proposition. Elle vaut mieux que de finir sa vie au cachot.

Comme il faisait de nouveau un pas vers elle, elle recula, heurta le rebord de bois de l'alcôve, et tomba sur les coussins.

— Je préférerais encore brûler en enfer, déclara-t-elle, l'air buté.

— Votre fierté vous honore, salua-t-il, railleur, mais en l'occurrence votre égoïsme m'étonne, puisque vous entraîneriez avec vous d'autres personnes dans le séjour des ombres. Comme votre père, vos frères…

— Vous congédieriez mes frères ?

— Non, ce ne serait pas loyal, mais la vie ne serait plus un Eden pour eux à Monk Bywater.

Et, après avoir observé un silence afin de lui permettre d'y réfléchir, il s'agenouilla pour être à même hauteur, et approcha son visage de celui de la jeune femme. Puis, sans la quitter des yeux, il l'embrassa.

Non, elle n'allait pas lui faire le plaisir de se débattre ! se dit-elle.

Stoïque, elle le laissa s'emparer de sa bouche, tout en se crispant pour ne pas s'abandonner. Car, à son corps défendant, elle devait bien admettre que ce baiser sensuel n'avait rien de commun avec la grossière étreinte des camarades de Leo.

Enfin, il la relâcha.

— Vous ne valez pas plus cher que les scélérats aux griffes desquels vous m'avez enlevée ce matin, assena-t-elle à son tourmenteur. Pensez-vous gagner mon cœur de la sorte ?

A ces mots, une lueur narquoise s'alluma dans les yeux d'Euan.

— Peu me chaut de gagner votre cœur tant que vous porterez les petits-fils que mes parents escomptent.

Outragée, Oriane sentit monter en elle une folle fureur. Avisant sur une petite table un poignard dans son fourreau, elle s'en saisit et brandit avec défi la lame devant Fitzhardinge.

— Allons, rangez cela, vous allez vous blesser, lui dit-il, mi-condescendant, mi-amusé.

Soudain, la lame fendit l'air, et le poignard alla se planter en plein front d'une tête sculptée dans la boiserie.

Quel cran ! pensa Euan. Décidément, cette jouvencelle forçait son admiration. Sans un mot, il alla retirer le couteau, le replaça dans le fourreau, et décréta :

— Vous me donnerez un fils, cela dût-il me coûter la vie !

— A vos risques et périls, rétorqua-t-elle.

Chapitre 5

Lorsque Maddie réintégra les lieux, elle trouva sa jeune maîtresse appuyée contre le mur, pâle et bouleversée.

Au lieu de reprendre sa place dans l'alcôve, la dévouée servante versa un peu de vin doré dans une coupe de verre soufflé de Venise, qu'elle tendit à Oriane, escomptant que ce remède la réconforterait.

Sans un mot ni un regard, Oriane prit la coupe des mains de Maddie. Elle était fort ébranlée par la scène qui venait d'avoir lieu : jamais elle n'aurait pensé devoir un jour faire face à des émotions si tumultueuses. En outre, elle n'était pas certaine d'être restée de marbre durant le baiser que lui avait volé Fitzhardinge : n'avait-elle pas fermé les yeux, entrouvert les lèvres, laissé percevoir le trouble qu'elle refusait de s'avouer ? Et si tel était le cas, s'en était-il aperçu ?

Ah, la situation était par trop intolérable !

— Nous ne pouvons rester ici plus longtemps, Maddie, déclara-t-elle, résolue.

Maddie prit note, mais ne put approuver.

Cette jeune domestique, petite et menue, comptait six ans de plus qu'Oriane. Elle était déjà au service de Mark de Scepeton lorsque la femme de ce dernier avait rendu, selon la volonté de Dieu, son dernier soupir. Elle avait suivi Oriane avec joie à York, car elle lui vouait une grande affection et lui faisait une confiance aveugle.

Aujourd'hui, elle ne pouvait pourtant l'approuver : elle tenta d'user de persuasion pour lui démontrer qu'il serait beaucoup plus sensé pour elle de demeurer ici, pour quelque temps au moins, et entreprit alors de lui vanter les avantages de l'endroit qui leur servait de refuge.

— Allons, maîtresse, voyez le panorama qui s'étend à nos pieds, dit Maddie en désignant la large baie à trois vantaux qui offrait une vue plongeante sur la rivière bordée de saules pleureurs, dont les feuillages verts se balançaient doucement sous la brise légère de mai.

Au loin, retentirent des rires et des voix d'hommes.

— Et puis, reprit la servante, songez qu'ici vous êtes tout près de vos frères. Vous pouvez les voir quand bon vous semble.

Mais ces paroles apaisantes glissaient sur Oriane comme sur de la glace. Pourtant, Maddie ne se découragea pas.

— Et admirez ces splendides tapisseries, poursuivit-elle en portant le regard vers l'intérieur de l'immense pièce. Même celles de votre oncle ne sont pas si impressionnantes ! Ah, songez combien il fera doux ici en hiver, maîtresse, lorsque le feu crépitera dans cette superbe cheminée.

Au-dessus de l'âtre étaient sculptées les armoiries des Fitzhardinge.

— Et ce grand lit, là, où l'on pourrait coucher quatre personnes, comme il doit être confortable ! s'exclama la brave femme.

Le lit à baldaquin en chêne était effectivement remarquable. Les voilages vert amande qui l'entouraient s'accordaient harmonieusement avec la courtepointe de soie vert d'eau et les nombreux coussins turquoise et argent qui s'amoncelaient. Une couverture en peau d'écureuil blanche et grise recouvrait la moitié du lit, de sorte que, dans la journée, l'on pouvait s'asseoir dessus.

La pièce comptait également deux chaises en chêne, une petite table et deux coffrets à armature métallique. Peu meublée, elle n'en respirait pas moins le luxe.

Le sol de bois peint luisait sous la lumière du soleil : en son centre, un motif représentait un damier dont les couleurs répondaient à celles des coussins des alcôves, vert, rose et or. Les poutrelles entre les fenêtres étaient peintes dans les mêmes tons.

En toute autre circonstance, Oriane se serait extasiée de cet intérieur si cossu et si doux pour les yeux, et sa chambre de Silver Street lui aurait semblé en comparaison bien terne.

Ouvrant l'un des coffres, Maddie y découvrit des draps en toile fine. Le deuxième était vide.

— Dois-je y placer vos vêtements, maîtresse ?

— Non, déclara Oriane d'un ton déterminé, je te répète que nous n'allons pas nous attarder ici.

— Allons, insista Maddie. Il serait préférable pour vous que nous séjournions ici quelque temps. Il est impossible que nous retournions chez Matthew le Seler. Leo vous créerait bien trop de soucis.

— Ah, les hommes n'ont-ils donc rien d'autre à faire que de se mettre en travers de mon chemin et me rendre la vie insupportable ? déplora Oriane avec colère. Que faire ?

— Je vous conseille de ne pas précipiter les choses.

— Dieu m'en soit témoin, Maddie, il me faut prendre une décision. Leo a certainement déjà initié une procédure contre moi.

— Vous savez, je pense que les jumeaux sauteront de joie en sachant que vous êtes ici.

— Je ne le sais que trop bien, soupira Oriane.

— Et songez à lady Faythe. Elle vous aime tellement...

— Je n'en doute pas, même si je lui en veux d'avoir projeté de m'unir à son fils et de monnayer le silence de Leo ! s'exclama la jeune femme, indignée.

A ces mots, Maddie ne put s'empêcher de penser que les rudes manières d'Euan Fitzhardinge ne s'accordaient point avec sa douce maîtresse.

— Est-ce la réputation de sire Fitzhardinge qui vous attriste, maîtresse ?

— Ah, ne me parle pas de cet homme, je te prie, Maddie !

***

Après le grand hall, la pièce occupée par lord et lady Fitzhardinge était la plus spacieuse du manoir. L'immense lit sculpté aurait largement rempli à lui seul la salle la plus grande de Silver Street, mais ici, il était parfaitement proportionné à l'espace ; il baignait dans la lumière verte qui filtrait à travers les grandes vitres translucides et dessinait des ombres sur les draps de lin qui recouvraient le corps endormi de lord Fitzhardinge.

Pour ne point l'éveiller, les deux femmes s'avancèrent sur la pointe des pieds et allèrent prendre place sur les coussins d'une des alcôves.

Prenant la main de son invitée dans la sienne, lady Fitzhardinge soupira :

— Je comprends vos sentiments, ma chère Oriane. Peut-être mes projets de mariage étaient-ils intempestifs, mais je les crois en tout état de cause sensés. Vous savez bien qu'on ne s'unit pas toujours à un homme par amour, et que souvent la raison préside aux épousailles. L'amitié vient par la suite, lorsqu'on apprend à se connaître.

De la main, elle désigna son mari qui dormait, et reprit :

— Quand j'ai uni ma vie à Fitzhardinge, nous sommes restés à couteaux tirés durant une bonne année. Puis, peu à peu, nous avons appris par la grâce de Dieu à nous apprécier. Aujourd'hui, je ne sais comment je pourrais supporter la vie sans lui.

— Comprenez, milady, qu'après tous ces malheurs, je n'ai guère le cœur à me marier.

— Je le conçois, bien sûr, repartit lady Faythe avec douceur.

— J'ai besoin de temps pour réfléchir au nouveau cours que va prendre ma vie. J'ai pour projet de me rendre chez les sœurs de Clementhorpe. Elles connaissaient mon oncle et m'accorderont à n'en pas douter leur hospitalité — en contrepartie de menus travaux, cela s'entend.

— Ne voulez-vous donc point reconsidérer l'offre d'Euan ? insista lady Faythe, une note de regret dans la voix.

— Je ne souhaite pas être redevable de quoi que ce soit à votre fils. En outre, nous sommes aussi différents que le jour et la nuit et ne nous apprécions guère. Il est habitué à des femmes d'expérience. Nous ne vivons pas dans le même monde.

— Ah, ma chère, toujours guerroyer endurcit un homme, je dois vous le concéder, et lui rend bien fade la vie de famille. Mon fils aime à se sentir indispensable et n'a de cesse de toujours briller par ses exploits.

« Mais cela lui donne-t-il le droit d'aliéner autrui ? » songea Oriane avec dépit.

Comme lisant dans ces pensées, lady Faythe reprit :

— Ma mie, j'ai songé à ce mariage dans votre intérêt. Et mon fils, qui jusqu'ici avait toujours refusé cette éventualité, s'est cette fois soumis de bonne grâce à mon projet, preuve que vous ne l'indifférez point.

— Je suis désolée de devoir vous désillusionner, milady, mais ce n'est pas ma personne qui intéresse en cet arrangement votre fils, mais les avantages qu'il pourra tirer des relations de ma future belle-mère : elles lui permettront en effet d'obtenir une promotion dans l'armée.

— Est-ce là ce qu'il vous a rapporté ? questionna lady Faythe en fronçant les sourcils.

— Oui, milady.

Comme il aurait été malséant de contredire une invitée, lady Faythe préféra s'abstenir de tout commentaire. Mais cela ne l'empêchait pas de se demander depuis quand un Fitzhardinge avait besoin des services d'un marchand d'étoffes pour progresser dans la hiérarchie militaire. Quel était donc le dessein d'Euan ? En tout état de cause, elle jugeait fort peu délicat d'avoir tenu si déplaisants propos devant Oriane.

Pour sa part, la jeune femme songea que si les circonstances avaient été différentes, elle se serait délectée d'opposer un refus catégorique à Fitzhardinge. En l'occurrence, avait-elle le choix ?

Pourtant, si mariage il y avait, jamais elle ne pourrait supporter le caractère irascible de cet homme : cette union serait sa damnation.

Alors comme elle ne pouvait passer une nuit au manoir sans que cela ne soit considéré comme une acceptation tacite du sort qu'il avait décidé pour elle, elle se tint à sa décision.

— Milady, reprit-elle avec courage, je vous suis infiniment reconnaissante de tout ce que vous avez déjà fait pour moi, mais permettez-moi sans plus attendre de me rendre avec ma servante à Clementhorpe.

— A votre guise, soupira lady Faythe, je ne peux vous retenir contre votre gré, même s'il m'en coûte de vous laisser partir. Je vais mander que l'on selle la jument de votre cousin…

Le cloître bénédictin de Clementhorpe n'était pas trop éloigné du château, et Oriane et Maddie firent sans difficulté le trajet. Elles prirent la route d'York, par la rivière, passant par des vergers en bourgeons et longeant des jardins enclos. Enfin, de la fumée qui montait du toit recouvert de mousse du couvent se profila à l'horizon.

Aux abords de Clementhorpe, les deux femmes goûtèrent immédiatement la quiétude qui se dégageait du lieu, inconscientes du danger qui les guettait. Oriane héla le portier, qui lui ouvrit les portes, après qu'elle se fut présentée comme la nièce de Matthew le Seler.

Un groupe de nonnes apparut alors sur le seuil de l'entrée, le corps enveloppé dans de longues robes en drap noir et la tête prise dans des guimpes blanches qui ne laissaient paraître que leur face, des sourcils au menton. Des rosaires et des crucifix pendaient sur leur poitrine.

Soudain, des sabots retentirent sur le pavé, et des hommes

sanglés dans des pourpoints de cuir surgirent dans ce crépuscule paisible, le baudrier en bandoulière.

— Ah, les voilà. Eh bien, je vous avais bien dit qu'on les trouverait ici. Avec mon cheval, de surcroît !

L'homme qui affichait son triomphe n'était autre que Leo, accompagné de sergents et de Gérard.

— Révérende mère, s'empressa alors de dire Oriane, ma servante et moi-même, nous sommes venues vous demander hospitalité pour quelques jours, le temps que mon cousin et moi…

— Votre cousin, ma chère, vous a donné suffisamment de temps pour réfléchir, l'interrompit Leo. C'est maintenant devant un tribunal que vous allez devoir répondre de vos actes. Encore heureux que je sois entouré de fidèles domestiques qui m'ont dès mon retour averti de votre fuite.

A cet instant, il jeta un coup d'œil reconnaissant à Gérard.

— Maître Leo, intervint alors la Révérende mère avec autorité, nous n'allons pas tenir audience ici. Je vous prie d'adopter en ce lieu de méditation une attitude plus humble. Si vous souhaitez vous entretenir avec votre cousine, allons dans le réfectoire, qui pour l'instant est encore vide.

La mère les conduisit alors dans une vaste salle voûtée, soutenue par des piliers de pierre. De solides tréteaux supportaient de larges plateaux de bois, entourés de part et d'autre de bancs. Un lutrin trônait sur une estrade.

Leo, dans les mêmes dispositions que le matin, reformula devant l'assemblée ses griefs à l'encontre de sa cousine, en ajoutant au nombre des vols le cheval sur lequel elle avait pris la fuite.

Force était de reconnaître que les faits, présentés de la sorte, accablaient Oriane : quoi que celle-ci puisse avancer pour sa défense, ses arguments ne seraient guère convaincants.

— Vous pouvez constater vous-même, Révérende mère, que ma cousine ne peut se justifier, remarqua Leo sur un ton qu'il s'efforçait de rendre affable. Elle a promis de me dédommager et n'en a rien fait. Pis encore : elle a pris la poudre d'escampette.

— Je tiendrai, ma promesse, Leo, je te demande juste de m'accorder un peu de temps. Et je n'ai pas tant cherché à fuir qu'à me protéger, par crainte que tu n'attentes à mon intégrité.

— Quelle idée, cousine ! Tout ce qui m'importe, c'est que tu me rembourses.

Ce fut alors que, du seuil de la pièce, une voix s'éleva :

— Combien voulez-vous ?

Repoussant d'une main ferme les hommes qui tentaient de lui barrer l'accès au réfectoire, Euan Fitzhardinge fit une entrée théâtrale.

Ah, dire que quelques heures auparavant, Oriane l'avait éconduit et qu'elle n'avait d'autre choix désormais que de louer son intervention !

S'avançant vers la Révérende mère, sire Fitzhardinge s'inclina devant elle.

— Je vous demande pardon, Révérende mère, de perturber la paix de votre cloître, mais je crois que nous allons pouvoir régler rapidement cet incident.

— Et pourquoi avoir amené tous ces hommes avec vous, Fitzhardinge ? questionna Leo, sur ses gardes. En signe de paix ?

— Il y a là les deux frères de la jeune lady. Je suis venu pour…

Soudain entourée par Paul et Patrick, Oriane n'entendit plus ce qu'il se disait. Alors que ses frères la saluaient avec force cérémonie, elle se demandait comment interpréter cette manœuvre quand Patrick lui glissa un anneau dans la main et se pencha, sous le prétexte de la baiser sur la joue, pour lui murmurer :

— Passe cet anneau à ton doigt, vite.

Ce fut alors qu'elle entendit Leo articuler sur un ton incrédule :

— Fiancée ? Et depuis quand ? Montre-moi donc un peu ta bague, Oriane.

— Montrez-lui, ma mie, je vous en prie, dit posément Euan.

Il fallait bien s'exécuter puisque grâce à cette mystification, elle sauvait sa peau !

— Pourquoi ne m'en avoir pas avisé plus tôt ? s'enquit Leo en jetant un regard méfiant à la pierre d'onyx — bien trop grosse — qui brillait au doigt d'Oriane.

— En quoi cela aurait-il pu jouer en ma faveur ? D'ailleurs, je ne voulais pas que sire Fitzhardinge soit impliqué en quoi que ce soit dans notre différend. Je comptais conclure un arrangement raisonnable avec toi. Mais tu n'as rien trouvé de mieux que de me pourchasser avec des sergents jusqu'en ces murs où je venais demander l'hospitalité pour quelques jours.

— Comment sire Euan a-t-il su que vous étiez ici ? questionna la Révérende mère.

— Je n'emploie pas des hommes à ne rien faire, fit remarquer le jeune seigneur. D'ailleurs, Maître le Seler n'a pas fait montre de grande discrétion. Il lui est égal que tout York sache qu'il accuse une femme sans défense qui vit sous son propre toit et qui a cinq ans durant tenu la boutique de son beau-père. Sans réfléchir, il a réquisitionné tous les sergents du bourg et sillonné la contrée en tous sens en leur compagnie.

A cet instant, Leo regretta de n'être pas resté à Silver Street.

— Peut-être pourrions-nous poursuivre cette conversation en aparté ? suggéra-t-il, décontenancé.

Ah, songea Oriane avec admiration, quel aplomb de renverser ainsi la situation en stigmatisant la déloyauté de Leo !

Mais, passé ce moment d'exaltation, un sentiment d'amertume étreignit la jeune femme : Euan Fitzhardinge avait manœuvré avec grande habileté en l'obligeant à reconnaître en public de prétendues fiançailles ! Ah, elle espérait au moins qu'on lui accorderait un répit de quelques jours au couvent.

La Révérende mère conduisit le couple dans une autre salle réservée aux dames de passage, qui souhaitaient se recueillir en ce cloître et trouver une paix spirituelle. Jamais elle n'avait douté de l'honnêteté d'Oriane et elle lui assura qu'elle pouvait rester aussi longtemps qu'elle le désirerait. Puis elle se retira.

— Je vous octroie deux jours en ces lieux, décréta Euan Fitzhardinge. Je viendrai alors vous chercher en personne pour vous ramener à Monk Bywater.

— Ecoutez…, objecta Oriane, qui ne parvenait pas à se résoudre à ce dénouement.

— Il est trop tard pour vous esquiver, l'interrompit Fitzhardinge. Pour l'heure, je vais traiter avec ce scélérat et convenir avec lui de la somme qui vous vaudra la tranquillité. Mais, auparavant, je veux votre parole que vous allez m'épouser, que la bague que vous portez symbolise bien votre engagement. Où est l'anneau ?

— Je l'ai retiré, puisqu'il n'est pas à moi et que ce n'était qu'une mise en scène.

— Il suffit ! Je vais dédommager votre cousin, mais j'entends l'être en retour de votre part. Repassez cette bague à votre doigt. Comme je vous l'ai dit, je veux que vous engendriez mes fils.

Relevant le menton, Oriane le jaugea en silence.

— Pourquoi insister quand il est clair que nous ne pouvons nous souffrir ?

— En quoi serait-ce un obstacle à la procréation ?

— Pourquoi vous obstinez-vous à piétiner mes sentiments ? murmura-t-elle en détournant les yeux.

— Il fallait avoir le courage de refuser la mascarade devant votre cousin. Vous avez accepté le marché : il est trop tard pour revenir dessus.

Puis, s'avançant vers elle, il lui prit d'autorité le poignet pour l'obliger à lui rendre la bague.

— Et maintenant, j'attends votre promesse. Regardez-moi, Oriane d'York.

Comme si on la menait à la potence, elle articula, le cœur brisé :

— Je... je vous épouserai.

— Par Dieu, vous l'avez enfin dit ! Voyez, le monde ne s'est pas écroulé autour de vous, jubila-t-il en lui remettant l'anneau au doigt.

Elle serra les dents, sans répliquer : le poison pernicieux du triomphe de Fitzhardinge lui brûlait les veines.

— Je viendrai vous chercher lundi soir. Tenez-vous prête. Ne vous faites plus de souci, vous êtes hors de danger.

Et là-dessus, il quitta la pièce.

Ah, songea Oriane avec amertume, en bon soldat qu'il était, il devait savourer sa victoire : ce despote n'avait pas d'états d'âme.

S'effondrant sur un banc en pierre, elle se demanda en quoi elle avait bien pu offenser le ciel pour qu'il la châtie si injustement. Où était le monde ordonné et rationnel dans lequel elle avait coutume de vivre ?

Pourtant, Oriane n'était pas femme à se laisser décourager : progressivement, la tension émotionnelle qui l'avait submergée se dissipa, et la force de la raison reprit possession de son être.

Allons, se dit-elle, elle n'avait pas dit son dernier mot : elle n'était pas encore mariée ! Fitzhardinge avait certes remporté une victoire, mais il n'avait pas gagné la guerre !

Il convenait d'abord qu'il la demande en mariage à son père, que les deux hommes passent des accords pour la dot et les donations, que les bans soient publiés. Puis viendraient la période des Rogations et la fête de la Trinité ; or, il était interdit de se marier durant ces festivités. Juin serait déjà là, et à York se tiendrait la fête-Dieu : il faudrait de nouveau surseoir aux noces.

Cette pensée la rasséréna : les fêtes lui donneraient peut-être le temps de retourner la situation en sa faveur, de trouver l'argent et de rembourser sa dette.

Soudain, sa belle assurance fondit comme neige au soleil : que ferait-elle si Fitzhardinge voulait consommer la relation avant le mariage et sceller ainsi définitivement leurs fiançailles ? Il arrivait en effet que le fiancé s'assure de la fertilité de sa promise avant que de l'épouser.

Et dire qu'elle avait rêvé d'un galant attentif et aimant, à qui elle offrirait avec joie le joyau de son innocence ! songea-t-elle avec ironie. Et dire qu'elle avait toujours prêté à son chevalier servant imaginaire les traits d'un trouvère ou d'un musicien doux et inspiré, qui lui lirait des vers ou jouerait pour elle de la viole de gambe !

Le cœur en déroute, elle resongea à Fitzhardinge : il était aux antipodes de cette image, et cultivait même à dessein une attitude radicalement opposée. Il ne voyait en elle qu'une procréatrice ! S'il l'avait embrassée, c'était pour lui signifier qu'elle était à sa merci, et certainement pas par amour, car ce mot lui était étranger.

Durant le temps qu'elle passa au couvent, Oriane se raccrocha à la pensée que les vœux du mariage n'étaient pas encore prononcés et se nourrit de l'illusion qu'elle pouvait encore infléchir le cours de sa destinée.

Les sœurs la laissèrent aller à sa guise : elle se promena au verger, travailla dans le petit jardin attenant à sa chambre, tailla les arbustes, arracha les mauvaises herbes, écouta les prêches de la mère supérieure et pria à la chapelle pour matines et pour vêpres.

Les deux jours écoulés, alors que complies sonnaient, des cavaliers se présentèrent au cloître. Elle reconnut immédiatement le blason des Fitzhardinge.

— Père t'envoie ses tendres pensées, dit alors Patrick en mettant pied à terre.

— Tu as vu Père ? Où étais-tu donc ?

— A Scepeton, précisa Paul, en la saluant également.

Puis, il s'effaça pour laisser place à son maître.

Chapitre 6

— Les voici, milady ! s'écria la chambrière.

Abandonnant l'ouvrage de broderie auquel elle avait travaillé tout le jour, lady Faythe s'approcha de la fenêtre : elle vit les cavaliers franchir le grand portail clouté du château. Euan avait dit qu'il la ramènerait, et lady Faythe constata qu'il avait tenu parole. Ainsi, le sort en était jeté.

Se tournant vers son époux toujours alité, elle se heurta à l'expression difficilement déchiffrable dont il était coutumier et dont Euan avait hérité. Trente ans de vie commune lui avaient cependant appris à deviner ce qui se tramait derrière ce front ombrageux.

— Vous l'aimerez, je puis vous l'assurer, lui dit-elle en s'asseyant à son côté sur la couverture de laine de mouton.

— Tudieu, le portrait que vous m'en avez dressé est fort flatteur et me dispose favorablement à son endroit. Les démarches entreprises par Euan semblent indiquer qu'il partage ces sentiments.

— Vous faites certainement allusion à sa visite au père d'Oriane d'York, mon ami. Il est vrai qu'Euan est animé d'une détermination que rien ne saurait plus entraver, et c'est pourquoi il a souhaité en avertir Mark de Scepeton. Je ne puis que l'approuver, car ton vieil ami Mark n'aurait point apprécié d'être tenu au secret quand se tisse le futur de sa fille. Quant à la jeune damoiselle, ma foi, elle sera mise devant le fait accompli… et devra bien s'en accommoder.

— Ah, ma mie, avez-vous souvenance de nos terribles algarades juste après nos noces ? murmura son époux. Euan est de la même trempe, je le crains. Par Dieu, il est bien trop orgueilleux pour laisser transparaître ses sentiments. Ah, j'espère simplement que la jouvencelle résistera.

— Je n'en doute pas un instant, car elle est éprise de lui.

— Mais ne s'est-elle pas enfuie pour lui échapper ? Pensez-vous que ce soit là un signe engageant ?

Posant une main rassurante sur le bras de son époux, lady Faythe lui adressa un sourire lumineux :

— Oui, mon ami, cela prouve que sa promise a du caractère et qu'elle saura être à la hauteur des exigences d'Euan.

— Mais dites-moi, ma mie, vous m'avez tantôt parlé de relations de Mark de Scepeton susceptibles de favoriser notre fils. En quoi un marchand d'étoffes pourrait-il être utile à un Fitzhardinge ?

— Il ne s'agissait pas de lui, mais de sa future femme.

— Pour l'amour du ciel, expliquez-vous !

Lady Faythe émit un petit rire.

— Euan a fait croire à sa belle qu'il souhaitait l'épouser afin de profiter des relations de sa future belle-mère pour arranger ses affaires. Lui confesser son amour eût été bien trop simple, il a donc préféré emprunter des chemins de traverse pour parvenir à ses fins.

— Ah, je le comprends, remarqua lord Fitzhardinge.

Et un sourire passa sur son visage fatigué.

— Ne serait-il point préférable que vous l'entreteniez quelque peu à ce sujet pour le ramener à la raison ? suggéra alors sa femme.

— Voyons, ma mie, Euan n'est plus un enfant.

— La bataille va être rude !

— Ils sont jeunes et finiront bien par trouver un terrain d'entente.

— J'entends leurs pas, dit alors lady Faythe.

Se rappelant sa propre expérience, cette femme avisée savait qu'elle ne devait point s'attendre à voir deux tourtereaux aux visages ravis !

Ses prévisions s'avérèrent, même si elle nota dans les yeux de son fils un éclat triomphateur. Et s'il ne tenait pas sa promise par le poignet, telle une prisonnière, il la talonnait de si près que sa haute silhouette massive empêchait toute tentative de fuite. Quant à Oriane d'York, ses yeux lançaient des éclairs, et le courroux qu'on pouvait y lire offrait un contraste saisissant avec son aimable minois.

Sa chevelure d'or avait été tressée, et les lourdes nattes ramenées en couronne sur le dessus de la tête révélaient une pousse de cheveux en V sur le front. Quelques boucles rebelles, qui n'avaient pu être prises dans cette stricte coiffure, s'échappaient au niveau des tempes et en adoucissaient la composition savante. La lumière du soleil qui l'éclairait par-derrière l'enveloppait d'un halo doré.

Elle se pencha vers lady Faythe qui lui déposa un baiser sur la joue avant d'annoncer :

— Nous sommes heureux de vous accueillir de nouveau sous notre toit, chère Oriane. Avez-vous soupé ?

— Non, milady, sire Euan ne m'en a pas laissé le temps.

Lady Faythe lança un regard désapprobateur à son fils.

— Euan ! En voilà des façons !

— Mes hommes ont chevauché toute la journée et aspiraient à rentrer plutôt que d'attendre qu'Oriane d'York soit repue. D'ailleurs, elle peut fort bien souper maintenant, avec moi.

Le visage fermé, Oriane ne daigna pas même répondre. Quant à lord Fitzhardinge, il jeta un coup d'œil amusé à sa femme.

— Je vais vous faire servir votre souper dans votre chambre, ma chère, assura avec douceur lady Faythe, soucieuse d'apaiser les esprits. Mais je souhaite d'abord vous présenter à lord Fitzhardinge. C'est un ami de longue date de votre père.

Les craintes d'Oriane de trouver en ce vieillard la même rudesse que chez son fils se dissipèrent sur-le-champ lorsqu'il lui adressa la parole :

— Pardonnez-moi, chère Oriane, d'avoir été par deux fois endormi lors de vos précédentes visites. Mais si l'on m'avait rapporté que vous étiez si exquise, j'aurais défié tous les somnifères de la chrétienté pour rester éveillé.

Il lui tendit la main, et elle vint s'asseoir près de lui.

Le souper qu'Oriane n'avait pu prendre à Clementhorpe fut pourtant encore remis — et ce à sa propre demande : on avait proposé à la jeune femme la commodité d'un bain, et rien ne lui sembla alors plus pressant. En outre, elle se réjouissait à l'idée que sire Euan allait devoir lui aussi attendre quelque peu, puisqu'il avait décidé de partager son repas avec elle !

Néanmoins, elle ne connaissait pas encore assez bien son futur époux pour deviner qu'il allait adopter une autre tactique pour relever son défi.

Pour l'heure, dans la pièce qu'elle partageait avec Maddie, firent irruption des chambrières chargées d'une baignoire de bois, faite dans un tonneau de vin et recouverte de cuir sur les bords, afin que l'on ne se blessât pas avec les échardes. Puis des valets apportèrent des seaux écumants d'eau chaude, des serviettes, des savons et des onguents. Maddie tendit alors un rempart de tissu devant la baignoire à l'aide de la courtine qu'elle coinça sous le pied d'un tabouret.

Tandis que sa servante l'aspergeait et que la vapeur l'entourait peu à peu, Oriane observait les ombres que les bougies, placées juste derrière le voile qui cachait sa pudeur, faisaient surgir dans la chambre.

Fermant les yeux, elle tenta de puiser en elle-même assez d'énergie pour parvenir à goûter le bienfait de ce bain et oublier la faim qui la taraudait. Car, bien que les nonnes fussent fort généreuses, on ne pouvait dire que la cuisine était leur fort ! Aussi, durant deux jours, Oriane ne s'était-elle pas réellement restaurée à satiété.

Soudain, un brusque changement de lumière et un courant d'air froid lui firent rouvrir les yeux. Instinctivement, elle couvrit de ses bras la partie émergée de son corps. Au même moment, le voile de la courtine qui la protégeait dans son intimité fut tiré, et sire Euan se campa devant la baignoire.

— Replacez ce rideau et sortez d'ici, lui ordonna-t-elle d'une voix où perçait clairement la colère.

— Vous êtes restée suffisamment longtemps dans votre bain. Allons, donnez-moi la main que je vous aide à en sortir.

— Je n'ai pas encore fini, rétorqua-t-elle.

— Dans ces conditions, j'attendrai, déclara-t-il en s'asseyant sur le lit derrière elle.

— Il se peut que j'en aie encore pour longtemps !

— Qu'à cela ne tienne ! fit-il en lui adressant un petit sourire, le spectacle n'est pas pour me déplaire.

Elle eut soudain l'envie de lui lancer au visage l'éponge qu'elle tenait en main, mais se ravisa prudemment, consciente que son lit s'en trouverait trempé et que le destinataire rirait à coup sûr de cette attaque dérisoire.

— Maddie ! appela soudain Oriane, au désespoir.

Mais cette dernière avait disparu !

— Allons, ma mie, que croyez-vous que je sois venu faire ici ? Vous violenter ? Cela fait deux jours que je suis en voyage pour régler l'affaire qui nous préoccupe, et j'aspire moi aussi à un bon bain. Ainsi, quand vous daignerez sortir de ce cuvier, je pourrai y plonger à mon tour.

— Auriez-vous encore la force de me faire passer ma serviette, si vous ne voulez pas prendre un bain froid ? fit-elle avec impertinence.

Irrité qu'elle lui parlât sur ce ton, Euan feignit de n'avoir pas entendu et commença à se dévêtir. Il retira ses bottes de cuir, sa ceinture, sa tunique et sa chemise, tout en la fixant effrontément.

— Croyez-vous que votre mère approuverait cette exhibition ? remarqua-t-elle, à bout d'arguments.

— Vous perdez votre temps, ma chère, si vous songez éveiller en moi quelque scrupule en invoquant ma mère.

Puis, plaçant ses deux mains sur le rebord de la cuve, il pencha vers elle son torse dénudé et musclé, et poursuivit avec la même effronterie :

— Sachez que vous n'apprendrez rien à ma mère sur moi qu'elle ne sache déjà. Et elle sait aussi que je n'aime rien tant à la fin du jour que de prendre un bon bain chaud, de préférence en compagnie d'une femme qui me frotte le dos. Comment pourrait-elle refuser à son propre fils ce qu'elle procure à tout invité qui le désire ? Allons, retirez vos mains de vos épaules, ce n'est pas ainsi que vous me serez utile.

— Le diable vous emporte. Laissez-moi ! cria-t-elle, fort embarrassée.

Nonobstant ces cris, il lui prit les poignets et la força à décroiser les bras : telle de la guipure de Venise, des serpentins de mousse blanche parcouraient sa poitrine ronde aux roses corolles.

— Et maintenant, demandez-moi poliment votre serviette, ou vous devrez endurer ma présence dans la baignoire.

— Lâchez-moi !

— A votre aise !

A cet instant, il la libéra et, aussi rapide qu'une anguille, Oriane se recroquevilla au fond de la baignoire. A son grand dam, elle constata que sa serviette n'était pas à portée de main. Impuissante, elle sentit les larmes de l'humiliation sourdre sous ses paupières et se couvrit le visage des deux mains.

— Allons, Oriane, reprit sire Euan sur un ton conciliant, voici votre serviette. J'ai rapproché le tabouret : vous pouvez sortir.

Méfiante, elle regarda à travers ses doigts en éventail et vit effectivement une grande serviette tendue au-dessus de la baignoire. D'un bond, elle se leva et s'en drapa. Puis elle enjamba le bord du cuvier et sortit enfin du bain.

Il voulut l'aider à descendre du tabouret, mais elle le repoussa, furieuse à la pensée qu'il avait beau jeu de se montrer affable à présent qu'il avait vu ce qu'il voulait voir.

Elle se réfugia dans une alcôve pour se sécher et l'entendit à son tour entrer dans son bain. Ce fut alors que Maddie réapparut, suivie par une armada de servantes qui apportaient des monceaux de nourriture.

— Mais où étais-tu donc ? lui reprocha immédiatement la jeune femme.

Sans répondre, Maddie aida sa jeune maîtresse à finir de se sécher puis à passer son corset et un surcot blanc de soie légère. Puis, elle lui enserra la taille d'une ceinture rouge vermeille, rehaussée de fils d'argent.

Indifférent à leur présence, Euan sortit tranquillement de son bain et exposa aux yeux des deux femmes son corps vigoureux de cavalier aguerri. Oriane remarqua alors une blessure qui cicatrisait en haut d'une cuisse, et, toujours aussi furieuse, souhaita de tout cœur qu'il en souffrît.

Elle protesta lorsqu'il renvoya Maddie avant qu'ils ne passent à table.

— Il n'est pas dans mes habitudes d'exposer devant les domestiques mes affaires privées. Or, je veux vous entretenir des accords que nous avons passés avec votre père.

Là-dessus, il prit une cuisse de lièvre et mordit dedans à pleines dents.

— Allons, mangez aussi. Prenez des forces pour entendre ce que j'ai à vous dire.

— J'ai perdu mon appétit, murmura-t-elle.

Pourtant, on avait apporté les meilleurs morceaux, comme il seyait à un dîner tête-à-tête entre deux jeunes promis : du gibier rôti, des petits pâtés de champignons, des gâteaux au miel et des tranches de pain frit, frotté auparavant de safran. Il y avait également des boulettes de porc dans une marinade épicée, ainsi que des amandes et des dattes givrées de sucre cristallisé.

Sire Euan versa du vin dans deux timbales d'argent et en tendit une à Oriane.

— Eh bien, levons notre verre à nos accordailles. La cérémonie aura lieu dans une semaine.

— Une cérémonie s'impose-t-elle ? demanda-t-elle, cynique. Je porte déjà votre bague, cela ne suffit-il point ?

— Je n'escompte pas contrevenir aux coutumes. Quant aux noces, je suis convenu d'une date avec votre père, pour ne pas que les siennes aient lieu en même temps que les nôtres. Avec tous ces jours de fête, ça n'a pas été aisé, mais nous y sommes parvenus. Il épousera dame Katherine le quatorzième jour de juin, après la fête-Dieu. Quant à nous, nous nous unirons le vingtième jour de ce même mois.

— Et il ne vous est pas venu à l'idée de me consulter pour fixer cette date ? lui reprocha-t-elle en rejetant sa serviette sur la table.

— Non, reprit-il avec hauteur, cela ne m'a pas traversé l'esprit. Mais si cette date vous semble éloignée, rassurez-vous, nous consommerons notre union bien avant.

Elle enragea. Comment pourrait-elle jamais trouver un terrain d'entente avec ce retors ?

— Vous voulez vérifier que je peux effectivement engendrer ? lui demanda-t-elle en le défiant du regard.

— Je souhaite simplement faire en sorte qu'il vous soit impossible de vous rétracter d'ici là !

— Comment pourrais-je désormais me soustraire à la destinée que vous m'avez tracée ? Inutile de précipiter les choses, sire Euan, nous pourrons faire chambre à part jusqu'au mariage, je ne trahirai pas la parole que je vous ai donnée.

— Je préfère sceller définitivement notre union par d'autres moyens que des mots.

Furieuse, Oriane se leva et, se dirigeant vers le lit, déclara :

— Vous avez gâché mon bain, maintenant mon repas. Eh bien, je vous en prie, achevez votre œuvre.

Reposant tranquillement sa timbale d'argent, il répondit :

— Revenez à table, Oriane. Nous déciderons du moment

et de l'endroit un autre jour — ou devrais-je dire une autre nuit ? Allons, venez faire honneur à ce succulent souper.

N'ayant d'autre choix que d'accepter une trêve, elle reprit place en face de lui, incapable d'apprécier les mets pourtant délectables et le vin du Rhin incroyablement doux et fruité qu'il lui servait.

Tandis qu'ils se sustentaient, elle lui fit part de l'existence du testament de son oncle et de ses soupçons envers Leo. Pour sa part, il l'informa que son cousin avait été dédommagé de toutes les pertes subies.

— Mais il n'a rien perdu du tout ! se révolta Oriane. J'enrage de songer que mon avenir se joue sur des mensonges éhontés. Et vous, vous tirez avantage de cette situation.

— Calmez-vous ! Vous enfreignez la trêve dont nous sommes convenus.

— Il m'avait pourtant semblé que tous les coups étaient permis, le défia-t-elle.

— Soit, il est bon de savoir que l'on ne respecte pas les mêmes règles du jeu, je saurai vous le rappeler. Quoi qu'il en soit, vous m'accusez de profiter d'une situation quand je vous délivre des griffes de votre cousin. Mais, passons sur votre ingratitude ! Voulez-vous connaître le montant de votre dot ?

— Mon père a donc béni notre union ?

— Et pourquoi en eût-il été autrement ? Ma foi, il était heureux d'unir sa fille au fils d'un de ses vieux amis. Il vous envoie toute son affection et espère que vous pourrez assister à ses noces.

— Eh bien, qu'en est-il de cette dot ?

— A vrai dire, je crains que vous ne soyez déçue.

— Que voulez-vous dire ?

Mais elle ne lui donna pas le temps de répondre et enchaîna :

— Non, il n'a tout de même pas donné la moitié de ce qui me revient à Jane ? Sa mère, avec toutes les relations dont elle se vante, n'a-t-elle pas une dot pour elle ? Et les terres de ma propre mère ? Elles m'appartiennent, il ne peut m'en déposséder.

— Il suffit ! Puisque vous avez fini de vous sustenter, allons nous asseoir sur le lit pour examiner ce document.

Après lui avoir tendu le parchemin, il l'observa tandis qu'elle se décomposait au fur et à mesure de sa lecture.

Décidément, elle devrait boire le calice jusqu'à la lie ! pensa-t-elle en énumérant à haute voix le nombre de bêtes que son père lui léguait :

— Trois chevaux, cinq bœufs, six vaches et six veaux, quatre béliers et quatre chèvres, sept cochons, cinq livres de froment… Par Dieu, mon père se moque-t-il de moi ?

L'ire qui lui nouait la gorge l'empêcha de continuer.

— Allons, Oriane…

— Non ! Vous ne pouvez mesurer l'humiliation que l'on m'inflige. Servir d'abord de monnaie d'échange pour favoriser les desseins de deux hommes, puis être ainsi dépouillée de son dû par son propre père. Et qu'en est-il des terres de ma mère ?

— Votre père continuera à jouir de la moitié de ces parcelles tant que…

— Ah, Sainte Vierge Marie, si ma mère revenait et voyait ce pillage ! Non, il n'a pas le droit de me faire subir cet affront. Il contrevient aux lois.

— Je crains fort que non.

Mue par un terrible sentiment d'injustice, Oriane s'emporta contre Euan :

— Evidemment, comment pourriez-vous me soutenir ? Il vous arrange que je n'aie pas de biens. Ainsi, je serai davantage à votre merci. Dire que j'ai travaillé cinq ans durant à l'échoppe et que rien ne me revient à la mort de mon oncle. Et mon père qui maintenant me dépossède.

De dépit, elle se tourna vers le mur pour laisser libre cours à ses sanglots.

— Cessez de vous épancher de si impudique façon,

ma mie ! Votre père a fait ce qu'il a pu, lui aussi, il prend bientôt femme !

Puis il déclara sèchement :

— Je compenserai ces pertes pour que, si je viens à mourir au combat, vous disposiez d'une fortune considérable. Nous irons dans quelques jours au manoir que je vous lègue dès aujourd'hui. Ce sera mon présent de mariage.

— Et moi, que pourrai-je vous offrir ? Cinq livres de froment ?

— Donnez-moi des fils, cela sera amplement suffisant.

Epuisée, Oriane s'abstint de répondre. Elle se laissa tomber sur le lit et, repliant son corps en chien de fusil, ferma les yeux. Euan la considéra un instant, admirant les courbes harmonieuses de sa silhouette, puis sans bruit se retira, non sans demander à Maddie de rejoindre Oriane.

A l'aube, la lumière qui emplissait déjà la pièce la réveilla. Elle perçut au loin le chant du coq et le roucoulement des pigeons. Pourtant, pas plus que la nuit de sommeil, ces bruits familiers ne calmèrent la tempête qui faisait rage en son cœur.

Elle avait conscience de perdre peu à peu le contrôle de sa vie. En outre, elle n'était pas prête à subir les assauts de Fitzhardinge : il allait bien trop vite en besogne et il l'effrayait.

Les fêtes des Rogations avaient commencé alors que la jeune femme était encore au couvent de Clementhorpe.

Elles donnaient chaque jour prétexte à toutes sortes de réjouissances — tirs à l'arc, courses de chevaux, ménestrels et jongleurs —, et tout concourait à créer une ambiance festive.

Les portes du château restaient en ces jours grandes ouvertes afin de permettre aux villageois d'assister aux festivités.

Ce jour-là, se déroula au milieu de la cour un jeu qui consistait à faire deviner aux dames de l'assemblée quel damoiseau se cachait derrière la cuirasse et le casque qui le dissimulaient. Elles devaient à cet effet tâter les bras des participants. Entourée des dames et des amies de la maison, Oriane prenait part au jeu. Sires Tomas Vittorini et Geffrey d'Azure ne la quittaient pas du regard.

Les deux hommes formaient avec Euan un trio qui faisait grande impression par la force et la séduction qui émanaient de leur personne, même si la courtoisie de ce premier était beaucoup plus discrète que la galanterie de ces derniers.

Avec Oriane, il s'en tenait aux formalités protocolaires, et tant les femmes que les hommes s'interrogeaient sur la froideur de Fitzhardinge à l'endroit de cette adorable damoiselle.

Cela préoccupait plus particulièrement Tomas qui estimait qu'Oriane ne méritait pas si cruel traitement.

Décidément, se disait-il, cet homme avait un cœur d'airain : comme il était assuré d'obtenir la main de la belle, il ne cherchait pas même à s'en assurer les faveurs.

Ce sur quoi il décida de lui faire la cour afin de compenser l'indifférence d'Euan. Il la courtisa de manière délibérée, et alla même jusqu'à déclarer à Fitzhardinge qu'à trop la négliger, il pourrait bien perdre sa future épouse.

— Elle n'en attend pas plus de moi, mon cher, lui fit remarquer Euan. Mais s'il te plaît de pallier mes omissions, à ton aise, mon ami.

Là-dessus, il ajusta la flèche sur la corde de son arc, prêt à viser.

— Est-là un blanc-seing ? s'enquit Tomas.

— Oriane m'appartient et elle le sait, répondit tranquillement Euan. Ne confonds pas omission et initiation, Tomas. Elle restera chaste aussi longtemps qu'il plaira à ma volonté. Mais libre à toi de lui tenir compagnie et de te montrer galant envers elle. Compris ?

— Nous autres Italiens avons pour habitude de boire le vin quand il est tiré.

— Vous autres Italiens êtes un peuple d'impulsifs. Tu gagnerais à étudier les méthodes anglaises.

— Comprends-moi, Euan, je crains seulement que tu ne mettes la patience de cette jouvencelle à rude épreuve.

— Tu fais bon marché de la mienne, ami !

Et sur cette cinglante repartie, sa flèche vibra alors dans l'air pour se planter au cœur de la cible.

Chapitre 7

Si sires Tomas et Geffrey se réjouissaient chaque fois qu'ils faisaient naître un sourire sur le visage de cette exquise jouvencelle promise à Euan, ils n'étaient pas les seuls à avoir pour souci de la distraire de sa tristesse : lady Faythe s'employait également à lui rendre la vie agréable.

Elle avait ordonné que l'on refît entièrement la garde-robe d'Oriane et avait enjoint à sa couturière de faire appel à des femmes du village pour que les parures soient terminées dès la fin de la semaine. Elles disposaient à cet effet des meilleures étoffes qu'il était alors possible de se procurer : de la soie de Gênes, du velours de Venise, du satin de Chypre, du taffetas venu du lointain Orient, de la fourrure d'hermine destinée aux rebords des mantels pour les soirées fraîches d'été. Sans oublier les bottines de cuir de Cordoue et les chausses montantes…

— Oh ! s'exclama Oriane, désorientée par cette profusion, je crains, avec cette chaleur, de ne pouvoir supporter des chausses…

— Le drap de celles-ci est effectivement trop épais. Mais regardez plutôt celles-là, en lin de Laon, ou devrais-je dire en batiste, puisque c'est ainsi que l'on nomme cette étoffe de nos jours. Ah, ma chère, il ne faut pas oublier les bijoux pour parfaire vos atours. Alice, va chercher mon coffret, je te prie.

Il eût été bien peu charitable de ne pas gratifier lady Faythe de mille sourires quand celle-ci se donnait tellement de peine pour rendre la vie douce à sa future belle-fille et lui faire oublier les affronts de son fils.

Pourtant, dès que la jeune femme se retrouvait seule dans sa chambre ou qu'elle avait pour seul témoin Maddie, le sourire aimable qu'elle s'efforçait d'afficher toute la journée devant autrui disparaissait pour laisser place à une expression de profonde mélancolie.

Alors que virevoltaient autour d'elle les hommes les mieux faits du château, elle était assujettie à Fitzhardinge qui, observant strictement sa promesse de la respecter, se tenait à l'écart et lui battait froid.

Il ne se montrait guère, trop affairé qu'il était avec le bailli et le régent, son maître d'armes et ses chevaliers. A l'heure des repas, il ne daignait même pas lui adresser la parole. Chaque soir, avant le coucher, il venait prendre un bain dans la chambre qu'Oriane occupait, puisque, avant l'arrivée de celle-ci au manoir, c'était dans cette pièce qu'il avait coutume de procéder à ses ablutions intimes. Comme elle se trouvait près des cuisines, il était aisé d'y porter les seaux d'eau chaude.

Et chaque soir, Oriane se réfugiait dans une alcôve et s'affairait à des travaux de canevas pour ne pas assister à ce bain. De son côté, Euan lui proposait invariablement de le prendre avant lui et, tout aussi invariablement, elle déclinait l'invitation. L'échange en restait là.

Avec amertume, elle se demandait à combien de femmes avant elle il avait fait la même proposition, et combien d'entre elles avaient accepté. Quant au reste… Dernièrement encore, elle l'avait surpris conversant avec une femme coiffée d'un chapeau de paille, près des communs : elle l'avait clairement entendue prendre des nouvelles de sa blessure à la cuisse. Puis la donzelle s'était tournée en pouffant vers sa voisine.

Le jour précédant la cérémonie des fiançailles, une fauconnerie fut organisée par lady Faythe.

Une première fois déjà, Oriane avait refusé de se joindre à une partie de chasse dont Euan était l'instigateur — non qu'elle ne sût manier la flèche, mais parce qu'elle ne pouvait supporter l'idée de lui donner satisfaction.

Mais, cette fois-là, elle se sentit obligée d'accepter pour ne pas contrarier lady Faythe.

Euan, qui la croyait inexpérimentée en matière de fauconnerie, ne sut se retenir de quelque ironie :

— Eh bien, quel prédateur allez-vous utiliser ? Un émerillon ? Un hobereau ?

Elle fut contrariée de constater combien cette perfidie, de la part d'un homme qu'elle aurait voulu ignorer, la blessait.

— Mon choix se portera plutôt sur un épervier, rétorqua-t-elle, à moins que vous ne m'estimiez indigne de cette espèce ?

— Tudieu, je ne mets point en doute vos capacités, à voir comme vous maniez le couteau !

Et ce fut avec une grande adresse et beaucoup de grâce qu'Oriane, avisant un épervier tournoyant au-dessus d'un faon, envoya peu après sa première flèche. Celle-ci alla se planter en sifflant dans le cœur de l'animal — ce qui lui valut les applaudissements de l'assemblée et les compliments de lady Faythe.

Alors que sire Euan avait observé la scène sans broncher, sire Tomas approcha son étalon de l'alezan d'Oriane, pour la féliciter de son exploit. Puis il attendit que le reste du groupe se fût dirigé vers une clairière où l'attention de tous les chasseurs serait requise par le faucon pèlerin qu'Euan avait fait s'envoler, pour s'enquérir :

— Eh bien, Oriane, vous ne semblez point comblée par votre performance… ?

— Mais bien au contraire, sire Tomas, j'en suis ravie.

— Allons, vos yeux démentent vos dires.

Tournant alors la tête vers ce charmant Italien, la jeune femme rencontra son regard de velours noir et y trouva comme un refuge.

Ce fut alors que germa dans son esprit une idée lumineuse.

Puisqu'elle avait besoin de réconfort, se dit-elle, et que les yeux de sire Tomas semblaient s'accorder avec cette urgence, elle aurait eu tort de se priver d'un tel appui.

— Pourquoi êtes-vous soucieuse, Oriane ? reprit sire Tomas.

— Tout va bien trop vite à mon goût, confia-t-elle. Je ne maîtrise plus ma vie, les événements m'échappent. Oh ! combien je regrette ma vie à l'échoppe, chez mon oncle…

— Allons, chère Oriane, il est vrai que le cours du destin s'est brusquement accéléré pour vous. Je sais que vous êtes à la veille de vos fiançailles et je conçois aisément ce qui vous tracasse. Mais, pour l'heure, tâchez de vivre l'instant présent plutôt que d'anticiper ceux qui sont à venir et de vous faire du souci.

Décidément, cet homme était doté d'un discernement remarquable, se dit la jeune femme tout en songeant qu'il était doux d'avoir enfin trouvé une oreille compréhensive.

— Certes, sire Euan n'a pas un caractère facile, mais vous n'avez rien à craindre de lui. De plus, il ne vous décevra pas, poursuivit Tomas.

— Comment être déçu d'un être dont on n'attend rien ? rétorqua la jeune femme avec amertume.

— Ne désespérez point, Oriane. Euan est un homme à qui l'on peut faire confiance. Quant à moi, je le suivrais les yeux fermés jusque dans les flammes de l'enfer.

— Oui, c'est bien là aussi qu'il semble vouloir me conduire, assena-t-elle avec le sens de la repartie qui la caractérisait.

Et tandis que son regard se fixait sur la silhouette massive qui non loin d'eux brandissait comme un trophée au bout de son bras victorieux la bête qu'il venait d'abattre, elle ajouta :

— Cet homme m'effraie.

— Allons, Oriane, votre propre peur est, je le crains, pire encore que son objet. Pourquoi être si indisposée envers lui ?

— Indisposée ? répéta-t-elle avec humeur. Je croyais que

vous saviez, sire Tomas, que cet homme force ma volonté en m'épousant. Je m'élève contre la manière dont il a aliéné ma vie à la sienne, d'autant que je ne suis pas le genre de femme à se pâmer d'admiration lorsque son héros accourt sur son cheval blanc pour la délivrer de la tanière du dragon. Car je peux trouver en moi assez de ressources pour m'en sortir seule.

— Saint George n'aurait donc pu prétendre à vos faveurs, remarqua sire Tomas en souriant.

— Chaque femme a encore la liberté d'avoir son propre idéal d'homme.

Sur une impulsion, elle leva alors vers lui un regard si significatif qu'il se crut autorisé à lui prendre la main pour y déposer un baiser.

— Au fond, je ne crois pas que vous le détestiez réellement, précisa-t-il toutefois.

L'esprit en tumulte, Oriane n'écoutait plus ce que lui disait sire Tomas. La compréhension qu'il avait de la situation la touchait profondément : jamais elle n'avait parlé ainsi à cœur ouvert avec une personne du sexe fort. Elle appréciait cette franchise, et le baiser qu'il venait de lui donner l'avait tout simplement émue.

Après une large inspiration pour se donner du courage, elle murmura :

— Aidez-moi, Tomas ! Je veux être... initiée par quelqu'un d'autre que lui. Sa brutalité me sera ensuite plus tolérable, et mon désagrément moindre.

— Pourquoi associer le désagrément aux choses de l'amour ?

— Avec lui, il ne peut en aller autrement. Je veux connaître avant que d'être sienne les doux plaisirs de l'amour que jamais il ne me procurera.

Les joues en feu, elle détourna le regard, submergée par la honte d'avoir fait une proposition si éhontée à cet homme qu'elle ne connaissait que depuis quelques jours.

— Allons rejoindre les autres ! ordonna-t-elle en cravachant sa jument.

— Attendez !

Se rapprochant d'elle jusqu'à effleurer ses jambes recouvertes de batiste argentée — la mode du moment voulait que les dames placent leurs jambes du même côté, en amazone —, il souffla à son tour :

— Je mesure combien il a été difficile pour vous de me faire ces confidences. Aussi vais-je surseoir à ma volonté de m'adapter aux méthodes anglaises et laisser parler en moi l'Italien que je suis, à moins que vous ne vous rétractiez.

— Je suis déterminée ! répliqua Oriane.

— Dans ce cas, sachez que votre choix m'honore. Néanmoins, avez-vous songé à la réaction de sire Euan quand il découvrira que…

— Peu lui chaut que je sois pure ou non, repartit la jeune femme non sans dépit. Ce qu'il attend de moi, ce sont des fils, ce mariage n'est pas motivé par les sentiments.

— Sont-ce là ses propos ou bien vos propres conclusions ?

— Il m'a déclaré que l'indifférence n'empêchait pas de procréer.

Affligé, sire Tomas ne put retenir un soupir à l'idée qu'il ne pourrait décidément jamais comprendre les Anglais.

— Dans mon pays, il est péché mortel que de traiter ainsi sa belle. Je vous promets de réparer l'outrage. Mais nous devrons en l'occurrence user de la prudence anglaise.

— Rassurez-vous, sire Tomas, je n'irai me vanter de ma conduite auprès de personne. Mais, puisqu'il me faut sacrifier mon innocence, j'entends encore l'offrir à qui me plaît. Au moins, après une nuit d'amour, serai-je armée contre les outrages.

— Ah, damoiselle, ne croyez pas que l'amour soit une transaction aussi simple que celles auxquelles vous étiez habituée derrière le comptoir de la boutique de votre oncle. Il faut se méfier des répercussions d'une nuit d'amour, qui pourrait bien agir ainsi qu'une drogue dont on ne peut plus se passer.

Mais la satisfaction d'avoir enfin repris son destin en main et de préparer sa revanche aux coups bas de sire Euan rendit la jeune femme sourde à l'avertissement du bel Italien. Contrairement à ce qu'il semblait croire, il s'agissait bel et bien pour elle d'une transaction, et elle était certaine qu'une nuit suffirait pour arriver à ses fins. Que sire Tomas n'espérât point qu'elle lui en accordât davantage !

A partir de ce moment, le temps lui sembla s'étirer bien lentement jusqu'au soir, impatiente qu'elle était d'assouvir sa vengeance.

Les participants à la fauconnerie prirent leur repas en plein air, sur le sommet de la colline. Apportant un coussin pour Oriane, sire Euan prit place entre cette dernière et lady Faythe.

Inopinément, il fit assaut d'amabilité :

— Votre tir m'a impressionné, lui confia-t-il. Je me demande s'il est des domaines où votre adresse vient à faillir.

— Il vous faudra toute une vie pour le découvrir, sire Euan, si vous continuez à faire si peu de cas de ma personne, lui répondit-elle, mutine, tout en étant elle-même étonnée de voir combien sa décision lui avait redonné confiance.

Méfiant, il la scruta de ses yeux mi-clos et, tout en lui tendant un fruit confit, déclara :

— Sachez, ma mie, qu'il est d'autres façons de découvrir une femme que de rester auprès d'elle tout le jour. D'ailleurs, une fois la biche prise, quel besoin pour le chasseur de continuer plus avant ?

Au lieu de s'irriter, Oriane eut l'audace de lui emboîter le pas sur le terrain de la métaphore.

— Entre vos oiseaux, vos hommes et vos biches, aurez-vous encore quelque temps à consacrer à vos semences ?

Immédiatement, elle tourna la tête vers lady Faythe pour échapper au feu de la réplique.

Néanmoins, sa remarque fit mouche puisqu'il rôda toute la journée dans son sillage.

En soirée, Oriane se retira dans sa chambre où le sol avait été recouvert d'herbe fraîche qui parfumait agréablement l'atmosphère. Elle ordonna qu'on apportât la baignoire, consciente de perturber le travail des servantes en désirant se baigner de si bonne heure et de ce que l'eau serait froide lorsque sire Euan viendrait s'y plonger à son tour… Mais cette dernière pensée n'était pas pour lui déplaire.

Le souper fort élaboré — plus encore que de coutume — lui sembla s'éterniser, ce qui chauffa ses nerfs à blanc. Les mets se succédaient interminablement ; puis, il fallut encore assister au spectacle des jongleurs. Durant tout ce temps, la jeune femme s'efforça de ne pas croiser les yeux de braise de sire Tomas Vittorini.

De nouveau, sire Euan, contre ses habitudes, se montra fort courtois et poussa même la galanterie jusqu'à l'accompagner au seuil de sa chambre et lui souhaiter une nuit plaisante, lui rappelant qu'une longue journée les attendait le lendemain.

Lorsque Maddie, comme tous les soirs, brossa longuement l'épaisse chevelure de sa maîtresse, celle-ci s'interrogea sur l'opportunité de l'avertir de la visite nocturne qu'elle attendait. Finalement, elle opta pour le silence.

Tandis que Maddie, allongée sur sa paillasse près de la fenêtre, avait déjà trouvé le sommeil, comme l'indiquait sa respiration régulière, tous les sens d'Oriane se mirent en revanche en alerte.

Lorsque rien ne résonna plus dans la nuit que le cri de la chouette et le glapissement du renard, la jeune femme se prit à douter : sire Tomas avait-il bien saisi sa requête ? N'avait-elle point trop abusé de ce vin qu'Euan lui avait servi avec prodigalité et qui risquait d'émousser sa maîtrise d'elle-même à un moment où elle en avait le plus besoin ?

Soudain, sans l'avoir entendue venir, elle sentit une silhouette près de la courtine et comprit qu'elle avait dû s'assoupir.

— Est-ce vous ? chuchota-t-elle, sans s'apercevoir de l'absurdité de sa question.

— Oui, ma mie, répondit la voix dans le noir.

Et il prit place sur le lit.

— Où est Maddie ? s'enquit-elle en se redressant, soudain inquiète.

— Je l'ai ligotée et bâillonnée…

A ces mots, Oriane eut un haut-le-corps.

— Je plaisantais, dit-il en lui caressant doucement le poignet. L'avez-vous mise au courant ?

Elle secoua la tête, puis s'aperçut qu'il ne pouvait la voir dans l'obscurité de cet espace clos qu'était son lit à baldaquin.

— Non, reprit-elle, mais si elle entend quoi que ce soit, elle saura que penser.

— Vous voulez dire qu'elle songera que c'est lui ?

— La nuit, tous les chats sont gris, souffla la jeune femme.

Il émit un petit rire et déclara :

— Ah, j'ai bien cru que ce sacré repas ne finirait jamais.

— Et sire Euan qui m'abreuvait de ce vin de France bien trop fort pour moi. Il faudra que je lui dise que cela m'indispose…

— Peut-être le sait-il, suggéra son visiteur nocturne.

— Non, répliqua Oriane en élevant la voix, il ne sait rien de moi.

— Chuuut !

Et lui prenant la main, il guida la caresse de la jeune femme sur son visage.

— Vous avez taillé votre barbe, remarqua Oriane. Je ne m'en étais pas aperçue. Il faut dire qu'au souper, j'évitais à tout prix votre regard.

L'attirant alors contre lui, il lui demanda tout en défaisant son chignon et en dénouant les nattes :

— Eh bien, ma mie, quelles sont ces craintes qui vous taraudent ?

— Je vous l'ai dit tantôt. Ce sont ses manières qui m'effraient.

— Je vais tenter de vous les faire oublier.

Et, approchant sa bouche de la sienne, il l'embrassa longuement et tendrement.

— Il semblerait, Oriane, que vous ayez déjà quelque expérience en la matière, remarqua-t-il.

— Sire Euan m'a embrassée une fois.

— Et cela vous a-t-il déplu ?

— Je... je ne saurais dire. Mais son baiser était dénué de toute tendresse. Pas comme le vôtre.

— Et vous craigniez qu'il ne vous fasse sienne de la même façon ?

— Oui, je vous l'ai déjà dit.

A ces mots, il la baisa de nouveau sur les lèvres langoureusement, puis, tout en lui susurrant à l'oreille des paroles d'amour et en guidant adroitement ses gestes, il l'initia tout en douceur aux plaisirs qu'elle était convaincue ne jamais connaître avec son futur époux.

S'allongeant délicatement sur son corps, il lui prodigua d'aimables caresses et l'emporta progressivement vers une contrée paradisiaque, dont elle ne tarda à goûter les délices.

Tomas se révéla un amant si ardent qu'elle s'étonna d'avoir pensé que la cour qu'il lui faisait était un jeu de pure galanterie. Sous l'effet de sa ferveur, elle se prit à imaginer qu'elle se trouvait dans les bras de celui à qui elle était promise, qu'elle redoutait... mais attendait à la fois !

A son tour, elle caressa le corps de cet homme responsable du tourbillon d'émotions qui venait de l'étourdir, tâta ses muscles et ses larges épaules, et se figura aisément, dans le creux de la nuit, qu'il s'agissait d'Euan, même si, au demeurant, elle savait que jamais ce dernier ne lui aurait dit les mots qui sortaient si tendrement de la bouche de Tomas.

Elle était reconnaissante à Tomas de s'inquiéter incessamment d'elle, de ses dispositions d'esprit comme de ses sensations, et s'enivrait de l'entendre l'appeler sa pierre précieuse, sa perle rare.

Insidieusement, elle pensa que la passion de Tomas le trahissait : il devait forcément être épris d'elle.

Lorsque la raison prit le pas sur l'émotion, Oriane ne regretta rien. Non, Fitzhardinge n'aurait pas piétiné ses rêves !

Ce fut alors qu'elle s'avisa qu'une nuit d'amour ne serait pas suffisante à combler ses aspirations.

— Que disiez-vous hier, Tomas, à propos de la différence entre la théorie et la pratique ?

— Rafraîchissez-moi donc la mémoire, ma mie.

— Que l'amour pouvait agir à la façon de l'opium.

Tendrement, il l'attira à lui :

— Commencez-vous déjà à en ressentir les effluves ? Accepteriez-vous que je revienne demain ?

— Et pourquoi pas ?

— En attendant demain, profitons de cette nuit.

Et, de nouveau, son visiteur nocturne déploya un trésor de douceurs pour accorder le duo de leurs corps, laissant ainsi à Oriane tout le loisir de s'imaginer de nouveau que c'était Euan qui œuvrait au vertige de ses sens.

A l'aube, lorsque la jeune femme s'éveilla, son amant s'était éclipsé, laissant dans les draps froissés le souvenir de leur nuit passionnée.

Il s'agissait désormais de ne pas trahir leur secret.

Tomas lui avait bien rappelé qu'elle appartenait à Fitzhardinge, que, pour leur salut, ils ne devaient jamais l'oublier ; en outre, il avait cru bon de préciser qu'Euan n'était pas le despote qu'elle se représentait.

Lorsque, au matin, lady Faythe et la couturière firent irruption dans sa chambre, elle s'efforça de faire bonne figure en considérant les atours fastueux qu'on lui apportait… et préféra ne pas songer à tout ce dont elle était redevable à la famille Fitzhardinge.

Avec empressement, lady Faythe étala sur le lit des cottes soyeuses et douces au toucher, des surcots sans manches et riches en broderies, des mantels de velours et des écharpes en tulle léger.

Devant l'embarras du choix, Oriane soupira à l'idée qu'elle aurait préféré moins de luxe et plus de tendresse.

A l'aide de Maddie, elle passa une cotte de satin vert vif, qui lui enserra le buste comme une seconde peau ; elle était fermée au cou et aux poignets par des boutons en or incrustés de rubis. Puis, elle enfila un surcot de soie légère, de la couleur chaude de l'ambre, rehaussé de broderie en fil d'or, et sangla sa taille d'une ceinture dorée.

Sur la tiare, Maddie fixa une longue cascade de voile blanc, qui se mêla aux boucles d'or de la jeune femme avant de retomber comme une traîne à ses pieds.

Quand elle fut prête, Oriane retira de son doigt la bague d'onyx afin de la remettre à son fiancé avant la cérémonie. Immédiatement, elle se sentit plus légère, néanmoins consciente de ce que la trêve allait être de courte durée.

Chapitre 8

Bien que fort protocolaire, la cérémonie de fiançailles n'en fut pas moins intime ; pourtant, Oriane regrettait que sa famille fût si mal représentée. Ses frères, bien sûr, étaient présents, encore que sous la bannière des Fitzhardinge.

Ce fut dans le grand hall que les vœux furent échangés, suivis d'un rapide et chaste baiser. Puis, Euan passa au doigt de sa future épouse un superbe joyau, qui n'avait rien à envier à la bague d'onyx trop grande qu'il lui avait remise en d'autres circonstances. C'était un rubis en forme de cœur, serti dans de petites mains en or finement ciselées.

— Vous voilà enfin soumise, fit alors à mi-voix Euan, non sans perfidie.

Mais cette remarque ne pouvait atteindre la jeune femme qui vivait encore dans le souvenir de la nuit qu'elle venait de passer dans les bras de Tomas. Durant la cérémonie, elle avait senti le regard intense du jeune homme posé sur elle.

— Et, vous, messire, vous êtes à n'en point douter satisfait ?

— Bien au-delà de ce que vous pourriez imaginer, damoiselle. Sachez qu'à présent, je vous laisserai en paix jusqu'au soir de nos noces. Mis à part bien sûr le minimum de courtoisie que je me dois d'observer durant le jour, eu égard à mes parents, je ne vous importunerai pas.

— Dois-je entendre par là que vous respectez mon désir de faire chambre à part, exprimé lors de mon retour du couvent ?

— Pour la paix de votre esprit, Oriane d'York, je m'appliquerai à respecter ce vœu. Peut-être cela ramènera-t-il un sourire sur vos lèvres, ajouta-t-il en lui prenant la main pour la baiser.

A ces mots, Oriane sentit une sourde inquiétude l'étreindre. Ainsi donc, après son insistance première, il prenait envie à ce personnage à l'humeur fantasque de ne plus accélérer la marche des événements, quand, de son côté, elle avait trop hâtivement requis l'aide de Tomas. Comme d'ici au mariage il s'écoulerait plus d'un mois, elle pouvait se retrouver enceinte. Que se passerait-il alors ? Ah, elle devait réagir pour ne pas se trouver prise à son propre piège.

A sa demande, on ne procéda pas à la lecture à voix haute de la dot de la jeune promise, pas plus qu'on n'énuméra ce qu'elle recevrait de la famille Fitzhardinge.

Après la cérémonie, on passa au jardin, où des tentes avaient été tendues pour que l'on festoyât à l'ombre du soleil. On servit des mets fort alléchants et originaux, à commencer par des tourtes aux anguilles et aux harengs, suivies de fruits de la mer, huîtres, moules, homards, crabes, puis d'écrevisses et de carpes pêchées dans l'étang près du manoir, sans oublier les fricassées de champignons des bois, les œufs revenus dans du safran et, bien sûr, les fameuses tartes d'York au lait caillé.

Durant les agapes, Euan se montra si galant qu'Oriane s'en agaça. Car non seulement elle refusait de s'avouer qu'elle prenait grand plaisir à ces manières affables, mais elle ne pouvait s'empêcher de songer qu'il donnait le change à ses invités et à sa famille, alors qu'il enrageait que ce mariage le retînt loin de la France et des champs de bataille. Mais, pour l'heure, elle avait pour dessein de le ramener à des dispositions plus pressantes à son endroit.

Après le festin, se déroulèrent de nombreux jeux qui permirent aux jeunes hommes de l'assemblée de faire montre de leur adresse et d'exhiber leurs corps exercés à l'effort physique. Pour pimenter davantage encore les réjouissances, on avait prévu des joutes sur l'eau, au cours desquelles les participants, debout dans des barques, tentaient de renverser à l'aide de perches leurs adversaires, eux-mêmes en équilibre sur l'eau. Inévitablement, certains se retrouvèrent dans la rivière, sous les huées et les rires des invités.

On se livra ensuite à des combats à dos d'homme, les joueurs s'affrontant juchés sur les épaules de robustes gaillards. Des jeux plus calmes avaient également été organisés, comme le jeu de quilles au cours duquel Oriane s'illustra par son adresse.

Puis vint le temps des rondes et de la musique, et l'on dansa au son des cornemuses, des harpes et des tambours. Peu à peu, les diaprures orange et rouge qui striaient le ciel devenu indigo annoncèrent la fin de cette journée de réjouissances.

Ce fut alors qu'Euan prit la main de la jeune femme pour la reconduire vers sa chambre, après avoir salué ses parents.

Sur le seuil de sa pièce, Oriane lui demanda subitement :

— Eh bien, messire, ne désirez-vous point prendre un bain, ce soir ?

— D'autres affaires m'attendent, déclara-t-il.

— Oh !... Je m'interrogeais simplement sur...

Elle s'interrompit, incapable de formuler plus avant sa pensée.

— Par Dieu, parlez donc, Oriane. Nous sommes entre nous, il n'est plus nécessaire de chercher à nous épargner pour sauver les apparences, puisque personne n'est plus témoin de nos échanges. Bas les masques, vous vous êtes suffisamment efforcée aujourd'hui de faire bonne figure !

Devinant que cette remarque l'avait blessée, il adopta un ton plus conciliant pour ajouter :

— Sur quoi donc vous interrogiez-vous, Oriane ? Vous vous demandiez si vous ne deviez pas me prouver votre gratitude ?

— A dire vrai, vous avez vu juste. Mais si vous n'êtes pas disposé en ce sens...

A ces mots, Euan la poussa avec fermeté dans sa chambre

et referma la porte derrière lui, pour s'y adosser d'un air nonchalant.

A son corps défendant, Oriane dut bien admettre que son tourmenteur avait fière allure dans ses autours de couleur marron et prune : ses pantalons étaient rehaussés de diamants et de béryl, et sa longue chape en velours doublée de satin retombait jusqu'au sol.

— Je vous écoute, fit-il, ainsi qu'un juge s'adresse à un coupable.

Trop consciente de l'humiliation de la situation, Oriane répondit avec courage :

— Je souhaitais vous exprimer ma gratitude pour le faste de cette journée. Contrairement à ce que vous semblez croire, j'y ai pris grand plaisir et n'ai pas feint de m'amuser.

La tête légèrement rejetée en arrière, les mains passées dans son ceinturon de cuir, il la jaugea, avant que de déclarer :

— Etes-vous bien certaine que c'est là la seule raison de votre… gratitude ?

Un instant ébranlée, Oriane rassembla rapidement ses esprits :

— Je vous suis redevable pour toutes vos charités : votre hospitalité, la dot dérisoire dont vous vous contentez, et enfin, ce titre de propriété que vous m'avez remis. C'est pourquoi je souhaite exaucer votre désir d'avoir des fils. Ma fertilité est le seul présent que je puisse vous offrir.

Dans un souffle, elle ajouta :

— Le plus tôt sera le mieux. Faites de moi tout ce qu'il vous plaira.

— Pourquoi m'offrir aujourd'hui avec tant de désinvolture ce que vous défendiez hier si farouchement, comme un trésor inestimable ?

— C'est précisément parce que j'ai pris la mesure des dettes qui me lient à vous.

D'abord silencieux, Euan déclara subitement :

— Nous irons demain chez votre oncle et tâcherons de trouver son testament.

— Mais… Leo ? objecta Oriane.

— Leo sera absent du logis, j'ai mené mon enquête de ce côté-là.

— Mes intérêts ne vous sont donc point indifférents ?

— Tudieu, ma mie, vos intérêts sont les miens ! Mais, pour l'heure, puisque vous souhaitez me faire une avance sur gages, je consens à accepter votre proposition.

— Pourquoi ce ton quand vous devriez vous réjouir ?

— Que vous importe mon état d'esprit, puisque j'accède à votre instance !

Curieusement, ces ultimes propos — ou à tout le moins les répercussions qu'ils impliquaient — ne l'effrayèrent point. Certes, elle savait qu'elle ne devait pas attendre de cet homme les mêmes douceurs que celles que lui avait prodiguées Tomas, mais elle était désormais impatiente de relever le défi d'un corps-à-corps avec lui — même si une seule nuit d'amour n'avait pas suffi à lui donner l'assurance dont elle eût aimé à se prévaloir.

Passant derrière la courtine, elle retira ses vêtements puis s'allongea sur sa couche, dont elle releva le drap jusqu'au menton.

Prenant sa respiration, elle déclara :

— Je suis prête !

Il la rejoignit, et s'assit sur le lit, tout comme Tomas l'avait fait la nuit précédente.

— Vous m'honorez d'un don que l'on ne concède pas à la légère.

— Oui, souffla-t-elle, se demandant si elle devait déceler quelque ironie dans la remarque.

Mais elle se rassura aussitôt. Il était impossible qu'Euan soupçonnât quoi que ce fût. Sans doute sa propre audace de la nuit passée la rendait-elle prête à s'alarmer inutilement à la moindre réflexion.

Et, contrairement à Tomas qui avait exploré son corps avec des baisers, il la palpa avec des mains qui jaugeaient leur bien. Puis, sans un mot, ni un baiser, il la fit sienne.

Frustrée, Oriane regretta de ne pouvoir exprimer son ressentiment au risque de se trahir. Il quitta rapidement sa chambre, en refermant méticuleusement les courtines derrière lui.

A une heure déjà avancée de la nuit, Maddie regagna enfin la chambre, s'excusant auprès de sa maîtresse d'avoir été retenue si longuement par la fête. Magnanime, Oriane ne fit aucun commentaire sur l'écart de conduite de sa servante.

Pas plus qu'elle ne protesta lorsque Tomas vint à son tour la rejoindre et s'allonger près d'elle.

— Est-il venu ? s'enquit-il doucement.

— Oui.

— Fut-ce une bataille difficile à livrer ?

— Non, reconnut Oriane.

Puis elle ajouta, l'air las :

— Je n'ai pas l'impression qu'il ait pris grand plaisir à la chose. Il a rempli son devoir, c'est tout.

Et, lorsque Tomas lui demanda si Euan s'était avisé qu'il n'avait pas la primeur de ses faveurs, elle lui répliqua qu'il avait dû avoir ses perceptions émoussées par ses innombrables expériences en la matière, parce qu'il n'avait rien remarqué.

L'amour dont Tomas la combla cette nuit-là éveilla en elle un tel creuset d'exquises sensations que lorsqu'elle se retrouva seule, elle se mit à sangloter amèrement, regrettant que son futur mari ne fît pas preuve de la même attention.

Le lendemain, lorsque Tomas la conduisit vers la jument qu'Euan lui avait réservée pour le voyage à York, il ne fit aucun commentaire sur les yeux rougis de la jeune femme, mais, par un regard évocateur, lui signifia qu'il appréciait son élégance. Elle avait revêtu un surcot en velours couleur abricot sur une cotte de lin beige. Ses cheveux retombaient comme une pluie d'or sur les épaules, et un cercle de fines mailles passé autour du front les retenait. Après son mariage, elle ne pourrait plus laisser ses boucles cascader sur les épaules, mais devrait, comme le voulait la tradition, les recouvrir d'une guimpe.

Durant le trajet, Tomas resta auprès d'elle, attirant son attention sur les couronnes duveteuses des reines-des-prés, sur le vif éclat des géraniums bleus, sur les solides roseaux qui bordaient le lit de la rivière…

A n'en pas douter, elle aurait pu, en d'autres circonstances, s'éprendre de ce charmant chevalier qui, n'eût été son impécuniosité, était doté de toutes les qualités qu'une femme recherchait chez un homme.

Certes, sa trahison envers son seigneur était peu digne d'un chevalier, mais existait-il être parfait ? Malheureusement, ils savaient l'un comme l'autre qu'il faudrait mettre un terme à leurs ébats nocturnes dès qu'elle aurait ses prochaines menstrues.

Au fond, elle se réjouissait d'avoir offert à Euan un bien souillé, quoiqu'elle fût quelque peu dépitée qu'il ne s'en fût pas indigné.

Le dimanche, York offrait un autre aspect que durant la semaine, où il fourmillait de commerçants, de colporteurs et de revendeurs en tout genre, sans oublier les mendiants toujours flanqués de chiens hurlants. En ce jour du Seigneur, une foule soigneusement mise peuplait les ruelles, se pressant vers la cathédrale où sonnaient joyeusement les cloches pour annoncer la messe.

Ayant appris de la bouche d'Euan qu'il faisait surveiller son cousin, Oriane aurait aimé en apprendre davantage sur ce que ce dernier complotait.

— Songez-vous qu'il prépare un mauvais coup ? demanda-t-elle à Fitzhardinge.

— Vous en doutez encore, après ce qu'il a fait subir à son beau-père ?

— Léo n'est en rien responsable de la mort de Matthew le Seler, lui-même a été blessé durant l'attaque.

— Tudieu, je ne mettrais pas ma main à couper de son innocence.

Il ne fut pas difficile d'entrer chez Matthew le Seler, la plupart des domestiques se trouvant à l'église. Dans la boutique, une servante chassait le chat de la table au moment où ils pénétraient dans les lieux.

— Oh ! maîtresse Oriane, s'exclama-t-elle, quelle joie de vous revoir ! Maître Leo est absent, mais Maître Gérard est ici, dans l'atelier.

Prenant Oriane par le coude, Euan lui souffla alors à l'oreille :

— Il est préférable que nous ne le dérangions pas. Mieux vaut nous rendre directement dans le grand hall.

Ils montèrent à l'étage et trouvèrent la châsse à sa place habituelle.

Tendant la main vers Oriane, Euan demanda :

— La clé, s'il vous plaît.

S'exécutant docilement, la jeune femme précisa :

— Je vous ai dit que cette clé n'entrait pas dans la serrure.

— Peut-être y a-t-il dans la châsse un autre trou de serrure dans lequel pourrait entrer le panneton de cette clé…

— Et si ce n'était pas le testament de mon oncle que lisait Leo, mais d'autres documents en rapport avec le reliquaire, des instructions…

— Pourquoi aussi votre oncle vous a-t-il remis une clé sans vous indiquer ce qu'elle ouvrait ?

— Il m'aurait livré ce secret s'il avait vécu plus longtemps. Mais j'ai l'intuition que ce qu'il a dissimulé dans cette châsse est destiné aux moines de Sainte-Marie, puisque ce joyau leur revient.

— Dans ces conditions, nous devons leur remettre ce reliquaire sans tarder et sans essayer de l'ouvrir.

— Mais c'est impossible, Leo nous accusera de vol.

— Vous ne faites que respecter les volontés de votre oncle ! L'abbé William ne peut décemment pas venir chercher la châsse par lui-même.

— Mais, le testament…

— Par Dieu, s'il est encore à l'intérieur, Leo le Seler a enfreint la loi en ne le signalant pas. S'il ne l'est plus, votre cousin ne pourra rien objecter à ce que nous ayons rapporté à l'abbaye un bien qui lui revenait de plein droit.

— Le problème reste entier : pas plus ici qu'à l'abbaye, nous ne pourrons ouvrir le coffre.

— Qu'à cela ne tienne, nous le forcerons !

— Jamais l'abbé ne permettra un tel forfait ! s'exclama Oriane, horrifiée par l'audace d'Euan.

— S'il pense y trouver le testament, il s'en fera un devoir.

A contrecœur, elle dut bien admettre que la détermination de son futur époux était réconfortante, car elle se sentit soudain à l'abri des vicissitudes du destin.

Elle le regarda envelopper la châsse dans sa chape, puis le suivit tandis qu'il emportait son fardeau dans l'escalier.

Dans la cour, deux de ses écuyers l'attendaient.

— Sire, Leo le Seler est de retour à York, lui annonça l'un d'eux. Il sera bientôt à Bootham Bar.

— Alors, en selle, nous n'avons plus une minute à perdre ! décida Euan avant d'aider Oriane à monter sa jument.

Et, capes flottant au vent, le petit groupe de cavaliers partit à bride abattue vers l'abbaye.

Las ! S'ils atteignirent Sainte-Marie sans encombre, une bien mauvaise nouvelle les y attendait. L'abbé William s'étant absenté pour une semaine, il était impossible d'entreprendre quoi que ce fût avec la châsse ; il convenait donc d'attendre le retour du supérieur, puisque lui seul pouvait prendre une décision. D'ici là, le père Petrus la conserverait précieusement, et même Leo, au risque de commettre un sacrilège, n'y pourrait rien.

Certes, Euan fut contrarié par ce contretemps, mais il fut pour lui bien plus facile à accepter que pour Oriane qui, en dépit de tout, n'avait pas perdu l'espoir d'hériter de son oncle et d'échapper de la sorte à l'emprise de Fitzhardinge. En l'occurrence, elle venait de perdre sept précieux jours, puisqu'il faudrait surseoir d'autant à la lecture du testament.

Ce soir-là, après souper, soucieuse de n'éveiller aucun soupçon quant à son intimité avec Tomas, Oriane écouta, assise sur un tapis de verdure, sire Geffrey d'Azure lui faire lecture en français des aventures de Tristan et Iseult. Bien que n'entendant rien à cette langue, elle se berçait de la douce mélodie, tout en observant Tomas conter fleurette à l'une des dames d'atour de lady Faythe.

Quant à Euan, il ne fit sa réapparition que tard dans la soirée et, quand Oriane se hasarda à lui demander où il se trouvait, il lui répondit sèchement qu'il avait œuvré à entretenir sa réputation !

Maddie dormait depuis longtemps déjà quand la porte de la chambre s'ouvrit doucement. Un superbe clair de lune baignait la pièce, et la silhouette qui venait de s'y introduire hésita. Quant à Oriane, les genoux repliés sous le menton, elle subissait les affres de l'insomnie.

— Tirez la courtine, ma mie, ordonna le visiteur nocturne à voix basse.

— Et pourquoi donc ? Je ne vous attendais point.

— Ah, vous êtes courroucée.

— Pas le moins du monde, reprit Oriane avec humeur, mais nous devons parler.

— Dans ce cas, tirez la courtine, je vous prie. Maddie pourrait nous surprendre.

Oriane s'exécuta de mauvaise grâce, et son amant vint agilement la rejoindre dans leur enclos enténébré. Elle eut alors l'impression d'entendre le bruissement de la soie sur les draps, quand elle savait que Tomas portait ce soir-là un long mantel de toile épaisse.

— Pourquoi n'arriviez-vous pas à trouver le sommeil, ma mie ?

— Je me fais du souci à propos du retard de mes menstrues. Je demanderai à Maddie de me préparer demain une de ses décoctions susceptibles de remédier à un éventuel état de grossesse…

— Que contez-vous là ? Ne souhaitez-vous devenir mère ? Il n'y a aucun risque pour qu'il songe que…

— Ah ! Tomas, voilà bien là une réflexion digne du sexe fort ! s'exaspéra Oriane, tout en dirigeant dans le noir son regard vers le visage qu'elle ne pouvait distinguer. Assurément que je ne veux point porter un enfant qui risquerait bien de vous ressembler.

— Mon visage vous révulse-t-il à ce point ?

— Ne vous méprenez pas, Tomas. Non pas que je ne vous tienne pas pour le plus séduisant des hommes, mais comprenez-moi…

— Et ces herbes, dont vous avez fait mention, ne sont-elles point dangereuses pour vous ?

— Ah, puissent-elles l'être, voilà qui résoudrait enfin mes problèmes, soupira la jeune femme.

— Les vôtres, certes, mais cela contrarierait fortement sire Euan.

— Cela contrarierait ses projets de descendance, oui ! Ah, dire que j'aspirais à une vie normale, avec un mari aimant et un foyer à tenir, un jardin à aménager, des soirées paisibles à jouer aux échecs et au luth.

— Ne pensez-vous pas que vous puissiez apprendre à l'aimer ?

— Il se moque éperdument de l'amour ! Si seulement le testament de mon oncle pouvait m'être favorable, alors je dédommagerais sire Euan pour ne plus être son obligée et je pourrais peut-être bien me rétracter et éviter encore le mariage.

— Il est trop tard pour cela, répliqua presque sèchement son interlocuteur.

— J'imagine que vous avez raison. Quoi que si les deux parties trouvaient un terrain d'entente…

— Non, n'y comptez pas, ma mie, sire Euan ne sera jamais d'accord. Il vaut mieux songer à résoudre les difficultés plutôt que de s'y soustraire. Vous pouvez compter sur mon aide.

— Ah, Tomas, je n'ai que trop abusé de votre gentillesse, mais j'ai fort bien compris ce soir que vous vous languissiez d'un autre cœur que le mien.

— Plaît-il, ma mie ?

— De grâce, Tomas, ne niez pas. Il ne peut échapper à personne que dame Sophie se plaît en votre compagnie et que vous le lui rendez bien. Il va falloir mettre un terme à nos rencontres nocturnes.

Doucement, Tomas l'attira contre lui.

— Allons, ma douce, chassez de telles pensées de votre charmant front. Et, je vous en prie, oubliez cette décoction dont vous m'avez parlé. Sire Euan ne se pardonnerait jamais s'il vous arrivait malheur. Il tient à vous bien plus qu'il ne veut l'avouer.

— Vous vous trompez, Tomas.

— Je le connais mieux que vous et je sais aussi que vous êtes la première femme à qui il ait proposé le mariage. Et maintenant, cessons de parler de sire Euan. Je n'ai pas envie que son ombre plane sur nos étreintes.

— Ce seront nos ultimes étreintes, Tomas, précisa Oriane.

— Je ne le pense pas, murmura-t-il encore avant de l'embrasser.

Et bientôt ils s'élevèrent ensemble vers des cimes ardentes, qui se rejoignirent en une couronne de lumière éblouissant leurs sens.

Lorsqu'il la quitta, Oriane demeura inconsolable, à telle

enseigne que Maddie se réveilla et vint s'enquérir de ce qui se passait derrière les courtines.

— Qu'avez-vous, maîtresse ? Vous aurait-il rudoyée ?

— Par la grâce de Dieu, non point. Je déplore simplement qu'il ne s'agisse pas de mon promis.

Maddie roula des yeux effarés.

— Je vois que vous perdez la raison. Je vais vous préparer un lait chaud à la cannelle et aux clous de girofle qui vous apaisera.

— Merci, Maddie, répondit faiblement Oriane.

Mais quand la brave femme réapparut, Oriane avait sombré dans un sommeil que même les croassements aigus des corneilles dans la futaie avoisinante ne purent perturber.

Chapitre 9

Le lendemain, en arrangeant la couche de sa maîtresse, Maddie constata avec soulagement qu'elle n'aurait point besoin de préparer la décoction qu'elle lui avait demandée. Elle était d'autant plus soulagée qu'elle n'avait pas compris pourquoi sa maîtresse était aussi effrayée à l'idée d'une éventuelle maternité.

Quoi qu'il en soit, les inquiétudes étaient ce matin apaisées et, à présent, elle brossait consciencieusement la longue chevelure d'Oriane.

Lorsque Euan vint interrompre la quiétude de la chambre, il ouvrit d'abord la porte et frappa ensuite — ce qui eut le don d'exaspérer Oriane. Elle ne put s'empêcher de lui en tenir grief.

— On ne peut pas vous reprocher de ne pas avoir frappé ! railla-t-elle. Toutefois, j'ai pour ma part l'habitude de frapper avant d'ouvrir la porte. Et je ne l'ouvre d'ailleurs que si l'on m'y invite.

Il répondit sur le même ton sarcastique :

— Contrairement à moi, on vous a inculqué les bonnes manières.

Et, tout en lui souriant, il prit place derrière elle sur le lit fraîchement fait puis, sans mot dire, observa la manière dont Maddie tressait les mèches d'or de sa maîtresse tout en y mêlant des rubans de velours bleu, assortis à la robe que celle-ci portait.

— Demain, dès l'aube, nous nous mettrons en route pour Ketils Ing, déclara-t-il soudainement. Je vous saurais gré de bien vouloir faire vos bagages en prévision de ce voyage qui durera une dizaine de jours.

A ces mots, Oriane se retourna vivement pour lui faire face : sa virevolte fut si preste que la natte prête à être attachée échappa à Maddie.

— Un voyage ? Demain ? Non, c'est impossible, vous savez vous-même que je dois voir l'abbé William dès son retour.

— Assurément, mais je vous rappelle qu'il ne sera pas à l'abbaye avant une semaine. En outre, cette rencontre ne revêt aucun caractère pressant : la châsse est désormais en sécurité.

Mais Oriane ne l'entendait pas de la même oreille ; aussi riposta-t-elle :

— Si, précisément, il y a urgence, et ce voyage ne peut plus mal tomber. Et qu'y a-t-il donc à Ketils Ing qui ne peut attendre ? Ne pouvez-vous donc point vous y rendre sans moi ?

— Il y a là-bas l'un de nos manoirs et pour répondre à votre deuxième question, je n'irai pas seul, vous m'accompagnerez, il n'y a pas à revenir là-dessus. D'ailleurs, le manoir se trouve à quelques miles de Scepeton. Ainsi, vous pourrez rendre visite à votre père. En outre, vos frères seront du voyage.

— Je n'ai jamais entendu parler d'un manoir à Ketils Ing du temps que je vivais chez mon père, fit-elle, méfiante.

— Et vous ne m'en voyez point étonné, repartit-il, la prunelle narquoise. Voilà maintenant cinq années que vous résidez à York. Or, ce château a été érigé récemment, près d'anciennes douves, et il y a là-bas beaucoup à faire : il convient d'aménager l'intérieur, de créer un jardin, de s'occuper de la laiterie et de l'office. Nous emmènerons avec nous les intendants, et votre présence est indispensable. A moins, bien sûr, que vous ne préfériez que je prenne toute l'affaire en main, suggéra-t-il en affectant un air faussement détaché.

— Euh… un jardin, dites-vous ?

— Des jardins, précisa-t-il.

Et la sentant faiblir, il entreprit alors d'énumérer toutes les pièces et dépendances du château, en soulignant qu'elle aurait toute liberté de choisir meubles et rideaux à sa convenance.

— Nous passerons notre première nuit de voyage au prieuré de Saint Aelfeld, précisa-t-il encore. La Révérende mère nous y attend.

— Dame Constance ! s'exclama alors Oriane avec une joyeuse spontanéité. Je la connais bien. Je…

Elle s'arrêta brusquement, consciente de ce qu'elle affichait un enthousiasme par trop ostentatoire, quand elle s'obligeait toujours devant lui à la réserve pour qu'il ne perçât pas à jour ses sentiments.

— Je sais, fit-il simplement, ce sont les sœurs du prieuré qui vous ont appris à lire, elles me l'ont dit.

Puis il poursuivit :

— Vous voyagerez dans la litière de ma mère, le trajet à cheval serait bien trop pénible.

— Je préférerais…

— Oh ! je suis certain que vous préféreriez faire l'opposé de ce que je souhaite mais, en l'occurrence, ma mère tient expressément à vous prêter sa litière, et je gage que vous ne voulez pas la décevoir !

— Bien sûr que non, sire, dit-elle en baissant les yeux.

Et il ne put s'empêcher d'éprouver une certaine satisfaction de la voir ainsi acquiescer.

— Je vais vous envoyer l'intendant, et vous pourrez lui faire part de tous vos désirs. Prenez autant de domestiques que vous le souhaitez et faites-le-moi savoir afin que je puisse prévoir le nombre de chevaux en conséquence et prévenir le maréchal.

Là-dessus, il se dirigea vers la porte.

— Messire, le rappela-t-elle, avant de vous retirer, pourriez-vous me faire part de ce que vous avez découvert sur mon cousin ? Où était-il donc lors de son absence de Silver Street ?

— Il intriguait dans les bois avec des hors-la-loi !

— Des hors-la-loi ? s'exclama-t-elle, surprise.

— Je ne peux encore rien vous révéler de précis, mais il est acquis que votre cousin est en relation avec eux. Je vous tiendrai au courant. Croyez bien que j'en suis autant que vous désolé.

Oriane fut secondée dans ses préparatifs par un intendant bienveillant, et ce dernier ne laissa pas de s'étonner de l'esprit d'initiative qui animait une si jeune femme, au point de s'en réjouir pour elle, sachant qu'en tant que femme de sire Euan, elle devrait trois ou quatre fois l'an faire face à ce genre de voyage.

De son côté, lady Faythe, heureuse de constater un regain d'enthousiasme chez Oriane, la conseilla habilement, sans pour autant lui imposer sa volonté. Mais elle-même avait déjà pris certaines initiatives, aussi quand la jeune femme se préoccupa de la manière dont ils allaient se nourrir le premier jour de leur arrivée à Ketils Ing, fut-elle en mesure de lui répondre :

— Ne vous faites point de souci, ma mie. Tout a été prévu. Des hommes sont déjà partis ce matin pour Ketils Ing. De la sorte, ils allumeront les fours et feront mijoter les plats. En outre, ils aéreront les pièces, prépareront les paillasses, feront quelque ménage. Tout sera prêt quand vous arriverez, n'ayez crainte.

Puis, Oriane, à la demande de lady Faythe, vint admirer la litière que celle-ci mettait à sa disposition. A première vue, la jeune femme douta de la commodité de cette boîte étroite, reposant sur des planches de bois portées par de robustes étalons. Pourtant, quand elle jeta un coup d'œil à l'intérieur, elle fut bien obligée de croire lady Faythe quant au confort annoncé : un moelleux matelas de plumes recouvrait le fond de la litière, et des coussins brodés s'y amoncelaient. En outre, les pans latéraux étaient rembourrés et recouverts de velours.

*
* *

Le lendemain, le convoi qui s'ébranla était fort impressionnant. Dix bœufs tiraient les voitures les plus lourdes, et une vingtaine de chevaux, de mules et de palefrois escortaient les voyageurs. Dans ces conditions, il était difficile de progresser à vive allure, aussi ne pouvait-on parcourir que vingt-cinq miles par jour.

Installée dans sa confortable litière, Oriane n'eut pas à souffrir des fatigues du voyage, ni de la chaleur de cette fin de printemps.

A chaque arrêt, les pages et les écuyers en profitaient pour plonger dans la rivière : ils dénudaient leur torse sous les rires étouffés des jeunes servantes, qui ne détournaient pas les yeux pour autant. Puis, les voyageurs repartaient, sans oublier de s'acquitter des droits de douane chaque fois qu'ils passaient un pont.

En fin d'après-midi, toutes les forces masculines furent requises pour maintenir une lourde carriole dont il convenait de réparer la roue cassée. Après l'effort qui les avait mis en sueur, les hommes se dévêtirent, ne gardant sur eux que leurs caleçons, et s'élancèrent dans l'eau pour se rafraîchir.

Les chevaliers exposaient ainsi leur dos pour la plupart strié de grandes cicatrices, aux yeux des femmes assises sur les galets. Ce fut alors qu'Oriane, descendue elle aussi de sa litière pour goûter la fraîcheur du rivage, remarqua brusquement deux longues et profondes balafres reliant les omoplates de sire Tomas, résultant à n'en pas douter de deux coups d'épée.

Or, jamais, lors de leurs étreintes nocturnes, les mains d'Oriane n'avaient décelé ces anciennes meurtrissures. Elle avait beau chercher dans ses souvenirs tactiles, elle se rappelait un dos parfaitement intact.

Tout à ses réflexions, elle vit soudain Euan surgir aux côtés de sire Tomas et put apprécier la ressemblance des deux hommes : même taille, même carrure, mêmes épaules musclées. Contrairement à celui de Tomas, le dos d'Euan ne présentait aucun stigmate de guerre ! Il était lisse comme un œuf juste pondu, comme le dos qu'elle avait souvenance d'avoir caressé encore la nuit précédente…

Ses sens l'abusaient-ils ? se demanda-t-elle. N'était-ce pas le reflet de l'eau qui altérait sa vision ? Ou bien sa mémoire lui faisait-elle défaut ?

« Seigneur, songea-t-elle, glacée soudain, ce ne peut être possible ! »

Mais, à l'instant, il lui revint à la mémoire les propos de Tomas sur la confiance aveugle qu'il avait en son maître. N'avait-il pas dit être capable de le suivre jusqu'en enfer ?

Dans ces conditions, comment avait-elle pu avoir la naïveté de croire que, pour une jouvencelle qu'il connaissait à peine, ce fidèle chevalier trahirait un seigneur qu'il servait depuis des années ?

Déconfite, elle ne pouvait se résoudre à prendre la mesure de sa découverte et continuait de jauger les deux hommes, à la recherche du détail qui infirmerait ce que sa raison se refusait à admettre.

Pourtant, plus elle examinait ces deux fringants chevaliers et plus elle comprenait qu'elle avait bel et bien été le fantoche d'une audace qui faisait naître en elle un irrépressible courroux.

Telle était prise qui croyait prendre ! se dit-elle, en se mettant à arpenter la rive pour calmer ses nerfs ébranlés. Comment avait-on pu la flouer de la sorte ? Comment avait-il osé lui jouer un tel tour ?

Pourtant, elle s'objecta bientôt que c'était elle l'instigatrice de toute cette intrigue qui tournait maintenant en sa défaveur — ce qui ne fit que l'irriter davantage.

Ce soir-là, allongée sur sa paillasse dans la cellule du prieuré qu'elle partageait avec Maddie, la jeune femme était de nouveau en proie à l'insomnie. A la lumière de ses découvertes, elle découvrait son promis sous un autre jour et enrageait de savoir qu'il la connaissait bien mieux qu'elle ne le croyait. Ah, combien il avait dû se rire d'elle ! Elle avait cru prendre son destin en main quand en réalité elle en était le jouet.

Et cette pensée lui était insupportable.

— Maddie, s'exclama-t-elle soudain, dors-tu ?

— Non, maîtresse. Que se passe-t-il ?

— Ces dernières nuits, as-tu remarqué quelque chose d'anormal ?

— Que voulez-vous dire ? Quand il venait vous voir ?

— Oui. Dormais-tu ? L'as-tu vu ?

— J'étais la plupart du temps éveillée.

— As-tu pu distinguer clairement ses traits ?

Tout à fait réveillée cette fois, Maddie se redressa sur un coude, avant de demander en arrondissant des yeux étonnés :

— Que voulez-vous dire ? Vous me demandez qui était la personne qui venait vous rejoindre derrière les courtines ? Par tous les saints, je comprends mieux maintenant votre remarque d'hier matin ! Mais qui pensiez-vous donc que c'était ?

— Ah, je songeais qu'il s'agissait de sire Tomas.

— Mais pourquoi donc... ? Allons, maîtresse, c'était bien sir Euan. Ne le saviez-vous donc pas ? D'ailleurs, à moins d'avoir le don d'ubiquité, comment sire Tomas aurait-il pu se trouver à la fois à vos côtés et auprès de dame Sophie, ces trois dernières nuits ? Il n'a pourtant pas fait mystère de ses amours galantes. Ah, quel imbroglio !

— C'est donc pour cela qu'il m'ordonnait toujours de bien fermer les courtines. Il a contrefait sa voix, Maddie, et il a demandé à sire Tomas de tailler sa barbe. Ah, ils ont bien dû se gausser de moi, tous deux ! Jamais je ne pourrai de nouveau les regarder en face, ajouta-t-elle encore en serrant les poings.

— Séchez vos yeux, maîtresse. Il ne serait pas venu

vous trouver trois nuits consécutives s'il ne vous désirait pas désespérément. Tout comme il n'aurait pas montré tant de passion.

De toute évidence, les soupirs de l'amour étaient arrivés jusqu'aux oreilles de Maddie !

— Il m'a flouée, reprit Oriane, l'air buté.

— Il n'a fait que vous devancer !

— Mon intention n'était pas de le flouer mais de lui donner une leçon.

— Allons, maîtresse, de par votre état, il ne pourra venir vous trouver durant plusieurs nuits, aussi vous conseillerai-je de continuer à lui faire croire que vous êtes toujours dupe de son petit jeu.

Encore eût-il fallu savoir de quel jeu il s'agissait ! se dit-elle, sarcastique. Que manigançait sire Euan en prenant la place de son ami et en réitérant l'imposture ? La culpabiliser ? La surprendre en un prétendu flagrant délit ?

Pourtant, elle se rappela les paroles enflammées de passion qu'en tant que Tomas, il lui avait murmuré dans le creux de l'oreille : non, elle ne pouvait mettre en doute leur sincérité.

Ketil était un fermier danois qui, au IXe siècle, fit acquisition de nouvelles terres loin de la mer, dans le Nord vallonné du pays d'Angleterre. Puis, ses terres avaient été transmises à ses descendants jusqu'à ce que le premier roi normand en fît la conquête en l'an de grâce 1066 et les parcellisât pour les remettre en alleu à ses chevaliers.

Ce fut ainsi que quelques siècles plus tard, les Fitzhardinge se trouvèrent en leur possession et que les descendants de Ketil devinrent des serfs sur le propre domaine de leurs lointains aïeux !

Mais, les premiers Fitzhardinge, préférant le Sud plus civilisé, dédaignèrent ces terres qui recelaient pourtant des trésors : les futaies étaient giboyeuses, dans l'eau transparente des rivières des bancs entiers de carpes avaient élu domicile, les terres étaient fertiles et riches en minerais tels que le plomb ou l'argent.

Peu à peu, la famille Fitzhardinge s'éveilla à la beauté du paysage et aux promesses de ces terres. Mais, dans le même temps, de sauvages hordes déferlant de la nordique Ecosse rôdaient dans la région, et il ne faisait pas bon s'y aventurer.

Enfin, quand la contrée fut stabilisée, elle dut encore subir des fléaux comme la peste, portés par les pèlerins et les travailleurs itinérants, et le domaine de Ketils Ing demeura ainsi durant de longues décennies abandonné à son triste sort, si bien que l'abbaye locale de Cistercian se proposa de le racheter.

Pourtant, lord Fitzhardinge s'y opposa, songeant que son fils pourrait un jour vouloir profiter de cette superbe contrée, enfin débarrassée en cette deuxième moitié du XIVe siècle des spectres de la guerre et de la peste. Il avait alors entrepris de faire construire un manoir.

Quand les voyageurs, épuisés et couverts de poussière, arrivèrent à Ketils Ing, les derniers ouvriers s'affairaient encore sur des échafaudages de bois. Oriane songea que si l'intérieur du château était à l'image de la cour qui s'étendait au-delà des fortifications crénelées, elle n'aurait pas le temps de se laisser aller à des pensées importunes. Aussi fut-elle heureuse à l'avance de l'ampleur de la tâche qui l'attendait.

L'entraînant par le coude, Euan lui fit alors visiter les lieux, et tous deux attribuèrent une fonction précise à chaque pièce, suivant sa taille et son emplacement. Ainsi qu'une enfant, Oriane s'extasia sur les vues imprenables qu'offraient les larges baies vitrées, les cheminées aux manteaux immaculés, les murs lisses qui attendaient d'être peints et décorés, le lambrissage qui fleurait encore bon le bois de sapin importé de Norvège, les carreaux flamands ouvragés. Elle se demandait ce qu'elle allait faire de tant d'espace.

De son côté, Euan se félicitait de l'enthousiasme de la

jeune femme et espérait que ses nouveaux projets allaient lui faire oublier leur antagonisme. Il en fit la remarque à sire Tomas :

— Tudieu, elle semble enfin comblée.

— Je croyais qu'elle l'avait déjà été, répliqua Tomas d'un ton insinuant.

— Ah, dans le noir ? Quand elle pense que c'est toi ? Quel succès, en effet ! fit-il avec dérision.

— Pourquoi ne pas la dessiller ? Qu'as-tu à y perdre ?

— L'on voit bien que tu ne connais pas cette diablesse en jupon !

— Elle te fait donc peur ? railla Tomas.

Et ce dernier eut tout juste le temps de lever le bras pour parer le coup qu'Euan voulut lui décocher. En gloussant, il le suivit hors de la pièce.

Avant le souper, Oriane trouva encore le temps de deviser un peu avec ses frères, près des granges où de précieux faucons avaient été installés dans de superbes cages dorées.

— La première chose que nous ferons demain sera de rendre visite à notre père, dit-elle non sans éprouver une certaine amertume en repensant à la dot. A n'en pas douter, il sera surpris.

— Sa femme aussi, ajouta Patrick.

— De la sorte, dame Katherine et sire Euan pourront fanfaronner avec leurs relations.

— Elle, sans aucun doute ; sire Euan, certainement pas. Il ne se vante jamais de quoi que ce soit, précisa Paul.

— Et pourquoi crois-tu qu'il m'épouse ? Pour mon argent ? Non, il m'épouse pour les relations de dame Katherine, du moins celles de son défunt mari, qui procureront des avancements à votre seigneur dans l'armée du roi.

En cet instant, les jumeaux échangèrent un long regard hésitant. Ce fut Patrick qui finit par se lancer.

— Allons, Orrie, que nous contes-tu là ? Si sire Euan

progresse encore dans la hiérarchie de notre armée royale, il s'assiéra alors dans le giron de notre roi Edouard ! C'est un commandeur, il n'a besoin d'aucune relation, et je puis t'assurer que dame Katherine ne connaît personne qui puisse présenter le moindre intérêt pour les Fitzhardinge. Tu auras mal compris, ma mie.

— Que pensais-tu donc qu'il était ? Un cavalier à la tête d'une bande de mercenaires ? ajouta Paul.

Oriane ne souffla mot, consciente que ses frères en savaient assurément plus à ce sujet qu'elle-même : il était vrai que, jusqu'à présent, elle ne s'était guère représenté Fitzhardinge autrement que sous les traits d'un féroce guerrier. Peu à peu, une nouvelle image de sire Euan émergeait en elle : il lui avait donc menti à propos du profit qu'il tirerait de leurs épousailles. Mais, dans ces conditions, quel impératif présidait à leur union ?

— Quant à dame Katherine, poursuivit Paul, elle cause beaucoup pour se donner de l'assurance, mais il ne faut pas prendre ce qu'elle raconte pour argent comptant. Son mariage lui rendra confiance en elle-même, c'est ce que père pense.

Ce fut alors que Fitzhardinge parut à l'angle du manoir et vint tranquillement s'asseoir près d'eux, sur un banc de bois.

— Désolé d'interrompre cette réunion familiale. Envisagez-vous de vous rendre demain chez votre père ?

— Oui, messire, répondit Oriane, avec votre permission, bien sûr.

Les jumeaux profitèrent de cet échange pour s'éclipser. Ce fut alors qu'Oriane prit conscience que la proximité de cet homme, qui lui déplaisait tellement voici peu encore, la troublait en cet instant : c'était lui qui avait à son insu éveillé son corps à la sensualité. Ah, il était connaisseur en la matière, cela elle ne pouvait le nier. Elle eut envie soudain de le manipuler à son tour et chercha des paroles à double sens pour le défier…

Mais se méprenant sur le silence qu'elle observait, il déclara :

— Avez-vous déjà la nostalgie d'York ?

— Et pourquoi ne l'aurais-je pas quand j'ai été très heureuse en cette contrée, et ce jusqu'à récemment ?

Prenant sa respiration, elle ajouta :

— Messire, ne pourriez-vous pas…

— Non, coupa-t-il, je ne peux pas ! Pourquoi tentez-vous toujours de remettre en cause un accord qui ne peut plus l'être ? Cessez de parler de votre dot. J'ai accepté l'offre de votre père, je ne reviendrai pas sur ma parole. Peut-être le testament vous réservera-t-il une bonne surprise.

— Mais, ce n'est pas…

— Si, tout est parfaitement correct.

— Ne pouvez-vous donc pas me laisser finir mes phrases ? s'emporta-t-elle soudain.

— Je vous écouterais, Oriane, si vous consentiez à changer de sujet. Vos rengaines deviennent monotones !

Et, avant qu'elle n'ait pu s'en rendre compte, il l'étreignit et la baisa sur les lèvres, ravivant ainsi en elle les nuits de fièvre qu'elle avait connues avec celui qu'elle tenait pour Tomas. Elle s'abandonna à sa passion et goûta au vertige des sens, enclose dans le nid des épaules sécurisantes.

Progressivement, les mains d'Euan passèrent sous le surcot, à la recherche d'autres plaisirs.

— Non, cria-t-elle en se débattant.

Mais il ne lui laissa pas le temps de lui expliquer la raison de l'empêchement de plus amples intimités.

— Et pourquoi ne devrais-je pas ? rétorqua-t-il, visiblement furieux. Dois-je attendre que vous m'y invitiez ?

Et d'autorité, il lui baisa de nouveau la bouche et se reput sauvagement, sans tendresse, tout en palpant le corps qu'elle venait de lui refuser.

Elle se raidit sous l'assaut. Quand il se reprit, il s'écarta et déclara sèchement :

— Venez à présent, nous allons dîner.

— Ah, le butor ! enragea la jeune femme quand elle se retrouva seule avec Maddie. Il ne m'a même pas laissé le temps de lui expliquer le motif de mon refus. Il prend toujours la mouche sans chercher à comprendre.

— Allons, maîtresse, avouez que vous ne pouvez lui en vouloir s'il songe que vous êtes sur la défensive. Il ne pouvait deviner l'arrivée de vos menstrues.

— Est-ce une raison pour me rudoyer de la sorte ?

Par esprit de contradiction, Oriane décida d'ajourner la visite qu'avec son accord, elle devait rendre à son père le lendemain.

Elle prit alors le temps d'agencer le jardin, de tracer des plans, de décider à quel endroit elle planterait l'ancolie, la sauge, le cerfeuil, quelle partie elle réserverait aux fruits, aux légumes, où elle placerait la ruche.

Elle demanda à l'intendant de construire une cage à pigeons et lui fit part de ses projets d'élever notamment des lapins.

Dans la maison, l'air fleurait bon la cire d'abeille, la lavande, la citronnelle et le romarin.

Ses cheveux retenus par un foulard blanc, au milieu des domestiques, Oriane supervisait les mesures que l'on prenait des murs, en vue d'y tendre des tapisseries. Elle connaissait à York un commerçant qui en vendait de superbes qu'il importait de Bruxelles ou d'Arras.

Soudain, le bruit de la cour couvrit le son de la voix de la jeune femme. Les lévriers aboyèrent, des chevaux hennirent, et des salutations fusèrent.

Dès qu'elle reconnut la voix de son père, elle se sentit contrariée. Devançant sa visite, il faisait une arrivée magistrale à Ketils Ing, avec femme et enfant, comme s'il avait voulu sciemment la prendre au dépourvu.

Chapitre 10

Si cette visite inopinée avait d'abord agacé Oriane, elle n'en laissa rien paraître. Se composant rapidement un visage affable, elle laissa séance tenante ses occupations pour venir accueillir avec un large sourire sa parentèle, dissipant ainsi les craintes qu'avaient pu nourrir son père et sa belle-mère d'importuner la jeune femme en arrivant sans préavis.

Ils s'élancèrent d'un même élan l'un vers l'autre, et Mark de Scepeton eut tout juste le temps d'ouvrir les bras pour recevoir sa fille. Il la souleva alors de terre, la fit tournoyer dans les airs et l'embrassa. Puis, la reposant à terre, il s'éloigna de quelques pas et mima une courbette très protocolaire — ce qui suscita le rire de toute l'assemblée, et chassa chez la jeune femme tout ressentiment.

Intriguée par le jeu auquel se livrait son futur mari avec sa fille, dame Katherine les observait d'un œil amusé, sans oser s'avancer pour saluer Oriane. S'en avisant, cette dernière lui tendit un bras amical ; dame Katherine s'approcha alors et l'embrassa de bon cœur. Oriane échangea ensuite un salut affectueux avec Jane, en déposant deux baisers sonores sur ses joues rebondies.

Puis le petit groupe passa dans le grand hall, et Oriane eut conscience que, dans ses habits de labeur, elle faisait bien pâle figure auprès de dame Katherine qui, fidèle à elle-même, arborait de vives couleurs. Celles-ci n'étaient pas d'ailleurs sans lui prêter quelque air de ressemblance avec un perroquet, à commencer par son lourd surcot en taffetas orange. Quant à la pauvre Jane, elle était engoncée dans une cotte qui lui prenait étroitement le buste jusqu'au menton et faisait cruellement ressortir son embonpoint.

Soulagée que les retrouvailles aient été cordiales, Oriane s'affaira à offrir une collation à ses hôtes, composée de croquants et de cakes au miel tout chauds, juste sortis des fourneaux, et arrosée d'hydromel. Puis, dès qu'ils furent confortablement installés, elle s'éclipsa pour aller revêtir des habits plus appropriés.

Ce fut alors que, dans le corridor, un bras lui barra le passage.

— Tudieu, où courez-vous ainsi quand vous devez rester auprès de vos convives ? s'enquit vivement Euan.

— Je leur ai servi des friandises et des boissons, objecta Oriane.

— Parfait, conclut-il, ironique.

Puis, la considérant un instant avec amusement, il remarqua :

— Vous semblez…

Mais la jeune femme ne le laissa pas finir :

— Je suis désolée pour ma mise, mais je ne m'attendais pas à leur visite.

— Ah, cette manie de toujours m'interrompre ! Je voulais précisément vous dire combien vous sembliez à l'aise devant vos parents qui le sont visiblement beaucoup moins. En outre, comme ils arrivent à l'improviste, ils doivent nous prendre tels que nous sommes. D'ailleurs, qu'avez-vous contre votre tenue ? Elle est parfaite, à une exception près.

Et, pour préciser sa pensée, il dénoua la toile de lin qui lui emprisonnait les cheveux : ils tombèrent alors en cascade sur ses épaules, et leur éclat illumina immédiatement le teint de la jeune femme.

— Voilà qui est mieux. De quoi rendre envieuse l'enfant boulotte de dame Katherine.

— Cette enfant boulotte, comme vous l'appelez, ne vous a pas lâché du regard depuis son arrivée. Il semblerait que vous lui plaisiez. Autant dire que si vous aviez montré plus de patience, vous auriez pu vous unir plus étroitement encore à la famille Cherry…

Mais à cette provocation, il ne cilla même pas.

— Il est vrai, repartit-il sur le même ton. Mais il est davantage dans mon registre de venir à bout de votre tempérament que d'engager la conversation avec cette enfant.

Sur une impulsion, Euan passa une main autour du cou délicat de la jeune femme, et d'un pouce autoritaire lui souleva le menton pour approcher ses lèvres des siennes.

Elle ne fit aucun mouvement pour se dégager, désorientée quant à ses sentiments envers cet homme. Un conflit mettait à mal ses propres émotions : pouvait-elle continuer à alléguer qu'elle avait en aversion son fiancé quand, au fond d'elle-même, elle sentait bien qu'elle se mentait ? Pourtant, elle ne pouvait impunément lui pardonner son imposture !

Du grand hall, leur parvenaient les rires et les conversations étouffés des invités, et ce fut à regret qu'Euan abandonna la bouche qu'il savourait — trop tard cependant pour que Jane, sortant inopportunément de la salle, ne les aperçût.

Fort embarrassée, elle voulut faire demi-tour mais, sur un ton tout à fait naturel et comme si rien ne s'était passé, sire Euan l'interpella :

— Gente demoiselle, des chiots sont nés cette nuit, dans l'étable. Auriez-vous l'obligeance d'aller voir s'ils se portent bien ?

Si elle apprécia cette preuve de tact, Oriane envia Jane du sourire dont il la gratifia, quand il lui réservait toujours à elle, sa future femme, son acrimonie.

Une fois la trêve des retrouvailles terminée, il allait bien falloir évoquer les tractations passées entre Fitzhardinge et Mark de Scepeton, se disait Oriane qui n'avait pas renoncé à exprimer son mécontentement à son père quant à cette dot dérisoire, et son sentiment de frustration.

Pour l'heure, elle faisait visiter à ses parents l'immense

manoir, chaque pièce rénovée, précisant la façon dont elle comptait les meubler et les décorer. Le faste qui se dégageait de l'ensemble ne pouvait que satisfaire Mark de Scepeton et le conforter dans sa conviction que sa fille était entre de bonnes mains.

De son côté, Oriane s'étonnait de voir dame Katherine l'approuver dans ses initiatives et projets d'ameublement. Celle-ci s'extasiait même sur la disposition plein sud du grand hall, la perspective qu'offraient les immenses fenêtres en encorbellement, et sur le nombre invraisemblable de pièces.

— Une distillerie ? reprit-elle sans en croire ses oreilles lorsqu'ils atteignirent le seuil d'une nouvelle pièce. Par Dieu, Oriane, montrez-moi cela !

Et elle tourna ses yeux fardés vers son mari qui s'amusa aussitôt de l'exagération.

— Tout doux, ma mie, je sais que vous adorez le vin, mais c'est aussi plus sagement la laiterie.

— J'adore aussi le lait, répliqua-t-elle en levant malicieusement les yeux au ciel.

— Je sais, chère amie, je sais, répondit Mark de Scepeton mi-moqueur, mi-sérieux.

Et les futurs mariés échangèrent un sourire complice.

La connivence au sein d'un couple était une notion étrangère à Oriane — et plus précisément quand elle concernait son père. Mais ce dernier semblait ravi de la jovialité qui présidait à sa relation avec dame Katherine. Il rayonnait, et Oriane se demandait si elle aurait le cœur de lui gâcher sa bonne humeur en s'ouvrant à lui de la dot tronquée : pourrait-elle lui infliger le fardeau de la rancœur ?

Dame Katherine, en revanche, avait décidé de tirer certaines choses au clair. Lorsque, après le souper, les deux femmes prirent quelque exercice en allant par les allées recouvertes de gravier blanc du jardin non encore aménagé, elle demanda tout à trac :

— Pourquoi sire Euan et vous-même vous adressez-vous

l'un à l'autre avec tant de froideur ? Je suis convaincue qu'il ne vous indiffère pas, c'est un bel homme qui a beaucoup de distinction. Ah, voilà l'époux qu'il faudrait à ma Jane !

Désarçonnée par une telle franchise, Oriane ne souffla mot. Mais dame Katherine n'était pas femme à renoncer facilement. Elles continuèrent quelques instants encore leur promenade, avant que cette dernière n'invite la jeune femme à prendre place près d'elle, sur un banc de pierre. Dame Katherine contempla en silence le massif de camomille fraîchement planté, inspira une bouffée de leur merveilleuse fragrance, et finalement déclara :

— Votre père et moi, nous sommes des gens peu discrets, tandis que, je le suppose, votre mère était une femme réservée, qui ne se livrait pas facilement, comme vous en somme, n'est-ce pas ? Je ne voudrais pas vous sembler importune, mais j'aimerais tellement un peu moins de rigueur de votre part. Si seulement nous pouvions être amies ! Ah, j'ai bien conscience que l'amitié ne s'improvise pas. De grâce, ne songez pas que je veuille prendre le rôle de votre mère, mais, croyez-moi, en tant que belle-mère, il est difficile de trouver sa place. C'est d'ailleurs pourquoi j'ai longuement hésité avant d'accepter la proposition de mariage de votre père.

— Oh, il eût été fort dommage que vous refusiez ! Mon père paraît si heureux en votre compagnie. Je ne le connaissais pas encore sous ce jour.

— Merci, ma mie, vos paroles me réconfortent. Et votre mère, pensez-vous que j'aurais été à son goût ?

— Oh ! pour être sincère, j'en doute ! Mais il faut avouer à votre décharge que ma mère ressentait rarement de la satisfaction, et je dois convenir que sa relation avec mon père était plutôt placée sous le signe de l'austérité.

— Ne parlons plus du passé. Si j'ai pris le risque de vous paraître curieuse, c'est qu'il m'intéressait de savoir si vous ressembliez à votre mère.

Nerveuse, Oriane détacha une fleur de camomille de sa tige et la fit rouler entre ses doigts.

— En réalité, reprit la jeune femme, je crois bien avoir plus aimé ma tante, la femme de Matthew le Seler, que ma propre mère.

— Ah, ma douce amie, la vie ne vous a pas épargnée depuis cinq ans ; elle vous a ravi des êtres chers, et je compatis à votre peine. Vous devez tout de même éprouver un certain soulagement, sachant que cette sordide histoire avec Leo est désormais réglée. Mais peut-être ces événements sont-ils encore trop fraîchement imprimés dans votre mémoire pour que vous puissiez manifester quelque signe de contentement ?

— Comment avez-vous eu connaissance de mes démêlés avec mon cousin ? demanda brusquement Oriane, alarmée.

— Par Dieu, aurais-je commis un impair ? Je faisais allusion aux accusations de Leo contre vous. Sire Euan vous a sûrement mise au fait…

— Je sais qu'il a dédommagé Leo de ses prétendues pertes, mais j'avais espéré que mon père n'en aurait rien su. C'était pour vous épargner, mon père et vous, que je tenais à garder la plus grande discrétion quant aux intrigues de Leo.

— Mais, enfin, ma mie, pourquoi ne pas avoir mis votre père au courant de la situation, quand il devait au premier chef la résoudre ?

— Pas au moment où il allait précisément se marier. Auriez-vous accepté d'unir votre sort à celui d'un homme dont la fille était condamnée pour vol ?

A ces mots, dame Katherine partit d'un grand rire.

— Oriane, ma chère, si vous saviez !

Sa subite hilarité parut tout à fait malséante à Oriane qui, par politesse, lui laissa néanmoins le temps de recouvrer ses esprits et de lui fournir une explication.

— Si vous saviez toutes les accusations dont a été victime ma famille et combien de mes proches parents ont été jugés et condamnés, vous sauriez alors que je fais peu de cas de ce genre de disgrâce ! Même chez les meilleures familles, un accident peut survenir. Telle est la vie, ma mie. Je suis en revanche étonnée que vous ayez pu croire que votre père en aurait conçu de la rancune à votre endroit.

— Là n'est pas la question, précisa Oriane. Mais je tenais à tout prix à préserver son bonheur, voilà pourquoi j'ai accepté l'offre de sire Euan. Jamais je n'aurais imaginé qu'il irait se vanter auprès de mon père de son inestimable générosité !

La colère qui faisait vibrer sa voix et les étincelles de fureur qui brillaient dans ses yeux n'échappèrent point à dame Katherine qui décida sans hésiter de la détromper.

— Ma mie, je crains que vous ne vous égariez. Jamais sire Euan n'a voulu s'enorgueillir de son intervention, mais il songeait qu'il était de son devoir de renseigner votre père sur les malheurs qui accablaient sa fille. En fait, il se demandait pourquoi vous n'aviez pas assez confiance en votre père…

— Si je souhaitais que mon père soit tenu à l'écart de ce triste événement, ce n'est point par manque de confiance en lui, mais…

Elle hésita à poursuivre, gênée.

— Voyez-vous, dame Katherine, lors de notre première rencontre, par ma foi, vous m'avez paru rechercher la faveur des gens d'influence, et j'aurais gagé qu'un scandale impliquant la fille de Mark de Scepeton aurait été rédhibitoire à vos yeux et vous aurait dissuadée d'épouser mon père. Aussi, l'offre de sire Euan constituait-elle le seul moyen de m'en sortir et de préserver l'union de mon père. Sire Fitzhardinge et moi, nous avons ainsi conclu un marché.

— Qu'est-ce à dire ? s'enquit dame Katherine en sourcillant.

— En échange de sa bonne action, je dois lui donner des fils, répondit Oriane en détournant les yeux.

Elle ne vit pas les fossettes qui creusèrent momentanément les joues de dame Katherine, avant que cette dernière ne fît acte de contrition :

— Je suis désolée, ma mie, d'être la cause de vos soucis.

Lors des funérailles de votre oncle, j'étais si embarrassée que je ne savais quelle contenance adopter, et ma gêne m'aura amenée à un bavardage inconsidéré sur ma famille et mes relations. L'exagération est un trait de mon caractère, j'en suis bien consciente.

« Mes frères avaient donc raison ! songea Oriane. J'ai méjugé cette femme. »

— Aussi, poursuivit dame Katherine, lorsque l'on m'a présenté sire Euan et sa mère, ai-je voulu produire la meilleure impression possible.

— Je sais. Sire Euan, lors de notre marché, m'a précisé qu'il entendait profiter de vos relations pour progresser dans l'armée.

— Mais c'est parfaitement ridicule ! En quoi les relations de mon pauvre défunt mari qui était marchand drapier auraient-elles pu servir les intérêts de sire Fitzhardinge ? Allons, cet homme a pourtant toute sa raison, ce me semble.

— Mes frères m'ont depuis éclairée…

— Ah, il doit être bien épris de vous pour recourir à un tel stratagème.

— Détrompez-vous, dame, il cherche à assurer sa descendance, rien de plus.

— Allons, entre toutes les femmes, il vous a choisie précisément. N'est-ce pas là un gage de ses sentiments ?

— Peut-être n'a-t-il pas finalement toute sa raison pour vouloir s'unir à une femme qui n'a même pas de dot convenable, mais juste une moitié de dot !

— Par Dieu, que contez-vous là ? Sire Euan ne vous a donc pas mise au courant ?

Et la brave femme songea qu'il était grand temps d'en finir avec pareils malentendus.

— Vous m'avez affirmé, ma chère, que sire Euan a rétribué votre cousin pour le dédommager de vos prétendus vols. Or, en vérité, votre père et Euan se sont finalement partagé cette somme, et ce uniquement parce que chacun voulait en payer la totalité. Et Euan n'a accepté ce compromis que si votre père acceptait de ne lui remettre que la moitié de votre dot, le temps pour votre père de reconsolider ses finances. Mais je gage que sire Euan vous a présenté la situation sous un autre jour, pour ne pas vous révéler que votre père était au courant…

— Décidément, cet homme aime la confusion ! ponctua Oriane qui ne revenait pas de sa surprise. Il m'a également rapporté que certaines des terres de ma mère ne me reviendraient pas, est-ce exact ?

— Ma mie, les circonstances me conduisent à vous avouer un secret que j'eusse préféré vous taire. Voyez-vous, ma liaison avec votre père a commencé du vivant de mon mari et de votre mère, quand les deux hommes faisaient affaires ensemble. Si votre père est obligé de réserver ces terres, c'est à l'intention de Jane qui est, en réalité, votre demi-sœur.

Après cet aveu, dame Katherine leva vers Oriane de grands yeux anxieux. Mais la jeune femme ne s'émut pas outre mesure de cette confession : elle préférait la vérité au mensonge. D'ailleurs, n'avait-elle pas elle-même voulu attirer dans sa couche un homme auquel elle n'était pas promise ?

— Je devine ce qui s'est passé, fit-elle. Ma mère, ayant appris la vérité et soucieuse que l'enfant innocente que vous portiez ne soit pas désavantagée, a demandé que la moitié de ses terres lui reviennent. C'était un être austère mais juste. Peut-être trouvait-elle là un moyen de compenser sa triste union avec mon père.

— Ah, Oriane, quelle femme charitable que votre mère ! J'espère que cela aidera ma pauvre Jane car, de mon côté, je n'ai rien à lui transmettre. Un feu a ravagé la maison de mon mari peu avant sa mort, nous laissant démunies, Jane et moi. Votre père nous a alors secourues : c'est un homme adorable, Oriane, je lui voue une admiration sans bornes.

— La réciproque semble être vraie puisque vous vibrez tous deux de bonheur. Vous avez de la chance.

— Je songe, ma mie, que vous n'avez rien à nous envier. Vous allez épouser un fort bel homme, qui vous offre un manoir enchanteur, qui vous a permis d'échapper à un procès à l'issue fatale…

— Vous vous trompez, ma mie, fit Oriane pour couper court à ce flot de compliments qui l'indisposait. En prenant femme, sire Euan se conforme simplement aux vœux de ses parents. En fait, il ne pourra jamais aimer celle qui s'interpose entre lui et ses ambitions professionnelles, car il n'y a que le champ de bataille qui l'intéresse.

Elle ne précisa pas que, les seules fois où il s'était départi de sa froideur, c'était dans le noir, d'anonyme façon, en se faisant passer pour un autre. Elle tut également le désir qu'elle avait de lui.

Les invités repartirent dans l'allégresse, deux jours plus tard, inconscients de la scène qui peu après allait se dérouler près des douves du château.

— Par ici, enjoignit Euan arbitrairement à la jeune femme en l'entraînant dans la cour du château.

Quand ils atteignirent le pont-levis, à l'écart des oreilles indiscrètes, il se retourna brusquement et, dardant sur elle ses yeux mi-clos, lui reprocha :

— Je croyais vous avoir recommandé de ne pas importuner votre père avec cette histoire de dot.

Le ton était belliqueux.

— Je ne me suis pas entretenue avec mon père à ce sujet, repartit-elle en soutenant le regard qui la jaugeait. Quant à vous, pourquoi lui avoir révélé les intrigues de mon cousin ?

— Je ne m'étais pas engagé au silence, rétorqua-t-il. En revanche, vous savez qu'en vous ouvrant à la confidente de votre père, vous vous confiez indirectement à lui.

— Si je veux lier des liens d'amitié avec ma belle-mère, autant lui parler en toute franchise : pourquoi aurais-je évité le sujet de la dot ? En revanche, vous vous êtes mêlé de façon éhontée de ma vie privée en révélant à mon père des événements qu'il n'aurait dû jamais apprendre. Si j'avais voulu qu'il le sache, je le lui aurais dit moi-même et de la sorte me serais délivrée de votre joug. Vous n'avez manqué aucune occasion de m'abuser : la dot, les relations de dame Katherine…

— Quand j'ai voulu vous entretenir de la dot, rappelez-vous la scène que vous avez faite ! Il était impossible alors de discuter avec vous.

— Sornettes ! Et pourquoi m'avoir menti sur les avantages que vous pourriez tirer des relations de dame Katherine ?

— Ce n'était pas un mensonge, mais une stratégie.

— Non, un stratagème, pour lequel vous étiez prêt à risquer le bonheur de mon père. C'est impardonnable.

— Il suffit, Oriane ! Votre future belle-mère est elle-même issue d'une famille bien peu respectable, puisque son propre mari était malhonnête. Alors croyez bien que je ne prenais aucun risque en parlant à votre père. Il avait le droit de connaître le sort que réservait son neveu à sa fille aînée.

— Oh ! il m'a abandonnée à mon oncle il y a cinq ans, autant dire que mon sort lui importe peu.

Mue par un profond désarroi, ses mots dépassaient ses pensées.

— Vous êtes injuste, Oriane, mais, quoi qu'il en soit, il est toujours responsable de vous. Pourquoi croyez-vous donc que j'aie besoin de son permis pour notre union ? Ah, vous êtes une femme bien trop intransigeante, qui ne veut pas entendre raison. Vous n'aviez aucune chance de vous en sortir seule, face à votre cousin.

— Etait-ce un motif pour tirer parti de la situation ? Pour m'attirer dans votre couche et repartir bientôt vers la France en mal de nouvelles batailles ?

La prenant brusquement par les épaules, il lui déclara sans ménagement :

— Bien sûr que je repartirai au combat, je suis un soldat,

et je ne m'en suis jamais caché. Et vous ne serez que trop heureuse de me voir déserter le foyer quand vous attendrez notre premier enfant.

Là-dessus, il s'éloigna, la laissant seule avec son désespoir et sa rage.

Les larmes mouillaient encore les joues de la jeune femme quand, cette nuit-là, il vint une fois de plus la rejoindre derrière les courtines en endossant l'identité de Tomas.

— Pourquoi ce chagrin, ma mie ? chuchota-t-il en contrefaisant sa voix.

Oh ! songea Oriane, quel fin comédien ! L'illusion était parfaite.

— Vos projets se verraient-ils contrariés ? Le contrôle de la situation vous échapperait-il ?

— Ah, vous m'aviez pourtant mise en garde contre certaines conséquences, Tomas. Je ne peux dès lors que vous blâmer de votre conduite qui par la suite n'en a eu cure.

— Blâmez-moi si bon vous semble, ma mie, mais puis-je savoir de quoi ?

— Ne le savez-vous donc pas ?

Oriane jouait un jeu dangereux, le moindre faux pas pouvait être fatal. Non, il ne devait pas apprendre qu'elle savait.

— Ah, je comprends. Vous me reprochez de ne pas m'en être tenu à une seule visite. Mais je n'ai pas trouvé la force de renoncer à vous.

— Pourtant il le faudra, reprit-elle. Vous ne devez plus venir me trouver dans ma chambre. C'est trop dangereux.

— Mais pour qui donc ?

— Pour vous, mon ami. Etes-vous certain que sire Euan ne se doute de rien ?

— S'il avait le moindre soupçon, je ne serais même plus là pour vous en entretenir. Je puis vous assurer que vous lui êtes très chère.

— C'est son honneur qui lui est cher, pas moi !

*
* *

Et cette nuit-là, dans le délice de l'abandon, elle se reput de la ferveur d'Euan, attentive à ne pas prononcer son nom à la place de celui de Tomas. Quand il la laissa avant l'aube, la croyant endormie, il murmura :

— Je saurai t'apprivoiser, Oriane d'York, un jour tu te donneras à moi avec la même ardeur sans cette mystification, je puis te le jurer.

Les yeux grands ouverts dans le noir, la jeune femme ne broncha pas.

Chapitre 11

Brandissant leur capuchon tels des filets, des fillettes s'adonnaient à la chasse aux papillons, pendant que leurs frères, assis sur les bords du rivage, surveillaient leur canne à pêche, à l'affût d'une carpe. Tout ce petit monde salua avec excitation la cavalcade de chevaux et de mules qui déferla ce matin-là dans leur contrée.

Depuis douze jours qu'ils séjournaient à Ketils Ing, les voyageurs avaient hâte de retrouver York et son climat moins sec que celui du Nord de l'Angleterre. Rien n'aurait su entamer leur vive allure — encore que trop lente au goût d'Oriane.

Initialement destiné à mettre bon ordre à Ketils Ing en vue d'une villégiature prolongée au cours de l'été, le séjour s'était en réalité étiré jusqu'à ce que la liste des matériaux ou meubles à acheter devienne trop longue pour qu'il soit encore raisonnable de surseoir au retour et aux visites chez les marchands, forgerons et artisans d'York.

Il faut dire qu'entre les parties de chasse et les fauconneries, les visites à Scepeton et la réception des parents d'Oriane, ces journées de réaménagement passèrent sans même que l'on s'en aperçoive. Pourtant, en dépit de toutes ces occupations et divertissements, les pensées d'Oriane étaient toujours tournées vers la même obsession : la châsse et le secret qu'elle enfermait.

Assurément, elle n'en faisait pas mention dans ses conversations avec Euan, ce qui permettait de conserver le vernis policé de leur relation et de donner l'illusion d'une entente, dont même les jumeaux furent dupes.

Pourtant, dans l'esprit de la jeune femme, le problème restait entier, d'autant qu'elle avait compris combien sire Euan accordait peu d'importance au testament : vu la façon dont il avait négocié sa dot, on ne pouvait pas le suspecter d'être intéressé. La jeune femme, quant à elle, avait bien conscience du marché contracté : à supposer qu'elle ne puisse procurer à Euan la descendance qu'il attendait d'elle, elle ne voulait pas lui être sa vie durant débitrice de sa générosité, aussi fondait-elle beaucoup d'espérances en ce testament.

Avec impatience, Oriane éperonna son palefroi : pour le retour, elle s'était dispensée de la litière qui eût ralenti la marche du convoi.

— Il vous tarde d'être à York ? s'enquit courtoisement Tomas.

— Oui, afin de me rendre chez le marchand de tapisseries, répondit-elle pour donner le change. D'autant que c'est un de mes anciens galants, précisa-t-elle encore, mutine.

— Dans ces conditions, je vous accompagnerai, repartit-il en riant.

Elle lui lança alors un regard brillant de coquetterie, attentive, pour ne pas trahir sa découverte, à continuer de jouer la comédie, tant vis-à-vis de Tomas que d'Euan.

Ah, combien elle eût aimé que prenne fin le subterfuge !

Désormais, quand il venait la rejoindre à la nuit tombée, elle ne murmurait plus le nom de Tomas au cours des voluptés dont il la comblait. De son côté, on eût dit qu'il relâchait la garde : il avait la nuit précédente oublié même de retirer la fameuse grosse bague d'onyx qu'il portait désormais au doigt, depuis leurs fiançailles. Durant le jour, elle devait subir la froideur dont il l'accablait en représailles du prétendu refus de ses faveurs. La situation devenait par trop intenable.

A leur arrivée à Monk Bywater, on les informa immédiatement de l'aggravation de l'état de santé de lord Fitzhardinge. Certes, Oriane compatissait, encore qu'elle ne pouvait se retenir de penser que cette conjoncture arrangeait ses affaires : sire Euan allait avoir d'autres préoccupations que le testament de Matthew le Seler — ce qui permettrait à la jeune femme d'agir à sa guise.

— Comment avez-vous pu faire pareille chose ?

Pour éviter que toute la valetaille ne profite de l'ire de son fils, lady Faythe referma derrière eux la lourde porte de bois et descendit les quelques marches en pierre qui menaient au grand hall, sa guimpe blanche volant au vent tel un étendard brandi en signe de paix.

— Je t'en prie, Euan, ne crie pas aussi fort. Pourquoi aurais-je dû refuser à Oriane cette excursion ?

— Ne saviez-vous donc point le motif de son escapade ? Son intention n'est point de commander des tapisseries.

— Je connais ses motivations. Elle s'est ouverte à moi de son intention de se rendre à l'abbaye de Sainte-Marie.

— Ah, la sournoise ! Quand elle sait fort bien que je tenais à être présent à l'abbaye lors de la lecture du testament ! Vous constatez par vous-même, mère, qu'à la première occasion, la donzelle contrevient à mes ordres.

— Vos ordres ? Vous lui intimez des ordres ? Je vous rappelle qu'il s'agit de votre fiancée, et non de l'un de vos pages !

— Mère, vous-même m'avez suggéré d'user de stratégies envers Oriane d'York.

— Stratégie, tel est bien le mot, il ne s'agissait pas par conséquent de donner des ordres. Par la manière forte, on obtient toujours le contraire de ce que l'on attend. Tu devrais en toucher un mot à ton père, qui depuis belle lurette maintenant est revenu sur sa ligne de conduite !

— Ah, mon père est un faible ! Pourquoi n'adopterais-je pas avec cette jouvencelle le comportement qui fonctionne avec mes pages ?

A ces mots, sa mère se départit quelque peu de sa bonne humeur habituelle.

— Sache, mon enfant, le tança-t-elle en le saisissant par le bras, que c'est bien là la racine de tous tes problèmes. Une femme n'est pas la version moins parfaite d'un homme, Euan. Et ce qui convient à tes hommes ne peut valoir pour ta fiancée. Une femme requiert attention et compréhension et, si tu avais saisi cette règle élémentaire, tu ne me parlerais pas d'ordre et de désobéissance.

— Mère, je ne puis montrer le moindre signe de faiblesse devant Oriane d'York, compte tenu de ses velléités d'indépendance.

— Lui fais-tu donc si peu confiance ? Ne peux-tu donc comprendre qu'Oriane depuis cinq ans s'occupe d'une boutique d'orfèvrerie, que son esprit d'initiative est fort développé ? Tu ne peux pas attendre d'une femme de son envergure qu'elle reste perpétuellement dans ton ombre, à l'affût de ton moindre désir. Il n'a pas dû lui être aisé d'accepter ta proposition, mais l'assistance que tu lui as prodiguée ne te prête pas tous les droits sur elle. D'ailleurs, c'était ton propre choix, elle ne t'a rien demandé.

— Mais elle était fort aise de me trouver sur son chemin, rétorqua Euan que ce sermon irritait.

— Ah, mon garçon, l'on voit bien que tu t'exprimes avec l'arrogance des vainqueurs et des puissants. Oriane n'a pas eu l'heur de naître sous des auspices aussi favorables que les tiens. Et voici que les dernières choses de valeur qu'elle possédait lui sont retirées une à une.

— J'ai remédié à ces spoliations en lui offrant des titres de propriétés ! riposta Euan. Que pouvais-je faire de plus ?

— Dois-je vraiment te le préciser ? répliqua lady Faythe sur un ton ironique.

Baissant les armes, sire Euan préféra changer de sujet :

— Quelqu'un l'a-t-il au moins accompagnée jusqu'à l'abbaye ?

— J'ai demandé aux sires Tomas et Geffrey de l'escorter, répondit lady Faythe en se dirigeant vers l'office.

Resté seul, Euan médita les paroles de sa mère, tout en touchant nerveusement la bague qu'il portait au doigt. Soudain, son sang se glaça.

« Mon Dieu, la bague ! Ai-je retiré la bague cette nuit ? » se demanda-t-il avant de se persuader qu'il avait forcément pris cette précaution.

Puis il s'avisa que cette bague était bien dérisoire en comparaison du dos de Tomas, dont la chair gardait à jamais l'empreinte de deux souvenirs d'une bataille sanglante ! Tudieu, que ne s'en était-il rendu compte plus tôt !

L'aile sud du cloître était tout aussi fraîche que le reste du bâtiment ; dans le sillage du petit groupe résonnait l'écho des sandales des moines. Ils s'immobilisèrent et s'effacèrent pour laisser passage à l'abbé William qui adressa à Oriane et à sire Tomas un humble sourire.

— Le chapitre vient de se terminer. Je vous en prie, suivez-moi.

Et ils passèrent encore sous plusieurs arcades avant que d'atteindre la cellule de l'abbé : c'était une chambre sans fenêtres, et les torches qui l'éclairaient vacillèrent quand le jeune moine qui accompagnait l'abbé en ouvrit la porte.

— Mon parloir privé, ironisa l'abbé William en descendant les quelques degrés qui y menaient.

Sur une solide table en chêne trônait l'imposante châsse, entourée de rouleaux de parchemin, de cartes, d'encriers et de plumes, d'astrolabes et de livres reliés de cuir. Une grande croix dorée reposait sur un socle rectangulaire.

Oriane et Tomas prirent place sur le long banc de pierre qui allait de l'extrémité à l'autre du mur. Ce fut alors que le père Petrus vint les rejoindre.

— Vous savez ce qui m'amène, père William ? interrogea Oriane.

— Comment pourrais-je l'ignorer ? répondit-il.

Et, tendant la main vers le père Petrus, il prit la clé que celui-ci lui présentait.

— Père, s'écria la jeune femme en se levant, où vous êtes-vous procuré cette clé ? C'est la même que celle de Leo.

— Ah, Leo aura donc trouvé la clé de son beau-père, en fouillant la maison après sa mort. Quant à moi, je dispose du duplicata de cette clé, qu'il était dans les intentions de votre oncle de vous remettre avant sa mort. Allons, mon enfant, rasseyez-vous. Matthew m'a nommé exécuteur testamentaire, mais je ne pouvais rien entreprendre tant que je n'avais pas la châsse. Il incombait normalement à Leo de me l'apporter. Je l'ai invité à se joindre à nous pour la lecture du testament, mais il a envoyé un messager m'avertir qu'il était pour l'heure alité. Je me demande si mon invitation n'a pas été interceptée par l'un de ses domestiques.

— Par Gérard ? suggéra Oriane.

Et l'abbé d'acquiescer.

— Quoi qu'il en soit, nous pouvons désormais procéder à la lecture du testament.

Ce fut alors qu'Oriane tenta d'expliquer brièvement à l'abbé les menaces de Leo, ses accusations et comment les Fitzhardinge étaient venus à sa rescousse. Elle fut relayée par Tomas car, dans sa nervosité, elle ne parvenait qu'à grand-peine à tenir un discours cohérent.

— Je suis heureux de vous savoir désormais sous la protection des Fitzhardinge, répondit l'abbé William. Ainsi le testament ne vous affectera-t-il point trop.

— Que voulez-vous dire ? s'enquit Oriane, alarmée.

— Ma fille, je dois vous révéler à qui appartient réellement Silver Street.

A ces mots, le cœur de la jeune femme fit un bond dans sa poitrine.

— En réalité, l'abbaye Sainte-Marie louait en bail la boutique à Matthew le Seler, qui devait rejoindre notre communauté, une fois la châsse terminée.

— Allons, Oriane, déclara Tomas pour réconforter la jeune femme qu'il jugeait fort pâle, ce sont des arrangements qui arrivent couramment. Le clergé possède beaucoup de biens.

— Et maintenant, procédons à la lecture du testament, continua le père.

Une fois la boutique rendue à l'abbaye, les meubles et les outils revenaient à Leo qui devrait dédommager chaque domestique avant de disposer du reste à sa convenance.

— Puisque Leo hérite de tout ce que contenait la boutique, pourquoi a-t-il commis ces larcins ? Et moi, n'est-il donc nulle part fait mention de mon nom ? s'enquit la jeune femme.

Déconfite, elle ne pouvait se résoudre à ce que son oncle ne la remerciât pas du travail qu'elle avait assumé.

— C'est là où nous avons besoin de votre clé, Oriane. Retournant alors la lourde châsse à l'aide du père Petrus, l'abbé William enfonça le panneton de la clé d'Oriane dans un minuscule trou de serrure, perdu entre les précieuses gemmes, et qu'on ne pouvait découvrir sans le savoir.

Un panneau d'or ciselé tourna alors sur des gonds invisibles, découvrant un coffret ouvragé et également incrusté de pierres précieuses.

Avec précaution, l'abbé l'extirpa de sa cachette : il ne faisait aucun doute que l'objet pesait lourd !

— Eh bien, Oriane, ouvrez-le, nous sommes tous impatients de voir ce qu'il contient, l'enjoignit jovialement l'abbé William.

Intimidée, la jeune femme en souleva le couvercle. A l'intérieur, elle découvrit une bourse de cuir souple ; en dessous, elle aperçut des parchemins enrubannés, dont elle pressentit immédiatement qu'il s'agissait de confessions.

— Savez-vous ce que contient le sac, père ? demanda-t-elle, fort impressionnée.

— Oui, mon enfant, votre oncle m'a tout rapporté.

Et, dénouant les liens de la bourse, elle découvrit émerveillée les joyaux qu'elle recelait. Chaque fois que son oncle avait reçu une commande des pierres qu'il destinait à la châsse, il avait mis de côté les plus fines à l'intention de sa nièce. Ainsi, dans des petits sachets portant les étiquettes de leur provenance lointaine, Antwerp, Damas, Venise, Florence, Londres, était enclos un trésor inestimable dont l'éclat se refléta dans les yeux embués de la jeune femme : diamants, rubis, émeraudes, saphirs, perles, améthystes, turquoises, topazes. Chaque sachet aurait suffi à assurer les besoins de toute une vie ! C'était là une fortune considérable.

— Votre oncle, conscient du différend qui vous opposait à Leo, avait placé ces pierres précieuses à un autre endroit que le testament, vous préservant ainsi de la colère de ce dernier.

— Mais, mon père, pourquoi Leo ne voulait-il point que je prenne connaissance du testament ? Il lit pourtant le latin et a donc vu qu'il n'était pas en sa défaveur !

— Je l'ignore. Peut-être, sachant qu'une fois le testament lu, il se retrouverait sans toit, voulait-il retarder ce moment. Quoi qu'il en soit, vous êtes désormais une femme extrêmement fortunée, Oriane. Eh bien, voulez-vous que je lise les lettres que contient votre coffret ?

— Je suppose que vous en connaissez déjà la teneur. Résumez-les-moi, je vous prie.

— A votre guise.

Et l'abbé William se livra à de bien étranges révélations.

— Votre oncle, Oriane, fut initié à l'art de l'orfèvrerie par son père quand, en réalité, il souhaitait devenir moine. Nonobstant l'appel de la chair, il décida de rejoindre le prieuré de Ghilbertine, à Watton.

— C'est un prieuré qui abrite des nonnes et des moines, si je ne m'abuse, remarqua la jeune femme.

— Effectivement, acquiesça le père, mais les nonnes et les moines occupent des bâtiments strictement séparés. Malheureusement, incapable de résister à la tentation, votre oncle a fait fi de ces barrières physiques et a conçu un enfant avec une nonne.

Atterrée par cette divulgation, Oriane ne souffla mot. Pourtant, elle n'était pas au bout de ses déconvenues !

— La nonne, qui était encore une novice, fut tout comme votre oncle renvoyée du prieuré. Matthew revint à York, mais son père le déshérita. Rongé par le remords, il implora notre secours, et c'est alors que nous avons accepté de lui louer en bail Silver Street. Entre-temps, Leo était né.

— C'est donc son fils naturel ?

— Oui, et non son beau-fils ! La jeune mère l'éleva au départ dans la maison de ses parents, durant que Matthew s'employait à courtiser la fiancée de son frère aîné, qui était enceinte de ses œuvres au moment où elle se maria !

— Mon Dieu ! articula Oriane, une fois ne lui avait donc pas suffi !

— Mark, au fait de la situation, épousa tout de même votre mère et vous éleva comme sa propre fille.

A ces mots, la jeune femme mesura la portée des propos de l'abbé. Portant une main à son cœur, elle s'écria, haletante :

— Oncle Matthew est donc mon père, et Leo, mon demi-frère !

— Je suis navré de vous déconcerter à ce point, Oriane.

— Je… Ah ! ces révélations sont si inattendues !

— Quand Mark épousa votre mère, Leo était âgé d'un an. Il pria alors instamment Matthew de s'unir à la mère de son premier enfant, pour assumer ses responsabilités envers son fils. Votre tante, par souci de respectabilité, préféra faire croire aux habitants de York et à son propre fils qu'il était l'enfant d'un premier mariage. Des années plus tard, à la mort de votre mère, Mark décida de vous renvoyer auprès de votre véritable père, en gage de réconciliation et d'amitié, encore que cela lui en coûta car il vous aime de toute son âme.

Au moment de prendre congé, la jeune femme profita de ce que son escorte se fût éloignée pour adresser une dernière requête à l'abbé :

— Mon père, me serait-il envisageable de jouir durant quelque temps encore du bail de Silver Street ?

— Mais pourquoi donc, mon enfant ? Je ne pense point que vous envisagiez de continuer votre métier d'orfèvre puisque vous allez bientôt vous marier ?

Il la dévisagea soudain sévèrement.

— Non, père. C'est juste, par mesure de précaution, au cas où…

— Vous me semblez douter de votre engagement matrimonial, Oriane. Mais j'accède à votre demande quant au bail : je le maintiens le temps que vous résolviez vos doutes.

— Merci, mon père, de votre bonté et de votre compréhension, dit encore la jeune femme en s'inclinant devant l'abbé pour lui baiser la main.

Lorsqu'elle déclara à sire Tomas et à sire Geffrey qu'elle devait se rendre ensuite chez le marchand de tapisseries, ces derniers ne se méfièrent nullement. Mais, à peine les eut-elle quittés que, sur une impulsion, elle se dirigea vers Silver Street. Le sort de Leo la préoccupait trop pour qu'elle n'agît pas autrement !

Quand, au bout d'une heure d'absence, ses deux gardes du corps ne la virent pas revenir, ils se précipitèrent chez le marchand qui déclara ne point l'avoir vue. Ce fut alors qu'ils comprirent qu'Oriane avait déjoué leur surveillance pour se rendre à Silver Street.

Tandis que sire Geffrey et Paul entraient par la porte de la boutique, sire Tomas et Patrick s'introduisirent dans le logis par la cour extérieure. Visiblement, les domestiques les accueillirent avec grand soulagement et leur indiquèrent l'étage, précisant que trois sinistres individus s'y trouvaient aux côtés de Leo et d'Oriane. Maître Gérard, qui s'était absenté, avait formellement interdit aux domestiques de se rendre dans la chambre.

Faisant fi des recommandations de Maître Gérard, les hommes de Fitzhardinge s'élancèrent dans l'escalier.

— Ne soyez pas ridicule, disait Oriane, pourquoi vous suivrais-je ?

— Boucle-la, tu f'ras c'qu'on te dit !

— Qu'espérez-vous ? Une rançon ? Fitzhardinge ne paiera pas pour me récupérer, affirma Oriane avec détermination. Il n'est pas à une femme près, croyez-moi.

— Il paiera, car il en va de sa fierté, assena l'un des trois brigands.

Ce fut alors que sires Tomas et Geffrey firent irruption dans la chambre, dague au poing.

— Plus un geste, ou nous vous réglons votre compte, décréta sire Geffrey.

— Deux contre trois, la partie n'est pas gagnée, affirma l'un des malandrins.

Ouvrant plus grand la porte, sire Tomas désigna alors la dizaine de pages, dont Paul et Patrick, qui les accompagnaient, ce qui dissuada toute velléité de résistance de la part des trois malfrats : ils quittèrent la chambre sous bonne escorte.

Ce fut alors que Tomas tourna vers Oriane un regard chargé de reproches :

— Ne peut-on donc vous faire nulle confiance ?

— Je suis désolée, mais je me faisais grand souci pour Leo.

Elle désigna alors son cousin allongé sur la couche.

— Il grelotte de fièvre, et ces vauriens l'ont battu et ont menacé sa vie ! Je croyais que c'étaient ses amis, mais ils en voulaient en fait à son argent. Pauvre Leo, je dois rester à son chevet pour prendre soin de lui.

— Vous n'y songez pas, Oriane ! Nous nous devons de vous ramener à Monk Bywater.

— Je ne peux abandonner mon cousin. Avertissez sire Euan que je reviendrai dès qu'il ira mieux.

Les deux hommes échangèrent un regard entendu. Avait-elle

la moindre idée du courroux qui s'emparerait de Fitzhardinge s'il apprenait qu'ils l'avaient laissée à Silver Street ?

Consciente de leur dilemme, la jeune femme déclara :

— J'en prends la responsabilité auprès de sire Euan. Rapportez-lui que c'est moi qui en ai décidé ainsi. Il ne pourra pas ne pas ajouter foi à vos assertions.

Après maints conciliabules, il fut décidé que sire Geffrey repartirait seul informer Euan des projets de la jeune femme.

— Leo, c'est moi, Oriane. Réveille-toi, je t'en prie ! M'entends-tu ?

— Oui, répliqua-t-il faiblement.

— Leo, je ne te veux aucun mal. Je viens de prendre connaissance du testament. Tu l'as déjà lu, je le sais. Pourquoi n'en avoir rien dit ?

— Sont-ils partis ? s'enquit Leo, inquiet.

— Calme-toi, ils ne peuvent pas revenir, sire Tomas et les jumeaux sont en bas, ils veillent.

Au prix d'un gros effort, Leo ouvrit les yeux.

— Je ne voulais pas qu'ils sachent que j'avais trouvé le testament, sinon ils auraient pillé mon héritage. Je me suis tu en attendant de réfléchir à la marche à suivre. Une fois, je les ai rejoints dans la forêt, et ils ont failli me mettre en pièces.

Certainement le dimanche où Euan et elle-même étaient venus chercher la châsse, songea Oriane.

— Qui sont ces hommes ?

— Des anciens d'Oxford, déshérités par leurs pères, et qui vivent dans les bois. Ce sont eux qui nous ont attaqués, et depuis ils exercent sur moi un odieux chantage.

Hésitant, il baissa les yeux, et confia :

— J'ai fauté à Oxford, je suis le père d'un enfant…

Oriane en avait bien trop entendu ce jour-là pour s'offusquer de cette confession.

— Etais-tu au courant de leur projet criminel envers nous ?

— Bien sûr que non ! Mais ils ont vu que je les avais

reconnus. C'est pourquoi ils ont insisté pour que je t'aiguille sur une fausse piste, celle des hommes de Fitzhardinge. Puis, ils m'ont harcelé pour que je t'évince de la boutique à la mort de Matthew. Ah, Oriane, pourquoi aussi avoir falsifié les comptes ?

— Je voulais te protéger de tes vilains agissements, s'insurgea Oriane.

Soudain, ils comprirent en même temps qui était l'auteur des méfaits : il ne pouvait s'agir que de Gérard !

Ils tombèrent alors dans les bras l'un de l'autre, en se confondant en excuses pour leurs suspicions mutuelles. Leo confessa qu'il l'avait réellement crue coupable des vols des sacs d'or, quand il semblait aujourd'hui bien plus que probable que ce fût Gérard qui les ait déposés dans la malle de la jeune femme. Il expliqua comment il avait décidé de venir la chercher à Clementhorpe pour la ramener à Scepeton, avant que les choses ne tournent mal pour elle.

— Mais les sergents qui t'accompagnaient ?

— Oh ! il s'agissait de saltimbanques de passage que j'avais rétribués pour jouer les sergents ! Combien j'ai été soulagé en te voyant aux mains de Fitzhardinge. Mais comme je te croyais coupable du vol, j'ai accepté ses dédommagements.

— Allons, Leo, tout rentre dans l'ordre désormais. Quant à Gérard, nous saurons le confondre.

— Ah, il va être furieux !

— Il ne sera pas le seul, murmura Oriane en songeant à un certain Euan.

Chapitre 12

Après le récit circonstancié et quelque peu fantasque que les jumeaux lui firent des événements, sire Euan arriva très en colère à Silver Street où, heureusement, la présence du père Petrus aida à l'apaisement.

— Au nom du ciel, pourquoi lui avez-vous raconté tout cela, êtes-vous donc incapables de tenir votre langue ? s'était emportée Oriane contre les jumeaux, quand elle avait pu, ultérieurement, se retrouver seule avec eux.

— Mais, Orrie, nous avons prêté serment, nous devons tout lui dire, c'est notre seigneur, avaient répondu en chœur les jumeaux tout en arrondissant deux mêmes paires d'yeux innocents.

— Par Dieu, et qui suis-je donc, moi ? Je suis encore votre sœur ! J'étais assez grande pour lui relater l'incident comme bon me semblait, je n'avais nul besoin que vous déformiez la réalité en exagérant les dangers que j'aurais selon vous encourus. Quel péril me menaçait donc, quand j'étais sous la protection des sires Tomas et Geffrey ?

En dépit de son irritation envers les jumeaux, la jeune femme dut faire montre de grande diplomatie pour persuader sire Euan qu'il n'était absolument pas raisonnable de laisser Leo à la seule surveillance de Gérard : devant tant d'obstination, il autorisa de mauvaise grâce sire Tomas et les jumeaux à séjourner durant quelques jours à York, le temps que Leo se rétablisse. On indiqua à Gérard que les hommes de Fitzhardinge avaient à faire à York, motif qu'il sembla croire à demi…

Néanmoins, de par sa position inconfortable, l'ancien domestique de Matthew le Seler n'était pas en mesure de protester. Oriane, quant à elle, avait pris le parti d'en dire le moins possible sur ce qu'elle avait appris à Clementhorpe, et il n'entrait pas dans ses intentions de révéler quoi que ce fût à sire Euan, avant de s'être confiée à Leo. D'ailleurs, Euan aurait été incapable de lui prêter une oreille attentive, tant il demeurait en colère contre elle.

— Vous êtes bien trop impulsive ! lui reprocha-t-il en l'empoignant sans ménagement par le bras. Vous vous êtes d'abord ruée sans réfléchir à Monk Bywater pour accuser les Fitzhardinge de prétendus méfaits commis par leurs hommes. Puis, de tout aussi intempestive façon, vous vous êtes réfugiée à Clementhorpe, comme si Monk Bywater était un enfer à fuir incessamment ! Et voilà qu'aujourd'hui vous ne pouvez vous retenir de retourner à Silver Street, au cas où votre cousin se serait avisé d'y subtiliser quelque chose en votre absence !

— Je suis revenue parce que le père William m'a rapporté que mon cousin était souffrant, comme vous avez pu vous-même par ailleurs le vérifier. Rien à voir donc avec vos allégations. Les biens meubles de Silver Street sont la propriété de mon cousin : il peut en faire ce qu'il souhaite.

— Sa propriété ? C'est donc ce que disait le testament ?

D'une secousse, Oriane se libéra de la poigne du jeune seigneur.

— Puisque vous connaissez toujours toutes les réponses, à quoi bon poser des questions ?

Là-dessus, elle se dirigea vers les chevaux qui eux aussi, gagnés par la tension ambiante, piaffaient d'impatience. Ils chevauchèrent en silence jusqu'à Monk Bywater : la jeune femme avait conscience du regard noir que de temps à autre lui lançait Euan qui, pour sa part, eût préféré brûler dans les flammes de l'enfer plutôt que de s'humilier à lui réclamer éclaircissement sur le testament.

Songeant à la fortune dont elle venait d'hériter, Oriane sentit une coulée de bonheur s'épandre en son cœur.

A leur arrivée, sire Geffrey lui apprit que sa cassette de bijoux et de documents avait été déposée en lieu sûr dans sa chambre.

Lady Faythe, qui n'était pas étrangère à ces dispositions, n'en avait néanmoins soufflé mot à son époux qui se remettait de son accès de fièvre, et se garda d'en parler à son fils quand il arriva.

— Je crois qu'il sommeille, Euan, murmura lady Faythe à son fils en désignant lord Fitzhardinge qui reposait sur sa couche.

— Non point, ma mie, déclara alors ce dernier en émergeant de dessous les couvertures. Quelqu'un pourrait-il m'expliquer le motif de toute cette effervescence ce matin, à Monk Bywater ?

— Comment allez-vous, père ? s'enquit poliment Euan.

— Assieds-toi, mon garçon, commanda lord Fitzhardinge. Je me porte bien mieux et je n'ai nulle intention de quitter ce bas monde tant que ton mariage avec cette exquise jouvencelle n'aura eu lieu.

— Nous nous marierons dès qu'il me sera possible de la garder assez longtemps auprès de moi sans qu'elle ne prenne la poudre d'escampette, repartit Euan avec aigreur.

— Tudieu, ne parviens-tu donc à en avoir raison ? Je te croyais pourtant rompu aux intrigues de la gent féminine. Voudrais-tu donc consentir à entendre les conseils et l'expérience de ton vieux père en la matière ?

— Avec plaisir, messire, bien que l'on m'ait rapporté que la manière forte ne mène à rien.

— Effectivement, je ne puis que confirmer.

Puis, non sans sourire, lord Fitzhardinge reprit :

— Renvoie-la chez son père, c'est la seule solution. Cela mettra à mal sa fierté et son assurance. Elle croira que tu ne fais plus de cas de sa personne et gagnera en humilité. Crois-moi, c'est elle qui reviendra en implorant ton pardon.

— Non, Oriane est bien trop orgueilleuse ! Elle préférerait encore souffrir plutôt que de se rendre.

— Elle te reviendra de son propre gré, je puis te l'assurer, d'autant que Mark de Scepeton est à nos côtés.

Lorsque Euan vint la rejoindre dans sa chambre, Oriane venait tout juste de refermer le coffre qui abritait son trésor. Pour ne pas perdre contenance, elle engagea la première les hostilités.

— Si vous me poursuivez jusque dans ma chambre pour me faire grief de mon inconduite, permettez-moi de vous rappeler que je ne suis point encore votre épouse, et que, conséquemment, je ne suis pas obligée d'obtenir votre permission pour mener à bien mes propres affaires. Et maintenant, si vous voulez bien m'excuser, je dois me changer.

A ces mots, elle se retourna et commença de délacer les rubans qui fermaient sa cotte.

— Ce n'est point tant de vous changer que de changer dont il s'agit, s'écria Euan en passant de l'autre côté du lit pour lui faire face. Même si je ne puis m'empêcher d'être sceptique quant à un éventuel amendement de votre part ! En ce qui concerne vos velléités d'indépendance, je vous conseille de les oublier. N'avez-vous pas souvenance que nous sommes engagés par les vœux de nos accordailles et que vous ne pouvez point revenir sur votre parole ?

— Et pourquoi pas ? Nous pourrions parfaitement faire mine que rien ne s'est passé entre nous.

— Oh ! comme j'aimerais effectivement feindre pareille imposture, car l'union de nos corps ne m'a pas laissé souvenir impérissable ! Malheureusement, je crains que nos assertions soient peu crédibles, eu égard à ma réputation. Désolé, ma mie, mais il n'est plus possible de remettre en cause notre mariage. A tout le moins pouvons-nous y surseoir.

— Qu'est-ce à dire ? demanda la jeune femme avec un vif intérêt.

— Pas plus que vous, je n'ai hâte de devoir me soumettre à mes obligations conjugales. Aussi vais-je vous renvoyer pour un temps chez votre père : vous l'aiderez dans ses préparatifs de mariage, auquel vous pourrez assister sans mon encombrante présence à vos côtés.

Quelque peu étonnée de ces déclarations, la jeune femme ne broncha tout d'abord pas.

— Auriez-vous des protestations à élever contre mes projets ?

— Mais point du tout, rétorqua Oriane. Je suis fort aise à l'idée de ce séjour, quoi que j'eusse préféré me rendre chez mon père de mon propre chef.

— Tout comme j'eusse mieux aimé quitter le chevet de mon père sans que vos extravagances ne m'y contraignent.

— Mais nul ne vous obligeait à rien, je n'encourais pour ma part aucun péril.

— Assurément, Silver Street était une villégiature plaisante, avec votre cousin à demi inconscient et trois malandrins prêts à vous envoyer sans état d'âme dans l'autre monde !

Alors que les lacets de sa cotte étaient à présent entièrement dénoués, comme une invitation à de plus étroites intimités, Oriane s'inquiéta de voir qu'Euan la regardait à peine.

— Et quel sort réservez-vous dans vos nouvelles dispositions à sire Tomas et à mes frères ? interrogea-t-elle soudain.

— A leur retour d'York, ils resteront à Monk Bywater, où de nombreuses tâches les attendent. La présence de Tomas vous serait-elle en quoi que ce soit indispensable ?

— Par ma foi, non, se défendit la jeune femme, embarrassée.

— Dans ces conditions, Oriane d'York, faites sans plus tarder vos bagages. Je vais de ce pas envoyer un messager à Saint Aelfeld et à votre père. Je vous souhaite dès à présent un bon voyage.

— Vous n'assisterez pas à mon départ, demain ? demanda-t-elle, avec, à son corps défendant, un regret dans la voix.

— Je crains d'être alors bien trop occupé, rétorqua-t-il, tranchant.

Puis, sans plus ajouter mot, il quitta sa chambre, la laissant ébranlée.

Car si cela ne la dérangeait pas de l'affronter quand il était en colère, en revanche l'indifférence qu'il venait de lui opposer la glaçait.

Peut-être aurait-elle dû jouer davantage de ses charmes pour le faire sortir de son indifférence ? se demanda-t-elle, consciente qu'il avait su, en bon stratège, envoyer des flèches acérées là où elles faisaient le plus souffrir, alors qu'elle-même avait manqué d'initiative.

— Ah ! mon enfant, sois la bienvenue ! s'écria joyeusement son père sans s'inquiéter du sourire fatigué dont sa fille le gratifiait. Jamais je n'eusse cru qu'un mariage requît de si grands préparatifs.

On eût dit un jeune homme qui allait prendre épouse pour la première fois. Il est vrai que ses premières noces avaient dû être célébrées dans une bien plus grande discrétion !

Sitôt arrivée, Oriane fut entraînée malgré elle dans la griserie ambiante qui précède toujours les fêtes. Dame Katherine et sa fille Jane tenaient absolument à ce que la jeune femme donne son avis sur tout, la décoration de l'église, la liste des invités, le menu, les ménestrels et les mimes, sans oublier les parures.

Prise dans ce tourbillon, Oriane n'eut durant le jour aucun loisir de s'épancher sur ses propres tourments. Mais, le soir, allongée sur sa couche, elle avait grand mal à trouver le sommeil.

Que pouvait bien faire Euan ? se demandait-elle. Etait-il en cet instant dans les bras de quelque donzelle ?

Même la pensée de sa fortune ne parvenait plus à calmer ses angoisses.

Loin de Monk Bywater, elle eut conscience que son amour pour Euan n'avait pas de prix et était bien plus précieux que toutes les gemmes réunies dont elle avait hérité. Elle savait désormais que, depuis le début, elle était éprise, et que seule sa fierté l'avait conduite à repousser dédaigneusement cet homme qui était prêt à s'unir à elle, alors impécunieuse. Pire que tout, elle avait comploté avec l'un de ses chevaliers pour le mystifier. Quel homme n'eût pas éprouvé colère et ressentiment envers si indigne attitude ?

La veille des noces, personne ne voulut ajouter foi aux prédictions du vieux berger qui annonçait la pluie pour la fin de la soirée. L'on pensait que la brise ne pousserait pas jusqu'à Scepeton les lourds nuages gris foncé qui se profilaient au loin derrière les collines.

La maison exhalait mille effluves alléchants, et tout était prêt pour la fête. Mais le sentiment d'exaltation qui régnait alors restait étranger à Oriane qui se désolait de voir qu'Euan n'avait toujours pas donné signe de vie.

Que faire ? S'en retourner après les noces à Monk Bywater au risque de le surprendre avec une soubrette ? Non, elle en aurait le cœur brisé !

Un irrépressible besoin de solitude poussa la jeune femme à faire quelques pas. Or, tout à ses pensées, elle s'éloigna considérablement de la demeure familiale. Soudain, de grosses gouttes de pluie la rappelèrent à l'ordre.

Rapidement, le ciel s'assombrit, et une averse diluvienne se déclencha, l'obligeant à chercher au plus vite un abri.

Un éclair déchira le ciel noir, lui révélant à quelques mètres la cabane d'un berger, tel un petit havre avec ses murs blanchis à la chaux et son toit de chaume.

Par la grâce de Dieu, la porte s'ouvrit sans problème alors que le premier coup de tonnerre résonnait dans le dos de la jeune femme. Oh ! le refuge n'avait rien d'un palais : de fortes odeurs de mouton, de suif et de fumée saturaient l'air mais, au moins, elle y était au sec.

Rapidement, elle jeta des bûches dans la cheminée et raviva les braises d'un feu prêt à mourir.

A la clarté des flammes, elle put inspecter cette unique pièce sans fenêtres. Elle était sommairement meublée de deux tabourets, d'une lampe, de deux paniers d'osier et d'une table. Des piles de peaux de mouton s'entassaient le long d'un pan de mur, et une échelle menait à une sorte de grenier, qui devait être la chambre du berger.

Avisant un lapin mort sur la table, Oriane entreprit vaillamment de le préparer, au cas où l'orage la retiendrait longtemps en ces lieux et que la faim viendrait la tarauder. Sa tâche terminée, elle s'aventura à ouvrir la porte pour rincer son couteau et se laver les mains sous la pluie.

Ce fut alors que, se détachant de l'ombre des chênes, une silhouette grise se profila. D'instinct, elle brandit son couteau, incapable de croire ce que ses yeux voyaient pourtant : une carrure, une stature, une démarche qui lui étaient familières !

— Jetez ce couteau ! ordonna Euan. Ne me reconnaissez-vous donc point ?

Clouée sur place, Oriane ne bougea pas d'un pouce. En quelques pas, il fut près d'elle, lui enleva promptement l'arme des mains et l'entraîna avec lui à l'intérieur.

Ils se jaugèrent en silence, sur la défensive : leurs cheveux et leurs vêtements étaient trempés, et quelques gouttes ruisselaient sur leur visage fermé.

Sans un mot et sans la lâcher du regard, il se défit de ses frusques. Puis, d'une main habile, il se mit à la dévêtir. Elle ne broncha pas, le laissant continuer sa manœuvre.

De nouveau, ils se dévisagèrent, et elle put enfin admirer autrement que dans le noir la puissance virile qui émanait de cet apollon, campé devant elle avec fierté.

Sur une impulsion, elle vint placer la tête sur sa poitrine et l'enlaça par le cou.

— Pardonnez-moi, mon amour, murmura-t-elle. C'est vous que j'attendais, et non un autre.

Et elle ne prit même pas la peine de nommer cet autre par son nom.

— Depuis le jour où vous m'avez ramenée chez mon oncle, mon cœur vous appartient, même si dès lors vous avez dû subir mes interminables jérémiades. Oh, pardonnez-moi de vous avoir dupé…

— Allons, ma mie, je l'avais bien mérité.

— Non, dit-elle en plaçant un doigt autoritaire sur les lèvres d'Euan, laissez-moi m'exprimer… Je vous aime, Euan, depuis le premier jour.

— Si je suis venu vous chercher ici, ma douce, c'est parce que, depuis votre départ, je ne puis ni manger, ni dormir, ni penser.

A ces mots, il dégagea adroitement un bras de leur étreinte, s'empara de la peau de bête placée près du mur et la jeta sur le sol. Puis, avec douceur, ils se laissèrent choir sur ce lit de fortune.

— Pardonnez-moi, ma mie, d'avoir naguère pris avec si peu d'égards le gage de votre innocence. Recommençons, voulez-vous bien, comme si rien n'était advenu, avec en sus tout mon amour, ma considération et mon admiration.

— Je ne suis pas digne de votre admiration, protesta Oriane, presque embarrassée.

Il dégagea du front de la jeune femme une boucle rebelle avant d'y déposer un baiser :

— Ah, ma mie, vous vous trompez. Vous avez forcé mon admiration en vous opposant à ma volonté — et ce depuis le premier jour, lorsque vous avez surgi en la cour du manoir pour me défier. Je conçois que mes manières vous aient effarouchée, car j'ai été délibérément peu délicat envers vous.

— Vous me teniez rigueur de mon arrogance ?

— Non, j'étais furieux contre moi-même de m'être épris de vous, car cette passion allait me retenir plus longtemps encore loin des champs de bataille. Mais je n'ai pu lutter contre la fascination que vous exerciez sur moi : je vous aime, Oriane d'York. Epousez-moi !

— Comment pouvez-vous encore douter que je ne le ferai point ? Mais, n'êtes-vous pas offensé du tour que je croyais vous jouer ?

— Tomas m'a rapporté votre conversation et m'a exposé vos sentiments : il m'était difficile de vous blâmer. Dieu soit loué, Tomas est un fidèle serviteur, et votre projet m'a donné l'occasion dont je rêvais.

— L'opportunité d'une revanche, en somme ? fit-elle, mutine.

— Non, mon amour, celle de pouvoir vous approcher de plus près. Mais apprenons à présent à nous connaître sans subterfuge, ni colère…

Et, sur la couverture de fourrure, ils abordèrent de concert des rivages de félicité, Euan jouant les initiateurs, et Oriane les candides, comme si c'était la première fois.

Lorsqu'ils furent rassasiés de voluptés, ils s'assirent près du feu pour savourer des morceaux du lapin cuit à la broche.

Euan conta alors à Oriane l'arrestation de Gérard, ses aveux concernant ses manigances contre elle-même et Leo.

— Il faisait croire à Leo que vous étiez responsable des vols, pendant qu'il s'arrangeait pour que vous soupçonniez votre cousin. Les sergents ont retrouvé dans sa chambre tout l'or dérobé à votre oncle.

— Dire que je le croyais mon allié ! Et mon oncle qui lui faisait une telle confiance ! Je crois que Gérard n'a jamais accepté que Matthew m'ait demandé à moi, et non à lui, de l'assister dans la gestion de la boutique, après la mort de ma tante. Et connaissait-il les hommes qui exerçaient ce chantage sur Leo ?

— Oui, c'étaient ses complices. Gérard voulait vous

éloigner d'York et pensait que ses manœuvres suffiraient à vous ramener à Scepeton. C'est lui l'instigateur de l'attaque qui a coûté la vie à votre oncle.

— Ah, je comprends mieux maintenant pourquoi il était le seul voyageur à ne pas être blessé.

— En réalité, je ne songe pas qu'il voulait tuer votre oncle. C'est vous qui le gêniez. Il devait savoir que Leo hériterait de l'or et du matériel, mais il songeait certainement que les murs de Silver Street lui reviendraient. Il ne savait pas que le logis appartenait à l'abbaye de Sainte-Marie.

A ces mots, Oriane se récria :

— Ainsi, vous êtes au courant ! Comment l'avez-vous appris ?

— Ah, ma rebelle adorée, je vous retrouve bien là.

Et de nouveau il attira vers lui ce visage si cher et le couvrit de baisers.

— Ne croyez pas que j'en veuille à votre fortune. Vous pourrez en disposer comme bon vous semble, même quand nous serons mariés. Les pères Petrus et William m'ont tout relaté.

— Tout ? Ils vous ont donc mis en garde contre moi !

— Sachez, ma mie, que je n'ai besoin des conseils de personne. Je ne me fie qu'à mon cœur et, jusqu'à peu, c'est du vôtre dont je n'étais pas sûr.

Et Oriane s'employa à dissiper le moindre doute qui aurait pu encore subsister dans l'esprit d'Euan.

Le lendemain eut lieu le repas de noces de Mark de Scepeton avec dame Katherine. Chacun salua avec joie la réconciliation d'Oriane et d'Euan, et le vieux berger Edwin fut honoré que son humble masure ait servi une si bonne cause.

L'on se régala de mets fort délectables, essentiellement de gibiers rôtis et marinés dans des sauces épicées. L'assemblée pressa Euan de questions quant au dénouement de l'affaire. Oriane apprit ainsi pourquoi elle s'était si rapidement assoupie la nuit où elle entendait veiller son oncle : maître Gérard avait versé dans la bière qu'elle avait partagée avec Maddie quelques gouttes de la potion soporifique destinée à Leo ! Ainsi, il avait pu intriguer en toute tranquillité.

— Mais, fit remarquer Mark de Scepeton, Gérard ne savait-il donc pas qu'Oriane, en tant que femme, ne pouvait reprendre la boutique ?

— Dans certains cas déterminés, répliqua Oriane, une femme a le droit de tenir une boutique.

— Les veuves jouissent effectivement de cette prérogative, précisa Euan.

— Les apprenties aussi, glissa dame Katherine.

— Mais aviez-vous réellement le statut d'apprentie, Oriane ? s'enquit Euan.

Ce fut Mark de Scepeton qui intervint :

— Non, malheureusement. Son père, dans son insouciance, n'avait pas jugé bon de régler son statut légalement. Ah ! quel être inconséquent !

— Père, le supplia alors Oriane. Oh ! je ne puis m'empêcher de continuer à vous appeler ainsi, car vous avez toujours été et resterez toujours mon père de par l'amour que vous m'avez prodigué ! Quant à Matthew le Seler, il ne m'a pas oubliée, puisqu'il m'a légué une fortune avec laquelle je pourrais, si je le souhaitais, investir dans une nouvelle boutique. Mais telle n'est pas mon intention.

— Ravi de vous l'entendre dire, affirma Euan.

— Père, poursuivit Oriane, je compte vous rembourser ce que…

— Allons, mon enfant, l'or a été récupéré, quant aux intérêts, Leo s'en charge. A propos, ton demi-frère m'a demandé s'il pouvait venir travailler auprès de moi, et, par ma foi, j'ai accepté. Je pense que cette expérience lui a enlevé tout goût pour l'aventure et que, désormais, il saura se tenir.

— Père, vous êtes un homme merveilleux ! s'extasia Oriane.

A cet instant, les montreurs d'animaux savants et les

jongleurs firent une entrée tapageuse. Discrètement, Euan entraîna sa douce promise dans quelque pièce obscure du logis pour lui montrer combien lui aussi il était, quoique à d'autres égards, un homme merveilleux.

À découvrir ce mois-ci

3 nouveaux romans dans la collection

Les Historiques

CAPTIVE DU VIKING,
de Michelle Styles - n°504

Scandinavie, 793 après J.-C. Plutôt mourir que se soumettre à l'emprise de Haakon Haroldson, le chef arrogant des barbares qui ont saccagé son existence ! Si Annis a dû renoncer à sa liberté lorsque Haakon a fait d'elle sa prisonnière, elle n'ira pas jusqu'à lui abandonner sa dignité : jamais elle ne sera son esclave ! Mais alors que, dans un élan de désespoir, elle envisage une impossible tentative d'évasion, le ténébreux Viking lui propose un marché qu'elle n'attendait pas : si elle accepte de devenir sa maîtresse, il l'affranchira de sa condition de captive pour l'élever au rang de concubine. Une offre scandaleuse… qui laisse Annis face à son destin

LES PIÈGES DU DÉSIR,
de Diane Gaston - n°505

Londres, 1814. Un regard de braise qui caresse chaque courbe de son corps, des mains qu'elle imagine courant sur sa peau… Electrisée et troublée plus que de raison par une telle intimité, Ariana regrette déjà d'être venue chez Jack Vernon. Hélas, elle n'a guère eu le choix… Si elle avait refusé de poser docilement pour ce mystérieux artiste, comme le lui ordonnait son mécène, l'impitoyable lord Tranville, celui-ci aurait brisé sa carrière de comédienne. Seulement, en acceptant, elle ne s'attendait pas à ce que Jack Vernon, viril et ténébreux, éveille en elle un désir aussi impérieux. Un élan auquel Ariana, aujourd'hui au supplice, brûle de succomber… Or, si elle cède à son ardente attraction pour Jack, elle s'exposera tout à la fois à la vengeance et à la jalousie du cruel lord Tranville.

UNE SCANDALEUSE TENTATION

de Michelle Willingham - n°506

Londres, 1855. Epouser l'infâme lord Belgrave ? Jamais ! Lady Hannah Chesterfield préfère encore que celui-ci mette sa menace à exécution et répande la rumeur qu'elle a échangé un baiser scandaleux avec l'énigmatique lieutenant Michael Thorpe. Toutefois, sur ordre de son père, qui veut la préserver du chantage et protéger sa réputation, elle se résout à s'éloigner de Londres le temps que les esprits s'apaisent. Mais alors qu'elle se prépare à prendre la route pour Brême où, croit-elle, elle pourra oublier le beau Michael à l'abri des médisances, Hannah découvre, bouleversée, que le soldat désigné pour l'escorter durant son voyage n'est autre que le lieutenant Thorpe — l'objet de son désir, la tentation interdite à une lady de son rang…

A paraître
le 1er avril 2011

LA FIANCÉE DU VIKING,
de Michelle Styles - n°507

Norvège, 794 ap. J.-C. Vikar a-t-il découvert son secret ? Vient-il réclamer son hériter ? Désormais captive du viking, Sela redoute d'apprendre les raisons qui ont ramené le puissant guerrier sur ses terres. Lui qui l'a cruellement trahie dès le lendemain de leurs noces, a-t-il maintenant conçu le projet de lui prendre son fils ? Plutôt mourir ! Jamais elle ne le laissera lui enlever son enfant ! Mais, alors qu'elle attend fièrement l'heure de résister à Vikar, elle comprend, stupéfaite, que celui-ci ignore tout de l'existence du petit Kjartan.
Ce qu'il veut… c'est la reconquérir, satisfaire son désir brûlant. Révoltée, le premier élan de Sela est de refuser. Mais bientôt, l'évidence s'impose à elle : en cédant à Vikar et en occupant ses jours, ses nuits et ses pensées, elle tient le plus sûr moyen de détourner l'attention du guerrier — et de mettre ainsi son fils à l'abri…

LE MYSTÉRIEUX LORD RAVENHURST,
de Louise Allen - n°508

Bourgogne, 1816. Eduquée par une mère étouffante et autoritaire qui lui martèle qu'elle n'est pas assez jolie pour se marier et que, de toute façon, les hommes ne valent pas cher, l'innocente Elinor se tient sur son quant-à-soi et trouve son bonheur dans la peinture. Après tout, n'est-ce pas une magnifique passion ? Seulement, c'est un tout autre genre de passion, inconnue et inédite, qui s'empare d'elle le jour où elle rencontre par hasard le jeune lord Ravenhurst alors qu'elle fait quelques croquis dans une église. Sensuel, élégant, provocateur… le sulfureux Theo la fascine dès les premiers regards. Et lorsqu'il réussit l'exploit de se présenter chez sa mère, Elinor, envoûtée et impuissante, sent que sa vie risque de s'en trouver bouleversée…

RETROUVAILLES INTERDITES
de Kate Bridges - n°509

Calgary (Canada), 1895. Julia O'Shea enrage. Si elle veut continuer d'élever son fils décemment, elle doit sauver son journal de la faillite — et, pour cela, obtenir coûte que coûte une interview du scandaleux Ryan Reid, dont le retour inopiné à Calgary fait déjà murmurer. Mais pourquoi faut-il que cet homme, qui peut aujourd'hui la sauver du naufrage, soit précisément celui qui l'a abandonnée autrefois ? Qui a disparu après avoir commis l'irréparable, alors qu'elle l'aimait passionnément, envers et contre tous ? Dieu merci, aujourd'hui, Julia ne se sent plus le cœur naïf et romantique. Désormais, elle est une femme. Une femme prête à affronter Ryan Reid sans payer le prix fort.

A paraître le 1er mars

Best-Sellers n°461 • historique

La duchesse scandaleuse - Nicola Cornick

Angleterre, Régence

Depuis le décès de son mari, Laura, duchesse de Cole, est déterminée à rester libre et sans attaches, excepté ce lien fort qui l'unit à Hattie, sa fille adorée. Une décision irrévocable, croit-elle, jusqu'au jour où elle apprend l'arrivée en ville de Dexter Anstruther. Dexter, le véritable père de son enfant. Le seul homme qu'elle ait jamais aimé et avec lequel elle a passé, jadis, une scandaleuse nuit d'amour… avant de se résoudre à le quitter, dans l'espoir de l'oublier. Peine perdue : quatre ans plus tard, les souvenirs de Laura sont plus vivaces que jamais, tout comme l'attirance irrépressible qu'elle éprouve pour Dexter. Pourtant, cette fois, elle devra tout faire pour l'éviter. Car non seulement Dexter n'a manifestement jamais digéré l'affront qu'elle lui a fait, mais en plus, il ignore tout de sa paternité. Et s'il venait à découvrir la vérité, nul doute qu'il s'en servirait pour se venger d'elle…

Composé et édité par les
éditions Harlequin
Achevé d'imprimer en France (Malesherbes)
par Maury-Imprimeur
en février 2011

Dépôt légal en mars 2011
N° d'imprimeur : 160917 — N° d'éditeur : 15554